# Der Thron der Elemente

Von Max Quellstein

Shahira und Xzar befinden sich auf dem Rückweg aus dem Norden. Während Shahira noch hadert, ob sie ihre Eltern besuchen will, möchte Xzar ihr seine Heimat zeigen und gleichzeitig in Erfahrung bringen, wie sein Vater und Bruder ums Leben gekommen sind. Schon bald müssen die beiden feststellen, dass ihre Reise beobachtet wird. Ein neuer Feind stellt sich ihnen in den Weg: Ein geheimnisvoller Kult, der nach Xzars Drachenschwert trachtet.

Und damit noch nicht genug, denn eine eigenartige Begegnung führt die beiden auf den Weg, Teil eines größeren Schicksals zu werden.

# Der Thron der Elemente

Von Max Quellstein

c/o AutorenServices.de
Birkenallee 24
36037 Fulda

*1. Auflage. Auflage, 2019*
*© Max Quellstein – alle Rechte vorbehalten.*
*c/o AutorenServices.de*
*Birkenallee 24*
*36037 Fulda*

*info@max-quellstein.de*
*www.max-quellstein.de*
*www.facebook.com/quellsteinmax*
*www.instagram.com/maxquellstein_autor*

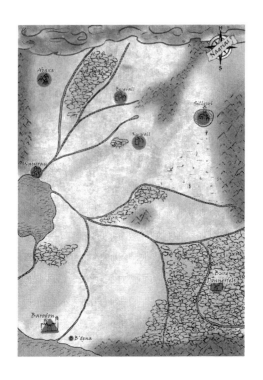

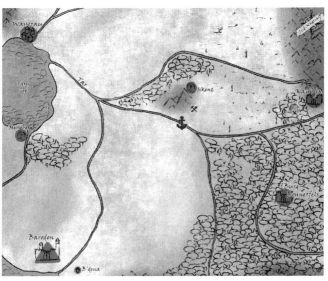

# **Eine neue Reise**

Er lehnte sich gemütlich mit dem Rücken gegen einen größeren, glatten Stein und sog den wohlgefälligen Duft tief ein. Gerade hatte er sich seinen Spieß aus dem Feuer genommen und freute sich auf den leckeren Hasenbraten. Die Flammen loderten gierig auf, als heißes Fett verbrannte, das kurz zuvor herunter getropft war. Das Wasser lief ihm im Mund zusammen und er genoss den köstlichen Duft noch ein paar Mal, bevor das Verlangen zu groß wurde und er das verführerische Fleisch endlich kosten musste.

Shahira hatte den Hasen am späten Nachmittag erlegt. Seit einiger Zeit übte sie sich im Umgang mit dem Bogen und wurde mit jedem Schuss besser. Sie schien ein Gespür dafür zu haben, wie man mit dieser Waffe umging, anders als er selbst, denn seine Pfeile kamen selten in die Nähe des Ziels. Zugegeben, nicht Shahiras erster Schuss hatte das Tier erlegt, aber es hatte sich gelohnt die Geduld aufzubringen. Denn der Hase hatte ihnen genug Fleisch gegeben, sodass sie für den folgenden Tag auch noch etwas übrig hatten.

Xzar warf einen Blick zu der fernen Abenddämmerung, die in roten und violetten Farben leuchtete und bereits vereinzelt dem grauen Zwielicht wich, das den Tag mit der Nacht verband. Er erinnerte sich daran, dass sie hier schon einmal gelagert hatten. Auch damals war dies ein angenehmer Lagerplatz gewesen. Zu jener Zeit hatten sie gehofft hier den ein oder anderen Fasan zu erjagen, denn der See, neben dem das kleine Lager aufgeschlagen war, hieß Fasansee. Er lag eine halbe Tagesreise südlich von Bergvall, der Stadt in der sie sich die letzten Wochen ausgeruht hatten. Anders als beim letzten Mal wusste Xzar jetzt, dass der See seinen Namen von dem kleinen Fluss hatte, der den See mit Wasser speiste, dem Fasan. Woher dieser wiederum seinen Namen hatte, wussten weder die Leute in Bergvall, noch jene in den umliegenden Dörfern. Xzar hatte versucht etwas über die Landschaft herauszufinden, durch die sie reisten. Denn das hatte er in ihrem letzten Abenteuer gelernt: Zu wissen, wo man sich befand, war eine große Hilfe.

Xzar biss voller Vorfreude in die duftende, krosse Kruste des Bratens und als er den Geschmack auf seiner Zungenspitze wahrnahm, fühlte er sich für die Geduld belohnt. Doch dann stieß er ein scharfes Zischen durch seine Zähne aus, bevor er von dem Fleisch abließ, um es mit kurzen Luftstößen abzukühlen.

›Wenn nur diese verfluchte Gier nicht wäre‹, dachte er und schmunzelte, während er einen kühlen Schluck Wasser trank, um seine, von der Hitze in Mitleidenschaft gezogenen, Lippen zu beruhigen. Er wartete einen Augenblick und tastete dann vorsichtig mit den Fingern, ob das Fleisch jetzt eine angenehmere Temperatur hatte und als er feststellte, dass dem so war, biss er hinein. Und dieses Mal genoss er es! Die Kruste war knackig; weder verbrannt, noch zu fettig und das Innenfleisch war zart und saftig. Das Ganze wurde von einer vortrefflichen Gewürznote abgerundet. Das Fleisch schmeckte scharf und süß zugleich und erinnerte an Pfeffer, Orangen und roten Wein. Dieses erlesene Gewürzpulver, das sie einst gemeinsam bei einem Händler aus den Feuerlanden erworben hatten, war jede Münze wert gewesen. Später hatten sie mehr davon erbeutet, nachdem sich eben jener Händler als Dieb herausgestellt und sie ihn und seine Wächter im Kampf besiegt hatten.

Das lag allerdings schon mehrere Wochen zurück und vieles war in der Zwischenzeit geschehen.

»Und? Wie schmeckt es dir?«, fragte Shahira voller Erwartung.

Er nickte, während er gierig noch einen weiteren Bissen hinunterschluckte. »Es ist unvergleichlich. So gut! Die

Gewürze...« Er deutete einen genussvollen Kuss in die Luft an. »Dein Gefühl beim Würzen ist unschlagbar. Ich wünschte mir, ich könnte das genauso.«

Sie lächelte. »Na ja, was du versucht hast, war auch kein Würzen. Es erinnerte eher an das Füttern von Hühnern.«

Xzar musste lachen und nach einem Augenblick stimmte sie mit ein. Er war froh, seine Liebste wieder so fröhlich zu sehen. Die ersten Tage nach ihrer Rückkehr aus dem Tempel des Drachen waren vor allem von Erschöpfung und Trauer geprägt gewesen. Xzar hatte ihr keinen Vorwurf gemacht, wenn er bedachte, was hinter ihnen lag. Diese Erlebnisse hatten sie verändert und es hatte sich zuerst so angefühlt, als seien sie beide um Jahre gealtert. Dieses Gefühl hatte sich dann immer mehr gelegt und nur die Erinnerungen waren geblieben.

Was für Xzar aber das Wichtigste war, sie beide waren noch zusammen. Und er hatte sich geschworen alles zu versuchen, um Shahira nie mehr verlassen zu müssen, sofern sie dies ebenfalls wollte.

»Woran denkst du gerade?«, fragte Shahira.

Er lächelte sie an. »Das ich glücklich bin, hier zu sein, mit dir. Und irgendwie auch, dass wir wieder reisen. So gemütlich es in Bergvall war, so langsam fühlte ich mich eingeengt.«

Shahira nickte. »Ich weiß, was du meinst.« Sie beugte ihren Oberkörper vor und nahm sich nun auch einen der Spieße vom Feuer. Sie schien aus Xzars Fehler gelernt zu haben, denn sie wedelte den Spieß ein wenig durch die Luft, bevor sie sanft die Hitze vom Fleisch blies. Als sie sich sicher war, dass es abgekühlt war, zog sie mit den Fingern vorsichtig die Kruste vom Fleisch, was dafür sorgte, dass eine dampfende Hitzefahne emporstieg. Xzar, der ihr vorsichtshalber seine Wasserflasche hingehalten hatte, zog diese nun zurück, um mit dem Kopf zu schütteln. »So wie es aussieht, kannst du mir nicht nur das Würzen, sondern auch noch das Essen beibringen.«

Shahira schmunzelte und nachdem sie die Kruste genießerisch verspeist hatte, sagte sie, »Nein, du kannst beides ... nur halt noch nicht so gut.«

Xzar sah überrascht auf. »Was? ... Was soll das denn heißen?«, fragte er gespielt empört. »Oh du!«, stieß er aus, als er ihr schelmisches Lächeln sah. »Na warte, das wird dir ...«, begann er gespielt ernst und versuchte mit dem Trinkschlauch einige Spritzer Wasser in ihre Richtung zu versprengen, was kläglich an der Distanz zwischen ihnen scheiterte. Xzar verzog das Gesicht zu einem Schmollmund.

Shahira dagegen legte grinsend nach, »Oha, soll ich dir das auch noch beibringen?«

Selbst Xzar konnte dieses Mal sein gespieltes Beleidigtsein nicht mehr aufrechterhalten und sie lachten beide erneut auf, bevor sie weiteraßen.

Shahira war froh, dass sie aufgebrochen waren. Und auch, dass Xzar sie nicht unter Druck gesetzt hatte, bezüglich ihres nächsten Reiseziels. Sie war innerlich noch unentschlossen und rang mit sich selbst. Xzar hatte ursprünglich geplant, sie mit in seine Heimat zu nehmen. Oder, wenn man es genau nahm, zu den Orten, an denen er aufgewachsen war; nach Kan'bja, dem verborgenen Zwergenreich im Schneegebirge und zu seinem Lehrmeister Diljares. Ein Magier, der vor allem die dunkle Kunst beherrschte und Xzar diese gelehrt hatte. Der Besuch in dem verborgenen Zwergenreich reizte Shahira allerdings fast noch mehr. Wäre sie Xzar nicht begegnet, hätte sie womöglich nie erfahren, dass es die Zwerge tatsächlich noch immer gab. Denn in Nagrias hielt sich das Gerücht, dass es das Volk der Zwerge nicht mehr gab.

Shahira starrte ins Feuer. Sie hatte sich bereit erklärt die erste Hälfte der Nacht zu wachen. Da die beiden nur einen halben Tag gereist waren, war sie noch nicht müde. Sie war sich sicher, dass Xzar ebenfalls noch nicht schlief, auch wenn er sich hingelegt hatte und die Augen geschlossen hielt. Vor ihrem

Aufbruch hatte Shahira ihm mitgeteilt, dass sie sich nicht sicher war, ob sie die Reise in seine Heimat schon antreten könne. Ihre eigenen Eltern, ihre Brüder und ihre Schwester fehlten ihr. Vor etwas mehr als einem Jahr war sie des Nachts von zu Hause fortgegangen, hatte sich Söldnern angeschlossen und war mit ihnen durch die Gegend gereist, in der Hoffnung Abenteuer zu erleben. Am Ende waren diese aber eher enttäuschend gewesen, vom Wachestehen an Tavernen, bis hin zum Verladen von Feldfrüchten irgendeines Bauern. So hatte sie es sich wahrlich nicht vorgestellt. Dann war sie ihrer Freundin Kyra in Barodon begegnet und mit ihr aufgebrochen, den Tempel des Drachen zu finden.

Nachdem was in den letzten Wochen geschehen war, wollte sie ihren Eltern nur zu gerne sagen, dass alles in Ordnung war, dass sie noch lebte und es ihr gut ging. Aber was war, wenn ihre Eltern sie gar nicht mehr sehen wollten? Wenn sie die ungezogene Tochter nicht vermissten, die sich in der Nacht heimlich davon gemacht hatte?

Sie seufzte und sah zu Xzar. Er atmete gleichmäßig und sie fragte sich, ob er doch eingeschlafen war? Ihre Augen wanderten über sein entspanntes Gesicht, folgten den langen, ordentlich zusammengebundenen schwarzen Haaren und sie fragte sich, wie er das nur machte? Sie musste ihr Haar täglich zwei Mal ausbürsten, damit sie ein wenig Glätte behielten. Sie konnte sich nicht daran erinnern, Xzar schon einmal mit einer Bürste gesehen zu haben. Bediente er sich seiner Magie dafür? Sie würde ihn bei Gelegenheit einmal fragen. Seine Wangenknochen waren markant und lagen hoch im Gesicht. Dann fiel ihr Blick auf den kurzen Bart, der ihm in den letzten Tagen gewachsen war. Er stand ihm gut zu Gesicht, auch wenn dieser Anblick noch ungewohnt war. Sie musste lächeln. Die kurzen Barthaare verbargen das kleine Grübchen am Kinn nicht, welches immer dann deutlich hervortrat, wenn er lachte.

Es hatte nicht lange gebraucht, bis dieser Mann sie fasziniert hatte und wenn sie an ihr Kennenlernen zurückdachte, war das schon eigenartig. Xzar war damals zu ihnen gestoßen, als sie weitere Abenteurer für die Expedition zum Tempel des Drachen gesucht hatten.

Als Xzar den Gutshof betreten hatte, war er ihr mystisch und unnahbar vorgekommen. Er war in einer langen, dunklen Kutte durch den Saal geschritten. Sein Kopf war unter einer Kapuze verborgen gewesen, sodass sein Gesicht nicht zu erkennen gewesen war. Seine Ausrüstung hatte sich allerdings inzwischen verändert. Die beiden Klingen, die er damals geführt hatte, trug er zwar immer noch in einem Kreuzgurt auf dem Rücken, doch er bevorzugte inzwischen das Drachenschwert im Kampf. Und sein Oberkörper wurde von einer kostbaren Drachenschuppenrüstung geschützt.

Shahiras Blick wanderte zu den Flammen des Feuers. Sie dachte an die erste Zeit mit ihm. Seine Anwesenheit hatte ein beklemmendes Gefühl in ihrer Magengegend hervorgerufen. Nicht zu wissen, wer unter der Kapuze verborgen gewesen war, hatte nicht unbedingt Vertrauen geschaffen. Dann hatte sich dieses Gefühl gewandelt und schnell hatte er bei Shahira eine gewisse Faszination hervorgerufen. Mittlerweile waren sie sich nahegekommen und noch viel mehr als das. Er hatte ihr seine Liebe gestanden und geschworen, sie nicht mehr alleine zu lassen, solange sie ihn bei sich haben wollte. Und sie wollte. Sie konnte sich nicht mehr vorstellen, wie es ohne ihn wäre. Und als sie ihm in Bergvall mitgeteilt hatte, dass sie Zweifel hatte, wohin sie als Nächstes gehen sollten, hatte er sie nur angelächelt und gesagt, dass es ihm gleich sei, solange sie nur zusammen reisen würden.

»Woran denkst du?«

Shahira schreckte aus ihren Gedanken hoch, als sie Xzars Stimme hörte. Der Mond war mittlerweile als schmale Sichel am Himmel zu sehen und das Feuer knisterte wärmend und beruhigend. Es war nicht kalt in dieser Nacht und man spürte deutlich, dass es Sommer war. Sie sah zu ihm hinüber. Er hatte sich auf die Seite gedreht und musterte sie aus seinen wachsamen, dunkelblauen Augen. Sie versuchte zu lächeln, doch es gelang ihr nicht ganz. »Ich dachte gerade an unsere Reise zurück und an dich.«

Xzar sah sie verwundert an. »An mich?«

Sie nickte. »Ja. An den ersten Tag, als du in dem alten Gutshof zu uns kamst und dich uns anzuschließen suchtest.«

Xzar zog sich ein wenig hoch und stützte den Kopf seitlich auf einem Arm ab. »Oh ... das. Ja, und was hast du damals gedacht? Warte, lass mich raten: Wer ist denn der vermummte Unhold dort?« Er grinste breit.

»Nein ... nicht nur ...« Sie schmunzelte und stocherte mit einem Stock im Feuer herum, sodass Funken aufstoben und die Holzstücke verrutschten. Die Flammen begrüßten die neue Luft, die sich ihnen somit bot, und loderten heller auf. »Ich fragte mich damals, warum sich jemand so versteckt. Du hattest keinen Grund, dein Gesicht zu verbergen, also ich meine ... es ist nicht entstellt und von Narben übersät.«

Xzar nickte nachdenklich. »Ja, ich weiß, was du meinst. Ich bin ehrlich: Ich kann dir gar nicht genau sagen, warum ich es machte. Ich glaube, wenn jemand nicht erkennt, wer man ist, dann erzeugt das einen gewissen Abstand. Solange wir diesen zwischen uns haben, sind wir weniger angreifbar. Sobald die Distanz einmal überwunden ist und man sich besser kennt und dann auch noch sehr mag ...« Er zwinkerte ihr zu. »Kann man diesen Abstand nicht wiederherstellen. Und wenn doch, dann nur im Streit. Also wollte ich mich vielleicht schützen.« Er lachte auf, nachdem er geendet hatte.

»Was?«, fragte sie irritiert.

Er schüttelte amüsiert den Kopf. »Ich muss zugeben, vielleicht war auch ein wenig Arroganz der Jugend dabei.«

»Wie meinst du das?«

»Mein Bruder Angrolosch und ich, wir haben uns früher die Helden des Landes vorgestellt und wir haben sie immer so geheimnisvoll wie möglich dargestellt. Vielleicht wollte ich auch so erscheinen? Jetzt weiß ich inzwischen, dass es bis zum Helden noch lange nicht reicht.«

»Och ...«, sagte sie neckisch.

»Hm?«

»Ich finde, du machst dich ganz gut ...«

Xzar lächelte. »Wenn du das sagst ...«

Shahira sah einen Augenblick nachdenklich ins Feuer. »Jedenfalls verstehe ich, was du meinst: mit der Distanz. Aber wenn man sich anderen gegenüber nicht irgendwann öffnet, dann entstehen auch keine Freundschaften.« Sie warf ein weiteres Holzstück ins Feuer. »Und was dachtest du, als du zu uns kamst?«

Jetzt richtete Xzar sich auf und schaute ihr mit einem tiefen Blick in die Augen. »Das habe ich dir doch schon zweimal erzählt! Aber lass mich raten: so etwas kann man euch Frauen nicht oft genug sagen?«, er hob fragend eine Augenbraue und wartete, bis Shahira übertrieben schnell nickte.

»Nun gut, ich war ja schon einige Tage in Barodon gewesen und als ich den Aufruf hörte, es würden Abenteurer, Kämpfer und Magiekundige gesucht, da dachte ich, das klingt gut. Bin ich doch alles drei zusammen. Also ging ich an jenem Abend zu dem Gutshof, wo man uns empfangen wollte. Dort wartete der Diener ...«

Shahira unterbrach ihn. »Du erlaubst dir einen Spaß mit mir! Nur, was du über mich gedacht hast!«

Er lächelte sanft und fuhr sich kurz mit der Zunge über die Lippen, bevor er nickte. »Schon gut, schon gut. Ich kam in den Raum und musterte die Anwesenden. Erst Borion, dann Kyra und dann erblickte ich dich und mir stockte der Atem. Für einen Augenblick wusste ich nicht, wo ich war, wer ich war, als wäre ich in einer anderen Welt.« Er unterbrach sich und schmunzelte, als er Shahiras Blick bemerkte, der deutlich ihre Ungeduld zum Ausdruck brachte. »Zu viel?«

Sie nickte.

»Schon gut, doch das Nächste ist nicht übertrieben: Ich blickte in das schönste Gesicht, was mir bis dahin begegnet war und ich war mir sicher, du wärst eine Elfe. Der Glanz deiner Haare in diesem leuchtenden Gold und dann das Blau deiner Augen. Du hattest mich sogleich gefangen. Ich war erstaunt, dass eine so schöne Frau sich mit Schwert und Schild rüstete. Nur dein Lederharnisch wirkte unpassend. Aber dem konnten wir ja inzwischen abhelfen. Als du dann diesen nachdenklichen Blick bekamst, war es um mich geschehen.«

»Welchen Blick?«

Er schmunzelte noch immer amüsiert, als er auf sie deutete, »Genau diesen Blick. Du ziehst die Augenbrauen leicht zusammen und dann entsteht diese kleine Falte über deinem rechten Auge, wie ein kleines Grübchen. Es lässt dich so völlig unschuldig und liebevoll wirken. Und dann stellte Borion euch vor und als es dann an mir war, mich vorzustellen, fiel mir mein Name fast nicht mehr ein. Glaub mir, da war ich froh um die Kapuze.«

»Ich habe eine Falte?«, fragte Shahira ungläubig.

Xzar lachte. »Dich versteh einer! Ein süßes Grübchen, besser?«

Sie schob ihre Unterlippe schmollend nach vorne. »Du hast Falte gesagt.« Dann entspannten sich ihre Gesichtszüge und sie lachte. »Na gut, Grübchen.«

Xzar stand auf und ging zu ihr, um sich neben sie zu setzen. Er beugte sich leicht zu ihr hinüber, bevor seine Lippen sich den ihren näherten. Shahira fühlte die Wärme seines Körpers. Dann stupste seine Nase ihre leicht an und ihre Lippen trafen sich, um dann in einem Kuss voller Leidenschaft miteinander zu verschmelzen.

Als Xzar einige Stunden später, nur mit seiner Lederhose bekleidet und einer Decke über den Schultern am Feuer saß, sah er auf die schlafende Frau an seiner Seite hinab. ›So kann man eine Nachtwache auch beginnen‹, dachte er.

Shahira schlief tief und fest und ihre Brust hob und senkte sich. Xzar musste lächeln. Sie war eine wahre Schönheit. Ihr Gesicht war gleichmäßig und elegant, ihre Haut seidig, ihr Haar gepflegt und sauber ausgebürstet. Jede Form ihres Körpers wirkte, als müsste sie genauso sein. Er zog ihre Decke etwas höher, um ihre bloße Haut zu bedecken, dann legte er zwei Holzstücke auf das Feuer und sah zu, wie die Flammen erst vorsichtig nach der neuen Nahrung tasteten und dann immer gieriger ihre leuchtenden Finger darum schlossen.

Xzar warf einen wachsamen Blick in die Nacht. Einige Schritte entfernt sah er die Pferde, doch sie waren ruhig. Hier schien keine Gefahr zu drohen. Dennoch tastete er nach seinem Schwert und zog es ein wenig zu sich heran.

Er schluckte, als er die schwere Klinge sah. Das Drachenschwert war eine magische Waffe aus uralter Zeit, da war er sich sicher. Er griff nach dem Heft und zog dann die weißsilberne Klinge aus der Scheide. Es summte leise als würde die Schneide, die er bisher nicht ein Mal nachschleifen musste, die Luft zerteilen. Der schwarzgoldene Drachenkopf, der das Herz des Schwertgriffes bildete, funkelte ihn aus blauen Edelsteinaugen an. Xzar strich über die Parierstange, welche die Form zweier gespreizter Drachenflügel hatte. Er spürte keinerlei Unebenheiten und das Metall war frei von jeglichen Unreinheiten. Alles war so, wie es sein musste. Wenn man das Schwert in seine Scheide steckte, sah es so aus, als speie ein fliegender Drache Feuer über das Land. Die Lederarbeiten der Scheide standen der Schmiedekunst in nichts nach und so waren die Flammen in unterschiedlich dunklen Lederarten gefertigt, was dem Flammenatem entsprechende Konturen verlieh.

Xzar legte die Waffe wieder hin und lehnte sich an den Stein, der ihm schon zuvor als Lehne gedient hatte. Er atmete tief ein. Noch immer lag der Geruch von gebratenem Hasenfleisch in der Luft, was auch daran lag, dass noch drei Spieße über dem Feuer hingen. Xzars Magen meldete sich und er griff nach einem der Bratspieße. Nachdem er das Fleisch verspeist hatte, stand er auf und nahm sich einen brennenden Holzscheit als Fackel in die Hand. Er ging einige Schritte von ihrem Lager weg und auf den Fasansee zu, wo das Wasser im fahlen Licht des Mondes glitzerte. Sein Blick schweifte über die Oberfläche des Sees. Kleine Wellen waren zu sehen, die von einer kaum spürbaren Windbö verursacht wurden.

Erst nach einigen Augenblicken fiel ihm auf, dass er das Drachenschwert mitgenommen hatte. Xzar starrte die Klinge an, als könne er sie so dazu bewegen wieder ins Lager zurückzukehren, was sie natürlich nicht tat. Er hob langsam die Schneide an und drehte sie ein wenig, sodass sich das Flackern der Fackel und das Licht des Mondes im gemeinsamen Lichtertanz auf dem blanken Stahl spiegelten. Was war das für ein rätselhaftes Schwert? Xzar musste an die Worte ihres Freundes Jinnass zurückdenken. Er hatte ihnen gesagt, dass das Schwert in seinem Besitzer Kräfte freisetzen konnte, die ihn stärkten. Xzar war sich sicher, diesem Geheimnis bereits auf die Spur gekommen zu sein, denn in dem Schwertgriff befand sich ein Hohlraum, in dem wiederum eine kleine Phiole eingedreht war. Wenn man nun mit der Klinge seine Gegner verwundete, so tropfte das Blut nicht einfach herunter, sondern lief in einem feinen Rinnsal zu dem Drachenkopf, wo es dann durch eine kleine Öffnung in die Phiole floss. War diese gefüllt, so entfaltete das Schwert aus dem Blut neue Kraft und setzte eine Magie frei, die dem Träger für den Kampf mehr Stärke und Geschwindigkeit verlieh.

Xzar kannte eine ähnliche Art der Zauberei: Blutmagie. Er selbst hatte diese Zauber verwendet. Sie waren in den Ländern des Königreichs Mandum'n verboten, da sie als sehr gefährlich galten. Der Grund dafür wurde ebenfalls durch die Wirkung des Schwerts klar, denn es bedurfte nicht des eigenen Blutes, diese Magie zu formen. Kyra hatte ihm damals etwas dazu erzählt und er hatte ihr versprochen die Magieart nur noch als letzten Ausweg zu nutzen.

Und jetzt war dies seine Klinge: das Drachenschwert. Shahira hatte ebenfalls eine magische Klinge erhalten: das Donnerauge. Diesem Schwert sagte man nach, es verletzte unheilige Kreaturen und Dämonen mehr, als ein einfach geschmiedetes Schwert. Bisher hatten sie dies glücklicherweise noch nicht in Erfahrung bringen müssen.

Einen letzten Blick auf den See werfend, ging er wieder ins Lager, schob das Schwert in die Scheide und lehnte es an den Stein, an dem er den halben Abend gesessen hatte. Dann ging er zu Shahira hinüber. Sanft zog er die Decke noch etwas höher und sie lächelte im Schlaf, als seine Hand ihre Schulter streifte. Xzar setzte sich neben sie und strich eine blonde Haarsträhne aus ihrem Gesicht. Diese Frau war so wunderschön, dass Xzar sich noch immer fragte, wieso sie das Leben einer Abenteurerin gewählt hatte; nicht dass er es ihr ausreden würde, denn nur so waren sie ja überhaupt zusammengekommen. Er lehnte sich hinunter und gab ihr einen zärtlichen Kuss auf die Stirn. Sie lächelte erneut und kuschelte sich tiefer in ihren Umhang, der ihr als Kissen diente.

Xzar suchte in seinem Rucksack ein kleines Holzkästchen. Auf dem Deckel prangte ein Symbol. Es war das Wappen der Stadt Sillisyl: Ein Schwert, das ein brennendes Buch zerteilte. Er öffnete die Kiste und nahm eine dicke Pergamentrolle heraus, die er immer wieder studiert hatte und doch hatte er sie noch nicht zur Gänze gelesen. Sie enthielt die Zauberformel für den arkanen Sprung. Mit diesem Spruch konnte man weite Entfernungen zurücklegen, wenn man den Zauber gut beherrsche. Xzar studierte die ersten Zeilen noch einmal aufmerksam und erhob sich dann. Der Spruch an sich kam ihm spielerisch einfach vor und die Worte, welche die Magier für diese Formel erdacht hatten, wirkten eher wie ein Kinderreim. Dennoch konzentrierte er sich darauf und ließ seine Magie fließen. »Ein Schritt, ein Satz, auf zum weiten Ziel, komm mit, ohne Hatz, es braucht nicht viel!«

Xzar spürte, wie die arkane Kraft ihn umfloss, seinen Körper durchströmte und mit einem Mal stand er auf der anderen Seite des Lagerfeuers. Er atmete auf. Das war der arkane Sprung und auch wenn es nur vier Schritt waren, die er gesprungen war, spürte er innerlich den enormen Verbrauch seiner magischen Kraft. Er würde noch oft üben müssen, um besser zu werden und um weitere Entfernungen zu erreichen, geschweige denn, mit mehreren Personen zu springen. Langsam ging er zu Shahira zurück und setzte sich wieder. Er blätterte durch die Schriftrolle, bis er an die Stelle kam, an der er aufgehört hatte zu lesen. Im nächsten Abschnitt ging es vor allem darum, wo man landen konnte, schlug der Zauber fehl. So verbrachte Xzar die restliche Nacht studierend, neben Shahira.

# Ein neuer Feind

Am nächsten Morgen aßen sie die Reste des Hasenbratens und packten dann ihre Ausrüstung zusammen, um weiterzureisen. Sie hatten sich in Bergvall Zeit gelassen und oft darüber gesprochen, welchen Weg sie nehmen sollten und sich dann für die längere Route über die Stadt Wasserau entschieden. Für das von Xzar bevorzugte Reiseziel Kan'bja gab es zwei sinnvolle Wege. Der Erste und deutlich Kürzere führte von Bergvall aus nach Osten. Dort folgte man der Hauptstraße bis etwa fünfzehn Meilen vor die Tore Sillisyls, die Stadt der Magier. Von da aus musste man das Plateau, auf dem die Stadt erbaut worden war, südlich umgehen und dann ein großes Sumpfgebiet passieren. Danach folgte ein Pass, der entlang des Schneegebirges bis zur Zwergenstadt führte. Die größte Gefahr auf dieser Reiseroute war Sillisyl, denn seit dem Ende des Krieges vor etwa 60 Jahren herrschte im Land lediglich eine Waffenruhe und selbst diese war nie offiziell ausgesprochen worden. Die Magier hatte niemand mehr gesehen und doch trieb irgendwer aus der Stadt heraus Handel.

Im Land war noch immer die Anspannung zu spüren und nicht zuletzt die wachsende Armee des Königreichs deutete darauf hin, dass man jederzeit bereit sein wollte, sollten die Kämpfe erneut ausbrechen. Wenn man bedachte, was die Magier aus Sillisyl damals vollbrachten, wunderte das auch niemanden. Denn mit dem Ende des Krieges, als klar wurde, dass es keinen Sieger geben würde, hatten die Magier ein hohes, kaum zu erklimmendes Plateau von gewaltigem Ausmaß aus dem Boden erhoben. Dieser magische Vorgang hatte das Gefüge des Landes schwer erschüttert, da es eine erschreckende Veränderung der Natur darstellte. Die damalige Allianz, bestehend aus den Heeren der Menschen aus Mandum'n und den Elfen aus dem Südosten des Landes waren nicht in der

Lage gewesen, dieses Geschehen zu verhindern. Zu geschwächt waren ihre Truppen gewesen. Somit hatten sie es erdulden müssen, dass die Stadt der Magier, die diese selbst Sillisyl nannten, erbaut wurde. In den Folgemonaten kamen die Kämpfe mehr und mehr zum Erliegen und so entstand eine unausgesprochene Waffenruhe, die bis zum heutigen Tag anhielt.

Und auch wenn es mittlerweile Handelsbeziehungen zwischen den Völkern der Reiche und den Magiern gab, konnte niemand wissen, welche Gefahren in der Nähe jenes Ortes lauerten. Dazu kam dann auch noch, dass sie auf diesem Weg mehr Proviant gebraucht hätten, da hier weniger bewohnte Orte lagen.

Xzar hatte Shahira vorgeschlagen den zweiten Weg zu nehmen. Dieser verlief nach Süden zu der Wachstation Geraderpfeil. Von dort aus führte die Straße weiter nach Wasserau, einer großen Hafenstadt am Tarysee und gleichwohl die drittgrößte Stadt des Reiches Mandum'n. Von dort hatten sie dann mehrere Möglichkeiten weiterzureisen. Vom Tarysee aus konnten sie entweder nach Süden in die Richtung der Hauptstadt Barodon reiten oder sogar ein Flussschiff nehmen, dass sie in den Südosten brachte. Von einer der dort vorhandenen Anlegestellen waren es dann nur noch ein paar Tage bis in Xzars Heimat.

Ein Vorteil dieser Route waren die Gasthäuser, die man in den Dörfern entlang der Hauptstraße vorfand. Hier konnten sie in Betten schlafen und neue Verpflegung erwerben. Ein kleiner Nachteil war allerdings, dass sie vermutlich auch auf andere Reisende trafen, was die Dauer ihres eigenen Wegs verlängern konnte. Da es aber weder Xzar, noch Shahira auf ein paar Tage mehr oder weniger ankam, hatten sie sich für ihr erstes großes Ziel Wasserau entschieden.

Gegen Mittag sah Shahira zwischen den Bäumen eines kleinen Wäldchens das Wasser eines Baches glitzern. Sie lenkten ihre Pferde von der Straße weg und ritten auf diesen zu. »Machen wir hier Rast?«, fragte sie.

Xzar nickte.

Shahira stieg vom Pferd, löste die Riemen der Drachenschuppenrüstung und zog sie aus. Vorsichtig kletterte sie die Böschung hinab, um mit der Hand das kühle Nass zu schöpfen und an ihren Mund zu führen. Xzar sah sich um. Nichts deutete darauf hin, dass hier noch jemand war oder vor Kurzem gewesen war. Er führte die Pferde etwas abseits unter eine dicke Eiche, sodass sie von der Straße nicht gesehen werden konnten. Dann zog auch er sich die Rüstung aus, um Shahira danach zum Bach zu folgen. Er setzte sich auf einen Stein und entledigte sich seiner Stiefel, um die Füße ins Wasser zu halten.

»Es ist wirklich herrlich. Die Sonne ist so warm, dass ich den ganzen Tag im Gras liegen könnte, um meine Haut von ihren Strahlen wärmen zu lassen«, lachte Shahira fröhlich.

»Oh, ich wüsste auch, was ich in diesem Fall mit deiner Haut machen würde«, grinste er.

»Xzar!« Sie spritzte ihm Wasser entgegen.

Er unternahm nicht einmal den Versuch, sich dagegen zu wehren. »Würdest du es nicht wollen?«

Sie gab ihm keine Antwort, stand stattdessen auf und sprang über den Bach. Dann drehte sie sich zu ihm um. »Wer weiß ...«, sagte sie geheimnisvoll und streifte dabei ihr Hemd ab. Sanft glitt es zu Boden und gab ihm den Blick auf die zarte Haut ihres Bauches frei. Ein schmaler Stoffstreifen bedeckte ihren Busen. Sie drehte sich um und stieg langsam die Böschung auf der anderen Seite hoch, als Xzar aufstand.

Shahira warf ihm einen Blick über ihre Schulter zu und nach einer Handbewegung von ihr fiel nun der Stoffstreifen zu Boden. Sie fuhr sich mit der Zunge über die Lippen. Langsam ging sie vorwärts.

Xzar spürte, wie die Lust in ihm erwachte und sein Körper kündigte ebenfalls das Verlangen nach dieser Frau an. Er machte einen Satz über den Bach, als er an einem Stein abglitt und bis zu den Knien in das Wasser des Baches eintauchte. Doch er störte sich nicht daran. Er hastete die Böschung hinauf. Shahira war einige Schritte auf die Wiese getreten und grinste. Sein Blick fiel nun auf ihren Arm, der ihren Busen bedeckte. Xzar machte einen Schritt auf sie zu, doch sie schüttelte den Kopf. Also blieb er stehen, ein Beben durchlief seinen Körper. Ihre zweite Hand hielt den Bund ihrer Hose, die schon ein Stück nach unten gezogen war und einseitig ihre Hüfte preisgab. Xzar spürte, wie sein Herz schneller schlug und sein Atem sich ebenfalls beschleunigte. Sein Glied wurde steif und ihrem Blick nach zu urteilen, sah sie es. Sie lächelte und biss sich auf die Unterlippe. Dann nahm sie ihre Hand von den Brüsten und Xzar stöhnte leise auf. Er wollte sie! Er machte einen weiteren Schritt auf Shahira zu, diesmal ließ sie ihn. Sie schob nun den Hosenbund tiefer und ihre Hose rutschte bis zu ihren Knien, was ihre Scham offenbarte. Mit den Füßen streifte sie die Hose vollends ab. Nackt stand sie da und sah ihn herausfordernd an. Xzar hielt es nicht mehr. Er machte zwei schnelle Schritte auf sie zu, griff nach ihrer Hüfte und hob sie an. Stürmisch küsste er sie, während sie die Beine um ihn schlang. Mit rhythmischen Auf- und Abbewegungen reizte sie seine Lust. Xzar ließ sie runter. Wild zog er sich das Hemd über den Kopf und entledigte sich seiner Hose. Das Drachenschwert fiel neben ihm zu Boden. Shahira hatte sich rückwärts ins Gras sinken lassen und erwartete ihn, mit nicht minder viel Verlangen in ihrem Blick.

Xzar beugte sich über sie, küsste sie, fuhr mit seiner Hand ihren Körper hinab. Er liebkoste ihre Brust, umspielte mit der Zunge ihre steife Knospe, während seine Hand zwischen ihre Beine glitt. Er spürte, dass sie ihn auch wollte. Also gab er ihrer beider Verlangen nach und drang in sie ein. Sie ließen ihrer Liebe freien Lauf, während die Strahlen der Sonne ihre Haut erwärmten.

Einige Zeit später lagen sie entspannt auf der Wiese und starrten in den blauen Himmel, wo eine einzelne durchschimmernde, weiße Wolke vorbeizog.

»Ich wünschte, wir könnten hierbleiben«, sagte Shahira.

»Wir können doch noch etwas länger bleiben, keiner drängt uns«, antwortete Xzar und strich sanft mit der Hand über ihren Bauch.

»Ja, aber das meine ich nicht.«

»Was denn sonst? Willst du hier leben?«

Sie seufzte. »Vielleicht. Wobei, eigentlich auch nicht, nein. Ich glaube, ich weiß nicht, was ich will.«

»Mir fiele da schon was ein«, grinste Xzar und seine Hand fuhr ihren Bauch hinab, berührte ihre Scham und sie stöhnte leise.

»Xzar, warte ...«

Seine Finger fuhren tiefer und er küsste ihren Hals. Ein weiteres Stöhnen entwich ihr und sie flüsterte, »Ja, noch ein wenig länger hierbleiben ...« Erneut versanken sie im Liebesspiel.

Später entschieden sie, dass sie die Nacht hier verbringen wollten. Die Sonne stand bereits tief am Himmel und dieser Ort eignete sich gut als Lagerplatz.

Shahira lächelte, ihr Blick aufs Feuer gerichtet. »Jeden Tag sollten wir das aber nicht machen, sonst kommen wir nie irgendwo an.«

»Ankommen werden wir schon, aber es wird Jahre dauern«, sagte Xzar.

»Oh, Jahre? Du hast viel vor, wie mir scheint.«

»Wenn es bedeutet, dass wir wie heute ...« Er ließ den Satz unbeendet.

Shahira kuschelte sich in seine Arme. »Es war schön.«

»Ja, das fand ich auch.«

Am nächsten Tag ritten sie die gepflasterte Straße nach Süden und Shahira genoss das Prickeln der Sonnenstrahlen auf ihrer

Haut. Ein sanfter Lufthauch, der immer mal wieder durch die Bäume wehte, erfrischte sie und sorgte dafür, dass die Sonne nicht zu heiß wurde. Vor einigen Wochen hatte es in diesem Landstrich stark geregnet und es hatte der Natur geholfen, denn die Bäume standen in einem saftigen Grün. Die Blumen und Gräser blühten in voller Farbenpracht.

Shahira sah zu Xzar und als sie ihn einen Augenblick musterte, bemerkte sie, dass er angestrengt in die Ferne blickte. Als sie seinem Blick folgte, sah sie, was die Aufmerksamkeit ihres Gefährten erregte. Etwa eine viertel Meile vor ihnen gab es einen kleinen Tumult. Dort standen zwei Karren und versperrten die Straße. Einer der Wagen war sogar zur Seite gekippt. Außerdem erkannten sie zwei Männer, der eine, auf der Straße stehend und der andere, auf seinem Kutschbock sitzend. Sie gestikulierten wild miteinander. Allerdings waren Xzar und Shahira noch zu weit weg, um zu verstehen, worum es ging.

»Sieht aus, als wären sie zusammengestoßen. Lass uns zu ihnen reiten und fragen, was passiert ist und ob wir helfen können«, sagte Xzar.

Sie nickte.

Als sie näher heran waren, sahen sie, dass es sich tatsächlich um zwei Pferdekarren handelte. Der eine, von zwei kräftigen Rappen gezogen, stand längs des Weges und sein Besitzer saß oben auf dem Bock. Der zur Seite gekippte Karren war deutlich kleiner und nur von einem Pferd gezogen, welches etwas abseits des Weges an einem Baum angebunden war. Ein rundlicher Mann stand in der Mitte der Straße und drohte dem zweiten Mann, der eher schlaksig wirkte, mit seiner Faust. Der Dünne trug elegante Kleidung und seinem hochmütigen Blick nach zu urteilen, interessierten ihn die Worte des Dickeren nicht.

Als Xzar und Shahira bei ihnen ankamen, hörten sie den Mann auf der Straße schimpfen. »… nicht auszudenken, was das für einen Verlust bedeutet. Das könnt ihr Euch nicht vorstellen!«

Der Dünnere antwortete mit nasalem Säuseln, »Es war ja auch nicht abzusehen, dass Euer ... *Wagen*«, er deutete angewidert auf das umgekippte Gefährt, »so viel Platz benötigen würde. Und es ist auch nicht meine Schuld, wenn Euer ... *Pferd*«, sein Blick suchte dieses am Baum, »dann so weit auszuweichen versucht, dass Euer Wagen dabei umkippt.«

Der Dicke zürnte weiter. »Mein Pferd musste ausweichen, weil Euer Schwarzer versucht hat zu beißen!«

Daraufhin lachte der dünne Mann arrogant auf und schüttelte ungläubig den Kopf. Die beiden schienen die Heranreitenden nicht zu bemerken, zu sehr waren sie in ihr Streitgespräch vertieft und erst als Xzar sich hörbar räusperte, sahen sie zu ihnen.

»Werte Herren, bitte beruhigt Euch. Vielleicht können wir helfen? Man nennt mich Xzar und dies ist meine Gefährtin Shahira.«

Jetzt unmittelbar vor ihnen stehend, sahen sie, dass der Mann auf der Straße nicht dick, sondern eher stämmig war und nicht sehr groß. Sein Kopf hatte eine rundliche Form und seine knollenförmige Nase, sowie die herabhängenden Wangen, verliehen ihm ein eher abstoßendes Aussehen. Sein Kopf war, bis auf einen dünnen, grauen Haarkranz, kahl. Seine Haut war schmutzig, was vielleicht auch von einem Sturz vom Wagen herrühren konnte.

Shahira musterte ihn weiter. Er trug einen langen, dunklen Ledermantel, der abgetragen und an einigen Stellen mit großen Flicken gestopft war. Der Mantel war vorne durch Knöpfe geschlossen, was Shahira wunderte, denn es war heute sehr warm. Irgendetwas beulte den Mantel zusätzlich aus, fast so, als wäre dicke Kleidung darunter. Shahira stutzte merklich bei dem Anblick. Die Gewandung erklärte allerdings die dicken Schweißperlen, die dem Kerl von der Stirn tropften.

Der andere Mann war von der Körperform her das genaue Gegenteil. Obwohl er noch immer auf seinem Kutschbock saß, erkannte man, dass er groß und hager war. Er blickte hochmütig und mit hochgezogenen Augenbrauen zu ihnen hinüber. Seine Augen waren klein, standen eng zusammen und huschten über die Anwesenden. Die Nase des Mannes saß hoch in seinem Gesicht und lief dann lang und spitz zu. Die blassen Lippen glichen einem schmalen Strich und seine schwarzen, glatt gekämmten Haare glänzten vor Öl. Seine Kleidung war um einiges kostbarer als die des anderen Mannes. Er trug eine elegante grüne Weste über einem weißen Hemd, das Rüschen an den Ärmeln hatte. Die Hose war aus dunklem Leder und seitlich am Bein bis oben geschnürt. Seine schwarzen Reiterstiefel waren genietet und wippten gelangweilt auf dem Kutschbock auf und ab.

Shahira musterte den Mann nicht minder argwöhnisch als er sie. Beim Anblick seiner Erscheinung fiel ihr auf, dass an den Absätzen der Stiefel dicker und feuchter Matsch klebte, obwohl es schon lange nicht mehr geregnet hatte. Shahira verlor den Gedanken, da ihre Aufmerksamkeit auf das Gespräch gelenkt wurde.

Der Mann auf der Straße sah Xzar ernst an. »Mich nennt man Helmar Bocksbund und ihr kommt genau rechtzeitig. Dieser Kerl da«, er deutete zu dem Mann auf dem Kutschbock, »hat mich von der Straße gedrängt. Sein Schwarzer schnappte nach meinem Pferd und als dieses auswich, rutschte mein Wagen ab und kippte um. Jetzt ist die Ladung im Straßengraben verteilt und er will sich weder entschuldigen, noch mich entschädigen!«

Xzar wollte etwas erwidern, doch der andere Mann kam ihm zuvor. »Wie ich bereits sagte: Mein Pferd ist gut ausgebildet, es … *schnappt* … nicht! Ihr habt Euer … *Gefährt* … ruckartig zur Seite gelenkt, warum auch immer. Und jetzt wollt Ihr mir die Schuld geben. Wahrscheinlich sogar, weil Ihr Euren minderwertigen Plunder nicht verkauft bekommt und nun jemanden sucht, der ihn Euch bezahlt.«

Xzar hob beschwichtigend die Hände. »Bitte, wartet doch erst mal. Einer nach dem anderen. Berichtet erst einmal, was genau geschehen ist.«

Der kleinere Mann sah seine Möglichkeit und begann mit wilden Gesten zu erzählen. »Ich kam die Straße herunter aus Bergvall und glaubt mir, ich fahre diesen Weg nicht selten. Ich sah den Kerl da kommen und dachte mir noch, das wird schon passen, immerhin hat keiner von uns einen sehr breiten Wagen. Kaum war sein Gaul auf der Höhe meines treuen Astin«, er deutete auf sein Pferd, »biss der Schwarze in seine Richtung. Astin wollte zur Seite weichen und da geriet mein Rad auf den Abhang und rutschte weg. Das Ergebnis seht ihr hier.«

Der dünne Mann schüttelte belustigt den Kopf. »Nun erst einmal, ich bin Derwis Ahlblatt und was er dort erzählt, ist völlig frei erfunden. Er fuhr absichtlich weit hinüber …«

Während Xzar geduldig zuhörte, war Shahira ein wenig näher heran geritten und betrachtete sich die Unfallstelle. Aus irgendeinem Grund kam ihr die Situation falsch vor. Sie dachte über das nach, was sie sah: die streitenden Händler, der umgekippte Wagen, die dick gepolsterte Kleidung, nasser Matsch an den Stiefeln …

Sie spürte, wie sich ihre Nackenhaare aufrichteten, ihr Herz schneller schlug und sie ein leichter Schauer überkam. Sie atmete tief ein und begann ihre Gedanken neu zu ordnen, dann blickte sie genauer auf den umgestürzten Wagen. Er lag auf der Seite und halb im Graben. Die Böschung war für diesen Waldweg recht steil. Dicke, braune Säcke waren von ihm herabgefallen. Wie nebenbei fragte sie, »Verzeiht, was habt Ihr in den Säcken?«

Der Dicke zögerte unmerklich. »Rüben.«

Shahira hörte das Wort und sortierte es in ihre Überlegungen ein. Der Druck in ihrer Brust verstärkte sich ein wenig. Sie stockte und fasste dann das Ganze in ihren Gedanken zusammen: Wäre der Wagen des Händlers umgestürzt, weil das Pferd ausweichen musste, dann hätte er sich mindestens einmal überschlagen. So wie er lag, deutete alles auf ein Umkippen mit anschließendem Wegrutschen hin. Aber wo waren die Spuren, die ein herabrutschender, schwer beladener Wagen hinterlassen würde? Dazu kam, dass das Gras an der Böschung nur geringfügig platt gedrückt war. Und noch etwas: Hatte der Mann gerade Rüben gesagt? Mal davon abgesehen, dass es keinen Grund gab diese in Säcke zu verpacken, es war nicht mal Erntezeit. Ja, man konnte Rüben lagern, aber sie dann noch durch die Gegend fahren und verkaufen?

Sie erinnerte sich an das Gasthaus ihrer Eltern, dort hatte es jedes Jahr in den ersten Herbstwochen das Rübenfest gegeben. Mit Beginn der Erntezeit hatten sie dieses dreitägige Fest zelebriert und das ganze Dorf war eingeladen gewesen. Jeder der kam, brachte Speisen oder Getränke mit und sie alle feierten die erste und erfolgreiche Ernte des Jahres. In ihren Gedanken sah sie es noch lebhaft vor sich, wie ihr Vater das erste Fass Bier spendierte und meist auch noch das zweite, wobei er das nie öffentlich zugegeben hatte.

Doch jetzt hatten sie Sommer und zu dieser Zeit steckten die Rüben noch tief in der Erde und wuchsen. Dann fiel Shahiras Blick auf einen zerbrochenen Tonkrug neben einem der Säcke. Zwischen den Scherben erkannte sie, dass dort eine Flüssigkeit ausgelaufen war, die den Boden aufgeweicht hatte und daneben; Stiefelabdrücke! Shahiras Blick wanderte langsam zu dem hageren Mann auf dem Zweispänner. Ihr Herz schlug noch schneller und ihre Muskulatur spannte sich an. Sie hatte plötzlich ein trockenes Gefühl im Mund und wie von selbst wanderte ihre Hand zum Heft ihres Schwertes.

Ihr Blick und der von Derwis trafen sich und sie musterten einander, als wollten sie die Seele des jeweils anderen erforschen. Und dann passierte alles zugleich. Shahira rief, »Xzar, Vorsicht!«, während sie ihr Schwert aus der Scheide riss.

Derwis griff zeitgleich nach einer Armbrust, die verborgen auf dem Kutschbock gelegen hatte. Sie war gespannt, geladen und entsichert.

›Verflucht!‹, dachte Shahira.

Xzar hörte ihren Warnruf und Helmar auch. Der dickliche Kerl reagierte mit einer Schnelligkeit, die Xzar ihm nicht zugetraut hatte. Er griff hinter sich und zog ein kleines Handbeil hervor.

Xzar benötigte einen kurzen Augenblick länger, zog dann aber das Drachenschwert, welches am Sattel seines Pferdes verschnürt gewesen war. Helmars Augen bekamen einen seltsamen Glanz, als er das Schwert sah. Als Xzar die Klinge drohend hob, änderte sich sein Blick und er nahm eine lauernde Kampfhaltung zwischen den Wagen ein.

Xzar fluchte innerlich, denn er und Shahira saßen noch im Sattel. Zu ihrer Linken die Pferde der Kutsche, dann die Kampfstellung des kleinen Mannes in der Mitte und nicht zuletzt die geladene Armbrust machten ein Näherkommen zu Pferd unmöglich. Sie mussten absteigen, um den Angriff abwehren zu können.

Der Mann auf dem Kutschbock zielte bereits mit seiner Armbrust auf Xzar und dieser sah, dass er nicht ausweichen konnte. Also spannte er seine Muskeln an und lehnte sich im Sattel vor, als sich der Bolzen mit einem lauten *Klack!* löste und ihn mit Wucht in die Schulter traf. Xzars schnelle Reaktion hatte das Bolzenziel soweit verändert, dass sein Herz nicht getroffen wurde. Ein explosionsartiger Schmerz durchfuhr ihn und die Wucht des Treffers riss ihn nach hinten und aus dem Sattel. Er stürzte und noch während er fiel, spannte er seinen Körper an. Im Augenblick des Aufpralls rollte Xzar sich ab und gleichwohl hinter sein Pferd. Dabei brach der Bolzenschaft ab. Schwankend kam er aus der Rolle auf die Beine. Seine Knie gaben nach und kurz drohte er einzuknicken, als der Schmerz des Bolzentreffers erneut seinen Körper durchfuhr. Mehr durch Glück, als dass es gewollt war, stand nun das Pferd in der Schussbahn zwischen Xzar und dem Schützen. Für den Augenblick half ihm das, aber er brauchte eine Idee, um die Situation wieder in die Waage zu bringen, denn der Schütze würde nun Shahira ins Visier nehmen. Xzar musste handeln, solange sein Gegner die Armbrust nachlud.

Als Shahira Xzar stürzen sah, sprang sie aus ihrem Sattel und befürchtete das Schlimmste. Ihre Gegner waren durch den höher sitzenden Schützen enorm im Vorteil. Wenn sie ihn nicht schnell ausschalten konnten, standen ihre Hoffnungen auf einen Sieg schlecht. Sie fluchte leise. Um an Derwis heranzukommen, musste sie an Helmar vorbei. Dazu kam, dass sie nicht wusste, was mit Xzar war, denn sein Pferd versperrte ihr die Sicht.

Helmar schien sich ihrer Situation bewusst und stand lauernd zwischen den beiden Wagen. Somit konnte er jeden ihrer Versuche unterbinden, sollte sie sich Derwis nähern wollen.

Da Helmar nicht angriff, nutzte Shahira die Zeit, um ihren Schild aus dem Sattelhalter zu nehmen. Hastig schob sie ihren Arm durch die Schlaufe, zog sie leicht fest und packte den Holzgriff. Eine kleine Drehbewegung ihrer Schulter brachte den Schild in Verteidigungshaltung. Das verkleinerte zumindest ihre Trefferfläche, auch wenn es auf solch kurze Entfernung fast unmöglich sein würde, einen Bolzen zu parieren.

Shahira blickte in Helmars Augen und ihr schauerte. Ihr Gegenüber sah sie gehässig an und als sie auf ihn zuging, sagte er mit hartem Ton, »Gebt uns einfach das Schwert und ihr könnt weiterreisen, ohne dass euch etwas geschieht!« Dabei deutete er an Shahira vorbei und als sie sich umsah, erkannte sie Xzar, der das Drachenschwert in der Hand hielt. Sie atmete sichtlich erleichtert auf. Ihr Geliebter lebte.

Und noch während Xzar den Mann aus seiner Deckung heraus verständnislos ansah, war Shahira vor Helmar getreten und bereit den ersten Schlag zu führen. Aus den Augenwinkeln sah sie, dass Derwis die Armbrust neu gespannt hatte und einen Bolzen auflegte.

Shahira wollte nicht warten, bis er schoss, also holte sie aus und schlug zu. Helmar lehnte sich mit einer fast unmenschlich wirkenden Bewegung nach hinten, um dem Angriff zu entgehen. Dabei drückte sich sein dick gepolsterter Mantel nach vorne und Shahiras Klinge schnitt scharf durch das Leder. Ihr Schwert kratzte über harten Stahl und mit Schrecken wurde ihr gewahr, dass Helmar einen Brustharnisch trug, was die dickwirkende Kleidung erklärte. Helmar grinste, als er ihren überraschten Gesichtsausdruck sah.

Shahiras Blick huschte kurz zu Derwis und sie fluchte innerlich, als sie sah, dass er die Armbrust an die Schulter drückte und zielte: Und zwar auf sie!

Xzar hatte die Zeit genutzt und war an seinem Pferd vorbeigeeilt. Er stand jetzt hinter Shahira und zu seiner Linken die Pferde des Zweispänners, auf dem der Schütze saß. Die Falle, die sie ihnen gestellt hatten, war gut vorbereitet gewesen, denn der Vorteil lag klar bei ihren Feinden. Von dort wo Xzar sich befand, kam er weder an Helmar noch an Derwis heran. Wie er es befürchtet hatte, zielte der Schütze gegenwärtig auf Shahira. Sie, im Kampf mit Helmar, erwehrte sich gerade zwei schnellen und doch heftigen Hieben seiner Axt. Der erste Schlag traf ihren Schild und den zweiten konnte sie mit dem eigenen Schwert zur Seite lenken. Xzar ahnte, dass der Schuss bald erfolgen würde und ihm kam eine Idee.

Als Derwis gerade den Finger an den Abzug legte, schwang Xzar sein Schwert in einem großen Bogen. Mit einem lauten Kampfschrei hieb er die flache Seite der Klinge auf das Hinterteil des Pferdes neben ihm.

Das Pferd, das Helmar vorhin als *der Schwarze* bezeichnet hatte, wieherte vor Schreck laut auf und versuchte vorzuspringen. Da das zweite Pferd dies allerdings zu spät begriff, ruckte der Wagen nur einmal heftig nach vorne. Es reichte aus und Derwis verlor das Gleichgewicht. Während er die Armbrust nach oben riss, löste er allerdings den Abzug unkontrolliert aus. Der Bolzen surrte los und auch wenn Xzars Plan funktioniert hatte, flog das Geschoss auf Shahira zu.

Einige Herzschläge zuvor lenkte Shahira Helmars Angriff zur Seite weg, verzichtete aber auf einen Gegenangriff. Sie hoffte, dass sie den folgenden Schuss rechtzeitig kommen sah, denn dann konnte sie mit etwas Glück den Schild zur Abwehr heben. Ihr Gegner war allerdings nicht zu unterschätzen, denn er schien Shahiras Absicht zu erkennen. Also führte er einen einfachen Hieb von oben herab. Als Shahira den Schild zur Parade vorschob, hakte er sein Axtblatt hinter den Rand des Holzschildes ein. Das brachte sie in eine noch gefährlichere Situation. Ihr Gegner war nun in der Lage mit ein wenig Kraft ihren Schild nach unten zu reißen, wodurch sie ihre Deckung verlor. Und seinem Grinsen nach zu urteilen, hatte er genau das vor.

Noch bevor er dies tun konnte, hörte sie Xzars Schrei und das Wiehern des Pferdes. Ein inneres Gefühl ließ sie aufschrecken. Intuitiv warf sie sich nach hinten. Das hatte zur Folge, dass Helmar durch die eingehakte Axt mitgerissen wurde. Zu seinem Entsetzen geriet er dadurch in die Flugbahn des abgeschossenen Bolzens. Helmar schrie auf, als die scharfe Spitze in sein Schulterblatt drang. Fast rutschte ihm der Axtgriff aus der Hand und nur mit letzter Kraft schien er ihn festzuhalten. Dann landete er auf Shahiras Schild, der die Abenteurerin unter sich begrub. Das zuvor schon wutverzerrte Gesicht des Mannes wandelte sich zu blankem Hass.

Xzar nutzte den Augenblick der Verwirrung und packte Derwis am Bein, als dieser den Versuch unternahm, nach hinten auf die Ladefläche zu klettern. Da beide Pferde jetzt der gleichen Meinung waren und zur Flucht ansetzten, war es für Xzar ein Leichtes den strampelnden Schützen vom Kutschbock zu zerren. Und noch während Derwis stürzte, ließ Xzar ihn los und schlug ihm mit einem brutalen Aufwärtshieb sein Schwert in den Magen. Die Klinge riss erbarmungslos den Oberkörper des Mannes auf, ein Nachteil der fehlenden Rüstung. Ein Schwall Blut, gefolgt von Innereien, ergoss sich vor Xzars Füße. Ohne dem sterbenden Mann weitere Beachtung zu schenken, drehte er sich um und sah, dass Shahira mit ihrem Gegner um die Herrschaft am Boden rang. Xzar war wütend und brüllte Helmar an. »He, Rattenschiss!«

Xzar holte aus. Der Mann hob erschrocken seinen Kopf hoch. Damit beging er einen entscheidenden Fehler. Shahira nutzte den Augenblick der Ablenkung. Heftig stieß sie Helmar einen Dolch, den sie aus ihrem Gürtel gezogen hatte, in die Rippen. Fast gleichzeitig trennte Xzar ihm mit einem Hieb den Kopf von den Schultern. Mit einer Miene, die nicht zu begreifen schien, was geschehen war, polterte Helmars Kopf dumpf die Böschung hinab, um dann im Graben neben einem der Rübensäcke liegen zu bleiben.

Xzar drehte sich wieder zu Derwis um. Der Mann, dessen gesamter Oberkörper vom Blut rot war, starb mit einem seltsamen Blick, der auf Xzars Drachenschwert gerichtet war. Noch einen Herzschlag lang sah er in die geweiteten, toten Augen des Mannes, dann drehte er sich weg und half Shahira.

Zu seiner Erleichterung war sie unverletzt. Er wollte gerade aufatmen, als ihn ein scharfer Schmerz daran erinnerte, dass er nicht so glimpflich davon gekommen war. Shahira, die ihn besorgt musterte, besah sich die Wunde. Der Bolzen steckte tief in Xzars Schulter, denn er hatte die Drachenschuppenrüstung durchschlagen. Das war eine der Schwachstellen dieser Rüstungen: Stichwaffen, und dazu zählten Pfeile und Bolzen eindeutig auch.

»Kannst du mir helfen, den Bolzen loszuwerden?«, fragte Xzar.

Shahira warf einen angewiderten Blick auf die toten Männer. »Ja. Aber lass uns ein wenig von hier fortgehen. Wir können sie später durchsuchen.«

Als Shahira den Bolzen entfernt hatte, reinigte sie die Wunde und legte einige Kräuter darauf. Xzar sog scharf die Luft ein, denn das darauffolgende Brennen war nicht viel angenehmer als der Bolzentreffer selbst.

»Stell dich nicht so an, du konntest damit noch kämpfen, also wirst du das Verbinden wohl auch überleben«, sagte Shahira tadelnd.

»Ja«, antwortete er. »Da war es notwendig den Schmerz zu ertragen. Zugegeben, da habe ich ihn nicht so wahrgenommen.«

Shahira legte etwas Moos auf die Wunde. Das feuchte Gewächs verhinderte, dass der Verband die Wunde verklebte. In Bergvall waren sie für ein paar Tage bei einem Heiler gewesen und hatten sich das Wesentliche für das Behandeln von Wunden beibringen lassen. Ihr letztes Abenteuer hatte ihnen gezeigt, dass solche Kenntnisse durchaus nützlich sein konnten. Damals hatten sie die Magierin Kyra und den Elfen Jinnass bei sich gehabt. Die beiden waren in der Lage gewesen Wunden mithilfe von Magie zu heilen. Dazu hatten sie noch einige Heiltränke in ihrer Ausrüstung gehabt, doch ihre Freunde waren nicht mehr da und sie hatten auch nur noch zwei Tränke, die sie für den Ernstfall aufheben wollten.

Shahira hatte erstaunlich schnell begriffen, wie man Pfeile und Bolzen entfernte, dafür lag ihr das Nähen von größeren Wunden nicht. Entweder wurden ihre Nähte zu groß oder sie stach die Nadel zu tief unter die Haut. Der Heiler hatte sie an einem Stück Schweineschwarte üben lassen und wenn man ihm Glauben schenkte, ähnelte das Gewebe dem von Menschen.

Xzar hatte Shahira in den Wochen in Bergvall oft bewundert, denn sie war wissbegierig, lernte hier etwas und dort etwas, und ließ sich alles zeigen. Xzar mochte diesen Charakterzug an ihr, denn er erinnerte ihn an sich selbst. In den ersten Jahren bei seinem Lehrmeister hatte er dessen Bücher nur so verschlungen, um möglichst viel zu lernen.

Shahira hatte sich auch das Bogenschießen angeeignet. Wahrlich, sie war noch keine Meisterin darin, aber es reichte aus, um zu jagen, und das war mehr, als er selbst konnte. Dies hatte sich gezeigt, als sie eines Abends zusammen vor einigen Zielattrappen gestanden hatten. Während Shahira die runden

Strohscheiben zumindest getroffen hatte, waren seine Pfeile fast alle zu kurz oder viel zu lang geflogen. Shahira hatte ihm gesagt, es läge an der Art wie er zielte; zum einen mit dem falschen Auge und zum anderen wären seine Schüsse immer unterschiedlich. Sie hatte ihn belehrt, dass er versuchen sollte den gleichen Schuss zu wiederholen.

Xzar hätte schwören können, dass er genau das getan hatte. Am Ende hatte sie ihm einen Kuss gegeben und ihn dazu verdonnert die Kaninchen, die sie jagte, zu häuten, sie auszunehmen und zu braten. Hierbei war er sich sicher gewesen, dass er das konnte. Zumindest solange, bis Shahira die nordländischen Kräuter aus der Tasche geholt hatte. Seitdem häutete er die Tiere nur noch und nahm sie aus, das Würzen übernahm sie. Nun ja, und am Ende durfte er das Fleisch dann braten.

Xzar hatte es ihr nie übel genommen und es war ein neckendes Spiel zwischen ihnen beiden geworden. Es hatte sie einander immer näher gebracht. Diese Unbeschwertheit miteinander zu scherzen, gemeinsam zu lachen und zu genießen war für Xzar unbezahlbar geworden.

Etwas später standen sie wieder vor dem Kampfschauplatz. Die grauenvolle Szenerie, die sich ihnen hier bot, drückte ihre Stimmung. Shahira versuchte sich an den Kampf zu erinnern, denn so schrecklich war er ihr nicht vorgekommen. Doch jetzt, wo sie wieder hier stand, sah sie die andere Seite des Ganzen, denn überall war Blut. Nicht nur an und um die beiden Leichen herum, nein, auch Helmars Karren war über und über mit dunklen Flecken bedeckt. Derwis` Wagen war nicht zu sehen. Die geflohenen Pferde hatten sich anscheinend weiter abgesetzt. Die Leiche des Schützen lag in sich zusammengekrümmt auf der Straße. Eine große rote Lache hatte sich unter ihm ausgebreitet.

Die Haut auf Shahiras Armen kräuselte sich. In den Bäumen hatten sich Krähen eingefunden, die sich selbst zu einem grausamen Totenschmaus geladen hatten. Einer der schwarzen Vögel saß auf Helmars Kopf und pickte akribisch an seinem Augapfel herum. Shahiras Frösteln mischte sich mit einer aufkommenden Übelkeit und sie wandte sich würgend ab. Ihr war dies vorher noch nie so deutlich aufgefallen: Die Grausamkeit des Gefechts und die Endgültigkeit des Lebens, obwohl es bei Weitem nicht ihr erster Kampf gewesen war. Xzar sah sie besorgt an und auch seine Miene zeigte einen gewissen Ekel. Seine Gesichtshaut war bleich und die Lippen hart aufeinandergepresst. Er deutete ihr an mit den Pferden einige Schritte fortzugehen. Das Durchsuchen ihrer Angreifer übernahm er. Dankbar für sein Angebot entfernte sie sich.

Xzar verstand ihre Empfindung, denn die Bilder nach dem Kampf waren jedes Mal erschreckend und es wirkte oft so, als hätten die Gegner nichts ausgerichtet. Dabei war es nicht so gewesen, denn in diesem Kampf hatte sie ihr Glück gerettet. Wenn Derwis' zweiter Bolzen Shahira getroffen hätte, wäre ihr Kampf deutlich härter geworden. Schon sein erster Schuss war auf Xzars Herz gezielt gewesen und nur die kurze Bewegung im Sattel hatte ihn vor Schlimmerem bewahrt.

Xzar seufzte und auch wenn er diese grauenvollen Bilder zu verdrängen versuchte, so beruhigte ihn der Gedanke, dass er ein gewisses Bedauern verspürte. Es gab genügend Kämpfer, die das Abschlachten und Töten zu ihrem Beruf gemacht hatten. Xzar gefiel dieser Gedanke nicht, da das Leben immer einen Wert besaß. Er selbst hatte das lernen müssen, als sein Lehrmeister Diljares ihn in der Kunst der Blutmagie ausgebildet hatte. Er hatte ihn ausdrücklich davor gewarnt, jemals das Blut anderer Lebewesen zu verwenden, denn dies würde die Seele auf einen finsteren Pfad führen. Xzar hatte diese Form der Magie bereits angewandt. Bisher hatte er aber lediglich seine eigene Lebenskraft in arkane Ströme umgewandelt, doch seit einiger Zeit fragte er sich, ob er auch damit zu weit gegangen war. Vor allem wenn er an sein Gespräch mit Kyra zurückdachte. Sie hatte ihm erklärt, was Blutmagie bewirken konnte. Verwendete man sie falsch oder übernahm man sich, war nicht nur der eigene Tod möglich, sondern auch alles Leben um einen herum gefährdet. Schlimmer noch: Blutmagie konnte, in einen toten Körper eingehaucht, Untote erschaffen und Totenbeschwörung war der tiefste und dunkelste Abgrund der Magie. Kyras Worte beschäftigten ihn seither. War Blutmagie wirklich ein nützliches Mittel zum Zweck? Waren es die Magier nicht auch dem Leben schuldig, dieses zu achten und zu schützen?

Xzar verdrängte die Gedanken und schritt näher an Helmars Leiche heran. Als er sich zu ihm hinunterbeugte, verscheuchte er einen Schwarm schwarzer Fliegen, die sich auf den Wunden niedergelassen hatten. Er schluckte die aufkommende Übelkeit runter und begann die Taschen des schweren Mantels zu durchsuchen. Dabei stellte er fest, dass der Tote eine hochwertige Brustplatte getragen hatte. Eine Halbschale, die den vorderen Körperteil schützte und das war auch sein Verhängnis geworden. Der Bolzen hatte Helmar ungeschützt in seine Schulter getroffen.

In den Manteltaschen des Mannes fand er nicht viel Nützliches. Ein paar Silbermünzen, eine leere Schnapsflasche und ein geschwärztes Blatt Papier. Er warf die Flasche und das Papier beiseite und nahm sich die Münzen.

Jetzt kniete er neben Derwis, dessen Taschen schwerer zu durchsuchen waren, da sein gesamter Oberkörper blutdurchtränkt war. Xzar kämpfte deutlich mit seiner Übelkeit, um ihren Inhalt zu enthüllen, und trotzdem fand er auch hier nichts, was auf die Herkunft der beiden oder den Grund für den Überfall deutete. Als Erstes zog er ein blaues Stofftuch hervor oder vielmehr war es einst blau gewesen, denn es war vom Blut verfärbt. Er ließ es fallen. Dann fand Xzar ein Pergament und die noch zu erkennenden Linien deuteten darauf hin, dass es sich um eine Reiseroute von Wasserau nach Bergvall handelte, auch uninteressant für sie. Zuletzt fand er ein geschwärztes Stück Papier … schon wieder?

Er ließ es zu Boden sinken. Noch während es in die Blutlache fiel und sich langsam vollsog, kam ihm ein Gedanke. Das war schon ein seltsamer Zufall. Er starrte hinab auf das schwarze, blutnasse Blatt. Dann schritt er zu Helmar zurück, kniete sich nieder und hob dessen Pergament auf. Er betrachtete es sorgsam, doch er sah nichts außer der schwarzen Färbung. Womit hatte man dies erreicht? Kohle vielleicht? Eher nicht, dann würde das Papier abfärben. Er hob es hoch und hielt es gegen das Licht. Die Sonne schien an einigen Stellen durch und erst wollte er es als Unregelmäßigkeiten in der Färbung abtun, dann sah er, dass es feine Linien waren. Sie schienen sehr gerade und schimmerten weiß. Xzar musterte das Pergament eine ganze Weile und es strengte ihn an, in dem Gewirr etwas Sinnvolles zu erkennen.

Je länger er es betrachtete, desto mehr erkannte er, dass es ein Muster darstellte. Der äußere Rand ähnelte einem siebenseitigen Edelstein, der oben eine lange, flache Seite hatte und unten spitz zusammen lief. Wenn die Linien den Schliff des Edelsteins darstellten, dann war der obere Bereich um einiges breiter. Mittig in dem Edelstein war ein Kreis, der die drei langen Seiten innen berührte. Dann erkannte Xzar noch ein Viereck, dessen Spitzen oben angefangen, den Kreis rechts, unten und links trafen. Und dann zuletzt, gab es von der rechten zur linken Ecke ein Auge mit der Iris eines Drachen.

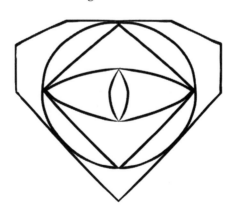

Xzar sah von dem Papier auf und rieb sich mit den Fingern ein Zwicken aus seinen Augen. Was hatte das zu bedeuten? Schon wieder ein Drache? Er dachte nach. Die Kerle wollten sein Schwert haben, warum? Und wer waren sie?

Xzar sah sich noch einmal um. Ein paar Schritte entfernt fand er Derwis` Armbrust. Sie musste vom Karren gefallen sein, als die Pferde losgeprescht waren. Xzar betrachtete den Kreuzbogen genauer. Die Waffe war präzise gebaut und alle Kanten waren fein säuberlich rund geschliffen. Bis auf die Verarbeitung konnte Xzar nichts Auffälliges erkennen; kein Name, keine Initialen. Jetzt war sie dazu noch wertlos, denn die Halterung des Bogens war abgebrochen. Kein noch so guter Schmied konnte diese Waffe wieder reparieren. Er warf sie in einem hohen Bogen in den Wald.

Dann schritt er zu Helmars umgestürzten Karren und befreite zuerst das kleine Pferd, das an den Baum gebunden war. Es drehte träge den Kopf und sah ihn teilnahmslos an. Als es frei seiner Knechtschaft war, gab Xzar ihm einen Klaps aufs Hinterteil, doch das Pferd rührte sich nicht vom Fleck. Er versuchte es mit einem »He! Hopp!«, was dazu führte, dass das Tier ein paar kleine Schritte nach vorne ging. Als es an der Böschung ankam, blieb es stehen, um in aller Seelenruhe die saftigen, grünen Grashalme zu fressen.

»Dann eben nicht«, sagte Xzar und wandte sich wieder dem Wagen zu. Zu seiner Enttäuschung war auch hier nichts Ungewöhnliches zu finden. Ein kleiner Rucksack mit Reisegepäck, in dem etwas Proviant, ein Wasserschlauch, ein Brotmesser, zwei Teller und ein verbeulter Becher waren. Die zerbrochene Amphore hatte zuvor Wein enthalten, der jetzt im Boden versickert war. Alles sah so aus, als sei dies ein tragischer Unfallort, genauso, wie die beiden Männer ihn dargestellt hatten.

Xzar öffnete einen der Rübensäcke. Anstelle der Rüben waren hier lediglich Stoffballen zu finden. Das bestätigte ihm, dass es ein geplanter Hinterhalt gewesen war, auch wenn er bereits zuvor nur noch wenige Zweifel gehabt hatte. Die Geschichte der beiden vermeintlichen Händler schien zur Ablenkung frei erfunden. Wahrscheinlich war nichts an den Männern echt gewesen, vermutlich nicht einmal ihre Namen. Derwis und Helmar waren Namen aus dem Königreich Mandum'n. Sicher nicht die Häufigsten, aber keine, die eine besondere Herkunft vermuten ließen.

Xzar sah zu dem toten Helmar. Inzwischen waren die Augenhöhlen leer und die Krähen stritten sich um ihren Anteil. Er seufzte, denn er konnte die beiden so nicht zurücklassen. Er holte eine kleine Schaufel aus ihrem Gepäck und hob ein flaches Grab aus, in das er die beiden hineinlegte. Er war sich nicht sicher, ob es reichen würde, um Wildtiere am Ausgraben zu hindern, aber für tiefere Gräber fehlte ihm die Kraft in seinem verletzten Arm.

Als er und Shahira zwei Stunden später weiterritten, hatten sie den Wagen zurückgelassen. Das Pferd mit dem Namen Astin nahmen sie mit, vielleicht konnten sie es verkaufen oder selbst für weiteres Gepäck nutzen. Xzar hatte Shahira das schwarze Blatt mit dem Symbol gezeigt und nachdem sie es einen Augenblick gemustert hatte, sah sie dasselbe Zeichen wie auch Xzar zuvor.

»Was mag das Symbol bedeuten?«, fragte sie nachdenklich.

Xzar zuckte mit den Schultern und antwortete, »Ich weiß es nicht, vielleicht ein Erkennungszeichen?«

Sie besah sich das Symbol noch einmal. »Nur für wen oder was?«

»Das werden wir vorerst nicht herausfinden. Aber ich glaube, wir haben es schon einmal gesehen.«

»Wo?«, fragte sie überrascht.

»Die Söldner damals im Tempel. Erinnerst du dich an die Zeichen auf ihren Rüstungen?«

Shahira überlegte einen Augenblick, dann weiteten sich ihre Augen. »Ja!«, rief sie erstaunt aus. »Du hast recht. Wie hängt das denn zusammen?«

»Das weiß ich noch nicht. Aber vielleicht finden wir jemanden in Wasserau, der das Zeichen kennt.« Xzar nahm das Papier wieder entgegen. »Was mich mehr interessiert, warum haben sie uns aufgelauert?«

»Sie wollten dein Schwert.«

»Ja, wollten sie.«

Shahira sah zurück, so als wollte sie sich den Ort des Geschehens erneut betrachten. Es war ein vergeblicher Versuch, denn sie waren schon außer Sichtweite.

»Xzar, das setzt voraus, dass sie wussten, wer wir sind und wo wir entlang reisen würden. Und was es noch viel unheimlicher macht, sie wussten, wann wir hier sein würden. Der Hinterhalt war genau geplant. Aber wer kannte unsere Reisepläne?«

Xzar dachte nach. »Der Wirt wusste es. Und du weißt selbst, wie gerne er etwas über seine Gäste erzählt. Dann der Händler, bei dem wir den Proviant kauften und der Hufschmied. Aber ich glaube nicht, dass einer von ihnen uns absichtlich verraten hat.«

Shahira nickte. »Nein, mit Absicht nicht. Aber wenn jemand nach uns fragte, dann hätten sie auch kein Geheimnis daraus gemacht, wo wir hin wollen.«

Xzar stimmte ihr zögerlich zu. »Dennoch, sie wussten ganz genau, wann wir da sein würden. Und das konnten sie nur wissen, wenn sie uns beobachtet haben. Immerhin hätten wir ja auch einen Umweg nehmen oder langsamer reisen können und dazu kommt noch, dass auch keine anderen Reisenden zu diesem Zeitpunkt die Straße genutzt haben. Das ist etwas, was mich eh wundert. Dies ist doch die Hauptstraße nach Süden, warum treffen wir keine anderen Reisenden?«

Shahira wusste keine Antwort. Sie sah sich verstohlen um, als befürchtete sie, dass der nächste Hinterhalt drohte. Doch der Wald, durch den sie gerade ritten, war still und friedlich.

Sie hatten sich dazu entschlossen, ein Stück abseits des Weges zu reiten, um eventuelle, weitere Gefahren zu umgehen. Shahira dachte noch eine ganze Weile darüber nach, was passiert war. Die beiden Männer hatten ein geschicktes Ablenkungsmanöver inszeniert. Das sprach gegen die üblichen Herumtreiber und Banditen. Was Shahira an der Situation am meisten störte, dass sie so lange mit dem Angriff gewartet hatten. Wenn sie die Initiative übernommen hätten, wäre der Kampf vielleicht deutlich besser für sie gelaufen. Wobei sie zugeben musste, dass Xzar und sie viel Glück gehabt hatten.

Dann stellte sich die Frage, warum es nur zwei Angreifer gewesen waren? Noch einer oder zwei mehr und es wäre für Xzar und sie eine Niederlage geworden. Und zuletzt das Symbol auf dem schwarzen Blatt, was bedeutete es? Vielleicht erfuhren sie es in Wasserau. Bis dahin hatten sie aber noch einige Reisetage vor sich und sie hofften, dass es keine weiteren Überfälle mehr geben würde.

## Verborgene Kraft

Am späten Nachmittag suchten sie einen Lagerplatz für die Nacht, der abseits der Straße lag. Nachdem sie die Pferde versorgt hatten, war Xzar losgezogen, um die Umgebung auszukundschaften, während Shahira etwas zu Essen vorbereitete. Sie saß an einem kleinen Feuer und hatte die Beine ausgestreckt, dann holte sie Brot und Käse aus ihrem Rucksack und schnitt mehrere Scheiben für sich und Xzar ab. Sie legte alles auf Holzteller auf ihren Beinen.

In Bergvall hatten sie einige lang haltbare Lebensmittel gekauft und Shahira musste zugeben, dass der Käse aus Trivis am See, einer kleinen Stadt am östlichen Schneegebirge, eine unvergleichliche Delikatesse war. Er hatte einen sahnig milden Geschmack, der ein wenig an Schafsmilch erinnerte. Der äußere Rand dagegen war würzig und brachte ein rauchiges Aroma mit sich und alleine der Duft ließ Shahira schon das Wasser im Mund zusammenlaufen. Sie entschloss sich, noch zwei Rinderwürstchen dazu zu nehmen, die sich in Xzars Rucksack befanden. Sie beugte sich, soweit es die Teller auf ihrem Schoß zuließen, zur Seite und fluchte leise, da ihre Arme zu kurz waren. Es fehlte ihr eine halbe Armlänge. Sie seufzte, also musste sie doch erst alles wegräumen, um aufstehen zu können. Gut, das bedeutete nicht allzu viel Aufwand, aber sie war froh gewesen endlich zu sitzen und die Beine auszustrecken.

Vielleicht reichte ihr Arm ja doch und einem inneren Impuls folgend, versuchte sie noch ein weiteres Mal die Tasche so zu erreichen. Sie lehnte sich weit zur Seite und streckte ihren Arm aus. Sie wollte doch nur zwei Würste haben.

Und dann plötzlich, wie von unsichtbarer Hand gezogen, fiel der Rucksack um und die in Papier eingewickelten Würste flogen in ihre Hand. Sie zuckte heftig zurück, sodass die Teller von ihrem Schoß herunterrutschten und sich Käse und Brot auf dem Boden verteilten. Die Würste ließ sie ebenfalls fallen. Erschrocken sprang sie auf. Ohne zu überlegen, hatte sie ihr Schwert gezogen und spähte nun durch das Lager.

»Ist da wer?«, fragte sie unsicher, obwohl sie niemanden sah. Keine Antwort. Ihr Abendessen lag verteilt auf dem Boden. Als nach einigen Augenblicken noch immer alles ruhig war, näherte sie sich langsam wieder dem Feuer, ihr Schwert immer noch erhoben.

»Willst du unser Essen erschlagen?«, hörte sie eine amüsierte Stimme hinter sich.

Als sie sich umdrehte, lag auf ihrer Miene ein erschrockener Ausdruck. Xzar schmunzelte, denn sie sah aus wie ein Kind, das von ihrem Vater beim Äpfelstehlen erwischt wurde. Er lächelte ihr entgegen. Shahira ließ das Schwert sinken. »Nein! Ich habe nur ... ich meine, da war ... es ist anders, als es aussieht«, seufzte sie.

Xzar kam näher. »Ja, das glaube ich dir aufs Wort.« Er ging ans Lager heran und sah das verstreute Essen auf dem Boden. »Eine neue Art des Würzens?«, fragte er immer noch lachend.

Shahira spürte, wie ihr die Röte ins Gesicht schoss. »Das ist nicht lustig«, sagte sie leicht schmollend.

»Hm, im Augenblick finde ich...«, wollte er gerade sagen, als sie ihn unterbrach. »Ja gut, es sieht so aus.« Jetzt stahl sich ein kurzes Lächeln auf ihr Gesicht.

Xzar kam zu ihr und gab ihr einen Kuss, bevor er damit begann das Essen aufzusammeln. »Magst du mir sagen, was passiert ist?«

Sie zuckte mit den Schultern. »Wenn ich das wüsste. Ich hatte uns Brot und Käse geschnitten und wollte an die Wurst in deinem Rucksack. Ich kam nicht heran und bevor ich mich versah, flogen sie auf mich zu.«

Xzar sah sie ungläubig an und öffnete den Mund zu einer Bemerkung, als sie ihn erneut unterbrach. »Ja, ich weiß, wie das klingt. Ich habe mich erschrocken und als ich aufsprang, verteilte sich das Essen auf dem Boden.«

Er starrte sie an und wusste für den Augenblick nicht, was er sagen sollte. Eigentlich hätte er gelacht, doch der ernste und besorgte Blick seiner Liebsten ließ ihn innehalten. Die Würste waren auf sie zugeflogen? Er kannte Shahira gut genug, um zu wissen, dass sie sich keinen Spaß mit ihm erlaubte. Allein ihre Miene verriet ihm, dass es so gewesen war, wie sie sagte. Dann kam ihm ein Gedanke. Wenn sie nicht mit ihm scherzte, dann vielleicht jemand anderes? Eigentlich konnte das nicht sein, denn er hatte sich vor Kurzem gründlich umgesehen und keine Spuren entdeckt. Gut, er war nicht der beste Fährtensucher, aber auch nicht der schlechteste. Die einzige erklärbare Möglichkeit, die ihm in den Sinn kam, war Magie. Aber woher sollte sie kommen? Ihm kam ein Gedanke. Konnte jemand Unsichtbares ihnen einen Streich spielen? Vielleicht eine Fee oder ein Kobold? Angeblich gab es solche Wesen in Nagrias, aber so recht glaubte er nicht daran. In den Wirtshauslegenden hörte man davon, dass diese magischen Kreaturen einen eigenen Sinn für Humor besaßen. Xzar überlegte kurz, dann nickte er. »Ich glaube dir. Lass mich sehen, was ich finde.«

Er sah, wie Shahira deutlich erleichtert aufatmete. Schon früher hatte Xzar bemerkt, dass es sie empfindlich traf, wenn man ihr keinen Glauben schenkte, was er nur zu gut verstehen konnte. Seitdem hinterfragte er Situationen anders. Er ließ sich länger Zeit, um ein Urteil zu fällen, wog verschiedene Erkenntnisse miteinander ab und wenn Shahira doch mal im Unrecht war, dann begründete er seine Erklärung ausführlicher. So kamen sie gut miteinander zurecht, auch wenn solche Situationen eher die Ausnahme darstellten.

Xzar umrundete das Feuer, sodass er das Lager im Blick hatte. Dann konzentrierte er sich und sprach, »Magie in deiner Natur, ich folge deiner Spur!« Er spürte, wie die magische Energie seinen Körper durchfloss und sich seine Sicht der Umgebung veränderte. Die Welt verschwamm um ihn herum und verschwand dann ganz, als sich sein Blick für die Magie öffnete. Er suchte in diesem unwirklichen Bild nach seinem Rucksack. Als er ihn fand, erschien er ihm wie ein schattenhafter Umriss. Dann sah er die dünnen blauen Kraftfäden der Magie, die in der Dunkelheit des magischen Blicks leuchteten. Sie wanden sich wie ein Knäuel aus Schlangen im Inneren der Tasche, dort wo vermutlich die Rinderwürstchen gelegen hatten, und führten dann hinaus zu der Stelle, an der Shahira gesessen hatte. Die Fäden waren zu dünn für die Kraft eines ausgebildeten Magiers oder magischen Wesens und flimmerten immer mal wieder. Und doch waren es eindeutige Muster im arkanen Strom. Woher waren sie gekommen?

Er suchte und fand eine Spur, oder besser einen Punkt in der Dunkelheit, an den er seinen Zauber anknüpfen konnte. Von dort aus folgte sein Blick dem Pfad, den die Fäden der Magie zu ihrem Ursprung formten und als er diesen im arkanen Gefüge fand, stutzte er. Denn die Spur endete bei Shahira. Im ersten Augenblick dachte er, dass es an der Magie der Drachenschuppenrüstung lag, doch das arkane Muster passte nicht dazu. Zwar strahlte auch die Rüstung Magie aus, aber ihre Kraftfäden waren zu einem einzigen Geflecht verwoben. Nein, es war eindeutig Shahira selbst und ihr Körper war durchzogen von feinen Fäden der Magie, die man nur mit der magischen Sicht von Xzars Zauber sehen konnte. Er zögerte, denn das konnte nicht sein. Er verstärkte den Kraftfluss seines Zaubers, ließ mehr eigene astrale Kraft fließen und konzentrierte sich intensiver auf die junge Abenteurerin. Ein, zwei Lidschläge verstrichen, dann sah er es klarer. Er beendete den Zauber und starrte Shahira verwirrt an.

Sie schluckte ein Stück Käse herunter und sagte, »Gut, noch einmal langsam. Du sagst, ich habe Magie gewirkt. Und mein

Körper deutet daraufhin, dass sich was gebildet hat ... ein magischer Speicher? Und darum haben sich die Würste mit einer fileranischen Energie auf mich zu bewegt?«

»Fast. Filegranonische Energie, so heißt es in der Magietheorie, wenn man Dinge mit den Gedanken bewegt. Und dein Körper hat jetzt astrale Kraft. Das Wort Speicher beschreibt dabei den Zustand, dass die Energie bei dir bleibt und nicht in die Umgebung fließt, was nichts Ungewöhnliches wäre, denn wir alle sind von der Energie, also der Magie, durchflossen. Aber nur bei manchen Menschen, oder besser Wesen, bleibt sie haften. Eigentlich ist es eine Veranlagung seit der Geburt und ich weiß, dass du nicht magisch begabt warst, als wir uns kennenlernten. Aber das Muster ist eindeutig«, erklärte Xzar.

Shahira dachte nach. Wie konnte das sein? Woher sollte sie plötzlich Magie haben und warum spürte sie nichts davon? »Woher weißt du, dass die Magie zu mir gehört? Was meinst du mit Muster?«

»Das ist so: Wir sind ja alle verschieden. Ich geh erst mal von Menschen aus, da die Magie der Elfen und der Zwerge sehr von unserer abweicht. Besonders bei den Zwergen ist das selbst für die Gelehrten eine komplizierte Wissenschaft.« Er machte eine wegschiebende Bewegung mit den Händen, ganz so als würde er die Zwerge und die Elfen zur Seite stellen. Magietheorie zu erklären war gar nicht so leicht, stellte er fest. »Jeder Mensch unterscheidet sich zu anderen Menschen, jedenfalls ist das bisher die Annahme an den Akademien.« Er sah Shahiras fragenden Blick und wusste, dass er es genauer erläutern musste. »Du bist eine Frau mit blonden Haaren, ich ein Mann mit schwarzen, um eine Möglichkeit zu nennen. Andere Männer mit dunklen Haaren sind klein, andere groß. Und dann geht es so weiter: große Ohren, kleine Ohren, blaue Augen, grüne Augen, lange Beine, kurze Arme ...«

Sie unterbrach ihn. »Ja gut, das verstehe ich. Du meinst den Unterschied, den die Natur erschafft.«

»So ist es und so ist es auch bei der Magie. In jedem strömt und formt sie sich anders. Die genauen Gründe dafür sind noch nicht erforscht. Wir können mithilfe von Zaubern die magischen Flüsse wahrnehmen und man nennt sie *Kraftfäden*. Du kannst dir diese wie Spinnweben vorstellen, die von einem sanften Wind bewegt werden, nur meistens vielzähliger. Manchmal sind sie gerade, manchmal wellenförmig, manchmal in wildem Chaos miteinander verstrickt und dazu kommt die Farbe. Mittelmäßige magische Kraft, in Magierkreisen auch als astrale oder arkane Kraft bezeichnet, ist blau wie der Himmel. Je weniger astrale Kraft vorhanden ist, umso heller werden die Fäden und umgekehrt genauso: je mehr astrale Kraft, desto dunkler.«

»Ist das bei allen Kräften gleich, also dass sie eine Farbe und Form haben?«, fragte Shahira.

»Zum einen ja, zum anderen ist die Struktur der Fäden unterschiedlich. Deine Fäden flimmern. Das heißt, es sieht so aus, als würden sie schnell zwischen hell und dunkel wechseln. Das ist dein eigenes Muster, es wird sich nur in der Farbe ändern. Niemand sonst wird dieses Muster haben.«

Shahira dachte nach. Mit Magie hatte sie sich nie beschäftigt. Warum auch, sie beherrschte ja keine, jedenfalls bisher nicht. »Wie sehen deine Fäden aus? Und kann man die astrale Kraft mehren?«

Xzar nickte. »Deine zweite Frage zuerst: Ja, man kann; indem man Zauber lernt. Mit mehr Wissen über den Fluss der arkanen Kraft ist man immer mehr in der Lage diese besser und genauer zu formen. Dazu kann man mit Meditation seinen Körper trainieren, um mehr Kraft aufzunehmen und auch zu nutzen. Meine Fäden haben den Farbton von ... hm ... lass mich überlegen ... kennst du die Blume Enzian?«

Shahira überlegte und nickte dann. Xzar fuhr fort. »Dieses Blau nur minimal dunkler und meine Fäden winden sich spiralförmig umeinander. Wenn man sie länger beobachtet, sieht es aus, als würden sie einen Zopf flechten.

Des Weiteren kommt noch dazu, dass Magie nicht immer ganz eindeutig ist. Magische Gegenstände wie mein Magierstab oder auch unsere Drachenschuppenrüstungen weisen dieselben Färbungen auf wie die Magie der Menschen und das kann verwirren, denn so sehen selbst unsere Rüstungen aus, als hätte ein Mensch sie verzaubert. Das stimmt aber in zweifacher Weise nicht, denn es ist die Schuppe eines Drachen und von einem Zwerg geschmiedet.«

»Oh«, sagte Shahira.

Er nickte. »Ja genau, das macht vieles kompliziert. Es gibt Magier, die sagen, dass die Magie der Menschen die einzige wahre Art der Zauberei ist und die anderen gar nicht existieren dürften. So begann wohl der ...« Xzar zögerte.

»... Krieg gegen die Magier«, beendete Shahira den Satz.

Xzar nickte bedauernd. »Ja, genau. Sie wollten ihre Herrschaft damit begründen, dass ihre Magie der Ursprung von Allem sei. Was sie zum Scheitern brachte, war die Tatsache, dass die Magier des südlichen Königreichs, die Elfen und wahrscheinlich auch die Zwerge nicht sonderlich begeistert von ihren Ansichten waren und sich zum Krieg erhoben. Wobei so ganz war es auch wieder nicht, denn die Zwerge hat es nicht interessiert, sie lebten ja eh zurückgezogen. Am Ende haben sie dann doch irgendwie geholfen, aber das Ganze ist kompliziert.« Xzar zögerte. »Was sie wohl zu Jinnass und über die Fuge der Welt gesagt hätten und dass dort der Ursprung von allem ist?«

»Sie hätten es nicht geglaubt. Es kam ja eh von einem Elfen«, lachte Shahira. Ihr kam ein weiterer Gedanke. »Wie sieht denn die Magie der Elfen und der Zwerge aus?«

Xzar wog den Kopf nachdenklich hin und her. »Das ist schwer zu sagen; das arkane Wirken eines Elfen habe ich schon oft bei meinem Lehrmeister gesehen. Ihre Magie besteht ebenfalls aus Kraftfäden, aber sie sind um ein vielfaches feiner und sie umspielen sich so, als würden sie im Tanze miteinander schreiten. Es kann einen faszinieren, denn jede Bewegung ist aufeinander abgestimmt. Es ist schwer erklärbar.

Zwergenmagie, die gewirkt wird, habe ich noch nie gesehen, auch wenn ich es versucht habe. Wahrscheinlich war meine eigene Kraft nie stark genug. Ich habe einst ein Buch gelesen, das es ganz gut traf, glaube ich. Lass mich versuchen den einprägsamsten Satz zu zitieren: *Ein Knäuel widerspenstiger, fingerdicker Seile, die jeden Blick der Analyse abzuwehren drohen. Ein pulsierender, dunkler Rotton, der wie eine Drohung zu leuchten scheint.*

Viel mehr als das kann ich dir auch nicht sagen, aber was ich noch weiß, ist, dass die Zwerge selbst es nicht als Magie sehen, sondern als die von der Erde mitgegebene Kraft sich in der Natur zu behaupten. Klingt auch kompliziert, oder?«

Sie nickte.

»Aber glaube mir, mit einem Zwerg darüber zu sprechen ist anstrengend und vor dem fünften Humpen Bier muss man es gar nicht erst versuchen.« Er schmunzelte.

»Woher weißt du so viel über die Magie?«, fragte Shahira neugierig nach.

»Das Studium der Magietheorie gehörte die ganze Zeit über mit zu meiner Ausbildung. Mein Lehrmeister war nicht sehr nachgiebig, wenn es um dieses Thema ging. Er ist der Auffassung, und ich gebe ihm da mittlerweile recht, dass wir nur verwenden sollten, was wir auch verstehen. Die Magie ist ein Geschenk und mit Geschenken geht man behutsam um.«

»Ja, stimmt, aber dann versteh ich nicht, warum er dir schwarze Magie und Blutmagie beigebracht hat? Passt irgendwie nicht zu dem, was er da sagte, oder?« Shahira klang erregt.

Ob es Wut oder Sorge war, wusste Xzar nicht zu sagen. Er sah sie ernst an. »Ja, das mag sein. Doch die Magie, die er mich lehrte, ist nicht böse, so wie sie oft bezeichnet wird, sondern bedarf nur mehr Sorgfalt als andere. Sieh mal: Die Akademie teilt die Magie in Felder ein, also in Spruchtheorien, wie Heilung, Verstand, Beherrschung und noch einige andere, sowie auch in Zerstörung. Die Zauber der Zerstörung sind alle höchst effektiv. Als Beispiel: Ein Heilzauber mag eine tiefe Wunde heilen oder aber einen oberflächlichen Schnitt. Die astrale Kraft ist in gewisser Weise davon abhängig, was man heilt und was man bereit ist, zu geben.

Wenn ich aber einen Flammenstrahl zaubere, dann ist es gleich, ob mein Ziel ein Stock oder ein Baum ist. Sie verbrennen in gleicher Stärke und es kostet beides die gleiche Kraft. Übersteigt der Zauber meinen astralen Speicher, kann ich zulassen, dass er von meiner Lebenskraft nimmt: Das ist dann Blutmagie. Weil das Leben als das höchste Gut angesehen wird, sortiert man die beiden Magiearten bei den schwarzen Künsten ein.«

Shahira sah ihn fragend an.

Er zuckte mit den Schultern. »Es braucht Jahre, das alles genau zu verstehen.«

Sie nickte, denn das befürchtete sie auch.

# **Erinnerung**

Am nächsten Morgen ritten sie weiter. Diesmal nutzten sie wieder die Hauptstraße nach Süden. Sie durchquerten hügelige Felder und die Sonne stand hoch und heiß am Himmel. Sie lagen gut in der Zeit, denn sie hatten geplant, eine weitere Nacht in der Natur zu rasten und dann am folgenden Tag das erste Dorf zu erreichen. In Bergvall hatten sie erfahren, dass dieses *Sandingen* hieß. Angeblich lebten dort etwa siebzig Menschen, meist Bauern. Sie hofften, dass es dort zumindest einen Gasthof geben würde, denn auch wenn sie das Reisen durch die freie Natur liebten, war ein weiches Bett etwas, woran man sich gewöhnen konnte.

Die letzten Wochen hatten sie in Bergvall in einem Gasthof verbracht und jetzt, nach den ersten Nächten auf hartem Boden, fühlte sich ihr Rücken morgens steif an. Sie würden sich schnell wieder daran gewöhnen, da war Shahira sich sicher. Und auch wenn ein Gasthof ihr willkommen war, so war nicht immer vorauszusetzen, dass die Betten sauber waren. Oft kam es vor, dass sich dort unliebsame Gäste eingenistet hatten, wie Bettwanzen, Flöhe und anderes Getier. Und dann, gestand sie sich ein, war der Waldboden deutlich angenehmer.

Sie erinnerte sich an das Gasthaus ihrer Eltern zurück, dort hatten sie sehr darauf geachtete, dass die Zimmer sauber waren. Ihr Vater hatte immer gesagt: *Wein, Bett und Frühstück muss in Erinnerung bleiben*. Und es hatte sich bewahrheitet, denn es war nicht selten vorgekommen, dass ein Gast mehrfach bei ihnen eingekehrt war. Ihr guter Ruf hatte sich herumgesprochen und so rasteten auch wohlhabendere Gäste bei ihnen und diese bezahlten, für eine ordentliche Unterkunft, gutes Geld.

Zwar war das Dorf, aus dem sie kam, nicht das größte, aber da es von dort nur ein halber Tag bis nach Barodon, der Hauptstadt des Königreichs Mandum'n war, lag es gerade zu günstig. Somit kehrten vermehrt Händler oder andere Reisende ein, die einen letzten Halt vor der Hauptstadt machten.

Ihr Vater hatte immer dafür gesorgt, dass einige Braten vorrätig waren, dazu hochwertige Fässer Bier und die ein oder andere edle Weinsorte. Und bis zu dem Zeitpunkt, da sie von Zuhause weggegangen war, hatte es sich immer bezahlt gemacht.

Shahira schluckte, als sie zurückdachte. Ein stechendes Gefühl machte sich in ihrer Magengegend breit und sie spürte, wie sich ihr Hals zuschnürte. Sie rang innerlich noch mit sich, ob sie nach Hause wollte. Einerseits ersehnte sie es, mehr als alles andere, um ihren Eltern zu sagen, dass es ihr gut ging, dass sie nicht wegen ihnen weggelaufen war und, dass sie es bedauerte, wie sie fortging. Aber was dann? Eine Umarmung ihrer Mutter, ein strenger Blick ihres Vaters und alles wäre vergessen?

Dann müsste sie ihnen sagen, dass sie nicht zurückkam, um bei ihnen zu bleiben, sondern dass sie wieder hinausziehen würde in die Welt, um Abenteuer zu erleben und um bei Xzar zu bleiben.

Xzar. Der Mann, den sie liebte … Würde sie ihren Eltern von ihm erzählen? Er, der er ein Magier der schwarzen Künste war? Könnte sie ihnen erklären, dass sie das Leben wollte, in dem sie ihre Freundin Kyra verloren hatte?

Sie wusste es nicht. Vielleicht war es noch zu früh, um nach Hause zu gehen. Vielleicht wäre es besser, noch ein paar Monde oder einen Jahreszyklus zu warten. Was konnte sie schon vorweisen? Bisher hatte sie nur einige Goldmünzen, ein magisches Schwert und eine Rüstung bekommen und wenn man es genau nahm, hatte sie erst ein richtiges Abenteuer erlebt und dieses nur mit viel Glück und hohen Verlusten überlebt.

Sie seufzte und versuchte die Gedanken zu verdrängen. Es blieben ihr ja noch ein paar Tage, um sich zu entscheiden.

Xzar suchte ihnen am Abend einen passenden Lagerplatz und Shahira entschied sich, es mit der Jagd zu versuchen. Ihr Proviant war noch gut gefüllt, aber einen frischen Braten über dem Feuer zu haben, war besser. Somit nahm sie sich ihren Bogen und ihre Pfeile zur Hand. In der Nähe ihres Lagers erstreckte sich ein kleiner Wald. Auf dem Feld hatte sie die schmalen Spuren eines Rehes gesehen und hoffte das Tier zu entdecken.

Shahira hatte das Jagen früher nie gemocht, wobei es damals auch anders gewesen war. Denn einst hatte ihr Vater ihr gezeigt, wie man Hasen mithilfe von Schlingen fangen konnte. Man legte dazu am Abend dünne Seile aus, die am vorderen Ende zu einer Schlaufe gebunden waren und mit dem hinteren Seilende an einen Ast gespannt wurden. Das Seil führte man dann durch eine Astgabel, die in den Boden gesteckt wurde und befestigte einen Spieß so, dass das Seil hinabgedrückt wurde. Auf dem Spieß, der selbst auch der Auslöser der Falle war, wurde ein Köder gesteckt. Wenn nun das Tier den Köder abriss, löste sich der Spieß, und der gespannte Ast peitschte wuchtig nach oben, die Schlinge wurde um das Tier gezogen und dieses meist durch den starken Ruck getötet. Shahira hatte die Methode nie gemocht, denn viel zu oft hatten die Hasen überlebt und hingen wild zappelnd im Seil. Das war in ihren Augen Quälerei gewesen.

Eines Tages hatte sie solch einen verletzten Hasen mit nach Hause gebracht. Ihr Vater wollte das Tier erlösen, doch sie hatte solange geweint und gebettelt, bis er ihr geholfen hatte, ihn zu verbinden. Zwar hatte dies nicht mehr das Leben des Hasen retten können, aber sie hatte ihrem Vater das Versprechen abgerungen, niemals mehr so zu jagen. Das hatte er dann auch getan oder zumindest nicht mehr so, dass sie es mitbekommen hatte, denn Hasenbraten hatte es noch oft gegeben. Als dann später das Gasthaus besser lief, war er gar nicht mehr zur Jagd gegangen, denn es hatte genug Münzen abgeworfen, dass sie ihre Vorräte kaufen konnten.

Nun war sie hier, einen Pfeil auf der Sehne und spähte zwischen den Bäumen auf eine Lichtung. Dort sah sie einen jungen Hirschbock, der die Rinde eines Baumes fraß. Er schien alleine zu sein, jedenfalls nahm sie keine anderen Tiere mehr wahr. Shahira wusste, dass es nun auf jedes Geräusch ankam. Bisher hatte sie sich noch nicht bewegt. Der Bock stand günstig. Sie konnte die Stelle am Schulterblatt anvisieren, die das Tier schnell töten würde. Langsam hob Shahira den Bogen und spannte die Sehne leicht. Sie zielte; die Richtung stimmte, kein Wind, keine Hindernisse, das Tier bewegte sich kaum. Dann zog sie aus. Den Pfeil dicht am Auge, entlang des Holzschafts zur Spitze zielend, veränderte sie die Ausrichtung des Bogens geringfügig. Dann hielt sie den Atem kurz an, zog die Sehne noch ein Stück nach hinten und löste den Schuss. Ein leises Sirren, ein kurzes Aufschreien des Bocks und der dumpfe Aufschlag des Körpers auf dem Boden. Getroffen! Shahira atmete erleichtert auf. Mittlerweile fühlte sich das Schießen besser an. Sie war sich sicher, dass sie traf. Meistens war es der schnelle Schuss, der ihr Schwierigkeiten bereitete. Hatte sie genug Zeit zum Zielen, waren es fast immer die tödlichen Treffer, die sie wollte. Allerdings bezweifelte sie, dass ihre Fähigkeiten schon für einen Einsatz im Kampf reichen würden.

Als sie zurück ins Lager kam, den Hirschbock über der Schulter, sah Xzar sie bewundernd an. »Du bist wirklich gut geworden in den letzten Tagen«, sagte er beeindruckt.

Shahira lächelte. »Ja, das ständige Üben zahlt sich aus. Kannst du mir helfen, das Tier fürs Essen vorzubereiten?«

Während sie sich an die Arbeit des Häutens machten, kam Shahira auf ihre Eltern zu sprechen. »Ich frage mich, was sie von mir denken, wenn ich nach Hause komme.«

»Willst du denn zu ihnen?« Xzar zog gerade an dem Fell, während er mit dem Messer unter die Haut fuhr.

»Das weiß ich noch nicht. Glaubst du sie wären froh?«, fragte sie skeptisch.

»Warum sollten sie es nicht sein?«

»Na ja, du weißt schon ... weil ich einfach fortgegangen bin.«

Er legte das Messer weg und sah sie nun an. »Es sind deine Eltern. Sie werden froh sein, dich zu sehen und zu erfahren, dass es dir gut geht.«

»Ja, das schon und sie werden mich nicht mehr weglassen, wenn ich zurückgehe.«

»Glaubst du nicht, dass dies deine Entscheidung ist? Du bist zwar noch immer ihre Tochter, aber sicher nicht mehr die Shahira, die einst im Gasthaus geholfen hat. Deine Reise hat dich verändert und du bist stark genug, um deine eigenen Entscheidungen zu treffen«, sagte Xzar.

»Das stimmt, vielleicht. Was mache ich, wenn sie mir zürnen und mich nicht mehr sehen wollen?«

Xzar zögerte einen Augenblick. »Ich glaube nicht, dass dem so sein wird.«

»Und wenn doch?«, fragte sie und die Sorge in ihrer Stimme war deutlich zu hören.

»Dann kannst du nicht viel machen. Bitte sie um Verzeihung und wenn sie dies annehmen, ist alles gut. Wenn nicht, hast du alles versucht und kannst ihnen höchstens etwas Zeit geben. Irgendwann werden sie sich vielleicht beruhigen und dann könnt ihr noch einmal miteinander reden.« Xzar hoffte, dass seine Worte sie nicht noch mehr verunsicherten, aber dieses Thema war schwer zu besprechen. Für ihn bestand diese Sorge nicht.

»Meinst du, wir sollten zu ihnen reisen?«, fragte sie nun.

»Irgendwann ja. Ob es jetzt schon der richtige Zeitpunkt ist, kann ich dir leider nicht beantworten. Die Entscheidung musst du alleine treffen. Wenn du zu ihnen willst, reise ich mit dir, wenn nicht, besuchen wir erst meine Heimat.«

Sie nickte nachdenklich und ließ ihn weiter das Essen vorbereiten. Es war gut, dass sie mit Xzar so offen reden konnte.

Doch sie wusste, dass er ihr die Entscheidung nicht abnehmen konnte. Zu wissen, dass er sie begleiten würde, erleichterte sie aber erneut.

## Der Fremde

Etwas mehr als zwei Stunden später hatten sie den Bock über dem Feuer und der aufsteigende Bratenduft ließ ihre Bäuche sehnsüchtig knurren.

Xzar erzählte Shahira gerade eine Geschichte aus seinen Lehrjahren, als sie eine Stimme hochschrecken ließ.

»Verzeiht, die Dame, der Herr? Darf ich näher kommen?«, erklang eine ältere, männliche Stimme.

Xzar sprang auf und es summte hell, als er das Drachenschwert aus der Scheide zog. Im Schein des Feuers erkannte er eine hagere Gestalt, die sich auf einen langen Stab stützte. »Wer seid Ihr? Tretet ins Licht!«, forderte Xzar hart.

»Huch! Verzeiht, nicht erschrecken! Ich … ja, ich komme etwas näher«, sagte die Stimme und klang plötzlich verunsichert.

Xzar senkte das Schwert. Als die Gestalt einige schwerfällige Schritte vortrat und das Licht der Flammen das Gesicht beleuchtete, erkannten sie, dass es sich tatsächlich um einen alten Mann handelte. Er ging hinkend und sein Oberkörper war gebeugt. Er hatte langes, weißes Haupthaar und einen ebenfalls langen, weißen Bart, der ihm fast bis zum Bauch reichte. Ein freundliches Lächeln lag auf seinem Gesicht, auch wenn der Blick seiner nussbraunen Augen unsicher auf dem Schwert in Xzars Hand ruhte. Der Alte trug eine lange, dunkelgrüne Robe, die am Saum schon deutlich abgewetzt war. Er führte einen knorrigen Stab in der rechten Hand und ein grauer Beutel hing über seiner linken Schulter. All dies ließ den Alten harmlos wirken, dennoch musterte Xzar ihn misstrauisch.

»Bitte verzeiht mir! Ich wollte keinesfalls stören oder euch erschrecken. Ich sah das Feuer … und dann dieser köstliche

Duft, der mir in die Nase stieg. Da wollte ich doch nur schauen wer sich noch, außer mir, in der Nacht verirrt hat«, sagte er und lächelte weiterhin freundlich.

Xzar betrachtete den Alten einen Augenblick lang, dann lehnte er die Klinge neben sich an seinen Rucksack. »Und Ihr seid?«, fragte er misstrauisch.

»Oh, wie unhöflich von mir ... ich bin .... ich meine, ich heiße ... ja, ist es denn möglich? Jetzt hat mich solange keiner mehr nach meinem Namen gefragt, da habe ich ihn doch glatt vergessen!«, lachte der Mann los.

Xzar warf Shahira einen fragenden Blick zu, doch sie zuckte nur mit den Schultern. »Wie kann man denn seinen Namen vergessen?«, hakte Xzar nach.

Der Mann, dem vom Lachen Tränen in den Augen standen, hustete kurz, als er sich beruhigte. »Nun, das ist wirklich eine gute Frage, junger Herr! Eine richtig gute Frage! Ich glaube, es liegt daran, dass ich schon seit vielen Jahren keinem Menschen mehr begegnet bin, den das interessiert hat.«

Xzar schüttelte ungläubig den Kopf. »Das kann doch nicht sein! Ihr wollt mir sagen, dass Ihr schon so lange alleine lebt?«

Xzar suchte in dem faltigen Gesicht nach Anzeichen einer Lüge oder etwas, dass ihm verriet, was der Mann vor hatte, doch die Züge des Alten strahlten vor Freundlichkeit und vor allem auch vor Ehrlichkeit.

Der Mann nickte amüsiert. »Ja, so könnte man das sagen, oder aber auch, weil ich einfach niemanden auf meinen Reisen traf, der mich gefragt hat.«

Xzar seufzte und sah zu Shahira, deren Mundwinkel verdächtig zuckten. Dann nickte sie. »Nun gut, Väterchen. Setzt Euch und esst mit uns, wir haben mehr als genug.«

»Oh, das ist zu freundlich von euch, vielen Dank!«, sagte er und kam näher ans Feuer. Mit einer einfachen Verbeugung lächelte er Shahira an und setzte sich auf den Boden, die Beine überkreuzend. Eine Bewegung, die so gar nicht zu dem gebrechlichen Alter des Mannes passte, doch Xzar verwarf den

Gedanken, als der Alte weitersprach, »Ich muss euch wirklich danken! Die Flammen tun meinen Knochen gut. Es ist nicht mehr so einfach, wenn man ein gewisses Alter erreicht hat, müsst ihr wissen.« Er legte seinen Stab neben sich auf den Boden und packte seine Tasche obenauf.

»Fühlt Euch willkommen. Ich bin Shahira und das ist Xzar.« Sie holte einen Trinkschlauch und einen Becher aus ihrem Rucksack. »Mögt ihr einen Becher Wein?«

Der Alte lächelte noch breiter. »Wenn Ihr einen Schluck übrig habt, nehme ich ihn gerne an.«

Sie reichte ihm den Becher und ließ dann die dunkelrote Flüssigkeit aus ihrem Weinschlauch einlaufen. Er nickte dankend und roch an dem lieblichen Getränk. »Hm, das ist gut, sehr gut. Riecht nach Karanda Trauben, von den Weinhängen der Karanda Berge, nicht?«

Shahira nickte anerkennend. »Ihr kennt Euch mit Wein aus?«

Er wedelte abwehrend mit der Hand. »Nein, nicht so sehr. Aber diese Traube würde ich aus eintausend anderen heraus riechen, denn ich habe eine Zeit lang an den Karanda Bergen gelebt.« Der Alte schob seine Nase über den Becher und sog den Duft der roten Traube tief ein. »Ein wirklich vortrefflicher Wein. Die Trauben wuchsen am Südhang, ja ganz eindeutig.«

Xzar hatte sich inzwischen wieder gesetzt. Der Besucher kam ihm seltsam vor und er hatte das Gefühl, den Mann zu kennen, auch wenn er sich anderseits sicher war, ihm nie zuvor begegnet zu sein. Langsam schob er das Drachenschwert wieder in seine Scheide, als der Mann ihn neugierig musterte. »Das ist ein sehr schönes Schwert, das Ihr da führt.«

Xzar hob eine Augenbraue an. Wieso sprach ihn jeder auf das Schwert an? Zugegeben, er hatte es nicht unbedingt verdeckt getragen und es war eine mehr als auffällige Waffe. Also nickte er nur knapp. »Ja, danke. Es war ein Geschenk.«

Der Alte lächelte. Noch einen kurzen Augenblick verharrte sein Blick auf der Waffe, dann sah er zu Xzar. »Ihr müsst sehr gute Freunde haben, wenn sie Euch solch eine Klinge schenken.«

Xzars Blick verlor sich im Feuer, als er an Jinnass dachte, der ihm das Drachenschwert gegeben hatte. Er lächelte. »Ja, ein sehr guter Freund: Jinnass Navarion Kristallauge. Dieser Name verdient es, dass man sich an ihn erinnert.«

Der Alte nickte nachdenklich. »Da habt Ihr recht, junger Herr Xzar.«

Shahira lächelte ihrem Liebsten zu, als ihre Blicke sich kurz trafen, dann wandte sie sich an den Alten. »Sagt Väterchen, woher kommt Ihr, wenn Ihr so lange niemandem begegnet seid, und wohin zieht es Euch?«

Der Mann nippte kurz an seinem Weinbecher, dann atmete er tief und erleichtert aus. »Dieser Wein ist ein Labsal für meine alte Seele. Wisst Ihr, diese Trauben wachsen bereits seit vielen Hunderten von Jahren auf den Bergen. So schreibt man jedenfalls. Sie gehören zu den tiefblauen Trauben und sie sind so süß, da die Sonne den gesamten Tag auf sie hinab scheint. Stellt euch das vor, den ganzen Tag!

Ach verzeiht, ich schweife ab ... es ist nur so lange her, dass ich diesen Wein kosten konnte und, dass ich gerade hier in der Wildnis auf zwei Reisende treffe, die einen Weinschlauch gefüllt mit eben jenem edlen Tropfen haben, davon hätte ich ja niemals zu träumen gewagt! Aber jetzt zu Eurer Frage junge Dame Shahira, ich komme aus dem Süden und ich ziehe durch die Lande, mal hierhin, mal dorthin auf der Suche nach dem Taros Floris, also dem Funken von Taros.«

Shahira sah ihn fragend an, ohne zu wissen, wovon er sprach. Xzar hingegen hatte aufgehorcht. »Taros Floris? Floris wie aus mendàn Floris?«, fragte er interessiert.

Der Alte lächelte und nickte. »Ja, genau wie der!«

Shahira unterbrach ihn. »Was ist das?«

»Ah, meine liebe Dame Shahira, der mendàn Floris ist der Ursprungsort aller Magie unserer Welt. Es ist ein kleiner Wald in den Ländern der Elfen und in dessen Mitte entspringt eine eiskalte Quelle blauen Wassers und in dessen Mitte wiederum befand sich einst der Funke von Taros.«

Shahira starrte ihn weiter fragend an und der Alte fuhr fort, »Nun, dieser Funke ist geballte und reine Magie sowie auch das Wasser der Quelle. Dann wurde der Funke gestohlen. Damit kamen der Fluss der Quelle und somit auch die Magie zum Erliegen.«

Shahira schüttelte den Kopf. »Aber es gibt doch Magie in unserem Land!«

»Ja, das stimmt. Aber es entsteht keine Neue mehr. Wir nutzen die verbleibende Kraft, die im lebenden Land ist«, ergänzte Xzar.

Shahira war die Frage im Gesicht deutlich abzulesen, also nahm Xzar sich zwei leere Becher und füllte beide halb voll mit Wasser aus ihren Schläuchen. Dann stellte er die Becher in eine Schale und füllte auch diese bis zum Rand mit Wasser auf. »Stell dir vor, die Schale ist unsere Welt. Und die beiden Becher sind jeweils Magier. Das Wasser ist die astrale Kraft. Was passiert, wenn ich einen Magier aus der Welt entferne, sagen wir, weil er stirbt?« Er deutete dabei auf einen der Becher.

Shahira zuckte mit den Schultern. »Das Wasser in der Schale wird zurückgehen.«

Xzar nickte. Dann nahm er einen der Becher weg und es geschah, wie Shahira vermutet hatte. Das Wasser ging ein wenig vom Rand zurück. »So, nun hat der Magier aber noch die Magie in sich, die in seinem toten Leib ist. Diese Magie fließt nicht zurück in die lebende Welt, sondern verwest mit dem Leib des Magiers und nährt die Welt der Toten, also jene Ebene wo sich die Geister und Dämonen befinden. Von dieser dunklen Ebene ziehen die Totenbeschwörer ihre Kraft.«

Der Alte hatte Xzars Ausführungen gelauscht und nickte ab und an zustimmend. Shahira dachte einen Augenblick nach, dann verstand sie das Gesagte. »Das würde aber bedeuten, dass wenn alle Magier sterben, es nur noch Totenbeschwörer geben kann?«

Xzar nickte traurig. »Ja, das ist der springende Punkt. Ohne dass sich die lebende Magie wieder vermehrt und somit einen Ausgleich schafft, wird es so kommen. Und mehren kann die Magie nur der Funke von Taros, wenn er sich in mendàn Floris befindet.«

Shahira schluckte. »Aber es werden doch noch Magier geboren?«

»Ja, richtig. Nehmen wir wieder unsere Becher.« Xzar schüttete einen Becher aus und schöpfte nun etwas Wasser aus der Schale ab. »Werden Magier geboren, nehmen sie sich die Kraft aus der lebenden Umgebung. Somit wird die Magie in der Umgebung immer weniger.«

Shahira war blass geworden. »Aber warum sucht man dann nicht nach dem Funken? Wie lange ist er schon fort?«

Jetzt war es der Alte, der weitersprach. Seine Stimme war nun dunkler und irgendwie beunruhigend und nicht nur Shahira fröstelte es plötzlich. »Es haben bereits viele versucht, den Dieb und das Versteck zu finden. Allerdings ohne Erfolg. Es gibt Hinweise, dass er sich im Norden befindet. Man vermutete sogar die Magier aus Sillisyl hinter dem Diebstahl, doch es stellte sich heraus, dass sie selbst einen Suchtrupp entsandten, der ohne Erfolg blieb. Wenn man genau darüber nachdenkt, können sie es nicht gewesen sein, denn der Funke wurde vor Hunderten von Jahren gestohlen und es wird auch noch Hunderte Jahre nichts passieren. Und irgendwann, da bin ich mir sicher, wird jemand einen entscheidenden Hinweis finden und die Suche vorantreiben. Es gibt sogar eine Prophezeiung, die lange vor unserer Zeit gesprochen wurde und die sich auf die Suche nach dem Funken bezieht.«

Shahira sah den Alten jetzt neugierig an. »Bitte fahrt fort, erzählt uns davon!«

Er schüttelte den Kopf. »Junge Dame Shahira, die Suche hat schon viele ins Unglück gestürzt, lasst dies nicht auch mit Euch geschehen.«

Sie sah Xzar an, der sie amüsiert anlächelte. Denn er hatte denselben Gedanken gehabt wie der Alte.

»Ich hatte nicht vor, danach zu suchen ... Aber mich faszinieren solche alten Legenden einfach. Bitte Väterchen, würdet Ihr uns die Prophezeiung sagen?«

Er nippte noch einmal an dem Wein, um dann genussvoll mit der Zunge über seine Lippen zu fahren. Dann sagte er, »Sie lautet wie folgt: *Jener, dessen Wort von alter Zeit geprägt, wird finden den Suchenden und ihn bringen auf den Gedanken der Rettung. Und der Suchende wird sehen mit eiskaltbrennendem Blick, den Weg, der vor der Welt liegt. Und der Suchende wird mit den Wissenden und dem Träger der Kraft ziehen und finden, was verloren wart.*« Er lachte kopfschüttelnd. »Klingt schon merkwürdig, oder? Ich konnte mich nie mit solchen Worten anfreunden. Sie sagen immer alles und nichts.«

Shahira spürte die Neugier in ihrem Inneren. Sie wollte mehr darüber erfahren, ließ es sich aber nicht anmerken. Sie zuckte mit den Schultern. »Gut zugegeben, das muss man nicht unbedingt verstehen.«

Der Alte lächelte tiefgründig. Sein Blick ruhte noch einen Lidschlag länger auf den nachdenklichen Gesichtszügen der jungen Abenteurerin, dann sah er auf den Braten. »Glaubt ihr, er ist fertig? Mein Magen frisst mich auf.«

Sie aßen zusammen und entschieden dann, dass der Alte bei ihnen im Lager nächtigen konnte. Xzar und Shahira erklärten sich bereit, die Wachen zu übernehmen. Am nächsten Morgen, als die Sonne den Frühnebel vertrieb, war der Alte verschwunden. Seine Fußspuren führten von ihrem Lager fort auf den kleinen Wald zu, wo Shahira den Hirschbock erlegt hatte. Als sie ihnen folgen wollten, verloren sie sich auf der Wiese.

# Das Dorf Sandingen

Am Mittag des folgenden Tages sahen sie hinter einer Wegbiegung das Dorf Sandingen. Über den alten Mann hatten sie nicht mehr viel gesprochen. Sein Auftauchen und vor allem sein Verschwinden war den beiden unheimlich. Und doch musste Shahira sich eingestehen, dass sie seine Geschichte nachdenklich gestimmt hatte. Wenn der Funke von Taros das Schicksal der Welt bestimmte, dann musste man ihn doch suchen. Was wäre dies für eine Welt, wo nur Totenbeschwörer lebten?

Das Dorf war eine Ansammlung einfacher Hütten. Eines der Gebäude war im Vergleich zu den anderen deutlich größer, wahrscheinlich das Gasthaus. Als sie näher kamen, sahen sie am Ortseingang vier spielende Kinder und etwas abseits einen kleinen Tümpel. Dort wuschen einige Frauen Wäsche.

Als die beiden näher ritten, ließ eins der Kinder, ein Mädchen, von ihrem Spiel ab und sah ihnen mit offenem Mund entgegen. Ein Weiteres, das nichts mitbekommen hatte, rannte auf das Mädchen zu und klopfte ihm auf die Schulter, bevor es sich umdrehte und wegrannte. Als dieses Zweite bemerkte, dass die Spielgefährtin das Fangenspiel nicht erwiderte, folgte sie ihrem Blick und stieß einen kurzen spitzen Schrei aus. Das Kind machte auf dem Absatz kehrt und rannte zu den Frauen an den Tümpel. Die anderen beiden Kinder starrten Xzar und Shahira ebenfalls unverhohlen neugierig an.

Die Abenteurer ritten weiter und sahen dann auch andere Leute, die ihrem Tagwerk nachgingen. Zwei Männer legten gerade irgendein Geäst auf den Dächern zweier Hütten aus. Wahrscheinlich, um sie vor Regen zu schützen. Etwas abseits stand ein großes Mühlgebäude, mit einem Mühlrad, das von einem kleinen Bach angetrieben wurde. Der Bach, so sahen sie jetzt, mündete in dem Tümpel und von dort aus schlängelte sich ein neuer Strom ins Land hinaus. Ein Mann, der recht blass aussah, verlud gerade Säcke aus der Mühle auf einen Karren. Neben der Mühle schien es einen Bäcker zu geben, denn dort qualmten mehrere schmale Kamine. Der Duft frisch gebackenen Brotes zog durch das Dorf und ließ aus Shahiras Bauch ein verdächtiges Knurren ertönen.

Als sie vor dem Gasthaus ankamen, an dessen Eingang ein Schild mit der Aufschrift *Sandkuhle* baumelte, stiegen sie ab. Sie banden die Pferde an und gerade, als sie eintreten wollten, zupfte etwas an Shahiras Hemd. Sie sah hinunter und erblickte das Mädchen vom Dorfeingang, das mit großen Augen zu ihr aufsah. »Bist du eine Heldin?«, fragte das Kind schüchtern.

Shahira stutzte kurz und musste dann lächeln. Sie beugte sich hinab, um die gleiche Augenhöhe wie die des Kindes zu haben. »Nein, nur eine Abenteurerin auf der Reise nach Süden. Und wer bist du?«

Das Mädchen grinste sie an, was eine breite Zahnlücke zum Vorschein brachte. »Ich bin Grida und ich werde auch mal Abenderin.« Shahira musste lachen. »Abenteurerin. Ich wette, das bist du doch schon, oder? Hier, nimm das und teil es mit deinen Freunden«, sagte sie und reichte dem Mädchen eine kleine Papiertüte mit Zuckergebäck aus Bergvall. Dann zauste sie dem Kind durch die Haare und drehte sich zu Xzar um, der sie amüsiert musterte.

Sie zuckte die Schultern. »Sie hat mich an meine Kindheit erinnert«, sagte sie entschuldigend. Als sie dem Mädchen hinterherblickte, sah sie, wie sich nun weitere Kinder um die kleine Heldin mit dem Naschwerk versammelt hatten und diese es in ihrer heldenhaften Güte verteilte.

Sie betraten den Gasthof und standen in einem mittelgroßen Raum mit sechs Tischen. Hinter einer kleinen Theke blickte eine rundliche Frau auf, als die neuen Gäste hereinkamen. Aufmunternd lächelnd nickte sie den beiden zu und als sie vor der Frau standen, begrüßte diese sie freundlich. »Seid gegrüßt! Willkommen hier in der Sandkuhle. Was darf es denn sein?«

Xzar nickte. »Auch Euch Grüße. Wir suchen Unterkunft für die kommende Nacht, ein gutes Mahl und einen Krug Bier oder gar ein Glas Wein.«

Die Wirtin lächelte. »Ja, sehr gerne. Zimmer habe ich noch alle frei. Und ein gutes Bier kann ich euch auch anbieten. Braucht ihr Stallungen für Pferde?«

Xzar nickte erneut und Shahira fragte, »Wie kommt es, dass ihr keine Gäste habt? Ich dachte, das hier wäre die Hauptstraße von Bergvall nach Wasserau?«

Die Frau seufzte theatralisch. »Ja, das war auch lange so, aber seit einiger Zeit fahren viele Händler hinter der Wachstation einen anderen Weg. Sie nehmen den Pass am Westgebirge und dann die Hangbrücke vorbei an der Steilwand. Die dort liegenden Bergwerke haben sich gut entwickelt und es gibt mehr zum Handeln. Also fahren sie diesen Weg und das umgeht leider unser Dorf. Schon bald wird sich eine neue Haupthandelsroute am Gebirge aufgebaut haben.«

Shahira dachte nach. Das mochte auch erklären, warum sie so gut wie keine anderen Reisenden auf ihrem Weg getroffen hatten, sah man von den Angreifern und dem Alten mal ab.

Die Wirtin zeigte den beiden ihr Zimmer. Zu Shahiras Erleichterung war es eine saubere Kammer und es gab kein Ungeziefer, jedenfalls keines, das sie sahen.

Am Abend saßen sie im Gastraum, wo sich auch einige Arbeiter des Dorfes versammelt hatten und ihren Tag mit einem Humpen Bier ausklingen ließen. Als die Wirtin ihnen zu essen brachte, fragte Shahira, »Sagt gute Frau, wovon lebt Ihr hier?«

Die Wirtin stellte ihnen Teller mit duftenden Fleischstücken und einigen Gemüsesorten hin. Dazu jedem von ihnen einen großen Humpen mit schäumendem Bier. »Wir sind fast ausschließlich Bauern und backen Brot für die Gehöfte des umliegenden Landes. Zwar kann man damit nicht reich werden, aber doch davon leben. Zur Erntezeit kommen auch wieder Händler in unser Dorf und kaufen Getreide und Mehl.«

Damit entschwand sie wieder, um die anderen Gäste zu bedienen. »Das ist doch nicht erfüllend, so ein Leben. Das wäre mir eindeutig zu langweilig«, sagt Shahira.

»Die Leute überleben, das ist doch das Wichtigste, oder?«, antwortete Xzar.

»Ich weiß nicht. Tag ein, Tag aus auf den Feldern stehen, aussähen, ernten und hoffen, dass für den Winter genug übrig bleibt? Das stelle ich mir ganz schön langweilig vor.«

Xzar lächelte. »Stell dir vor, es gäbe diese Leute nicht und keiner wäre bereit diese langweilige Arbeit zu machen. Dann würden wir auch kein Essen bekommen. Das Land würde nicht versorgt werden und viele Regionen wären nicht mal mehr besiedelt.«

Shahira gab sich damit noch nicht zufrieden. »Die Leute könnten doch jagen?«

Xzar lachte auf. »Und wie lange würde es dauern, bis die Tiere alle weg wären? Und dann? Zumal in den südlichen Ländern das Jagen von Geweihtieren und Schwarzwild nur dem Adel erlaubt ist.«

Sie seufzte kurz. »Ja, mag sein. Dennoch wäre dieses Leben nichts für mich, was ist mit dir?«

Xzar sah sie überrascht an, da er mit der Frage nicht gerechnet hatte. »Ich? Ich weiß es ehrlich gesagt nicht. Wenn man so aufwächst, dann ist es ja für einen ganz normal. Wenn es mich beträfe, ich wüsste nicht, ob ich mir jemals die Frage stellen würde, was es draußen in der Welt noch alles gibt.«

Shahira nippte an dem Krug Bier und verzog das Gesicht. Es schmeckte herb und das, obwohl es sehr wässrig war. Sie schob den Krug beiseite und nahm sich etwas vom Braten, um den Geschmack aus dem Mund zu bekommen. »Wie lang werden wir bis in das nächste Dorf brauchen?«, fragte sie und er antwortete, »Ich denke, wir können die nächsten Tage etwas schneller reiten und werden dann etwa vier Tage benötigen.«

»Gut«, antwortete sie.

# Ein kleines Feuer

Als sie später auf ihrem Zimmer waren, stellte Xzar eine kleine Kerze auf den Tisch.

»Setz dich«, bat er Shahira und deutete auf einen Stuhl. Er nahm ihr gegenüber Platz.

»Was hast du vor?«, fragte Shahira.

»Das wirst du gleich sehen«, sagte er geheimnisvoll. Xzar nahm die Kerze, murmelte ein Wort und mit einem Fingerschnippen entzündete sich der Docht.

»Lass uns versuchen, deine Magie zu formen. Ich bin kein Lehrmeister, aber ich denke, wir können es mit einer einfachen Übung versuchen.«

Shahira sah ihn erstaunt an. »Du willst mir das Zaubern beibringen?«

Er lächelte, schüttelte aber gleichzeitig den Kopf. »Ich denke, es ist weniger Zaubern. Es ist ein Versuch, dich auf die astrale Kraft einzustimmen und sie mit dem magischen Blick wahrzunehmen.«

Shahira spürte, wie ihr Herz schneller schlug und sie fühlte ein Kribbeln unter der Haut vor Aufregung. Sie und Zaubern? Das hätte sie sich nie träumen lassen. »Xzar? Weißt du warum ich ...?«, sie unterbrach sich.

Er sah sie nachdenklich an und schien zu wissen, worauf sie hinaus wollte. »Woher deine Magie kommt?«

Sie nickte.

»Ich habe eine Vermutung. Erinnerst du dich an den Geist von Ortheus? Er war in dir während des Kampfes mit Tasamin.«

Shahira nickte. »Ja. Selbstverständlich erinnere ich mich an ihn. Wie könnte ich so etwas vergessen?«

»Ich glaube mittlerweile, dass dies der Auslöser war. Er selbst benutzte deinen Körper als Hülle und dafür muss er Magie verwendet haben. Nur so konnte er sich mit dir vereinen und dich schützen«, erklärte Xzar.

»Und du meinst, ich habe die Magie behalten?«

Xzar schüttelte den Kopf. »Nein, das wiederum nicht. Aber er hat die Magie in dir ... wie soll ich es sagen ... er hat sie belebt. Jeder von uns wird von der Magie durchflutet und du hast ein arkanes Erbe, durch den Magier von dem Jinnass uns erzählt hat. Wie du dich sicher erinnerst, war er mit dir verwandt. Es kann tatsächlich vorkommen, dass sich arkane Veranlagung über viele Generationen hinweg vererbt. Ob dies wirklich bei dir der Fall ist, ist nur meine Vermutung.«

»Kann es Magier geben, ohne dass in ihrer Familie die magische ... wie sagtest du: Veranlagung vorhanden ist?«

»Eigentlich nicht. Es gibt Legenden von finsteren Ritualen, mit denen es möglich sein soll, die Magie zu übertragen. Aber es gibt so gut wie keine Aufzeichnungen darüber und das kann bei dir nicht der Fall sein.«

Shahira sah ihn erstaunt an, um dann, als sie darüber nachdachte, bedächtig zu nicken.

Xzar schob die Kerze in die Mitte des kleinen Tisches. Er nahm ihre Hände und legte sie, einen Kreis formend, neben die Kerze. »Es ist wichtig, dass du dich nur auf die Flamme konzentrierst. Versuche deine Augen geschlossen zu halten und atme langsam tief ein und aus. Es wird ein wenig dauern, bis du das Feuer als Energie wahrnimmst.«

»Muss ich etwas dabei machen?«

Er schüttelte den Kopf. »Nur mit deinem Geist fühlen.«

›Nur‹, dachte sie. Shahira schloss die Augen und atmete, wie Xzar es gesagt hatte; tief ein und wieder aus, tief ein und wieder aus. War es so richtig? Tief ein und aus. War das Atmen zu schnell gewesen? Sie spürte nichts von der Magie. Sie atmete weiter, ein und aus. Vielleicht war das Einatmen zu langsam, also öffnete sie die Augen und sah Xzars Lächeln. Sie spürte, wie ihre Wangen warm wurden. »Das war nicht richtig, oder?«

»Es gibt hier kein Richtig oder Falsch. Es gibt nur die Zeit und deine Konzentration. Noch mal von vorne: Schließe die Augen, konzentriere dich auf die Kerze, atme wie ich. Ein«, er machte einen langsamen Atemzug, »aus«, er ließ die Luft langsam aus seinen Lungen entweichen und wiederholte es noch zwei Mal. »Dann such in deinen Gedanken das Bild der Kerze. Folge ihrem Wachs, vom Tisch bis zum Docht. Dann stell dir das Feuer vor; das leichte Blau am Anfang der Flamme, immer gelber werdend bis zur Spitze.«

Shahira nickte und schloss wieder die Augen. Sie atmete ein und aus, langsam und tief, ein und aus. In ihren Gedanken formte sich das Bild des Zimmers. Ihr innerer Blick wanderte von der Tür, über das Bett, zu Xzar. Dann der Tisch und dort die kleine Kerze. Sie spürte die leichte Wärme auf ihren Handflächen, das sanfte Brennen, welches die Flamme auf ihrer Haut auslöste. Sie spürte, wie ihr Mund trockener wurde. Etwas zu trinken wäre gut. Aber nicht das ekelige Bier aus der Taverne ... »Oh Mist!«, sagte sie und schlug die Augen auf. »Ich hab mich ablenken lassen.«

Xzar lächelte verstehend. »Das ist nicht schlimm. Es braucht einen Augenblick.«

Sie nickte. »Kannst du mir etwas Wasser reichen, bitte?«

Xzar stand auf und goss ihr aus einer kleinen Amphore etwas Wasser in einen Becher. Sie nahm ihn dankend an und trank. Als sie ihn auf den Tisch stellen wollte, sagte Xzar, »Nein, ich stell ihn wieder auf den Schrank. Du hast bereits zwei Elemente in deiner Nähe, das reicht erst mal.«

»Zwei?«, fragte sie verwundert.

Xzar deutete auf den Tisch. »Der Tisch ist aus Holz und Holz steht in direkter Verbindung zur Erde, dem Humus. Aber das sollte dich nicht ablenken, er ist verarbeitet und somit ist seine elementare Kraft geringer als die der Flamme. Eigentlich hat alles an und um uns herum eine Verbindung mit den Elementen. Selbst die Kerze, denn sie ist aus dem Wachs der Bienen. Somit ist wiederum auch der Wachs Bestandteil von Humus. Aber das ist nicht wichtig. Die Flamme in ihrer reinen Form des Feuers ist umso vieles stärker. Versuch es noch einmal.«

Sie nickte und schloss erneut die Augen. Diesmal begann sie bei der Wärme auf ihren Handflächen. Sie spürte diese nun deutlicher, da sie zuvor den kalten Becher in der Hand gehalten hatte. Es war ein leichtes Kribbeln auf der Haut, das die Kühle vertrieb. Dann sah sie in ihren Gedanken die Kerze auf dem Tisch, den weißen, von feinen Strukturen durchzogenen Wachs. Das flüssige Wachs oben in der Kerze, aus dem der Docht entsprang. Dann die gelbliche Flamme, still und gerade. Shahira konzentrierte sich intensiver auf sie. Das leuchtende Gelb, die fließenden Übergänge der Farben, von Hellweiß über Gelb und Blau zu Gelb. Augenblick, blau? Sie klammerte sich in Gedanken an das Blau. Verflucht, wo war es ...?

»Nicht schon wieder!«, sagte sie laut und atmete enttäuscht aus.

Xzar beruhigte sie. »Setz dich nicht unter Druck. Es wird schon werden.«

»Ja, aber diesmal hatte ich was. Da war etwas Blaues in der Flamme. Sind die Elemente denn überhaupt blau? Sie sind ja weder menschlich, noch elfisch, noch zwergisch.«

Xzar nickte. »Ja. Du wirst die Elemente in denselben Farben sehen, wie deine eigene Magie ist. Das Muster der Elemente, sofern sie durch Magie entstanden sind, hat immer die Form des Elements, also in diesem Fall eine Flamme.«

Shahira stutzte. »Aber woher weiß man dann, ob die Magie stärker oder schwächer ist?«

Xzar lehnte sich zurück. »Das liegt an dem Zauber. Man verwebt ja die Fäden der eigenen Magie mit denen des Elementes und das bestimmt dann die Stärke. Die reinen Elemente sind immer gleich stark. Und jetzt konzentriere dich noch einmal.«

Sie atmete tief ein und schloss die Augen. Dann suchte sie die Flamme in ihren Gedanken. Sie sah sie vor sich, spürte wieder die Wärme auf der Haut. Ihr innerer Blick folgte dem Wachs, dem Docht, der Flamme. Das Gelb. Und da: das Blau! Erst schemenhaft, bekam es langsam eine Kontur ... Feine blaue Fäden, die sich ineinander woben. Shahira verstärkte ihre Konzentration auf die Fäden und dann formte sich alles noch deutlicher. Die Fäden teilten sich um die Flamme herum auf. Wie Xzar es zuvor beschrieben hatte; Spinnweben, die im Wind wehten. Allerdings nicht alle, denn einige brachen aus dem Verbund aus und führten zu ihren Handflächen, wo sie spielerisch wie dünne Fühler über ihre Haut streichelten.

Noch einen Augenblick sah sie die blauen Fäden der astralen Kraft, die dann schlagartig verschwanden. Nur ein Restschimmer verblieb und als sie die Augen öffnete, sah sie Xzar, der grinste. Die Kerzenflamme war einer dünnen, grauen Rauchfahne gewichen. Shahira wollte protestieren, doch Xzar hob beruhigend die Hände. »Das ist genug. Du hast gelächelt, also warst du erfolgreich?«

»Ja! Das glaubst du nicht! Da waren plötzlich überall Fäden, blaue Fäden, wie Spinnweben und sie bewegten sich um die Kerze herum und sie berührten meine Hand und es war wie in einer anderen Welt«, sprudelte es aufgeregt aus ihr heraus.

»Beruhige dich, trink noch etwas«, sagte Xzar und reichte ihr den Becher.

Sie nahm einen gierigen Schluck. Das kühle Nass tat ihrem Hals gut und vertrieb das trockene Gefühl in ihrer Kehle. »Das war unbeschreiblich! Machen wir morgen weiter?«, fragte sie neugierig.

Xzar sah sie fragend an. »Denkst du, wir sind heute schon fertig? Jetzt entzündest du die Kerze wieder.«

»Oh«, antwortete sie. Das war etwas anderes. Nicht nur die Magie spüren, sondern mit ihr etwas erschaffen. Sie spürte ein aufgeregtes Kribbeln in ihrem Bauch.

Xzar setzte sich wieder zu ihr und schob die Kerze ein wenig näher an sie heran. »Du kennst jetzt das Bild von Feuer in der Sicht der Magie. Dieses Bild benötigst du gleich in deinen Gedanken. Stell dir die Kerze vor, wie sie in der Welt der Magie brannte. Konzentriere dich darauf. Fühle die Wärme auf deiner Haut, wie sie wäre, würde die Kerze brennen und sobald du das spürst: Führe deine Hände wie einen Käfig zusammen um die Kerze herum, sodass der Docht in der Mitte ist. Dann lasse die Wärme los. Das ist der schwerste Teil der Übung. Stell es dir so vor, als würdest du der Wärme einen Stoß geben, um sie von deiner Hand fortzubekommen. Versuche es.«

Shahira nickte. Das klang komplizierter, als die Flamme nur zu sehen, wobei es das wahrscheinlich auch war. Sie schloss die Augen. Sie suchte nach den blauen Fäden in ihrer Erinnerung und schneller, als sie zuvor befürchtet hatte, sah sie die feinen Linien und spürte die Wärme auf ihrer Hand. Für einen Augenblick ließ sie es auf sich wirken, dann führte sie ihre Hände aufeinander zu, bis ihre Finger wie ein Käfig aufeinanderlagen. Shahira konzentrierte sich, fühlte in sich hinein, spürte eine innere Ruhe und dann stellte sie sich vor, wie sie die Wärme von ihrer Hand entließ. Sie spürte den Fluss in ihrem Körper, der sich veränderte, der sie verließ und der sich außerhalb ihrer Hand neu formte. Ruckartig zog sie ihre Hand weg, als die gerade entstandene Kerzenflamme ihr einen Finger verbrannte. Sie öffnete die Augen und sah glücklich auf die brennende Kerze. »Es hat geklappt. Das war gar nicht schwer!«, sagte sie staunend.

Xzar schob ihr den Krug mit Wasser hin. »Für den Finger.« Dann lehnte er sich zufrieden zurück. »Nein, das Erschaffen ist nicht schwer, wenn man weiß, wie es aussehen muss. Erschaffen wird nur dann schwer, wenn das Ergebnis nicht vorher bekannt ist. Dann lässt du auch die Augen auf und verbrennst dich nicht.« Er lachte.

Sie nahm den Becher und trank einen Schluck, bevor sie ihren Finger in das kühlende Nass steckte. Shahira spürte, wie ihr die Augenlider schwer wurden und sich ein Gähnen anbahnte, welches sie versuchte zu unterdrücken.

»Das ist das Nächste«, sagte Xzar. »Es macht dich am Anfang sehr müde.«

Sie nickte.

Somit gingen sie früh zu Bett. Shahira kuschelte sich in Xzars Arme. Jetzt konnte sie eine Kerze entzünden. Das Gefühl, dies geschafft zu haben, war mitunter eines der besten Erlebnisse ihres jungen Lebens. Ihre Gedanken bei dem Zauber schlief sie bald ein.

## Geister

Am nächsten Tag ritten sie weiter. Shahira kam allerdings nicht aus dem Dorf ohne den Kindern, die von der jungen Grida angeführt wurden, noch weitere Süßigkeiten als Wegezoll zu geben. Sie nahm ihre letzte Tüte, fischte sich einen getrockneten Apfelring heraus und gab den Rest an die Kinder. Diese freuten sich so, dass sie aufgeregt auf und ab sprangen und den beiden Reisenden jubelnd einige Schritte nachliefen.

Sie folgten der Straße nach Süden. Die Landschaft war eben und nur selten zeigten sich größere Baumgruppen. Diese Region wurde vor allem durch Landwirtschaft geprägt. In der Ferne konnten sie ab und an das Dach eines Gehöfts erkennen, welches umringt von goldenen Getreidefeldern, wie ein brauner Fels aufragte.

Am zweiten Abend ihrer Reise stießen sie auf einen kleinen Feldweg, der zu einigen Hütten führte. Vorsichtig folgten sie dem Pfad, der von hohen Gräsern gesäumt war. Als sie dort ankamen, sahen sie, dass das Dorf verlassen war. Solche Weiler gab es viele im Land Nagrias, entweder hatte man sie nach dem Krieg nicht mehr besiedelt oder die Anwohner waren in ertragreichere Gebiete weitergezogen.

Die Holzhütten waren teilweise eingebrochen und die Dächer, falls noch vorhanden, von Wind und Wetter löchrig. Das Holz war vermodert und von grünem Moos überzogen. Insgesamt gab es fünf Hütten, von denen sich nur eine als Schlafplatz eignete. Das fehlende Dach störte sie nicht, da es warm und frei von Wolken war. Aber hier waren wenigstens die Wände noch so stabil, dass sie notfalls vor Wind geschützt waren und man ihr Feuer nicht meilenweit sah.

Xzar sah sich zwischen den Hütten um. Es ein Dorf zu nennen, war zu viel. Hier konnten nicht viele Menschen gelebt haben und es war auch nicht ersichtlich, welche Lebensgrundlage sie hier gehabt hatten. Vielleicht war es nur eine Unterkunft für Reisende gewesen, die hier die Straße entlang gekommen waren.

Er sah sich in den zerfallenen Behausungen um und wenn es hier mal etwas von Wert gegeben hatte, dann war es bereits geplündert worden. Unmittelbar neben einer eingestürzten Bretterwand fand er drei grob behauene Steine in der Erde und die Reste einer Einzäunung. Xzar sammelte einige der losen Bretter und ging zu Shahira zurück. Wenigstens für ein Feuer eigneten sie sich noch.

»Kann ich es probieren?«, fragte Shahira.

»Was meinst du?«

»Das Feuer. Kann ich es mit meiner ... Magie entzünden?«

Xzar zögerte. »Nein. Du bist zu unerfahren.« Er reichte ihr Feuerstein und Zunder.

Shahira nahm es nicht an. »Es ist doch nur eine kleine Flamme nötig! In dem Gasthaus habe ich diese doch auch hinbekommen.«

»Ja, das stimmt. Aber hier musst du die Flamme eine Zeit lang aufrechthalten. Außerdem möchte ich, dass du die Magie nicht leichtfertig verwendest, und schon gar nicht, wo du noch am Anfang deiner Fertigkeiten stehst«, erklärte Xzar ihr.

»Aber wie soll ich besser werden, wenn ich sie nicht anwende? Du hast selbst gesagt, dass man nur besser wird, wenn man übt.«

»Ja, auch das stimmt. Aber dafür solltest du bei einem Lehrmeister gelernt haben.« Xzar bemühte sich, ruhig zu bleiben.

»Ich verstehe das nicht. Kyra hat damals auch mithilfe ihrer Magie das Feuer entzündet. War es bei ihr nicht leichtsinnig?«

»Kyra war eine gut ausgebildete Magierin. Für sie bedeutete es keinen Aufwand mehr, solch einen kleinen Zauber zu wirken. Und jetzt ist es genug. Wir werden keine Magie verwenden«, beendete Xzar die Diskussion.

Eine Zeit lang schmollte Shahira, denn zu gern hätte sie mehr gelernt und diese ruppige Art kannte sie bisher nicht von ihm. Nachdem sie etwas gegessen hatten, setzte er sich zu ihr. »Verzeih, wenn ich so hart war. Aber du musst verstehen, dass Magie nicht nur Gutes bewirken kann. Falsch angewandt, kann sie schaden. Und nicht nur anderen, sondern auch einem selbst. Ich bin kein Lehrmeister, der dich ausbilden kann.«

»Ich verstehe, was du meinst. Aber glaubst du nicht, dass du mir das so hättest sagen können?«

Er sah sie fragend und mit einem Lächeln an. »Das habe ich zwei Mal getan und du hast jedes Mal weiter gedrängt, es doch zu versuchen.«

Shahira schürzte die Lippen. »Hm, ja vielleicht. Gut, lass uns nicht weiter darüber streiten.«

Xzar gab ihr einen langen Kuss. Er konnte sie verstehen. Die Magie reizte einen. Ihm war es damals genauso ergangen. Aber er war nun mal kein Lehrmeister.

Shahira saß am Feuer und dachte über die letzten Tage nach. Es war nur eine kurze Reise gewesen, doch sie hatten viel erlebt. Der Überfall dieser zwei Kerle, der Alte am abendlichen Feuer und ihre Magie. All das fühlte sich wie ein Traum an, obwohl sie zumindest bei der Magie froh war, dass es keiner war.

Xzar kam zu ihr und setzte sich neben sie. Sie legte ihren Kopf an seine Brust. Trotz der Drachenschuppenrüstung hörte sie seinen Herzschlag. Er ging ruhig und gleichmäßig. Sie fuhr zärtlich mit ihren Fingern die Innenseite seiner Lederhose hoch und spürte, wie das Pochen seines Herzens ein wenig zunahm. Sie lächelte in sich hinein, als sie ihn tief einatmen hörte.

Er küsste ihre Haare und roch an ihnen. Vorhin hatte sie sich einen Blumenkranz geflochten, den sie eine Zeit lang auf dem Kopf getragen hatte. Xzar musste den Duft noch immer wahrnehmen; Lavendel und Klee. Sie spürte, wie er seine Arme um ihren Bauch legte und sein Gesicht sich von hinten dem ihren näherte. Noch ehe seine Lippen ihre Wange erreichten, drehte sie schnell den Kopf und stahl ihm einen Kuss. Sie lachte, als er sie daraufhin kitzelte. Dann versank sie in seiner Umarmung. Eine ganze Weile saßen sie so da und beobachteten die Sonne, wie sie langsam am Horizont versank. Als diese dem Zwielicht gewichen war, rückten sie ein Stück näher ans Feuer und Xzar schlang sie beide in seinen Umhang ein.

»Xzar, glaubst du, ich kann noch weitere Zauber lernen?«

Er sah sie nachdenklich an. »Wahrscheinlich, ja. Allerdings wirst du dafür einen Lehrmeister brauchen. Jemand, der dich tiefer in der Magietheorie unterweist.«

»Kannst du das nicht für mich sein?«

Er schüttelte bedauernd den Kopf. »Nein, ich fürchte, dafür fehlt mir die Erfahrung. Das Lernen der Magie dauert viele Jahre. Du musst die Zauber verstehen und sie dann bei verschiedenen Übungen anwenden.«

Shahira überlegte. »Wie lange würde das dauern?«

»Das ist schwer zu beantworten. Vielleicht fünf, vielleicht zehn Jahre. Oder sogar noch länger.«

»Jahre!?«, fragte sie erstaunt.

»Ja, Jahre.«

Sie seufzte. »Es gibt wirklich einiges, was mich an der Magie interessiert, aber dafür so viele Jahre meines Lebens zu opfern, um das alles zu lernen, ... ich weiß nicht, ob ich das will.«

»Ich kann dich verstehen. Aber ich glaube, einen anderen Weg gibt es nicht.«

Shahira nickte traurig. »Es wäre ja schon mal ein Anfang, wenn wir nicht so viel Zeit mit dem Reisen verbringen würden. Wieso hat deine Magie hier keinen Zauber für uns?«, fragte sie neckisch.

»Meine Magie? Oh, die hat eine Möglichkeit dafür. Dein Münzbeutel hat auch eine«, antwortete er geheimnisvoll.

»Wirklich? Welchen?« Sie richtete sich ein Stück auf und sah ihn interessiert an.

»Zuerst zu meiner Magie: Die Magier aus Barodon beherrschen eine Spruchthesis. Erinnerst du dich, das ist der Zauber, den ich auch gelernt habe. Er heißt *der arkane Sprung*. Und mit ihm kann man von einem Ort an einen anderen springen. Springen natürlich nur im übertragenen Sinn, denn das alles passiert auf magischem Weg.«

»Und ...«, sie zögerte, »warum machen wir das nicht?«

»Ich kann den Zauber noch nicht sehr lange und ich weiß nicht alles über ihn. Die Thesis ist kompliziert. Ich denke, ich kann bereits eine Person springen lassen. Aber nicht uns beide und schon gar nicht uns beide, die Pferde und all unsere Ausrüstung. Und wenn ich schon dabei bin, das alles aufzuzählen, weiß ich auch nicht, wie weit ich springen kann. Ich war noch nie in Wasserau. Wenn ich es richtig verstehe, dann kostet mich die Entfernung zum Ziel zusätzliche arkane Kraft.«

»Wir könnten es doch mal versuchen. Vielleicht nur ein Stück, nicht weit?«, fragte sie hoffnungsvoll.

Xzar schüttelte den Kopf. »Nein, lieber nicht. Jedenfalls nicht, bis ich alles dazu gelesen habe. Wenn ich es richtig verstehe, dann kann man bei falscher Anwendung oder zu geringem Kraftaufwand auch an Orten landen, an die ich bestimmt nicht will.«

»So? Wo denn?«

»Im Totenreich oder auf der Ebene der Dämonen zum Beispiel.«

Shahira sah ihn entsetzt an. Auf ihre unausgesprochene Frage nickte er nur.

»Warte! Wolltest du diesen Zauber nicht anwenden, um mich aus dem Tempel zu bringen?« Sie hatte die Augen weit aufgerissen.

Er lächelte entschuldigend und hob die Schultern. »Das war etwas anderes.«

»Wieso?«

»Weil ich damals all meine Lebenskraft mit in den Zauber gelegt hätte. Das wäre genug Kraft gewesen, damit du nach draußen kommst.«

Sie schwieg, denn das hätte bedeutet, dass er sich geopfert hätte. Das Totenreich oder die Ebene der Dämonen waren auch für sie Orte, die sie abschreckten. Mit Dämonen hatte Shahira sich noch nicht befasst. Sie hatte etwas darüber gehört, doch nicht daran geglaubt. Die Ebene der Dämonen war eine Art eigenes Reich. Dieses Reich war wie ihre Welt, nur verdreht und völlig bizarr. So richtig verstanden hatte sie es nicht und wenn sie ehrlich zu sich selbst war, wollte sie es auch nicht. Die Vorstellung, dass solch ein Ort existierte, beunruhigte sie.

Nach einer Weile sagte sie, ohne auf die zuletzt gesprochenen Worte einzugehen, »Und die Möglichkeit, die meinen Münzbeutel betrifft?«

»Es gibt einen sogenannten Sprungfokus. Das ist ein Artefakt, auf dem solch ein Zauber liegen kann. Wenn man so einen Fokus besitzt, dann reicht ein eigener Magieimpuls und man springt an den Ort, an den man will.«

»Wie meinst du das: Ein Zauber *liegt* auf ihm?«

»Entschuldige, das war unglücklich ausgedrückt. Ein Magier kann einen Zauber wirken und diesen in einem Fokus speichern, bis man ihn braucht. Ist es so verständlicher?«

Sie nickte zögerlich. »Also wie mein Münzbeutel. Ich *speichere* meine Münzen in ihm, bis ich sie brauche?«

Xzar lachte und gab ihr einen Kuss. »Ja, das ist zwar ein recht einfacher Vergleich, aber er trifft es.«

»Und was ist, wenn der Zauber verbraucht ist?«, fragte sie weiter.

»Wenn keine Münzen mehr in deinem Beutel sind, musst du dir neue verdienen.« Er lächelte. »Na ja, ganz so einfach ist das dann bei einem Fokus nicht. Es gibt diese Artefakte auch mit mehr als einer Anwendung. Sind diese allerdings aufgebraucht, ist das Ganze wertlos und man muss sich einen Neuen kaufen.«

»Gut, und was kostet so ein Fokus?«

Er zuckte mit den Schultern. »Das kann ich dir nicht sagen. Aber es heißt, diese Artefakte werden nur an einem Ort hergestellt und sie von dort zu erwerben, ist fast unmöglich. Ich glaube, keiner von uns beiden wird sich jemals solch ein Artefakt leisten können.«

»Wo werden sie hergestellt?«, fragte Shahira, obwohl sie sich die Antwort bereits denken konnte.

Xzar schien ihre Gedanken zu erraten und nickte. »Ja, in Sillisyl.«

Erneut schwiegen sie eine Weile, bis Xzar sagte, »Es gibt auch noch eine Möglichkeit, um schneller zu reisen.«

»Und welche wäre das? Fliegen?«, fragte sie neckisch.

»Ja, genau!«

Sie sah ihn ungläubig an. »Du erlaubst dir einen Scherz mit mir, oder?«

Er schüttelte den Kopf. »Nein, das würde ich nie!« Ein verschmitztes Lächeln huschte über seine Lippen.

Sie knuffte ihn in die Seite und er rieb sich gespielt die Stelle. »Es ist mein Ernst. Das Fliegen ist möglich, zumindest für die Elfen. Sie können mithilfe ihrer Zauberei ein Elementarwesen aus Luft rufen und auf diesem reiten. Wind und Wetter stellen jedoch ein Risiko dar.«

Sie lachte. »Das kann ich dir nicht glauben!«

»Aber es ist wahr!«

Sie lachte erneut und küsste ihn.

Der Mond war inzwischen hoch am Himmel und es lag eine leichte Kühle in der Nacht. Xzar hatte sich bereits zur Ruhe begeben und sie hatte ihre Nachtwache begonnen. Shahira fröstelte und wollte sich eine Decke über die Schultern legen, als sie etwas hörte. Erst dachte sie, es sei der Wind, doch dann war sie sich sicher, dass sie Worte vernahm. Das Wispern wurde vom leichten Nachtwind zu ihr getragen und schien von den anderen Hütten herüberzuklingen. Sie stand auf und machte einen

Schritt nach draußen. Als sie in die Nacht hinaus spähte, sah sie einen durchscheinend weißen Umriss zwischen den Hütten. Sie sah zu den Pferden, die unruhig von einem Fuß auf den anderen wechselten und sich von den Pfählen los zu zerren versuchten. Shahira sah zurück zu dem Schemen. Er hatte grobe Ähnlichkeit mit einer alten Frau. Ihr Kleid war zerrissen und strähniges Haar hing schlaff herab. Sie stand mit dem Rücken zu ihr. Als sie genauer hinsah, erkannte sie, dass die Frau nicht stand, sondern vielmehr ein kleines Stück über dem Boden schwebte. Jetzt sah Shahira auch, dass ihr vom Unterleib ab, der Körper fehlte. Shahira lief ein Schauer über den Rücken, denn das musste ein Geist sein.

Als sie sich umdrehte, um Xzar zu wecken, schrie sie erschrocken auf. Da war ein Zweiter! Eine Armeslänge vor ihr. Der Geist sah sie an. Ein grotesk entstelltes Gesicht, von tiefen Wunden überzogen. Ein Mund mit wild verteilten, scharfen Zähnen öffnete sich und stieß ein erschütterndes Kreischen aus. Shahira stockte der Atem und ihre Ohren schmerzten. Dann schlug der Geist zu. Dünne Arme mit scharfen Fingernägeln fuhren durch ihren Körper und Shahira blieb erneut die Luft weg. Der Schmerz war grauenhaft. Als hätte man ihr ein eiskaltes Messer über die Brust gezogen, schreckte sie schreiend zurück.

Angsterfüllt zog sie ihr Schwert und schlug zurück. Ihre Klinge traf den Geist und das folgende Kreischen dröhnte fürchterlich in ihren Ohren. Die Klinge leuchtete kurz bläulich auf und der Geist zerfiel, bevor sie ein weiterer Schlag treffen konnte. Ob das die Wirkung des Schwertes Donnerauge war? Angeblich verletzte es magische Wesenheiten deutlich stärker.

Der zweite Geist nahte heran. Sie hob das Schwert zum Angriff, doch bevor sie ihn treffen konnte, löste dieser sich auf, nur um im nächsten Augenblick neben ihr aufzutauchen und mit seinen kalten Händen in sie hineingriff. Ein schrecklicher Schmerz durchfuhr sie, als diese ihren Körper wieder verließen. Sie taumelte und sackte fast auf die Knie. Der Geist riss sein

Maul auf und kreischte. Shahira schrie ebenfalls, vor Schmerzen. Für einen Lidschlag befürchtete sie, dass ihr Gehör zerbersten würde. Brutal und ohne Gnade zerrte der Schmerz in ihrem Kopf, zerrte an ihren Sinnen, ihrem Bewusstsein. Erneut traf sie der Schlag des Geistes und diesmal riss er nicht nur eine innerliche Wunde, sondern auch die Haut der jungen Abenteurerin platzte unter dem Hieb auf und Blut spritzte. Shahira taumelte vor Schmerz. Jetzt fiel sie auf ihre Knie und keuchte auf.

Plötzlich sah sie etwas neben sich auftauchen. Es glänzte hell in der Dunkelheit, während es an ihr vorbeiflog, dabei einen leuchtenden Schweif hinter sich herziehend. Im unheiligen Schimmer des Geistes sah sie einen Drachenkopf, dann Flügel und die Klinge. Ein Schrei des Geistes voller Schmerz. Dann begriff sie: Xzar musste da sein! Sie stemmte sich hoch, versuchte den verschwommenen Blick loszuwerden, packte den Griff ihres Schwertes fester und augenblicklich verschwand die Kälte, verflog ihre Angst und es erfüllte sie eine ungestüme Kraft.

Sie stand auf und sah durch den Geist hindurch und da war Xzar, seinen Magierstab in einer Hand und eine gleißende Kugel aus pulsierender, knisternder Energie um die andere Hand. War er nicht eben noch mit dem Drachenschwert neben ihr gewesen?

Ein Schlag des Geistes sauste heran. Sie riss die Klinge hoch und die Hand des Wesens zuckte mit einem Schmerzenslaut zurück, als sich beide trafen. Shahira glaubte ihre Klinge kurz leuchten zu sehen, doch das mochte auch das unheimliche Licht der Geister bewirkt haben. Dann schlug sie zu. Das Schwert Donnerauge zischte drohend durch die Dunkelheit, traf den Leib des Geistes und zerteilte den Schemen, der flackernd verschwand. Sie sah sich um und erkannte, dass noch ein drittes Geisterwesen aufgetaucht war. Es schoss auf sie zu.

Noch bevor es sie erreichte, explodierte die Welt um sie herum in einem elementaren Inferno. Hinter dem Geist zuckten blaue Blitze auf diesen zu und ein gelbroter Funkenregen brach über ihm aus. Die zerfetzte, durchsichtige Kleidung des Geistes wurde von einem unbändigen Sturm gepackt. Die Blitze trafen knisternd und die Funken verbrannten den unheiligen Stoff. Ein klagender, flehender Schrei ertönte und ein Donnerknall erschütterte den Boden. Dann loderte das Wesen hell und leuchtend auf. Shahira hatte sich zu Boden geworfen und hielt sich ein Ohr zu, mit dem anderen Arm schützte sie ihre Augen.

Dann trat Ruhe ein. Nur noch das ängstliche Wiehern der Pferde war zu hören. Shahira blieb noch einen Augenblick liegen. Erst als das Klingeln in ihren Ohren nachließ, sah sie auf. Die Geister waren fort. Vor dem Schein des Lagerfeuers sah sie Xzar stehen. Er lehnte schwer atmend am Rahmen der Tür. Sie stand auf und ging langsam auf ihn zu. In der Dunkelheit erkannte sie nicht, was mit ihm los war und erst jetzt bemerkte sie, dass sie neben dem Donnerauge auch das Drachenschwert in der Hand hielt. Wie konnte das sein?

Als sie bei Xzar ankam, erkannte sie sein ausgemergeltes Gesicht und seine flackernden Augen. Dann brach er vor ihr zusammen. Im letzten Augenblick fing sie seinen Sturz ab. Sein Körper war schwer, und doch schaffte sie es, ihn sanft nach hinten zu legen. »Was ist mit dir?«, fragte sie mit ängstlicher Stimme.

Er starrte sie an und sie befürchtete schon, dass er nicht mehr antwortete, als seine Stimme leise flüsterte, »Zu viel ... Macht ... Klageweiber.«

Nach diesen Worten verlor er das Bewusstsein. Shahira erschrak, doch als sie sah, dass er atmete, bettete sie seinen Kopf auf ihrem Umhang und deckte ihn zu. Was immer er mit seinen Worten meinte, sie musste warten, bis er erwachte. Dann setzte sie sich ans Feuer und atmete tief durch. Ihr Arm schmerzte und jetzt erkannte sie den tiefen Schnitt, den die Finger des Geistes gerissen hatten. Zu ihrer Verwunderung blutete er nicht. Die Wundränder waren von einer feinen Eisschicht überzogen.

›Verflucht‹, dachte sie, ›wie behandelt man solch eine Wunde?‹ Sie legte ein dickeres Tuch neben das Feuer und wartete, bis es aufgewärmt war, um es auf den Schnitt zu drücken. Erst spürte sie nichts, doch dann auf einmal begann es zu brennen, als das Eis verschwand. Sie biss die Zähne zusammen, als das gefrorene Blut auftaute und in leichten Strömen zu fließen begann. Die Wunde war nicht tief und doch musste Shahira die Blutung irgendwie stoppen. Xzar war in tiefem Schlaf und so entschloss sie sich dazu, einen ihrer letzten Heiltränke zu verwenden. Diese kostbaren, von Alchemisten hergestellte, Elixiere reinigten und heilten die Wunden. Ihr übrig gebliebener Vorrat war auf zwei geschrumpft. Sie hatten diese für den Notfall aufbewahrt. Shahira entschied, dass dies einer war und so trank sie das süßliche Gebräu aus.

# Geisterschnitt

Am nächsten Morgen erwachte Xzar schon sehr früh. Er fühlte sich erschlagen und es dauerte einen Augenblick, bis sich seine Gedanken geordnet hatten. Er erinnerte sich an die Klageweiber der letzten Nacht. Er kannte diese Wesen oder vielmehr hatte er davon gelesen. Die Erklärung, wie sie entstanden, war ein wenig schwieriger. Was mit den Menschen bei und nach ihrem Tod geschah, war noch nicht ganz erforscht. Die Priester sprachen davon, dass die Seelen, was genau das auch bedeutete, zu den großen Vier in ihre ewigen Hallen einkehrten und dort verweilten.

Bei Klageweibern verhielt es sich aber anders. Sie waren eine Form von Geistern. Verlorene Seelen, die zurückblieben, wenn jemand durch die Hand eines Totenbeschwörers starb. Die Magie der Nekromanten ließ dabei eine Art Splitter der Erinnerung an das vergangene Leben zurück und wenn dann der Körper wiedererweckt wurde, blieb dieser Splitter alleine übrig und wurde zum Geist. Oft wurden diese Geister von einem inneren Zorn geplagt, da sie sich an ihren Tod erinnerten. Und so griffen sie nicht selten an, wenn man sich in ihr Gebiet wagte. Xzar versuchte sich zu erinnern, aber als sie am vergangenen Abend hier ankamen, hatte er keine Zeichen der Warnung gesehen. Es war üblich, dass man die Orte markierte, an denen Totenbeschwörer gewütet hatten. So warnte man andere ahnungslose Reisende.

Klageweiber konnte man nicht ohne Weiteres vernichten und was er in der letzten Nacht getan hatte, war mehr als gefährlich gewesen. Da diese Wesen eine Verbindung zur Totenwelt hatten, saugten sie gewirkte Magie auf. Sein Zauber hatte sie vernichtet, aber es hatte viel zu viel astrale Kraft erfordert. Dies wiederum war so erschöpfend gewesen, dass es ihn fast das eigene Leben gekostet hatte. Er öffnete die Augen und war froh, dass es noch nicht zu hell war, denn schon das Zwielicht des Morgengrauens blendete ihn. Er drehte den Kopf und sah Shahira, die mit dem Rücken an der Wand lehnte und starr aus der Tür hinaus blickte. Er richtete sich auf und sie schreckte hoch. Sie drehte sich zu ihm um und Xzar sah, dass sie völlig entkräftet war. Verflucht!

Shahira versuchte aufzustehen, doch ihre Beine gaben nach. Xzar zog sich am Türrahmen hoch und deutete ihr an, sie sollte sitzen bleiben. Er ging zu ihr hinüber und es fröstelte ihn. Langsam ließ Xzar sich neben ihr zu Boden sinken und legte seine Decke über ihrer beider Schultern.

»Wie geht es dir?«, fragte sie müde.

Xzar atmete tief ein. »Wieder besser, was ist mit dir?«

Sie nickte, während ihr Tränen die Wangen herunter kullerten. Sie schob ihren Ärmel weg und zeigte Xzar die Wunde, die noch immer leicht blutete. »Ich habe einen Heiltrank genommen und er hat nicht geholfen. Es tut mir leid, ich habe ja nicht gewusst ...«, stammelte sie.

Xzar fluchte leise und da Shahira dies falsch deutete, weinte sie erneut. Xzar zog sie zu sich heran und nahm sie in die Arme. »Beruhige dich. Das ist ein Geisterschnitt und du hast alles richtig gemacht. Ich kümmere mich um den Rest.« Xzar legte seine Hand auf die Wunde, doch Shahira zog hastig den Arm weg, »Nein! Du bist noch zu schwach.«

Er lächelte. »Glaub mir, es geht mir besser und zum Heilen der Wunde reicht es allemal.« Xzar nahm vorsichtig ihren Arm und sie ließ es geschehen. Er konzentrierte sich auf den Schnitt an Shahiras Arm und suchte nach der Wunde.

Das Klageweib hatte einen Geisterschnitt verursacht. Es war eines der ungelösten Rätsel über die Totenwelt. Wunden, die von Geistern verursacht wurden, richteten normalerweise mentalen Schaden an. Das bedeutete, man bekam im besten Fall ein paar Kopfschmerzen und verlor im schlimmsten Fall den Verstand. Wenn es jedoch passierte, dass eine körperliche Wunde zurückblieb, dann waren diese nur schwer zu heilen.

Das lag vor allem daran, dass ein Teil der Heilung auf der Ebene der Toten vollzogen werden musste. Zwar konnte man die Wunde behandeln und den Schmerz lindern, doch nicht vollständig heilen. Und was erschwerend dazu kam, war die Tatsache, dass manche Heilungen die Wunden verschlimmerten.

Xzar fluchte innerlich, denn dieser Ort hätte gekennzeichnet sein müssen, dann hätten sie hier niemals gerastet. Sie hatten die Geister vernichtet, das bedeutete aber noch nicht, dass der Lagerplatz wieder sicher war. Sein Zauber und Shahiras Klinge hatten sie aber zumindest für einige Tage verbannt.

Er verdrängte die Gedanken und konzentrierte sich auf Shahiras Wunde. Schon bald erkannte er das bizarre, schwarze Magiemuster der Totenebene. Langsam wob er seine Fäden dazu, mischte sie mit den verdorbenen des Geistes und ließ mehr astrale Kraft hinzufließen, bis das Schwarz erst grau und dann weiß wurde, bevor es endgültig verschwand. Shahira spürte, wie ihre Wunde sich erwärmte und erst kribbelte, um dann zu zwicken. Langsam ließ der schmale Blutfluss nach und sie hörte, wie Xzar murmelte, »Es ist gleich vorbei. Der Schnitt des Geistes ist gebannt und die Wunde wird bald heilen.«

Shahira atmete erleichtert auf. Sie hatte sich mit Mühe die Nacht über wach gehalten, dabei hatte sie gespürt, wie ihre Kraft immer mehr nachgelassen hatte. Xzar holte Verbände und eine Wundsalbe aus seinem Rucksack.

»Xzar nein! Wir dürfen nicht noch mehr unserer Vorräte verschwenden«, sagte sie entsetzt.

»Was meinst du?«

»Ich habe einen unserer letzten Heiltränke verschwendet. Reicht das nicht schon?«

Xzar strich ihr zärtlich mit der Hand über die Wange. »Du hast alles richtig gemacht. Ohne den Trank hättest du womöglich nicht überlebt. Kein Trank und kein Verband sind mehr wert als unsere Gesundheit.«

Sie seufzte. »Ich fühle mich völlig erschöpft. Ich glaube, ich könnte einen Tag durchschlafen«, sagte sie.

Xzar nickte. »Ja, ich weiß, was du meinst. Wir werden rasten, doch nicht hier. Dieser Ort ist zu gefährlich.«

Sie nickte müde und reichte ihm das Drachenschwert. »Danke, dass du es mir zugeworfen hast.«

Xzar sah sie fragend an. »Das habe ich nicht. Ich dachte, du hättest es dir genommen.«

Shahira sah ihn verständnislos an. Hatte sie das? Nein, sie war sich sicher, dass es plötzlich da gewesen war. »Nein, ich habe doch das Donnerauge.«

»Hm, seltsam.« Xzar dachte nach und ihm kam ein Gedanke. »Vielleicht war es deine Magie. Es ist durchaus denkbar, dass du es in der Not zu dir gezogen hast. Aber wie dem auch sei, sind wir froh darüber, dass es irgendwie zu dir fand.«

Shahira nickte ein weiteres Mal. Ihr fehlte die Kraft, sich darüber Gedanken zu machen. Xzar stand auf und schritt zu dem Anfang des kleinen Pfades, der zu den Hütten führte. Er suchte das Gras am Rande des Weges ab und fluchte, als er den bleichen Knochenschädel eines Stieres fand, der zwischen den Gräsern lag. Das war das Warnzeichen, das er vermisst hatte. Der Pfahl, auf dem dieser Schädel gepflockt gewesen war, lag abgebrochen daneben. Xzar suchte einen geeigneten Ersatz und stellte die Warnung wieder so auf, wie es üblich war.

Danach ging er zu Shahira zurück. »Ich packe zusammen und sattele die Pferde. Wir müssen hier weg. Ich suche uns etwas abseits einen neuen Platz, dort kannst du dich ausruhen.«

## Das Dorfmonster

Nach ihrem schrecklichen Erlebnis hatten sie fast einen ganzen Tag und die folgende Nacht gerastet. Sie hatten sich einen Lagerplatz weit weg von dem verfluchten Dorf gesucht, wo ihnen ein kleiner Waldbach frisches Wasser bot. Shahiras Wunde war inzwischen fast vollständig verheilt und nur eine leichte weißblaue Blässe war an ihrem Arm zurückgeblieben. Xzar war sich nicht sicher, ob es jemals ganz verschwinden würde, aber sie waren sich einig, dass es auch nicht sonderlich störte.

Zwei Reisetage später erreichten sie Gemen. Das Dorf war deutlich größer als Sandigen, denn sie sahen hier etwa sechzig Häuser. Nicht alle waren aus Holz, einige waren sogar aus grobem Mauerstein gebaut. Soweit sie wussten, lebten die Leute in Gemen ebenfalls von der Feldarbeit, aber auch von der Viehzucht.

Als sie der Hauptstraße ins Dorf folgten und nach einer Unterkunft fragten, wurden sie überrascht. Es gab hier gleich zwei Gasthäuser. Das eine war ein kleiner Hof am Südende des Dorfes mit dem Namen *Wiesengrund* und das andere nannte man *Gasthof Lieggel*. Shahira sprach sich für den Zweiten aus, da er sie an den Hof ihrer Eltern erinnerte und als sie ihn betraten, überkam sie wieder die Sehnsucht nach ihrer Familie. Wie bei ihr zu Hause gab es auch hier einen einzelnen großen Raum, der gleichzeitig zur Bewirtung der Gäste, aber auch zur Entspannung an einem großen Kamin genutzt wurde.

Es herrschte eine ausgelassene Stimmung. Einige tranken Bier, andere spielten Karten. Shahira und Xzar bezahlten einen Raum für die Nacht und sie hatten Glück, denn es war das letzte freie Zimmer. Ansonsten wäre ihnen noch der Schlafsaal geblieben. Als sie ihre Ausrüstung untergebracht hatten, gingen sie in den Schankraum und bestellten sich etwas zu trinken.

»Mögen die Herrschaften auch etwas speisen?«, fragte das Schankmädchen freundlich.

Xzar sah zu ihr auf. So höflich angesprochen zu werden, war er immer noch nicht gewohnt, aber sie sahen nun mal auch nicht aus wie einfache Bauern. Das Mädchen lächelte ihn mit träumerischem Gesichtsausdruck an und mehr nebensächlich zupfte sie an ihrer Schürze, um ihre weiblichen Reize deutlich in den Vordergrund zu rücken.

»Was habt ihr denn? Gibt es eine Empfehlung?«, fragte Shahira schmunzelnd. Auch ihr war das Verhalten der jungen Frau aufgefallen.

»Derzeit können wir nur Schweinebraten anbieten. Huhn ist gerade schwer zu bekommen.«

»Was ist mit den Hühnern?«, fragte Shahira nach, denn eigentlich gab es Huhn eher als Schwein.

Das Mädchen hob entschuldigend die Schultern, was Xzars Augen dazu brachte sich zu weiten, denn der Busen der jungen Frau hob sich verdächtig und schon drohten ihre Brustwarzen über den Rand der engen Schürze zu rutschen. Hastig sah er weg und hoffte, dass das Brennen seiner Wangen nicht zu sehr auffiel. Ob das Schankmädchen davon etwas bemerkte, verriet sie nicht. Shahiras amüsiertes Lächeln allerdings schon.

»Es geht das Gerücht um, ein Monster treibe sein Unwesen und es räubert die Hühner«, beantwortete das Mädchen Shahiras Frage.

»Ein ... Monster?«, fragte Shahira ungläubig.

»Ja. Der junge Afel kann euch mehr erzählen. Er und seine Familie haben den größten Hühnerhof im Dorf.« Dabei deutete sie auf einen Mann, der mit zwei anderen Kerlen Karten spielte.

Sie bestellten vom Schweinebraten und warteten, bis das Mädchen davon eilte, jedoch nicht, ohne Xzar zuvor mit den Augen ein deutliches Angebot zu machen. Xzar war dankbar, dass Shahira nichts dazu sagte. Sicher war er den weiblichen Reizen nicht abgeneigt, aber die Offensichtlichkeit, mit der die junge

Frau ihm schöne Augen machte, war zu viel des Guten gewesen. Dabei war er sich sicher, dass nicht selten Reisende eines der Mädchen in ihr Bett bekamen, wenn nur genügend Münzen dafür zurückblieben.

»Ein Monster, das Hühner stiehlt?«, fragte Shahira amüsiert und lenkte seinen Gedanken von der Schankmagd ab.

»Klingt seltsam«, sagte Xzar knapp.

»Vielleicht nur ein Fuchs. Sollen wir nachfragen?«, lächelte Shahira.

»Hm, ein Monster jagen? Warum eigentlich nicht. Zumindest können wir diesen Afel anhören. Vielleicht kann er uns Einzelheiten dazu sagen.«

»Ob wir es dann jagen, lassen wir mal dahin gestellt. Aber die Geschichte klingt zumindest nach ein wenig Abwechslung.«

Sie standen auf und gingen zu den Kartenspielern hinüber. Als die beiden Abenteurer sich ihnen näherten, ließen die Männer von ihrem Spiel ab und starrten sie an. Einer der Drei griff gebannt nach seinem Bierhumpen und trank einen Schluck, während er wartete, was nun geschah.

Shahira nickte den Dreien zu. »Grüße, die Herren. Ist einer von euch Afel?«

»Mhm«, machte einer der drei und deutete auf den, der gerade getrunken hatte.

Dieser nickte.

»Wir hörten von einem Monster, das Eure Hühner raubt?«, fragte sie nun Afel.

Dieser nippte ein weiteres Mal an seinem Humpen und sagte mit träger Stimme, »Joa.«

Shahira warf Xzar einen fragenden Blick zu. Er zuckte lächelnd mit der Schulter. Shahira seufzte. »Habt Ihr das Monster gesehen?«

Afel nickte mit dem Kopf. »Joa.«

Shahiras Geduld begann zu bröckeln. »Es scheint ja nicht so zu sein, dass Euch die Hühner fehlen würden. Wir könnten Euch vielleicht helfen, dafür brauchen wir aber mehr als ein: Joa.«

Afel nickte wieder stumpf. »Joa. Groß war es, viele Arme.«

Shahira seufzte und wollte sich gerade abwenden, als ein weiterer junger Mann an den Tisch trat. »Verzeiht, Herrin? Ich kann den hohen Herrschaften mehr sagen.«

Shahira und Xzar drehten sich zu dem Neuankömmling um. Es handelte sich um einen Jüngling, nicht älter als fünfzehn Sommer. Er knetete unsicher eine Stoffmütze zwischen seinen Händen und trat von einem Bein auf das andere. Er wirkte, als wollte er jeden Augenblick die Flucht ergreifen und seine Miene war voller Sorge und Angst, als er auf die Schwerter der beiden sah. Shahiras Blick wich er schüchtern aus und er war sichtlich bemüht, ihrem wohlgeformten Körper nicht zu viel Beachtung zu schenken, was ihm allerdings nicht gut gelang. Dieses Mal schmunzelte Xzar. Er wusste genau, was der Junge dachte.

Shahira schien das dieses Mal nicht zu bemerken, und mit genervten Tonfall fragte sie, »Ich hoffe noch mehr, als dass es groß war und Arme hatte?«

Der Knabe zuckte schüchtern zusammen und nickte dann heftig.

»Komm zu uns und erzähle in Ruhe«, sagte Xzar und wies auf ihren Tisch.

»Du hast also das Monster gesehen?«, fragte Xzar.

»Ja, Herr. Das habe ich. Es war vor vier Nächten.«

»Bei Afels Hof?«, fragte Shahira.

»Nein, Herrin. Bei uns. Ich war im Stall, um die Kühe zu füttern.«

»Und das machst du nachts? Was ist mit deinen Eltern?«, fragte Xzar.

Der Junge schluckte. »Vater kann im Augenblick nicht. Er hat sich vor einigen Wochen verletzt. Ich helfe, so gut es geht, doch ich komme immer erst am Abend dazu, die Tiere zu füttern.«

»Gut, wie dem auch sei. Erzähle uns genau, wann du das ... Monster gesehen hast.« Shahira warf Xzar einen fragenden Blick zu.

»Wir haben ein paar Hühner und sie laufen im Stall herum. Wir haben sie wegen der Eier. Ich füttere sie immer mit. Ein paar Körner nur, nicht mehr. An diesem Abend waren die Tiere sehr unruhig. Ich hatte nur eine kleine Öllampe dabei.

Dann auf einmal hörte ich ein grauenvolles Geheul und dann sah ich den riesigen Schatten an der Stallwand. Ein großer spitzer Kopf und was Afel sagte, fünf oder sechs Arme, die sich auf und ab bewegten. Dann scharrte es am Holz und die Gatter rappelten. Das musste das Monster sein! Also rannte ich weg.«

Shahira sah ihn fragend an. »Du hast einen Schatten gesehen, aber das Monster selber nicht?«

Der Junge, der sich als Kel vorgestellt hatte, schüttelte den Kopf. »Nein, ich wollte ja nicht, dass es mich auch frisst.«

Shahira neigte den Kopf leicht zur Seite. »Wie viele Menschen des Dorfes hat es denn bisher gefressen?«, fragte sie und Xzar hatte Mühe, nicht belustigt den Kopf zu schütteln.

»Keinen, Herrin«, antworte der Junge und er schien nicht so recht zu wissen, worauf sie hinaus wollte.

Shahira beließ es bei diesem einen Versuch, den Jungen davon zu überzeugen, dass ihn das Monster wohl kaum gefressen hätte, und fragte stattdessen, »Und es hat alle eure Hühner geraubt?«

Der Junge schüttelte erneut den Kopf. »Nein, eins. Und vor zwei Nächten noch mal eins. Aber das Monster hat sie brutal gerissen, denn überall war Blut, der ganze Stall war voll davon und überall lagen Federn und an der Hintertür waren tiefe Krallenspuren und ein Büschel Fell. Ich habe es aufgehoben und versteckt.«

»Das klingt ... unheimlich«, sagte die junge Abenteurerin.

Kel nickte bestätigend, ihren ironischen Unterton schien er dabei nicht zu bemerken. Der Junge fuhr fort, »Der Dorfschulze hat eine Belohnung für die Ergreifung ausgesetzt. Ganze zehn Silberstücke. Das ist ein ganzer goldener Taler! Also wenn man die Münzen zusammen nimmt natürlich. Nicht einzeln, denn dann sind es ja zehn Münzen und nicht eine, meine ich.« Der Junge schien stolz zu sein, dass er diesen Zusammenhang erkannt hatte und Shahira musste unwillkürlich grinsen.

Xzar hob indes eine Augenbraue an. Zehn Silbertaler waren viel Geld für die Bauern hier, zumal zehn Silber einen deutlich höheren Wert erzielen konnten als Gold. Goldmünzen waren nicht immer ganz rein, sodass sich ihr Wert schnell minderte und meist nur sieben oder acht Silbermünzen wert waren.

»Nun gut, morgen suchen wir den Dorfschulzen auf und reden mit ihm«, sagte Xzar.

»Ihr braucht nicht bis morgen warten, er ist dort hinten.« Kel deutete erfreut auf einen kleinen Mann am Ende des Gastraums. Er war im Gespräch mit drei anderen älteren Männern und Xzar schätzte, dass sie zusammen zum Dorfrat gehörten.

Xzar nickte und stand auf. Als er zurück zu Shahira und Kel kam, sagte er, »Gut, wir helfen. Wir schauen uns morgen eure Scheune an und dann sehen wir weiter.«

Kel strahlte. »Das wird Vater freuen, die Tiere sind uns viel Wert, sie sichern unser Überleben im Dorf. Sagt Vater immer.«

Xzar nickte. »Da hat er wohl gar nicht so unrecht. Sag Kel, wie viel Hühner werden immer geraubt?«

Der Junge überlegte einen Augenblick. »Wenn ich alle mitbekommen habe, dann waren es insgesamt sieben und etwa alle zwei Tage eins. Vater wird stolz auf mich sein, dass ich echte Helden gefunden habe, die uns helfen.«

»Gut Kel, danke. Trink dir noch ein Bier. Es geht auf mich«, sagte Xzar.

Das strahlende Gesicht des Jungen erfreuten Shahira und Xzar gleichermaßen. Shahira wusste, wie der Junge sich fühlte.

Wie oft hatte sie früher den Abenteurern zugehört, die in dem Gasthof ihrer Eltern untergekommen waren und wie oft hatte sie gehofft, einst solch ein Abenteuer mitzuerleben.

## Jagdvorbereitung

Am nächsten Morgen trafen sie sich mit Kel vor dem Gasthaus. Er führte sie die Dorfstraße nach Süden entlang, vorbei an einigen Handwerkern, und dann an den Rand des Dorfes auf einen kleinen Hof. Vorne gab es ein einfaches Haupthaus, wo die Familie lebte und hinter dem breiten Hof sah man das Stallgebäude. Es lag etwas abseits und war so gelegen, dass man unbemerkt eindringen konnte.

Kel hatte darauf bestanden, ihnen zuerst seine Familie vorzustellen, und so betraten sie das Wohnhaus. Es war ein einzelner großer Raum mit einem langen Holztisch in der Mitte, vor dem zwei Bänke standen. An einer Wand befand sich eine offene Feuerstelle, über der ein großer Topf hing. Im hinteren Teil gab es abgetrennte Bereiche, wo die Familie nächtigte. Auf einem Sessel am Feuer saß ein Mann mittleren Alters, der eindeutig, glaubte man den Gesichtszügen, Kels Vater sein musste. Er hatte sein rechtes Bein hochgelegt, um das eine seltsame, starre Holzkonstruktion gebunden war, die das Bein wohl schienen sollte. Xzar zweifelte, dass dieses Konstrukt der Heilung dienlich war.

Am Feuer selbst stand eine Frau, die gerade Gemüse in den Topf warf. Als sie näher kamen, sahen die beiden auf. Kels Vater warf den Neuankömmlingen einen sehr argwöhnischen Blick zu, während Kels Mutter auf sie zukam. »Kel, was soll das? Wir haben doch nichts für so hohe Herrschaften zu bieten. Bitte verzeiht meinem Sohn«, begann sie sich zu entschuldigen.

Kel unterbrach sie. »Nein Mutter, das sind die beiden tapferen Helden, die uns helfen werden. Ich habe sie angeworben«, sagte er stolz.

Die Frau sah auf. »Ist das wirklich wahr, Herr?«

Xzar hatte Mühe, ein Lachen zu verkneifen. So, so, Kel hatte sie also angeworben? Warum eigentlich nicht. Xzar ließ dem

Jungen seinen Ruhm. Und würden sie den Dieb fangen, würde Kel diese Geschichte noch seinen Enkeln erzählen. »Ja, gute Frau. Und sorgt Euch nicht darum, dass Ihr uns nichts bieten könnt. Wir verlangen nichts von Euch. Wir wollen uns nur die Scheune anschauen und helfen den Dieb ... das *Monster* ... zu fangen.«

Die Frau nickte dankbar. »Bitte setzt euch. Kel, hol etwas frische Milch für unsere Gäste. Deine Schwester ist im Stall. Sag ihr, dass sie sich beeilen soll.«

»Ja, Mutter.«

Xzar war inzwischen bei Kels Vater angekommen. »Verzeiht, wir haben uns noch nicht vorgestellt. Ich bin Xzar und dies ist meine Gefährtin Shahira.«

Der Vater nickte und seine mürrische Miene hellte sich etwas auf, als er Shahira sah. »Ich bin Bertram. Danke auch von mir, dass ihr uns helft. Verzeiht, wenn ich unhöflich war, mich plagt ein Schmerz im Bein, das lässt mich grämen.«

Xzar nickte verständnisvoll. »Sagt, was ist Euch geschehen?«

Bertram seufzte und verzog das Gesicht, als er sich zu ihnen drehte und dabei das Bein bewegte. »Es passierte, als ich das Dach des Stalls neu deckte. Beim Herabsteigen der Leiter rutschte ich ab und kam schmerzhaft auf. Jetzt heilt es nicht.«

Xzar sah auf ihn hinab. »Ich fürchte, mit dem Holzgerüst wird das auch nicht heilen. Darf ich mir das Knie einmal ansehen?«

Der Mann zögerte.

»Er versteht sich auf die Heilkunst«, versicherte ihm Shahira.

Bertram seufzte und stimmte zu. Xzar half ihm sich aufzusetzen. Als er das Bein von dem Holzgestell befreit hatte, sah er eine dicke Schwellung. Er tastete vorsichtig das Knie ab und war dann sicher, dass Bertram es sich verdreht haben musste.

Er vermutete einen Bluterguss unter der Kniescheibe. Xzar holte aus seinem Rucksack ein Bündel Kräuter heraus. Ein Rest von dem was sie in Bergvall gekauft hatten.

»Das ist Blendkraut. Jeden Morgen und jeden Abend brüht ihr Euch einen Sud damit auf, den ihr trinkt. Den ausgekochten Stängel zerreibt ihr und streicht ihn auf die Schwellung. Das Holzgestell nehmt ihr ab. Bewegt euer Bein vorsichtig vor und zurück. Am besten lauft ihr mit einer Krücke. Wenn alles gut verläuft, ist es in einer bis zwei Wochen so weit, dass ihr die Krücke nicht mehr benötigt.«

Bertram sah ihn ungläubig an und wollte gerade etwas sagen, als die Tür aufging. Ein junges Mädchen, vielleicht zwölf Sommer alt, kam hineingerannt. Als sie Xzar sah, blieb sie wie angewurzelt stehen und starrte ihn verzückt und mit offenem Mund an.

»Eure Tochter?«, schmunzelte Xzar.

Bertram nickte. »Ja, das ist Lidda.«

Als das Mädchen sich nicht rührte und Xzar weiterhin mit leuchtenden Augen ansah, sagte ihr Vater. »Lidda! Hilf deiner Mutter.«

Sie sah erschrocken auf und rannte dann zu der Frau am Topf, ihren Blick jedoch weiterhin auf Xzar gerichtet. Fast wäre sie über eine der Bänke gestolpert, was ihr eine Rüge ihrer Mutter einbrachte. Shahira lachte leise.

Xzar sah nun wieder zu Bertram. »Wenn das Kraut nicht reicht: Blendkraut wächst an Flüssen. Meist zwischen dem Schilf in kleinen Büscheln. Aber vorsichtig, sie sind stachelig, wenn sie trocknen. Zum Aufbrühen muss es nicht unbedingt getrocknet sein.«

Bertram sah ihn fragend an. »Es heißt bei uns Blichkraut. Wir wussten nicht, dass es eine Bedeutung hat. Aber Herr, auch wenn ich Euch dankbar bin, warum helft Ihr uns so selbstlos?«

»Weil es keinen Grund gibt, es nicht zu tun«, sagte Xzar und reichte ihm die Hand.

Dankend schüttelte Bertram sie.

Nachdem Kel ihnen frische Milch gebracht und sie diese getrunken hatten, begleitete der Junge sie zum Stall. Lidda folgte ihnen und immer wenn Xzar zu ihr blickte, kicherte sie. Xzar sah verwirrt zu Shahira, die ihn nur amüsiert anlächelte.

Der Stall war ein längliches Gebäude. Es gab alle vier Schritt eine hoch gelegene Fensterluke, die frische Luft hereinließ. Hinter hölzernen Gattern standen fünfundzwanzig Kühe. Diesen gegenüber war ein einzelner Bereich abgetrennt, in dem ein Bulle stand. Als die Vier eintraten, kam dieser in ihre Richtung und schlug energisch mit seinen Hörnern gegen das Gatter. Xzar hatte das Gefühl, dass er von dem Tier bösartig angefunkelt wurde. Ein wütendes Schnauben durch die großen Nüstern bekräftigte dies noch.

»Das ist Malo. Er stört sich an Fremden, die in den Stall kommen. Hat Angst, ihr nehmt ihm seine Mädchen weg«, erklärte Kel lachend, als er bemerkte, dass Xzar und Shahira dem Bullen argwöhnische Blicke zuwarfen. Kel führte sie an das Ende des Stalles und deutete auf eine Stelle, an der dunkelrote Flecken auf dem Holz waren. »Dort war es.«

Xzar trat an ihm vorbei und betrachte den Ort. Der Boden war mit Stroh bedeckt und er vermutete, dass dort eine Blutlache gewesen war. Kel bestätigte ihm dies und bedeutete mit den Armen, wie groß der Fleck in etwa gewesen war. Wenn Xzar es richtig abschätzte, war sie höchstens tellergroß und die Menge passte zu einem Huhn. Anderseits hatte er auch nichts anderes erwartet. Die Holzwände waren mit roten Flecken besprenkelt, die bis zu zwei Schritt über den Boden reichten. Xzar trat an die Stallwand und tastete über die Bretter, bis er in der Ecke zwei fand, die er zur Seite schieben konnte. Die Lücke war allerdings recht klein. Er, mit Rüstung und Bewaffnung, passte dort nicht durch.

»Darf ich es versuchen?«, fragte Lidda hoffnungsvoll.

Xzar trat beiseite und das junge Mädchen kicherte, bevor es ohne Schwierigkeiten hindurch schlüpfte.

»Und, siehst du was auf der anderen Seite?«, fragte Xzar.

Sie kicherte erneut. »Was soll ich denn suchen?«

»Siehst du Spuren, Blut oder etwas in der Art?«, fragte Xzar.

Er sah durch die Lücke und Lidda schaute sich gerade angestrengt um. Xzar sah einzelne rote Spritzer auf dem umliegenden Gras und dass dieses zertreten war.

Lidda schien davon nichts zu sehen. »Nein, nichts Besonderes glaub ich.«

»Gut dann komm zurück. Das hast du gut gemacht, Lidda«, sagte Shahira, die Xzars Blick richtig deutete und wusste, dass er gesehen hatte, worauf es ankam.

Xzar drehte sich um und betrachtete den Stall. »Kel, wo hast du gestanden, als du das Monster gesehen hast?«

Der Junge ging zu einem Stützpfeiler etwa fünfzehn Schritt entfernt. Eine der Kühe schob ihren Kopf über das Gatter und machte Kel mit einem lauten »Muuuh« auf sich aufmerksam. Der Junge streckte seine Hand wie beiläufig aus und kraulte das große Tier am Kopf.

Xzar schätzte die Entfernung ab. »Und wo hing deine Lampe?«

Kel deutete auf einen kleinen Eisennagel, der drei Schritt vor Xzar an einem Stützpfeiler hing. »Worauf willst du hinaus?«, fragte Shahira.

»Ich bin mir noch nicht ganz sicher. Kel? Wo ist das Fell, das du gefunden hast?«

Der Junge ging zu einem Eimer am Eingang des Stalls und nahm etwas aus diesem heraus. Dann kam er zurück. Xzar nahm das Stoffbündel und entfaltete es. Er hielt ein kleines Fellknäuel in den Fingern, das einen braunen Ton hatte. Es war borstig und hart. Es roch ein wenig nach Öl. Xzar rieb es zwischen den Fingern und lachte auf. »Das ist ein Stück Leinensack.«

Er zeigte es Shahira und sie nickte bestätigend, als sie erkannte, dass das vermeintliche Fell tatsächlich eine feine Leinenstruktur hatte.

»Und, wirst du das Monster jagen?«, lächelte Lidda Xzar an.

Dieser lachte immer noch. »Ja, werden wir. Heute Abend. Vielleicht haben wir ja Glück und es taucht hier noch einmal auf.«

Lidda jubelte. Xzar entschied, dass sie zunächst den Hühnerhof von Afel besuchen würden, um dort nachzufragen, ob es ähnliche Auffälligkeiten gab.

»Und was denkst du?«, fragte Shahira ungeduldig, als sie den Hof von Kels Familie verließen.

»Das ist einfach. Das Monster ist ein Mensch, ein geschickter noch dazu. Er wird irgendeine Verkleidung haben, da spricht der Sack für. Das Licht im Stall hat er genutzt, um einen großen Schatten zu werfen. Er stiehlt ein einziges Huhn alle zwei Tage, tötet es dann im Stall und verspritzt das Blut. Dann das Loch zwischen den Brettern, dort passt kein großes Monster durch«, erklärte Xzar ihr.

»Hm, stimmt, klingt seltsam. Warum glaubst du es ... er kommt heute Abend zurück in den Stall?«, fragte Shahira nach.

»Es ist so ein Gefühl und auch der Grund, warum wir zu Afels Hof gehen. Ich würde darauf wetten, dass sie Maßnahmen getroffen haben, ein Monster zu verjagen. Sie haben immerhin nur den Hühnerhof und die Tiere sind ihr ganzer Wert. Sie werden diese jetzt bewachen. Kels Familie hat Rinder und nutzt die Hühner nur für die eigene Versorgung. Das sogenannte Monster tötete keine Kuh, sondern das, was nicht Lebensgrundlage der Familie ist. Das bedeutet, wir haben ein geschicktes, menschliches Monster, das auf irgendeine Art ein Herz für die Menschen hat, die es bestiehlt.«

»Das klingt verrückt, aber ich gebe dir recht, so scheint es.«

Als sie bei Afels Hof ankamen, wurden sie schon am Tor von einem großen Hund begrüßt. Aber das Wort Hund beschrieb es nicht im Geringsten und begrüßen war wohl auch eine zu freundliche Beschreibung. Der Hund war eine Bestie von einem Tier. Sein kantiger Kopf befand sich auf Xzars Hüfthöhe. Er hatte braunschwarzes, struppiges Fell, das ihm nach allen Seiten abstand. Über dem Auge und an der linken Seite der Schnauze zierte ihn jeweils eine große Narbe und er knurrte bedrohlich, während ihm dicker Schaum und Geifer aus dem Maul tropfte.

Als Xzar das Tor anfassen wollte, um es zu öffnen, bellte der Hund dunkel auf, was Xzar dazu brachte seine Hand zurückzuziehen. Der Hund machte einen Schritt auf die beiden zu und starrte sie bösartig an.

»Unglaublich, das könnte ein Bruder von Kel's Bullen Malo sein, nur ohne Hörner«, sagte Shahira fassungslos.

Xzar nickte. Damit wandten sie sich ab und waren sich einig, dass hier keiner mehr freiwillig Hühner stehlen würde.

»Wie willst du den Dieb schnappen?«, fragte Shahira.

»Wir lauern ihm auf. Das ist die einfachste Lösung. Du wartest draußen, ich drinnen. Sobald du etwas in den Stall gehen siehst, stellst du einen Balken schräg vor die losen Bretter und verkeilst diese damit. Und ich stelle den Dieb drinnen.«

»Ist es sinnvoll, dass wir uns trennen?«, fragte Shahira leicht besorgt.

Er überlegte einen Augenblick. »Wenn wir ihm seinen Fluchtweg nehmen wollen, dann ist dies der einfachste Weg. Dazu kommt, dass ein Versteck für zwei Personen in der Scheune Verdacht erregen könnte. Ich will den Dieb sicher in der Falle wissen, wenn wir ihn schnappen. Und das geht nur, wenn einer von uns draußen und einer drinnen wartet.«

Shahira seufzte leise, stimmte dann aber zu und so machten sie sich auf zu Kel und seiner Familie. Die beiden Kinder waren aufgeregt und wollten helfen, doch Xzar lehnte ab. Es war zu gefährlich, solange sie nicht wussten, mit wem oder was sie es wirklich zu tun hatten.

Xzar und Shahira sahen sich den Stall und das Gelände neben dem Gebäude an und fanden alles, was sie brauchten. Shahira wählte einen kleinen Baum aus, auf den sie später klettern würde. Hier fand sie auch einen dicken Ast, mit dem sie die Bretter verkeilen konnte. Der Baum hatte so dichtes Blattwerk, dass sie selbst im Abendrot ausreichend getarnt sein würde.

»Wie soll ich im Dunkeln sehen, dass jemand in die Scheune geht?«, fragte sie Xzar.

»Ich werde eine Öllampe im Inneren am Brennen halten. Sobald die Bretter zur Seite geschoben werden, wirst du den Lichtschein sehen«, erklärte Xzar.

»Gut, sei aber vorsichtig da drinnen«, bat sie ihn und er nickte.

Soweit der Plan ...

# Ein guter Plan

Als die Sonne langsam unterging, machte es sich Shahira auf ihrem Beobachtungsposten bequem. Am Horizont versank die Sonne in einem violetten, dunkelroten Licht und sie fragte sich, wer diese Person wohl war, die den Leuten die Hühner raubte. Einerseits war Diebstahl ein Verbrechen, ganz gleich welche Gründe jemand hatte. Aber anderseits war die Verkleidung als Monster, um an Essen zu kommen, immer noch besser als andere dafür zu ermorden. Wenn sie Glück hatten, würden sie ja vielleicht bald erfahren, welche Beweggründe den Dieb antrieben.

Xzar hatte sich im Stall postiert. Die Öllampe hing an demselben Ort, wo auch Kel sie immer befestigte. Xzar hatte sich neben den Stall des Bullen gesetzt und einen Strohballen vor sich geschoben, der ihn fast gänzlich verdeckte. Durch einen Spalt waren die beiden losen Holzbretter gut zu sehen. Er dachte an Shahira auf dem Baum und ärgerte sich. Vielleicht wäre es besser gewesen, wenn sie die Stellungen getauscht hätten und sie hier gewartet hätte, denn der Stall war wesentlich bequemer. Andererseits erwartete er hier die Auseinandersetzung mit dem Dieb und das könnte gefährlicher werden.

Und was war, wenn er sich täuschte und es doch ein gefährliches Wesen war? Dann war ihr Plan eh durchkreuzt, denn dann würde ein Kampf auf ihn warten, den er nicht planen konnte. So oder so war es gut, wenn Shahira nicht in Gefahr war, auch wenn er zugeben musste, dass sie sich im Kampf mittlerweile mehr als gut behauptete.

Neben sich hörte er das wilde Schnauben Malos. Der Bulle mochte es nicht, jemanden so nah an seinem Gatter zu haben. Xzar saß jedoch weit genug weg, um nicht die Hörner zu spüren, die immer wieder an das Holz knallten. Er hoffte nur, dass der Dieb das nicht als Warnung verstand. Xzar hatte zwei der Hühner in dem kleinen abgezäunten Bereich vor den Brettern eingesperrt, die anderen hatten sie im Haus bei der Familie in Sicherheit gebracht. Er hoffte, der Köder würde ausreichen. Und so warteten sie und es wurde Nacht.

Als nach einigen Stunden noch immer nichts geschehen war, fragte Xzar sich, ob er sich vielleicht ganz geirrt hatte. Diese Warterei war das Schlimmste von allem. Er wollte gerade aufstehen und die Öllampe nachfüllen, die bereits deutlich an Helligkeit verloren hatte, als er plötzlich aufgeregtes Gegacker hörte.

Er blickte zu dem kleinen Pferch und sah dort dunkle Schemen, die sich hektisch bewegten, ganz so als versuchte man die Hühner zu fangen. Xzar fluchte leise und sprang auf. Er machte einen Schritt aus seiner Deckung heraus und zog dabei sein Schwert. »He! Du!« Eine Gestalt schreckte hoch und sah ihn starr an.

»Verflucht!«, hörte Xzar eine leise Stimme. Die Gestalt, die eindeutig ihr Dieb war, sah sich hektisch um. Dann setzte dieser zur Flucht an. Doch er überraschte Xzar, denn sein Ziel waren nicht die losen Bretter. Stattdessen machte er einen Satz über das Gatter und landete zwischen den Kühen. Dunkle Stofffetzen bewegten sich wild und machten ihn schwer erkennbar. Xzar rannte neben dem Gatter entlang und versuchte mit seinem Blick, der Gestalt zu folgen. Warum war er nicht durch die Bretter geflohen? Denn das hätte Xzar die Zeit verschafft ihn zu stellen.

Sein Versteck in dem kleinen Eichenwäldchen neben dem Dorf war ein friedliches Fleckchen. Wäre er zu einer anderen Zeit hier gewesen, so hätte er sicher ein paar Tage mehr an diesem Ort verbracht. Aber er wusste, dass er nicht mehr lange in diesem Dorf bleiben konnte. Zu lange trieb er schon sein Unwesen und es kursierte bereits das Gerücht von einem Monster im Dorf. Nun gut, zugegeben, er hatte auch alles dafür getan, dass man genau dies annahm. Es würde nicht mehr lange dauern, bis die Dörfler Schwertgesellen anheuerten, um das Monster zu jagen. Vielleicht heute Nacht noch ein letztes Huhn, um seinen Hunger zu stillen. Dann würde er weiterreisen und seine Suche fortsetzen. Vor ein paar Tagen war es knapp gewesen. Der Junge hatte ihn gesehen, doch seine Verkleidung und das Gerücht des Monsters hatten ihm bei der Flucht geholfen. Das Huhn hatte er noch im Stall getötet, denn das Blut war Teil der Monstergeschichte gewesen. Er hatte den Tag zuvor den Hof ausgespäht und das junge Mädchen gesehen, das hier ebenfalls lebte. Er hoffte, bei den großen Vier, dass sie nicht zu viel Angst vor ihm, dem *Monster*, hatte. Er bedauerte, dass er heute noch einmal hierher musste, aber der andere Hof hatte jetzt so ein grauenvolles Biest als Wachhund und der Köter war wirklich ein wahrhaftiges Monster.

So kam es, dass er nach Einbruch der Nacht erneut zu dem Eingang des Viehstalls schlich. Beim letzten Mal war er ebenfalls durch den Haupteingang hineingehuscht. Nachdem der Junge ihn gesehen hatte und weggerannt war, hatte er die beiden Bretter der Rückwand gelöst, war hindurch und hatte ein paar falsche Spuren gelegt. Dann war er wieder hinein und hatte denselben Weg aus der Scheune heraus genommen, auf dem er auch hinein gekommen war. Manche würden behaupten, dass dies zu viel Aufwand gewesen war, hätte er doch einfach durch die Bretterwand fliehen können. Allerdings war er sich sicher, dass man den Spuren im Gras zu leicht und zu weit folgen konnte und das hätte seinem Versteck nicht gutgetan.

Jetzt hockte er erneut neben dem Eingang und spähte in den Stall. Drinnen war Licht und als er sich ein Stück weiter vorbeugte, sah er eine Öllampe brennen. Er lauschte angestrengt, hörte aber keine Geräusche, die von Menschen stammten. Die Rinder waren ruhig und nur der Bulle, dieses dumme Vieh, schien zu spüren, dass sich ein Fremder näherte. Dabei war er doch keiner mehr, immerhin war er ja zum dritten Mal hier. Er schmunzelte bei dem Gedanken. Doch genug der Erinnerungen und des Scherzes, ein forderndes Knurren in seinem Magen deutete ihm an, sich zu beeilen.

Er schlich auf die andere Seite und kletterte über das Gatter, um leise zwischen den Rindern zu verschwinden. Verflucht, wo waren die Hühner? Als er am Ende des Gatters ankam, sah er zwei der Vögel in einem kleinen Gehege. Hier stimmte etwas nicht und ein warnendes Kribbeln richtete seine Nackenhaare auf. Er dachte nach. Es brannte Licht und zwei Hühner waren an jenem Ort, wo er sich das Letzte geschnappt hatte. Wo waren die anderen? Er hockte sich hin und lauschte. Der Bulle stieß hart gegen sein Gatter. Die Kühe auf seiner Seite traten von einem Fuß auf den anderen und das Stroh raschelte unter ihnen. Sonst hörte er nichts. Er spähte zwischen dem Gatter hindurch, sein Blick fiel auf die beiden losen Bretter. Seine Augen suchten die Bretterwand ab, doch er fand nicht, was er suchte: den Stofffetzen. Er hatte ihn als Markierung zurückgelassen; er war weg!

Sie hatten also den vermeintlichen Ausgang gefunden. Konnte das sein? Lauerten sie ihm auf? Wahrscheinlich saßen sie irgendwo dort draußen und warteten auf das Monster. Er musste grinsen. Er war hier drinnen und sie da draußen, sein Plan war gelungen. Gut, jetzt oder nie! Er schlüpfte durch das Gatter und versuchte nach einem der Hühner zu greifen. ›Schnelle Biester‹, dachte er noch, als er plötzlich eine harsche Stimme hörte.

»He! Du!«

Er schreckte hoch, und fluchte leise. Wo kam der denn her? Ein großer Kerl mit langem dunklen Haar. Er trug eine beeindruckende Rüstung und er hatte gerade ein bedrohlich aussehendes Schwert gezogen. Er sah sich um, aber der Kerl war allein. Nichts wie weg! Er sprang in das Gatter zurück und tauchte zwischen den Kühen unter.

Shahira hörte Xzars Ruf in der Scheune und sie fluchte laut. Wie war der Dieb an ihr vorbei gekommen? Er konnte nicht durch die Bretterwand geklettert sein, das hätte sie mitbekommen. So schnell sie konnte, kletterte sie den Baum hinab und als sie unten war, rannte sie um die Scheune herum und durch das große Tor hinein.

Gerade als sie um die Ecke und in den Mittelgang bog, kam ihr ein dunkler Schatten entgegen und rannte sie um. Die Gestalt fluchte laut und stürzte zusammen mit ihr zu Boden. Einen Augenblick lang blieb Shahira die Luft weg, was dem Dieb die Zeit verschaffte, sich schnell wieder aufzurappeln. Auch wenn sie rasch reagierte, entging der Dieb geschickt ihrem Griff nach seinem Bein. Dann jedoch machte er einen Fehler. In der Verwirrung des Sturzes schien er nicht zu begreifen, wo er war, und rannte erst ein Stück weiter, bevor er bemerkte, dass er die falsche Richtung gewählt hatte. Jetzt stand auch Shahira wieder und sie befand sich zwischen ihm und dem Ausgang. »Bleib stehen!« Shahiras Schwert Donnerauge funkelte im Zwielicht des Mondes und der Öllaterne.

Der Kopf des Diebes, der unter einem Gewirr aus Stofffetzen versteckt war, drehte sich nach links zum Gatter der Kühe, wo einer der Stützpfeiler nach oben ragte. Shahira sprang vor und versuchte ihn erneut zu erreichen.

Xzar sah die Gestalt zwischen den Kühen abtauchen, anscheinend hoffte er, ihm so zu entkommen. Seine Augen nahmen den Dieb dennoch wahr, wie er sich zwischen den Leibern der Kühe hindurch wandte. Eins musste er ihm lassen, er war sehr geschickt und schnell. Xzar überlegte gerade wie er am besten an die Person herankommen sollte, da sprang diese bereits wieder über die Umzäunung und kam jetzt auf ihn zu. So einfach sollte es dann sein? Xzar grinste und wollte ihm ein Bein stellen, doch der Dieb sprang geschickt über dieses hinweg und stieß Xzar dabei hart zu Boden.

»Verflucht!«, zischte Xzar. »Mistkerl!«

Der Dieb rannte zum Ausgang. Doch bevor er durch das große Scheunentor nach draußen fliehen konnte, sah Xzar, dass Shahira hineinkam und sie heftig mit ihm zusammenstieß. Sie landete auf dem Rücken, der Dieb neben ihr ihm Staub. Doch schneller als erhofft, war er wieder auf den Beinen und rannte jetzt in die entgegengesetzte Richtung, weg von Shahira. Als die junge Abenteurerin wieder auf den Beinen war, schnappte sie nach ihm. Doch der Mann war schneller. Jetzt sprang er auf den oberen Rand des Gatters und kletterte mit zwei, drei festen Zügen einen der Stützpfeiler hinauf.

Xzar und Shahira staunten beide über dieses Kunststück. Den Augenblick des Erstaunens nutzte der Mann, um auf die Querbalken des Daches zu kommen. Mit zwei weiteren Schritten war er über Shahira hinweg.

›Gleich bin ich weg‹, dachte er, als er über den Dachbalken jagte. Nur noch den Sprung ausführen, dann bin ich frei. Es waren etwa vier Schritt Höhe, der Boden unten war sandig. Er kannte den Ablauf des Sprungs in- und auswendig: Konzentrieren, Atmen, Muskeln anspannen, springen. Er atmete tief ein, dann nahm er Anlauf. Er konzentrierte sich auf den richtigen Augenblick. Jetzt! Sprung, freier Flug durch die Luft, tiefer Fall, Drehung vorwärts. Alles lief nach Plan. Der Boden leuchtete hell, vom Mondlicht beschienen. Jetzt noch einmal die Muskeln anspannen, dann die Landung, Rolle vorwärts, aufstehen, frei!

Er hatte es geschafft. Er blickte sich um und sah nach hinten. Die beiden Häscher standen im Tor der Scheune und starrten ihm nach. Er lachte auf und machte eine tiefe Verbeugung. Die Frau rief ihm etwas nach: Libba? Lissa? Lidda? Was auch immer. Es interessierte ihn nicht mehr. Zeit, um zu verschwinden. Er drehte sich um, als er einen heftigen Schlag am Kopf spürte. Lichter blitzten auf und im Umfallen sah er noch das junge Mädchen des Hofs mit einem entschlossenen aber auch überraschten Gesichtsausdruck. In ihrer Hand eine Schaufel. Dann wurde es dunkel.

## Der Dieb und eine echte Heldin

Als er erwachte, spürte er einen pochenden Schmerz in seinem Kopf und schmeckte das Blut, das ihm die Lippen benetzte. Er tastete vorsichtig mit der Zunge nach seinen Zähnen. Glück gehabt! Sie waren alle noch da, aber seine Hände waren gefesselt. Ziemlich eng sogar, denn das Seil schnitt ihm in die Haut. Er saß irgendwo angelehnt; fühlte sich wie eine Bank oder Ähnlichem an. Die Luft war dick und es wehte kein Wind, dazu roch es nach Bier. Eine der Dorftavernen ... und da waren Stimmen im Raum. Er öffnete vorsichtig ein verklebtes Auge. Seine Sicht war verschwommen. Er blinzelte mehrfach schnell und als sich die Umgebung klärte, sah er, dass er recht hatte. Er war in der kleinen Taverne am Nordende der Stadt. Dort hinten standen mehrere Personen. Er erkannte den Mann aus der Scheune. Puh, was ein Glück, dass der Kerl nicht die Klinge gegen ihn erhoben hatte. Er war groß, kräftig und bewaffnet wie die Waffenkammer der königlichen Kaserne in Barodon. Zwei Schwerter auf dem Rücken, eins an der Seite; das war die Klinge der letzten Nacht. Dann hatte er einen ... bei den großen Vier ... einen Magierstab! Auch das noch! Mit den Kerlen war nicht zu spaßen. Seine Rüstung war mit dunkelblauen Schuppen überzogen und hatte einen kleinen Dornenkamm am Rücken. Neben ihm stand die Frau aus der Scheune. Die gleiche Rüstung, ein Rundschild auf dem Rücken und ein Schwert an der Seite. Sie hatte langes blondes Haar und er musste zugeben, dass sie eine Schönheit war. Ganz anders als die Gestalten, die sonst so durch die Lande zogen. Hatte man diese beiden angeheuert, um das Monster zu jagen?

Vor den beiden Fremden stand die Familie des Hofes. Der Vater auf eine Krücke gestützt, daneben die Mutter, die das Mädchen im Arm hielt und der Junge. Die beiden Kinder grinsten breit. Sie alle sprachen mit dem Dorfschulzen und dem

Dorfrat. Er verstand nicht, worum es ging, zu sehr dröhnte ihm sein Schädel. Allerdings konnte er es sich denken. Aufknüpfen am Baum, Hand abhacken, Beine brechen. Verflucht, dieses Mal stand es nicht gut um ihn.

Der Dorfschulze sah auf die kleine Lidda herab. »Das war ganz schön mutig von dir. Du hast bewiesen, dass du eine echte Dorfheldin bist.«

Das Mädchen strahlte und drehte sich klatschend im Kreise.

»Nun zu euch«, sagte er und wandte sich Xzar zu. »Hier sind die zehn Silbermünzen, wie vereinbart.«

Er schüttelte die Hand der beiden. Xzar nahm den Beutel entgegen und sah zu Shahira. Sie schmunzelte und nickte.

»Lidda?«, rief Xzar das Mädchen zu sich.

Das Mädchen sah ihn glücklich an. »Ja?«

»Du hast uns geholfen, den Dieb zu fangen. Und das heißt, wir teilen den Lohn mit dir.«

Ihre Augen weiteten sich. »Was?«

Er nickte und öffnete den Beutel. »Sagen wir, zwei Münzen für Shahira; dafür, dass sie Wache gestanden hat und zwei Münzen für mich, weil ich auch Wache hielt. Und die restlichen sechs Münzen sind für dich, weil du ...« Weiter kam er nicht, denn Lidda sprang ihm so heftig um den Hals, dass er fast nach hinten getaumelt wäre.

»Danke, Danke, Danke!«, und damit drückte sie ihm einen Kuss auf die Wange, nur um überrascht von ihm abzulassen und schüchtern, mit roten Wangen, zu ihm hochzusehen.

Xzar der verdutzt zu ihr sah, musste lächeln. Er beugte sich vor und gab nun ihr einen Kuss auf die rechte und auf die linke Wange. »Das hast du verdient. Und das auch.« Er drückte ihr den Beutel mit dem restlichen Silber in die Hand.

Kels Familie dankte den beiden mehr als einmal. Xzar wusste, was das Geld für sie bedeutete, vor allem derzeit, da

Bertram verletzt war. Und so, wie er Liddas und Kels Eltern kennengelernt hatte, war er sich sicher, die Kinder würden einen Teil für sich behalten dürfen.

Als die Familie sich verabschiedet hatte und sie Shahira und Xzar angeboten hatten, jederzeit bei ihnen unterzukommen, wandte sich der Dorfschulze wieder an die beiden Abenteurer. »Danke für eure Hilfe. Und noch mehr Dank für euren Großmut und eure Herzensgüte mit der kleinen Lidda. Auch wenn ich weiß, dass ihr schon viel für uns getan habt, würde ich euch gerne noch um einen weiteren Gefallen bitten.«

Xzar blickte auf den Dieb, der noch immer bewusstlos auf der Bank lag. Der Dorfschulze nickte. »Ja, genau. Afel will ihn hängen sehen und am liebsten seinen Köter auf ihn hetzen. Wir vom Dorfrat würden ihn lieber zur Wachstation bringen lassen, sollen die ihn richten. Und da ihr nach Süden zieht, würde ich euch gerne damit beauftragen, ihn mitzunehmen. Sagen wir für vier weitere Silber?«

Xzar sah noch einmal auf den Mann und nickte dann.

»Sehr gut, habt noch ein weiteres Mal unseren Dank. Als wir die Gegend durchsuchten, fanden wir ein Lager am Waldrand. Dort standen ein Esel und eine verschlossene Holzkiste. Um eine ausgebrannte Feuerstelle lagen Hühnerfedern und Knochen. Nehmt das Zeug auch mit, scheint ihm zu gehören, vielleicht auch gestohlen.«

Xzar nickte noch einmal, ließ sich das Silber geben und ging dann auf den bewusstlosen Mann zu.

Der Dieb hatte die letzten Worte gehört und hatte die aufkommende Panik gespürt, als der Wachhund dieses Afels erwähnt wurde, doch als sich das Gespräch dann gewendet hatte, hatte er unmerklich aufgeatmet. Das Ergebnis war besser als erwartet. Er würde noch ein wenig länger leben und wie er es schon oft erlebt hatte, war Zeit viel wert, wenn man sie richtig einsetzte. Der Mann und die Frau schienen gutmütig zu sein. Vielleicht entkam er ja doch noch. Und sie hatten seine Sachen gefunden und zu seiner Freude nahmen sie diese auch noch mit. Doch jetzt wurde er erst einmal von starken Händen gepackt und hochgehoben. Der Kerl stöhnte nicht mal unter seinem Gewicht. Als er über dessen Schulter hing, stachen ihm die Stacheln der Rüstung leicht in den Arm und er hatte Mühe, nicht zu verraten, dass er wach war.

Als er ein Auge öffnete, um sich umzusehen, sah er unmittelbar in den offenen Blick der jungen Frau. Sie schmunzelte ihn wissend an und er seufzte innerlich. Das hatte ja gut geklappt. Er schloss die Augen wieder und ließ sich draußen vor dem Gasthof auf den Rücken eines Pferdes wuchten. Dort wurden ihm seine Hände und Beine unter dem Bauch des Pferdes zusammen gebunden. Somit war seine Flucht auf später verschoben.

# Isen

Xzar, Shahira und ihre gefesselte Begleitung verließen das Dorf Gemen. Kel und Lidda hatten ihnen zum Abschied noch ein wenig Essen zusammengepackt und obwohl die beiden es ablehnen wollten, hatten die Kinder darauf bestanden. Lidda hatte sich von Xzar noch einen weiteren Kuss auf ihre Wange stibitzt und ihn gefragt, ob er wieder kommen würde. Xzar hatte versprochen, dass, sollte er noch einmal in dieser Gegend sein, er sie besuchte.

Sie waren ein gutes Stück vom Dorf entfernt, als Shahira Xzar fragte, »Was hast du mit dem Kerl vor?«

Xzar sah sie verwirrt an. »Ihn zur Wachstation bringen. Den Gardisten sagen, was er getan hat, und dann sollen sie entscheiden, was zu tun ist.«

Shahira nickte nachdenklich. »Sollten wir ihn nicht vorher fragen, warum er das alles getan hat? Vielleicht ...«

Xzar unterbrach sie. »...gibt es einen guten Grund? Außer, dass er Hunger hatte und zu faul war, ein anständiges Leben zu führen?«

»Vielleicht war er in Nöten?«, versuchte Shahira ihn zu überzeugen.

»Vielleicht«, antworte Xzar. »Gut, wenn er wach wird, fragen wir ihn. Aber was immer er zu sagen hat, kann er auch den Gardisten erzählen, vielleicht mildert es seine Strafe.«

Shahira nickte vorerst zufrieden und sah zu dem Dieb. Der Mann hatte in etwa ihre Größe und er war von hagerer Statur. Die weiten Stoffgewänder, die er trug, bestanden aus zusammengenähten Stoffstreifen. Sie hatten ihn in der Dunkelheit und im Licht der Öllampe zum Monster werden lassen. Des Weiteren hatte er kurzes, struppiges, blondes Haar und sein Gesicht wirkte schmal. Die Nase lief ein wenig spitz zu und er hatte dünne, blasse Lippen. Zumindest nahm sie das an, momentan war das Gesicht angeschwollen, was vermutlich daran lag, dass Lidda ihm ihre Schaufel vor die Nase geschlagen hatte. Shahira wusste, dass der Mann wach war und sie fragte sich, warum er sich nicht meldete. Seine Haltung auf dem Pferd konnte nicht bequem sein.

Am späten Nachmittag legten sie eine kurze Rast an einem Bach ein.

»Was er wohl in der Holzkiste hat?«, fragte Shahira.

Xzar sah zu dem grauen Esel hinüber, auf dessen Rücken die schwere Truhe befestigt war. Der Esel sah ihn aus treuen Augen an und Xzar zuckte mit der Schulter. »Lass uns nachsehen.«

Gerade als sie auf den Esel zugingen, hörten sie ein Räuspern. »Hmm-Hmm!! Verzeiht bitte, die Herrschaften. Ich rate euch ab.«

Xzar und Shahira sahen überrascht zu dem Kerl auf dem Pferd, der nun den Kopf angehoben hatte und versuchte, um das Hinterteil des Tieres herum zu schauen. Xzar trat näher an ihn heran. »Und warum?«

Der Mann versuchte zu lächeln, doch seine deutlich angeschwollene Gesichtshälfte ließ es verzerrt wirken. Shahira bemerkte, dass sein Kopf rot angelaufen war, und flüsterte Xzar zu, »Das sieht nicht gut aus. Wir sollten ihn herunter lassen.«

Der Mann presste die nächsten Worte gequält zwischen der dicken Oberlippe hervor. »Wenn Ihr sie öffnet, löst eine Falle aus. Außerdem wird der Esel Euch beißen oder gar treten.«

Xzar blickte in der Zwischenzeit zu Shahira und erkannte die ehrliche Sorge auf ihrem Gesicht. Er zog sein Schwert und hörte nun ein erschrockenes Aufstöhnen des Gefangenen. Als er ihm dann die Fesseln der Hände durchtrennte, rutschte dieser erschöpft und erleichtert aufatmend zu Boden. Dort blieb er einen Augenblick liegen, bis er sich langsam streckte. Seine Gelenke knackten beunruhigend. Shahira trat neben ihn und reichte ihm eine Hand. Der Mann starrte diese einen langen Augenblick argwöhnisch an, was auch daran liegen mochte, dass Xzar mit gezogenem Schwert neben ihnen stand. Dann griff der Dieb nach Shahiras Hand und ließ sich aufhelfen. Kaum dass er auf den Beinen war, ließ er sie wieder los und hob ergebend die Hände.

Zumindest hatte er nicht gleich versucht zu fliehen. Xzar war sich unsicher, ob ihn loszubinden die richtige Entscheidung gewesen war, doch jetzt war es Shahira, die ihn überraschte. »Wenn du wegrennst, werde ich meine Entscheidung selbst berichtigen und dir die Füße abhacken.«

Xzar stellte fest, dass er manchmal übersah, dass sie eine recht eiserne Frau mit starkem Willen und Durchsetzungsvermögen war. Der Fremde zuckte vorsichtig mit den Schultern. »Ich werde es berücksichtigen. Aber seid Euch sicher, im Augenblick läuft jede Schnecke schneller als ich.«

Shahira nickte knapp und fuhr fort. »Wie ist dein Name? Oder sollen wir dich weiter Dieb oder Monster nennen?«

Der Mann versuchte zu lächeln, doch er zischte scharf durch die Lippen, als der Schmerz des geschundenen Gesichtes ihn an seinen Zustand erinnerte und die Wunde an seiner Oberlippe erneut aufplatzte. Er wischte sich mit dem verdreckten Ärmel über den Riss und bereute es anscheinend sogleich. »Nun, wenn mein Gesicht so aussieht, wie es sich anfühlt, trefft Ihr es mit dem Monster wohl recht genau und wenn Ihr meine Taten als jene verurteilt, was sie waren, dann bin ich auch ein Dieb. Da es die Höflichkeit aber von mir verlangt: Mein Name ist Isen. Wie Ihr mich nun nennen wollt, liegt bei Euch, denn ändern kann ich es eh nicht und wenn ich am Galgen baumel, wird es auch nicht mehr wichtig sein.«

»Isen also«, sagte Shahira knapp.

Xzar schob indes seine Klinge wieder in die Scheide, was Erleichterung auf das Gesicht Isens zauberte. »Verzeiht, darf ich an den Bach treten und ein wenig des kühlenden Nass' auf mein Gesicht bringen und gar einen Schluck trinken?«

Xzar sagte mit gefühlskalter Stimme, »Ja. Und noch steht nicht fest, ob du an den Galgen kommst.«

Isen lachte auf. »Glaubt Ihr das wirklich? Die Gardisten werden sich keine Mühe machen und mich befragen. Auf einen Richter warten sie sicher auch nicht, denn den anzufordern würde Wochen dauern. Also hängen sie mich, oder lassen mich in der Zelle verrotten.«

Jetzt war es Xzar, der auflachte. »Das glaube ich dir nicht. Die Wachen werden sich an das Gesetz halten.«

Isen zog die Augenbrauen hoch und schmunzelte. Xzar war sich sicher, der Mann wollte Mitleid erregen, damit sie ihn freiließen, doch das würde nicht geschehen. Isen hatte sein Schicksal gewählt, als er die Hühner stahl.

Sie ließen ihm einen Augenblick, um sich zu waschen und etwas zu trinken. Als er sich erleichtert aufrichtete, um seinen Rücken durchzustrecken, sagte Xzar, »Also los, öffne die Truhe und zeig, was du dort verborgen hast!«

Der Mann sah ihn skeptisch an. »Eigentlich würde ich das gerne vermeiden.«

Xzars Miene verfinsterte sich. »Soll ich sie doch öffnen, ohne dein Zutun?«

»Dann hättet Ihr immer noch das Problem mit dem Esel und der Falle«, sagte Isen siegessicher.

Xzars Grinsen wurde plötzlich boshaft und Shahira dachte erschrocken, dass er selbst ihr einen Schauer über den Rücken laufen ließ. Vielleicht war dies aber auch nur für Isen gedacht. »Den Esel erschlag ich vorher und die Falle umgehe ich mit Magie.«

Isens Miene gefror schlagartig. »Das würdet Ihr doch nicht wirklich ...«

Xzar nickte grimmig und Isens Worte wurden immer leiser. Xzar hatte keineswegs vor dies zu tun, doch die Drohung reichte aus, dass Isen entmutigt ausatmete. »Nun gut. Ich öffne sie, doch nur unter einer Bedingung.«

Xzar sah ihn fragend an. »Bedingung?«

»Bitte?«

»Schon besser.«

Isen lächelte entschuldigend. »Ich möchte mir aus meiner Truhe etwas bequemeres und nicht ganz so warmes anziehen wie diesen Flickenüberwurf.«

»Solange es keine Plattenrüstung ist«, spöttelte Xzar.

Isen lächelte und seine Laune schien sich ein wenig zu bessern. Er schien die Situation, in der er sich noch immer befand, nicht so ernst zu nehmen, was Xzar wachsam bleiben ließ. Isen bückte sich und krempelte die unteren Flicken an seinem Bein nach oben, um aus einer Art Strumpf, der fast die Farbe seiner Haut hatte, einen kleinen Schlüssel zu zupfen. Diesen präsentierte er breit grinsend Xzar und Shahira. Dann ging er zu seinem Esel, gab dem Tier einen kurzen Kuss auf die Stirn und kraulte ihn hinter den Ohren. Der Esel antwortete ihm mit einem leisen »I-ah!«

Er schnallte die schwere Truhe ab und hob sie ächzend vom Esel, der sich mit einem weiteren, dieses Mal lauterem »I-ah!«, dafür zu bedanken schien. Isen kniete nieder und schob vorsichtig mit einem sorgenvollen Blick den Schlüssel in das kleine Schlüsselloch der Kiste. Er kniff ein Auge zu, legte den Kopf auf die Seite und schob seine Zunge ein wenig aus dem Mund, ganz so als würde er etwas unglaublich Kompliziertes mit höchster Sorgfalt machen. Isen hantierte einen Augenblick an dem Schloss herum, bis er freudestrahlend den Deckel hochschob und eine Truhe voller Kleidungsstücke offenbarte. Er streifte sich den Flickenumhang vom Körper und atmete erleichtert auf, als die Luft ihn abkühlte.

Jetzt wo er nur in Unterkleidung vor ihnen stand, sah Shahira, dass sie ihn richtig eingeschätzt hatte. Er war ein hagerer Mann, den man in einer Menschenmenge wohl eher als unscheinbar beschrieben hätte, wären da nicht die ausgeprägten Muskelpartien gewesen. Denn sie hatte nicht vergessen, wie er in der Scheune den Pfeiler hochgeklettert und mindestens vier Schritt in die Tiefe gesprungen war, um sich unten geschickt abzurollen. Wenn Lidda ihn nicht mit der Schaufel niedergestreckt hätte, wäre Isen ihnen mit Sicherheit entkommen.

Der Dieb wühlte einen Augenblick in der Kiste und Shahira erkannte, dass dort viele farbenfrohe Kleidungsstücke und auch Perücken verborgen waren. Sie trat näher an ihn heran. »Seid ihr ein Schausteller?«, fragte sie ihn neugierig.

Isen sah auf und lächelte geheimnisvoll. »Vielleicht ... oder ein Dieb ... oder ein Monster.«

Shahira blickte zu Xzar, der die beiden nur stumm und mit mürrischer Miene musterte. Dann griff Isen in den Haufen und zog mit einem erfreuten Ausruf ein Hemd und eine Stoffhose heraus. Und ehe einer der anderen beiden reagieren konnte, schloss er den Deckel und zog den Schlüssel ab. »Das habe ich gesucht«, sagte Isen erfreut und begann sich anzuziehen. Als er fertig war, bedeutete Xzar ihm, sich an einen Baum zu setzen, damit sie ihn wieder fesseln konnten. Isen seufzte theatralisch auf, fügte sich aber seinem Schicksal. Er musste feststellen, dass Xzars Knoten ziemlich gut waren. Selbst wenn er sich in einem unbeobachteten Augenblick bewegte, schnitt ihm das Seil irgendwo in den Körper. Der Schmerz war dann stark genug, dass er seinen Versuch aufgab.

»Wir bleiben heute Nacht hier«, entschied Xzar und Shahira nickte zustimmend.

Isen war insgeheim froh, nicht wieder auf den Rücken des Pferdes gebunden zu werden. Er hoffte im Laufe der Nacht eine Möglichkeit zu finden, seiner Gefangenschaft zu entfliehen. Er musste mit seiner Suche fortfahren, schon zu lange hatte er sich im Dorf aufgehalten. Aber wer waren diese beiden Fremden, die ihn zur Wachstation bringen sollten? Irgendwo tief in ihm hatte sich ein Funken entzündet, der seine Neugier anfachte, mehr über sie zu erfahren.

# Teil der Geschichte

So geschah es, dass Isen gefesselt am Baum zusah, wie die junge Frau, der Mann nannte sie Shahira, Holz sammelte und der Kerl selbst ihren Proviant aufteilte. Allerdings schien er Isen dabei nicht bedacht zu haben. Erneut fragte Isen sich, wer diese beiden wohl waren? Sie waren vertraut miteinander, er sah es ihnen an. Er beobachtete ihre Blicke, das Funkeln in ihren Augen und die zärtlichen Berührungen im Vorbeigehen. Wie sie getrocknete Trauben spielerisch in seine Handfläche rieseln ließ und nicht zuletzt der sanfte Kuss, den sie ihm auf die Lippen hauchte. Isen kannte diese Gefühle nur zu gut. Es war lange her und er hoffte, es eines Tages auch wieder zu erleben. Das war jedoch nicht möglich, solange er hier gefesselt an einem Baum saß.

Er fluchte innerlich. Immer wieder hatte er sich gefragt, wie ihm der Fehler in der Scheune passiert war. Mittlerweile wusste er es, denn kein Bauer würde eine Öllampe alleine in der Scheune brennen lassen. Anderseits, vielleicht hatte er sogar Glück gehabt, denn diese beiden hier waren keine Mörder. Auch wenn der Kerl am Feuer, Shahira hatte ihn Xzar genannt, ihn misstrauisch und mürrisch im Auge behielt. Aber das konnte Isen ihm nicht mal verübeln. Für Xzar war Isen ein Hühnerdieb und damit hatte er auch nicht mal unrecht. Er hatte die Hühner im Dorf gestohlen. Was hatte er vorhin gesagt? Er, der Dieb, wäre zu faul einer ehrlichen Arbeit nachzugehen? Wenn das so einfach wäre. Er hatte all das gehabt. Eine Liebste, seine Frau. Eine Arbeit beim Zirkus, zusammen mit ihr, und jetzt? Jetzt war das alles vorbei. Isen musste traurig lachen, wer würde ihm seine Geschichte schon glauben? Es gab Augenblicke, da glaubte er sie sich selbst nicht. Dann kam es ihm so vor, als wäre dies alles nur ein böser Traum und jemand hätte vergessen, ihn aufzuwecken. Und wenn er dann die Augen öffnete, befand er sich irgendwo in der Welt, mit einer Kiste voller Kostümen und einem Esel. Kaum eine Münze mehr im Beutel, kein Essen, keine Gesellschaft.

Er sah zu Xzar, der gerade ein paar Scheiben Brot abschnitt. Vielleicht waren diese beiden guten Menschen noch das Beste, was ihm bisher geschehen war. Und dann trug Xzar noch diese mächtige Klinge am Gürtel, ein Drachenschwert. Isen musterte Xzar, der noch so jung aussah. Er wirkte nicht wie einer dieser legendären Recken aus den Geschichten über die Drachenschwerter. Ob er wusste, was er da für ein Schwert führte?

Isen spürte, wie sein Magen schmerzte. Seit über einem Tag hatte er nichts mehr gegessen. Die Frau, Shahira, war zurück und sie hatte sich zu Xzar gesetzt. Jetzt entspannten sie sich an dem kleinen Feuer und aßen. Als Shahira in seine Richtung sah, musste er wohl jämmerlich ausgesehen haben, denn sie stand auf und brachte ihm ein Stück Brot. Sie hielt es ihm vor den Mund und nachdem er dankbar nickte, nahm er es zwischen die Zähne und schlang es herunter. So schnell, dass die Trockenheit ihn zum Husten brachte. Zu seiner Erleichterung war wieder Shahira zur Stelle. Sie setzte ihm einen Wasserschlauch an die Lippen. Gierig ließ er das kühle Nass in seinen Rachen laufen. Er nickte erneut dankbar und lächelte ihr ehrlich entgegen. »Danke. Ich danke Euch wirklich!«

Zu seiner Überraschung war es Xzar, der sich nun an ihn wandte. »Ich weiß, das Wort eines Diebes reicht nur soweit wie seine Langfinger, aber wenn du mir versprichst, dass du nicht fliehst, mache ich dich los, bis wir uns schlafen legen.«

Isen sah ihn sprachlos an und wusste nicht so recht, was er sagen sollte. Als Xzar mit den Schultern zuckte, besann er sich schnell. »Ja, Herr! Ich verspreche es: bei den großen Vier! Ich verspreche, dass ich Euch weder Böses tun will, noch dass ich fliehen werde.«

Xzar nickte und machte eine Geste mit der Hand. Auf diesen unsichtbaren Befehl hin, fielen die Fesseln von Isen ab.

›Puh‹, dachte Isen, ›die Warnung habe ich verstanden.‹ Er setzte sich ans Feuer und sah zu seiner Überraschung, dass Xzar zuvor auch für ihn einen Teller mit Wurst, Käse und Brot sowie einen Kelch mit Wasser vorbereitet hatte. Der Blick, den Isen von Xzar bekam, als dieser ihm den Teller reichte, enthielt noch einmal eine deutliche Warnung, doch Isen hegte keine Absicht, sein Versprechen zu brechen. Wenn er auch ein Dieb war, wusste er noch, was Ehrbarkeit bedeutete. Außerdem war ihm bewusst, dass er mit einer Flucht jegliches Wohlwollen der beiden verspielte.

Er nahm den Teller und den Becher und während er sich ein ganzes Stück Käse in den Mund schob, als fürchtete er, sie würden es ihm in einem makaberen Streich wieder wegnehmen, fing er an zu reden, »Vielen Dank. Ich danke Euch. Ich fürchtete schon, ich muss zusehen, wie Ihr diese leckeren Köstlichkeiten verzehrt und ich an meinem Baum sitze und so dünn werde, dass selbst Eure Fesseln mich nicht mehr binden ...«

Weiter kam er nicht, denn Xzar hob die Hand. »Essen, nicht reden.«

Isen sah ihn fragend an. Xzar schüttelte nur den Kopf und Isen nickte mit einem theatralischen Seufzer. Dennoch war ihm das amüsierte Grinsen, das über Shahiras Lippen huschte, nicht entgangen. Nun gut, zum einen könnte das bedeuten, dass sie sich über die Zurechtweisung freute, doch das glaubte er nicht. Vielmehr schien sie zu wissen, dass Xzars Worte nicht ganz so ernst waren, wie er Isen gegenüber erscheinen wollte.

Nachdem er die Wurst heruntergeschlungen und einen Schluck Wasser hinterhergegossen hatte, begann er wieder, »Sagt, wo reist ihr hin?«

Xzar sah ihn drohend an und Shahira lachte. »Xzar, lass ihn doch. Er will sich unterhalten und vielleicht erzählt er uns ja auch, warum er die Hühner stahl?« Sie sah ihn fragend an.

Er schluckte und fragte sich, was er ihnen sagen sollte.

»Wie wäre es mit der Wahrheit«, sagte Xzar, als hätte er seine Gedanken gelesen. Hatte er? Xzar grinste und Isen schluckte erneut.

»Ich ... hatte wirklich Hunger«, antwortete er dann kleinlaut.

Xzar machte eine Geste, die sagen wollte: Ich sagte es doch.

»Nein, versteht das nicht falsch. Ich weiß, dass es nicht richtig ist, also zu stehlen. Es war zuerst auch gar nicht meine Absicht gewesen, da ich nur auf der Durchreise war.

Ich hatte einige Tage zuvor bei einem dicken Kerl, dem Hühnerbauern Afel, an die Tür geklopft und gefragt, ob er einige Federn für mich hätte, die er nicht braucht. Der Mann überlegte einen langen Augenblick und bei den großen Vier, ich hatte das Gefühl, der Kerl wäre im Stehen und beim Nachdenken eingeschlafen. Dann sagte er träge ›Joa‹ zu mir und deutete mir an, ihm in den Stall zu folgen. Ich sage euch, noch nie zuvor habe ich jemanden erlebt, der für drei Buchstaben so viel Zeit benötigte. Jedenfalls ging ich mit ihm. In den Stallungen angekommen, hob er einen Eimer an und kippte klebriges Wasser voller Hühnermist über mich und noch bevor ich mich versah, schüttete er einen Sack mit Dreck, Federn und weiterem Hühnermist über mir aus. Dann jagte er mich von seinem Hof und meinem armen Harald schleuderte er noch einen Stein hinterher.« Isen seufzte laut auf. »Er brüllte: *das man in Gemen so mit Landstreichern umgehen würde.*« Isen machte eine Pause, die Shahira nutzte.

»Harald? Ihr wart zu zweit?«

Isen nickte. »Ja, Harald ist mein Esel.«

Shahira schüttelte den Kopf und schmunzelte.

»Nun jedenfalls hat mich das dazu veranlasst, mir die Federn anders zu holen.«

»Oh«, sagte Shahira. »Aber was war mit dem anderen Hof? Sie hatten dir nichts getan und wofür brauchtest du die Federn überhaupt?«

Isen deutete auf seine Truhe. »Ich nähe mir gerade ein neues Kos ... Gewand. Und nein, die Familie des Jungen hatte mir nichts getan. Ich gebe zu, ich habe zuerst Afels Hühner gestohlen, doch nachdem er diesen grässlichen Köter auf dem Hof hatte, war ich ein wenig in Not. Und so kam eins zum anderen. Man denkt sich, nun habe ich sowieso schon gestohlen, da macht es auch nichts mehr aus.«

Shahira nickte nachdenklich. »Warum hast du nicht nachgefragt, ob sie dir die Federn geben?«

Er seufzte. »Ja, vielleicht hätte ich das tun sollen, aber nachdem ich erfahren hatte, wie man in Gemen mit Landstreichern umgeht ... ich weiß nicht, vielleicht habe ich mich nicht getraut.«

Xzar lachte auf. »Gut, und wie viel davon ist wahr? Du sammelst Federn für ein Gewand? Von so etwas habe ich noch nie gehört. Und das Fleisch der Hühner hast du aus Versehen mit verzehrt?«

Isen sah ihn einen Augenblick an. »Alles davon ist wahr. Aber Ihr habt recht, es waren zu viel der guten Geschichten, nicht wahr? Und ja, das Fleisch ist meinem Hunger zum Opfer gefallen.« Er stellte Becher und Teller ab, auch wenn er noch nicht alles geleert hatte, und stand auf. Wortlos ging er zu seinem Baum zurück und setzte sich mit dem Rücken an den Stamm. Dann sah er Xzar auffordernd an. Dieser blickte ihm überrascht hinterher und nach einer zögerlichen Geste fesselten die Seile den Dieb ... Isen wieder. Und doch hatte Isen das Gefühl, dass sie diesmal nicht ganz so fest waren. War das seine Gelegenheit? Nein, er hatte nicht vor zu fliehen. Die großen Vier würden über sein Schicksal entscheiden.

»Kann ich dich kurz unter vier Augen sprechen?«, fragte Shahira Xzar.

Er sah sie überrascht an. Dann warf er Isen noch einen nachdenklichen Blick zu und folgte ihr.

Isen sah ihnen nach. Sie entfernten sich ein Stück von ihm. Er lauschte angestrengt, aber sie waren zu weit weg, als dass er sie verstand. Was besprachen sie? Shahira deutete immer wieder mit dem Finger auf Isen, dann auf die Kiste und den Esel. Xzar schüttelte erst vehement den Kopf und dann deutete auch er zu ihm hinüber, zählte etwas an den Fingern ab, während er erregt auf Shahira einredete. Die junge Frau blieb ruhig, zählte nun ihrerseits etwas an den Fingern ab und tippte sich zweimal mit dem Zeigefinger gegen die Stirn.

Oh je, hatte er nun einen Streit zwischen den beiden provoziert? Das wollte er nicht. Jetzt würde Xzar ihn ganz bestimmt nicht mehr mögen. Brachte er denn nur Unruhe und Zwietracht unter die Leute? Zu seiner Verwunderung schien Shahira Xzar zu überzeugen, denn nach dem Viertel einer Stunde wog dieser den Kopf hin und her und sah mit fragendem Blick zu Isen. Dann irgendwann nickte er, um noch einmal die Hand zu heben, den Zeigefinger nach oben streckte und energisch einen letzten Satz zu Shahira sagt. Diese nickte zufrieden. Dann kamen sie zurück zum Feuer. Shahira legte etwas Holz nach, als Xzar vor Isen trat und ihm mit einem langen, argwöhnischen Blick musterte, während seine Kiefer mahlten. Er atmete tief ein, bevor er seine Handgeste von vorhin wiederholte und die Seile abfielen. »Du bist frei. Geh hin, wo immer du auch hingehen willst, aber: Ertappe ich dich noch einmal beim Stehlen oder einem anderen Verbrechen, bin ich dein Richter und dein Henker.«

Isen stand langsam und ungläubig auf. »Frei?«

Xzar nickte.

Isen beherrschte sich, um ihm nicht um den Hals zu fallen. Er überlegte einen Augenblick. »Ich darf gehen, wohin auch immer ich will?«

Xzar zögerte, denn in den Augen des Mannes lag plötzlich eine Idee. Er nickte langsam.

»Dann lasst mich beweisen, dass Ihr Eure Entscheidung nicht bereuen müsst. Lasst mich Euch ein wenig begleiten«, sagte Isen fröhlich.

Xzars Mund klappte auf und wieder zu. Für einen langen Augenblick war es still in dem kleinen Lager, bis auf das unruhige Knacken der Äste im Feuer. Als Xzar seine Sprache wiedergefunden hatte, war Shahira bereits neben ihm. »Gut. Ja, doch du hast kein Geld. Wie willst du dich nützlich machen, Isen?«

Der Dieb lächelte gewinnend. »Da fällt mir was ein: Ich kümmere mich um Eure Gewänder. Ich kann nähen und flicken, versorge die Pferde und bereite die Nachtlager vor. Ich sammel Holz und koche gut. Ist das ein Angebot?«

Xzar sah Shahira sprachlos an, sie hatte ihn überrumpelt. Sie legte ihm eine Hand auf die Schulter und nickte. Xzar seufzte.

»Gut, wir versuchen es bis Wasserau. Dann sehen wir weiter«, sagte Shahira schnell, bevor Xzar seine Worte wiederfand.

»Einverstanden«, sagte Isen und streckte Xzar seine Hand entgegen.

Dieser brauchte einen Augenblick und schüttelte dann den Kopf, bevor er sich umdrehte und, ohne den Handschlag zu erwidern, zum Feuer zurückging. Isen stand einen Augenblick nachdenklich da, als Shahira einen Schritt auf ihn zu machte und ihm ihre Hand reichte und sagte, »Ich hoffe, ich irre mich nicht.«

Als Isen entschwunden war, um neues Holz zu holen, setzte sich Shahira neben Xzar, der sie fragend ansah. »Ich glaube, das war die falsche Entscheidung. Ich traue ihm nicht. Irgendwas ist unecht an ihm.«

Sie nickte. »Einerseits weiß ich, was du meinst und anderseits weiß ich nicht warum, aber ich glaube ihm seine Geschichte. Und ich bin mir sicher, dass auch hinter Isen eine Geschichte steckt. Ich meine, zu jedem von uns steht irgendwo eine geschrieben. Und zuletzt macht er mich auf eine seltsame Art neugierig.« Sie lachte, als sie Xzars Blick sah. »Nein, nicht wie du. Anders. Wie soll ich es beschreiben ...«, sagte sie noch immer lachend.

Er machte ein höhnisches Gesicht. »Wie eine Maus in einem Labyrinth, die den richtigen Weg zum Käse suchen soll?«

Shahira knuffte ihm gegen die Schulter, lächelte aber dabei. »Nein, eher auf die Art, dass ich glaube, er wird ein Teil unserer Geschichte. Verstehst du, was ich meine?«

Xzar sah ihr einen Augenblick tief in ihre Augen; diese strahlend blauen Augen und nickte dann. Denn er verstand genau, was sie meinte. Ihm war es ebenfalls so ergangen, als er sie zum ersten Mal gesehen hatte. Und er war mehr als froh, ein Teil ihrer Geschichte zu sein. Was mit Isen war, würde die Zeit zeigen.

## **Der Wächter**

Als Isen zurück am Feuer war, saßen sie eine Weile schweigend zusammen. Er starrte gedankenversunken ins Feuer und konnte nicht glauben, was ihm hier widerfuhr. Sollte das Schicksal es endlich einmal gut mit ihm meinen? Seit über einem Jahr verfolgte ihn das Pech und er zog alleine durch die Gegend, auf der Suche nach Hinweisen. Bisher waren alle Spuren im Sand verlaufen. Isen sah zu Xzar. Ihm war wieder eingefallen, was er den Mann fragen wollte. »Sagt Xzar, darf ich Euch fragen, woher Ihr dieses Schwert habt?« Dabei deutete er auf das Drachenschwert.

Xzar sah in misstrauisch an. »Es war ein Geschenk«, antwortete er knapp.

Isen hob den Kopf leicht an. »Von einem Drachen?«

Xzar zog die Augenbrauen zusammen. »Nein, von einem Elfen.«

»Oh«, antwortete Isen und sein Blick versank wieder in den Flammen.

Xzar musterte Isen noch einen Augenblick, bevor er sich erhob. »Ich werde noch eine Runde gehen und schauen, ob wir unbeobachtet sind.« Damit griff er seinen Magierstab und murmelte ein seltsames Wort. Kurz darauf leuchtete der Edelstein am Kopf des Stabes violett auf und tauchte die Umgebung in ein diffuses Licht. Er nickte Shahira zu und sah Isen argwöhnisch an, der versuchte vertrauensvoll zu lächeln, was Xzar jedoch ignorierte.

Xzar entfernte sich vom Lager. Er wollte nicht, dass man das Leuchten seines Stabs noch erkennen konnte. Er traute Isen nicht. Der Mann war falsch. Oder besser: Etwas an ihm war falsch; eine Maske. Jeder hatte seine Geheimnisse, das war auch ihm klar, aber warum wollte Isen mit ihnen reisen und warum interessierte ihn das Drachenschwert? Warum interessierten sich so viele für dieses Schwert? Und warum glaubte Isen, er hätte das Schwert von einem Drachen bekommen?

Xzar suchte sich einen ruhigen Ort. Als er einen Platz zwischen zwei Hügeln fand, kniete er sich hin und sog die frische Nachtluft tief ein. Dann nahm er seinen Stab und zeichnete ein magisches Symbol in den weichen Boden. Er überlegte noch einmal kurz, dann schnitt er sich mit einem Dolch in den Unterarm, den folgenden Schmerz ignorierte er. Als sich ein feines Blutrinnsal in der Mitte des Pentagramms zu einer kleinen Lache sammelte, schloss er die Augen und konzentrierte sich. Er rief sich die Formel in Erinnerung. Es war ein Spruch in der Sprache der Magier aus Sillisyl. Er formulierte in Gedanken den Auftrag, dann öffnete er seinen Geist und ließ die astrale Kraft fließen.

»Kor grad demma horu fan! Kor grad demma horu tris! Kor grad demma kor, demma horu kor! Demma kor Karashinotar!« Das letzte Wort sprach er bestimmt und hart aus, die R's rollend. Es war der Name des Dämons, den er rief. Xzar wiederholte die Formel noch weitere drei Mal, bis sich die Umgebung schlagartig abkühlte und er spürte, wie ihm der Atem stockte. Dann leuchtete der Bereich über dem Symbol hell auf, dunkler Rauch strömte hervor und dann mit einem kurzen Aufblitzen, bewegte sich ein finsterer Schatten vor ihm in der Luft. Kein Gesicht, kein Körper, nur ein Umriss, wie eine sich windende Schlange und zwei glühende gelbe Augen in der Dunkelheit, die jetzt wieder allumfassend war. Eine verzerrte Stimme erklang, als würde jemand alte Holzbretter zerbrechen. »Meisterrrrr ihr forderrrt wasss von uns?«

Xzar stand auf. »Diene mir Dämon, der du bist Karashinotar!«

»Ja, Meisterrrr!«

Xzar atmete unmerklich auf, die Beschwörung war gelungen. Jetzt der Auftrag, keine Fehler. »Mit mir reist ein Mann. Isen ist sein Name. Du wirst ihn überwachen und nur ihn. Du wirst mir berichten, was er tut und nur das. Morgen Abend berichtest du mir und nur dann. Nach diesem Tag bist du frei in deine Ebene zurückzukehren und nur dahin.«

»Ja, Meisterrrrr.« Mit diesen Worten löste sich der Dämon auf. Xzar brauchte Gewissheit, also würde er Isen überwachen, zumindest für einen Tag. Als er ins Lager zurückkehrte, den Schnitt an seinem Arm verborgen, waren Isen und Shahira in ein Gespräch vertieft. Im Dunkeln sah er den wogenden Umriss über dem Kopf des Diebes. Einen Schatten, den nur Xzar sehen konnte.

# Die Häscher

Als es darum ging die Wachen für die Nacht einzuteilen, bot Isen sich an, seinen Teil dazu beizutragen. Aber Xzar machte mehr als deutlich, dass dies zu viel des neuen Vertrauens war und teilte nur sich und Shahira zur Wache ein. Er übernahm die erste Hälfte der Nacht. Isen legte sich neben das Feuer und schien rasch eingeschlafen zu sein. Über ihm kreiste der dunkle Schatten des Dämons, den Xzar beschworen hatte. Er wusste nicht, was er von dem Mann halten sollte. Er war ein Dieb. Gut, wie Shahira es gesagt hatte, ein Dieb mit einer Geschichte. Doch war das alles wahr? Er sammelte Federn für ein Gewand? Und was war das für eine Sache mit seiner Truhe, wofür die ganze Kleidung?

Xzar seufzte und erhoffte sich von seinem Wächterdämon etwas darüber zu erfahren. Diese Art der Dämonen war einzig dafür geeignet, um Wachaufträge durchzuführen. Im Nachhinein hatte er sich selbst ermahnt, denn Dämonen beschwören, gehörte zu den nicht so gern gesehenen Arten der Magie. Viele glaubten, dass Dämonen in einer eigenen Welt lebten und man war sich nicht sicher, ob es nicht auch gleichzeitig das Totenreich war. Diese Ebene der Dämonen, wie man sie in Fachkreisen nannte, wurde vor allem durch unnatürliche Energie und den Verfall des Lebens gespeist. Die Ebene selbst, so hieß es, sei ein verzerrtes Spiegelbild ihrer eigenen Welt. Xzar hatte sich schon oft gefragt, wer diese Wesen erschaffen hatte. Vor Kurzem hatten sie erfahren, dass ihr Land Nagrias nur ein Teil einer Welt mit vielen Ländern war. Und schrieb man die Schöpfung dieser Welt den Göttern, also den großen Vier zu, so musste es dann auch verzerrte Abbilder von ihnen in der anderen Welt geben, oder war das zu weit gedacht? War die Welt der Dämonen vielleicht gar keine eigene Welt, im Sinne von verschiedenen Ländern, sondern nur ein Höhlensystem unter dem eigenen Land? Die Theorien waren hier vielfältig. Was Xzar schon immer beschäftigt hatte, war die Tatsache, dass Menschen und sicher auch die anderen magisch begabten Völker Dämonen beschwören konnten. Aber warum konnten diese Wesen keine Menschen in ihr Reich beschwören? Oder taten sie es vielleicht sogar? Über diese Dinge nachgrübelnd, verging Xzars Wache.

Isen hatte sich nicht gerührt, bis Xzar Shahira zum Wachwechsel weckte. Anscheinend schlief er wirklich. Auch während ihrer Nachtwache hatte der Dieb sich nicht von seinem Platz gerührt, erzählte ihm Shahira am nächsten Morgen. Sie räumten zusammen und reisten weiter. Xzar hatte Isen angeboten auf Astin zu reiten, da sein Esel bereits die schwere Truhe trug. Das Pferd erduldete seinen Reiter und trottete den anderen hinterher.

»Wo reisen wir denn eigentlich hin?«, fragte Isen, der an diesem Morgen unglaublich gut gelaunt war.

Xzar knurrte nur etwas und es war Shahira, die ihm antwortete, »Wir reisen erst mal nach Wasserau und dann entscheiden Xzar und ich, wohin es für uns weitergeht und was wir mit dir anstellen.«

»Oh, und was steht zur Auswahl?«, fragte Isen neugierig nach.

Shahira überlegte kurz, was sie ihm sagen sollte. Zwar hatte sie das Gefühl, dass sie ihm trauen konnten, aber dennoch wollte sie ihm nicht zu viel verraten, vorerst. »Entweder Richtung Hauptstadt oder den Fluss runter.«

Isen nickte. »Das lässt viele Möglichkeiten offen.«

Jetzt war es Shahira, die nickte. »Wo sollte deine Reise hingehen?«

Er zögerte einen Augenblick und sagte dann, »Nun, eigentlich wollte ich nach Norden. Bergvall vielleicht oder Abaxa.«

»Und da reist du nun mit uns zurück in den Süden?«, fragte Xzar scharf.

»Ja, ich weiß nicht warum, aber mein Bauch sagt mir, dass es der richtige Weg ist«, antworte Isen ungerührt.

Xzar lachte auf. »Dein Bauch sagt dir das? Vielleicht weil er erkannt hat, dass wir dich nicht verhungern lassen?«

Isen sah ihn gespielt empört an, bevor er lachend antwortete, »Es wäre gelogen, wenn ich diesen Vorteil nicht auch zu schätzen wüsste.«

Sie ritten gerade die Straße entlang, als Xzars Nackenhaare sich sträubten. Irgendwas stimmte hier nicht. Vor ihnen lagen zu beiden Seiten des Straßenrandes mehrere Baumstämme aufgetürmt. Dahinter schloss sich ein kleiner Wald an. Gerade dachte er, dass dieser Ort sich bestens für einen Hinterhalt eignen würde, als aus dem rechten Wald zwei Reiter hervor kamen. Xzar deutete den anderen an stehen zu bleiben. Isen spähte an ihm vorbei. Den beiden Reitern folgte ein dritter Mann zu Fuß. Die drei Fremden versperrten ihnen den Weg. Die beiden zu Pferd trugen Armbrüste, wie Xzar sie schon einmal gesehen hatte. Der zu Fuß gehende Mann stellte sich vor die beiden Reiter. Shahira hatte mitbekommen, was passierte und ritt nun neben Xzar, ihren Schild bereits am Arm.

Der Mann, der vorne stand, winkte. »Ich sehe, ihr seid pünktlich.« Seine Stimme klang eingebildet. »Ihr dort«, er deutete auf Isen, »wenn Ihr Euch heraus haltet, dann wird Euch nichts geschehen. Es betrifft nur diese beiden und meine zwei Gefährten.«

Xzar lenkte sein Pferd einen Schritt näher heran, sodass er ungefähr fünfzehn Schritt von ihnen entfernt war. Dies war eine gefährliche Entfernung, wenn man bedachte, dass die beiden Reiter Armbrüste trugen. »Was wollt ihr von uns?«, fragte er, auch wenn er eine grobe Ahnung hatte, was die Antwort sein würde. Er sollte recht behalten.

Der Mann lächelte. »Das Drachenschwert! Wenn Ihr es uns gebt, dann lassen wir Euch ziehen.«

Xzar warf Shahira einen schnellen Blick zu. Schon wieder waren Männer aufgetaucht, die nach dem Schwert verlangten. »So wie eure Freunde vor ein paar Tagen?«, fragte er.

›Abwehrzauber für Bolzen, ich brauche Zeit‹, dachte Xzar.

Der Mann nickte. Xzar musterte die Männer genauer. Die beiden Reiter waren in dunkle Kettenhemden gerüstet, jeweils ein Schwert am Gürtel und die Armbrüste. Der Einzelne im Vordergrund schien unbewaffnet, doch das hieß nicht viel. Ein Magier vielleicht.

»Was ist so wichtig an meinem Schwert, dass ihr uns schon zum zweiten Mal auflauert?«, versuchte Xzar es.

›Energiebarriere mithilfe der arkanen Kraft aufbauen.‹

Der Mann lächelte. »Nun, es gehört Euch nicht. Und jemand anderes möchte es nun mal haben.«

Xzar sah ihn misstrauisch an. »Jemand? Der, dem das Schwert gehört? Wieso kommt er dann nicht selber und bittet mich darum?«

›Jetzt, Kraft fließen lassen, Zauber bereit halten für den Einsatz.‹

Das Lächeln des Mannes wirkte nun eisiger. »Nun, sagen wir es mal so: Er ist nicht der Besitzer, sondern bewacht es nur für diesen. Er reist nicht mehr so viel, darum schickt er uns.«

Xzar ritt noch einen Schritt näher. »Und warum ist es eine Angelegenheit zwischen Euren Freunden und uns beiden und nicht auch die Eure?«

›Die Formel in Gedanken sprechen.‹

Der Mann verbeugte sich ein kleines Stück. »Das sind unsere Regeln. Zwei gegen zwei, solange Euer neuer Freund sich nicht einmischt. Sonst wird es drei gegen drei.«

Xzar sah ihn fragend an. »Eine Art Ehrenkodex?«

›Ein Schild, der hart wie Felsen ist, der die Kraft von Pfeil und Bolzen frisst!‹

Der Mann nickte. »So in der Art. Wollen wir?« Mit einem schnellen Schritt machte er die Straße frei und der Kampf begann.

Xzar sah, wie die Schützen auf ihn zielten und er ließ zeitgleich, mit dem harten Schlag ihrer Sehnen, seinen Zauber wirken. Ein flimmerndes, durchsichtiges Gebilde entstand vor ihm in der Luft und es dauerte nur einen Wimpernschlag, bis die beiden Bolzen in die Kraftbarriere fuhren, dort stecken blieben und mit Erlöschen des Zaubers zu Boden fielen. Die Schützen fluchten, während sie ihre Schwerter zogen. Xzar tat es ihnen gleich und trieb mit einem harten Schenkeldruck sein Pferd an. Er hörte Shahira, die mit einem Kampfschrei ebenfalls angriff. Reiter gegen Reiter, Schwert gegen Schwert, der Aufprall würde heftig werden. Xzar erreichte die beiden Feinde zuerst und mit einem wilden Hieb ließ er das Drachenschwert auf den Linken der beiden niedersausen. Dieser versuchte zu parieren, doch die Wucht von Xzars Schlag riss ihm die Klinge aus der Hand. Keinen Lidschlag später fuhr das Drachenschwert in die Schulter des Mannes und dieser schrie schmerzerfüllt auf.

Zu spät erkannte Xzar, dass sein Angriffsplan einen Fehler hatte, denn der zweite Mann zu seiner Rechten, hatte nicht auf Shahira gewartet, sondern griff ebenfalls ihn an. Xzar spürte den harten Treffer der Klinge über die Panzerung an seiner Seite gleiten. Die Drachenschuppen hielten ihm zwar stand, allerdings brachte er Xzar aus dem Gleichgewicht. Zu allem Unglück machte sein Pferd einen schnellen Schritt vorwärts. Erneut wurde Xzar schmerzlich bewusst, dass er alles andere als ein geübter Reiter war und stürzte aus dem Sattel. Diesmal gelang es ihm nicht, sich abzurollen. Der Aufprall auf dem Boden raubte ihm die Luft und er keuchte auf.

Shahira war mittlerweile nah genug herangekommen und griff den Mann an, der Xzar soeben vom Pferd geholt hatte. Sie hieb mit ihrem Schwert auf ihn ein. Dieser war jedoch flink genug und parierte den Schlag. Sie trieb ihr Pferd noch einen Schritt voran, sodass es sie ein Stück an dem Mann vorbei brachte. Dadurch bot sie ihrem Gegner eine Lücke für den Angriff. Eine Lücke, die Shahira allerdings eingeplant hatte. Sie riss ihren Schild hoch. Der Schlag des Mannes wurde nach oben abgelenkt, was ihm jetzt einen Nachteil brachte. Shahira schwang ihr Schwert waagerecht auf seinen Rücken zu. So sehr er es auch versuchte, er brachte seine Parade nicht mehr in Shahiras Schlag. Kettenringe flogen in alle Richtungen, Blut spritzte. Ein lauter Aufschrei und der Mann schwankte im Sattel. Das magische Schwert Donnerauge war nicht minder scharf als Xzars Drachenschwert und somit war Shahira nicht überrascht, als die Klinge eine tiefe Wunde riss.

Xzar versuchte sich inzwischen aufzurappeln. Er sah, dass der erste Reiter auf ihn zuhielt. Zu allem Unglück war ihm das Drachenschwert aus der Hand gerutscht. Die Klinge lag einige Schritte von ihm entfernt und so sehr er sich auch streckte, er kam nicht ran. Dann war sein Angreifer da. Im letzten Augenblick rollte Xzar sich zur Seite, bevor kräftige Hufschläge dort niedergingen, wo er eben noch gelegen hatte. Er sah hoch und erblickte das gehässige Lachen des Reiters, der eine klaffende Wunde an der Schulter hatte. Xzar fluchte leise, denn jetzt war sein Gegner deutlich im Vorteil. Xzar setzte zu einer Rolle in die Richtung seines Schwertes an, doch als er sich umsah, erkannte er, dass der dritte Mann gerade das Schwert aufhob. Xzar spürte die Wut in seinem Inneren und ihm rasten tausend Gedanken durch den Kopf. Was konnte er tun?

Während des Rollens ließ er seine astrale Kraft fließen. Er deutete auf das Pferd seines Gegners und rief, »Die Macht der unsichtbaren Kraft, hilf mir!«

Augenblicklich wieherte das Pferd laut, stieg auf die Hinterbeine und der heftige Ruck riss seinen Reiter samt Pferd rückwärts zu Boden. Der Mann schrie auf und das grausige Knacken der Knochen bedeutete nichts Gutes, als der schwere Pferdekörper ihn begrub.

Shahira war inzwischen an ihrem Angreifer vorbei und befand sich nun in dessen Rücken. Sie sah Xzars Gegner stürzen und wandte sich nun wieder ihrem zu. Dieser riss sein Pferd herum und griff die junge Frau erneut an. Shahira musste sich eingestehen, dass der Mann reiten konnte und nicht nur das, denn er war auch ein guter Schwertkämpfer. Dieser Kampf lief allerdings zu ihren Gunsten, so wie sie es sich zuvor vorgestellt hatte. Mittlerweile erkannte sie, worauf sie in Kämpfen achten musste und wie sie ihren Gegner dazu brachte, das zu tun, was ihr einen Vorteil brachte.

Shahira nutzte dieses Mal nicht ihren Schild zur Abwehr, sondern parierte mit der Klinge. Sie nahm den Schwung mit und trieb ihr Pferd erneut ein Stück vor, um mit dem Vorwärtsdruck dem Reiter einen gezielten Schildschlag entgegen zu schmettern. Es gelang! Ihr Gegner wurde vom Pferd gestoßen. Während er fiel, wirbelte Shahiras Schwert heran und schlitzte ihn vom Rücken bis zum Nacken auf. Noch bevor er auf dem Boden aufschlug, war er tot.

Xzar stand inzwischen vor dem Mann, der sein Schwert hielt. »Gebt es mir!«, sagte Xzar keuchend.

Sein Gegenüber musterte die Klinge sorgfältig. »Das ... kann ich nicht.«

»Wolltet Ihr Euch nicht heraus halten?«

Der Mann seufzte. »Warum lasst Ihr mir nicht einfach die Klinge und überlebt?«, fragte er kalt.

Plötzlich fröstelte es Xzar, als sein Gegenüber ihn mit stechenden Augen anfunkelte. Zu spät! Augenblicklich fühlte er, wie ihm etwas die Kehle zuschnürte. Dann riss ihn eine unsichtbare Kraft in die Luft. Der Mann lachte gehässig, bevor er seine Finger langsam zur Faust krümmte. Xzars Kehle zog sich zusammen. Sein Körper verkrampfte, als er nach Luft rang. Nicht mehr als ein Röcheln kam dabei heraus. Schon schwanden ihm die Sinne.

Shahira drehte sich um und sah Xzar, von unsichtbarer Hand gewürgt, in der Luft hängen. Ihm gegenüber der dritte Angreifer. Ein dürrer Kerl mit borstigen, weißen Haaren und seine smaragdgrünen Augen waren auf Xzar gerichtet. Shahira fluchte, als sie sah, dass der Kerl das Drachenschwert in der Hand hielt. Ihr wich die Farbe aus dem Gesicht, denn er war ein Magier und sein Zauber raubte Xzar die Luft.

Gerade als sie losreiten wollte, geschah etwas Unerwartetes. Sie sah einen Schatten hinter den Baumstämmen auftauchen, dann hörte sie ein lautes, peitschendes Geräusch. Sie sah, wie etwas den Magier herumriss. Er verlor das Drachenschwert aus den Händen. Im nächsten Augenblick bekam er ein silbrig glänzendes Messer vor die Brust, das allerdings wirkungslos abprallte.

Am Waldrand stand Isen. Er hatte eine dicke Lederpeitsche in der einen Hand und bereits einen weiteren Wurfdolch in der anderen. Zeitgleich mit seinem zweiten Wurf fiel Xzar keuchend zu Boden. Er krümmte sich, während er nach Luft rang. Isens Dolch traf den Magier und dieses Mal drang die Klinge in die Brust ein. Nicht tief, aber sie steckte fest. Dann knallte die Peitsche erneut. Diesmal schlug sie vor dem Magier in den Staub der Straße. Das Drachenschwert ruckte zu Isen.

Shahira starrte wie gebannt auf den Kampf, unfähig sich zu rühren, als sich im nächsten Augenblick der Gegner in Luft auflöste. Als sie sich wieder gefangen hatte, ritt sie zu Xzar, der bereits wieder saß. Sie sprang aus dem Sattel und bemerkte, dass er schwerfällig atmete. »Alles in Ordnung mit dir?«

Er nickte erschöpft. »Ich ... habe seinen Zauber zu spät bemerkt.«

Isen kam zu ihnen und hielt Xzar nun das Drachenschwert entgegen, mit dem Griff voran. Xzar musterte den Dieb lange und nahm es dann mit einem dankbaren Nicken entgegen.

»Wo ist der Magier hin?«, fragte er schwer atmend.

»Ich weiß es nicht. Nachdem ich das Schwert hatte, holte er etwas aus der Tasche und sprach ein seltsames Wort. Dann sah ich ein Aufblitzen und der Mann war verschwunden«, erklärte Isen.

Xzar stöhnte. »Das war dann eine Art des arkanen Sprungs.«

## Die Wachstation

Sie saßen etwas abseits des Weges auf einigen großen Steinen. Während Shahira sich um Xzars Wunden und Prellungen kümmerte, drehte dieser ein kleines, schwarzes Pergament zwischen seinen Fingern hin und her. Sie hatten es, wie zu erwarten, bei den Kämpfern gefunden.

»Sie haben euch schon einmal angegriffen?«, fragte Isen, nachdem er sich das Blatt angesehen hatte.

»Ja«, sagte Xzar knapp, während er versuchte seinen Arm auszustrecken. Es knackte hörbar.

»Ich nehme an, ihr wisst, wer sie sind?«, fragte Isen weiter.

Xzar schüttelte den Kopf. »Nein. Nur wollten sie beide Male mein Schwert.«

Isen nickte nachdenklich.

»Woher wissen die Kerle nur, wo wir sind und wann wir da sind und was mir noch viel größere Sorgen bereitet, wann haben sie von Isen erfahren?«, fragte Shahira.

»Das würde ich auch gerne wissen. Noch habe ich keine Idee dazu. Ich glaube, wir sollten weiterreiten. Wenn wir die Wachstation erreicht haben, können wir uns noch einmal die Köpfe zerbrechen«, antwortete Xzar.

Gegen Mittag sahen sie in der Ferne einen schmalen Umriss in die Höhe ragen. Das musste die Wachstation Geraderpfeil sein. Woher der Name kam, wurde umso offensichtlicher, je näher sie dem Ort kamen, denn der Umriss stellte sich als knapp fünfzig Schritt hoher Turm heraus. Umrahmt wurde die gesamte Anlage von einer zehn Schritt hohen Mauer. Sie war in gepflegtem Zustand und hatte kaum Löcher oder Bruchstellen. Wenn man bedachte, dass sie seit sechzig Jahren keinen Krieg mehr hatten, war es wohl nicht verwunderlich, dass keine Schäden zu sehen waren. Anderseits konnte es auch bedeuten, dass man die Steine pflegte, um vorbereitet zu sein, falls die Kämpfe erneut ausbrechen sollten.

Die Straße nach Süden war deutlich breiter und führte durch die Wachstation. Zu beiden Seiten der Mauer waren große Eisenkreuze im Boden verankert, die verhindern sollten, dass man hier mit einem Wagen einfach um die Station herumfahren konnte.

Shahira erinnerte sich daran, warum man diesen Ort errichtet hatte, auch wenn der Grund für sie nicht schlüssig war. Man kontrollierte hier die Händler, die zwischen Bergvall und dem Königreich Barodon hin- und herfuhren. Von Süden her wurden die Waren mit Abgaben belegt, sodass die Händler sie nicht zu günstig an die Magier in Sillisyl verkaufen konnten. Brachten die Händler den Nachweis, die Waren an königstreue Bürger verkauft zu haben, bekamen sie einen Teil des Betrages zurück. Umgekehrt wurde alles überprüft, ob sich gefährliche Waren, vielleicht sogar aus Sillisyl, darunter befanden. Xzar hatte ihr erklärt, dass diese Vorgehensweise völlig sinnlos war, da man nicht nachweisen konnte, woher die Waren wirklich kamen und in die andere Richtung auch nicht wohin man sie weiterverkaufte. Seiner Meinung nach diente diese Wachstation nur dazu, die Leute auszupressen und dem Königreich ein weiteres Einkommen zu sichern.

Als sie näher an den Mauern heran waren, sahen sie über den Wehrgängen breite Plattformen, auf denen sich Belagerungswaffen befanden. Es waren insgesamt vier große Bolzenwerfer, die das Land um die Wachstation unter Beschuss nehmen konnten. Zwischen den Zinnen waren ab und an die Helme der Wachsoldaten zu sehen. Am Tor standen ebenfalls Wachleute. Als diese die drei Reisenden näherkommen sahen, kam Bewegung in die Wachmannschaft. Ein großer Mann, dem man an seiner massigen Statur ansah, dass er die schwere Rüstung nicht erst seit gestern trug, hielt die Hand hoch. »Es lebe der König! Sagt, wer seid ihr und wohin soll es gehen?«

Xzar deutete vom Pferderücken eine Verbeugung an. »Der König soll lang und glücklich leben! Mein Name lautet Xzar`illan Marlozar vej Karadoz und dies ist meine Gefährtin Shahira Grassen aus B'dena sowie unser Begleiter Isen. Wir kommen gerade aus dem Norden zurück.«

Der Mann musterte die Drei. Auf Isens Gesicht verharrte sein Blick einen Augenblick länger und Xzar schwante Böses, doch dann wanderten seine Augen weiter zu Shahira, wo sein Blick auch einen Augenblick verharrte, doch nicht auf ihrem Gesicht.

»Habt ihr Waren aus Sillisyl?«, fragte er dann wieder Xzar.

»Nein, werter Herr. Wir führen keine Handelsgüter mit uns.«

Der Soldat musterte Xzars Ausrüstung; die Drachenschuppenrüstung, das Schwert an seiner Seite und nicht zuletzt seinen Magierstab. »Ihr ... seid ein Magier? Aus Sillisyl?« Bei Erwähnung des Stadtnamens spie er verächtlich aus.

Xzar lächelte freundlich. »Ja, ich bin ein Magier, aber nicht aus Sillisyl. Wenn ihr möchtet, zeige ich Euch meine Dokumente, die belegen, dass ich im Süden ausgebildet wurde.«

Der Soldat zögerte, doch dann schüttelte er den Kopf. »Nein, schon gut.«

Xzar atmete erleichtert durch, denn diese Papiere beinhalteten auch die Art der magischen Ausbildung. Und er war sich sicher, dass man ihn genauer überprüfen würde, wenn man herausfand, dass er die Künste der dunklen Magie kannte. Wahrscheinlich, wenn sie wussten, was er sonst noch alles beherrschte, würden sie ihn einsperren. Diese Zauber standen zum Glück nicht auf den Pergamentrollen, die sein Lehrmeister ihm ausgehändigt hatte. Sein Lehrer Diljares hatte ihm gesagt, dass die Menschen nur das wissen mussten, was sie auch verstanden. Und Xzar hatte dies nie infrage gestellt.

»Wollt ihr nur passieren oder auch im Gasthaus nächtigen?«, fragte der Soldat.

»Eine Nacht bleiben wir«, antwortete Xzar.

Der Soldat nickte. »Gut. Drei Kupfer pro Kopf, ein Kupfer pro Pferd.« Damit schrieb er ihre Namen auf ein Blatt Papier. Aus den Augenwinkeln sah Xzar, dass seine Schrift kaum leserlich war, aber der Zettel, den er ihnen reichte, stellte wohl eine Art Aufenthaltsbescheinigung dar. Xzar gab dem Soldaten zwölf Kupfer und wollte passieren, als der Soldat ihn aufhielt. »He! Da fehlt ein Kupfer.«

Xzar sah ihn fragend an. »Drei Kupfer pro Kopf, sind neun. Einer pro Pferd sind drei. Von dem Esel war keine Rede.«

Der Soldat musterte ihn böse. »Einer pro Reittier«, sagte er dann.

Xzar sah zurück. Auf dem Esel ritt auch keiner, sondern es war nur Isens Kiste aufgeschnallt, doch er gab dem Mann noch ein Kupfer. Wegen des Esels Streit anzufangen war unnötig. Zumal der Preis in Kupfer eh viel zu gering wirkte. Vielleicht waren es auch nur ein paar Münzen, die den Wachleuten heute Abend beim Würfelspiel dienlich waren.

Sie ritten ins Innere der Wachstation und kamen auf einen großen Platz. An dessen Ende schraubte sich der hohe Turm in den Himmel. Von hier unten sah er noch gewaltiger aus. Er war aus grauem Mauerstein erbaut und alle zehn Schritt gab es einen Vorsprung, auf dem mindestens zwei Schützen Platz hatten. Die kleinen Schießscharten waren noch zusätzlich vergittert, wobei man sich fragen musste, wer zum einen in diese Höhen klettern konnte und zum anderen durch die schmalen Schlitze passte. Ganz oben ragten steinerne Halbbögen von der Turmspitze weg, auf denen groteske Figuren aus Stein saßen. Wasserspeier nannte man sie und in Shahira regte sich eine unschöne Erinnerung an eine Begegnung mit ähnlichen Wesen. Damals waren diese erwacht und hatten ihnen einen anstrengenden Kampf geliefert.

Im Innenhof der Wachstation gab es mehrere Gebäude und wenn man den Hof abschritt, kam man sicher auf einhundert mal einhundert Schritt. Der Turm schien das erste Gebäude gewesen zu sein, dass hier errichtet worden war, während sich der Rest Stück für Stück um diesen herum angesiedelt hatte. Es gab unter anderem eine große Kaserne, Stallungen, eine Werkstatt und eine Taverne. Alles zusammen einfach nur eine Wachstation zu nennen, war schon untertrieben, denn es glich mehr einer Festung. Im Falle eines Angriffs wurden die Torgitter heruntergelassen, die dicken Holztüren geschlossen und die Mauern bemannt.

Jetzt war es Mittag und es herrschte ein reges Treiben, denn Mägde, Knechte, Handwerker und nicht zuletzt Soldaten gingen ihrem Tagwerk nach. Shahira überflog die Anzahl der Soldaten im Innenhof und sie kam auf gut drei Dutzend. Wenn noch ein weiteres Dutzend die Mauern bemannte, und einige aus der Nacht noch schliefen oder frei hatten, dann waren hier mindestens einhundert Mann Besatzung.

»Das sind ganz schön viele Soldaten, dafür dass wir keinen Krieg haben«, stellte sie fest.

Xzar besah sich das Treiben auf dem Platz ebenfalls. »Man merkt daran, dass es immer noch keinen Frieden gibt. Es besteht ja nur eine Waffenruhe und diese wurde nie besiegelt«, sagte er dann ruhig.

Shahira überlegte, ob dies wirklich der Grund war. Sie kannte sich nicht gut mit dem Krieg aus, wie auch, hatte sie, den großen Vier sei Dank, keinen erlebt und sie hoffte, dass dies so bleiben würde.

»Warum unternimmt denn niemand den Versuch, einen Vertrag auszuhandeln?«, fragte sie nachdenklich.

»Ich weiß es nicht. Ich kenne mich mit den politischen Gegebenheiten des Königreiches nicht aus«, antwortete Xzar.

Shahira fragte sich, was wirklich dahinter steckte. War denn nicht allen an Frieden gelegen? Ein Leben ohne Angst vor einem neuen Krieg? Doch ob sie jemals eine Antwort darauf erhalten würde, glaubte sie nicht.

Sie suchten die Taverne auf und ließen sich dort, nach Vorzeigen ihrer Bescheinigung, ein Zimmer zuweisen. Wobei es in diesem Fall drei Betten in einem großen Schlafsaal waren, in dem mindestens noch fünf weitere Gäste nächtigten. Im Schankraum selbst waren nur wenige Tische besetzt. Am auffälligsten war eine Gruppe Soldaten, die dienstfrei hatte und Karten spielte.

Xzar bestellte sich einen Humpen Bier und Shahira ein Glas Wein. Isen bedachte er diesmal nicht. Dieser sah ihn traurig an und als Xzar seinem Blick gewahr wurde, bestellte er Isen auch etwas zu trinken. Shahira kostete den Wein. Er war nicht der Beste, aber für den Preis war er durchaus annehmbar.

»Sag Xzar, bist du ein Magier oder ein Krieger?«, fragte Isen interessiert, während er Xzars Magierstab musterte, den dieser hinter sich an die Wand gelehnt hatte.

Xzar seufzte. »Wo steht denn geschrieben, dass man nicht beides zusammen sein kann? Warum muss das eine das andere ausschließen?«, stellte Xzar die Gegenfragen.

»Hm, ich dachte bisher immer, dass Magier sich von Metall fernhalten, weil sie in dessen Umgebung schlechter zaubern können«, erklärte Isen sich.

»Ja, die Theorie gibt es. Aber ich kleide mich ja auch nicht in Eisenkleider. Meine Waffen sind aus Stahl, das stimmt. Wenn dem so wäre, dass jedes Metall das Zaubern verhindern würde, zahlen Magier demnächst mit Holzmünzen, essen mit Holzbesteck und tragen nur noch Knöpfe aus Holz und all dies.« Er trank einen Schluck aus seinem Krug. Den Blicken der Gefährten sah er an, dass es einer genaueren Erklärung bedurfte. »Ich denke, es gibt zwei Ansätze für dieses Denken. Ein Magier, der sich im Schwertkampf ausbilden lässt, verliert Studienzeit, was sich bei manchen komplexen Zauberformeln nicht gut auswirkt. Von der anderen Seite betrachtet, ein Magier der lange studiert, hat nicht die Kraft anstrengende Schwertkämpfe durchzuhalten«, erläuterte Xzar.

Es entstand eine Pause, in der alle nachdenklich dreinschauten.

»Das heißt ... Ihr seid nur ein mittelmäßiger Magier, da Ihr auch die Schwertkunst nur einigermaßen beherrscht?«, fragte Isen grinsend.

Xzar sah ihn irritiert an. »Vielleicht ist das so. Bisher hat es gereicht. Und wir kannten eine Magierin, die mit dem Rapier kämpfen konnte.«

Xzars Miene wurde kurz von Trauer überschattet, als Shahira sie unterbrach, um von diesem Thema abzulenken, denn über ihre verstorbene Freundin Kyra wollte sie jetzt nicht reden. »Isen, ich habe da noch einige Fragen an dich. Warum hast du uns geholfen und woher kommt deine ungewöhnliche Waffe?«

Isen sah sie einen Augenblick lang nachdenklich an und zuckte dann mit den Schultern. »Ich habe das Gleichgewicht des Kampfes wieder hergestellt. Sie wollten zwei gegen zwei, doch als sich dieser Magier einmischte, dachte ich, es sei besser, wenn ich mithelfe. Und die Peitsche? Ist nur ein altes Familienerbstück.«

»Du hättest fliehen können«, sagte Shahira.

»Nein, das hätte ich nicht. Oder doch, das hätte ich. Aber das wollte ich nicht. Ich habe mich euch angeschlossen. Dann muss ich auch die Konsequenz tragen, dass ich in Gefahr geraten kann. Und ihr habt mich nicht an die Wachen ausgeliefert, das heißt doch auch schon was«, erklärte Isen.

»Was nicht ist, kann noch werden«, sagte Xzar.

Isen sah ihn überrascht an. Dann lächelte er gewinnend. »Ja, das könnte es. Dann erfahrt Ihr aber nicht so schnell, wer diese Angreifer waren und warum sie Euer Schwert wollen.«

Xzar und Shahira sahen überrascht zu Isen, der sich mit einem wissenden Grinsen zurücklehnte und so tat, als würde er sich seine Fingernägel betrachten.

»Was heißt das? Du weißt es?«, fragte Xzar ungläubig.

»Vielleicht ... mir kommt da etwas bekannt vor, an der Geschichte.«

»Dann erzähl es uns«, bat Shahira.

Isen lächelte. »Nun, ich weiß noch nicht. Wir haben zuvor noch etwas zu klären. Reisen wir weiterhin zusammen?«

Xzars Miene verzog sich verärgert. »Soll das eine Erpressung werden? Denn dann kannst du ...«

Isen hob schnell die Hände, um ihn zu beschwichtigen. »Bleibt ruhig! Ich erpresse euch nicht. Ich erzähle es euch heute Abend. Und dennoch, steht das Angebot noch, dass ich euch bis Wasserau begleiten darf?«

Xzar nickte zustimmend.

# Bericht des Wächters

Gegen Abend entschuldigte sich Xzar und verließ das Gasthaus, um auszutreten. Draußen sah er sich um und suchte nach einer Nische zwischen den Hütten. Er achtete darauf, dass ihn keiner sah, und rief dann mit leisem Befehl den Wächterdämon zu sich. Der schlangenartige Nebel kam augenblicklich. Xzar fröstelte bei dem Gedanken, wie machtvoll diese Dämonen doch waren. Er selbst kannte nur drei dieser Wesen, die er beschwören konnte und wenn er ehrlich zu sich selbst war, dann reichte das auch. Wenn man sich zu tief in diese Beschwörungsmagien verstrickte, kam man irgendwann vielleicht nicht mehr heraus. Er erinnerte sich da noch zu gut an ihr letztes Abenteuer und die widernatürlichen Chimären, die jener Magier aus dem Tempel des Drachen beschworen hatte. Abartige Kreaturen, die aus mehreren Wesen, zumeist Tieren, zusammengesetzt worden waren.

Der Schatten schwebte vor ihm und wartete. Xzar überlegte einen kurzen Augenblick, was und vor allem wie er den Dämon befragen sollte.

»Was hat Isen in seiner Kiste?«, stellte er die erste Frage.

»Ssstoffe, Haare, Bilder, Messser, Kässstchen«, antwortete der Dämon und Xzar fiel sogleich auf, dass seine Frage zu unpräzise gewesen war. Haare? Was bedeutete das nur wieder?

»Was hat Isen Heimliches getan?«, stellte er die nächste Frage.

»Bilder einer Frau angessehen. Knöpfe an Eure Robe genäht. Ssich an die Kämpfer angesssschlichen, Meissster.«

Xzar stutzte, er hatte sich Bilder angeschaut und heimlich seine Knöpfe ersetzt? Xzar sah an sich hinab und tatsächlich, zwei Knöpfe, die er sich abgerissen hatte, waren wieder da. Xzar musste sich eingestehen, dass nichts von diesen Dingen zu einem gefährlichen Dieb passte. Und doch, er wusste etwas über ihre Angreifer und sein Schwert. Noch hatte er nichts Genaueres preisgegeben und Xzar hoffte, dass Isen sein Wort hielt und dies zu späterer Stunde nachholte. Aber konnte er ihm soweit vertrauen? Würde er die Wahrheit sagen und was war, wenn er sogar zu ihren Feinden gehörte? Ja, er hatte in den Kampf eingegriffen und dem Magier das Schwert weggenommen, das sprach für ihn. Anderseits, wenn er ein Spion war, dann wäre die Klinge noch immer in ihrer Reichweite.

»Bei dem Kampf heute Morgen hatte Isen kurz mein Schwert, was hat er damit getan?«, fragte Xzar.

»Esss untersssucht. Ssschriftzeichen gefunden.«

Xzar überlegte. Er konnte sich nicht erinnern, jemals Schriftzeichen auf der Klinge gesehen zu haben.

»Gut, du kannst jetzt gehen.«

Der Dämon verschwand.

Als Xzar in die Taverne zurückkam, war Isen nicht zu sehen und als er Shahira fragte, wo der Mann sei, sagte sie, er wollte sich waschen und was anderes anziehen.

»Was hältst du von ihm?«, fragte Xzar leise.

»Er ist sehr zurückhaltend über sich und seine Absichten. Aber er hat uns nichts Schlechtes getan bisher und uns sogar im Kampf geholfen«, antwortete Shahira. »Und du? Was denkst du über ihn?«

Xzar seufzte. »Ich bin mir noch immer sehr unsicher. Er hat gestohlen. Das macht ihn vielleicht noch nicht zu einem leidenschaftlichen Dieb, aber ich glaube auch nicht, dass er sich eine günstige Gelegenheit entgehen lassen würde. Und ich bin mir noch unschlüssig, warum er mit uns reisen will. Er weiß etwas über die Angreifer. Doch ist das, was er uns erzählen wird, wahr? Oder nur ein Vorwand, um weiter mitzukommen. Du erinnerst dich? Wir haben schon mal jemandem getraut und auch damals habe ich richtig gelegen.«

»Ja. Aber irgendwie ist es bei Isen ein anderes Gefühl. So, als ob noch ein Teil des Rätsels fehlt.«

In Xzars Blick war deutlich der Zweifel zu erkennen. »Jedenfalls, wenn er mit uns reist, dann will ich wissen, was er verheimlicht.«

Shahira nickte. »Ja, ich weiß, was du meinst. Anderseits, wir verheimlichen ihm ja auch Dinge. Außerdem, wenn wir zu meinen Eltern oder deinem Lehrmeister reisen, wird es für ihn sicher nicht besonders interessant, dann wird er eh woanders hin wollen. Also vielleicht erledigt sich das mit Isen von alleine.«

»Vielleicht. Doch lass uns einfach vorsichtig sein.«

Sie stimmte ihm zu und trank dann von ihrem Wein. »Noch etwas anderes. Wann üben wir meine Magie weiter?«

Xzar überlegte kurz. »Ich weiß, dass du gerne mehr machen willst, doch ich bin kein Lehrmeister und ich kann dich nicht gut schulen. Das mit dem Feuer war ein einfacher Trick, eine Grundlektion. Doch alles Weitere wird komplizierter und auch das Wissen, wie die Magie wirkt, wie man sie kontrolliert, fehlt dir. Das Ganze ist zu gefährlich.«

Shahira verzog das Gesicht zu einem kindlichen Schmollen. »Nur ein kleines Bisschen mehr? Komm, sei nicht so, bitte!«, flehte sie ihn an.

Xzar versuchte ihr zu widerstehen, doch sie dachte nicht daran, es ihm leicht zu machen. Zuerst strich sie sanft über seine Hand, hin und her, spielte mit seinen Fingern, dann schlug sie ihre Augen auf und senkte leicht den Kopf. Ihr Blick hatte etwas Verführerisches und mit einem sinnlichen Lächeln schürzte sie die Lippen, nur um sich dann mit der Zunge über diese zu fahren. Xzar sog scharf die Luft ein, als ihr Fuß unter dem Tisch sein Bein hochfuhr. Letztendlich unterlag er ihr. Die Aussicht auf das, was später noch zwischen ihnen passieren könnte, war zu verlockend. »Nun gut. Wir versuchen es mit einer Übung heute Abend, bevor wir zu Bett gehen. Wir brauchen einen Ort, wo uns keiner beobachten kann. Gerade hier in der Wachstation sollten wir nicht mit der Magie erwischt werden. Sie sehen das sicher nicht gerne.«

Shahira warf sich ihm um den Hals und gab ihm einen langen Kuss. Diese Anzahlung nahm Xzar gerne an.

## Das Schwert des Drachen

Isen sah sich im Schlafsaal um, ob er auch wirklich alleine war und als er sich dessen sicher war, öffnete er seine Truhe. Vorsichtig legte er Kleidungsstücke beiseite, um vom Boden eine dünne Ledermappe herauszunehmen. Er öffnete sie zaghaft und sah auf die einfachen Kohlestiftzeichnungen. Kaum hatte er das Bild in der Hand, sah er, wie sie sich in seinen Gedanken lebhaft bewegte. Ihre langen, dunklen Haare, die im Wind spielten, das strahlende Lächeln, als er sie an die Hand nahm, das Funkeln ihrer dunkelblauen Augen, als sie sich im Kreise über die Wiese drehten. Sie lachten zusammen, neckten, küssten sich, drehten weiter im Frühlingsreigen über die blumenbewachsene Feldwiese. Im Hintergrund standen die drei großen Zelte des Zirkus`, die Käfige der Tiere, die anderen Darsteller. Dann sah er ihr Gesicht, wie sie ihn anlächelte, die Tiefe der Welt in ihrer Iris spiegelnd, der sanfte Kuss auf seinen Lippen und die feinen Grübchen auf ihren Wangen, die sich bei ihrem Lächeln bildeten.

Isen seufzte und wischte sich eine Träne aus dem Gesicht. »Ich werde dich finden, meine liebste Melindra, ich werde uns wieder vereinen. Das schwöre ich bei den großen Vier und bei meinem Leben«, flüsterte er leise, während er mit den Fingern zart die Konturen des gezeichneten Porträts nachfuhr. Er starrte noch einen Augenblick auf das Bild seiner Angetrauten und verstaute es dann wieder sicher in der Kiste. Die Kleidungsstücke faltete er ordentlich und legte sie sorgfältig in die Truhe.

Als Isen die Treppe hinunter schritt, suchte er Xzar und Shahira. Er sah die beiden an einem Tisch und für einen Augenblick verharrte er. Sie waren eindeutig zusammen und das noch nicht sehr lange. Ihre Zärtlichkeiten wirkten noch so frisch und unverbraucht. Ihr Lächeln und ihre Berührungen waren noch nicht aufeinander eingespielt. Doch Isen sah auch, dass diese zwei zusammen gehörten.

Xzar war eine beeindruckende Persönlichkeit. Er war kräftig. In seiner Rüstung sah er ehrfurchtgebietend und auch bedrohlich aus. Und er schien wohlbehütet aufgewachsen zu sein, denn sein Gesicht war nicht von starken Strapazen oder Entbehrungen gezeichnet. Zwei Schwerter trug er gekreuzt auf dem Rücken, ein magisches Schwert an der Seite, den Magierstab in der Hand und Isen musste unwillkürlich grinsen, denn das alles sah zwar gut aus, aber war auch ziemlich übertrieben. Er war sich sicher, es würde der Tag kommen, dass Xzar sich zwischen dem Magierdasein oder dem Kriegertum entscheiden musste. Und wenn er sich für das Drachenschwert entschied, würde er ein Kämpfer werden. Dies würde er ihm allerdings nicht erzählen, denn diesen Weg musste Xzar alleine finden.

Shahira hingegen war jünger und wenn er richtig schätzte, hatte sie das zwanzigste Lebensalter noch nicht überschritten. Sie war dennoch nicht aus Wasser gebaut und Isen hatte das Gefühl, dass sie im Kampf recht eisern war. Bei dem Angriff an diesem Morgen hatte sie beherzt eingegriffen und ohne Furcht ihren Gegner niedergerungen. Ihm gegenüber war sie auch herzlicher, als man es von Xzar sagen konnte, denn sie hatte ihm eine Gelegenheit ermöglicht, sich zu beweisen.

Xzar war misstrauisch und Isen hatte das Gefühl, dass er ihn auf irgendeine Art beobachtete. Aber Isen hatte nichts zu verheimlichen, nun ja doch, hatte er. Vielleicht würde der Tag kommen, da er ihnen auch davon erzählte, sollte ihre gemeinsame Reise weitergehen. Vorausgesetzt, sie fanden über Wasserau hinaus zusammen. Und was ihn anging, so musste er dies erreichen. Er musste in Xzars Nähe bleiben.

In diesem Augenblick sah Shahira ihn und winkte, also schritt Isen lächelnd auf die beiden zu. Xzars misstrauisch hochgezogene Augenbrauen konterte er mit einer tiefen Verbeugung, bei der er die Arme weit nach außen streckte.

Als Isen sich gesetzt hatte, legte Xzar sein Drachenschwert vor ihn auf den Tisch. »Nun dann, erzähl doch mal, was du weißt.«

Der Dieb fuhr vorsichtig mit den Fingern über die feinen Lederarbeiten der Schwertscheide und fragte dann. »Dieses Schwert, was wisst Ihr selbst darüber?«

»Es ist ein Drachenschwert und besitzt einige magische Eigenschaften. Und bevor du fragst, wir fanden es bei einem Händler, der uns angriff.«

Isen nickte. »Es verleiht Euch Stärke und Schnelligkeit?«

Jetzt sah Xzar ihn überrascht an. »Ja ... Aber woher weißt du ...?«

»Es gehört zu der Legende des Schwertes.«

»Welche Legende?«

Isen seufzte. »Die Legende vom Schwert des Drachen; um genau zu sein, von Deranart dem Himmelsfürsten.«

Xzar zögerte. »Du meinst damit, dass dieses Schwert Deranart gehört? Jener, unter den großen Vieren, der als ihr mächtigster bezeichnet wird?«

Isen nickte und wartete, damit Xzar nachdenken konnte. »Aber heißt es nicht, die Drachenschwerter seien von Menschen geschmiedet?«

Isen nickte erneut. »Ja, die Drachenschwerter sind Nachbildungen. Sie sind besonders stark, schneiden schärfer als normaler Stahl und bedürfen keiner Pflege. Doch dieses Schwert«, er deutete mit dem Zeigefinger auf die Klinge auf dem Tisch, »Euer Schwert ... ist das Schwert des Himmelsfürsten und es wird von seinem ersten Krieger geführt.«

Xzar sah ihn einen Augenblick lang sprachlos an, dann lachte er kopfschüttelnd auf. »Das glaube ich dir nicht. Ich habe es zwar noch nicht so lange, aber es kennzeichnet mich nicht als irgendwas. Ich habe mich bisher nicht mal sonderlich für die großen Vier interessiert.« Er sah Isens fragenden Blick. »Ja, natürlich habe ich die Tempel gesehen und die Priester, die den Menschen die Rückkehr und die Existenz der großen Vier verkünden. Und auch mit dem Glauben habe ich mich eine Zeit lang befasst. Aber wenn das sein Schwert ist, müsste Deranart dann nicht mit mir sprechen, mir Weisung geben? Und vor allem, wenn ich sein erster Krieger wäre, dann müsste ich doch davon irgendwas wissen, oder?«

Isen sah ihn an. »Ich glaube nicht, dass es so einfach ist. Bedenkt, dieser Glaube, von dem wir hier reden, kehrt erst langsam ins ganze Land ein. Nicht jeder weiß davon, nicht jeder, wie Ihr auch, glaubt daran. Und dennoch, ich bin mir sicher, dass etwas Wahres dran ist.«

Xzar musterte die Klinge. »Und warum glaubst du, dass die Klinge jene ist und nicht irgendeine magische Klinge, eine Nachbildung?«

Isen deutete fragend auf den Griff und als Xzar nickte, zog er sie halb aus der Scheide heraus. Dann nahm er einen Dolch und stach sich in den Finger. Shahira wollte protestieren, doch Isen zog den Finger mit dem blutigen Schnitt schnell über die Klinge. Einen Augenblick starrten sie gebannt auf den Stahl hinab. Xzar erwartete den Effekt, dass das Blut zu der kleinen Phiole im Griff floss. Zu seiner Verwunderung geschah das nicht. Unerwartet zerfaserte das Blut auf der Klinge und es wirkte, als sauge der Stahl das Blut auf, nur um dann einen kleinen Tropfen zu formen. Dann geschah etwas, dass noch unglaublicher war: In dem jetzt wieder blanken Stahl zeichneten sich feine Runen ab. Nein, es war eher eine Schrift und dort stand: Isen von Svertgard.

Xzar starrte auf den verblassenden Namen und folgte dem Tropfen Blut, der langsam unterhalb der Hohlkehle zum Griff hinab ran und dort im Drachenkopf der Parierstange verschwand. An ihrem Tisch herrschte Stille. Shahira hatte den Namen gelesen; Isen von Svertgard und sie fragte sich, wer Isen wirklich war. Nach einigen Herzschlägen brach Shahira die Stille. »Das Schwert erkennt jene, deren Blut es trinkt?«

Isen schluckte und nickte dann. »Ja, genau das. Aber ich weiß nicht warum oder was es bedeutet.«

Xzar, der seine Fassung zurückerlangte, atmete tief durch. »Gut, angenommen es wäre alles so oder so ähnlich, wie du es gesagt hast, was wollen dann diese Kerle von uns?«

Isen sah ihn überrascht an. »Ist das nicht offensichtlich? Sie wollen das Schwert!«

»Ja, natürlich. Aber warum?«

»Sie gehören einem Kult an oder vielleicht auch nicht. Also das ist gar nicht so einfach zu erklären. Ich versuche es dennoch. Allerdings denke ich, wir sollten noch etwas trinken. Mein Hals ist schon ganz trocken.« Isen grinste herausfordernd.

Xzar verzog das Gesicht, winkte dann aber der Schankmagd zu, ihnen neue Getränke zu bringen.

Der Dieb nickte zufrieden, als er den Krug hob und einen tiefen Schluck trank. Dann tippte er sich nachdenklich mit dem Finger ans Kinn. »Ah ja, also«, fuhr er fort, »der Glaube an die großen Vier existierte vor den Kriegen gegen die Magier in einer anderen Form als heute. Früher waren die großen Vier für die Leute nur mächtige Wesen aus den Legenden. Dennoch baten die Bauern den Herrn Sordorran, dass er ihnen gutes Wetter bescherte, damit die Ernte reich wurde. Man bat Bornar darum, gut zu schlafen. Tyraniea, dass das Feuer einen wärmte und die Winter nicht zu kalt würden. Noch heute findet man in den Dörfern Schreine, um diese mächtigen Wesen zu ehren. Damals hatten sie natürlich andere Namen. In den Kriegen gegen die Magier traten dann die Diener der großen Vier in Erscheinung. Man berichtete davon, dass sie auf verschiedenen Schlachtfeldern auftauchten und die Waage des Kampfes ausglichen. Außerdem wurden nach den Kriegen Priester bestimmt, oder so etwas in der Art.« Isen atmete durch und winkte der Schankmagd zu, ihm etwas zu trinken zu bringen.

Shahira war bei seinen letzten Worten zusammengezuckt. Zu gut erinnerte sie sich daran, dass sie vor noch gar nicht allzu langer Zeit Visionen gehabt hatte. Und in diesen Träumen waren ihr die Schattenmänner erschienen, die Diener Bornars, dem Fürst der Schatten. Sie hatte miterlebt, wie diese Wesen auf dem Schlachtfeld gewütet hatten. Später hatte sie erfahren, dass die Schattenmänner auserkoren waren, die Heiligtümer der großen Vier vor dem Missbrauch der Menschen und anderer Völker zu schützen.

Als Isen den Becher ansetzte und etwas trank, sah er, wie seine beiden Gefährten ihn erwartungsvoll ansahen und er lächelte. Fast wäre ihm das Bier seitlich aus dem Mund gelaufen und er riss sich zusammen. »Ich fahr ja schon fort. Jedenfalls nach den Kriegen, als das Land überall starke Verwüstungen aufwies, die Menschen hungerten und noch viele an Wunden oder Krankheiten starben, klammerten sie sich an die Erzählungen der Überlebenden. Jene, die von den Dienern der großen Vier und den großen Vier selbst erzählten. Erfolge wurden daraufhin immer mehr den Göttern zugeschrieben und langsam formte sich der Glaube an sie. Recht bald wurden in den größeren Städten Rufe laut, dass man Gebäude errichten wollte, in denen man zu den großen Vier beten konnte. Und dann waren da noch diese neuen Priester, die durch die Städte zogen und den Leuten von den großen Vier predigten. Es heißt sogar, dass die Priester die Macht der großen Vier nutzen können.« Isen unterbrach sich kurz, um noch etwas zu trinken.

Shahira nutzte die Unterbrechung. »Ihre Macht? Sie sind also Magier?«

Isen schüttelte den Kopf. »Nein, es ist anders, aber das kann ich euch nicht erklären. Sie können Segnungen durchführen und dafür bekommen sie von den großen Vier Kräfte geliehen. Fragt am besten die Priester selbst. In Wasserau gibt es Tempel.« Isen machte erneut eine Pause und ließ den beiden Zeit, über das Gesagte nachzudenken.

»Das ist vielleicht eine gar nicht so schlechte Idee mit dem Tempelbesuch«, stimmte Xzar nachdenklich zu und auch Shahira nickte langsam.

Isen lächelte. Er genoss es, seine Zuhörer mit der Geschichte zu fesseln und gewisserweise ihre Gedanken zu leiten. Erst Xzars Unwissenheit über das Schwert hatte ihn auf die Idee gebracht, den Weg des Mannes ein wenig zu lenken. Also fuhr er fort. »Doch zurück zur eigentlichen Frage: Als sich der Glauben festigte und er von den ersten Priestern an die Menschen getragen wurde, legten diese eine ... wie soll man es sagen ... grobe Richtung fest. Also, wer die großen Vier sind, warum man an sie glauben sollte, wie man den großen Vier huldigen sollte und welche Lehren diese dem Volk mitgeben wollten. Und hier beginnt die Geschichte eurer Angreifer, denn nicht jeder sah den Glauben auf die gleiche Weise und so bildeten sich Abspaltungen. Der erste Tempel Deranarts entstand in Barodon und dort pries man die Gerechtigkeit und Ehre des Himmelsfürsten. Man begann die Gesetze zu überdenken oder sogar neue festzulegen und zu entscheiden, ob ein ausgesprochenes Urteil gerecht sei. Krieger folgten fortan der Ehrvorstellung des Glaubens: Schütze die Schwachen, verteidige die Wehrlosen, greife nicht aus dem Hinterhalt an ... ihr wisst, was ich meine.

Eine dieser Abspaltungen oder dieser Kulte, je nachdem wie man sie sehen mag, nennt sich heute *die Gerechten*. Ihre Auffassung ist es, dass Deranart sich den Menschen offenbart hat, um eine widerspruchslose Gerechtigkeit über das Land zu bringen. Und damit sehen sie sich als Kläger, Richter und Henker. Sie sagen den Menschen, dass jedes Verbrechen gleich ist. Diebstahl und Mord werden bei ihnen mit gleicher Härte bestraft. Das steht aber im Widerspruch mit dem, was die Priester Deranarts in den Tempeln predigen.«

»Aber wer entscheidet, was richtig und was falsch ist? Nicht zuletzt dann doch die Richter in den Städten?«, fragte Xzar.

Isen nickte. »Ja, nur das diese zumeist selbst auch Priester des Deranart in den Tempeln sind. Der König selbst hat die neue Religion anerkannt und verkünden lassen, dass die Menschen den Geboten der großen Vier folgen sollen. Er selbst würde seine Entscheidungen auch mit dem Willen der großen Vier fällen. Selbstredend hat er einen Priester jedes Tempels an seinem Hof, der ihn berät.«

»Gut, das erschließt sich mir noch. Aber wieso kann der Kult denn solchen Einfluss haben?«, fragte Xzar.

»Das ist es ja. Den haben sie nicht, jedenfalls nicht in der Hauptstadt. Aber sie setzen ihr Recht durch, wenn sie die Gelegenheit haben. Sie treten oft in den Dörfern in Erscheinung und die Menschen dort mögen nicht zu unterscheiden, ob der Priester vor ihnen einer aus den Tempeln ist oder einer vom Kult. Aber jetzt kommen wir zum entscheidenden Punkt, was ihren Einfluss in der Hauptstadt angeht; hätten sie ein Zeichen des Deranart, beispielsweise sein Schwert, könnten sie ihre Position stärken.«

Xzar sah überrascht auf, als er verstand.

Shahira wich die Farbe aus dem Gesicht. Es verstrichen einige Herzschläge bis Shahira zu sich fand und fragte, »Haben die anderen Tempel der großen Vier auch solche Abspaltungen?«

Isen zuckte entschuldigend mit den Schultern. »Das ist mir nicht bekannt. Aber die anderen nehmen auch nicht so viel Einfluss wie Deranart, dessen Glaube ja mit in die Gesetze einfließt. Das ist bei den anderen Dreien nicht so, jedenfalls noch nicht.«

## Der Preis der Magie

Es war schon recht spät, als die letzten Gäste die Schankstube verließen und Shahira und Xzar sich von Isen verabschiedeten. Sie hatten ihm gesagt, dass sie noch eine Runde durch die Nacht spazieren wollten.

Xzar und Shahira sahen sich draußen um. Bis auf die Wachen auf den Mauern schien der Innenhof leer.

»In dem Gebäude auf der anderen Seite ist eine kleine Schmiede, dort ist jetzt niemand mehr«, sagte Xzar, als er sich seine Kapuze überschlug und Shahiras Hand nahm.

Die Tür der Werkstatt war nicht verschlossen und als sie eintraten, sahen sie, dass Xzar recht behalten hatte, denn alle Arbeiten ruhten für die Nacht. Das langsame Verglühen der Esse tauchte den Raum in ein rötliches Licht, was die Werkzeuge und Gerätschaften wiederum in ein eigenartiges Zwielicht tauchte. Dadurch wirkte die Schmiede wie eine unterirdische Höhle. Nur die noch offene Tür und die zwei Fenster störten den Anblick, denn von dort drang das Licht des Mondes herein. Ein Blick nach draußen verriet ihnen dann aber, wo sie wirklich waren, denn der Turm schimmerte in einem bläulichen Grau auf der anderen Seite des Platzes. Es war schon seltsam, dieses Farbenspiel der Natur, dachte Xzar, als er die Fensterläden schloss. Dann zog er zwei Schemel heran, auf die sie sich setzten.

»So, wir werden die Feuermagie, die ich dir vor ein paar Tagen zeigte, soweit verstärken, dass du ein Stück Holz entflammst«, erklärte Xzar ihr und holte einen kleinen Holzteller aus seiner Robe.

Shahira sah ihn enttäuscht an. »Schon wieder Feuer? Ich dachte, vielleicht können wir etwas anderes versuchen. Eis zum Beispiel?«

Xzar sah sie überrascht an. »Eis? Das ist schwer. Das schaffst du nicht«, sagte er.

»Woher willst du das wissen? Vielleicht bin ich ja besser, als du denkst?«, antwortete sie ihm trotzig.

Er schüttelte den Kopf. »Nein, das hat nichts damit zu tun. Es ist nur so, dass wir das Feuer nach einer vorhandenen Struktur erschaffen haben, die der Kerzenflamme. Das Eis«, er deutete mit einer weiten Handbewegung durch den Raum, »findet hier kein Platz. Im Gegenteil, die Schmiede begünstigt eher Wärme.«

Sie sah ihn empört an. »Das heißt, ich bin zu dumm mir Eis vorzustellen und das hier in der warmen Schmiede? Meinst du, ich kann mir nicht vorstellen, wie es wäre, kaltes Eis zu berühren?«

Xzar hob beschwichtigend die Hände. »Das habe ich nie behauptet, aber es ist nun mal so, dass ...«

»Dann lass es mich versuchen, nur eine kleine Menge?«, unterbrach sie ihn.

»Ich weiß wirklich nicht, ob das eine so gute Idee ist«, sagte er vorsichtig und warf erneut einen Blick auf die Glut der Esse.

»Und wenn du es mir vormachst? Vielleicht wird es leichter, wenn ich den Zauber bei dir sehe?«, fragte sie voller Hoffnung.

Xzar überlegte kurz und nickte dann zögerlich. Shahira lächelte freudig.

»Ich werde es vormachen, du musst versuchen, es zu fühlen. Es ist anders als bei Feuer. Da hatten wir die Wärme und das Gefühl der Flamme. Eis müssen wir aus dem Nichts erschaffen, oder vielmehr aus der Umgebung. Schau hin und konzentriere dich«, sagte er ernst. Er atmete tief ein. War das wirklich eine gute Idee? Er sah in Shahiras erwartungsvolles Gesicht, dann biss er die Zähne aufeinander und formte seine Hände zu einer Schale, die nach oben geöffnet war. Er konzentrierte sich auf das Gefühl des Eises und ließ die astrale Kraft fließen. Über seinen Händen bildeten sich kleine weiße Flocken.

Es sah so aus, als würde es in die Schale schneien. Shahira hatte das Geschehen erwartungsvoll beobachtet und dabei fast vergessen die Augen zu schließen. Hastig konzentrierte sie sich und suchte in ihren Gedanken Xzars Hände. Es dauerte einen Augenblick, bis sie diese wahrnahm und den Fluss der Magie erkannte. Die blauen Fäden, die von der geformten Schale ausgingen und sich dann etwas höher zerfaserten, nur um dann in kleinen Punkten hinabzufallen. Das war ein beeindruckendes Schauspiel. Sie war fest entschlossen, ihm zu beweisen, dass sie es konnte. Und ohne auf Xzars Anweisungen zu warten, öffnete sie ihren Geist und ließ ihre Kraft einfließen. Sie sah, wie sich die Fäden ihrer Magie formten, mit Xzars verbanden und das Spiel der herabfallenden Punkte wild zu tanzen begann.

»Was tust du? Hör auf!«, hörte sie Xzars entsetzten Ruf, doch sie war gebannt von dem Schauspiel der Magie. So gebannt, dass sie ihren Geist noch weiter öffnete und sie überrascht zusah, wie sich das Gewirr ihrer Fäden zu einer Spirale formte, die höher und immer höher in den Raum stieg. Xzars Warnungen hörte sie nicht mehr und erst als sie ein harter Schlag im Rücken traf, ließ sie von der Magie ab. Schlagartig machte sich Benommenheit in ihr breit und als sie die Augen öffnete, stellte sie fest, dass der Schemel unter ihr zur Seite gekippt war. Einen Augenblick lang versuchte sie zu begreifen, was vor sich ging und als sie sich umsah, streifte ihr Blick die Decke, die voller Eiszapfen hing. Die Wände waren mit einer dicken Eisschicht bedeckt und alle Gerätschaften in der Schmiede waren von Raureif überzogen. Erschreckenderweise war sogar die Esse eingefroren und der Boden wies breite Risse auf. Neben ihr kniete Xzar, der erschöpft keuchte.

»W...as ist pass...iert?«, stammelte sie.

Xzar sah sie mit müden Augen an und als er wieder zu Atem gekommen war, wurde sein Blick ernst. »Du hast uns beide fast getötet.«

Shahira brauchte einige Augenblicke, um die Worte zu begreifen, dann erschrak sie. »Was? Wie?«

Xzar nickte müde. »Du hast deine Magie mit meiner vermischt. Das ist eigentlich kein Problem, aber der Sog deiner astralen Kraft hat sich dadurch verstärkt. Da du noch keine Gewalt über deine Kraft besitzt, sog die Magie unsere Körper leer. Das Ergebnis war ein unkontrollierbarer Ausbruch der astralen Kraft, wie man sieht.« Er deutete um sich herum. »Du musst in die Taverne zurück, dich aufwärmen. Wir müssen hoffen, dass uns keiner gehört hat. Bist du unverletzt?« Seine Stimme klang milder.

Sie sah an sich herab und erst jetzt bemerkte sie die dünne Eisschicht auf ihrer Haut und Kleidung. Sie sah noch einmal nach oben und erschauderte bei dem Anblick. Dann stand sie langsam auf. »Wie hast du es unterbrochen?«

Xzar deutete auf den Schemel. »Ich habe den Stuhl weggetreten müssen. Ich hoffe, es hat nicht zu sehr geschmerzt, aber das war die einzige Möglichkeit, dich aus der Konzentration zu reißen.«

Shahira schüttelte langsam den Kopf. »Ich ... nein, es geht. Aber ich verstehe nicht, wie das passieren konnte?«

»Es war mein Fehler. Ich hätte es dir niemals erlauben dürfen. Unkontrollierter Kraftfluss und dann noch das Mischen von deiner und meiner Magie führt zu solchen Ereignissen. Das muss es nicht, aber es kann und hier ist es passiert«, erklärte er ihr.

Sie stand auf. »Es tut mir leid. Das wollte ich nicht«, sagte sie zitternd. Mittlerweile spürte sie die Kälte deutlich.

»Wie ich sagte, es war nicht deine Schuld. Es war meine«, sagte Xzar und schob Shahira vorsichtig Richtung Tür. »Es ist nur besser, wenn dir jemand anderes die Magie näher bringt.«

Shahira fühlte sich schrecklich, nicht nur wegen der Kälte, sondern auch wegen ihrer Ungeduld. Xzar mied ihren Blick und sie fürchtete, dass sie ihn verärgert hatte. Er stand an der Tür und spähte in die Dunkelheit hinaus. Nichts rührte sich und so nahm er Shahira bei der Hand und sie beeilten sich, um in die Taverne zu kommen. Er blickte in den Innenraum, doch weder Isen, noch der Wirt waren zu sehen. Sie betraten den Raum und setzten sich an den Kamin. Xzar legte einige Holzscheite nach.

»Zürnst du mir nun?«, fragte Shahira ängstlich.

Xzar sah sie überrascht an. »Wie kommst du darauf?«

Shahiras Zähne klapperten vor Kälte aufeinander. »Du schaust so bitter drein und redest nicht mit mir.«

Er seufzte. »Nein, ich bin nicht böse auf dich. Ich sorge mich. Die Magie hat dir viel Kraft entzogen und wir müssen sehen, dass wir dich wieder aufwärmen. Wenn ich mich ärgere, dann über mich. Ich hätte dir gegenüber nicht nachgeben dürfen. Gerade anfängliche Magie auszuüben bedarf der Kontrolle eines erfahrenen Lehrmeisters. Ich kenne die Neugier, mehr zu wollen, als man kann.«

Sie lehnte sich an ihn. Er atmete seufzend auf und schlang seine Arme um sie. Das Feuer loderte auf und Xzar lauschte, ob sich irgendwas regte. Doch es war ruhig. Er hoffte, dass sie keiner beobachtet hatte, denn am kommenden Morgen würde sicherlich jemand Fragen stellen. Das Eis in der Schmiede würde lange brauchen, um gänzlich zu verschwinden. Eine Stunde später gingen die beiden zu Bett. Shahira war wieder deutlich wärmer, doch sie zitterte immer noch leicht und so packte Xzar sie in mehrere Decken ein. Isen schien von all dem nichts mitbekommen zu haben, denn er lag regungslos in seinem Bett und schlief.

Am nächsten Morgen fühlte Shahira sich deutlich besser, auch wenn sie eine unruhige Nacht hinter sich hatte. Immer wieder war sie aufgewacht und hatte versucht, sich tiefer in ihre Decke zu wickeln. Jetzt war ihr wieder wärmer. Ihre Haut war nicht mehr kalt und auch das Zittern ihrer Glieder hatte nachgelassen. Als sie sich auf den Bettrand setzte, meldete sich ihr Magen mit einem lauten Knurren. Sie streckte sich und schaute sich um. Durch das kleine Fenster drang die Wärme der Morgensonne zu ihr herein und sie sah, dass Isen und Xzar bereits unten sein mussten. Sie überlegte, ob sie sich noch einmal hinlegen sollte, doch ein erneutes Magenknurren überzeugte sie davon, dass ein Frühstück zu bevorzugen war. Sie zog sich an und ging dann die Treppe hinunter. Isen saß am Frühstückstisch. Ihre Augen suchten Xzar, doch er war nicht hier.

Xzar stand neben der Taverne und beobachtete die Soldaten, die den Eingang der Schmiede weiträumig abgesperrt hatten. Aufgeregte Mägde und Arbeiter standen in einem Pulk um sie herum und bestürmten die Männer mit Fragen. Jetzt im Hellen sah Xzar, dass der Ausbruch der Magie noch viel mehr Schaden angerichtet hatte. Das Dach der Schmiede war eingestürzt und noch immer dampfte das Gebäude an den Stellen, wo die Sonnenstrahlen das Eis berührten. Xzar wollte gerade wieder in die Taverne eintreten, als auf dem Platz vor der Schmiede Lichtblitze aufleuchteten. Drei Personen erschienen dort und Xzar fluchte leise, als er erkannte, wer da gerade angekommen war. Es handelte sich um einen älteren Mann mit spitzem Gesicht und nur noch einem Auge. Das Rechte funkelte bernsteinfarben, während das andere von einer weißen Augenklappe verdeckt wurde. Er wirkte hager und ausgemergelt, doch sein verbliebenes Auge zuckte über den Hof zur Schmiede. Er trug eine dunkelrote Robe und führte einen dicken Folianten in seiner Hand. Zwei Soldaten begleiteten ihn. Während die Soldaten neben ihm die Wachsoldaten begrüßten, stand der alte Mann still da. Dann drehte er sich und sein Auge suchte den weiten Platz ab. Eine ruckartige Kopfbewegung folgte und sein Blick fand Xzar. Ein kalter Schauer lief ihm über den Rücken, denn ihm war so, als sähe der alte Mann bis auf den Grund seiner Seele. Und was er dort finden würde, gefiel ihm ganz sicher nicht. Doch kurz bevor dieser etwas zu ihm sagen konnte, wurde er von einem seiner Soldaten abgelenkt. Xzar zögerte nicht und eilte in die Taverne.

An einem Tisch sah er Isen und Shahira, zu denen er nun hinüberging. »Wie geht es dir?«

»Danke, gut«, antwortete sie und deutete mit den Augen auf Isen. Xzar nickte und sagte dann, »Ich habe ihm schon erzählt, dass es dir gestern Abend nicht so gut ging. Setz dich und iss etwas. Wir haben bereits Frühstück bestellt.«

Isen lächelte sie an. »Das Brot wird hier frisch gebacken, es riecht herrlich.«

»Danke«, sagte sie und setzte sich.

Als die Tür der Taverne aufging, sahen sie nur kurz hin, ohne auf den Neuankömmling zu achten, und erst als der junge Mann aufgeregt mit dem Wirt sprach, wurde Xzar hellhörig.

»... als wäre es tiefster Winter. Und sie haben einen Beobachter gerufen, der sich das Ganze ansehen soll. Er ist schon hier«, sagte der Mann gerade.

Der Wirt lehnte sich auf die Theke. »Und es hingen Eiszapfen von der Decke?«

»Ja, und die Wasserlache auf dem Boden deutet darauf hin, dass es noch viel mehr war. Sie reden von einem Angriff der Magier aus Sillisyl, darum ja auch der Beobachter. Er soll herausfinden, was hier geschehen ist.«

»Ach was! Warum sollten die Magier einen Angriff auf unsere Schmiede unternehmen. Wem soll denn das etwas bringen?«, fragte der Wirt.

»Das weiß ich auch nicht, aber was soll denn sonst geschehen sein? Der Hauptmann sagt, dass sie den Schuldigen finden werden und er dann arast ... Arrest ... ach Mist, dass er verhaftet wird, du weißt schon«, sagte der junge Mann.

Xzar hörte so unauffällig zu, wie er nur konnte. Isen musterte ihn neugierig. Shahira wurde bleich, denn sie hatte von den Beobachtern gehört. Kyra hatte ihr einst von ihnen erzählt. Sie waren hochausgebildete Magier, die sich mit Untersuchungen bei falsch angewandter Magie beschäftigten. Aber jeder, der die Beobachter kannte, wusste, dass das nur die halbe Wahrheit war, denn diese Leute waren Ankläger und Richter zugleich und ihr Wort hatte viel Macht. Was würde passieren, wenn er herausfand, dass sie es gewesen war; eine nicht ausgebildete Magierin?

»Wie konnte der Beobachter so schnell hier sein?«, fragte Shahira leise.

»Er hat den arkanen Sprung genutzt. Sie sind zu dritt hier hergekommen, ich habe sie dabei beobachtet.«

Es war Isen, der die beiden unterbrach. »Wir reisen also bald weiter?« Er grinste spitzbübisch.

Xzar sah ihn durchdringend an. »Ja, gleich nach dem Frühstück. Also jetzt«, sagte er schnell und schien die Tatsache vergessen zu haben, dass sie noch kein Frühstück gehabt hatten.

Shahira nickte und stand auf. Isen seufzte und ließ geschlagen die Schultern hängen. Dann gingen sie nach oben und packten eilig ihre Sachen zusammen.

Als sie aus dem Stall ritten, sahen sie, dass der Aufruhr um die Schmiede zugenommen hatte. Die halbe Wachmannschaft schien hier inzwischen versammelt und der Beobachter redete mit hektischen Gesten auf sie ein. Dann meldete sich einer der Arbeiter aus der Menge und deutete auf die Taverne, während er mit den Fingern die Zahl Drei abzählte. Xzar ahnte, dass er sie meinte. Er beschleunigte ihren Ritt, denn er befürchtete nichts Gutes und er sollte recht behalten. Gerade als sie das Tor passierten, hörten sie die schnarrende Stimme des Beobachters, die klang, als würde man einen Dolch über altes Pergament ziehen. »Verriegelt alle Tore, keiner verlässt das Gelände!«

Noch bevor die Torwachen etwas zu ihnen sagen oder sie aufhalten konnten, waren die drei aus der Wachstation heraus. Xzar und Shahira atmeten sichtlich erleichtert auf und Isen feixte. »Na, auf die Geschichte bin ich ja mal gespannt.«

# Gefährliche Wildnis

Als sie ein paar Meilen geritten waren, erzählte Shahira Isen von ihrem Erlebnis der letzten Nacht. Dass es nach dieser Geschichte besser gewesen war schnell zu fliehen, mussten sie ihm nicht erklären. Xzar war sich zwar sicher, dass der Beobachter die magischen Spuren nicht zuordnen konnte, da ihre Magien miteinander verbunden waren, aber anderseits wusste er auch nicht, was für Möglichkeiten diese Magier zur Aufklärung hatten. Und bevor sie sich einer stundenlangen Befragung aussetzen mussten, war es besser, schnell weit wegzukommen.

Ihr nächster Halt war die Stadt Wasserau, zwei Tagesreisen von hier. Sie entschieden aufgrund des Vorfalls an der Wachstation, abseits der Hauptstraße zu reisen. Die Region war von großen Waldgebieten durchzogen, die zumeist aus Mischwäldern bestanden. Zu dieser Jahreszeit spendeten die hohen Bäume einen angenehmen Schatten. Xzar ritt an der Spitze vor Isen und Shahira, die sich beide unterhielten.

»Du warst unterwegs in den Norden, bevor wir dich trafen?«, hörte Xzar Shahira gerade fragen.

»Ja, eigentlich wollte ich weiter nach Bergvall und dann in die Feuerlande«, antwortete Isen.

»Und dann hast du dich entschieden, mit uns wieder in den Süden zu reisen? Warum?«, fragte sie interessiert.

Isen zuckte mit den Schultern. »Ich weiß es nicht so genau. Es war ein Gefühl, das mir sagte, es wäre richtig.«

»Also verdienst du dich wirklich als Dieb?«, fragte Shahira leicht enttäuscht und es klang mehr nach einer Aussage, statt nach einer Frage.

»Nein, nicht nur. Ich versuche mir ein wenig als Schausteller zu verdienen, doch die Nachfrage in kleineren Orten ist sehr gering. In den größeren Städten ist mehr möglich. Ich wollte in Gemen gar nicht stehlen, sondern Federn kaufen.«

»Stimmt. Wirklich für ein Gewand?«, fragte Shahira neugierig.

»Ja, ich brauche Kostüme für meine Auftritte und da hatte ich eine Idee mit den Federn«, sagte Isen knapp.

»Das heißt, du verkleidest dich und trittst dann auf? Was machst du auf der Bühne?«

»Meist sind es humorvolle Anekdoten und kleinere Zaubertricks«, sagte er lächelnd.

»Das klingt interessant, wann hast du vor, die nächste Vorstellung zu geben?«

»Vielleicht in Wasserau, mal sehen. Es bedarf einiger Vorbereitung und es liegt ein wenig daran, wann wir weiterreisen.«

»Falls du weiter mit uns reist«, kam von Xzar, der sich zu ihnen hatte zurückfallen lassen.

»Ja, das vorausgesetzt«, sagte Isen nachdenklich.

Shahira warf Xzar einen fragenden Blick zu. Vertraute er Isen noch immer nicht? Mittlerweile war sie sich sicher, dass er ihnen freundlich gesonnen war und seine Anwesenheit erfreute sie, denn Isen war immer fröhlich und verbreitete eine heitere Stimmung. In einem Punkt allerdings gab sie Xzar recht: Er hatte ihnen noch nicht alles von sich preisgegeben, aber das beruhte auf Gegenseitigkeit.

Isen musterte die beiden Abenteurer neugierig. Er mochte Shahira, sie war offenherzig und freundlich. Xzar war ... na ja, wie sollte man es sagen: Er war schwer zu knacken. Isen war sich sicher, dass er genauso gutmütig war wie Shahira, doch sein Vertrauen verschenkte er nicht leichtfertig. Ihm war aufgefallen, dass sie beide ihn mit »*du*«, ansprachen, was nicht verwunderlich war, denn sie hatten ihn als Dieb kennengelernt und jemand von so niederem Stand verdiente selten Respekt. Er entschied sich dazu, fortan auch auf die Höflichkeit zu verzichten. Mal sehen, wie sie darauf reagierten, vielleicht half es sogar, bei Xzar das Eis zu brechen. Er musste schmunzeln bei den Worten: *Das Eis brechen* war ein schönes Wortspiel, wenn er bedachte, was sie letzte Nacht angerichtet hatten.

Isen lächelte und holte einen Brotlaib aus seiner Tasche. Er brach ein Stück ab und reichte es Shahira.

Als sie bemerkte, dass es noch warm war, sog sie den köstlichen Duft tief ein. »Mhmm, riecht gut. Woher hast du das?«

»Och, das lag in der Taverne auf einem Tablett.«

»Du hast es ... du bist wirklich unverbesserlich, oder?«, fragte Shahira, biss aber dennoch ein Stück ab.

»Na ja, wir haben das Frühstück immerhin mitbezahlt, oder?«

Shahira lachte leise und Isen musste unweigerlich grinsen.

Gegen Mittag rasteten sie an einem kleinen Waldbach. Sie erfrischten sich an dem klaren und kühlen Wasser, das plätschernd zwischen den Steinen einen Berghang hinunterfloss. Shahira blickte einen Baum zu ihrer Linken hoch. Hoch oben saßen vier kleine Vögel in einem Nest und schrien fordernd ihrer Mutter entgegen, die mit einem dicken Regenwurm auf dem Rand des Nests gelandet war. Sie lächelte bei dem Lärm, den die Tiere machten. So viel zur Ruhe im Wald.

Sie wollte gerade wieder zurück zu den Pferden, als sie etwas weiter unterhalb ihrer Position ein seltsames Tier entdeckte. Erst dachte sie, es sei ein Wildschwein, dann aber bemerkte sie den dicken Panzer am Rücken anstelle des borstigen Fells. Und als sie es einen Augenblick beobachtete, erkannte sie, dass dem Tier auch die Hauer fehlten. Dafür standen ihm zwei gewundene Hörner hinter den Ohren hervor. Die Schnauze lief schmal zusammen und als es an dem Bachlauf trank, entblößte es kleine, spitze Zähne. Shahira stutzte. Ein solches Tier hatte sie noch nie zuvor gesehen.

Sie sah zu Xzar und rief leise. »Schau mal dort! Was ist das für ein Tier?«

Als er sich zu ihr gesellte, zuckte er die Schultern. »Keine Ahnung. Es sieht merkwürdig aus.«

Isen, der neugierig geworden war, stellte sich zu ihnen und fluchte. »Das ist ein Grinber. Wir müssen hier weg, und zwar leise!«

Isen begann bereits den Hang hinauf zu schleichen, als Xzar und Shahira sich noch fragend ansahen. Und obwohl sie nicht wussten, warum ihr Gefährte so beunruhigt war, folgten sie ihm. Xzar ging voraus und reichte Shahira die Hand, als er auf einem kleinen Vorsprung stand. Sie ließ sich hochziehen. Doch gerade als sie den letzten Schritt tat, knackte ein Ast unter ihrem Fuß. Erschrocken fuhr Isen auf und sie alle sahen zu dem Grinber, der augenblicklich laut aufheulte. Es war ein eigenartiges Geräusch, denn weder Heulen noch Brüllen trafen es auf den Punkt. Es klang mehr wie ein lautes und lang gezogenes Seufzen. Der Kopf des Tieres fuhr herum und fixierte die Drei mit seinem Blick. Kaum, dass es einen zweiten Schrei ausstieß, stürmte es auch schon auf sie zu, die Hörner drohend herabgesenkt. Isen, der dies zuerst sah, rief, »Hinter den Baum!« Er selbst sprang ebenfalls in Deckung. Xzar und Shahira hechteten schnell hinter jeweils einen dicken Stamm. Kein Lidschlag zu spät, denn schon im nächsten Augenblick streiften die massiven Hörner bereits den Baum, hinter dem Xzar sich befand, und ließen die Rinde splittern. Das Tier rannte ungebremst noch ein ganzes Stück weiter.

Xzar wollte sein Schwert ziehen, doch Isen hielt ihn auf. »Das nutzt nichts. Er wird dich zuerst treffen und das war es dann für dich!«

Der Grinber hatte seinen Ansturm gestoppt und sich erneut zu ihnen umgedreht. Mit wütendem Blick starrte er sie an. Erschreckenderweise hatte das Tier drei Augen und um diese herum saßen kleine Hornstachel, die einen Kopfstoß des Grinbers zu einem tödlichen Angriff machten, wenn die beiden Hörner nicht schon dafür ausreichten.

»Und was ...?«, wollte Xzar gerade fragen, als das Tier wieder anstürmte. Schnell umrundeten die drei ihren Baum, bevor erneut Holz und Rinde splitterten.

»Wir müssen versuchen, seine Augen zu verdecken!«, rief Isen über das wütende Geschrei des Tieres hinweg.

»Wenn es weiter nichts ist!«, rief Xzar grimmig. Er überlegte, ob seine Magie ihm helfen konnte, doch das Ereignis der letzten Nacht hatte seine arkane Kraft aufgezehrt. Er würde ein paar Tage benötigen, bis er wieder starke Kampfzauber weben konnte.

Das Tier war inzwischen stehen geblieben und musterte die Drei, während es mit den Vorderhufen scharrte. Shahira blickte dem Grinber in seine kleinen, intelligenten Augen. Es griff nicht an, sondern betrachtete sie abschätzend. Shahira stellten sich die Haare auf ihren Armen auf. Was war das für ein Biest?

Isen zog sich indes sein Hemd aus. »Wir brauchen einen Köder zwischen den Bäumen. Und zwei von uns halten dann das Hemd, wie einen Vorhang dahinter, damit es hindurch rennt«, erläuterte er seinen Plan.

»Du bist der flinkeste von uns dreien, eindeutig der Köder«, entschied Xzar.

»Wie ich es befürchtet habe«, sagte Isen besorgt.

Dann drückte er Shahira und Xzar jeweils einen Ärmel in die Hand und stellte sich selbst zwischen zwei Bäume. Die anderen umrundeten ihre Deckung und spannten das Hemd hinter Isen auf. Dieser stand nun in der Mitte und schluckte. Wo sollte er hin? Er musste nach rechts oder links springen, hoffentlich reichte das.

»He, du dickes, hässliches Ferkel!«, rief er und hob einen Stock auf, um diesen nach dem Grinber zu werfen. Das Tier fixierte Isen mit seinem Blick und rührte sich nicht, als der Stock einen halben Schritt neben ihm zu Boden fiel. Isens

Herausforderung hatte allerdings genügt und mit einem gellenden Brüllen stürmte der Grinber auf Isen zu, dabei seinen Kopf wild von links nach rechts schwingend.

›Verflucht!‹, dachte Isen, ›Als wenn das Tier ahnt, was ich plane. Nun gut, dann muss ich eben oben drüber.‹ Isen ging in die Hocke, den entsetzten Ruf Xzars ignorierte er.

Der Grinber rauschte mit beängstigender Geschwindigkeit heran und Isen schloss kurz die Augen; atmen, anspannen und springen, es war so einfach. Dann war der Grinber heran und Isen spannte seinen Körper an. Jeder Muskel wurde hart, bevor er sich abstieß. Zu spät erkannte er, dass es nicht hoch genug war. Sein Fuß traf den dicken Rückenpanzer des Tieres und er wurde mit bestialischer Wucht in die Höhe geschleudert. Er kannte das Gefühl und er wusste, was er zu tun hatte. Er ließ die Körperspannung abfallen und nahm den Schwung mit, drehte sich halb in der Luft und rollte sich, zu Boden fallend, ab. Trotz des gelungenen Kunststücks raubte ihm der Aufprall die Luft und er brauchte einen Augenblick, bis er wieder atmen konnte.

Der Grinber rannte indes in das Hemd, die spitzen Hörner durchstießen den Stoff und brüllend begann das Tier den Kopf zu schütteln. »Schnell zu den Pferden!«, rief Isen, der sich aufrappelte.

Das brauchte er den anderen nicht zweimal sagen. Sie rannten los und schwangen sich auf die Reittiere. Isen warf sich mit auf Xzars Pferd, das deutlich schneller war als Astin, und sie preschten im wilden Galopp weg von dem Grinber, der noch immer wütend den Kopf hin und her wirbelte, um das Hemd loszuwerden.

Sie hielten erst an, nachdem sie eine ganze Zeit geritten waren. Gehetzt sahen sie sich um, doch nun lag der Wald ruhig hinter ihnen.

»Das war knapp. Guter Plan und guter Sprung, Isen«, sagte Xzar.

Der Dieb antwortete nicht. Er hing schlaff hinter Xzars Sattel und jetzt, da sie stehen geblieben waren, rutschte sein Körper vom Pferd. Xzar sah die glitzernde Blutspur auf dem Fell seines Reittieres und als Isen auf dem Boden aufschlug, sah er die klaffende Wunde an dessen Oberschenkel, wo die Hörner des Grinbers sich in ihn gebohrt haben mussten. Der starke Blutfluss deutete daraufhin, dass eine Hauptschlagader verletzt worden war.

# Was vergangen ist

Isen schlug die Augen auf und für einen kurzen Augenblick war er verwirrt. Er hatte gerade einen merkwürdigen Traum gehabt, von einem gehörnten Wildschwein oder Ähnlichem. Er schüttelte sich und die Erinnerung verschwand. Ein Gähnen überkam ihn und dann fühlte er den warmen Körper, der sich an ihn schmiegte und den Arm, der locker über seiner Brust lag; hörte eine gemurmelte Beschwerde, als er sich bewegte. Isen drehte sich zu ihr um und sah in das, im Halbschlaf, lächelnde Gesicht seiner Frau Melindra. Ihre langen, schwarzen Haare lagen auf dem dicken Kissen unter ihrem Kopf. Er gab ihr einen zarten Kuss auf die Stirn. Ihr Mund kräuselte sich beschwerend, bei Isens Versuch sie aufzuwecken. Ein zweiter Kuss auf ihre Nasenspitze entlockte ihr dann ein seltsames Geräusch des Widerspruchs. Und ein dritter Kuss auf ihre Lippen ließ sie leise flüstern, »Isen, lass mich. Noch nicht.«

»Na gut, noch einen Augenblick.«

Am Ende des Bettes bewegte sich etwas und mit einem leisen Mauzen kletterte die kleine goldbraune Wildkatze in das Bett, ließ sich auf den Rücken fallen, streckte sich und gähnte, was ihre kleinen, spitzen Zähne entblößte. Isen kraulte ihr den Bauch und sagte zärtlich, »Destros, du sollst doch nicht bei uns im Bett schlafen.« Er seufzte gespielt ernst. »Na gut, ich hol schon mal das Frühstück für uns drei.«

Isen blinzelte. Er stand in der Arena, die Uniform des Dompteurs strahlte in goldrotem Glanz und die schwere Lederpeitsche lag ihm gut in der Hand. Selten brauchte er sie, denn all seine Schützlinge waren gut abgerichtet. Und noch viel seltener kam es zu einem Zwischenfall, in dem eines der Tiere versuchte, ihm das Revier streitig zu machen. Seine Lieblinge waren die Löwen aus den fernen Feuerlanden. Es waren majestätische und große Raubkatzen und eine jede hatte ein Gebiss, das zum Fürchten war. Isen hatte sie alle aufgezogen, mit ihnen gelebt und sie abgerichtet, seit sie als kleine Wildkatzen zu ihnen gekommen waren. Er sah hoch und oben auf einem Seil tanzte seine liebste Melindra. Ihre Bewegungen waren elegant und nahezu perfekt, wie sie dort auf dem dünnen Seil einen Handstand, dann einen Überschlag und eine Kombination aus beidem vollführte. Sie trug ein eng anliegendes, weißes Kostüm, das so geschnitten war, als spreizten sich weiße Flügel auf ihrem Rücken, jedes Mal wenn sie die Arme ausstreckte. Ihre ganze Erscheinung ähnelte einem friedlichen Schwan, der auf dem Wasser spielerisch seine Bahn zog. Isen und seine Raubkatzen waren das drohende Schicksal, das dem Schwan drohte, sollte er abstürzen. Doch das alles war nur für die Vorstellung, für die Zuschauer und das Volk auf den Rängen. Er rief drohend seinen Löwen zu, ließ die Peitsche viel zu weit von den Tieren entfernt im Sand aufschlagen, sodass die Zuschauer erschrocken ausriefen. Melindra, die sich vom Seil fallen ließ, um es dann so aussehen zu lassen, als erreiche sie es erst im letzten Augenblick wieder mit den Händen. Mit einem einzigen Schwung stand sie einmal mehr auf dem Seil. Destros, sein größter Löwe brüllte gleichzeitig und schlug mit seiner Pranken nach der Seiltänzerin. Das Publikum schrie entsetzt auf, um dann der Rettung des Schwans durch den tapferen Helden mit der Peitsche rasenden Applaus zu spenden.

Isen lachte in sich hinein, denn nach der Vorstellung würden sie beide zu den Tieren in den Käfig gehen und ihnen Kuhhälften zu fressen geben. Destros liebte es noch immer, hinter den Ohren gekrault zu werden, das Fell am Bauch durchgerubbelt zu bekommen und wenn er dann spielerisch mit den großen Tatzen versuchte Isen zu fangen, nahm dieser auch den ein oder anderen Kratzer in Kauf. Doch er war eine Ausnahme, denn die anderen Löwen ließen Isen nicht so nah an sich heran. Am Ende der Vorstellung stellten sich alle Schausteller auf, all ihre Freunde, ihre Familie und verbeugten sich vor dem grölenden Publikum. Blumen und Münzen wurden geworfen, um ihnen zu danken und die grandiose Vorstellung zu würdigen.

Isen kniete im Matsch. Der Himmel weinte bitterkalte Tränen auf ihn herab. Vor ihm lag Destros. Zwei Bolzen ragten aus dem Unterleib des Löwen heraus. Das goldene Fell war rotgefärbt. Seine blutigen Lefzen zitterten. Die treuen Augen flehten Isen an, doch er vermochte dem Löwen nicht zu helfen. Salzige Tränen liefen ihm über die Wangen, vermischten sich mit dem Regen und als ein letztes Zittern den Körper seines Freundes durchlief, stieß Isen einen von Wut und Trauer erfüllten Schrei aus. Als er sich taumelnd aufrichtete, sah er die Verwüstung. Ihre Zelte waren niedergebrannt, die meisten Tiere lagen sterbend oder tot am Boden. Der Regen ließ blutige Tropfen in den großen Pfützen aufspringen. Er taumelte benommen vorwärts. Niemand hatte es geschafft sich zu retten. Dort lag Giuseppe, getötet von einer großen Axt. Neben ihm in einer Blutlache und mit panischem Gesichtsausdruck Hellena, ihre Kehle war brutal durchtrennt. Palo lag auf einer Kiste. Ein Speer war ihm durch den Leib bis in das Holz getrieben worden. Gerning, Eliana, Sarah, ihre beiden Kinder Tira und Anton, alle waren sie tot.

Isen sah auf seine Hand, die er auf seinen Bauch drückte. Ein Blutrinnsal mischte sich mit den Himmelstränen und färbten seine helle Hose rot. Dann erinnerte er sich: Melindra, seine Frau, von den Banditen auf einen Wagen geworfen und zusammen mit einigen der anderen entführt. Wer waren die Räuber? Menschenhändler? Mordgesellen? Auftragsräuber? Alles zusammen? Und warum hatten sie ihn nicht getötet?

Die Wunde schmerzte nicht einmal, denn es war alles vorbei. Sein Leben, seine Zukunft, seine Liebe. Was sollte er jetzt tun?

Isen hörte Stimmen. Weit entfernt rief ihn jemand. Er wollte nachsehen, wer da ist. Er versuchte ein Auge zu öffnen, doch es gelang ihm nicht.

»Isen? Komm zu dir!«

Erneut diese Stimme. Er kannte sie. Es war eine Frau. Wer war sie? Er sammelte seine Gedanken und wollte seine Lider hochziehen, doch alles klebte und spannte sich.

»Isen! Streng dich an, komm schon!«

Das tat er doch, sah sie das denn nicht? Er gab sich Mühe, doch sein Körper wollte nicht so wie er. Dann spürte er kühlendes Nass auf seiner Stirn. Er wollte etwas sagen, doch nur ein unverständliches Krächzen kam über seine trockenen Lippen. Dann das kühle Nass an seinem Mund.

»Ich weiß, dass du mich hörst, also mach deine verdammten Augen auf!«

Die Stimme klang energisch fordernd und es schwang Sorge in ihr mit. Er versuchte es noch einmal und diesmal mit Erfolg. Er öffnete vorsichtig ein Auge, doch die Sicht war verschwommen. Er blinzelte und die Feuchtigkeit seiner Stirn mischte sich mit den trockenen Tränen seiner Augen. Erneut blinzelte er, noch einmal und noch ein drittes Mal. Dann erkannte er Umrisse. Da standen Leute über ihm.

Dort stand ein Mann, groß, kräftig und schwer bewaffnet. War das ein Drachenschwert da an seiner Seite?

Isen erinnerte sich an die Worte des alten Priesters, den er vor einiger Zeit getroffen hatte. Vorausgesetzt der Mann war wirklich ein Priester Deranarts gewesen. Ein armseliger, alter Kauz war er gewesen, mit langer grüner Robe und dem Haar so weiß wie Schnee. Er hatte mit einer Dose gerappelt und Isen hatte ihm einige Kupfermünzen gespendet. Der Mann hatte sich dankbar verbeugt und ihm zum Abschied gesagt, »Du wirst sie wiederfinden, wenn du dem Drachen folgst. Er wird dir beistehen.«

Als Isen die Augen öffnete, blickte er in Xzars Gesicht, der besorgt über ihn gebeugt war und mit den Händen sanft über sein Bein strich. Dabei murmelte er, »Heile deine Wunden mit der Macht der ruhigen Stunde! Heile deine Wunden!«

Isens Blick flackerte und er fiel in einen tiefen Schlaf.

# Wasserau, die Stadt am Tarysee

Isen erwachte und als er sich aufrichtete, sah er, dass er neben einem niedrig brennenden Feuer lag. Shahira lehnte ihm gegenüber an einem Baum und lächelte erleichtert, als sie seine Bewegung wahrnahm. »Isen! Geht es dir besser?«

Er sah an sich herunter. Sein Bein war mit einem dicken Verband umwickelt und es pochte darunter. »Ich ... glaube schon. Was ist denn passiert?«, fragte er verwirrt.

»Dein Plan mit dem Vieh im Wald ist gelungen, bis darauf, dass der Grinber dir sein Horn durch den Oberschenkel gejagt hat.«

»Er hat mich erwischt? Unmöglich!« Isen versuchte ein Grinsen, doch er musste husten.

Shahira ignorierte es. »Wir haben es erst bemerkt, als wir weit genug weg waren. Er hat eine Ader durchbohrt und ich weiß nicht wie, aber Xzar hat dich geheilt.«

»Ein Heilmagier ist er also?« Isen ließ sich wieder auf sein Lager sinken.

»Nicht unbedingt. Aber er kann ein wenig heilen. Jedenfalls hat es ihn viel Kraft gekostet, doch er konnte dich vor dem Tod bewahren«, sagte sie und stand auf, um ihm einen Wasserschlauch zu reichen. »Trink bitte. Dein Körper braucht es.«

Er nickte und befolgte die Anweisung. Kurz darauf kam Xzar ins Lager und auch er atmete erleichtert auf, als er Isen sah.

»Danke, Xzar. Ich danke dir sehr. Damit schulde ich euch beiden noch mehr«, sagte Isen verlegen.

Xzar schüttelte den Kopf. »Nein. Ohne deinen Plan, wer weiß, ob wir dem Vieh entkommen wären. Was sind diese Grinber überhaupt für Biester?«

Isen seufzte. »Das war nicht einfach nur ein Grinber, sondern ein Männchen. Sie sind Revierverteidiger, was bedeutet, dass sie keinen Eindringling in ihrem Gebiet dulden, wie man gesehen hat. Normalerweise leben sie in Sumpfgebieten und führen eine Herde an.«

»Eine Herde? Oh je, ich will gar nicht wissen, was passiert, wenn man auf mehr als eines trifft«, sagte Shahira besorgt.

»Nicht viel mehr als dieses Mal, denn die Weibchen kämpfen nicht. Im Gegenteil, sie sind sogar recht zahm und man kann Kinder auf ihren Rücken reiten lassen.«

»Reittiere für Kinder? Woher weißt du das alles?«, fragte jetzt Xzar neugierig.

»Ich habe mal so eins ... ich meine, ich habe mal so etwas gesehen ... auf einem Jahrmarkt.« Isen atmete erleichtert auf, die beiden schienen sein Zögern nicht bemerkt zu haben. »Wann wollt ihr weiterreisen?«

Xzar lächelte. »Sobald du dich dazu bereit fühlst. Auf einen halben Tag früher oder später kommt es uns nicht an.«

Isen nickte dankbar.

Am späten Vormittag fühlte Isen sich soweit gestärkt, dass sie zusammen packten und weiterritten. Xzar war wirklich froh, dass es Isen besser ging. Die Wunde war tief gewesen und hätte tödlich enden können. Es wären nicht mehr viele Herzschläge gewesen, dann hätte er ihn nicht mehr retten können. Xzar hatte mithilfe seiner Magie die Wunde geheilt. Da er aber selbst noch geschwächt gewesen war und keine Blutmagie einsetzen wollte, war der Erfolg der Heilung erst klar gewesen, als Isen die Augen aufgeschlagen hatte. In der Zeit, in der Isen geschlafen hatte, war Xzar bei ihm geblieben und hatte darauf geachtet, dass sein Zustand sich nicht verschlimmerte. Für den schlimmsten Fall hatte Xzar ihren letzten Heiltrank bereit gehalten.

Er fragte sich, woher Isen sein Geschick besaß, denn auch wenn der Grinber ihn getroffen hatte, so war der Sprung nahezu überragend gewesen. Xzar war sich sicher, dass er solch ein Kunststück nicht vollbringen konnte. Und nahm man den Sprung aus der Scheune hinzu, war Isen womöglich mehr als ein Schausteller. Er hatte mit Shahira darüber gesprochen und sie hatte ihm bestätigt, dass es genau das war, was Isen ausmachte. Dies alles gehörte zu ihm und sie hofften beide, dass sie dieses Rätsel noch lösen würden.

Sie ritten auf der Hauptstraße, die sie nach Wasserau führen sollte. Schon auf den ersten Meilen trafen sie nun vermehrt auf Händlerkarren, Kutschen und Wanderer. Immer wieder mussten sie langsam fahrende Wagen überholen. Die Straße selbst war hier schon recht breit, und doch hatten zwei Karren, die sich passierten, noch immer Mühe den jeweils anderen nicht zu berühren. Vereinzelt kamen sie hier an kleineren Ansammlungen von Häusern und vor allem Wirtshäusern vorbei, die mit auffälligen Schildern einluden, *das beste Bier* oder *den schmackhaftesten Braten* zu erwerben. An einer Stelle überholten sie sogar mehrere Händler, die in gestenreiche Verkaufsgespräche verstrickt waren. Zwischen ihren Wagen ereiferte sich eine Dame in einem edlen Kleid, welche Stoffe denn die besseren seien und ein jeder Händler versuchte seine Waren an sie zu veräußern. Ewas später kamen sie an eine schmale Brücke, vor der sich eine lange Schlange gebildet hatte. So wie es aussah, kam lediglich immer nur ein Wagen über die Brücke, während die anderen warten mussten. Üblich schien das nicht zu sein, wenn sie den Gesprächen der Kutscher Glauben schenkten. Xzar sah nicht, warum es so war und Isen, der kurzerhand abstieg, um sich zu erkundigen, kam mit der Nachricht zurück, dass ein Teil der Brücke eingestürzt war. Auf ihrer Seite warteten bereits drei Karren, zwei Kutschen und zwei lange Sechsspänner, die schwer beladene Wagen zogen. Das ungeduldige Murren der Besitzer erfüllte hier die Luft und seit sie die Wachstation verlassen hatten, kam es ihnen das erste Mal so vor, als näherten sie sich einer Großstadt.

»Da vorne stehen Wachen, die das Überqueren der Brücke anleiten. So wie die arbeiten, kann es nur noch Tage dauern, bis auch wir passieren dürfen«, sagte Isen.

»Was schlägst du vor?«, fragte Xzar, der sich denken konnte, was der Dieb vorhatte.

»Bestimmt kann uns die eine oder andere Münze helfen, schneller voranzukommen.«

»Wir haben es nicht eilig. Ich glaube die Münzen können wir uns sparen«, sagte Xzar.

»Oder ihr könntet einen Rat von mir bekommen, wenn die Herren und die Dame mögen«, sagte nun eine Stimme vom Straßenrand.

Sie sahen sich um und erst jetzt bemerkten sie einen Mann, der neben ihnen auf einem Stein saß, die Beine ineinander verschränkt. Er trug eine schlichte, blaugraue Kutte und an seiner Schulter lehnte ein langer Wanderstab. Er zog gerade genüsslich an einer Pfeife und blies den Rauch nach oben. Mit freundlichen, hellbraunen Augen blickte der Mann zu ihnen hoch. Er hatte keine Haare auf dem Haupt, dafür einen längeren, braunen Bart. Um seinen Hals baumelte eine Kette mit einem schwarzen Stein.

»Verzeiht, Herr?«, fragte Xzar.

Der Mann lächelte. »Ich könnte euch einen Rat geben, für euer Problem.« Er deutete mit der Pfeife in Richtung Brücke.

»Und lasst mich raten, es würde weniger kosten, als die Münzen für die Wachen?«, fragte Xzar zynisch.

»Nun, wie man es nimmt. Eigentlich, müsstet ihr mir nur euer Gehör schenken und die Zeit zahlen, die es braucht, um meinen Worten zu lauschen«, sagte der Mann hintergründig.

»Ist das so? Wollt Ihr uns verraten, wer Ihr seid?« Xzar musste zugeben, dass der Fremde sein Interesse geweckt hatte.

Mit einer eleganten Bewegung löste dieser seine Beine und richtete sich nun auf dem Stein auf. Er verbeugte sich leicht und sagte dann, »Sehr gerne. Man nennt mich Jaron Finsterlicht und bevor ihr nach der Eigentümlichkeit meines Namens fragt: Ich diene dem Herrn der Schatten.«

Xzar musterte den Mann jetzt noch genauer. Nichts deutete daraufhin, dass seine Worte wahr waren, aber auch nichts, dass er log. »Ihr seid also ein Priester Bornars? Nennt man ihn nicht Hüter der Dunkelheit?«

Jaron Finsterlicht nickte. »Ja, so ist es. Er hat viele Namen, viele Bedeutungen.«

»Verzeiht, aber Ihr wirkt nicht, wie ich mir einen Priester der großen Vier vorstelle. Was treibt Euch hierher ... auf diesen Stein?«, fragte Shahira, die Jaron von oben bis unten musterte.

»Ich warte hier.«

»Worauf?«

»Vielleicht auf Euch«, sagte er geheimnisvoll.

Xzar spürte, wie Shahira sich anspannte. Doch Xzar empfand keinen Argwohn Jaron gegenüber und entschied sich, die letzten Worte zu übergehen. »Also, welchen Rat wollt Ihr uns geben?«

Jaron nickte freundlich. »Ihr könnt die Brücke passieren, ohne auf all die anderen armen Händler zu warten, die hier ob der Gnade der Wachen harren. Wenn ihr an die Brücke heran reitet, wird man euch vorlassen, da ihr wesentlich schneller als ein Händlerkarren seid.«

Xzar sah zu Isen, dann wieder zu Jaron. »Das wäre gut.«

»Und ehrlich«, fügte Jaron hinzu und als er Xzars fragenden Blick wahrnahm, lächelte er, »Es ist nicht so, dass mein Herr ein gutes Geschäft ablehnt und auch nicht jenes, welches im Dunkeln der Nacht abgeschlossen wurde, aber ist es nicht im Sinne der großen Vier, dass wir mit Ehrlichkeit durchs Leben wandeln sollten?«

»Sagt man Ehrlichkeit nicht eher Deranart nach?«, fragte Shahira nun.

Der Priester nickte. »Ja, Herrin, so ist es. Aber ich befinde mich auf Wanderschaft, um ihre Botschaft ins Land zu tragen, und da ist es sicher nicht falsch, die Worte aller zu verkünden, wenn sie gerade passen, oder?«

Shahira nickte nachdenklich.

»Ihr seid ein Wanderpriester?«, fragte Xzar.

Jaron nickte.

»Dann danke ich Euch für Euren Rat, Jaron Finsterlicht, Diener des Bornar«, sagte Xzar und fingerte drei Kupfermünzen aus seinem Beutel, die er dem Priester reichte.

»Habt Dank, guter Mann, aber mein Rat soll Euch keine Münzen kosten.«

»Nehmt sie und trinkt einen Krug auf uns«, sagte Xzar.

Mit einem freundlichen Nicken nahm der Priester sie jetzt doch. Er sprang von seinem Stein. »Auf dann! Möge der Hüter der Dunkelheit euch leiten und niemals straucheln lassen, wenn das Licht des Tages hinter der Welt versinkt«, sagte der Priester, verbeugte sich und ging dann von der Brücke fort, die Straße entlang.

Xzar sah ihm eine Weile nach, wie er den Kutschern und Karrenlenkern ein freundliches Wort spendete und ab und an auch mal zwei. Irgendwann verlor sich sein Blick auf den Mann und er wandte sich wieder seinen Gefährten zu. »Das war irgendwie eigenartig, oder?«

»Das er ein Priester Bornars ist?«, fragte Shahira.

Xzar zuckte mit den Schultern. »Ich weiß es nicht. Vielleicht habe ich auch nur nicht mit einem wie ihm hier gerechnet.«

»Wer von uns hat das wohl?«, fragte Isen belustigt. »Sollen wir weiter?«

Xzar nickte. Sie befolgten den Rat des Priesters und tatsächlich ließ man sie gleich als Zweites über die Brücke, nachdem ein Karren von der anderen Seite hinüber war.

Der Rest ihrer Reiseetappe verlief ohne Vorfälle und dann, als sie eine Hügelkuppel erreichten, sahen sie in der Ferne die Mauern von Wasserau und hinter der Stadt sogar das glitzernde Wassers des Tarysees. Das silberne Schimmern verlor sich irgendwo in der Ferne. Wie lange es wohl dauern mochte, wollte man den See überqueren?

In Wasserau selbst gab es einen großen Binnenhafen, von dem Flussschiffe stromauf und -ab fuhren oder den See überquerten. Im Süden gab es eine Flussverbindung, die bis zum Meer führte.

Wasserau war eine große Stadt, die einen inneren und einen äußeren Bereich hatte. Beide waren mit Stadtmauern geschützt. Auf einem Hügel in der Mitte der Stadt thronte die stolze Burg Ehrfried, der Sitz des Fürsten Haldermund Frohnlinger zu Ingrat.

Ingrat war das Größte der vier Fürstentümer, die zum Königreich Mandum'n gehörten. Und nicht nur das, denn es galt auch als das Wohlhabendste, was nicht zuletzt an den vielen Schiffsrouten über den Tarysee und entlang des Tars sowie den Handelsstraßen nach Bergvall lag.

Der innere Kreis der Stadt war vor allem durch das große Tempelviertel einen Besuch wert. Seit der Verbreitung des Glaubens an die großen Vier war dieser Bereich der Stadt mit jedem Jahr verschönert worden. Des Weiteren hatte sich die gehobene Bevölkerung um die Burg herum angesiedelt sowie die meisten Kunsthandwerker, Goldschmiede und Juwelenhändler. Als Folge dessen war das Aufgebot an Stadtwachen gerade in diesen Teilen der Stadt auffällig hoch und das Auftauchen finsterer Gesellen eher die Ausnahme. Das führte dazu, dass der äußere Ring der Stadt den ärmeren Bürgern zuteilwurde. Dort gab es einige düstere Ecken, in denen sich das niederträchtigste Gesindel herumtrieb. Besonders berüchtigt war der Außenbereich des Hafenviertels und es verschwand manch ein Händler des Nachts in den Fluten des Tarysees, wenn er sich die falschen Handelspartner ausgesucht hatte.

Die drei Reisenden ritten die gewundene Straße hinunter. Hier war das Leben der Stadt deutlich spürbar und die Straße war überfüllt mit Leuten, Karren, Pferden und Soldaten. Sie hatten allerhand Mühe, um durch das Gedränge zum Tor zu kommen. Dort vorne standen mehrere Wachen, die sich um die Passierscheine der reisenden Händler kümmerten. Da sie keine Handelsgüter mit sich führten, wurde die Gruppe durchgewunken und nachdem man sie nach ihren Namen und dem Anliegen ihres Besuches gefragt hatte, durften sie die Stadt betreten.

Hinter den Toren tauchten sie in eine andere Welt ein, denn hier herrschte mehr als ein geschäftiges Treiben. Etliche Stände waren an den Seiten aufgebaut und die Händler priesen mit einladenden Gesten und überschwänglichen Worten ihre Waren an. Und nicht nur Handelswaren wurden hier feilgeboten. Sie ritten an einem Gebäude vorbei, in dem Frauen unterschiedlichen Alters an den Fenstern saßen. Sie alle waren, wenn überhaupt, leicht bekleidet und riefen eindeutige Einladungen an die vorbeireitenden Besucher. Die vor der Tür angebundenen Pferde deuteten darauf hin, dass sich das Geschäft lohnte. Unmittelbar gegenüber war eine Taverne und auch hier boten die Freudenmädchen ihre Reize an, ohne mit diesen zu geizen. Die drei entschieden weiterzureiten, um sich ein Gasthaus zu suchen, dass gesitteter geführt wurde. Frauen, Wein und Geld waren eine entzündliche Mischung, da waren sie sich einig.

Sie passierten ein kleines Podest an einer Weggabelung, auf dem ein Mann in grauer Kutte stand. Er hielt eine Blechglocke in der Hand, die er unablässig schüttelte und deren Klang dumpf über die Kreuzung hallte. »... so sprecht sein Gebet! Dient ihm mit Ehre und streitet für ihn! Er ist der Fürst des Himmels und er leitet eure Klinge im Kampf! Schließt euch den Drachenrittern an, streitet für ihn! So war es sein Wort, welches sprach: Wir sind Klingen im Sturm! Wir sind Schwerter der Gerechtigkeit! All ihr tapferen Recken, die ihr ohne Ziel durchs Leben zieht, lasst euch von seinen Worten erleuchten ...«

Xzar hatte sein Pferd anhalten lassen und sich dieses Schauspiel angesehen. Erst jetzt erkannte er, dass vor dem Podest eine Frau stand. Sie verteilte an jene, die interessiert innehielten, ein Papier. Und Xzar musste verwundert feststellen, dass nicht wenige Leute stehen blieben.

»He, ihr da! Reitet weiter, ihr versperrt die Kreuzung!«, herrschte eine wütende Stimme Xzar an.

Als dieser sich verwirrt umblickte, sah er einen Kutscher, der ihn bitterböse anfunkelte. »Ja, wird`s bald, oder muss ich die Wachen rufen?«

Xzar hob entschuldigend die Hand und ritt weiter.

Shahira schmunzelte, als er zu ihnen aufgeschlossen hatte, doch sie sagte nichts. Die drei verließen die Hauptstraße und fanden schon bald eine Taverne, die ihren Anforderungen entsprach. Ein Gasthaus mit dem Namen *Silberkelch*. Die Preise waren annehmbar und es lag gleich an einem der drei Tore zum inneren Stadtteil.

Xzar und Shahira bezogen ein gemeinsames Zimmer. Isen nahm sich ein Einzelzimmer und als er mit einer Silbermünze bezahlte, sah Xzar ihn fragend an. »Woher hast du die Münze plötzlich?« Isen zuckte daraufhin mit den Schultern und gestand, »Ich hatte sie schon die ganze Zeit.«

»Und warum haben wir in der Wachstation für dich bezahlt?«

Daraufhin lächelte Isen spitzbübisch. »Weil ich nett bin und bittend geschaut habe? Ich gebe es dir zurück.«

Doch Xzar schüttelte den Kopf. »Nein. Aber das Essen heute Abend geht auf dich.«

Isen deutete eine Verbeugung an und lachte. Er war froh, dass er mit ihnen gereist war. Und dass Xzar ihm das Leben gerettet hatte, sah er als Zeichen dafür, dass sich ihre Beziehung besserte.

›Du wirst sie wiederfinden, wenn du dem Drachen folgst. Er wird dir beistehen‹, erklang es in seiner Erinnerung und als er Xzar nachsah, spürte er einen Funken Hoffnung in sich aufkeimen.

Als Shahira auf ihrem Zimmer war, ließ sie sich auf das Bett fallen und streckte sich müde aus. Xzar legte sich daneben und nahm sie in den Arm. »Was meinst du, wie lange sollten wir hierbleiben?«

»Das ist eine gute Frage. Ich denke zwei, drei Tage. Wasserau ist groß und ich würde mir gerne ein paar Orte ansehen«, sagte Shahira.

»Gut, drei Tage. Wir werden eh ein Schiff für die Weiterfahrt benötigen. Was möchtest du dir ansehen?«

»Ich würde gerne in die Tempel gehen. Seit unserer letzten Reise und den Visionen mit den Schattenmännern reizt es mich, mehr über die großen Vier zu erfahren. Glaubst du, sie sind Götter?«, fragte sie, als sie sich auf die Seite drehte, um ihn anzusehen.

»Ich weiß es nicht. Der Begriff Götter stammt von den Alten und es passt ein wenig zu dem, was Isen uns über den Glauben erzählte, den es vor den großen Vier bereits gab. Die Menschen beschrieben sie als die Erschaffer des Landes, oder besser, der Welt. Ich weiß, dass in den Stämmen der frühesten Geschichte unseres Landes, die Menschen auch so etwas wie Priester hatten. Sie nannten sich Schamanen und sie beteten ebenfalls Götter an. Diese wurden anders genannt, wahrscheinlich hatte jeder Stamm sogar einen eigenen Namen für seinen Gott.

Heute nennt man sie die großen Vier. Ich glaube schon, dass sie Einfluss in unserer Welt haben. Doch wie viel davon...« Er zuckte mit den Schultern. »Ist jedes Feuer, das ausbricht eine Strafe Tyranieas? Ist jeder Richtspruch gerecht im Sinne Deranarts? Wird ein Schiff, das mit gutem Wind vorankommt, begünstigt durch Sordorran? Und welche Rolle spielt Bornar bei dem Ganzen?«

Shahira überlegte einen Augenblick. »Siehst du, darum will ich in die Tempel. Ich will erfahren, was die Priester sagen. Es heißt, sie vollbringen Wunder mit der Macht der großen Vier und es ist wohl nachgewiesen, dass es keine Magie ist. Also was ist es dann? Und wenn dem so ist, warum retten sie nicht einfach jeden?«

Xzar zuckte mit den Schultern. »Wenn du es herausfindest, erzähle es mir.«

»Willst du nicht in den Tempel Deranarts, wegen dem ... Schwert?«, fragte sie zögerlich.

»Ja, schon. Ich habe darüber nachgedacht, es zurückzugeben. Wenn es wirklich die Klinge ist, von der Isen berichtet, dann steht sie mir nicht zu. Sollen die Priester entscheiden, was damit zu tun ist.«

»Bist du dir sicher?«

»Sicher? Nein.«

»Immerhin war es ein Geschenk von Jinnass«, sagte Shahira nachdenklich. »Und es war vorher sein Schwert. Er wusste also, was er dir gegeben hat.«

Xzar seufzte. »Ja, darüber habe ich auch schon nachgedacht. Aber eigentlich hatte es ja Yakuban zuvor. Ist es dann noch Jinnass' Schwert gewesen? Und wenn dem so war, warum hat er es nicht schon viel früher zurückgefordert?«

»Vielleicht verhält es sich so, dass nur der es besitzt, der es rechtmäßig bekommt. Yakuban muss es gestohlen haben und wollte es an Tasamin geben und Jinnass ... vielleicht weil es ihm gestohlen wurde?«

»So viele Fragen und keine Antworten, aber du hast recht. Ich denke noch darüber nach, was ich mache«, sagte er, bevor er sich zur Seite rollte, ihr einen Kuss gab, und gleichzeitig damit begann die Lederbänderung ihres Hemdes zu lösen. Als seine Finger zärtlich über ihre Haut fuhren, vergaß Shahira die großen Vier und auch das Drachenschwert.

Isen hatte sein Gepäck aufs Zimmer gebracht und sich entschlossen, eine Runde durch die Straßen zu gehen. Er war vor gar nicht allzu langer Zeit bereits hier gewesen. Damals hatte er einige Aufführungen diverser Zaubertricks in den Gaststätten am Hafen gegeben und sich die ein oder andere Silbermünze verdient. Wobei Zaubertricks waren es nicht, vielmehr Taschenspielertricks. Wer kannte es nicht; drei Nussschalen auf einem

Tisch, eine Erbse und dann verschob der Zauberer die Hütchen so, dass ein motivierter Zuschauer Geld darauf setzen konnte, wo sich die Kugel befand. Zwar wurden hier nur selten Silber oder Gold gewettet, doch auch zehn Kupfer machten einen Silbertaler aus. Isen schmunzelte bei dem Gedanken daran, denn es war zu einfach die Erbse über das gesamte Spiel hinweg zu kontrollieren.

Er blieb an einem der Stände stehen und betrachtete die feinen Stoffe, die dort ausgelegt waren, selbstverständlich alle zu horrenden Preisen. Der Händler selbst war gerade im Gespräch mit einem möglichen Kunden, da entdeckte Isen einen kleinen Lederbeutel auf einer Ablage neben dem Stuhl des Händlers. Der dicke Bauch des Beutels deutete auf einen guten Geschäftstag hin. Isen schluckte, das sah eindeutig lohnend aus.

Er spähte zu dem Händler, der gerade Stoff von einer Rolle wickelte, um es vor die Sonne zu halten, damit sein Kunde sah, wie dicht gewebt die Ware war. Wenn nicht jetzt, wann dann! Isen nutzte den Augenblick, besah sich einen roten Stoff, hob ihn ein wenig an, rollte ihn etwas ab und legte ihn dann zurück, das lose Stoffende ließ er wie zufällig über den Beutel fallen. Eine flinke Bewegung und dann rollte er den Stoff wieder auf, während der Beutel in seine Tasche glitt. Gerade noch rechtzeitig, bevor der Händler sich zu ihm umdrehte. »Ah, der Herr hat gefallen an der Seide?«

Isen schüttelte entschuldigend den Kopf. »Nein, verzeiht werter Herr, es ist der falsche Farbton. Ich benötige mehr die Farbe von Kirschen. Das hier ist eher Hagebutte. Vielleicht ein anderes Mal, werter Herr!« Isen deutete eine knappe Verbeugung an und verließ eilends den Stand. Die Rufe des Händlers, dass er auch kirschrote Stoffe besaß, ignorierte er. An einer Hausecke bog er in eine enge Seitengasse und versteckte sich hinter einigen Kisten.

›Puh, das war einfach‹, dachte er und zog den Beutel aus seiner Tasche. Er fühlte die dicken runden Münzen und freute sich auf die Beute. Vorsichtig zupfte er an den Bändern, um ihn zu öffnen, als das Lächeln auf seinem Gesicht einfror. Das konnte doch nicht wahr sein? Der Beutel war randvoll gefüllt, aber nicht mit Münzen, sondern mit Knöpfen.

›Verflucht‹, dachte er. Das Diebeshandwerk war ihm anscheinend wirklich nicht gelegen. Er stahl selten und nur, wenn die Gelegenheit günstig war. Gewöhnlich achtete er darauf, nicht die Armen zu berauben, auch wenn er sich sicher war, sollte man ihn schnappen, würde dieser Einwand ihn nicht vor einer Strafe schützen. Edelmütige Diebe ernteten meist noch mehr Spott und Fluch.

Bisher war er zudem auch nicht sehr erfolgreich gewesen. Zumeist hatte er nur wenige Münzen erbeutet und bedachte man seine Zeit als Dorfmonster von Gemen, war er am Ende auch als Hühnerdieb gescheitert. Wie kam es eigentlich, dass so viele Menschen in ihren Geldbeuteln lieber Fussel und Krümel verwahrten, als Münzen?

Isen seufzte, als sein Blick von einem weiteren Geschehen abgelenkt wurde. Dort auf dem Markt stand ein edel gekleideter Mann. Der Saum seiner Weste war mit goldenem Brokat verziert und er trug eine dicke, goldene Halskette, während Ringe mit bunten Edelsteinen seine Finger zierten. Das Hemd unter der Weste schien aus Seide zu sein. Er trug ein langes Schwert, das in einer, nicht weniger geschmückten, Zierscheide steckte. Sein Haar war sauber geschnitten, dazu mit glänzendem Öl in Form gebracht. Der kurze, schwarze Bart war kantig und gerade gestutzt. Und just in diesem Augenblick ließ er einige Münzen, die golden und silbern blinkten, in seinen Beutel fallen, um diesen dann wie beiläufig an seinen Gürtel zu hängen. ›Das waren keine Knöpfe‹, dachte Isen.

# Haltet den Dieb!

Isen hing den Beutel mit den Knöpfen an seinen Gürtel und spähte dann über den Platz. Er sah den reichen Edelmann, der einer jungen Frau ein, soeben neu erworbenes, Medaillon um den Hals legte. Ihr huschte ein verzücktes Lächeln über ihr hübsches Gesicht, als der Mann ihr im Folgenden einen Kuss auf die Hand hauchte. Das kam Isen nur recht, denn der Mann war somit ausreichend abgelenkt. Er sah keine Wachen bei ihm oder sonstigen Schutz. Das war töricht, hier im äußeren Ring der Stadt, wo sich nur zu gerne Diebe und Halunken herumtrieben. So schlichen diese oft ungesehen und unbemerkt durch die Menschenmassen der Stadt, wo selten jemand einen zweiten Blick auf den anderen richtete. Das würde auch ihm zum Vorteil werden.

Isen schlüpfte aus seinem Versteck und schritt langsam, die Waren auf den Ständen zum Schein musternd, in die Nähe des Edelmannes. Er war jetzt nah genug heran, um die Unterhaltung der beiden zu hören. Der Mann sagte gerade, »Es war Eure Idee, Werteste. Und Ihr habt recht behalten: Ihr habt etwas gefunden, was zu Euch passt, auch wenn, und da habe ich recht behalten, Eure Schönheit die Edelsteine der Kette in den Schatten stellt.«

Die Frau kicherte geschmeichelt und Isen verdrehte unwillkürlich die Augen. Er musterte sie verstohlen und stellte fest, dass sie im Gegensatz zu dem Mann deutlich jünger war. Das junge Mätressen sich von reichen, älteren Herren mit Worten und Gold ködern ließen; er verstand es nicht. Am Ende lief es immer auf das Gleiche raus: Sie landeten in ihren Betten. Dort würden sie sich mit ihnen amüsieren und ihnen die große Liebe vorheucheln, nur um zu bekommen, was sie wollten. Und kaum war das erreicht, wandten sie sich der Nächsten zu. Ob die junge Frau wusste, was kommen würde oder ob sie sich wirklich Hoffnung machte, dem Mann mehr als nur eine Bettgespielin zu sein, wer wusste das schon.

Doch was sollte er sich darum sorgen, er würde die beiden nicht wiedersehen, egal welchem Schicksal die Dame sich hingab. Isen sah sich erneut um und auch hier sah er keine Wachen. Die beiden standen noch immer neben dem Marktstand, vor ihnen der Schmuckhändler, daneben noch andere potenzielle Käufer. Sein Plan war die Rempler-Taktik. Mit Schwung anrempeln, den Beutel abschneiden und dann in der Menge untertauchen. Das war die einfachste aller Diebesmaschen und sie gelang fast immer, da die ahnungslosen Hauptdarsteller sich zu lange über den Unachtsamen aufregten, als dass sie bemerkten, dass ihr Beutel fehlte.

Isen schlängelte sich durch die Menge und atmete noch einmal tief durch. Dann nahm er Schwung und wollte den Mann im Vorbeigehen anrempeln. So tat er es, doch gerade als er den Beutel des Mannes mit seiner kleinen Fingerklinge abtrennen wollte, bekam er einen Stoß in die Seite.

»Halte Abstand, Bursche!«, befahl eine raue Stimme und Isen blickte in das düstere Gesicht eines kräftigen Kerls, den er eben noch für den Händler gehalten hatte. Der Mann sah Isens erschrockenes Gesicht und in diesem Augenblick passierten mehrere Dinge zugleich.

Der Beutel des Edelmanns, den Isen zwar abtrennen aber nicht festhalten konnte, fiel zu Boden und einige Münzen verteilten sich auf der Straße. Gleichzeitig löste sich der gestohlene Knopfbeutel von Isens Gürtel und fiel ebenfalls herunter, sodass sich die kunterbunten Knöpfe mit den Münzen mischten. Da erklang auch schon eine bekannte Stimme hinter Isen. »Da! Haltet den Mann! Das sind meine Knöpfe!«

Er sah in seinen Augenwinkeln den Stoffhändler hinter sich stehen. Isen fluchte innerlich. Der Edelmann vor ihm zog bereits sein Schwert und dessen Wächter, der die Situation blitzschnell erfasste, wollte Isen gerade packen, als ein kurzes

Aufflackern seines Glückes zurückkam, denn die junge Begleiterin des Edelmanns sackte, mit einem erschrockenen Seufzen, ohnmächtig zusammen. Daraufhin ließ der Edelmann das Schwert los und versuchte die Dame aufzufangen. Dabei schwang die Schwertscheide erst nach hinten, dann nach oben und traf den Wächter zwischen die Beine. Dieser fluchte laut bei dem Treffer und griff an Isen vorbei, der sich rasch duckte und die beiden Beutel mit einer flüchtigen Handbewegung packte. Die eine Münze, der andere Knopf flogen durch die Gegend, als Isen auch schon los sprintete. Er hastete durch die Menge, die erschrocken und verwirrt das Schauspiel beobachtet hatte.

»Haltet den Dieb!«, brüllte der Stoffhändler.

»Haltet ... den ... Dieb!«, stimmte der Wächter gepresst mit ein.

»Haltet den Dieb!«, erklang es erst vereinzelt und dann immer mehr aus der Menge, die zu begreifen schien, was gerade vorgefallen war. Und kaum, dass dies geschah, grapschten unzählige Hände nach ihm.

Isen, den die Panik zu übermannen drohte, wandte und zerrte sich einen Weg durch die Leute, bis er die hinteren Reihen erreichte. Die Leute dort hatten noch nicht mitbekommen, um was es bei dem Tumult ging und so konnte er durch sie hindurchschlüpfen. Die Erleichterung aus den greifenden Händen entkommen zu sein, konnte sich jedoch noch nicht einstellen, denn die Rufe der Menge folgten ihm. Und nicht zuletzt drei Gardisten am Rande des Marktplatzes sahen ihn jetzt unverwandt an. Isen fluchte und schlug einen Haken, als die Männer auf ihn zu rannten. Aus den Augenwinkeln erkannte er, dass einer der Männer eine geladene Armbrust im Anschlag hatte. Was sollte das, warum waren hier so viele Wachen? Es war der äußere Ring der Stadt und nicht der Tempelbezirk!

Isen hastete auf eine Seitengasse zu, als ein Bolzen knapp an seinem Kopf vorbei im Holz eines Türrahmens einschlug. Im nächsten Augenblick hörte er die verzerrte Stimme der Wache. »Haltet ihn! Er hat den Prinzen bestohlen!«

Prinz ... welcher Prinz? Ihm dämmerte es plötzlich. Das durfte nicht wahr sein! War der Edelmann etwa der Sohn des Fürsten von Ingrat? Verflucht, das wurde ja immer besser!

Isen rannte durch die enge Gasse. Hinter sich hörte er das Gerassel der Rüstungen und dann bogen vor ihm zwei weitere Wachen um die Ecke. Schlitternd kam er zum Stehen und erkannte, dass er eingekesselt war. Er sah sich um, blickte hoch und da war sie, die letzte Möglichkeit zur Flucht: über die Dächer! Isen dachte nicht weiter nach. Seine Hand griff in eine Mauerfuge und der erste Stein, den er packte, riss aus der Wand.

Verflucht, so etwas konnte nur ihm passieren, bei den großen Vier! Nicht grämen, weiter!

Er griff in die entstandene Lücke und zog sich hoch. In diesem Augenblick erkannte er den Armbrustschützen. Dieser legte an, krümmte den Finger und es folgte der harte Schlag der Sehne. Isen reagierte instinktiv, ließ los und fiel hinab. Der Bolzen hätte ihn glatt in die Hüfte getroffen. Er atmete auf. Doch als er links neben sich einen Aufschrei hörte, sah er entsetzt, dass einer der beiden anderen Soldaten den Bolzen nun in der Brust stecken hatte. Jetzt war es wirklich Panik, die ihn überkam. Ihm blieb nicht viel Zeit. Gleich würden die Häscher ihn ergreifen. Flucht! Das war sein einziger Gedanke. Er griff in die Mauerlücke und zog sich hoch, trat nach unten und spürte einen Widerstand. Das Knacken der brechenden Nase eines Wächters bekam er nur nebenbei mit. Eine zweite Hand von rechts griff nach ihm, doch er packte nur den Lederschuh des Diebs. Isen strampelte und mit einem Ruck zog er den Fuß hoch, den Schuh im festen Griff des Wächters zurücklassend. Dabei löste sich auch einer seiner versteckten Wurfdolche und fiel zu Boden. Und trotzdem reichte ihm der Augenblick der Unordnung, um sich mit aller Kraft, die ihm verblieb, auf das Dach zu ziehen.

Wieder ein wenig mehr Glück, es waren hauptsächlich Flachdächer. Isen rannte los. Er rannte, als wären alle Dämonen der Totenwelt hinter ihm her.

In seiner Panik dachte er nicht weiter nach und rannte in Richtung ihres Gasthofs. Und was Isen nicht mehr sah, war der Wächter des Prinzen, der ihn bei seiner Flucht beobachtete.

# Selenna

Xzar war in den Stall gegangen, um die Tiere zu versorgen, nachdem der Wirt ihnen mitgeteilt hatte, dass sein Knecht am heutigen Tag nicht erschienen war. Shahira war länger im Bett geblieben und genoss es, ein wenig Ruhe zu haben. Noch immer war sie unentschlossen, wohin ihre Reise jetzt gehen sollte, auch wenn sie wusste, dass sie sich bald entscheiden musste. Spätestens wenn sie ein Schiff suchten, um mit diesem weiter in den Süden zu fahren.

Sie lag auf ihrem Bett und dachte an ihre Reise hierher. Es war ein eigenartiges Leben derzeit. Sie reisten vom Norden in den Süden, ganz so, als wäre dies ihre vorbestimmte Aufgabe. War es das, was sie einst gewollt hatte? Das Leben eines Abenteurers zu führen? Sie atmete tief ein und ja, das war es. Seit sie Xzar getroffen hatte, fühlte sie sich im Leben angekommen. Er gab ihr Kraft und Rückhalt und vor allem stellte er sie nicht infrage. Er sah in ihr seine Gefährtin, aber auch eine Kämpferin, die sich selbst durchsetzen konnte. Anders als ihre Eltern übertrieb er es nicht mit seiner Fürsorge und tat ihre Gedanken nicht als Spinnereien ab. Gut, zugegeben, er war nicht ihr Vater. Und wahrscheinlich waren alle Eltern so.

Dann dachte sie an die Angreifer auf ihrer Reise, Mitglieder eines Ordens des Deranart und sie wollten das Drachenschwert haben. Sie fragte sich, wieso diese Männer nicht offen auf sie zugekommen waren? Warum hatten sie sich ihnen nicht vorgestellt? Vielleicht, wenn sie Xzar ihre Geschichte erzählt hätten, wer weiß, vielleicht hätte er sich sogar überzeugen lassen. Aber nein, sie hatten einen Hinterhalt gelegt und angegriffen. Jetzt jedenfalls und da war sich Shahira mehr als sicher, würde Xzar das Schwert nicht mehr kampflos hergeben.

Sie setzte sich auf und streifte ein Hemd über. Dann schlüpfte sie in ihre Hose und ging zum Tisch, um etwas zu trinken, als jemand energisch an ihre Zimmertür klopfte. Shahira stellte den Wasserkrug wieder ab und als sie öffnete, sah sie Isen, der völlig abgehetzt und verschwitzt vor ihr stand. »Was ist los?«, fragte sie besorgt.

Er japste nach Luft. »Werde ... gejagt ... habe ... versucht ... zu ... stehlen ... schief ... gegangen.«

»Beruhig dich, hier trink«, sagte sie, während sie ihm einen Becher Wasser reichte. »Und jetzt noch einmal in Ruhe. Du hast versucht etwas zu stehlen? Also doch wieder der Dieb?«

Isen trank den Becher in raschen Zügen aus, füllte sich nach und trank auch diesen, bevor er erleichtert aufatmete. »Ja ... manchmal kann ich es ... nicht lassen. Gekränkter Stolz ... verleitet mich ... dazu.« Er setzte sich auf das Bett. »Bedauerlicherweise war mein Opfer ... der Sohn des Fürsten ... und dann kam auch noch ... eine große Ladung Pech ... dazu«, sagte er müde und immer noch nach Luft ringend.

»Oder es war Gerechtigkeit«, antwortete Shahira mit strenger Miene.

»Oder das. Jedenfalls kennen sie mein Gesicht und sie werden mich sicher suchen«, fuhr Isen fort. »Ich muss aus der Stadt oder ich muss ... verschwinden.«

»Und wie stellst du dir das vor?«, fragte Shahira.

»Mit deiner Hilfe«, sagte Isen und er erklärte ihr seinen Plan.

Xzar war im Stall und hatte die Pferde versorgt. Putzsachen und Futter waren genug vorhanden. Ebenso kümmerte er sich um Ausbesserungen an ihren Sätteln. Als er zu Isens Esel ging, zögerte er. Was hatte der Dieb behauptet, der Esel würde treten und beißen?

Xzar machte einen Schritt vorwärts und berührte das Tier sanft. Nichts geschah. So viel dazu. »Du bist also Harald? Dein Herr hat einen seltsamen Geschmack, was Namen angeht.«

Der Esel sah ihn aus treuen Augen an.

Xzar seufzte. »Du kannst mir sicherlich auch nicht sagen, was es mit Isen auf sich hat, oder?«

Von dem Esel kam, wie nicht anders zu erwarten, keine Antwort.

»Isen von Svertgard ... Klingt nach alteingesessenem Adel aus dem Süden. Und Harald, was sagst du dazu? Dein Name klingt übrigens genauso ... Was mach ich hier eigentlich? Ich rede mit einem einfältigen Esel.« Xzar schüttelte amüsiert den Kopf und nahm sich die Bürste, um dann Haralds Fell auszubürsten. Der Esel ließ das Ganze gelassen über sich ergehen.

Als er nach einigen Stunden mit allem fertig war, gab er den Tieren noch eine zweite Portion Futter und verließ danach den Stall.

Draußen gab es gerade einen Tumult. Ein großer, bulliger Kerl und sechs Stadtwachen gingen die Straße entlang und drängten die Leute zur Seite. Der große Mann, eindeutig ein Krieger, hatte einen kleinen Zettel in der Hand, den er den Leuten vor die Augen hielt. Die meisten schüttelten den Kopf. Dann stand er vor ihm und zeigte mit grimmiger Miene Xzar das Papier. Erst wollte er den Kopf ebenfalls schütteln, als er plötzlich stutzte, denn das Bild hatte entfernte Ähnlichkeit mit Isen, wenn auch nicht alle Gesichtspartien stimmten. Der Mann bemerkte Xzars Zögern und fragte mit rauer Stimme, »Kennt Ihr den Mann?«

»Hässlicher Kerl. Nein, ich kenne ihn nicht.«

»Seid Ihr sicher, Ihr habt gezögert?«

»Ja, das habe ich. Ich brauchte einen zweiten Blick, um das schiefe Gesicht auf dem Papier zwischen Mann und Frau zu unterscheiden. Sagt, was hat er verbrochen?«, fragte Xzar.

»Er hat den Prinzen bestohlen und noch einen Händler. Des Weiteren hat er sich der Verhaftung widersetzt, wobei einer der fürstlichen Stadtwachen tödlich verwundet wurde. Auf seiner Flucht verlor er einen Schuh und eines seiner Wurfmesser. Und wenn wir ihn finden, wird er hängen.«

Xzar nickte nachdenklich. »Den Prinzen? Ihr meint den Sohn des Fürsten? Ich hoffe, ihm geht es gut? Doch warum gleich hängen? Ohne Verhandlung?«

»Für Diebe solcher Art haben wir keine Gnade übrig. Ein Angriff auf das Haus des Fürsten ist mit dem Tode zu bestrafen, da er mit Verrat am Königreich gleichgesetzt wird. Der Tod des treuen Gardisten wiegt da nicht minder schwer«, erklärte der Mann. »Ich habe ihn hierher rennen gesehen«, fuhr er fort und deutete auf die Tür des Gasthauses.

Xzar fluchte innerlich. Wenn Isen wirklich der Mann war, den sie suchten, was war nur wieder in ihn gefahren?

Der Mann nickte ihm kurz zu und betrat dann die Taverne. Zwei der Wachleute blieben draußen neben der Tür stehen. Sie wollten Xzar aufhalten, als dieser an ihnen vorbei in den Gastraum gehen wollte. Er erklärte diesen, dass er auch hier untergekommen war und sie ließen ihn unter misstrauischen Blicken eintreten. Im Innenraum drückte Xzar sich an den Wachen vorbei und versuchte schnell den Raum zu überblicken. Er fand Shahira, die an einem Tisch saß. Neben ihr eine fremde Dame, die Xzar nicht kannte. Isen war nicht zu sehen und Xzar atmete erleichtert auf. Wenn er es war, den man jagte, hatte er wenigstens so viel Verstand, sich hier nicht sehen zu lassen.

Xzar ging zwischen den Tischen hindurch und setzte sich zu Shahira an den Tisch. Sie schaute auf und schenkte ihm ein Lächeln. Er erwiderte dieses und besah sich nun die Frau neben Shahira. Sie hatte lange, schwarze Haare, die leicht gewellt über ihrer Schulter lagen. Eine einzelne Strähne hing ihr im Gesicht. Sie hatte grüne Augen und volle rote Lippen, die ihn freundlich anlächelten. Ihre Haut war sehr ebenmäßig und ihre Wangen mit einem dezenten Rotton geschminkt und passend dazu trug sie ein kostbares, rotes Kleid. Auf ihren Schultern ruhte ein langer Federschal. Vom Alter her, zählte sie nicht viel mehr als dreißig Sommer.

Shahira sah Xzar an und sagte, »Xzar, das ist Selenna«, und leiser fügte sie hinzu, »Meine Schwester, die mit uns reist.«

Er sah Shahira verwundert an. »Deine Schwester?«

»Psst! Ja, meine Schwester.« Shahira zwinkerte mit dem Auge.

Er musterte die Dame erneut. Was wollte sie ihm sagen? Wer war das?

Das Lächeln der Dame wurde breiter, als sie leise und mit einer dunklen Stimme sagte, »Er sieht es auch nicht. Das ist gute Arbeit, Schwesterchen.«

Noch bevor Xzar darauf reagieren konnte, stand der große Krieger mit seinem Zettel an ihrem Tisch. Er nickte Xzar zu und sah nun auf die beiden Frauen hinab. »Die Damen, verzeiht die Störung. Wir suchen einen Dieb, der den Sohn des Fürsten beraubte.« Er hielt ihnen das Papier vor die Augen. »Kennt ihr ihn?«

Shahira nahm sich das Bild und besah es sich eine Weile, dann schüttelte sie bedauernd den Kopf und reichte es an Selenna weiter.

Diese verzog angewidert das Gesicht und sagte dann, »Er sieht scheußlich aus, wie ein *Monster*.«

»Verzeiht, dass ich es Euch zeigen musste. Habt keine Sorge, wir finden ihn und dann hängt er«, sagte der Krieger.

»Leider kann ich Euch nicht helfen«, sagte Selenna und gab ihm das Papier zurück.

»Danke Euch dennoch. Verzeiht die Störung.« Und damit wandte er sich ab und ging zum Wirt.

Xzar betrachtete Selenna mit nachdenklicher Miene. Im Verlauf des Gesprächs hatte er sie genau beobachtet und ihm war ein ihm bekanntes Blitzen in ihren Augen nicht entgangen. Er war sich sicher, sie von irgendwoher zu kennen, doch woher? Als Selenna seinen Blick sah, fragte sie, »Immer noch nicht?«

Er wollte gerade mit dem Kopf schütteln, da fiel es Xzar auf. Das Lächeln, die schwarzen, gleichmäßigen Haare, der Schal aus Federn, das Wort *Monster*. Bei den großen Vier, die

Frau war Isen! Xzar öffnete den Mund und schloss ihn wieder. Isen oder besser Selenna lächelte, als sie sah, dass er endlich verstanden hatte.

Shahira kicherte. »Du schaust aus, als hättest du einen Geist gesehen.«

»Nur ... ein *Monster*«, flüsterte Xzar ungläubig. »Wie ...?«
»Später«, antwortete Selenna.

Wie konnte das sein? Die Stimme klang weiblich, das lange Haar wirkte so echt und nicht zuletzt die glatte Haut, auf der keine Unebenheit zu sehen war, machten das Aussehen der Frau makellos und ... unheimlich. Xzar erinnerte sich zurück: Isen hatte Federn für ein neues Gewand gesucht, der Federschal. Isen hatte ihnen auch erzählt, dass er auf der Bühne Possen riss, aber dass er auch die Rollen von Frauen annahm, das hätte Xzar nicht gedacht.

Der Krieger hatte inzwischen mit dem Wirt gesprochen und drehte sich nun wieder um. Im Gastraum waren noch drei weitere Tische belegt, doch Xzar war sich sicher, dass sie alle erst nach ihnen angereist waren und Isen nicht gesehen hatten. Aber was war mit dem Wirt? Er kannte Isen. Wusste er noch, dass sie zusammen hier waren?

»Der Wirt sagt mir, dass dieser Mann«, er deutete auf das Porträt, »in diesem Gasthaus untergekommen ist. Wir werden nun im Namen des Fürsten die Zimmer durchsuchen. Wer anwesend ist, öffne uns die Tür.« Damit deutete er zur Treppe.

Xzar war sich unsicher, hatte Isen das wirklich alles getan? Gestohlen und den Tod einer Wache verschuldet? Dass er ein Dieb war, wusste Xzar, doch war er auch ein Mörder? Und zu allem Unheil hatte er auch noch Beweise zurückgelassen ... Verflucht!

»Sie haben deinen Schuh und dein Wurfmesser«, flüsterte Xzar, so leise es die aufkommende Panik in ihm zuließ.

Shahiras Lächeln verschwand und auch Selenna zischte einen leisen Fluch durch die Zähne.

»Wir haben das Ganze in unserem Zimmer vorbereitet«, sagte Shahira. »Da sind auch Isens Sachen.«

»Verdammt! Unser Raum ist der erste auf dem Flur.« Xzar verzog das Gesicht zu einer Grimasse. »Was nun?«

»Schnell hoch. Ich lenke sie ab und ihr öffnet ihnen hilfsbereit die Tür. Seht zu, dass ihr zuerst hinein kommt«, schlug Selenna vor.

Xzar atmetet genervt aus. »Wenn wir das überstehen, reden wir ein ernstes Wort.«

Selenna nickte schuldbewusst und eilte zur Treppe. Sie sah die Soldaten oben an Xzars und Shahiras Zimmertür klopfen.

»Die Herrschaften kommen gleich. Mir ist das Zimmer neben an. Dürfte ich?«, fragte Selenna lächelnd und wies an den Soldaten vorbei auf ihre Tür. Isen, der jetzt Selenna war, hoffte nur, dass der Wirt den Soldaten nicht verraten hatte, in welchem Zimmer er untergekommen war. Allerdings, so vermutete er, hätten die Männer wohl jetzt schon etwas gesagt. Die Verkleidung wirkte und vor allem wirkte sie auf Männer. Es war Shahiras Idee gewesen, den Brustbereich unter dem Kleid gut auszupolstern, sodass Selenna eine nicht zu verachtende Oberweite besaß und mit Isens Kunst der Verwandlung wirkte die Haut, die sich in beachtlichem Maße zeigte, lebensecht.

Die Soldaten lächelten der dunkelhaarigen Schönheit zu, als sie an ihnen vorbeischritt. Dabei nutzte Selenna elegant die üppigen Körperformen und schwang die Hüften verführerisch. Sie wusste es aus ihrer eigenen Erfahrung als Mann, dass Männer, was das andere Geschlecht anging, alle auf die gleichen Reize ansprangen. Mit einem Augenaufschlag, der die aufgehende Sonne in den Schatten stellte, lächelte sie die Soldaten geheimnisvoll an. Sie berührte den einen Soldaten zärtlich am Arm, fuhr dem anderen sanft über die muskulöse Brust und als sie Xzar die Treppe hinauf kommen sah, stolperte sie wie zufällig über einen der Stiefel und es waren drei starke Armpaare, welche die schöne Frau hilfsbereit auffingen. Das sorgte in dem schmalen Gang für einiges an Gewirr und Selenna war sich sicher, die helfenden Hände auch an Stellen zu spüren, wo sie nicht hingehörten. Sie überlegte kurz, ob sie empört aufschreien sollte, entschied sich aber dagegen, denn immerhin verschaffte ihnen das Zeit. Wenn die Kerle wüssten ...

Xzar hatte Selennas Ablenkung genutzt und in der Zwischenzeit ihr Zimmer geöffnet und Shahira war an ihm vorbei in den Raum geschlüpft. Der große Krieger schien nicht so empfänglich für weibliche Reize und fauchte seine Soldaten an. »Lasst die Frau durch und durchsucht das Zimmer dort vorne.« Dabei deutete er auf Xzar, der im Türrahmen stand.

Selenna, die gerade in ihr Zimmer gehen wollte, wurde wiederum von dem Mann aufgehalten. »Wartet hier! Wenn er sich dort versteckt, solltet Ihr nicht alleine hineingehen.«

Selenna lächelte höflich und nickte dankbar, doch innerlich war sie besorgt. In ihrem Raum war die Truhe mit den Perücken, den Verkleidungen und den Wurfdolchen. Wenn sie vor den Soldaten in den Raum käme, könnte sie diese verschwinden lassen. Ging der Soldat allerdings vor ihr hinein und würde er die Truhe öffnen, sähe er die Verkleidungen, ganz zu schweigen von der Falle am Schloss der Truhe. Das würde viele Fragen aufwerfen und Selenna befürchtete, dass der Anführer der Soldaten nicht ganz dumm war. Wenn er der Leibwächter des Prinzen war, dann hatte er sich diesen Rang mit Sicherheit nicht dadurch verdient, dass ihm viel entging.

Die Soldaten hatten den Befehl befolgt und schauten sich in Xzars und Shahiras Zimmer um. Shahira hatte Isens Sachen hastig aus dem Fenster geworfen, wo sie nun auf dem Dach des Stalls lagen. Sie betete innerlich zu Bornar, dass keiner der Männer aus dem Fenster schauen würde, und sie hatte Glück, denn das Fenster blieb unbeachtet. Einer der Soldaten musterte lediglich den kleinen Handspiegel und die Döschen und Tiegel mit Schminke auf dem Tisch. Er zögerte kurz und Shahira hielt die Luft an. In diesem Augenblick befürchtete sie, der Mann würde bemerken, dass nicht sie, sondern Selenna, die Schminke trug. Dann aber schüttelte er den Kopf, ganz so als wollte er einen unsinnigen Gedanken fortscheuchen, und sagte zu dem Krieger, »Hauptmann! Keine Auffälligkeiten.«

Shahira atmete erleichtert auf. Vielleicht hätte ihre Geschichte, dass Selenna ihre Schwester war, die Schminke erklärt, aber wer wusste schon, was die Soldaten sich daraus zusammenreimen würden.

Xzar wartete an der Tür. Er musterte die Soldaten wachsam. Der Krieger war also der Hauptmann der Wache und dass er keine Uniform trug, war dann wohl Teil *seiner* Verkleidung.

»Leutnant, nächstes Zimmer. Geht voran, damit die Dame geschützt ist«, sagte der Hauptmann.

»Zu Befehl!«, antwortet der Soldat und salutierte knapp.

Er ging an Selenna vorbei und warf ihr ein schüchternes Lächeln zu. Er war noch recht jung und Selenna tat ihm den Gefallen und lächelte sinnlich zurück, dabei fuhr sie sich mit der Zunge auffordernd über die Lippen. Der Soldat errötete und hastig rannte er gegen die Tür, als er vergaß den Sperrriegel zur Seite zu ziehen.

»Leutnant, stimmt etwas nicht?«

»Ja, Hauptmann ... ich meine: Nein, Hauptmann, die Tür ... klemmt nur.« Der zweite Versuch gelang ihm und er öffnete hektisch die Tür.

Selenna kribbelten die Finger. Wie sollte sie die Truhe nur erklären? Zu ihrer Erleichterung sah der Soldat nur in den Raum und sagte knapp, »Keiner hier!«

Der Hauptmann nickte und ging an dem Raum vorbei, als er einen flüchtigen Blick hineinwarf. Kaum dass er einen Schritt vorbei war, trat er diesen wieder zurück. Er sah auf die Truhe. »Was ist da drin?«

Selenna sah an ihm vorbei. »Ach das? Das sind nur meine Kleider und was eine Dame so braucht.« Sie zwinkerte. »Aber seid beruhigt, sie ist zu klein für einen Dieb.«

Der Hauptmann zögerte und biss sich nachdenklich auf die Unterlippe. Irgendein Gedanke schien in ihm zu arbeiten und

Selenna schluckte besorgt. Dann zog der Hauptmann die Augenbrauen zusammen und machte einen Schritt in den Raum hinein. »Würdet Ihr sie bitte öffnen?«

Selenna blinzelte und spielte die Überraschte. »Es ist nicht höflich, die Geheimnisse einer Dame auszuspionieren!«, sagte sie empört und stemmte dabei ihre Arme auf die ausgepolsterten Hüften.

Der Hauptmann ließ sich jedoch nicht aus der Ruhe bringen und sagte, »Ihr habt recht. Aber ich versichere Euch, dass in meinem Interesse vor allem das Wohl des Königs, seiner Fürsten und nicht zuletzt das Eure, werte Dame, als Bürgerin dieses Reiches, liegt. Also wärt Ihr so freundlich?« Sein Blick ließ keinen Widerspruch zu und Isen unter der Maske der Selenna musste dem Mann Respekt zollen, denn der Kerl war ein harter Hund. Und auch wenn ihre Verkleidung gut war, so schien der Mann irgendwas zu spüren.

Selenna seufzte übertrieben. »Ja, wenn Ihr darauf besteht.«

Der Hauptmann nickte mit einem harten Lächeln, in dem keinerlei Freundlichkeit lag.

Selenna ging zu ihrer Truhe und zog den Schlüssel hervor, der irgendwo in den Tiefen zwischen den beiden Tuchballen steckte, die ihren Busen darstellten. Sie sah, dass nicht nur einer der restlichen Soldaten dem Versteck des Schlüssels eine ganz besondere Aufmerksamkeit schenkte. Mit einem gewinnenden Lächeln machte sie jedem der Männer klar, dass keiner von ihnen diesen Ort jemals fand. Sie steckte den Schlüssel in das kleine Schloss, drehte ihn und wartete auf das vertraute Klicken, als die Falle sich ausschaltete und das Schloss sich öffnete. Sie hob den Deckel leicht an und sah nun schon, die goldenen Strähnen einer der anderen Perücken und oben auf das Blitzen eines Wurfmessers. Verflucht, das war nicht gut und sie zögerte. Gerade als der Hauptmann sie aufforderte, den Deckel endlich zu öffnen, drang eine aufgeregte Stimme aus dem unteren Bereich des Gasthauses.

»Hauptmann! Hauptmann! Er ist draußen! Er rennt weg von hier!« Eine der beiden Wachen von draußen kam die Treppe hochgehastet und als der Hauptmann ihn aufforderte zu berichten, sagte er schnell, »Er rennt die Straße hinunter! Der Dieb! Gerbald folgt ihm!«

Der Hauptmann sah zu Selenna und nickte ihr kurz zu, um dann, bevor er dem Soldaten folgte, doch noch einen letzten Blick auf ihre Körperformen zu werfen. »Die Dame, entschuldigt, die Pflicht ruft.« Dann drehte er sich zu den anderen Soldaten. »Fangt ihn! Ich will ihn heute noch am Strick sehen!«

Die Männer verschwendeten keine Zeit mit Salutieren, sondern drehten sich auf dem Absatz um und eilten aus dem Gasthof, der Hauptmann hinter ihnen her.

Es waren Shahira und Selenna, die sich über den Flur hinweg fragend ansahen, als nach einiger Zeit Xzar zu ihnen kam. Er grinste breit und Shahira sah ihn neugierig an, »Wo warst du und was ...?«

Sein Lächeln wurde breiter. »Ich? Ich war kurz draußen, um den Dieb zu suchen. Und ihr kommt nicht drauf, was ich da gefunden habe.«

»Den Dieb?«, fragte Shahira verwirrt.

»Nein.«

»Einen anderen Dieb?«, versuchte Selenna ihr Glück.

»Nein.«

»Jetzt sag schon, Xzar!«, forderte Shahira ihn auf.

»Nichts! Ich fand, nichts, außer dem Eifer. Der Eifer von jungen Soldaten ist unbezahlbar.« Er schmunzelte und fuhr fort, als er ihre fragenden Blicke sah. »Ich rief über die Straße: Dort ist er! Dahinten, der Dieb von dem Bild!

Dann rannte ich zu einem der beiden jungen Türwachen und sagte ihm, er solle ihm folgen und zu dem anderen, dass er den Hauptmann holen sollte. Und den Rest kennt ihr«, erklärte Xzar grinsend.

Selenna lachte auf und diesmal war es ganz eindeutig Isens Stimme.

# Die Kunst der Verwandlung

Sie hatten beschlossen, in dieser Taverne zu bleiben. Auch wenn das Risiko bestand, dass der Hauptmann hierher zurückkam. Vorsichtshalber hatten sie alle Beweise sorgfältig versteckt und selbst eine ausgedehnte Durchsuchung würde jetzt nichts Verdächtiges mehr zum Vorschein bringen. Isen, der, solange sie in Wasserau waren, Shahiras Schwester Selenna bleiben wollte, hatte seine Sachen vom Scheunendach eingesammelt. Jetzt hatten sie sich vom Wirt etwas zu Essen aufs Zimmer bringen lassen. Als sie ihn nach dem Dieb fragten, hatte er ihnen erzählt, dass dieser kurz vor ihnen in der Taverne angekommen war. Allerdings hatte er nicht darauf geachtet, wer in welches freie Zimmer gezogen war. Sie hatten ihm Selenna vorgestellt und ihn um ein weiteres Bett in ihrem Raum gebeten, weil man ja nie sicher genug sein konnte, wenn einem Dieb so leicht die Flucht gelang.

Zu ihrem Glück hinterfragte der Wirt weder, woher die Schwester so plötzlich kam, noch warum der Dieb sein Pferd mit in ihrem Stall stehen hatte. Die Vergesslichkeit konnte allerdings auch damit zusammenhängen, dass Selenna nicht zu knapp mit dem Wirt flirtete. Shahira hatte das Gefühl, als gefiele Selenna oder besser gesagt Isen die neue Rolle und sie bewunderte ihn dafür, wie gut er sich in diese bereits eingefunden hatte. Er ging an Gespräche mit einer Selbstverständlichkeit heran, wie sie es noch nie erlebt hatte. Isen war wahrlich ein Schausteller und zu gerne hätte sie ihn einmal auf der Bühne gesehen. Wobei, die Rolle der Selenna war wahrscheinlich viel mehr wert, als ein Bühnenwerk.

»So mein Freund«, sagte Xzar, der sich ein Stück Brot nahm. »Jetzt erklär mir mal bitte, was hier heute passiert ist?«
　Selenna lächelte. »Freundin.«

Xzar seufzte und sie sahen, wie er die Zähne aufeinanderpresste. »Freundin«, sagte er dann grimmig.

Selenna nickte zufrieden. »Nun es ist, wie der Hauptmann sagte: Ich habe versucht zu stehlen oder am Ende habe ich das sogar. Allerdings habe ich niemanden ermordet, schon gar nicht einen Soldaten der Stadtwache! Es war mehr ... ein Unfall. Der erste Geldbeutel war voller Knöpfe und der zweite gehörte unglücklicherweise und zu meinem tiefsten Bedauern dem Sohn des Fürsten. Aber das, und das schwöre ich dir bei allen Göttern, wusste ich nicht. Wer konnte denn ahnen, dass sein Leibwächter der Hauptmann der Palastwache ist und er sich so unauffällig kleidet! Ich dachte, er sei der Händler! Und eigentlich hatte ich auch alles im Griff. Na ja, die Einzelheiten sind nicht so wichtig. Jedenfalls erwischte mich der Hauptmann fast und als ich mich, wie soll ich es am besten sagen ... als ich mich der freiwilligen Auslieferung an den Galgen widersetzte, folgten sie mir.« Selenna seufzte theatralisch und klimperte dabei wie beiläufig mit den Wimpern.

»Und das große Schwert an der Seite des vermeintlichen Händlers und das fürstliche Wappen auf seinem Brustpanzer sind dir nicht aufgefallen?«, fragte Xzar, der Isens Gesten überspielte.

»Zugegeben, das habe ich tatsächlich nicht wahrgenommen.«

Xzar atmete tief ein und dann noch schwerer wieder aus. »Und wie kam es zu dem ... *Unfall*?«

»Das war so: Da die fürstlichen Wachleute, ob ihrer körperlichen Ausdauer, nicht hinter mir her kamen, schossen sie zwei Bolzen auf mich und das bekräftigte in mir einen schrecklichen Verdacht. Du weißt um meine Meinung, was gerechte Verhandlungen betrifft? Jedenfalls war ich mir sicher, dass sie in keiner Weise daran Interesse hatten, dass ich überlebte! Aber Bornars Glück war mit mir, denn beide Schüsse verfehlten mich. Doch zu meinem erneut tiefsten Bedauern traf der Zweite einen der anderen Soldaten. Aufgrund der Tatsache, dass man mich noch immer nicht zwingend lebend fangen wollte, kletterte ich auf die Dächer und machte mich, gelinde gesagt, aus dem Staub. Hier angekommen, bat ich Shahira um ihre Hilfe.«

»Und was heißt das genau?«, fragte Xzar mit gerunzelter Stirn.

»Sieht man das nicht?«, fragte Selenna überrascht.

»Ja, doch ... Aber woher kommt das alles und warum hast du so was bei dir?«, fragte Xzar nach.

»Das sind Dinge aus meiner Vergangenheit. Ich sagte euch doch schon, ich bin ein Schausteller und wenn ich auftrete, dann nicht als Isen, sondern mal als Bauer, mal als Händler, sogar als König und das sowohl als Mann, wie auch als Frau. Je nachdem was gerade so passiert. Die Menschen lieben es, wenn man das Leben, welches in ihrem Alltag geschieht, lächerlich macht. Und da ist es wichtig, dass man sich an das Publikum anpassen kann. Früher haben wir ... habe ich«, verbesserte er sich, doch Xzar, der den Versprecher mitbekam, unterbrach Isen spitz, »Was heißt wir? Gibt es noch mehr von deiner Sorte?«

Schon im nächsten Augenblick bereute Xzar seinen Spott, als er auf dem Gesicht Selennas tiefe Trauer erkannte.

»Oh, ich wollte nicht ...«, versuchte Xzar sich zu entschuldigen. Er spürte, wie Isen, unter der Maske Selennas, von einem innerlichen Schmerz eingeholt wurde. Ihre Lippen bebten leicht, als sie weitersprach, »Nein, schon gut. Du konntest es ja nicht wissen und ja, wir waren mehr. Eine ganze Schaustellertruppe, sogar mit Tieren und Auftritten in einem großen Zelt« Isen schluckte. »Doch das ist vorbei.«

Xzar wusste nicht, was er sagen sollte. Dies war das erste Mal, dass er Isen traurig sah, auch wenn die Maske der Selenna aus ihm nun ein verzerrtes Abbild machte. Xzar entschloss sich in jenem Augenblick dazu, ihn später wegen des Diebstahls zu rügen. Shahira setzte sich neben Selenna und legte den Arm über ihre Schulter. »Wenn du es erzählen willst, bin ich für dich da und Xzar sicher auch.«

Selenna nickte stumm. »Danke. Doch noch nicht und nicht heute. Jetzt lasst uns essen.«

Sie stimmten zu und es dauerte fast das ganze Mahl über, bis Selennas Laune sich wieder besserte.

Als Isen nach seiner Flucht in Shahiras Zimmer gekommen war, hatte er sie um ihre Hilfe gebeten. Sowohl beim Anlegen des Kostüms, als auch beim Schminken und dann noch bei der Geschichte, dass er oder besser, das Selenna, ihre Schwester sei. Die Hilfe bestand am Ende allerdings nur darin, ihm hier eine Klammer zu reichen oder da mal den Stoff festzuhalten, denn Isen hatte die Verwandlung mit der geübten Hand eines Schaustellers vollzogen. Shahira hatte nur Anweisungen befolgt. Jegliche Schritte in der Verwandlung von Isen zu Selenna waren eingeübte Handgriffe gewesen. Lediglich beim Ausformen der weiblichen Körperregionen hatte Shahira dann nachhelfen müssen. Wenn es nach Isen gegangen wäre, dann hätte Selenna einen Hintern wie ein Kürbis und einen Busen, der eher als unauffällig zu bezeichnen gewesen wäre. Als er sie fragte, ob sie sich der Formen sicher war, hatte sie ihm die Gegenfrage gestellt, wo er selbst bei den Freudenmädchen am Stadteingang zuerst hingeschaut hatte. Isen hatte daraufhin geschwiegen und es war zu diesem Zeitpunkt nicht einmal Schminke notwendig gewesen, ihm ein brennendes Rot auf die Wangen zu zaubern.

Shahira musterte Selenna jetzt noch einmal genau. Das Gesicht wirkte so wahrhaftig weiblich und natürlich. Ob sie selbst die Täuschung durchschaut hätte, wenn sie diese Schönheit auf der Straße getroffen hätte? Wahrscheinlich nicht.

»Gut, haben wir heute noch etwas vor?«, fragte Selenna jetzt wieder fröhlicher.

»Ich werde noch in die Stadt gehen und einen der Tempel besuchen«, sagte Shahira. »Will jemand mit?«

Xzar überlegte kurz. »In den Deranarttempel würde ich auch gerne. Und zum Hafen muss ich noch. Wir brauchen ein Schiff für die Weiterreise.«

»In den Tempel des Himmelsfürsten Deranart gehe ich mit euch«, sagte Selenna.

»Dann lasst uns nach dem Essen dorthin aufbrechen«, sagte Shahira.

# Deranart, der Himmelsfürst

Nach dem Essen machten die Drei sich auf den Weg in den inneren Bereich der Stadt, denn dort befanden sich die Tempel der großen Vier. Jeder der großen Vier war einer der alten Drachen und die ersten, die je gelebt hatten.

Deranart, so hieß es, war der Älteste und der Stärkste unter ihnen. Ob er wirklich einer der Ersten war, darüber stritten sich die Gelehrten, aber wer wusste schon tatsächlich etwas über diese Wesen.

Sie alle drei hatten vor den Tempel zu besuchen, doch jeder hegte eine andere Absicht. Xzar wollte herausfinden, was es mit dem Drachenschwert auf sich hatte, welches er trug. Er rang noch immer mit sich selbst, ob er das Drachenschwert dem Tempel übergeben sollte. Er hatte es nur durch Zufall erhalten. Und was Isen über den ersten Krieger des Drachen gesagt hatte, so etwas gab es nicht. Vielleicht waren die großen Vier auch nur eine Idee, um die Menschen in Sicherheit zu wiegen. Und wenn es Deranart nicht gab, dann konnte man auch nicht für ihn streiten. Höchstens für die Überzeugung, dass diese Werte die einzig wahren waren. Xzar vermutete, dass die sogenannten Segen der Priester lediglich eine Art Magie waren. Anderseits, was wenn nicht? Was, wenn es doch wahr wäre und die großen Vier Götter waren und er auserwählt worden war? Was bedeutete das für ihn und für Shahira? Xzar verdrängte die Gedanken. Es gab keinen Auserwählten und auch keine Verbindung zwischen ihm und dem Schwert. Er musste diesen Zweifel loswerden.

Shahira spürte Xzars Anspannung. Sie ahnte, welche Gedanken ihn quälten und auch für sie war der Besuch im Tempel etwas Neues. Sie wollte vor allem mehr darüber erfahren, was der Glaube an die großen Vier bedeutete. Sie verspürte innerlich die bohrende Frage, ob die Existenz der großen

Vier als Götter nachweisbar war. Ihre beste Freundin Kyra hatte an Tyraniea geglaubt, gerettet hatte sie das am Ende nicht. Sie war grausam im Tempel des Drachen umgekommen und wenn dies die Gerechtigkeit der großen Vier war, dann wollte Shahira davon nichts wissen.

Und Isen, der als Selenna unterwegs war, hoffte etwas über den Rat zu erfahren, den ein alter Wanderpriester ihm einst gegeben hatte. *Folge dem Drachen*; so hatte der Priester es ihm gesagt ... und wenn Isen richtig lag, dann war Xzar der, dem er folgen musste. Auch wenn dieser selbst kein Drache war, so trug er doch das Schwert des Himmelsfürsten.

Am Tor zur Innenstadt herrschte reger Trubel, denn die Wachen überprüften alle, die hier hinein wollten. So auch die Gruppe der drei Gefährten. Sie fragten nach ihren Namen, Herkunft und Grund des Besuchs. Shahira staunte ein weiteres Mal, wie gut Selenna ihre Geschichte ausgebaut hatte. Jedes Detail kam ihr flüssig über die Lippen und selbst wenn die Wachen nachfragten, kannte sie hier noch einen Ort und dort einen Namen. Shahira überlegte, ob es vielleicht keine erfundene Geschichte war, sondern vielmehr die Kenntnis über eine Person, die Isen von früher kannte. Jedenfalls ließ die Wache sie, nachdem alles notiert war, ziehen. Selenna grinste zufrieden und zwinkerte Shahira zu, als sie ihren nachdenklichen Blick sah.

Kaum hatten sie den inneren Ring der Stadt betreten, stockte ihnen der Atem, denn der Bereich in dem sie sich nun befanden, war an Schönheit kaum zu überbieten. Die Fassaden der Gebäude waren von blühenden Blumen bewachsen, die sich um goldene Reliefs schlängelten, bis hin zu goldsilbernen Schildern über den Geschäften der Kunsthandwerker. Die Straßen waren aus weißem Pflasterstein und nicht von Unrat bedeckt, wie es im äußeren Ring oft vorkam.

Als Selenna sich umsah, fragte sie sich, wieso der Sohn des Fürsten überhaupt im äußeren Ring zugegen gewesen war.

Hier war doch alles umso vieles schöner und gepflegter und ... ihre Augen weiteten sich, als sie die Preisschilder eines Schmuckhändlers sah ... und hier war alles teuer, unverschämt teuer! Das beantwortete ihre Frage von selbst. Die Preise waren hier fast dreifach so hoch wie außerhalb. Das konnte doch keiner bezahlen! Sie betrachtete einen Schmuckständer und spürte, wie Xzar neben sie trat. Überwachte er sie? Vielleicht war das auch besser. Bei so viel Gold und Silber kribbelten Selenna die Finger. Jetzt da sie die Waren genauer sah, musste sie die Händlerpreise ein wenig in Schutz nehmen, denn die Arbeiten waren deutlich besser. Die Gravuren waren genauestens erkennbar und die Edelsteine, die fast alle Schmuckstücke zierten, waren hochwertig geschliffen. Vielleicht war die Dame, die den Prinzen begleitet hatte, ihm nicht so viel wert gewesen, was Selennas Vermutung einer Mätresse neue Nahrung gab, auch wenn ihr diese Erkenntnis wenig brachte.

Als sie den Tempelplatz erreichten, staunten sie erneut. Denn im Gegensatz zu dem, was damals in Bergvall als Tempel bezeichnet worden war, baute man hier anscheinend eine Kathedrale. Der Tempel des Deranart war, obwohl noch im Bau, das größte Gebäude, das sowohl Xzar als auch Shahira je zu Gesicht bekommen hatten. Der Tempel war bisher etwa dreißig Schritt hoch und viermal so breit. Wie weit er nach hinten führte, war von vorne nicht zu erkennen. Überall an seinen Mauern waren Gerüste aufgebaut und man sah bereits die inneren Holzstrukturen, die wohl irgendwann das Dach und zwei hohe Türme werden würden. An dem Haupthaus wurde gerade emsig gearbeitet. Mehrere Handwerker waren dabei goldene Ornamente einzulassen. Wenn man den bereits geschlagenen Schlitzen für die Einlegearbeiten folgte, dann würde hier einst die goldene Kontur eines mächtigen Schildes entstehen.

Xzar war sichtlich beeindruckt. Wenn man bedachte, dass der Glaube an die großen Vier erst vor sechzig Jahren wieder aufgelebt war, dann hatte man in dieser kurzen Zeit Erstaunliches geleistet. Und mehr noch, denn um solch ein Gebäude zu errichten, musste der Glaube an Deranart bereits eine beträchtliche Anhängerschaft haben. Xzar erinnerte sich, dass die Tempel in Bergvall vielmehr einfach Häuser gewesen waren. Wenn er jetzt dieses monumentale Bauwerk vor sich sah, dann war er sich sicher, dass man dort verlassene Gebäude gewählt hatte und diese zu Tempeln der großen Vier ausgerufen hatte.

Sie gingen über den Platz auf den Tempel zu. Vor den drei Abenteurern führte eine breite Treppe auf ein großes Holztor zu, mit jeweils drei weißen Säulen zu beiden Seiten des Eingangs. Vier der sechs Säulen endeten unter kleinen Plattformen, auf denen je ein Drache saß und die Stadt, oder besser noch, das ganze Land zu überblicken schienen. Auf dem Boden neben der Treppe standen zwei weitere Drachenfiguren, die man anscheinend noch auf die zwei leeren Säulen setzen wollte. Unmittelbar neben den Torflügeln standen zwei Ritter in glänzenden Panzerrüstungen. Ihre Hände ruhten auf imposanten Schwertern, die mit der Spitze nach unten auf dem Boden standen und eindeutig Nachbildungen des Drachenschwertes waren. Allerdings saß da, wo Xzars Schwert den Drachenkopf hatte, lediglich ein Edelstein in der Form eines Auges und Xzar wurde unwillkürlich an das Symbol der Gerechten erinnert, welches sie nun schon mehrfach zu Gesicht bekommen hatten. Xzars Hand fuhr zum Griff seines eigenen Schwertes. Wenn die Klingen dieser Männer Drachenschwerter waren ... konnte sein Schwert dann wirklich ... er schüttelte den Kopf und verwarf den Gedanken ... vorerst.

Als die Gruppe näher an die Männer heran schritt, erkannten sie, dass es sich in Wirklichkeit um Statuen handelte. Sie waren mindestens drei Schritt hoch und die Rüstungskonturen waren filigran eingemeißelt. Jede Niete und jede Biegung war zu erkennen und fast konnte man meinen, hier hätte jemand Menschen versteinert. Lediglich die graue Farbe des Steins deutete darauf hin, dass sie nicht lebendig waren.

Als Shahira mit den anderen den riesigen Tempelinnenraum betrat, kam es ihr vor, als wären sie in einer kuppelförmigen Halle mit einer großen runden Öffnung im Dach. Die Wände waren mit hellen Kristallen verziert und die hereinfallenden Sonnenstrahlen ließen diese leuchten. Rundum waren große, deckenhohe Säulen, an denen dünne Flüsse klaren Wassers hinab liefen. Woher das Wasser kam, war nicht ersichtlich. An den Säulen wiederum erkannte sie Zeichnungen verschiedener Kampfszenen, um die das Wasser sanft herumlief. Unten sammelte sich die Flüssigkeit in einem runden Becken und floss dann einen kleinen Graben entlang, um sich in der Mitte der Halle, genau unter der Dachöffnung in einem großen Brunnen zu vereinen. Auf dieser Wasserquelle stand ein Drache; vielmehr die große steinerne Statue eines Drachen. Und was noch am meisten beeindruckte, war das Aussehen des Drachen, denn anders als man es von diesen Wesen kannte, stand jener aufrecht auf den Hinterbeinen, seinen breiten Schwanz als Stütze nutzend. In der rechten Hand trug er ein großes Schwert und nicht nur Xzar schluckte, als er diesmal die eindeutige Nachbildung seiner Klinge sah. In der anderen Hand hielt er einen großen Schild. Die Augen des Drachen schienen die Drei streng zu mustern.

Auch wenn hier im Innenraum schon vieles fertig aussah, erkannte man doch, dass die Bauarbeiten auch hier noch nicht abgeschlossen waren. In der Mitte über dem Brunnen ragte ein breites Gerüst empor und auf einer Holzplattform unter der Decke waren Künstler damit beschäftigt, ein gewaltiges Fresko auf den Stein zu malen. Xzar fragte sich, was es am Ende darstellen sollte, und hoffte innerlich, dass er dies eines Tages sehen würde.

Er zögerte einen Augenblick, bevor er weiterging. Shahira die sein Zögern falsch deutete, sagte, »Ergreifend diese Halle, findest du nicht auch?«

Xzar nickte langsam. »Ja, ganz schön ... groß.«

Shahira betrachtete die Säulen und die Bilder auf ihnen. Es waren Szenen aus großen Kämpfen, in denen zumeist ein einzelner Ritter gegen viele Feinde anstand, während Dutzende der Angreifer bereits am Boden lagen. Unter den Bildern hingen rechteckige Platten, die golden schimmerten und auf denen man Namen der Helden, Orte der Schlachten und Jahreszahlen notiert hatte. Verwundert sah sie, dass hier auch Kämpfe dargestellt wurden, die vor dem Jahr 0 ndR stattgefunden hatten. Das bedeutete, die Priester des Deranart ehrten auch jene Helden, die vor der Zeit der großen Vier gefochten hatten. Dabei fiel ihr ein, dass dies auch eine der Fragen war, die sie hoffte, beantwortet zu bekommen: Wo waren die großen Vier vor dem Krieg gewesen?

So fasziniert war sie von den Bildern, dass sie nicht bemerkte, wie ein Mann an sie herantrat und erst, als er sich leise räusperte, schaute sie zu ihm rüber. Der Mann lächelte freundlich. Er trug eine himmelblaue Robe, deren Webmuster wie tränenförmige Schuppen glitzerten und auf seiner Brust prangte ein silberner Orden, der die Form eines Drachenkopfes besaß. Er nickte Shahira zu und sagte dann, »Ich begrüße Euch im Tempel Deranarts. Fühlt Euch willkommen und beschützt.«

»Danke«, antwortete sie, ohne zu wissen, was sie sagen sollte, doch der Mann nahm ihr die Entscheidung aus der Hand. »Es sind schöne Zeichnungen, nicht?«

Sie zögerte. Der Mann, der wohl ein Priester war, sprach mit einer glasklaren Stimme und seine hellblauen Augen begegneten ihr mit wachem Interesse.

»Ja, Ihr habt recht. Sie sind wunderschön. Wer sind die Kämpfer?«

Der Mann deutete auf das Bild vor ihnen. »Das ist Hergo der Starke. Er hat einst ein Dorf gegen eine Gruppe Banditen verteidigt und das Ganze am Ende mit seinem Leben eingebüßt.«

»Warum tat er das?«, fragte Shahira nach.

»Er fühlte sich zu Deranart berufen und stritt in seinem Namen. Als ihm bewusst wurde, dass die Soldaten zur Verstärkung gegen die Banditen nicht rechtzeitig da sein würden, opferte er sich, indem er alleine diesen Kampf bestritt.«

»Ein ehrenhafter Tod«, sagte Shahira mehr zu sich selbst.

»Sicherlich kein Weg, den er so vorgesehen hatte, aber einen, den er bereit war, zu gehen, da es die Situation erforderte.«

Shahira nickte.

»Darf ich Euch fragen, woher Ihr kommt? Ich habe Euch noch nie zuvor hier im Tempel gesehen«, fragte der Mann jetzt und lenkte ihre Aufmerksamkeit von dem Bild ab.

»Ich stamme aus B'dena. Ich bin mit meinen Freunden unterwegs«, antwortete sie ihm und deutete auf Xzar und Selenna.

Er nickte. »Wart Ihr schon einmal in einem Tempel des Himmelsfürsten?«

Sie schüttelte den Kopf. »Nein, und wenn ich ehrlich bin, dann auch noch in keinem der anderen.«

»War es also die Neugier, die Euch zu uns führte?«

»Auch, ja. Seit einiger Zeit begegne ich immer wieder den Namen der großen Vier und auch Leuten, die sie wie Götter verehren und da dachte ich ...« Sie suchte nach Worten.

»Da dachtet Ihr, Ihr erkundigt Euch selbst einmal in einem Tempel danach?«, fuhr der Mann fort und als Shahira nickte, lächelte er ein wenig breiter. »So wie Euch, geht es vielen und das ist auch gut so. Wir freuen uns darüber, denn nur wer die Gnade Deranarts kennenlernt, der kann mit ihr wahres Glück erlangen. Unsere Priester sind im ganzen Land unterwegs, um den Menschen seinen Weg zu weisen. Viele fragen uns, ob er ein Gott oder ein alter Drache ist.«

»Und ist er einer? Also ein Gott?«, unterbrach sie ihn neugierig.

Der Priester nickte. »Ja. Ja, das ist er und das sind die anderen ebenfalls. Ich glaube, sie waren es schon immer. Und ja, er ist auch nur ein alter Drache, wobei ich, verzeiht mir den höhnischen Ton, das Wort ›nur‹ ziemlich vermessen finde, bedenkt man die Macht, die ein alter Drache besitzt.«

»Aber seit wann ...«, wollte Shahira fragen, unterbrach sich aber, als der Mann nickte. Erst jetzt deutete sie sein Lächeln richtig. Wie oft er dieses Gespräch schon geführt haben mochte?

»Seit wann es den Glauben, so wie wir ihn heute leben, gibt? Die ersten Anzeichen gab es nach dem Krieg, vor rund sechzig Jahren. Daraufhin zogen die Priester durch das Land und verbreiteten die Neuigkeiten über die Wiederkehr der großen Vier. Vor etwas mehr als dreißig Jahren begann man dann damit, Tempel zu bauen. Zuvor hatte man schon Schreine errichtet, doch die Leute sehnten sich nach Orten, an denen sie den großen Vier nahe sein konnten. Aber wie Ihr seht, ist der Bau vielerorts noch lange nicht vollendet. Und ich glaube, die vollständige Anerkennung des Glaubens wird noch hundert Jahre brauchen. Die Menschen in den Städten haben schnell den Weg in unsere Mitte gefunden. Die einen waren nach dem Krieg verängstigt, die anderen suchten bei uns nach Antworten. Auf dem Land ist es jedoch schwieriger, unsere Werte zu vermitteln.« Er schwieg einen Augenblick, dann fragte er, »Wisst ihr etwas über die Rückkehr der großen Vier?«

Shahira schüttelte den Kopf. »So ziemlich nichts.«

»Wenn Ihr mögt, so lasst es Euch von mir erzählen?«

Sie nickte.

»Dann lasst uns gemeinsam Platz nehmen. Mein Name ist im übrigen Gasthelm von der Feuerklinge.«

»Ich bin Shahira«, sagte sie, als sie ihm zu einer steinernen Bank folgte.

»Wenn ihr etwas zu trinken wünscht, Shahira, so lasse ich einen Adepten etwas holen«, sagte Gasthelm.

Sie schüttelte dankend den Kopf.

»Wie Ihr wünscht, aber zögert nicht, sollte sich Eure Meinung ändern.

Ich beginne mit dem Ende des Krieges gegen die Magier, denn dort wurde es erneuert oder anders, dort begann ihre Rückkehr. Auf dem letzten Schlachtfeld in den Wiesen von Furheim zeigten sich die großen Vier den tapfersten Recken und erwählten aus ihnen vier, die dann ihre ersten Priester wurden.«

»Ließen sie ihnen die Wahl oder bestimmten sie es einfach?«, fragte sie nach.

»Sie ließen ihnen die Wahl. Wer wäre schon ein guter Priester, der für eine Sache einstehen müsste, wenn er dazu gezwungen würde?«

Sie nickte.

»Deranart offenbarte sich Lord Gelwin von Rufensiech. Er ehrte ihn für seinen unerschöpflichen Mut und das rechtschaffene Handeln, sich vor Verletzte zu stellen, sie zu schützen und nie gestrauchelt zu sein. Er gab ihm die Gunst des Sehens, eine Fähigkeit, die ihn als Priester des Himmelsfürsten auszeichnen sollte.«

»Was ist diese Gunst?«

»Das bedeutet, Lord Gelwin konnte fortan Lüge und Trug erkennen.« Gasthelm sah Shahiras fragenden Blick und nickte ihr aufmunternd zu.

»So eine Fähigkeit ist nützlich, aber birgt sie nicht auch die Gefahr des Missbrauchs?«

»Ja, das mag sein, aber Lord Gelwin ist ein gnädiger Mann, der die Gerechtigkeit Deranarts lebt. Daher offenbarte Deranart ihm zusätzlich noch die Schriftrolle der Stärke, in der all die Lehren des Himmelsfürsten niedergeschrieben waren. Und er trug ihm eine persönliche Aufgabe auf: Lord Gelwin sollte sich zehn Streiter suchen, die ihm gleich waren, und sie ins Land aussenden, um die Lehren des Himmelsfürsten dem Volk nahe zu bringen. Ebenso gab er Lord Gelwin und seinen Priestern die Kraft, in Deranarts Namen Gerechtigkeit zu üben.«

»Was bedeutete das für die anderen Priester, konnten sie auch die Lüge erkennen?«

»Nein, nicht so. Aber er zeigte ihnen, wie sie seine Kraft nutzen konnten, wenn sie sich tugendhaft verhielten. Wir Priester spüren Aufrichtigkeit und können mithilfe von Gebeten an unseren Herrn Lügen aufdecken.«

»Und sie nahmen ihre Bestimmung an, einfach so?«, fragte Shahira nach.

»Nun sicher, sie zweifelten auch. Immerhin war über diesen alten Glauben nicht viel bekannt, doch Deranart fand die richtigen Worte, denn die Männer und Frauen zogen ins Land hinaus und erzählten den Leuten von Deranart dem Himmelsfürst. Dass der Drache über sie wachte, sie schützte und gerechte Urteile über jene brachte, die sich gegen das Gesetz stellten. Was denkt Ihr, wie die Leute reagiert haben?«, fragte der Priester schmunzelnd.

Shahira dachte einen Augenblick nach und zuckte dann mit den Schultern. »Sie haben es nicht geglaubt.« Das wäre zumindest ihre Reaktion gewesen, hätte man ihr dies nach dem schrecklichen Krieg versucht einzureden.

»Richtig«, sagte er. »Sie haben es nicht geglaubt. Wie auch, die Länder waren von den Kämpfen verwüstet und zerrüttet; Tausende tot. Die Magier hatten es dazu noch geschafft, die Stadt Sillisyl zu errichten und für viele fühlte es sich wie eine Niederlage an. Doch Deranart oder besser die großen Vier überließen nicht alles ihren Priestern.«

»Die anderen hatten ebenfalls ihre Priester erwählt?«

Gasthelm nickte. »Ja, so war es.«

»Und wenn Ihr sagt, sie überließen nicht alles ihren Priestern, bedeutet das, sie haben sich den Menschen noch weiter gezeigt?«

»Nein, nicht so offen. Aber immer öfter erzählten die Menschen von Träumen und Visionen, in denen die großen Vier zu ihnen gesprochen hatten. Das führte sie zu unserer Priesterschaft, wollten sie doch um die Bedeutung dieser Träume wissen. Lord Gelwin zog nach Barodon und predigte dort auf dem Galgenplatz von unserem Herrn und schnell gewann er

Anhänger. Selbst das Königshaus wurde aufmerksam. Es dauerte nicht lange und man legte den Grundstein für einen Tempel.«

»Wie konnte er sie alle überzeugen? Nur mit seinem Wort?«, fragte Shahira, die das alles noch nicht ganz verstand.

»Nein, sein Wort reichte nach den Jahren des Krieges nicht. Er bot an, im Namen Deranarts, Gerechtigkeit über die gefangenen Heerführer des Feindes zu sprechen und man ließ ihn gewähren. Als dann das erste Urteil über den Richtplatz in Barodon hallte, donnerte und blitzte es am Himmel und man sagt, ein großer, fliegender Schatten war hinter den Wolken zu sehen gewesen. Das war für viele ein Zeichen, dass der Himmelsfürst selbst dieses Urteil bekräftigt hatte.«

Shahira biss sich auf die Unterlippe und überlegte. Sie stellte sich diese Zeit nach dem Krieg vor, wie es gewesen sein musste und dann kam jemand, der von einem neuen Gott erzählte, der alle mit seiner Gnade schützen würde. Und die Leute ließen ihn gewähren, ließen ihn Urteile fällen und nahmen dann diesen Glauben an. Das konnte sie sich nicht vorstellen. »Verzeiht Gasthelm, mich verwirrt das. Wie konnten die Leute an einen Gott glauben, von dem keiner etwas wusste? Die großen Vier waren doch vor dem Krieg vergessen gewesen.«

»Das ist so nicht ganz richtig. Es gab den Glauben in anderer Form. Ein alter Name Deranarts lautet: Ragor, Geist der Stürme. Seefahrer verehrten ihn, baten um günstige Winde. Tyraniea nannte man früher einmal Lysana, Licht des Nordens. Sie stand für ertragreiche Ernte und guten Handel.«

»Lysana Traubenwein!«, sagte Shahira laut und der Priester nickte bestätigend. Sie kannte diesen Wein. Ihr Vater verkaufte ihn in seiner Taverne. Er galt als einer der besten Weine des Landes.

»Ihr seht, die großen Vier waren da, aber nicht unter ihren heutigen Namen bekannt. Nach Lord Gelwins Auftreten in Barodon bemühte man sich, in den Geschichtsarchiven Aufzeichnungen zu finden. Man entdeckte Verbindungen zu alten Götternamen. So erkannten die Leute nach und nach die Wahrheit hinter diesen Ereignissen.«

»Aber warum haben die großen Vier sich gezeigt, sie hätten doch mit ihren alten Namen weiterleben können?«

»Den wahren Grund kennen nur Lord Gelwin und die anderen der ersten Priester. Ich glaube, sie wollten dem Krieg ein Ende setzen. Und mit dem Wissen um ihre wahrhaftige Existenz waren da plötzlich vier alte Drachen, die ihren Einfluss in unserer Welt preisgaben.«

»Und woher wusste man, dass es nicht alles ein magischer Trick war?«, fragte Shahira.

»Es gab einige, die das vermuteten. Also ließ der König einzelne Priester an den Hof kommen und erlaubte den Magiern aus den Türmen der Magie zu Barodon eine Prüfung dieser neuen Kraft. Man bat sie sogar, etwas Sichtbares im Namen der großen Vier zu tun. Und so erkannte man, dass die Diener der Götter besondere Kräfte besaßen, die nicht durch Magie hervorgerufen wurden.«

Gasthelm zwinkerte, als er Shahiras nächste Frage aus ihren Augen ablas. »Ihr wollt wissen, was sie taten? Sie segneten Waffen, die so scharf wurden, dass sie Steine spalteten, oder weihten Rüstungen, um sie so hart zu machen, dass ein normales Schwert sie nicht durchdrang.«

»Und warum machten die Priester die Welt dann nicht wieder friedlich und bauten alles auf, was zerstört wurde? Wäre dies nicht ein Leichtes, wenn sie solche Macht besitzen?«, fragte Shahira.

Er lachte kurz auf. »So einfach ist das nicht. Sie können nicht wahllos Dinge tun, sondern nur das, was Deranart zuträglich ist. Jemanden auf die Wahrheit schwören lassen und prüfen, ob er es ehrlich meint, zum Beispiel. Einen Schild herbeirufen, um gegen eine Übermacht bestehen zu können,

Schwerter und Rüstungen verstärken, Kämpfern die Angst nehmen ... solche Segen sind die Gnade, die Deranart uns zuteilwerden lässt.«

»Ah, ich verstehe«, nickte Shahira. Eine längere Pause trat ein, in der keiner mehr etwas sagte.

Der Priester ließ ihr die Zeit und fragte dann, »Habt Ihr noch Fragen?«

Shahira musste sich eingestehen, dass sie noch viele hatte. »Ja, einige. Aber ich möchte Eure Zeit nicht zu lange beanspruchen, daher habe ich nur noch eine: Warum zeigen sich die großen Vier uns nicht? Sie könnten doch sicherlich wie Könige unter uns leben und ein jeder könnte an sie glauben.«

Der Priester sah sie einen Augenblick bedeutsam an. »Ja, das könnten sie wahrlich. Mehr noch, sie könnten wahrscheinlich unsere Welt beherrschen. Doch wollen sie das? Ich glaube, hier liegt der Sinn ihres Handelns. Sie wollen, dass wir unser Leben alleine meistern. Jetzt könnte man fragen, warum sie uns überhaupt helfen und ich denke sie wollen uns eine Stütze sein. Auch bezogen auf den Wiederaufbau nach dem Krieg. Sie zeigen uns, dass es sie gibt und dass es mit dem Glauben an sie, der einen festen und unveränderbaren Pfeiler in der Welt darstellt, einfacher wird. Sie geben uns etwas, woran wir uns festhalten können, von dem wir Hilfe bekommen und ja, auch etwas, dem wir die Schuld geben können«, erklärte er ihr.

»Also meint ihr Hoffnung für die Menschen?«

»Auch Hoffnung, ja«, stimmte Gasthelm zu. »Im Übrigen gibt es die Legende, dass Deranart sich sehr wohl den Menschen ab und an zeigt. Es heißt, dass er sich manches Mal zu Reisenden ans Feuer gesellt und ihnen Geschichten erzählt.«

Shahira sah ihn einen Augenblick lang erstaunt an, als Gasthelm lachte. »Nur eine Legende Shahira, nur eine Legende.«

Shahira brauchte einen Augenblick, um sich zu sammeln. Sie sah das Gesicht eines alten Mannes in ihren Gedanken, der sich zu ihnen ans Feuer gesellt und ihr die Geschichte einer Prophezeiung erzählt hatte.

»Habt ihr noch eine Frage?«, fragte Gasthelm geduldig nach, der Shahiras verwirrten Blick falsch deutete.

»Nein ... doch! Doch eine habe ich noch! Man erzählt sich, dass man nach dem Tod in die Hallen der großen Vier eingeht? Was bedeutet das?«, fragte sie.

Er lächelte erneut. »Ja, die großen Vier sprachen zu ihren ersten Priestern von unseren Seelen. Wenn unser Körper stirbt, geht unser Geist, die Seele, in das Totenreich und wenn man ein Leben im Glauben an die Götter führte, dann werden die Seelen von Bornar weitergeleitet in ihr Reich. Und dort überdauern wir die Ewigkeit«, erklärte Gasthelm.

»Ein wirklich schöner Gedanke«, seufzte Shahira und dachte an Kyra.

»Ja, das ist es.« Er stand auf. »Ich lasse Euch nun ein wenig alleine mit Euren Gedanken. Rimano hier«, er deutete auf einen jungen Mann, der eine Robe ohne Abzeichen trug, »wird Euch einen Becher Wein bringen. Er ist köstlich, versucht ihn.« Damit verbeugte er sich und ließ Shahira zurück.

Xzar hatte gesehen, dass Shahira in ein Gespräch mit einem Priester war und hatte sich derweil zu dem großen Brunnen begeben. Selenna war ihm gefolgt. Das untere, viereckige Wasserbecken maß in etwa sechzehn Schritt an einer Seite und das Wasser selbst war kristallklar. In drei immer kleiner werdenden Stufen sprudelte neues Wasser in die unteren Becken und eine beruhigende Kühle ging von diesem Ort aus. Xzar fuhr sanft mit den Fingern durch das Wasser und es kribbelte auf seiner Haut.

Selenna beobachtete ihn dabei. Sie suchte nach Zeichen, ob Xzar jener war, dem sie folgen sollte, denn auch wenn ihr inneres Gefühl dies sagte, brauchte sie eine klare Antwort, denn die

Zeit lief ihr davon. Sie musste die Entführer finden, ehe die Spuren sich im Sande verliefen. Ihr letzter Hinweis war, dass einer der Entführer sich an einem Ort namens Henkersbruch aufhielt. Selenna hatte vermutet, dass dies im Norden in der Nähe des Totenfelsen lag, doch auf ihrer gesamten nördlichen Route hatte niemand von diesem Ort gehört.

Xzar sah zu der Statue des Drachen oben auf dem Brunnen. War das Deranart in der Pose eines Kriegers? Als sein Blick die mächtige Statue hinabglitt, bemerkte er plötzlich, dass ein grauhaariger Priester neben ihm stand. Xzars Blick musterte die stoppeligen Haare, die scharf geschnittene, spitze Nase und er zuckte unmerklich zusammen, als er den strengen Blick der stahlgrauen Augen fand. Der Priester trug eine faltenfreie, dunkelblaue Robe. Die Schließe hatte die Form eines goldenen Drachens mit eingefassten, blauen Edelsteinen. Xzar schluckte, als er dem Blick des Mannes begegnete und da dieser nichts zu ihm sagte, fühlte Xzar sich irgendwie genötigt, zuerst zu sprechen. »Ich grüße Euch, Herr.«

Der Priester nickte. »Ich grüße Euch, Xzar`illan Marlozar vej Karadoz. Ich habe Eure Ankunft erwartet. Mein Name ist Godering Ilmbach, vierter der Zehn, Träger des Banners der Stärke.«

Xzar hörte, wie Selenna hinter ihm scharf die Luft einsog. Diese Reaktion legte ein tiefsinniges Lächeln auf das ansonsten strenge Gesicht des Priesters. Xzar war sich nicht sicher, was es zu bedeuten hatte. War es der Name des Mannes? Er hatte noch nie von ihm gehört. »Verzeiht, Herr, was bedeuten diese Titel?«, fragte er geradeheraus.

Es war nicht der Priester, der ihm antwortete, sondern Selenna. Sie sprach dabei so schnell, als wollte sie Xzar vor einer Peinlichkeit bewahren. Wahrscheinlich war es dafür bereits zu spät. »*Vierter der Zehn* heißt, er ist einer der ersten zehn Priester, die nach dem Krieg auserwählt wurden, um den

Glauben des Deranart an das Volk zu bringen. Und mit dem Banner der Stärke darf er die Armeen des Reiches in die Schlacht führen.«

Der Priester nickte Selenna anerkennend zu. Xzar war überrascht, wie gut sie sich in der Geschichte des Landes auskannte. Jetzt erst fiel Xzar auf, dass der Priester ihm beim Namen genannt hatte. Einem unbehaglichen Gefühl folgend, legte er die Hand auf den Griff des Drachenschwerts. »Danke, Selenna und Herr, entschuldigt meine Unwissenheit. Doch sagt mir, woher kennt Ihr meinen Namen?«

Der Priester sah ihn ernst an. »Als Ihr die Hand zum ersten Mal an das Schwert des Drachen legtet und es im Kampf für die Gerechtigkeit eingesetzt habt, wurde Euer Name in die Chronik der Drachenkrieger aufgenommen.«

»In die Chronik ... der was?«, fragte Xzar verwirrt.

»Der Drachenkrieger. Aber Worte der Erklärung sind hier müßig. Folgt mir, ich zeige es Euch. Und Ihr ... werte Dame ... folgt uns ebenfalls«, sagte er und deutete mit dem letzten Satz auf Selenna, deren Gesicht sehr ernst und trotz der auffälligen roten Schminke leicht blass war.

Sie folgten dem Priester, der sie eine gewundene Treppe hinab in den Keller führte. Xzar war unwohl zu Mute und eine dunkle Vorahnung überkam ihn. Erneut kam ihm Isens Geschichte in den Sinn: die des ersten Kriegers Deranarts. Aber er war bestimmt nicht der Richtige dafür. Nur ein Zufall hatte ihn zu dem Schwert gebracht. Doch jetzt folgte er einem der höchsten Priester des Ordens, einem jener Männer, die dabei waren, als die großen Vier sich der Welt erneut offenbart hatten. Wie alt mochte er sein? Wenn er den Krieg überlebt hatte, dann musste er schon damals ein erfahrener Kämpfer gewesen sein. Das wiederum bedeutete, er musste über achtzig Sommer zählen. Für dieses gehobene Alter wirkte er aber noch recht rüstig. Sein Gang war nicht im Geringsten gebückt oder unsicher und er schritt die schwarzen Stufen in die Katakomben des Tempels hinab, ohne zu straucheln oder sich abzustützen, ganz so, als kannte er jede der steinernen Stiege in- und auswendig. Xzar schüttelte sich. Wie kam er nur auf solche Gedanken in diesem Augenblick? Sollte er sich nicht ganz andere Dinge fragen? Noch bevor er sich diesen stellen konnte, standen sie vor einem Tor.

Die schwere Holztür wurde von sechs eisernen Riegeln verschlossen und jeder besaß ein eigenes Schloss. Somit dauerte es einen Augenblick, bis der alte Priester sie alle aufgeschlossen hatte. Die Schlüssel dafür hatte er an einem schmiedeeisernen Schlüsselbund befestigt, den er, nachdem er fertig war, wieder an seinen Gürtel hing und der unter der Robe verschwand. Seltsamerweise war kein Klappern der Schlüssel bei seinen Bewegungen zu hören.

Der Priester führte die beiden Abenteurer in einen dunklen Raum, in dem er nach und nach Kerzen entzündete und auch wenn diese nicht ausreichten alles zu erhellen, erkannten sie nun in der Mitte der Kammer ein hohes Podest, auf dem ein dickes in Leder eingeschlagenes Buch lag. Auf der Vorderseite schimmerten alte Runen, doch Xzar vermochte sie nicht zu lesen. Der alte Priester war es, der ihnen half. »Die Gesetze des Himmelsfürsten«, übersetzte er.

»Die Gesetze? Also hat er diese festgelegt?«, fragte Xzar.

»Ja, und nein. Es sind Gesetze der Tugendhaftigkeit. Alltägliches Handeln, das Schlichten von Streitigkeiten und das Bestrafen von Unrecht. Keine klaren Anweisungen wie: Wann man den Mörder hängt oder wann man dem Dieb die Hand abhackt.« Der Priester musterte Selenna mit strengen Augen, der sich bei diesem Blick die Nackenhaare aufstellten.

»Es sind eher Anregungen, wie wir die Gerechtigkeit in unserem Herzen bemühen. So sollen wir selbst erkennen, dass ein Dieb, der nicht die Krone des Königs stiehlt, vielleicht nicht den Kopf verlieren sollte. Und dass jemand, der einen anderen tötet, weil seine Familie von diesem bedroht wurde, nicht gleich gehängt werden sollte«, erklärte er ruhig.

»Und was ist, wenn jemand diese Macht, das Urteil zu fällen, ausnutzt? Oder nicht gerecht urteilt?«, fragte Selenna. Xzar fiel auf, dass sie dabei vergaß, ihre Stimme zu verstellen. Der Priester reagierte jedoch nicht darauf. Xzar hatte ohnehin schon das Gefühl, dass der alte Priester Selennas Verkleidung durchschaut hatte.

»Handelt es sich um einen unserer Priester, wird er innerlich spüren, dass ihm Kraft verloren geht. Deranart gibt sie uns und nimmt sie uns. So werden wir immer wieder bestärkt oder zum Nachdenken angeregt, ob wir auch wirklich gerecht sind. Leider sind nicht alle Menschen, die einen Richtspruch fällen Priester und solange das noch so ist, wird es sicher auch ungerechte Urteile geben. Grundsätzlich bleibt es aber dabei: Wenn jemand Schuld auf sich geladen hat, dann hat er auch eine Strafe verdient. Fällt sie zu hart aus, ist sie vielleicht nicht gerecht, aber es ist gerecht, dass er überhaupt eine Strafe bekommt.

Unser Glaube ist bestrebt an der Umsetzung der Gesetze, die sowohl Unrecht als auch Willkür verhindern sollen.« Er machte zwei große Schritte auf das Buch zu und öffnete es an einer bestimmten Stelle, als hätte er gewusst, wohin er wollte. »Dies ist die Chronik der ersten Krieger. Hier ist jeder aufgeführt, der das Schwert des Drachen im gerechten Kampf geführt hat.«

Xzar ging näher zu ihm und sah die lange Liste der Namen, die sich dort Zeile um Zeile nach unten reihten. Er überschlug grob die Anzahl und bevor der Priester auf die nächste Seite blätterte, sagte Xzar leise, »Das sind viele. Alle aus den letzten sechzig Jahren?«

Der Priester schüttelte den Kopf. »Nein, aus den letzten dreitausend Jahren. Nur weil der Glaube nicht sichtbar war, heißt es nicht, dass Deranart nicht da war. Die ersten Krieger sind heute noch mit legendären Namen geschmückt. Blättert weiter!«

Xzar schlug das alte Pergament um. Es knisterte brüchig und dort auf der nächsten Seite, ganz unten stand sein Name: *Xzar`illan Marlozar vej Karadoz* und ein Name darüber *Jinnass Navarion Kristallauge*. Und doch gab es einen Unterschied zwischen ihnen, denn während alle anderen Namen mit roter Tinte niedergeschrieben waren, las er seinen Name in einem blassen Grau. »Was hat das zu bedeuten?«

Der Priester sah ihn an. »Ihr habt Euch noch nicht entschieden.«

»Nein, wie auch. Ich fühle mich fremd in dieser Rolle, die ich da angeblich angenommen habe oder für die mich jemand vorgesehen hat. Ich bin nicht bestimmt für große Rollen in der Welt. Ich weiß zudem ja auch noch nicht mal, was das bedeutet: der erste Krieger des Himmelsfürsten zu sein.«

Der Priester nickte. »Ja, das mag alles stimmen. Vielleicht seid Ihr es und vielleicht auch nicht. Aber ich werde Euch dennoch erzählen, was es damit auf sich hat. Kennt Ihr Euch mit Prophezeiungen aus?«

Xzar schüttelte den Kopf. »Ich weiß, dass es so etwas gibt, aber ihr Inhalt ist immer verschleiert und nur selten erkennen die Weisen, ob sich etwas erfüllt oder nicht.«

Der Priester Godering lächelte tiefgründig. »Ja, das ist wahr. Aber nur weil man nicht weiß, ob sie sich erfüllen, nicht zu glauben, was sie aussagen, könnte ein Fehler sein. Aber die Entscheidung liegt bei jedem selbst. Es gibt auch eine Weissagung zu diesem Schwert und seinem Träger.«

»Das mag sein, aber wie Ihr sagtet, es *könnte* ein Fehler sein«, sagte Xzar und sah nun auf die Namen vor sich. Für einen Augenblick blieb sein Blick auf dem von Jinnass hängen. Der Elf hatte ihm das Schwert gegeben und noch jetzt erinnerte Xzar sich daran, dass dieser ihm gesagt hatte, dass er es sich verdient hatte. War dem so?

Er blinzelte eine Träne weg und sah den Priester an. »Was ist das für eine Prophezeihung?«

Der Priester nickte zufrieden und sagte dann ohne Umschweife, »*Ein Träger der Kraft wird kommen, der da ist das Kind dreier Völker und Herrscher dreier Kräfte. Er wird den Stahl des Drachen führen und die Welt in Frieden einen.*« Dann wandte sich der Blick des Priesters zu Selenna. »*Sein Weg wird Schwan und Löwen vereinen und gemeinsam werden sie das Zeitalter des Krieges beenden.*«

Von Xzar unbemerkt wurde Selenna bleich. Für einen langen Augenblick war es still im Raum. Xzar dachte über die Worte nach. Ein Kind dreier Völker, wie sollte das gehen? Und ein Herrscher von drei Kräften, was meinte die Prohezeihung damit? Und nach einigen weiteren Herzschlägen war es nicht Xzar, sondern die Stimme von Isen, welche die Ruhe brach. »Danke, Herr. Ich ... ich ... Danke.« Mit diesen Worten und einer tiefen Verbeugung drehte Selenna sich um und verließ den Raum. Xzar war sich sicher, selbst in diesem dunklen Raum, Feuchtigkeit in Selennas Augen gesehen zu haben. Etwas, das selbst die Maskerade nicht verborgen halten konnte.

Als die Schritte Selennas nicht mehr zu hören waren, fasste Xzar neuen Mut. »Was hat das zu bedeuten?«

»Die Prophezeiung? Oder was mit eurem Freund ist?«

»Ich ... Beides. Ihr habt seine Verkleidung durchschaut?«, fragte Xzar.

»Ja. Deranart gibt mir die Fähigkeit, Lüge und Betrug zu spüren. Und in gewisser Weise fällt das Verkleiden auch darunter. Und was die Weissagung angeht: Sie zu deuten ist schwer, wenn man nicht weiß, über wen man spricht. Viele weise Köpfe haben sich mit den Worten befasst und es gibt Unmengen von Theorien und darunter auch sehr verrückte. Mittlerweile weiß niemand mehr, in welche Richtung es sinnvoll wäre, weiter zu forschen«, erklärte der Priester.

»Was denkt Ihr?«, hakte Xzar nach.

Godering seufzte. »Ich bin mir ebenfalls unsicher. Ein Kind dreier Völker ist vielleicht jemand, der bei drei Völkern gelebt hat oder dessen Blutlinie von drei Völkern berührt wurde. Der

Herrscher dreier Kräfte, ist schon schwieriger zu deuten. Vielleicht ein Priester dreier Götter? Aber dann frage ich mich, was mit dem vierten Gott wäre? Im Grunde stehe ich hier vor einem Rätsel.«

Xzar nickte unzufrieden, »Glaubt Ihr, ich bin gemeint?«

Der Priester musterte ihn streng. »Ich weiß es nicht. Passt denn etwas auf Euch?«

Xzar überlegte sich seine nächsten Worte genau. »Nun, ich bin ein Mensch, von Zwergen aufgezogen und von einem Elfen in der Kunst der Magie ausgebildet. Die drei Kräfte: Ich bin ein Magier, aber auch ein Krieger. Nur eine dritte Kraft fällt mir nicht ein. Und Frieden gebracht habe ich auch nicht und was das mit dem Löwen und dem Schwan soll, kann ich genauso wenig sagen. Also ich glaube nicht, dass es um mich geht.«

Godering nickte nachdenklich mit einem feinen Lächeln auf den Lippen. »Wahrscheinlich nicht, aber ich muss diese Weissagung an jene geben, die das Schwert tragen.«

»Und wenn ich nie hierhergekommen wäre? Das Schwert einfach nur für mich genutzt hätte? Dann hätte ich nie etwas von all dem erfahren, oder?«, fragte Xzar.

»Aber Ihr seid hier. Die Antwort ist also unwichtig«, sagte der Priester ernst.

Xzar gab allerdings noch nicht auf. »Ja, aber dann wäre das Schwert bei mir geblieben und die Weissagung hätte sich nicht erfüllen können.«

Godering schüttelte müde den Kopf. »Erst einmal, ja. Irgendwann wäre es an einen neuen Träger gegangen. Ihr habt es ja auch von jemandem erhalten. Es steht nicht geschrieben, wann sie sich erfüllt und wie Ihr richtig sagt, ob überhaupt eine Wahrheit dahinter steckt. Ich glaube allerdings daran.«

Xzar wollte erneut etwas erwidern, doch er schloss den Mund, als er feststellte, dass er keine Gegenargumente mehr hatte. Er machte einen Schritt zurück zu der Chronik. Langsam fuhr er mit der Hand über die blasse Schrift seines Namens. Für einen Augenblick starrte er wie gebannt auf die Buchstaben. »Sagt, was bedeutet es, der erste Krieger Deranarts zu sein?«, fragte er dann leise.

»Der erste Krieger ist jener, der das Schwert des Drachen führt. Er wird zu den Weißpforten schreiten, den Berg erklimmen und dort oben den Hort Deranarts betreten. Dort wird er in der Schmiede der Gerechtigkeit den Schild der Gnade schmieden und als erster Krieger Deranarts das Land bereisen, den Namen des Himmelsfürsten hinaus tragen und helfen, wo er gebraucht wird. Er wird sein Schwert jenen anbieten, die zu Unrecht unterlegen sind und helfen, das Gleichgewicht in der Welt zu wahren«, erklärte der Priester nun feierlich, als hätte er schon lange darauf gewartet die Worte auszusprechen.

Xzar ließ die Worte einen Augenblick auf sich wirken. Hatte er das richtig verstanden? »Also ein Söldner in göttlichem Auftrag?«

Der Blick des Priesters wurde wieder streng, allerdings glaubte Xzar, dass er ein kurzes Zucken seiner Mundwinkel wahrgenommen hatte.

»So in der Art kann man es sagen, ja. Doch es ist viel mehr noch. Er ist ein Beispiel an Tugendhaftigkeit und Ehre.«

Xzar nickte. »Was muss ich tun, wenn ich mich entscheide diese Aufgabe anzunehmen?«

Der Priester war nun dicht neben ihn getreten und musterte mit ihm die Schrift seines Namens. »Nicht viel. Ihr müsst es nur mit Eurem Herzen wollen. Und jetzt solltet Ihr gehen, Euer Freund braucht Euch.«

Xzar sah hinter sich zu der dunklen Treppe, die Selenna vor einigen Augenblicken hinaufgeschritten war und er seufzte, als er sich von der Chronik und dem Priester abwandte, um ihr zu folgen. Der alte Mann sah Xzar nach und ein Lächeln lag auf seinen Lippen, denn er wusste, dass niemand seinem Schicksal entgehen konnte.

## Isens Geschichte

Als Xzar und Shahira gemeinsam den Tempel verließen, sahen sie Selenna draußen auf einer Treppenstufe sitzen. Sie war tief in Gedanken versunken und schaute erst zu den beiden auf, als Shahira sie an der Schulter berührte. »Oh, ihr seid es.«

Shahira setzte sich neben Selenna und Xzar ging einige Stufen tiefer, um ihr in die Augen zu sehen. Sie waren gerötet und die Schminke, die diese zuvor betont hatte, war verlaufen.

»Was ist los mit dir?«, fragte Shahira.

Selenna seufzte schwer. »Es waren die Worte des Priesters.«

Shahira sah fragend zu Xzar und als Selenna nichts weiter sagte, erzählte er ihr, was sie im Raum der Chroniken erfahren hatten.

»Und was hat das mit dir zu tun?«, fragte Shahira, nachdem Xzar seine Erzählung beendet hatte.

»Der Schwan und der Löwe, die wieder vereint werden. Der Löwe, er ist ... war mein Zeichen. Die anderen Schausteller, nach denen du fragtest, wir waren ein ganzer Zirkus. Und ich war es, der die Löwen abrichtete und der Schwan .... er war das Zeichen meiner Frau, Melindra. Doch sie ist ...« Selennas Worte brachen ab und sie ließ den Kopf hängen.

Shahira sah Xzar hilflos an und legte vorsichtig einen Arm um Selennas Schulter. »Ist sie ... tot?«

Selenna schüttelte leicht den Kopf. »Ich weiß es nicht. Wir wurden überfallen. Es waren Söldner oder Menschenhändler oder irgendwer anderes. Einige von meinen Leuten wurden getötet, andere verschleppt. So auch meine Frau. Unsere Tiere wurden abgeschlachtet und unser Geld geraubt. Alles wurde zerstört, was unser Leben bedeutete. Von einem Augenblick zum Nächsten wurde ich ein Niemand.«

»Das ist ja schrecklich«, sagte Shahira erschüttert. »Warum hast du uns nichts davon gesagt?«

Selenna zuckte mit den Schultern und erneut rannen ihr Tränen die Wange hinab. »Unser erstes Zusammentreffen ist nicht so gut verlaufen. Hättet ihr es mir geglaubt?«

Shahira musste sich eingestehen, dass Selenna nicht ganz unrecht hatte.

»Ich suche sie nun seit fast einem Jahr. Ich habe mich oft verkleidet, um in unterschiedlichen Kreisen Informationen zu bekommen und bei Weitem nicht selten in den gefährlichen. Bisher verlief jede Suche im Sand. Ich hörte zuletzt, dass einer der Räuber in Henkersbruch ist. Aber ich konnte den Ort noch nicht finden und das ist der wahre Grund, warum ich im Norden war«, seufzte Selenna.

»Henkersbruch?« Xzar lachte auf und Selenna sowie Shahira sahen ihn verständnislos an. Xzar lächelte weiter, auch wenn ihm bewusst war, dass Selenna dies nicht lustig fand. Also sagte er, »Der Ort liegt nicht im Norden.«

Selennas Augen weiteten sich. »Du kennst ihn?«

Xzar nickte. »Ja, es ist ein Strafarbeitslager.«

»Woher weißt du das?«, fragte Selenna nun ungläubig.

»Das ist einfach: Wir reisen vielleicht dort hin. Es liegt den Tar hinab und ist in der Nähe einer Anlegestelle auf dem Weg nach Kan'bja.«

»Ein Arbeitslager und eine Anlegestelle? Und ... warte ... Kan'bja?«, fragte Selenna aufgeregt.

»Ja, ein Arbeitslager an den Silberminen und eine Anlegestelle am Fluss Tar. Und Kan'bja ist die verloren geglaubte Zwergenstadt und ein Teil meiner Heimat.«

Selennas Mund öffnete sich und dann sagte sie langsam, »Kan`bja ... kein Wunder, dass es im Norden niemand kennt!«

»Jedenfalls ist es nicht unter dem Namen Henkersbruch bekannt. Es liegt in der Nähe der Kleinstadt Iskent«, erklärte Xzar.

»Iskent! Das kenne ich!«, rief Selenna aus.

»Iskent ist bei vielen bekannt, denn dort wird Silber abgebaut. Und zwar, wenn man es ganz genau nimmt, im Arbeitslager Henkersbruch«, sagte Xzar.

»Dann müssen wir dahin«, sagte Shahira entschlossen.

Xzar sah Shahira überrascht an und auf Selennas Gesicht legte sich ein Lächeln. »Und was wird aus deinen Eltern?«, fragte Xzar nach.

»Die müssen warten. Ich habe mich entschlossen Isen ..., ich meine Selenna, zu helfen«, sagte sie selbstsicher.

Xzar überlegte einen Augenblick. Sie hatte sich für Isen entschieden, noch vor dem Besuch bei ihren Eltern. Er schmunzelte. Vielleicht sollte er ihr das Drachenschwert geben? Später würde er sie fragen, woher der plötzliche Sinneswandel kam.

»Das bedeutet, wir nehmen Isen weiter mit uns mit?«, grinste Xzar.

»Was für eine Frage!«, rief Shahira empört aus.

»Schon gut, schon gut. Ich gehe zum Hafen und suche uns eine Möglichkeit, mit einem Schiff zu reisen«, sagte Xzar erheitert.

»Heißt das, ich darf euch wirklich weiterhin begleiten?«, fragte Selenna hoffnungsvoll.

Xzar sah sie einen Moment an. »Als ob ich dich wieder losgeworden wäre, du Tunichtgut!«

Shahira und Selenna lachten los. Jegliche Anspannung verschwand aus Selennas Miene.

»Gut, dann haben wir das geklärt. Ich werde Selenna helfen, die Schminke zu richten und dann noch in den Tempel des Bornar gehen und wenn ich es schaffe, in den der Tyraniea«, sagte Shahira.

Selenna, die ihr Glück nicht fassen konnte, nahm Shahiras Angebot an und sie richteten die Maske der Selenna, so gut es ihnen hier auf den Stufen möglich war. Danach trennten sie sich. Shahira, um, wie sie sagte, die Tempel zu besuchen und

Selenna, um sich noch ein wenig in der Stadt umzusehen. Zuvor versprach sie Shahira bei den großen Vier, dass sie ihre Finger bei sich behalten würde.

# Die Novizin

Selenna hatte sich entschieden, den großen Markt zu besuchen, der an den Tempelbezirk grenzte. Sie hatte sich fest dazu entschlossen, ihr Versprechen gegenüber Shahira einzuhalten und diesmal nichts zu stehlen, schon gar nicht in dieser Verkleidung. Wobei es bei Männern deutlich leichter für Ablenkung sorgte, wenn man die weiblichen Reize zur Schau stellte. Aber dennoch, sie war froh, dass sie die Rolle der Selenna spielen konnte und dieses Gesicht wollte sie nicht auch noch auf einem Steckbrief sehen. Dazu kam, dass sie eine weitere Schwester Shahiras selbst dem einfältigen Wirt nicht erklären konnten. Wie sie es geschafft hatte, ihm die Geschichte der ersten Schwester aufzubinden, war ihr jetzt noch ein Rätsel.

Ihr Versprechen bedeutete allerdings nicht, dass sie die kleinen Aufmerksamkeiten der Händler ablehnen musste. Wenn man ihr hier eine Frucht zum Probieren anbot oder da etwas zum Trinken reichte, dann nahm sie das gerne an, auch auf Kosten eines kurzen Gesprächs. Selenna nutzte diese Gelegenheiten, denn so konnte sie sich in die Rolle besser hinein denken. Sie achtete darauf, wie ihre Gegenüber auf sie reagierten, welche Teile ihrer Geschichte sie mehr glaubten, wann sie mit ihr lachten, wann sie entsetzt waren und was sie sagen musste, damit ein zu aufdringlicher Mann das Interesse an ihr verlor. So lernte sie die Rolle der Selenna zu leben und nichts war wichtiger für einen Schausteller, als in seiner Rolle echt zu wirken.

Schon als Selenna den Marktplatz betreten hatte, war ihr eine junge Frau an einer Anschlagtafel aufgefallen, die dort in einem strahlend weißen Kleid stand und völlig verloren wirkte. Zuerst hatte Selenna ihr nur wenig Aufmerksamkeit geschenkt, da sie ihren eigenen Geschäften nachging. Mittlerweile war Selenna schon eine gute Stunde hier unterwegs, als die junge

Frau ihr Interesse dann doch weckte, denn noch immer hatte sie sich nicht von der Stelle gerührt. Sie musterte die Frau genauer und ihr fiel auf, dass sie noch sehr jung war. »Höchstens in Shahiras Alter, wenn überhaupt«, flüsterte Selenna zu sich selbst.

Sie hatte langes, blondes, fast weißes Haar und besonders auffällig waren die vollen, roten Lippen, die, unter einer kleinen Stupsnase, das Gesicht einnahmen. Ihre himmelblauen Augen huschten immer wieder gehetzt über die Menge und in ihrem Gesicht, welches einen sehr hellen Hautton hatte, lag Furcht. Sie zuckte immer wieder zusammen, wenn jemand nah an ihr vorbeiging. Noch mehr bei den gierigen Blicken und Worten derer, bei denen die junge Frau ein gewisses Begehren auslöste. Das war allerdings nicht verwunderlich, denn sie bot einen wirklich reizenden Anblick. Ihr ganzes Erscheinungsbild war verführerisch und fast jeder Mann, der an ihr vorbeischritt, warf ihr einen Blick zu.

Selenna überlegte kurz, ob die Frau sie etwas anginge und gerade, als sie sich abwenden wollte, beobachtete sie etwas Beunruhigendes. Ein fettleibiger und schmieriger Kerl war an das Anschlagbrett herangetreten und sprach ein paar Worte mit der jungen Frau. Sie wirkte erleichtert, schien ihm etwas zu erklären. Dann sah der Mann sich verstohlen um und Selenna sah ein Gruppe Männer, die hämisch grinsten. Dann gab der dicke Mann der jungen Frau grinsend eine Antwort und als sie ihm einen fragenden Blick zuwarf, versuchte der Kerl tatsächlich, ihr das Kleid anzuheben, um dabei etwas sehr Unsittliches anzudeuten. Die junge Frau schreckte vor ihm zurück. Da sie aber mit dem Rücken bereits an der Anschlagtafel stand, kam sie nicht von ihm weg. Der Mann drängte sich ihr auf und grapschte nun nach dem Busen der jungen Frau. Doch sie schrie nicht um Hilfe. Warum nicht? Wie ein verängstigtes Reh zitterte sie und hielt dabei ihr Kleid fest. Der Kerl zerrte heftiger an dem Rock.

Das war genug! Selenna eilte schnellen Schritts auf sie zu und war binnen weniger Herzschläge bei ihnen. Mit einem kräftigen Griff packte sie dem dicken Kerl von hinten zwischen die Beine und drückte die Finger zu, sodass dieser laut keuchte. Er wollte sich gerade umdrehen, da verstärkte Selenna den Griff und das Keuchen wurde in der Tonlage höher.

»Ganz ruhig, der Herr«, sagte Selenna drohend, »Ihr wolltet Euch sicher gerade entschuldigen und dann gehen!« Sie sah, dass der Ausdruck der jungen Frau nun von noch mehr Schrecken erfüllt wurde. Doch noch hatte Selenna keine Zeit, sie zu beruhigen.

Der Mann wollte sich erneut zu der Person umdrehen, die ihn so plötzlich bedrängte, doch Selenna, die zum Glück nur äußerlich eine Frau war, verließ sich hier ganz auf Isens Kraft und drückte nun heftig zu, bevor sie ruckartig die Hand zurückzog. Die kleine Fingerklinge, die hervorragend dazu geeignet war Beutel von Gürteln zu schneiden, schnitt durch den dünnen Stoff der Hose und dem Mann in den Schritt. Er schrie auf und ging zu Boden. Er krümmte sich vor Schmerzen und versuchte etwas zu rufen. Andere Leute, die vorbeigingen, drehten sich bereits zu ihnen um und als Selenna der Aufmerksamkeit gewahr wurde, die sie verursacht hatte, nutzte sie diese aus. Eine Kunst guten Schauspiels war es, jede Situation für den eigenen Vorteil zu nutzen. »Hilfe! Bitte helft! Der Mann rückt meiner Tochter zu nah!«, rief sie panisch. Gerade zur rechten Zeit, denn die Spießgesellen des Mannes hatten sich bereits auf sie zu bewegt.

Jetzt hielten sie jedoch inne und als sie sahen, dass die Menge auf die Situation aufmerksam wurde, zogen sie die Köpfe ein und verschwanden im Gedränge.

Selenna dachte unterdessen, dass es faszinierend war, was der Hilferuf einer Frau, in Begleitung einer solchen Schönheit auslösen konnte. Es schien den Leuten nicht mal aufzufallen, dass die vermeintliche Mutter schwarze und die Tochter weißblonde Haare hatte. Ein Unterschied wie Tag und Nacht. Doch schon kamen zwei kräftige Kerle zu ihnen hinübergerannt und traten auf den am Boden liegenden ein, bevor sie ihn packten und hochrissen. Noch bevor zwei Wachleute dazu kamen und den Mann ergreifen wollten, rammte einer der beiden anderen ihm noch einmal das Knie zwischen die Beine, sodass diesem keine Luft blieb.

»Werte Dame, was ist hier los?«, fragte eine der Wachen, scheinbar ein Offizier.

Selenna grinste innerlich. Das würde ein Schauspiel wert sein. Sie seufzte laut auf, dann legte sie sich eine Hand auf die Brust. »Oh, mein guter Retter! Ihr kamt zur rechten Zeit. Dieser Kerl«, sie deutete auf den Übeltäter, »wollte meiner liebsten Vallira ihre Unschuld rauben. Er bedrängte sie und ...«

Der Kerl begehrte auf, wollte etwas sagen, als eine der anderen Wachen ihm einen heftigen Schlag vor den Mund gab. Selenna schrie spitz auf. »Ich ertrage ihn nicht länger ...«, keuchte sie und deutete ein Schwindelgefühl an.

Die Wache vor ihr war schnell zur Stelle und stützte sie. »Habt keine Sorge, er wird Euch nichts mehr tun!«

»Danke, Herr! Ich danke euch! Bestraft ihn bloß!«, sagte Selenna und klang dabei hysterisch.

»Keine Sorge! Bringt ihn weg! Ab in die Zellen am Hafen mit dem Mistkerl!« Der Wachmann wandte sich noch einmal Selenna zu. »Können wir Euch irgendwo hin geleiten?« Bei der Frage huschten die Augen des Mannes kurz über Selennas Brüste.

Es wurde Zeit zu verschwinden. »Nein, mein werter Retter. Habt vielen Dank für Eure Tat!« Sie hauchte ihm einen Kuss auf die Wange und sorgte dafür, dass sich ihr Busen gegen seine Brust drückte. Wenn der Kerl wüsste ...

Mit leicht geröteten Wangen drehte der Wachmann sich zu seinen Kameraden um, die ihn angrinsten und als die Wachen den geschundenen Übeltäter fester packten, nahm Selenna die junge Frau beim Arm. Schnell führte sie diese in die Menge der Leute. Nicht, dass doch noch jemand genauere Fragen stellte.

Widerstandslos und voller Schrecken folgte die junge Frau Selenna. Was war nur mit ihr? Nicht mal jetzt, schien sie daran zu denken, wegzurennen.

Selenna rannte mit ihr durch die Gassen, bis sie auf einem kleinen Brunnenplatz ankamen. Rund herum standen hohe, steinerne Blumenkästen, deren Bewuchs in voller Blüte erstrahlte. In der Mitte des kleinen dreiviertel Runds stand die Statue einer jungen Frau, die eine Vase schräg in der Hand hielt, aus der Wasser sprudelte. Hinter dem Brunnen gab es eine steinerne Bank, auf der ein junges Pärchen gerade mit wilden Küssen die Welt um sich vergaß.

Selenna trat an die beiden heran und fauchte in einem großmütterlichen Ton, »Unsittlich! Unsittlich! Unsittlich! Macht euch hier weg!«

Die beiden sahen Selenna erschrocken an, die innerlich schmunzelte, sie waren fast noch Kinder. »Na los, wird`s bald, oder muss ich eure Eltern ...«

Der Junge errötete. »Nein Herrin, verzeiht! Wir gehen schon.« Dann nahm er seine Freundin an die Hand und beide rannten die Gasse entlang, aus der Selenna und die junge Frau gerade gekommen waren. Selenna musste unwillkürlich lachen. Wahrscheinlich war dieser Ort bekannt für das, was hier gerade geschehen war, doch die Drohung mit den Eltern wirkte immer. Sie bedeutete der jungen Frau, dass sie sich setzen sollte. Diese blickte immer wieder ängstlich zurück in die Gasse, ob sie nicht doch noch jemand verfolgte. Doch es kam niemand. Selenna wandte sich jetzt an sie, »Seid beruhigt. Sie folgen uns nicht.«

Selenna strich ihr eigenes Kleid glatt und wartete. Erst jetzt nahm sie den feinen Fliedergeruch wahr, der von der jungen Frau herüberwehte. Diese musterte ihre Retterin nun genauer und als sie keinen Argwohn festzustellen schien, sagte sie mit einer leisen, aber sehr wohlklingenden Stimme, »Danke, Herrin.«

Selenna lächelte. »Nein, mein Kind, nicht Herrin. Ich bin Selenna.«

»Dann Danke, Selenna. Ich bin Alinja Sicheltreu. Nein, Augenblick, ich vergaß, jetzt bin ich Lady Alinja vom Eisfeuer«, sagte sie zurückhaltend.

»Oh«, sagte Selenna. »Ihr seid ... eine Priesterin der Tyraniea?«

»Novizin«, verbesserte die junge Frau Selenna.

»Nun Lady Alinja, Ihr seid jetzt sicher. Der Kerl wird Euch nicht mehr belästigen«, versuchte Selenna sie zu beruhigen.

Lady Alinja schien noch immer sehr eingeschüchtert und es war ihr nicht zu verdenken, bedachte man, was der Kerl versucht hatte.

»Ja, aber war das richtig? Ich meine so hart ...«, fragte sie vorsichtig nach.

»Vielleicht war seine Strafe hart, ja. Aber anderseits, was wollte er von Euch? Sicher nicht nach dem Weg fragen, oder?«, fragte Selenna härter, als sie es beabsichtigt hatte.

Sie sah wie Lady Alinja Tränen in die Augen stiegen, als diese den Kopf schüttelte. Selenna legte ihre Hand auf den Arm der jungen Frau. »Alles ist gut. Vergesst ihn.«

Alinja schluchzte noch einige Male. »Aber ich werde wieder zurückgehen müssen. Ich muss ...« Ihre Stimme brach, als neue Tränen ihre Wangen hinunterliefen. Selenna rückte ein wenig näher, der Duft nach Flieder stieg ihr nun stärker in die Nase und sie musste sich beherrschen, um eine nicht unbekannte Erregung zu unterdrücken. Vorsichtig legte sie einen Arm um die Schultern der Novizin. Bei der vertraulichen Berührung der fremden Frau, spannte diese ihren Körper an, bevor sie sich dann doch der tröstenden Umarmung hingab und bitterlich weinte.

Selenna war verwundert. Was war nur mit der jungen Frau geschehen? Sie wirkte so verletzt und so verängstigt. Galt Tyraniea nicht als eine harte, unerschütterliche Göttin? Als Lady Alinja sich ein wenig beruhigt hatte, bot Selenna ihr ein Tuch an, um die Tränen zu trocknen. »Jetzt erzählt mir doch einmal, was Euch widerfahren ist und warum Ihr dort auf dem Marktplatz wart. Vielleicht kann ich Euch ja helfen.«

Lady Alinja nickte. Ein zartes Lächeln erblühte auf ihren Lippen und Selenna schluckte. In diesem Moment hatte die junge Frau etwas Magisches, etwas Anziehendes und Selenna überkreuzte schnell die Beine, um erneut die verräterische Regung unter dem Rock zu unterdrücken. Was war denn nur los mit ihr? Sie schallt sich eine Närrin. Erst die junge Frau vor einem Lüstling retten und dann selbst schamlos ihren Reizen verfallen? Das reichte! Sie nahm sich zusammen und lächelte zurück. Lady Alinja schien von Selennas innerem Aufruhr zum Glück nichts mitbekommen zu haben und sagte, »Danke, Her ... Selenna. Ich komme aus einer kleinen Stadt am Gebirge. Dort, wo sich der Wasserfall Heldensturz in den Tarysee ergießt. Die Stadt selbst heißt Sturzenbergen. Ich habe dort in einem kleinen Tempel der Herrin Tyraniea gelernt und befinde mich auf dem Weg, um meine Weihe zu empfangen. Ich hatte zwei Begleiter.« Sie schluckte sichtlich, bevor sie mit belegter Stimme weitersprach. »Einer war ein Freund aus der Stadt. Sein Name war Dilmann und der zweite war unser Tempelwächter: Hermann Stolzenstrack. Er war zu meinem Schutz dabei. Kurz vor Wasserau wurden wir nachts überfallen. Man zerrte mich aus meinem Lager und versuchte, mir das Kleid vom Leib zu reißen. Als Nächstes sah ich, wie Dilmann sich auf die Angreifer warf. Ich war in Panik und rannte in den Wald.«

Wieder liefen Tränen über ihre Wangen und Selenna tupfte ihr diese mit einem Tuch weg. »Ruhig mein Kind. Es ist gut. Erzähl langsam«, sagte Selenna, während sie behutsam Alinjas Hand griff und diese sanft streichelte.

»Ich versteckte mich die Nacht über im Wald und am nächsten Morgen als ich ins Lager zurückkam ... Sie waren beide tot.« Ihr Blick verlor sich und ihre nächsten Worte klangen irgendwie hohl, ganz so, als wäre sie wieder dort, an jenem Morgen. »Hermanns Kopf war auf einen Pfahl gespießt und

Dilmann sah mich aus toten Augen an. Ich vergesse seinen Blick nicht.« Sie machte eine Pause, sichtlich um Fassung ringend. »Dann bin ich alleine weiter nach Wasserau gereist. Ich suchte den Tempel auf, doch man verwehrte mir den Einlass. Auf der Reise zur Weihe dürfen Novizen keine Hilfe in Tempeln erhalten.« Sie seufzte zitternd.

»Das ist ja grausam. Warum nicht?«, fragte Selenna erschrocken.

»Es ist die Herrin der Elemente. Nur wer stark genug ist, den Weg selbst zu meistern, kann in die Gemeinschaft der Priester aufgenommen werden«, erklärte sie.

»Und warum standet Ihr dann auf dem Marktplatz?«, forschte Selenna vorsichtig nach.

»Ich hoffte, an dem Anschlagbrett Hilfe zu finden. Söldner vielleicht. Und der Kerl, vor dem Ihr mich beschützt habt, er wollte mir helfen, doch ich konnte ihn nicht bezahlen und was er ersatzweise als Lohn nehmen wollte ...«, sie schluckte und brach erneut ab.

Es brauchte auch keine weiteren Worte, denn Selenna verstand nur zu gut. »Wo müsst Ihr denn hin?«

Die junge Frau seufzte. »Nach Osten, zum Thron der Elemente.«

»Thron der Elemente? Der im Schneegebirge?«, fragte Selenna ungläubig.

Lady Alinja nickte nur.

»Das ist eine ganz schön weite Reise. Ohne Geld werdet Ihr diese nur schwerlich schaffen, wenn überhaupt«, erklärte Selenna ihr vorsichtig.

Und wie zu erwarten liefen der jungen Frau erneut dicke, runde Tränen die Wangen hinab. Sie warf sich wieder in Selennas Arme und weinte bitterlich. Selenna hielt sie fest im Arm und wog sie leicht vor und zurück.

Ihre Gedanken rasten. Die großen Vier würden sie verfluchen, wenn sie ihr nicht half. Sie selbst würde dies. Was würde Melindra sagen? Dass sie eine junge Frau im Stich gelassen und der harten Welt dort draußen ausgeliefert hatte? Sicher, sie konnte ihr ein paar Münzen geben und ihr Glück wünschen, dann hätte sie ihr auch geholfen. Doch wie weit käme Lady Alinja? Mit Gold angeworbene Söldner, die solch ein zartes Geschöpf begleiteten, was, wenn das Gold weg war? Was, wenn sie wenig Ehre besaßen und gar nicht erst warteten, bis das Gold aufgebraucht war und sich einfach nahmen, was sie von der unschuldigen Frau wollten?

»Ich werde Euch helfen«, hörte Selenna sich leise sagen.

Das Schluchzen wurde leiser, für einen Augenblick wurde es sogar still. Dann stammelte Alinja, »Was? Wie das?«

Selenna zögerte. Hatte sie das laut gesagt? Anscheinend, denn die verweinten Augen Alinjas glänzten plötzlich hoffnungsvoll. Oh je, wie sollte sie das nur Xzar erklären?

»Ich reise nicht alleine. Mit mir sind zwei Gefährten unterwegs oder besser gesagt, ich reise mit ihnen. Wir reisen nach Südosten in Richtung Kan'bja«, erklärte Selenna, als der hoffnungsvolle Blick zu schwinden drohte.

»Kan'bja? Was ist das?«, fragte Alinja zögerlich.

»Ihr kennt die Legenden nicht? Kan'bja ist eine Stadt der Zwerge und sie liegt im Schneegebirge.«

»Schneegebirge ... Ja, das klingt gut. Aber ich kann euch nicht bezahlen. Ich habe nichts außer dem, was ich am Leib trage«, sagte Alinja mit zitternder Stimme.

»Sorgt Euch nicht. Wir reden mit meinen Gefährten, dann fällt uns schon was ein.« Und als Selenna ihren ängstlichen Blick sah, fügte sie hinzu, »Nein, keine Sorge. Niemand wird Euch zu Leibe rücken. Das verspreche ich Euch, bei Eurer Göttin.«

Selenna seufzte innerlich schwer. Was Xzar wohl sagen würde? Nun gut, immerhin hatte sie dieses Mal wirklich nichts gestohlen, sondern viel mehr jemanden gefunden. Aber ob Xzar das besser aufnehmen würde bezweifelte Selenna ernsthaft.

# Der Tempel Bornars

Shahira schlenderte über den Tempelplatz. Gegenüber vom Deranarttempel befand sich der des Bornar. Der Tempel Sordorrans lag am Hafen und der von Tyraniea war einige Straßen weiter im Osten, im Viertel der Handwerker. Ihn würde sie später besuchen. Der Tempel des Bornar war ihr zuvor nicht aufgefallen, denn anders als am Prunkbau des Himmelsfürsten standen hier nur zwei schwarze Säulen neben dem dunklen Tor aus einfachem Holz. Das Gebäude selbst musste nach hinten an die innere Stadtmauer gebaut worden sein, denn es schien nicht sehr groß.

Shahira zögerte einen Augenblick, denn sie erinnerte sich an die Visionen, die sie vor noch nicht allzu langer Zeit heimgesucht hatten. Damals waren es die Schattenmänner Bornars gewesen, die sie gesehen hatte. Fast lebensecht hatte sie miterlebt, wie diese dunklen Gestalten mit ihren schwarzen Klingen zur Tat geritten waren. Ihre Aufgabe war es, jene zu jagen, die Heiligtümer und Artefakte der Götter missbrauchten. Besonders im Krieg gegen die Magier war dies wohl vorgekommen und damals waren die Diener der großen Vier nicht selten auf den Schlachtfeldern gesehen worden. Nachdem sich die Religion im Land verbreitet hatte, schrieb man viele der alten Legenden ebenfalls den Dienern der großen Vier zu. Shahira war sich sicher, dass es auch dafür sorgen sollte, dass die Menschen weniger Angst verspürten und mehr Ehrfurcht vor den Göttern entwickelten.

Bornar, der Fürst der Schatten, wurde auch der Hüter der Dunkelheit genannt. Was das genau bedeutete, wusste sie nicht. Auf ihrer letzten Reise hatten sie einen uralten Tempel gesucht, der hoch im Norden im schwarzen Nebel verborgen lag: der Tempel des Drachen. Jetzt wusste sie, dass er der erste Tempel Bornars gewesen war. Er war Tausende von Jahren alt und barg so manches Geheimnis. Doch auch dieser Tempel, sowie das Wissen um die großen Vier, war irgendwann verloren gegangen.

Shahira atmete tief ein und drückte die dunkle Tür auf, um den Innenraum des Tempels zu betreten. Sofort wurde sie von der Dunkelheit verschluckt. Nur ein einzelner fahler Lichtschein fiel in der Mitte des Tempels in die Halle. Anders als sie es erwartet hatte, war diese recht groß, da sie abschüssig war. Somit bildete der Bereich, den man draußen sah, nur die Decke einer breiten und langen Höhle. Die Wände waren schwarz. Es wirkte, als hätte man sie unmittelbar aus dem Stein geschlagen. Der Boden bestand aus dunklen Steinplatten. Nachdem sie den ersten Schritt getan hatte, musterte sie diese noch einmal genauer. Sie ging in die Hocke und fuhr mit der Hand darüber. Dabei stellte sie fest, dass es kein Stein, sondern eine Art Moos war.

Ihre Schritte machten keine Geräusche und erst jetzt bemerkte sie, dass es totenstill in dieser Halle war. Shahira kniff ihre Augen zusammen und in der Dunkelheit erkannte sie Umrisse von Gestalten. Einige standen, andere knieten. Mittig, dort wo der Lichtschein hinunterfiel, befand sich ein kleines Podest, auf dem eine schwarze Kugel ruhte. Daneben sah sie eine einzelne Person, die ihre Hände beschwörend um die Kugel gelegt hatte. Sie rührte sich nicht und als Shahira langsam näher kam, erkannte sie, dass es sich um eine Statue aus schwarzem Stein handelte. Zwar war die Kugel auch aus Stein, doch in ihrem Inneren waberten Nebelschwaden. Sie sah sich um. Die anderen Gestalten bewegten sich ebenfalls nicht. Ob es auch Statuen waren? Gab es hier keine Priester?

Sie trat näher an die Kugel heran und legte eine Hand darauf, als sie plötzlich eine Stimme hörte. Ein Wispern, links, nein, rechts oder doch links? Das Geräusch umkreiste sie. Woher kam es? Sie sah auf die Statue vor der Kugel. Die dunklen Steinaugen schienen sie zu fixieren.

»Du bist hier in seinem Tempel. Was suchst du hier?«, zischelte eine andere Stimme plötzlich.

Shahira spürte deutlich, wie sich ihr Magen zusammenzog. Nicht zu wissen, wer da sprach, machte sie unsicher. Aber dann schluckte sie die aufkommende Furcht hinunter und fragte, »Seid Ihr *er*?«

»Sein Diener. Aber wer bist du?«, wisperte es.

»Mein Name ist Shahira. Ich suche Antworten.«

»Solltest du dann nicht Fragen stellen?«, zischte es links von ihr.

Sie zögerte. »Warum habe ich die Schattenmänner in Visionen gesehen?«

»Sie waren eine Warnung. Ein Gebot. Ein Versprechen«, hörte sie die Worte und ein eigentümliches Raunen ging durch die Halle.

Das war ja eine Antwort. Sie konnte alles oder nichts bedeuten. »Ich hatte nie vor etwas Heiliges zu stehlen, weder von den großen Vier noch von jemand anderem«, sagte sie ein wenig trotzig.

»Warum bist du hier Shahira?«, fragte die Stimme, ohne auf ihre Antwort einzugehen.

»Ich will etwas über Bornar erfahren«, sagte sie bestimmend.

»Er ist der Fürst der Schatten. Weder Gut noch Böse. Er wacht über deine Träume und deine Erinnerungen, gibt Kraft für Freude und Verzweiflung und geleitet die Seelen derer, welche die Welt verlassen in das Reich der Toten oder die Hallen der Ewigkeit. Er wacht über alles, was Macht hat und greift ein, wenn diese Macht aus den Fugen gerät. Er bietet jenen Zuflucht, die verloren und verlassen sind. Er ist der Anfang und das Ende der Nacht. Trete in den Schatten und er wird es sein, der dich verbirgt, trete ins Licht und es wird sein Schatten sein, der dir folgt.«

Shahira wartete, ob noch etwas kam, doch die Stimme blieb stumm. Sie nahm die Hand von der Steinkugel und seufzte.

Hatte sie wirklich eine klare Antwort erwartet? Jetzt wusste sie genauso viel wie vorher. Wer Bornar war und wofür er tatsächlich stand, war ihr immer noch nicht klar.

Plötzlich nahm sie eine Bewegung neben sich wahr und sie blickte auf einen kleinen Jungen hinab, der mit zerschlissener Kleidung neben ihr stand. Er beachtete sie nicht. Mit zittrigen Fingern zog er eine Kupfermünze aus seiner Tasche und legte sie auf die Kugel. Es dauerte einen Augenblick, dann verlor die Kugel die Festigkeit. Die Münze sank ein und wurde binnen eines Lidschlags von einer wabernden, schwarzen Masse verschluckt. Dann legte der Junge die Hand auf die Kugel, die plötzlich wieder massiv war und flüsterte einige Worte. Er schniefte und ein heiseres Husten folgte. Gerade als er sich wieder umdrehen wollte, hielt Shahira ihn auf. Er hatte müde und stark gerötete Augen. Sein Blick huschte unstet zwischen ihr und den Schatten im Tempel hin und her. Sein Gesicht wirkte eingefallen und seine Finger zitterten noch immer.

»He, Kleiner! Was hast du gerade getan?«, fragte sie.

»Gebetet. Er muss Mutter und meine Schwester heilen. Sie sind schwer krank«, antwortete er erschöpft.

»Hilft ihnen keine Medizin?«, fragte Shahira.

»Schon, aber die kostet eine Goldmünze und«, er blickte auf die schwarze Kugel, »dies war mein letzter Kupfer. Er muss ihnen jetzt helfen! Er muss!«

»Was ist mit deinem Vater?«

»Er ... ist tot. Mutter kümmert sich alleine um uns.«

»Oh, das tut mir leid.«

»Er wird sie heilen ... er muss. Sonst ...« Er seufzte schwer und sah Shahira verzweifelt an. Dann, ohne ihre Rufe weiter zu beachten, ging er mit hängenden Schultern aus dem Tempel.

Shahira sah ihm nach. So viel zu Bornars Hilfe für die Verlorenen. Langsamen Schrittes folgte sie dem Jungen. Draußen angekommen musste sie die Hände über ihre Augen legen, so hell erschien ihr die Sonne. In der Menge erkannte sie den Jungen von eben, der die Oberstadt verließ.

Einem inneren Drang folgend ging sie ihm nach. Der Kleine führte sie in ein Viertel, dass vor allem von heruntergekommenen Häusern geprägt wurde und in dem der Unrat die Straßen verdreckte. Shahira verzog angewidert das Gesicht. Wo waren hier die Priester der großen Vier? Diese Leute brauchten wohl allen voran ihre Hilfe. Immer wieder sah sie in schattigen Nischen, wie sich Gestalten vor der Sonne versteckten. Wenn sie ihnen Blicke zuwarf, war nicht selten ein Wimmern zu hören. Hier lebten also die Armen und Verlassenen im Schatten der Tempel.

Der Junge betrat ein Gebäude. Das Haus war klein und die Außenmauer bröcklig. Als Shahira ebenfalls dort angekommen war, spähte sie durch ein offenes Fenster und blickte in einen kleinen Wohnraum. Weitere Zimmer schien das Haus nicht zu haben. An der hinteren Wand stand ein Bett, auf dem eine ältere Frau lag, die ein kleines Mädchen im Arm hielt. Der Junge ging zu ihnen hinüber und setzte sich auf die Bettkante. Er sagte etwas zu der Frau, die daraufhin zitternd lächelte und ihm über die Wange strich. Ihre Augen waren stark gerötet. Die Haut war an einigen Stellen im Gesicht eingerissen und die Wunden hatten dunkle Ränder.

Shahira kannte die Krankheit: Rissfieber. Sie trat durch Bisse von Kleintieren auf, vor allem Ratten und Mäuse. Ihr Vater hatte damals im Gasthaus einmal im Mond einen Rattenjäger kommen lassen, der sich um solche Plagegeister gekümmert hatte. Ihre Eltern hatten immer einen besonderen Wert auf saubere Zimmer gelegt. Aber diese Gesellen verlangten nicht wenige Münzen, was man bei der Art ihrer Arbeit auch irgendwie nachvollziehen konnte.

Shahira sah sich um und atmete schwer ein. Nun gut, wenn Bornar hier schon nicht half, dann würde sie es tun. Sie ging eilig zurück zum Marktplatz, wo sie sich nach einem Kräuterhändler umsah. Zuerst fand sie keinen und als sie sich anschickte, im äußeren Ring der Stadt zu suchen, entdeckte sie in einer kleinen Hausecke einen schrumpelig wirkenden, alten Mann, der sie mit zugekniffenen Augen musterte, als sie näher kam. »Sucht Ihr etwas?«, fragte er unfreundlich.

Shahira hob eine Augenbraue. »Guter Mann, ich grüße Euch. Ich suche etwas, das gegen Rissfieber hilft.«

»So ist das, he? Rissfieber, lasst mich nachdenken. Ich glaube, Sumpfhaarwurzel mit Griffenkopfkraut hilft am besten«, sagte er mürrisch.

»Glaubt Ihr es oder wisst Ihr es?«

»Ich weiß es. Was denkt Ihr denn?«, fauchte er. »Wollt Ihr etwas kaufen?«

»Ja, das will ich. Aber nur wenn Ihr mir auch verraten könnt, wie ich es zubereite, damit die Krankheit heilt.« Shahira hatte Mühe, einen freundlichen Tonfall beizubehalten, denn der Alte war schon sehr mürrisch. Wie verkaufte er nur etwas, wenn er all seine Kunden so anfuhr?

»Das Zeug kostet Münzen. Ich hoffe, Ihr habt welche?«, fragte er gierig.

»Wie viele Münzen denn?«, fragte Shahira nach, in der Erwartung jetzt einen unverschämt hohen Preis zu hören. Doch sie wurde überrascht.

»Zwei Silbermünzen je Anwendung. Erwachsene brauchen zwei bis zur Heilung, Kinder eine«, sagte er knapp.

Shahira rechnete kurz zusammen und überlegte, was sie noch in ihrem Beutel hatte. Auf ihrer letzten Reise hatten sie einige Münzen erhalten, allerdings führte Xzar ihre Reisekasse mit sich. Aber für die Kräuter sollte ihr Beutelinhalt allemal reichen. Sie brauchte zwei Anwendungen für die Frau, eine für das Mädchen und um sicherzugehen, noch eine für den Jungen. Sie zog eine Goldmünze aus ihrem Beutel und hielt sie dem Kräuterhändler vor die Nase. Er nahm sie, legte sie auf eine Waage und stellte drei kleine Gewichte auf die andere Seite. Als sich die Schale mit der Goldmünze ein wenig tiefer senkte als die Gewichte, nickte er zufrieden. Er gab ihr sechs Silbermünzen zurück.

Während er die Kräuter zusammensuchte, erklärte er ihr die Zubereitung. »Zuerst nehmt Ihr die Sumpfhaarwurzel, schneidet sie in der Mitte durch. Die eine Hälfte zerdrückt Ihr in einer Schale und brüht sie auf. Dann zerreibt Ihr den oberen Teil der Wurzel, bis der gelbliche Pflanzensaft vollständig ausgetreten ist. Diesen mischt Ihr in das heiße Wasser. Zehn Augenblicke ziehen lassen, dann das Griffenkopfkraut hinzugeben. Etwas heißes Wasser nachgießen. Dann die zweite Hälfte der Wurzel vollständig schälen, in eine zweite Schale geben, heißes Wasser darüber, bis zehn zählen. Dann muss der Kranke sie essen und den Sud schnell trinken. Die zweite Portion zwei Stunden später. Es dauert einen halben Tag, bis die Wirkung einsetzt.« Er drückte Shahira einen alten Beutel mit den Zutaten in die Hand.

Sie nickte dankend und verließ den Mann, der sie immer noch grimmig anstarrte. Seltsame Leute gab es, dachte sie und eilte zurück zur Unterstadt.

Dort angekommen, klopfte sie an die Tür des Hauses und als der Junge ihr öffnete, sah er sie mit glasigem Blick erstaunt an.

»Ich helfe deiner Mutter und deiner Schwester«, sagte sie zu ihm.

Er starrte sie noch einen Augenblick lang ungläubig an, dann legte sich ein schmales Lächeln auf sein Gesicht und Hoffnung trat in seine Augen.

»Wir werden eine Medizin zubereiten. Du kannst mir helfen, wenn du magst. Wie heißt du eigentlich?«

»Josh, Herrin! Ja, ich helfe.«

»Gut Josh, nenn mich Shahira. Wir brauchen heißes Wasser. Kannst du welches machen?«

»Ja, Shahira. Ich mache Wasser heiß.« Er sprang auf und hob ächzend einen schweren Topf an, den er zu einer kleinen Feuerstelle schleppte. Shahira bot ihm ihre Hilfe an, doch er bestand darauf, es alleine zu machen. Sie wandte sich schmunzelnd der Mutter zu und legte ihr, sowie dem Mädchen einen kühlen Lappen auf die Stirn. Die Frau sah sie mit flatternden Lidern an.

»Schhh ... es wird alles wieder gut. Ruht Euch aus. Josh und ich helfen euch beiden.«

»W-w-arum?«, kam die stotternde Frage der Mutter.

»Weil ...« Sie unterbrach sich. Warum tat sie es? Shahira erinnerte sich an etwas. Xzar hatte es Kels Vater gesagt und er hatte recht. »Weil es keinen Grund gibt, es nicht zu tun.«

Ein flüchtiges Lächeln huschte über das Gesicht der Mutter, die ihre Tochter fester in den Arm nahm.

»Jetzt wartet, bis wir fertig sind. Ruht euch noch etwas aus.« Shahira begann mit der Zubereitung, als das Wasser im Topf kochte. Am Ende war die Prozedur leichter, als sie es sich bei den Erklärungen vorgestellt hatte und somit hatte sie die Medizin in weniger als einer Stunde zubereitet. Josh war ihr fleißig zur Hand gegangen und hatte ihre Anweisungen genau befolgt. Als sie fertig waren, verabreichten sie der Mutter die Medizin. Joshs Schwester allerdings davon zu überzeugen, dass sie die bittere Wurzelhälfte essen musste und dann noch den, nicht besser schmeckenden, Sud trinken sollte, erforderte nicht zuletzt gutes Zureden der Mutter und des Bruders. Josh erwies sich als deutlich tapferer, auch wenn er beteuerte, gar nicht krank zu sein. Aber Shahira bestand darauf, dass auch er die Medizin zu sich nahm.

Shahira versprach solange zu bleiben, bis die Wirkung eintrat. Als gegen Abend die Schwäche in den Gliedern der Kranken nachließ, atmeten alle erleichtert auf. Die Medizin wirkte. Und noch in der nächsten Stunde besserte sich der Zustand der Familie deutlich. Als Shahira aufstand und sich verabschiedete, waren lediglich die Wunden im Gesicht der Mutter noch nicht verheilt. Diese würden wohl noch ein paar Tage an die schreckliche Krankheit erinnern. Kurz bevor sie durch die Tür nach draußen treten konnte, hielt Josh sie am Arm fest. »Danke, Herrin Shahira. Ich wusste es immer, dass der Herr Bornar mir Hilfe schicken würde. Genau wie die Priester es uns sagen.«

Damit umarmte er sie auf Hüfthöhe einmal fest und winkte ihr noch lange nach, als sie nachdenklich die Straße entlang schritt.

# Kult der Gerechten

Xzar stand am Hafen vor einem Schiff, das *Wellenspringer* hieß. Es war gut zwanzig Schritt lang mit einem dicken Bauch, der scheinbar tief im Wasser lag. Am hinteren Teil gab es einen rechteckigen Aufbau. Aufsteigender Rauch aus einem schmalen Rohr deutete darauf hin, dass sich dort die Kombüse oder zumindest die Messe befand. Oben drüber auf dem flachen Dach hatte der Kapitän Zugriff auf das schwere Ruder. Im vorderen Bereich, da wo der Bauch des Schiffes am dicksten war, befanden sich womöglich die Laderäume. Die Reling war recht niedrig und in der Mitte gab es eine Befestigungsmöglichkeit für einen Mast, der jetzt allerdings flach auf Deck lag. Xzar hatte zwar wenig Ahnung von der Seefahrt, aber dieses Schiff erschien ihm solide und seetauglich. An Deck waren einige Seeleute zu sehen und er entschloss sich, hier zu fragen, ob sie bei ihnen mitfahren konnten.

»He da, Bursche!«, rief er einem Knaben zu, der wohl nicht mal zwölf Sommer alt war. Seine Haut hatte einen deutlichen Rotstich, was wohl der Sonne geschuldet war. Er sprach einen seltsamen Dialekt und somit die Worte des Königreichs nicht ganz richtig aus.

»Mich, Herr?«, fragte dieser, während er sich umsah, ob der Fremde nicht doch wen anders gerufen hatte.

»Ja, dich meine ich«, sagte Xzar.

»Ai, Herr! Was gibt's?«

»Woher kommst du?«

»Von Vorderdeck, Herr, mich Seile gerollt«, antwortete er artig.

Xzar lächelte. »Das meinte ich nicht. Wo bist du geboren?«

»Ah, jetzt wissen. Von Bergen in Süden. Da kalt. Vater jetzt hier, hat Arbeit.«

»Hier auf dem Schiff?«

Der Junge nickte und deutete auf einen stämmigen Kerl, der gerade eine große Kiste mithilfe eines Seilzugs an Bord hob.

Xzar nickte. »Wer ist der Kapitän hier?«

»Der sein Kapitän Hasmund Balkenbrecher, Herr«, sagte der Junge und klang dabei so, als müsste man den Namen kennen.

»Mhm«, machte Xzar und sah sich um. »Und wo finde ich ihn?«

»Kapitän in Laderaum, Herr. Bringen zu ihm?«, fragte der Bursche.

Xzar nickte. Der Junge deutete mit einer Handbewegung an, dass Xzar ihm folgen sollte, und führte ihn, unter misstrauischen Blicken der anderen Seeleute, eine kurze, steile Holztreppe unter Deck. Xzar musste sich ein wenig ducken, um durch die Luke der Treppe zu steigen, doch als er einmal unten war, konnte er wieder aufrecht stehen. Der Junge führte ihn an einigen Kisten vorbei zu einem kräftigen Mann mittleren Alters. Sein wettergegerbtes Gesicht wirkte hart und seine braunen Augen musterten den Fremden, der auf ihn zu kam, mit fragendem Blick. Als er sich sicher schien, dass dieser ihm kein Übel wollte, schob er eine schwere Holzkiste zwischen zwei andere und sicherte die Ladung mit einem dicken Seil. Dann drehte er sich zu dem Burschen um. »Wen bringst du mir da?«

»Sucht dich, Käp'n!«

»Was will der Fremde?«

»Weiß nich, nich g'sagt.«

»Garis, ich habe dir doch schon mal gesagt, du musst fragen«, sagte der Kapitän und auch wenn er seine Hände dabei in die Hüften stemmte, klang er sehr milde.

»Oh, verzeihen«, antwortete der Junge schuldbewusst und richtete den Blick auf seine Füße.

»Gut, jetzt geh wieder hoch, ich übernehm den hier.«

»Ai, Käp'n!«, rief Garis und eilte nach oben.

Der Kapitän musterte Xzar noch einmal eindringlich, dann nickte er ihm zu. »Und, was wollt Ihr?«

»Verzeiht die Störung, ich suche ein Schiff, das mich und meine Gefährten mitnimmt«, sagte Xzar höflich, mit einer leichten Verbeugung.

»Hm, wir haben einen Lastkahn, kein Ausflugsschiff«, sagte der Kapitän schroff. »Wie kommt ihr also auf uns?«

Xzar sah sich um, als suchte er eine Bestätigung für die Worte des Mannes, auch wenn ihm dies durchaus bewusst war. »Mir gefiel das Schiff, Kapitän Balkenbrecher. Ihre Form, ihr Name, die Männer an Deck«, sagte Xzar.

»Die Männer an Deck?«, fragte der Kapitän misstrauisch und hob dabei eine Augenbraue an.

»Nicht so!«, warf Xzar gleich ein. »Sie sehen alle sehr erfahren aus. Das wollte ich sagen!«

Der Kapitän zögerte und nickte dann. »Wir fahren den Tar hinunter bis zur Stadt Karesstätt. Wo wollt Ihr hin?«

»Zum Anlegesteg beim Henkersbruch.«

»Iskent?«

»Nein, Kapitän, wir wollen weiter in den Osten, bis in den Wald Illamines.«

Der Kapitän schüttelte den Kopf. »Kenn ich nicht. Aber Henkersbruch sagt mir was. Dort landen wir Nahrungsmittel an, wenn wir aus dem Süden wieder hochfahren.«

»Das heißt, Ihr nehmt uns mit?«, fragte Xzar voller Hoffnung.

»Das heißt, ich könnte das machen, ja. Wie viele Gefährten habt Ihr denn?«

»Mit mir sind wir zu dritt. Meine Gefährtin und ein weiterer Begleiter, dazu zwei Pferde und ein Esel.«

Der Kapitän hob erneut eine Augenbraue und schien nachzudenken. »Das sin` ein paar Tage, nicht billig.«

»Wie viel?«

»Zwölf Silber pro Kopf, sechs für die Tiere.«

Xzar atmete hörbar ein. Das war keine geringe Summe. Er wiegte den Kopf hin und her und sagte dann, »Ein Goldtaler für jeden von uns. Der Preis für die Tiere bleibt. Und dafür helfen wir Euch, wo wir können.« Xzar hoffte, der Kapitän würde auf den Handel eingehen. Allerdings würde dieser als Händler ebenfalls wissen, dass eine Goldmünze zum Teil weniger wert sein konnte, als zehn Silbermünzen, je nachdem wo sie gegossen wurde. Zu seiner Überraschung nickte der Kapitän und stimmte zu.

Eine Frage kam Xzar dann aber noch in den Sinn. »Gilt es nicht, dass Frauen auf Schiffen Unglück bringen?«

»Wollt Ihr Euer Weib loswerden?«, fragte der Kapitän im Gegenzug.

»Nein! So war das nicht, ... ich dachte nur ...«, stammelte Xzar und errötete.

Der Kapitän lachte. »Glaubt mir, an Bord befinden sich meine Frau und meine Tochter und wenn ich meinem Eheweib mitteile, dass sie nicht mitkommen darf, weil sie mir Unglück bringt, dann schwimme ich besser nach Karesstätt und Ihr auch!«

Xzar lächelte, bevor der Kapitän das Ganze mit einem Handschlag bekräftigte. Danach besprachen sie die weiteren Einzelheiten. Da das Handelsschiff keine Kabinen hatte, würden sie in Hängematten nächtigen. Um es ihnen aber ein wenig vertraulicher zu machen, versicherte der Kapitän ihm, dass er diesen Bereich für sie abtrennen würde, sodass sie etwas Abstand zur Mannschaft hatten. Diese bestand neben dem Kapitän aus acht Männern und den beiden Frauen. Die Fahrt würde etwa eine Woche dauern, da sie mit dem Strom fuhren.

Als Xzar vom Hafen zurück zur Taverne wollte, fiel ihm noch etwas ein. Er hatte im Deranarttempel vergessen nachzufragen, wer die Gerechten waren, die ihn und seine Freunde nun schon mehrfach angegriffen hatten. Also lenkte er seinen Schritt zurück zum Tempelplatz. Da es mittlerweile bereits Nachmittag war, meldete sich auch sein Magen und er suchte sich einen Stand, wo etwas zu essen angeboten wurde. Seine Nase führte ihn zu einem Händler und dort gab es neben köstlich aussehende Fleischspießen auch getrocknetes Obst. Dieses hatte er vor einiger Zeit in Bergvall schon einmal gekostet und er hatte sich in diese süßen Früchte verliebt. Als er allerdings hier nach den Preisen fragte, wurde ihm übel, denn eine kleine Papiertüte mit etwa fünf Früchten kostete hier eine Goldmünze. In Bergvall hatte er für zehn Früchte nicht mal vier Silber gezahlt. Ob dies alleine an den Einfuhrzöllen lag? Irgendwann, das schwor er sich, würde er in die Feuerlande reisen und dort einen ganzen Vorrat der Früchte kaufen. Hier jedoch blieb er bei einem Fleischspieß, der nur einige Kupfer kostete und nahm diesen mit.

Während er aß und in Richtung Tempel schlenderte, dachte er über das nach, was er vorhin erfahren hatte. Der erste Krieger Deranarts zu sein, bedeutete also den Frieden im Land zu wahren. Sich als Söldner im Namen Deranarts jenen anzubieten, die Hilfe brauchten. Das war irgendwie eine seltsame Vorstellung, er konnte ja nicht überall im Land zugleich sein und auch nicht wissen, wo gerade etwas Schlimmes geschah. Und wovon sollte er leben? Denn auf Belohnungen der Leute konnte er wohl kaum hoffen. Oder hatte er etwas in den Worten des Priesters falsch verstanden? Ging es nur darum, ein tugendhaftes Leben zu führen und den Hilflosen und Schwachen beizustehen, wenn sie Hilfe benötigten? Was unterschied ihn denn dann von den Rittern, die sich das alles auf ihre Rüstungen geschrieben hatten?

Er war sich sicher, dass er nicht der Richtige war, denn er verstand die Aufgabe ja nicht mal. Schade war es nur um das Drachenschwert, welches er dann irgendwann dem richtigen Träger geben musste. Die Klinge hatte sich bewährt und ihre Kraft, die ab und zu auslöste, war durchaus nützlich. Auch wenn er noch nicht verstanden hatte, wann genau sie ihm die zusätzliche Stärke und Schnelligkeit verlieh. Bisher war er davon ausgegangen, dass es mit dem Blut im Heft des Schwertes zu tun hatte, aber das war es nicht. Seit er das Drachenblut aus diesem entnommen hatte, hatte sich die Phiole im Inneren nicht mehr neu gefüllt. Das Blut lief zwar immer noch die Klinge hinab, um dann im Drachenkopf zu versickern, aber wo es hin verschwand, wusste Xzar nicht. Bisher fehlte ihm allerdings auch die Zeit für eine intensive, magische Analyse. So etwas konnte durchaus mehrere Tage in Anspruch nehmen.

Mittlerweile war er vor dem Tempel angekommen und hatte seinen Fleischspieß fast verzehrt. Was er allerdings nicht berücksichtigt hatte, war, dass seine Finger nun gänzlich mit Fett besudelt waren. Verdammt! Damit wollte er nicht in den Tempel gehen. Xzar sah sich um und entdeckte einen Brunnen in der Mitte des Platzes. Er ging hinüber und tauchte seine Hände in das kühle Wasser. Eine dünne Fettschicht löste sich von seinen Fingern und bedeckte nun die Wasseroberfläche mit schimmernden Farben.

Er sah auf und bemerkte den Blick zweier älterer Frauen, die ihn kopfschüttelnd und gleichwohl grimmig ansahen. Er hob entschuldigend die Schultern und lächelte schuldbewusst, was eine der beiden zu einem bösen Kommentar anregte, dass die Jugend von heute auch gar keinen Respekt mehr besaß. Er stutzte. Sein Blick wanderte über den Brunnen und er erkannte, dass obenauf eine Statue des Königs posierte. Nicht zuletzt das goldene Schild darunter, auf dem *König Ilris III. von Mandum'n* stand, bestätigte ihm dies. Auf dem Brunnenboden erkannte er jetzt die vielen glänzenden Münzen, die Leute hier hinein warfen, um sich und vielleicht auch dem König Glück und Gesundheit zu wünschen.

Xzar wedelte durch das Wasser, um die Fettschicht aufzulösen, was ihm mehr schlecht als recht gelang. Dann holte er eine Kupfermünze heraus und schnippte sie in das Wasser. Die alten Weiber schüttelten nur weiter den Kopf und Xzar hoffte schmunzelnd, der König möge ihm sein Handeln vergeben. Dann trocknete er sich die Hände an seinem Umhang ab und ging zum Tempel des Deranart. Er war froh, dass man ihn hier nicht kannte. Was wären das für Geschichten über den vermeintlichen ersten Krieger des Drachen, der sich nicht zu benehmen wusste.

In der großen Tempelhalle, in der inzwischen deutlich mehr Menschen waren, sah er den Priester, mit dem Shahira gesprochen hatte und begrüßte ihn. Xzar holte den schwarzen Papierfetzen heraus und reichte diesen dem Mann. »Bitte schaut Euch dies einmal an. Wir wurden bereits zweimal von Männern überfallen, die dieses Zeichen trugen. Sie nennen sich wohl die Gerechten?«

Der Priester besah sich den Zettel nur kurz und seufzte dann. »Ja, sie sind uns bekannt.«

»Wer sind sie und was wollen sie?«, fragte Xzar nach.

»Sie nennen sich, wie Ihr schon sagtet, die Gerechten. Sie gehörten im ersten Jahrzehnt der Neugründung zu unserem Orden. Doch dann wandelten sich ihre Ideale. Während wir die Urteile über Verbrechen mit dem Auge der Gerechtigkeit prüften, also einer der Gaben Deranarts, waren sie der Meinung, dass eine gerechte Strafe nur von jenen gefällt werden kann, die selbst Opfer oder Angehörige sind. Das führte dazu, dass das Recht schwer gebeugt wurde. Auf der einen Seite kann man das verstehen, doch auf der anderen führt dies zu Betrug mit göttlichem Gesetz.«

»Das klingt seltsam.«

»Ich erläutere es genauer: Stellt Euch vor, eine Frau lässt ihren Mann umbringen und jener, der die Klinge führt, ist ihr Liebhaber. Dann sagt sie als Angehörige des Opfers aus, dass ihr Mann sie schlug und der Liebhaber ihr somit nur geholfen habe. Das Urteil der Frau lautet Freispruch! Nach der abwegigen Ansicht der Gerechten wäre dieses Urteil also gesprochen!

Bei uns und nach unserem Gesetz ist der Liebhaber kein Helfer, sondern ein Mörder. Eine Ausnahme stellt hier die Notwehr dar, dann stände eine ausgiebigere Untersuchung an. Wir haben Priester, die besonders für diese Aufgaben ausgebildet sind.

Und wenn die Frau sich schließlich als Auftraggeberin herausstellt, droht ihr ein Verfahren und beide bekämen eine Strafe«, erklärte der Priester.

Xzar verstand, auf was er hinaus wollte. Das war auch in seinen Augen Gerechtigkeit.

»Die Gerechten wollten ihre Sicht des Glaubens der Bevölkerung als wohlgefällig und im Sinne Deranarts verkaufen und es wurde gerne angenommen. Jeder hatte seine eigene Meinung, wie mit Straftätern umzugehen war. Doch mit der Zeit wandelte sich dieses Denken. Sie riefen immer mehr dazu auf, das Gesetz selbst in die Hand zu nehmen. Das führte so weit, dass ganze Meuten Verbrecher jagten und viele Unschuldige starben. Und glaubt mir, da dies bereits in den ersten Jahren geschah, nachdem der Glaube an die großen Vier zurückkehrte, warf es kein gutes Bild auf uns. Im Jahr 44 nach der Rückkehr verbot König Ilris II. von Mandum'n den Orden der Gerechten und nannte sie fortan Kult der Gerechten.«

»Jahr 44 nach der Rückkehr ist Eure Zeitrechnung? Setzt sie sich durch?«, stellte Xzar eine Zwischenfrage.

Der Priester nickte. »Ja, mehr und mehr. Wobei die alte Bezeichnung *nach dem Krieg* auch noch verwendet wird. Aber da man so bereits Ereignisse nach dem Krieg der Elfen berechnet, werden neuere Ereignisse immer mehr mit *nach der Rückkehr* bezeichnet, zumal es zeitgleich mit dem Ende des Krieges gegen die Magier fällt. Somit werden die Kriege ein wenig auseinandergehalten.«

»Sagt, welches Jahr ist es nach Eurer derzeitigen Zeitrechnung?«, fragte Xzar.

»Wir befinden uns im Jahr 63 nach der Rückkehr. Kurz 63 ndR«, antwortete der Priester.

»Danke und verzeiht, dass ich dieses Thema einwarf, aber es hatte mich schon lange interessiert.«

Der Priester lächelte und nickte dann. »Sehr gerne. Also wo waren wir?«

Xzar überlegte kurz und sagte dann, »Verbot des Ordens.«

»Ja, richtig. Der König verbot ihn, aber damit verschwand er nicht. Das Gegenteil war der Fall, sie mehrten ihre Anhänger. Denn glaubt mir, dem Gedanken zu folgen, sie könnten gerecht sein, indem sie ihre Meinung vertraten, zog so manchen Übeltäter an. Sie haben angeblich auch einen Tempel, doch keiner weiß wo. Und in diesem verehren sie Deranart auf eine verschrobene Art und Weise. Er ist für sie der strahlende Rächer, der die Welt von unseren Verfehlungen reinigt. Und ihre Aufgabe ist es, dasselbe zu tun. Somit sehen sie die Magier als Verfehlung an, die Elfen, die Zwerge und jeden, der etwas anderes glaubt, als an die Rache des Himmelsfürsten.«

Xzar sah ihn nachdenklich an und ließ die Worte auf sich wirken, bevor er antwortete. »Aber ist das nicht ein wenig größenwahnsinnig, sich gegen alles und jeden zu verschwören?«

Der Priester nickte. »Ja, durchaus. Aber Ihr würdet nicht glauben, wie viele sich dieser Ideologie anschließen.«

»Aber sie haben selbst Magier in ihren Reihen. Einer griff mich an«, fügte Xzar hinzu.

»Ja, das ist die Verhöhnung an dem Ganzen. Sie sagen, sie suchen den gerechten Kampf, einer gegen einen, zwei gegen zwei und immer so weiter, doch wenn sie ihren Vorteil schwinden sehen, weichen sie von ihren eigenen Idealen ab. Am Ende werden sie nichts weiter sein, als ein gefährlicher Kult, der mit seinen befremdlichen Ansichten Unruhe in die Welt bringen will. Ja, sie sehen Magier als ihre Feinde an. Aber jene, die beim Kult sind, bekleiden dort die Ränge der Priester, denn nach allem, was wir wissen, haben sie keine eigenen. Deranart gibt ihnen keine Kraft, wie wir sie erhalten und das alleine ist schon ein Zeichen ihrer Falschheit. Ihr wisst, warum sie Euch angriffen?«, fragte der Priester.

Xzar nickte und deutete auf das Schwert an seiner Seite. Daraufhin nickte auch der Priester. »Ja, solch ein Symbol in ihren Händen würde Zweifel sähen, ob Deranart sie nicht doch gesandt hat. Wir wollen den Menschen unseres Landes Ruhe geben, damit sie ihre Leben wieder aufbauen können. Sie sollen wissen, dass die großen Vier mit ihnen sind und ein friedliches Leben möglich ist. Doch der Kult der Gerechten bringt unsere Arbeit immer wieder zum Wanken. Der einfache Bauer in seinem Dorf, auf seinen Feldern, sieht nicht den Orden Deranarts oder den Kult der Gerechten. Er sieht und hört nur, dass Deranart Leute in sein Dorf gesandt hat, um sie zu bestrafen. Und das, weil einer oder zwei sündig waren, und sei es nur, weil sie beim Würfelspiel in der Taverne betrogen haben. Wir wissen nicht, woher sie ihre Informationen holen, wie sie von den Verbrechen wissen, doch es muss eine dunkle Energie sein, die sie leitet.«

»Das hört sich nicht gut an. Was unternimmt man, um den Kult der Gerechten aufzuhalten?«, fragte Xzar.

»Wir sind noch dabei, Hinweise zu sammeln. Sie halten sich verborgen. Angeblich soll es mehrere Verstecke geben. Der Orden Deranarts hat vor einigen Jahren einen heiligen Bund ins Leben gerufen: die Ritter des Drachen. Sie sind mit der Reinigung des Landes von solchen Frevlern betraut. Derzeit haben wir etwa einhundertfünfzig Kämpfer. Leider gibt es unter ihnen nur wenige Veteranen und zu viele junge Rekruten. Sie können nicht an allen Orten zugleich sein«, erklärte der Priester.

»Ja, das ist sicher ein mühseliger Anfang. Wie viele Mitglieder hat der Kult?«, hakte Xzar nach.

»Wir schätzen, dass es sich immer um Gruppen zwischen zwanzig und vierzig Personen an einem Ort handelt und mindestens ein Magier ist immer dabei.«

»Nun, einer hat jetzt fünf Mitglieder weniger«, sagte Xzar grimmig.

Der Priester lächelte schief. »Rache darf nicht unser Ansporn sein, den Kult aufzuhalten. Wir müssen versuchen, sie zurück in die Gemeinschaft zu holen, ihnen den rechten Weg aufzeigen. Doch wenn es sich nicht vermeiden lässt, bleibt nur der Kampf.«

»Ich verstehe.« Xzar überlegte, ob er noch weitere Fragen hatte, doch die Neuigkeiten musste er erst einmal überdenken. »Danke für Eure Zeit«, sagte er und verabschiedete sich.

»Jederzeit wieder, wenn Ihr Fragen habt. Und möge Deranart Euren Weg leiten und Euch niemals straucheln lassen, vor allem nicht dann, wenn es darum geht, gerecht zu walten.«

# Schutz der Schwachen und Hilfesuchenden

Xzar erreichte die Taverne, als er Shahira sah, die gerade um die Ecke des Hauses bog. Er winkte ihr zu und ihr Lächeln erfreute ihn. Als sie bei ihm war, gab er ihr einen Kuss und nahm ihre Hand. »Du bist spät? So lange im Tempel gebraucht?«

Shahira schüttelte den Kopf. »Nein, nicht nur. Im Tempel Tyranieas war ich gar nicht mehr. Ich habe einem kleinen Jungen geholfen. Seine Mutter und Schwester waren krank, es ist eine etwas längere Geschichte. Ich erzähle sie dir später. Jetzt freue ich mich erst mal auf ein warmes Mahl und ein Glas Wein. Sollen wir?«

Xzar nickte und sie betraten das Wirtshaus. Als sie sich umsahen, entdeckten sie Selenna an einem der Tische. Neben ihr saß eine hübsche, junge Frau. Xzar zog eine Augenbraue hoch und sah Shahira fragend an, die nur die Schultern hochhob und ihm bedeutete, hinüberzugehen. Als sie näher kamen, bemerkte Xzar, dass die junge Frau sehr traurig wirkte. Ihr Blick war unstet und ihre Schultern hingen tief herunter. In der Hand hielt sie einen Becher und ihr Griff zitterte. Was hatte Isen, nein Selenna verbesserte er sich, jetzt nur wieder angestellt?

Als die beiden am Tisch ankamen, sah die junge Frau ängstlich zu ihnen auf, dann drehte sich Selenna um und lächelte erfreut, bevor sie aufstand. »Ah, da seid ihr ja!« Selenna sah zu der jungen Frau und deutete dann auf die beiden Neuankömmlinge. »Lady Alinja, darf ich Euch meine Gefährten vorstellen. Dies sind Xzar und Shahira. Xzar und Shahira, das ist Lady Alinja vom Eisfeuer.«

Da weder Xzar noch Shahira gleich reagierten, war es die junge Frau, die zuerst etwas sagte. Ihre Stimme klang zerbrechlich und mit einem ängstlichen Unterton. »Möge die Göttin des Eises und des Feuers Euch stets das Gleichgewicht bringen.«

Erst jetzt löste Xzar sich aus seiner Überraschung. Wie hatte Selenna sie vorgestellt? *Lady Alinja vom Eisfeuer*? »Was bedeutet das: vom Eisfeuer?«

»Sie ist eine Priesterin der Tyraniea oder vielmehr auf dem Weg eine zu werden«, antwortete Selenna, als sei dies selbstverständlich.

Die junge Frau nickte schüchtern.

Xzars Augen weiteten sich, dann fing er sich wieder. »Ich grüße Euch und bitte meine Überraschung zu verzeihen. Ich habe hier mit allem gerechnet, aber nicht mit einer Priesterin.« Xzar musterte ihr Gesicht. Sie musste noch sehr jung sein. Was machte sie hier?

Selenna deutete an, dass die beiden sich setzen sollten. »Sie ist eine Novizin auf dem Weg zur Priesterweihe. Sie wurde überfallen, ihre Begleiter getötet«, beantwortete Selenna Xzars unausgesprochene Frage.

»Das ist ja schrecklich!«, sagte Shahira mitfühlend. Sie bemerkte, dass die Augen der Frau feucht wurden und so, wie die roten Ränder unter diesen es andeuteten, waren es nicht die ersten Tränen, die sie heute vergoss.

Dann sagte Alinja leise. »Ja, leider. Ich konnte mich verstecken, doch nichts daran ändern. Bitte verzeiht, wenn ich so unerwartet bei Euch auftauche.«

Xzar verzog den Mund und sagte dann mit ein wenig Hohn, »Die Geschichte dazu interessiert mich allerdings brennend.«

Lady Alinja schluckte und fuhr leise fort. »Eure Gefährtin fand mich auf dem Marktplatz und bot mir an, Euch hier zu treffen.«

Xzar blickte scharf zu Selenna, die unschuldig lächelte. Er schüttelte unmerklich den Kopf und das Lächeln verlor etwas an Sicherheit.

Shahira nutzte die entstandene Pause. »Nun fühlt Euch erst mal willkommen, Lady Alinja.«

Xzar sah sie skeptisch an, wandte sich dann aber wieder an die Novizin. »Was sagte denn unsere ... Gefährtin ... was Euch hier erwartet?«

Alinja blickte unsicher zu Selenna und antwortete zaghaft, »Sie wollte Euch bitten, mich auf Eurem Weg mitzunehmen.« Als sie sah, wie Xzar beide Augenbrauen hob, fügte sie hinzu, »Aber wenn es Euch zu viele Umstände bereitet, ich finde sicher ...«

»Nein, Ihr findet sicher nicht ...«, unterbrach Selenna sie scharf. »Wir werden Euch schon helfen.«

Xzar lächelte jetzt. Was passierte hier gerade? Er hatte doch noch gar nichts gesagt. Und das sollte er auch nicht, da Shahira ihm zuvorkam. »Selenna, beruhige dich. Erzähl uns doch erst mal, was hier vor sich geht?«

Selenna sah Xzar wütend an und als sie ihren Gefühlsausbruch bemerkte, seufzte sie. »Entschuldigt bitte, aber ihre Geschichte bewegt mich innerlich«, sagte Selenna und begann dann, die Geschichte zu erzählen, wie sie Lady Alinja am Markt traf und was ihr widerfahren war.

Xzar hörte genau zu und musste zugeben, dass er wahrscheinlich nicht anders gehandelt hätte. Ob sie die junge Frau mitnehmen sollten, wusste er allerdings noch nicht.

»Und Euer Tempel hilft Euch nicht? Nicht mal mit neuer Ausrüstung?«, fragte Shahira ungläubig.

Lady Alinja schüttelte den Kopf. »Nein, das ist der Ritus. Entweder man findet seinen Weg oder man ist nicht stark genug, um Feuer und Eis zu dienen.«

Xzar seufzte jetzt auch. »Eure Geschichte und das, was Ihr erlebt habt, tut mir leid. Das war sicher nicht einfach. Doch ich möchte ehrlich sein, ich weiß nicht, ob wir Euch mitnehmen können und auch nicht, ob wir sollten. Wir haben eine lange, gefährliche Reise vor uns. Man verfolgt uns. Wir müssten Euch ausrüsten und versorgen. Zwar mangelt es uns derzeit nicht an Münzen, aber noch ist nicht vorauszusehen, was wir auf unserer Reise noch benötigen«, erklärte Xzar.

Die junge Frau hörte ihm zu und nickte dann enttäuscht.

»Darf ich Euch unter sechs Augen sprechen. Bitte!?«, fragte Selenna flehend Shahira und Xzar.

Xzar sah sie fragend an und nickte dann ergeben. Isen, ... Selenna, ... wahrscheinlich beide, würden eh nicht eher Ruhe geben, bis sie miteinander gesprochen hatten. Sie gingen auf die andere Seite der Taverne zu einer kleinen Sitzecke, wo sie keiner belauschen konnte.

»Xzar, bitte. Wir können sie nicht zurücklassen. Sie wäre der Welt hier hilflos ausgeliefert«, begann Selenna.

»Ja, du hast recht. Aber sie ist völlig mittellos. Sie hat noch weniger als du! Wir können nicht jeden mitnehmen und für ihn sorgen, so hart das klingen mag«, sagte Xzar.

»Hier! Nimm den Beutel des Prinzen.« Damit drückte Selenna ihm den gestohlenen Geldbeutel in seine Hand. »Da ist mehr als genug für uns drin.«

»Das Geld ist gestohlen. Wenn wir es jetzt noch benutzen, machen wir uns mitschuldig«, sagte Xzar empört.

»Ja, aber für eine gute Tat. Das macht das Verbrechen nicht ungeschehen, da gebe ich dir recht, aber es gleicht vielleicht aus, dass es zu Unrecht an uns kam«, erklärte Selenna.

»An dich kam. Du hast es gestohlen. Außerdem wissen wir nicht, ob ihre Geschichte stimmt«, sagte Xzar.

Selenna stockte und sah zu der jungen Frau hinüber, die in ihren Becher starrte und diesen sanft im Kreise schwenkte. »Nein«, sagte Selenna nach einigem Zögern. »Das wissen wir nicht.«

»Ich glaube ihr, Xzar. Ich habe es im Gefühl«, stellte sich Shahira unerwartet auf Selennas Seite, die, als sie diesen Aufwind spürte, hinzufügte, »Außerdem ist es deine Aufgabe: Schütze die Schwachen und die Hilflosen, denk an die Prophezeiung!«

Jetzt lachte Xzar laut auf. So laut, dass selbst Lady Alinja überrascht zu ihnen hinübersah. »Jetzt hör damit auf! Ich bin das nicht. Weder bin ich der Krieger aus der Prophezeiung, noch der erste Krieger Deranarts«, sagte er erheitert.

»Nicht, wenn du sie hier zurücklässt. Das wäre nicht ehrenhaft!«, sagte Selenna ernst.

»Du erzählst mir was von Ehre? Du? Du bist ein Dieb und du musst dich verkleiden. Hast du deiner neuen Freundin davon erzählt? Weiß sie von Isen?«, fragte Xzar spöttisch.

Selenna sah ihn wütend an. »Ich habe etwas angedeutet. Doch sie war genug verschreckt, auch ohne meine Geschichte. Den Rest erzähl ich ihr dann noch. Und ja, zu deinem ersten Punkt: Ich bin ein Dieb. Ein ehrloser, böser und heimtückischer Dieb. Aber du nicht! Von dir habe ich mir mehr erwartet.« Damit drehte Selenna sich um und stapfte wenig damenhaft zurück zu Lady Alinja an den Tisch. Auf den ängstlichen Blick der jungen Novizin hin, legte sie ihre Hand auf die der jungen Frau und redete ihr beruhigend zu.

Shahira, die noch bei Xzar geblieben war, sah ihn nun an. »Das war nicht richtig von dir. Er ist ein Dieb, aber auch unser Freund.«

»Was? Er hat angefangen! Wieso bin ich jetzt der, der den strafenden Blick bekommt?«, fragte Xzar erstaunt.

»Weil du nun mal unser Anführer bist. Du triffst die Entscheidungen und von dir wird erwartet, dass du nicht nur nach Schwarz oder Weiß urteilst«, erklärte Shahira ihm sanft.

Jetzt sah Xzar sie erstaunt an. »Ich bin was?«

»Unser Anführer, das weißt du doch auch«, sagte sie schelmisch. Ein Unterton in ihrer Stimme ließ vermuten, dass es keine Frage war.

Er schüttelte den Kopf, »Nein, so sehe ich es nicht. Wir beide, wir haben gemeinsam entschieden, was wir tun. Und Isen wollte uns begleiten, dann war es doch selbstverständlich, dass er denselben Weg nimmt wie wir.«

»Ja, aber du hast den Weg bestimmt. Du hast gesagt, wann wir diesen verlassen und wann wir ihn wieder nehmen. Du hast das Schiff gewählt, mit dem wir weiterfahren, den Ort wo wir wieder an Land gehen. All das macht ein guter Anführer. Isen folgt uns. Er folgt dir. Aber er ist nicht mit Lady Alinja und dem gestohlenen Geld durchgebrannt, um ihr zu helfen. Er fragt dich, ob wir sie mitnehmen. Schau in den Beutel des Prinzen. Damit wären die beiden zehnmal an ihren Bestimmungsort gekommen«, erklärte Shahira.

Xzar lockerte die Bänder des Lederbeutels, nur um dann scharf die Luft einzuatmen. Er zählte siebenundzwanzig Gold- und acht Silbermünzen. »Das ist ...«, begann er und Shahira beendete den Satz, »ein Vermögen. Und er gibt es *dir*, um *ihr* zu helfen. Er stellt sich nicht in den Vordergrund, um für sie ein Held zu sein. Nein, er gibt es dir, um unser Anführer zu sein. Und ich gebe ihm recht, wenn sie jemand verteidigen kann, dann du! Prophezeiung hin oder her, du bist Xzar und ein tapferer und gerechter Krieger, ein erfahrener Magier und wer weiß, vielleicht der Träger des Schwerts des Drachen.«

»Bitte fang du nicht auch noch damit an.«

Sie lächelte und gab ihm einen flüchtigen Kuss.

»Nun gut. Wir nehmen sie mit. Erst einmal bis Kan'bja. Vielleicht finden wir dort jemand, der ins Gebirge geht und sie führen kann«, entschied Xzar.

Als sie an den Tisch zurückkehrten, sahen Selenna und auch Lady Alinja hoffnungsvoll zu ihm auf. Xzar atmete tief ein und schürzte die Lippen. »Ich habe ... wir haben uns entschieden«, begann er, nur um ein verschmitztes Lächeln von Shahira zu ernten, »dass Ihr uns begleiten könnt, Lady Alinja. Doch ich möchte Euch auch ehrlich sagen, dass die Reise nicht einfach wird. Keine weichen Betten, keine erholsame Schifffahrt und wir haben noch einige Etappen vor uns, bevor wir Kan'bja erreichen.«

Lady Alinjas offenes und erfreutes Lächeln überraschte ihn. »Ich danke Euch aus tiefstem Herzen. Ich werde nicht murren und mich Eurer Weisung fügen«, sagte sie und ein Teil ihrer Angst schien verflogen.

»Shahira wird mit Euch in die Stadt gehen. Gleich morgen früh. Ihr werdet Ausrüstung und Kleidung brauchen. Ich werde ein zweites Zimmer für diese Nacht nehmen, dort werdet Ihr mit Shahira nächtigen. Ich denke, für den Anfang ist es besser, wenn ihr Frauen für Euch seid«, sagte er bestimmt.

»Und was ist mit Selenna?«, fragte Lady Alinja mit überraschtem Blick auf die dritte Frau.

Xzar sah ebenfalls zu ihr. »Das wird sie Euch gleich auf den Zimmern selbst erklären.«

Shahira nickte. »Ja, so machen wir das.«

Selenna lächelte, doch ihre Augen verkündeten, dass sie zumindest mit Xzars letzter Entscheidung nicht glücklich war.

Xzar nickte zufrieden. Ihr Anführer? Wie kam Shahira nur auf den Gedanken?

## Letzte Vorbereitungen

Am nächsten Morgen trafen sich alle, bis auf Selenna, zum Frühstück in der Schankstube. Selenna hatte ihnen mitgeteilt, sie am Hafen zu treffen, da sie auf dem Schiff wieder Isen sein wollte. Dafür musste sie jedoch unbeobachtet dort hingelangen und nachdem an manchen Hauswänden verzerrte Steckbriefe jenes Diebes hingen, der den Fürstensohn bestohlen hatte, war Heimlichkeit der bessere Weg. Lady Alinja hatte Isens Geständnis erstaunlich gefasst aufgenommen, zumindest jetzt, da sie eine Nacht darüber geschlafen hatte. Gestern auf ihrem Zimmer hatte sie sich noch bitterlich beschwert, wie er es nur wagen konnte, sich ihr Vertrauen mit so einer schamlosen Maskerade zu erschleichen. Und erst nachdem Shahira ihr die Lage deutlich gemacht hatte und auch Isen mehrfach beteuert hatte, dass er nur die Absicht hegte, ihr zu helfen, hatte sich die junge Novizin wieder beruhigt. Insofern war es in zweifacher Hinsicht gar nicht mal so schlecht, dass Isen heute nicht mit beim Frühstück saß.

Als Shahira und Lady Alinja nach unten kamen, saß Xzar bereits an einem der Tische und grübelte über einem Schriftstück.

»Guten Morgen, Liebster«, begrüßte Shahira ihn überschwänglich und gab ihm einen flüchtigen Kuss, als er zu ihr aufsah. »Was liest du da?«

»Ein Botenblatt, das hier in der Stadt verkauft wird. Dort stehen Neuigkeiten und Ankündigungen.«

»Guten Morgen, Herr«, sagte Lady Alinja höflich mit einem zaghaften Knicks.

Xzar sah sie erstaunt an. »Nicht Herr! Ich bin Xzar, nichts weiter.«

Sie zuckte unmerklich zusammen. »Verzeiht, He... ich meine Xzar. Ich dachte nur, es wäre angebracht.«

»Nein, macht Euch keine Sorgen, ich bin niemandes Herr.« Xzar lächelte aufmunternd, als er ihr andeutete, sich zu setzen.

»Und steht da was Wichtiges?«, fragte Shahira ihn, als sie sah, dass er Lady Alinja immer noch anlächelte.

»Wo?«, fragte er aus seinen Gedanken gerissen.

»In dem Botenblatt?«

»Ach so, ja, jede Menge. Doch wenig davon gefällt mir. Zuerst kommt ein langes Register von angepassten Handelszöllen: uninteressant. Und dann geht es schon los: Ein Kopfgeld auf den Dieb, der den Fürstensohn beraubte. Das wird wohl dazu führen, dass jeder jeden beschuldigen wird. Der Steckbrief wird auch jedes Mal, wenn ich ihn sehe, schlechter. Dann haben sie tatsächlich geschrieben, dass der geheimnisvolle Träger des Schwertes des Drachen in der Stadt gesichtet wurde und die Priesterschaft des Deranart bestätigt dies. Zum Glück schreiben sie keinen Namen dabei«, erklärte Xzar.

»Das steht da? Wirklich?«, fragte Shahira ungläubig.

Xzar schob ihr das Blatt rüber. »Sieh selbst.«

»Das ist ja wirklich unfassbar. Als gäbe es nichts Wichtigeres, worüber sie berichten könnten«, sagte Shahira.

»Wer ist denn dieser Träger des Schwerts?«, fragte Lady Alinja schüchtern.

»Er«, sagte Shahira beiläufig und deutete auf Xzar, was dazu führte, dass Lady Alinjas Augen sich weiteten und sie vergaß, zu Ende zu kauen. Sie starrte Xzar ehrfürchtig an und als dieser ihren Blick bemerkte, versuchte er abzuwinken. »Das sagen die Priester, aber es ist nicht so. Ja, ich habe dieses Schwert, aber ich habe es durch Zufall erhalten. Ich gebe es ab, wenn der richtige Träger kommt und es fordert.«

»Er ist einfach zu bescheiden, nicht?«, fragte Shahira frech.

»Nein, bin ich nicht. Ich bin nur nicht gerne der Held in der Geschichte. Schon gar nicht, wenn diese Geschichte noch ungeschrieben ist«, erklärte Xzar.

»Wisst Ihr, dass es eine Prophezeiung gibt ...«, begann Lady Alinja.

»Nein, nicht Ihr auch noch. Müsst Ihr diese Schriften im Tempel auswendig lernen oder warum weiß jeder von einer Prophezeiung? Verzeiht, ich packe schon mal zusammen und sattle die Pferde. Wir treffen uns vor der Taverne«, sagte er genervt und stand auf.

»Jetzt hab dich nicht so, es war ein Scherz«, sagte Shahira neckend.

Doch Xzar hob abwehrend die Hände, drehte sich um und ging.

»Das wollte ich nicht. Es tut mir leid ...«, sagte Lady Alinja traurig, als er sich entfernt hatte.

»Macht Euch nichts daraus. Er meint es auch nicht so. Er will nur nicht zu viel Aufmerksamkeit für sich«, erklärte ihr Shahira.

»Wie meint Ihr das?«, fragte die Novizin.

»Er ist ein guter Mann, tapfer und ehrenhaft. Er würde für seine Freunde durch alle Feuer der Welt gehen und doch will er dafür nicht gefeiert werden, da er es für selbstverständlich hält. Ich gebe ihm in soweit recht, dass ich dasselbe für meine Freunde tun würde. Aber bei ihm ist es so viel mehr. Während ich mich oft frage, ob mein Handeln richtig ist, macht er es einfach. Und meist geht es gut, ohne dass jemand dabei ernsthaft zu Schaden kommt«, erklärte Shahira.

»Also doch ein Held«, sagte Lady Alinja lächelnd.

Als sie gefrühstückt hatten, trafen sie Xzar vor der Tür, wo er mit ihren Pferden und Isens Esel wartete.

»Wir müssen noch Ausrüstung kaufen«, erinnerte Shahira ihn.

»Ja, aber lasst uns erst zum Hafen. Ich muss dem Kapitän noch erklären, dass wir einen Gast mehr haben. Und wir müssen erfahren, wann er auslaufen möchte«, sagte Xzar.

Sie bahnten sich ihren Weg durch die Menge. Kaum hatten sie das Tor zum Hafen durchschritten, da stach ihnen ein aufdringlicher Fischgeruch in die Nasen, was wohl an den vielen Ständen lag, auf denen Fische und andere Fluss- und Seetiere angeboten wurden.

Shahira achtete darauf, dass Lady Alinja mit ihr Schritt halten konnte, damit sie nicht plötzlich den Kerlen am Hafen alleine gegenüber stand. Dass es ihr hier nicht behagte, hatte Shahira schnell bemerkt. Was nicht verwunderlich war, denn hier gab es selbst bei Tag viele finstere Gesellen und ungepflegte, ungehobelte Arbeiter. Lady Alinja rümpfte nicht selten angewidert die Nase, wenn einer der Männer dicht an ihr vorbeischritt.

»Wie können sie nur so unsauber sein?«, fragte die Novizin Shahira leise.

»Wie meint Ihr das?«, fragte Shahira. Sie verstand nicht, worauf die junge Frau hinaus wollte.

»Sie befinden sich unmittelbar am Hafen, da ist ein Bad doch nicht so weit entfernt, oder?«, fragte sie vergnügt und die beiden Frauen lachten zusammen los.

Als sie im unteren Bereich des Hafens ankamen, bot sich ihnen ein erstaunliches Bild. Entlang des großen Stegs reihte sich Mast an Mast, von unzähligen großen und kleinen Schiffen. Es herrschte ein wahres Gewimmel an Leuten, die emsig ihrer Arbeit nachgingen. Überall wurden schwere Lasten auf die Schiffe oder von ihnen herunter gebracht. Die Arbeiter verwendeten dafür entweder große Holzkräne oder sie schleppten die Kisten und Fässer auf ihren Rücken. Die meisten Schiffe waren Einmaster unterschiedlicher Bauarten, mal dickbäuchig und hochwandig, mal flach und lang.

Xzar führte sie den Pier entlang zu einem der hinteren Stege. Shahira bemerkte zu ihrem Unwohlsein, wie der Steg unter ihnen leicht schwankte. Die vielen Leute, die hier entlang liefen, verstärkten die Bewegungen des Holzes noch. Sie hoffte nur, dass dies auf dem Schiff besser sein würde, doch schon jetzt beschlichen sie Zweifel.

Sie erreichten die *Wellenspringer* am Ende des Steges. Xzar sah, dass der Mast jetzt aufgestellt war, an dessen oberem Ende eine kleine Plattform befestigt war. Zwei dicke Seile mit sprossenartigen Verbindungen führten hinauf. Und dort auf der Plattform saß Isen, der ihnen freudig zuwinkte.

»Das ist einer mehr, als Ihr sagtet«, knurrte der Kapitän, als Xzar ihn grüßte.

»Ja, das stimmt. Dies ist Lady Alinja vom Eisfeuer. Sie ist eine Novizin der Tyraniea und wir haben sie in unsere Gruppe aufgenommen. Ich hoffte, dass Ihr sie ebenfalls mitnehmen würdet.«

Der Kapitän betrachtete die junge Frau abschätzend, während diese einen Knicks machte. »Gleiche Bezahlung, wie für euch?«

Xzar nickte und lockerte seinen Beutel, um eine Goldmünze herauszufischen, die er dem Kapitän reichte. Das Lady Alinja scharf die Luft einsog, ignorierten die beiden Männer.

»Gut, aber ich kann keinen zusätzlichen Platz für sie schaffen. Ihr werdet in eurem Bereich ein wenig enger zusammenrücken müssen.«

»Das werden wir«, bestätigte Xzar.

»Eins noch«, sagte der Kapitän mürrisch, als Xzar sich abwenden wollte. »Beim nächsten Mal solltet Ihr so etwas absprechen, bevor wir kurz vor dem Auslaufen sind. Wir Schiffer mögen solche kurzfristigen Änderungen nicht.«

Xzar nickte entschuldigend. »Wann laufen wir aus?«

»Eine Stunde vor Mittag, also in gut drei Stunden.«

Shahira und Lady Alinja nutzten die Zeit, um einzukaufen. Der Kapitän führte Xzar derweil unter Deck und zeigte ihm die Kabine, die er für sie abgetrennt hatte. Sie war nicht breit und mit einer Hängematte mehr für die Novizin würde es nicht besser werden, doch es würde reichen. Die Trennwand zu den Matrosen bestand aus dünnem Holz. Xzar musterte die Bretter und nickte zufrieden, denn sie waren weitestgehend blickdicht.

Als Xzar sich unsicher in eine der Hängematten setzte, grinste der Kapitän höhnisch. »Anders, als so ein feines Bettchen im Gasthaus, oder?«

»Interessant«, sagte Xzar und sah sich die Aufhängung genauer an. »Aber es wird schon gehen.«

»Es muss, ansonsten bleibt Euch der Boden, aber der könnte ab und an feucht sein. Wir müssen noch über Eure Hilfe an Bord reden.«

»An was habt Ihr gedacht?«, fragte Xzar, der jetzt leicht hin und her schaukelte.

»Euer Freund Isen hat sich angeboten, oben im Ausguck zu helfen. Er sagt, dass er gute Augen hat. Ich hoffe, das stimmt. Hängt unser Leben von ab.«

»Ich glaube, er ist der Richtige dafür. Ich werde aber noch mal mit ihm reden, damit er sich der Verantwortung bewusst ist.«

Der Kapitän nickte. »Die Kriegerin wird in der Kombüse helfen, bei meiner Frau Elsa und meiner Tochter Frena.«

Xzar schmunzelte darüber, dass der Kapitän Shahira als Kriegerin wahrnahm. Auch er musste zugeben, dass sie sich inzwischen verändert hatte. Sie war wesentlich selbstbewusster geworden und auch ihre Art zu kämpfen, hatte sich verbessert. Er nahm sich vor, ihr später davon zu erzählen, denn er wusste, wie viel ihr diese äußere Wahrnehmung bedeutete. »Was soll Lady Alinja machen?«, fragte er nun.

»Da findet sich schon was. An Deck gibt es viele Arbeiten.«

Xzar nickte und sah ihn fragend an.

»Keine Sorge, ich habe Euch nicht vergessen. Ihr helft beim Staken.«

»Beim was?«

»Beim Staken. Das bedeutet, Ihr bewegt das Schiff mithilfe von langen Holzstangen, die Ihr am Grund des Flusses abstoßt.«

Xzar zog fragend die Augenbrauen zusammen. »Ich dachte, wir fahren mit der Strömung und außerdem haben wir doch ein Segel?«

Der Kapitän nickte. »Ja, das stimmt. Daher nutzen wir die Stangen vor allem, um uns vor Untiefen und Felsen zu schützen. Und da kommt Ihr dann ins Spiel. Es braucht kräftige Oberarme dafür.« Jetzt war es der Kapitän, der ihn fragend ansah.

Xzar stimmte zu. Diese Arbeiten waren besser als erwartet.

Wieder an Deck wartete Isen grinsend auf ihn. »Und, hat sie sich beruhigt?«

Xzar musste einen Augenblick überlegen, was er meinte, dann sagte er zögerlich, »Ja, ich glaube schon.«

»Sie ist hübsch, findest du nicht? Und als sie sich aufgeregt hat, war es noch niedlicher«, sagte Isen schelmisch.

»Ja, hübsch ist sie und energisch. Ich dachte gestern, dass sie dir jeden Augenblick erst eine Ohrfeige gäbe und dann die Wachen rufen würde«, antwortete Xzar nachdenklich.

»Nein, Xzar, als sie sich aufregte, hatte sie schon entschieden, mir zu verzeihen!«, lachte Isen.

»Glaubst du das wirklich?«, fragte Xzar überrascht.

Isen nickte. »Ja, ganz sicher. So sind sie oft. Wenn das Donnerwetter am größten ist, wissen sie schon, dass sie verloren haben«, lachte Isen erneut.

»Manchmal vielleicht«, schmunzelte Xzar.

»Ich glaube, am Ende war sie nur froh, dass du sie mitgenommen hast«, sagte Isen.

Xzar lachte. »Es bestand ja auch die Gefahr, dass du sonst ohne uns den Tar runter geschwommen wärst, mit ihr auf dem Rücken!«

»Was? Ach nein! Ich hätte sie auf das Schiff geschmuggelt und gehofft, dass es nicht auffällt und wenn man sie entdeckt hätte, dann hätte ich gesagt, sie sei deine Mätresse!«, konterte Isen belustigt.

»Was dazu geführt hätte, dass du mit ihr wieder den Tar runter geschwommen wärst ... und ich wahrscheinlich auch«, lachte Xzar.

Isen stimmte mit ein und nach einer Weile sagte er, »So war es auch mit Melindra.«

»Deiner Frau? Sie hat dich auch schwimmen lassen?«

»Nein«, grinste Isen. »Diese Späße miteinander. Sie konnte mich immer zum Lachen bringen und nahm mir damit oft meine Sorgen ab.«

»Sie fehlt dir sehr, nicht?«

»Es ist nicht zu beschreiben. Es fühlt sich an, als sei ein Teil in mir nicht mehr da und es gibt Augenblicke, in denen ich zittern und weinen könnte und der Schmerz so stark ist, dass ich mich übergeben muss.« Isens Blick schweifte über den Hafen und Xzar sah, dass seine Augen feucht wurden. Xzar wusste, was Isen fühlte. Ihm erging es ähnlich mit seinem Bruder Angrolosch, von dem er annehmen musste, dass er ermordet worden war. Allerdings anders als Isen wusste Xzar, wohin er musste, um etwas darüber zu erfahren. Isen war auf der Suche und jeder Hinweis konnte ins Leere laufen, das war sicherlich zermürbend. Er bewunderte den Mann dafür, dass er nicht aufgab.

»Was wirst du tun, wenn wir den Mann in Henkersbruch finden?«

Isen dachte einen Augenblick nach, dann sagte er kalt, »Ich muss erfahren, was er weiß, und dann werde ich ihn umbringen.«

»Was dir wahrscheinlich seinen Platz im Arbeitslager einbringen wird«, sagte Xzar nachdenklich, auch wenn er Isen verstehen konnte.

»Du hast recht. Mir wird schon was einfallen, dass er seine gerechte Strafe bekommt, auch ohne das es auf mich zurückfällt.«

Xzar sah Isen ernst an, »Das ist interessant.«

»Was?«

»So wie du gerade sprichst, klingst du wie die Kerle vom Kult der Gerechten.«

»Wie meinst du das?«, fragte Isen verwirrt.

»Der Mann sitzt in Henkersbruch und verbüßt dort eine Strafe. Sie ist in deinen Augen zu wenig und du willst, dass er stirbt. Der Kult der Gerechten denkt genauso. Sie sind der Ansicht, dass nur ihre Strafe die wirklich gerechte ist und in ihren Augen wäre ein Straflager wohl auch zu wenig.«

Isen sah ihn schweigend an und als er auch nach einigen Augenblicken noch nichts dazu sagte, legte Xzar ihm eine Hand auf die Schulter, bevor er den Dieb mit dessen Gedanken alleine ließ.

Xzar suchte den Stand der Sonne. Ihm blieb noch etwas Zeit, also ging er zum Kapitän und erkundigte sich, wo man in der Stadt Pferde erwerben konnte. Hasmund beschrieb ihm den Weg und so machte sich Xzar ebenfalls noch einmal auf in die Stadt.

Shahira und Lady Alinja waren unterdessen ins Marktviertel gegangen, das sich hinter dem Tempelviertel anschloss. Dort gab es die größten Handelsstände und es gab fast alles, was man für eine Reise brauchte.

Zuerst suchten sie einen guten Rucksack und eine warme Decke, dazu einen Wasserbeutel und etwas Proviant.

»Sagt, Lady Alinja«, begann Shahira, ehe die Novizin sie lächelnd unterbrach. »Bitte nur Alinja. Lady ist nur die Anrede für Priester und für Fremde. Ich nenne ihn immer schon, um mich daran zu gewöhnen. Aber wir reisen zusammen. Da reicht Alinja.«

Shahira nickte. »Gut, Alinja. Mich würde interessieren, wie Ihr Euch für die Ausbildung zur Priesterin entschieden habt?«

Die junge Frau lächelte erneut. »Da steckt eigentlich keine große Geschichte dahinter. Vor vielen Jahren, noch vor meiner Geburt, kam eine Frau zu uns in die Stadt und predigte davon, dass man die Elemente ehren sollte, denn sie gehören Tyraniea.

Wenn man das Feuer nicht sinnlos löscht und das Eis im Winter nicht verflucht, sondern damit lebt und wenn man einen Funken immer als Geschenk sieht sowie einen milden Winter als Wohlwollen der Göttin annimmt, ist die Herrin der Elemente den Menschen gut gesonnen.«

»Das hat die Leute sicherlich nicht überzeugt, oder?«

Alinja lächelte schief. »Nein. Zu Beginn belächelten sie die Frau, doch als sie bei ihnen blieb, änderte sich das. Denn als es im Winter eiskalt wurde, war sie es, die ihre Feuer im Herd entzündete und die Kälte aus den Gliedern der Alten und Schwachen fernhielt.«

Shahira runzelte die Stirn. »Hat sie dafür die Macht Tyranieas verwendet?«

»Ja, vielleicht. In jedem Fall hat sie Gebete zur Herrin gesprochen und nie wurde ihr verwehrt, worum sie bat.« Alinja wartete kurz, ob Shahira noch etwas fragen wollte, doch als diese sie nur erwartungsvoll ansah, fuhr sie fort, »Nach diesem ersten Winter errichteten die Leute einen kleinen Schrein. Sie legten dort Gaben ab, spendeten Münzen. Doch noch waren nicht alle von diesem neuen Glauben überzeugt. Es dauerte noch ganze fünf Jahreszyklen, bis man an jene Stelle den Grundstein für einen Tempel legte.«

»Ich wollte den Tempel in Wasserau besuchen, doch ich habe es nicht mehr geschafft. Wie sieht Euer Tempel aus?«, unterbrach Shahira sie jetzt doch noch mal.

»Er ist in jedem Fall viel kleiner als der in Wasserau. Ein weißes Gebäude, mit roten Säulen an allen vier Ecken. Das Tor ist rund und in den Rahmen sind Schnitzereien eingearbeitet, die Flammen und Schnee zeigen.« Alinjas Blick verlor sich träumerisch. »Obenauf ist eine kleine Kuppel, unter der sich die Studierzimmer befinden. Eigentlich ist es nur ein Raum und es ist eigenartig, denn im Sommer strahlen die Wände dort eine Kühle aus, während sie im Winter wärmen.«

»Das klingt geheimnisvoll«, sagte Shahira leise. »Wie seid Ihr in den Tempel gekommen?«

»Ich kam anfangs dort hin und ließ mir von der Priesterin ihre Bücher zeigen. Nach einer Weile bot sie an, mich das Lesen zu lehren. Ich hörte mir Geschichten von der Herrin der Elemente an und sie sagte mir schon am ersten Tag, dass ich etwas Besonderes sei. Doch ich ging davon aus, dass sie mich einfach nur mochte. Dann, im folgenden Winter, geschah es, dass ein kleines Kind auf dem See ins Eis einbrach. Ich sah es und wollte ihm helfen, doch ich brach auch in das eiskalte Wasser ein.« Sie zögerte einen Augenblick.

»Und dann?«, fragte Shahira erschrocken.

»Es war eigenartig. Ich spürte, wie meine Arme und Beine taub wurden. Alles woran ich denken konnte, war der Kleine und die Herrin der Elemente. Ich flehte sie an, uns zu helfen, stieß ein Gebet aus. Dann griff ich nach dem Jungen und eine innere Kraft half mir dabei, meine Beine zu bewegen. Meine Füße fanden plötzlich festen Tritt. Denn unter ihnen bildeten sich Eisschollen. Als ich zu laufen begann, bewegten sie sich mit mir und ich schaffte es so, den Kleinen an Land zu bringen.«

Shahira hatte ihre Augen weit aufgerissen und sah Alinja ungläubig an.

Diese nickte stumm und fuhr fort, »Draußen angekommen, kamen seine Mutter, die Priesterin und einige Leute aus der Stadt zu uns. Als sie mich mit dem Jungen auf dem Arm sahen, völlig trocken und ohne Erfrierungen, fielen sie auf die Knie und die Priesterin nahm mich in die Lehre.«

Shahira sah sie erstaunt an. »Und das nennt Ihr keine große Geschichte?«

Alinja zuckte mit den Schultern. »Ich denke nicht oder meint Ihr doch?«

»Nun ja, jemand der auf Eisschollen aus dem Wasser laufen kann und dabei trocken bleibt, ist jedenfalls nicht gewöhnlich«, antwortete Shahira nachdenklich.

»Ja, mag sein. Aber wo sind die Fähigkeiten jetzt? Und warum konnte ich meine Freunde nicht retten?«, fragte sie hilflos.

»Macht Euch nicht so viele Sorgen. Eure Göttin wird einen Plan für Euch haben. Und Ihr habt bei dem Überfall genau das Richtige getan, Euch versteckt. Wenn Eure beiden Begleiter die Angreifer nicht bezwingen konnten, dann hättet Ihr es auch nicht geschafft. Dabei fällt mir ein, seid Ihr geübt im Umgang mit einer Waffe?«

Alinja sah sie unsicher an. »Ich weiß nicht. Wenn, dann kann ich ein wenig mit dem Schwert umgehen. Ich habe mit meiner Lehrmeisterin trainiert, da es für Priester später möglich ist, Waffen mit Feuer oder Eis zu belegen.«

Shahira atmete scharf ein. »Ihr könnt ein Flammen- oder Eisschwert beschwören?«

»Es sind eher die Flammen, die sich an den Stahl binden. Aber ja.«

»Das reicht ja schon. Ich will gar nicht wissen, wie sich ein solcher Treffer anfühlt«, sagte Shahira.

»In beiden Fällen brennt es«, lächelte Alinja.

Sie suchten einen Waffenhändler und erwarben auch noch ein Kurzschwert und einen Dolch. Schwieriger wurde ihre Ausrüstungssuche dann bei den Kleidern. Alinja bestand auf hellblaue, fast weiße Kleider und rote Überwürfe. Die roten Stoffe waren einfach zu finden und in vielen unterschiedlichen Farbtönen zu erhalten, doch die weißblauen Kleider erwiesen sich als schwieriger. Zwar gab es das eine oder andere, aber zumeist waren die Stoffe nicht sehr widerstandsfähig. Am Ende fanden sie dann aber doch zwei Kleider, die sie schnell einpackten, da sie völlig die Zeit vergessen hatten.

Sie rannten zurück zum Hafen und kamen gerade noch rechtzeitig an. Xzar hatte schon am Pier nach ihnen Ausschau gehalten und war froh, als er die beiden Frauen erblickte. Mit hochgezogener Augenbraue nahm er besonders das Schwert an Lady Alinjas Seite wahr, doch er sagte nichts dazu.

Als sie an Bord des Schiffes waren, nickte der Kapitän und sah zur Sonne hoch. »Sehr gut. Pünktlich. Los Männer, die Leinen los und stoßt uns ab. Wird Zeit, das Land unter den Füßen loszuwerden!«

# Der Tarysee

Mit langen Stangen drückten Matrosen die Wellenspringer vom Steg weg. Xzar half mit und folgte den Anweisungen der erfahrenen Schiffer. Er stellte fest, dass es gar nicht so leicht war, das Schiff aus dem Hafen hinaus zu bekommen, denn andere Boote, meist kleinere und schnellere, kreuzten beständig ihren Weg. Der Kapitän brüllte ihnen wilde Beschimpfungen hinterher, aber das schien weder die anderen Schiffer zu interessieren, noch änderten sie ihren Kurs. Es dauerte fast die Hälfte einer Stunde, bis sie das Hafentor erreichten. Wobei *Tor* dem Ganzen nicht gerecht wurde, denn es handelte sich um eine breite Durchfahrt, die von zwei hohen Wachtürmen flankiert wurde. Auf den Türmen befanden sich lange Plattformen. Und auf diesen standen Geschütze, ähnlich denen an der Wachstation. Die Bauweise war bezeichnend für die südlichen Länder des Königreichs Mandum`n.

Vor der Ausfahrt mussten sie warten, da erst noch vier andere Schiffe vom See aus hineinfuhren, bevor der Wachmann am linken Turm sie durchwinkte. Nach welchem Prinzip hier Ein- und Ausfahrt geregelt waren, erkannte Xzar nicht.

Er nutzte die Zeit, um mit Alinja zu reden. Er bat sie mit unter Deck zu kommen, da er ihr etwas zeigen wollte. Zögerlich folgte sie ihm. Unten angekommen, ging er mit ihr in den Laderaum, wo ihre Pferde standen. Neben einer weißen Stute, welche die beiden neugierig musterte, blieb er stehen. »Sie gehört Euch, Lady Alinja.«

»Wie meint Ihr das?«

»Ich habe sie für Euch erworben.«

»Aber, Herr ... Ich meine Xzar, das kann ich nicht annehmen!«

»Doch, das könnt Ihr. Wir haben nach der Flussfahrt ein ganzes Stück Weg durch die Wildnis vor uns und das werdet Ihr nicht laufen wollen.«

Die Novizin legte behutsam ihre Hand auf die Stute, deren Kopf sich zu der jungen Frau drehte und zaghaft an ihrer Hand schnupperte.

»Wie heißt sie?«

Xzar reichte der jungen Frau einen Apfel und ermutigte sie, ihn der Stute zu geben. Das Pferd schnupperte und stahl ihr dann die Frucht aus der Hand. Kaum hatte sie ihn vertilgt, stupste sie Alinja erneut an und forderte mehr. Xzar grinste und reichte der Novizin einen weiteren Apfel. »Als ich die Stute kaufte, wusste ich ihren Namen nicht. Erst danach sagte mir der Händler, dass sie Schneeflocke heißt.«

Alinja lächelt Xzar schüchtern an. »Danke.«

Er nickte und ging wieder nach oben. Sollte Lady Alinja sich ein wenig Zeit nehmen, ihre neue Gefährtin besser kennenzulernen.

Als sie das Hafentor passiert hatten, spürte Xzar sogleich die Veränderung der Luft. Erst leicht, dann immer stärker werdend, wehte ihm eine Brise die Haare durcheinander und als er zum Kapitän blickte, sah er diesen lächeln. Hasmund hielt das Ruder locker mit einer Hand und saß halb auf der Reling. »Du dort oben!«, rief er zu Isen. »Lös die Riemen am Rah!«

»Was?«, fragte Isen hilflos.

»Lös die Seile des Segels!«, rief Hasmund und fügte etwas leiser hinzu, »Landratten, immer gleich.«

Xzar besah sich neugierig das Treiben auf Deck. Die Besatzung bestand aus kräftigen Männern und so wie hier jeder Handschlag saß, fuhren sie nicht zum ersten Mal auf einem Schiff. Wie er mitbekommen hatte, waren zwei der acht Seeleute Söhne des Kapitäns und es bedurfte keiner genauen Erklärung, denn diese waren an ihren Augen deutlich auszumachen. Sie ähnelten ihrem Vater ungemein. Die Köchin an Bord war seine Frau Elsa und seine Tochter Frena half beim Zubereiten der Speisen. Der Mann, der auf Deck das Sagen hatte, wurde von den Männern nur Rapier genannt. Er war älter als alle anderen, bis auf den Kapitän vielleicht, doch Rapier sah man die Spuren des Alters deutlich an. Von der Statur her war es nicht unwahrscheinlich, dass er ein alter Soldat war. Ein Veteran vergangener Schlachten, was vielleicht auch die grobe Narbe auf seiner Wange erklärte. Seinen Namen hatte er eindeutig von der einst eleganten Waffe an seinem Gürtel. Ein mittlerweile schartiges aber dennoch solides Rapier und man sah, dass diese Klinge bereits einige Kämpfe erlebt hatte.

Der Kapitän hatte Xzar erklärt, dass es selbst auf den Flüssen vorkommen konnte, dass Piraten ihnen auflauerten. Meistens waren diese aber genau über die Fracht aufgeklärt, sodass sie nur jene angriffen, die auch wertvolle Ladung hatten. Somit hatten sie auf der Fahrt nach Süden wenig zu befürchten. Die anderen Männer waren größtenteils normale Seeleute oder wie man sie hier nannte: Prouven, was so viel wie Flussvögel bedeutete. Xzar hatte diesen Begriff mehrfach aufgeschnappt, aber noch war ihm nicht klar, ob dies Spott oder eine neckende Bezeichnung war. Er entschied sich dieses Wort nicht zu verwenden, nachher musste er wirklich noch schwimmen. Er schmunzelte bei dem Gedanken. Also blieb er bei Flussschiffer, wobei der Tarysee schon fast wie ein Meer war, denn seine Ausmaße waren riesig.

Kapitän Hasmund hatte ihm erklärt, dass eine Überfahrt von Wasserau zum südlichen Marsenberg etwa sieben Tage benötigte. Und das auch nur, wenn man Glück mit dem Wind hatte. Mit vollen Laderäumen dauerte es entsprechend länger. Marsenberg war dennoch ein gutes Anlaufziel für den Handel, da man dort die besten Stoffe erwerben konnte, die im südlichen Königreich zu bekommen waren.

Isen hatte inzwischen das Segel gelöst und es fiel schlaff herunter, um dann unstet im Wind zu flattern. Gleich eilten einige der Seeleute zu den Tauen, um diese straff zu ziehen. Augenblicklich wölbte der Wind das dicke Tuch und mit einem sanften Ruck nahm das Schiff Fahrt auf. Xzar war erstaunt darüber, dass das Schiff so schnell vorwärtskam und er blickte zu Shahira, die kein erfreutes Gesicht machte. Als er zu ihr ging, lehnte sie an der Reling.

»Was ist mit dir?«, fragte er besorgt.

»Mir bekommt die Fahrt nicht. Elsa sagte mir, ich soll mir einen Punkt am Horizont suchen und ihn im Auge behalten, dann würde es besser werden, doch das scheint nicht zu helfen.«

»Vielleicht ist es unter Deck besser?«

»Nein, das habe ich schon versucht, da schaukelt alles noch mehr.«

»Hm, du bist auch ganz blass und es schimmert grün um deine Nase. Vielleicht wirst du zum Kobold?«, scherzte Xzar, doch Shahira sah ihn nur traurig an. »Das ist nicht lustig.«

Inzwischen war Lady Alinja an sie herangetreten. »Ich kann Euch helfen. Ein Segen meiner Göttin kann Euch dem Element Wasser zugänglicher machen.«

»Ist das Wasser nicht Sordorrans Werk?«, fragte Xzar erstaunt, bevor Shahira etwas sagen konnte.

»Ja, schon. Aber Eis entsteht aus Wasser, also gehört es auch zu meiner Herrin.«

Shahira sah ungläubig in die hellen, blauen Augen. »Könnt Ihr das als Novizin und kostet Euch das nicht Kraft?«

»Ja, auch ich kann schon segnen und ja, es verbraucht auch Kraft. Aber es ist der Herrin zuträglich, da es ja in guter Absicht geschieht und ich ihr Element verstärke. Es wird Euch das Gefühl verleihen, auf festem Boden zu stehen.«

»Und wie lange wird es halten?«, fragte Shahira hoffnungsvoll.

»Etwa einen Tag, doch bis dahin sollte sich Euer Geist an die schwankenden Bewegungen gewöhnt haben«, erklärte Alinja.

»Was muss ich dafür tun?«, fragte Shahira hoffnungsvoll.

»Wenn Ihr mit mir betet, wäre das sehr hilfreich. Denn wenn die Herrin sieht, dass Ihr diese Gabe von ihr erbittet, wird sie wohlwollender geben.«

»Auch wenn ich mir selbst noch nicht sicher bin, was ich von den großen Vier halte?«, fragte Shahira unsicher.

»Ja, besonders dann. Kommt bitte mit«, sagte Alinja und drehte sich um. Die Novizin suchte sich einen kleinen Eimer und beugte sich über die niedrige Reling, um etwas Wasser zu schöpfen. Dann ging sie mit Shahira in eine ruhigere Ecke des Decks. Xzar folgte, denn er war neugierig, diese Kraft der großen Vier einmal zu erleben. Vielleicht war ja doch etwas an dem Glauben dran. Er war gespannt, was nun geschehen würde.

Alinja kniete sich vor den Eimer und bat Shahira ihre Hände in das Wasser zu tauchen. »Bitte fürchtet Euch nicht vor dem Eis. Es wird ein wenig brennen, aber Euch nicht verletzen. Kniet Euch vor mich, bitte«, sagte sie mit zarter Stimme.

Shahira tat, worum sie gebeten wurde und wartete gespannt. Xzar setzte sich auf ein Fass, das in ihrer Nähe stand und sah erwartungsvoll auf den Eimer.

»Muss ich noch etwas tun?«, fragte Shahira.

»Es wäre schön, wenn Ihr mir nachsprechen würdet. Es muss auch nicht laut sein. Es ist am Anfang etwas schwierig«, lächelte Alinja.

Shahira nickte und sah zu Xzar hoch, der mit den Schultern zuckte.

»Tyraniea, Herrin der Elemente, ich bitte Euch ehrfürchtig«, begann Alinja und wartete mit einem erwartungsvollen Blick auf Shahira.

»Tyraniea ... Herrin der ... Herrin der Elemente, ich ... bitte Euch ehrfürchtig ...«, wiederholte Shahira zögerlich.

»Leiht mir Eure Kraft, um dem Wanken des Wassers ...«, fuhr Alinja fort.

»Leiht mir Eure Kraft, um dem Wanken des Wassers ...«, wiederholte Shahira nun schon etwas sicherer.

»Einhalt zu gebieten und der Standfestigkeit ...« Wieder machte Alinja eine Pause und Shahira wiederholte die Worte.

Xzar war überrascht, denn die Stimme der jungen Novizin klang fest und eindringlich. Die Schüchternheit und der ängstliche Tonfall waren verschwunden. Hätte Xzar nicht gewusst, dass Alinja nur eine Novizin war, er hätte den Unterschied nie erkannt. Gut, er gestand sich ein, dass er noch keine Priesterin der Tyraniea so lange gesehen hatte, also wäre ein Unterschied eh schwer festzustellen. Aber wenn er ein Bild von einer Priesterin in seinen Gedanken suchte, dann käme Alinja dem schon mehr als nahe.

»Des Eises Platz zu machen. Herrin der Elemente, gewährt mir Eure Gnade!«, beendete Alinja den Satz und kaum, dass Shahira ihn wiederholt hatte, begann es: Erst bildete sich Raureif an den Rändern des Eimers, dann knisterten Eiskristalle und mehr und mehr gefror das Wasser. Shahiras Hände zuckten kurz, als das Eis sie berührte, doch dann hielt sie wieder still. Xzar sog scharf die Luft ein. Im Stillen hatte er es nicht lassen können und einen Zauber gewirkt, um Magie zu erkennen. Zu seinem Erstaunen war keine zu sehen. Wo immer die Kraft herkam, die das Eis hervorbrachte, sie war nicht arkan. Wie konnte das sein? Er war sich sicher gewesen, dass es diese priesterliche Kraft nur mit Magie geben konnte. Das Wasser gefror tatsächlich und als Shahiras Hände von Alinja aus dem Eimer gezogen wurden, sah er, dass dieser bis zum Boden durchgefroren war und Shahiras Hände? Sie waren gänzlich unversehrt. Xzar fröstelte es. Was war das für eine Kraft, die Alinja da einsetzte? Konnte es wirklich ein göttliches Wirken sein? Eine Energie, gegeben von den großen Vier?

Xzar starrte auf den Eimer und wurde erst wieder von Shahira aus den Gedanken gerissen, die freudig sagte, »Es hat gewirkt! Das ist unglaublich. Danke Alinja, vielen Dank«, sagte sie und nahm die Hände der jungen Novizin in die ihren.

Diese lächelte freudig. »Nicht mir gebührt der Dank, Shahira.«

»Ihr habt recht, Eure Göttin war es.« Shahira schloss die Augen, um ein stilles Dankgebet an Tyraniea zu senden.

»Wie habt Ihr das gemacht?«, fragte Xzar ein wenig später.

»Was meint Ihr?«, fragte Alinja verwirrt.

»Es war keine Magie. Aber woher kommt die Kraft?«

»Von meiner Göttin, Tyraniea. Ich bat sie, formte die Bitte und sie lieh mir einen Teil ihrer Kraft«, antwortete Alinja zögerlich.

Jetzt war ihre Stimme wieder zurückhaltend, stellte Xzar fest.

»Ich versteh das nicht. Es muss doch irgendwas geben, woher die Kraft kommt. Wie sie fließt und zu Euch gelangt?«, grübelte Xzar.

»Ich glaube an die Herrin. Das reicht ihr. Und wenn ich dann um etwas bitte, was ihr gefällig ist, leiht sie mir die Kraft.« Sie zögerte und sah Xzar dann prüfend an. »Ich glaube, das, wonach Ihr hier sucht, findet Ihr nicht.«

»Aber ...« Xzar suchte weiter nach einer Erklärung. »Die großen Vier, sie sitzen doch nicht irgendwo auf ihrem Thron und warten nur darauf, dass einer ihrer Priester etwas bittet, nur damit sie dann abwägen können, ob es rechtens ist oder nicht. Die Kraft muss doch auf gewisse Weise da sein. Ich ...«

»Vielleicht ist es nicht zu erklären«, sagte Lady Alinja lächelnd. »Es ist eben keine Magie. Es ist ein Geschenk der großen Vier an uns, ihre Kinder und Kindeskinder. Es ist das, was sie uns zeigen wollen: dass sie für uns da sind und wir auf sie vertrauen können. Wenn Ihr es zu erklären sucht, stellt es Euch so vor, dass sie in den Körpern oder dem Geist von uns Priestern ihre Kraft speichern und wir sie nutzen können, solange wir sie zu ihren Ehren einsetzen. Also fast so wie bei der Magie.«

Xzar nickte, auch wenn er mit der Erklärung noch nicht ganz übereinstimmte. Als Alinja sich von ihm abwandte, bemerkte er den süßlichen Duft von Flieder, der sie umgab.

Isen saß auf der Aussichtsplattform und hatte das ganze Schauspiel beobachtet. Für ihn war das sichtbare Wirken der großen Vier auch neu, doch er hatte schon länger daran geglaubt, dass es wahrhaftig war. Das eine oder andere Mal war er selbst schon im Tempel Bornars gewesen und hatte um Hilfe bei seiner Suche gebeten. Vielleicht, so dachte er jetzt, wäre er im Tempel Deranarts oder Tyranieas besser untergekommen. Vor allem wenn er sah, dass zwei seiner Gefährten so eng mit den beiden Göttern verbunden zu sein schienen. Dass es die großen Vier gab, daran glaubte er. Seine Frau Melindra hatte ihm damals mehr als einmal geneckt und gesagt: Nur, weil etwas unerklärlich ist, heißt das nicht, dass es nicht dennoch da ist. Wenn er sie daraufhin gefragt hatte, was sie meinte, war es immer dieselbe Antwort gewesen: Ihre Liebe zu ihm wäre doch das beste Beispiel dafür.

Natürlich hatte sie dies nie ernst gemeint, da war er sich sicher und zumeist hatte das Gespräch sie gemeinsam ins Bett geführt, was es dann erst recht bewies. Isen musste schmunzeln bei dem Gedanken, bevor ihn ein Stich im Herz an die Tatsache erinnerte, dass sie noch immer verschwunden war. Und doch, seit einigen Tagen war etwas in ihm zurückgekehrt, was er schon fast verloren geglaubt hatte: Hoffnung. Und diese verdankte er Xzar, Deranarts erstem Krieger.

Er verdrängte die Gedanken und blickte wieder in die Ferne über den Tarysee. Das Wetter war herrlich und nur wenige Wolken zogen über den Himmel. Die Sonne prickelte auf seiner Haut und er musste zugeben, auch wenn ihm die Rolle der Selenna gefallen hatte, Isen war ihm lieber. Nach jeder seiner Theaterrollen war es gut gewesen, wieder der zu sein, der man wirklich war. Als er zurückblickte, sah er erstaunt, dass die Hafenanlage von Wasserau kaum mehr zu sehen war.

Der Wind hatte sie gut vorangebracht. Er spähte über die Wasseroberfläche und einige Meilen vor der Wellenspringer erkannte er eine Einmündung am Ufer, die den Fluss Tar ankündigte. Wenn er dem Kapitän glaubte, was noch zu beweisen war, dann war der Fluss über weite Strecken fast hundert Schritt breit und an den engsten nur etwa zwanzig. Dies waren auch jene Orte, an denen man Brücken errichtet hatte, die den Fluss überspannten. Kapitän Hasmund hatte ihnen erzählt, dass diese Brücken bauliche Meisterwerke waren und es hieß, dass die Zwerge einst beim Bau geholfen hatten, noch bevor sie aus der Welt verschwanden. Xzar hatte bei diesen Worten nur geschmunzelt.

Die Brücken wurden von königlichen Soldaten bewacht, da dort früher Räuber und Piraten den Schiffen aufgelauert und leichte Beute gemacht hatten. Da den Händlern der Hauptstadt Barodon und den umliegenden Gebieten so eine Menge Güter abhandengekommen waren, hatte man sich entschlossen, Wachstationen zu errichten. Durch die gut ausgebildeten Soldaten waren die Überfälle zumindest an den Brücken ausgeblieben.

Isen blickte nach rechts, wo sich spiegelnd der Tarysee erstreckte. In der Ferne glaubte er, ein Segel zu erkennen und wenn er sich nicht täuschte, fuhr es auf Wasserau zu. Er atmete die frische Luft tief ein und lachte auf. Er freute sich darüber, wieder auf Reisen zu sein, und er hoffte, dass er im Arbeitslager Henkersbruch Hinweise finden würde, wo man seine Frau hingebracht hatte. Tief in seinem Herzen spürte er, dass sie noch lebte. Innerlich wünschte er dem Gefangenen den Tod, denn verdient hatte er es allemal, aber Xzars Worte hatten ihn nachdenklich gemacht. Es war nicht an ihm, den Mann zu richten. Das war Aufgabe der Richter. Und Xzar hatte recht. Der Mann verbüßte bereits eine Strafe. Anderseits fragte er sich, ob diese hart genug war, für die Verbrechen, die er begangen hatte.

Eine weitere Frage, auf die er noch keine Antwort wusste, war, wie er die Wahrheit von dem Gefangenen erfahren sollte?

War es eine Möglichkeit, sich selbst gefangen nehmen zu lassen oder einen Mithäftling zu spielen, um sein Vertrauen zu erlangen? Sicher, das war eine Idee, aber würde der Kerl einem Neuen sogleich vertrauen, vor allem, wenn er gezielte Fragen zu dem Überfall stellte? Nein, er musste da anders nachhelfen und mit Sicherheit nicht mit Worten. Vielleicht half auch die glitzernde Münze, was allerdings noch immer keine Zusicherung für die Wahrheit war.

Isen schüttelte den Kopf. Vielleicht wusste Xzar einen Rat, denn ohne die Hilfe seiner Gefährten würde es ihm eh nicht gelingen. Er entschloss sich dazu, später mit ihnen zu reden. Vorerst genoss er noch ein wenig die warmen Sonnenstrahlen und den kühlenden Fahrtwind, die ihm zusammen mit eingespielter Harmonie ein zufriedenes Lächeln auf das Gesicht zauberten.

# Flusspiraten

Nach einer Stunde kamen sie an den Übergang vom Tarysee in den Fluss, den man Tar nannte. Dieser maß hier am Mündungsbereich gut einhundertfünfzig bis zweihundert Schritt. Xzar hatte sich gefragt, wie es sein konnte, dass solche Wassermassen den Fluss hinab flossen. Von wo bekam der Tarysee neues Wasser? Wenn es hierfür keine Quelle gab, musste der See doch leerlaufen und dann auch der Fluss. Er hatte daraufhin den Kapitän gefragt, der ihn zuerst verständnislos angesehen hatte. Erst als Xzar ihm genauestens seine Sorge erklärt hatte, hatte Hasmund genickt. Kapitän Hasmund hatte ihm daraufhin gesagt, dass der Tarysee im Süden eine Wasserzufuhr durch das Südmeer erhielt. Das war Xzar ein Begriff, denn dort lag die Hauptstadt Barodon. Dieser Strom wurde Fluss Mers genannt und er schlängelte sich entlang des Westgebirges, wo er dann von vielen kleinen Gebirgsbächen zusätzlich mit Bergwasser gespeist wurde. Diese Bäche sorgten wiederum dafür, dass sich das Salz, welches vom Meer aus mitgespült wurde, verringerte und wenn es im Tarysee mündete, fast gänzlich verschwunden war. Der Kapitän hatte ihm ebenso mitgeteilt, dass dies eine Besonderheit war, denn üblicherweise flossen alle Flüsse ins Meer.

Xzar hatte sich das interessiert angehört und musste zugeben, dass er sich über ähnliche Dinge schon das eine oder andere Mal seine Gedanken gemacht hatte. Was ihm jedoch nicht bewusst gewesen war, war die Tatsache, das Meerwasser salzig war. Woher dies kam, wusste der Kapitän ihm auch nicht zu sagen. Xzar nahm sich vor, eines Tages das Südmeer zu besuchen. Als er einst in Barodon gewesen war, hatte er keine Zeit gehabt, dort hinzureisen. Es lag einen halben Tag südlich der Hauptstadt. Allerdings hatte man in Barodon auch einen Hafen errichtet und von diesem aus hatten die Baumeister des

Königs einen See und einen Kanal angelegt, der bis ins Meer führte. Xzar mochte gar nicht darüber nachdenken, wie lange dies gedauert hatte und er befürchtete, dass man dafür eine große Anzahl von Sklaven eingesetzt hatte. In früheren Zeiten war der Handel mit Menschen erlaubt gewesen, doch heutzutage gab es das nicht mehr. Als sich vor weit mehr als tausend Jahren das Königreich Mandum'n aus den einzelnen Provinzen des Landes gebildet hatte, wurde mit neuen Gesetzen der Menschenhandel verboten.

Xzar dachte über ihre Weiterreise nach. Ihr nächstes Ziel war die Anlegestelle am Arbeitslager Henkersbruch bei Iskent. Von da aus würden sie durch wildes und unbewohntes Land reisen bis in den Wald Illamines. Dort lebte sein Lehrmeister und für ihn sein zweiter Vater, Diljares. Wenn man es genau nahm, war er sein dritter Vater gewesen. Sein leiblicher Vater hatte ihn als Kleinkind im Wald ausgesetzt, wo er von dem Zwerg Hestados gefunden wurde. Dieser hatte ihn aufgezogen, wie seinen eigenen Sohn Angrolosch. Hestados hatte nie einen Unterschied zwischen den beiden gemacht und dafür war Xzar mehr als dankbar.

Später, als sie erkannten, dass Xzar magische Kräfte besaß, brachte er ihn zu seinem Freund Diljares, der ihn dann ausbildete. Diljares war ein Elf und die beiden, Hestados und er, widerlegten eindrucksvoll den angeblichen Hass dieser Völker untereinander. Als Xzar sich die alten Bilder in Erinnerung rief, musste er unwillkürlich lachen, doch schon im nächsten Augenblick überkam ihn wieder der dunkle Gedanke, dass es sein konnte, dass sowohl Hestados als auch Angrolosch tot waren. Auf ihrer letzten Reise waren sie dem Händler Yakuban begegnet, der die Drachenschuppenrüstungen bei sich gehabt hatte, die einst sein Bruder Angrolosch geschmiedet hatte. Weder seine eigene noch Xzars Rüstung hätte der junge Zwerg jemals verkauft, also musste Yakuban sie gestohlen oder gewaltsam geraubt haben. Die Rüstungen hatte Xzar an sich genommen und inzwischen trugen er und Shahira die beiden magischen Panzerungen. Normale Schwerter vermochten die Schuppen des Drachen nicht zu durchdringen und sollten sie dennoch Schaden erleiden, so besaßen sie eine magische Kraft, die der Rüstung erlaubte, sich selbst zu heilen. Bei ihrem Kampf gegen die Schergen der Gerechten hatte Xzar allerdings am eigenen Leib erfahren, dass die Rüstung gegen Stiche oder Pfeile nicht so vorteilhaft war. Zwar immer noch besser als Leder, aber nicht so hart wie Stahl. Allerdings war das etwas, was er gerne in Kauf nahm und zu gerne hätte er Angroloschs Gesicht gesehen, wenn er ihm für diese Rüstung gedankt hätte. Dann hätte er ihm erzählt, dass sie sich im Kampf gut bewährt hatten und er war sich sicher, Angrolosch wäre vor Freude durch den Garten gesprungen. Tief in seinem Inneren hoffte er, dass er überlebt hatte.

Jetzt stand Xzar am Bug des Schiffes und sah über das flache Wasser des Flusses hinweg. Der Tar verlief hier in vielen Schleifen und es war selten zu erkennen, was sich hinter der nächsten Biegung befand. Kapitän Hasmund machte einen entspannten Eindruck.

Xzar trat an ihn heran. »Wie läuft die Fahrt bisher?«

Hasmund sah ihn fragend an. »Wir sind erst einige Stunden unterwegs. Was sollte also passieren?«

»Verzeiht. Ich weiß nicht viel über die Seefahrt. Ich dachte immer, Flüsse sind voll mit gefährlichen Steinen.«

Der Kapitän lachte auf. »Nein, Herr. So schlimm ist es nicht. Die ersten Meilen unseres Weges sind völlig ungefährlich.«

Xzar nickte. »Wann wird es gefährlich? Ihr sagtet, ich soll beim Staken helfen, daher dachte ich, es wäre eine gefährliche Reise.«

»Erst morgen oder übermorgen. Nein, es wird nicht oft etwas für Euch zu tun geben, aber wenn, dann müssen Eure Muskeln arbeiten. Dann geht es um unser Schiff und schlimmstenfalls um unser Leben.«

»Woran erkenne ich die Gefahr?«, fragte Xzar.

»An meinen Warnrufen.« Der Kapitän lächelte.

Xzar lachte auf. »Gut, das werde ich wohl hören. Aber sagt, Kapitän, gibt es Anzeichen im Wasser für Felsen?«

»Das interessiert Euch wirklich, oder?«

Xzar nickte.

Hasmund deutete auf das Ufer. »Schaut dort, da wo sich das Wasser leicht kräuselt. Dort sind Steine. Im besten Fall entsteht Gischt, die es deutlicher macht.«

Xzar sah sich das Ganze mit Interesse an und er nahm sich vor, im Wasser danach Ausschau zu halten. Wobei er schnell feststellen musste, dass es auf dem Fluss nicht wirklich für ihn zu erkennen war, zu viele Wellen und Strömungen verwirbelten die Oberfläche.

Isen stand auf seinem Ausguck und spähte angestrengt die Flussbiegung hinunter. Er hatte vor Kurzem das Gefühl gehabt, als würde man sie aus dem Wald zu ihrer Rechten beobachten. Daraufhin hatte er seine Aufmerksamkeit auf das Ufer gelenkt, mehr als schemenhafte Umrisse hatte er allerdings nicht erkennen können. Die nächste Biegung des Flusses war durch dicht beieinanderstehende Bäume verdeckt. Als das Schiff langsam die Biegung umrundete, erkannte Isen, dass auf ihrem Kurs eine große Ansammlung von Treibholz lag. Sogleich war ihm bewusst, dass, wenn sie ihre Fahrt nicht anpassten, sie das Holz unweigerlich rammen würden.

»Treibholz voraus!«, rief er und hoffte, dass es die richtigen Worte für solch eine Ankündigung waren.

»Äste oder Stämme?«, kam die Frage des Kapitän.

Isen kniff die Augen zusammen und versuchte das Gewirr an Grün und Braun auseinanderzuhalten. »Sowohl als auch. Es sind drei große Stämme nebeneinander, bedeckt von einigen Ästen. Sie scheinen bis zur Mitte des Flusses zu reichen. Wir müssten dort einen Bogen fahren oder segeln, oder wie man es bei euch nennt«, ergänzte Isen, so ausführlich er konnte.

Der Kapitän dachte einen Augenblick nach und rief dann »Jorul, klettere hoch und schau auch mal!« Dabei deutete er auf einen drahtigen Seemann, der nickte.

Xzar staunte nicht schlecht, als er sah, wie geschickt der junge Mann die Hürde nahm. Anders als er erwartet hatte, kletterte dieser das Netz seitlich hoch, was es weniger wackeln ließ als Isens Versuch von außerhalb der Reling hinaufzukommen.

Oben angekommen kniete er sich hin. Somit hatten er und Isen noch genug Platz auf der kleinen Plattform. Jorul legte seine Hand an die Stirn, um seine Augen vor der Sonne zu schützen. »Ja«, knurrte er und dann lauter zum Kapitän, »Er ha` resch, Käppn!«.

»Was ist auf dem Ufer gegenüber?«, fragte Hasmund nun mit deutlich besorgterer Stimme.

»Kippe wage, kalles Füer. Seil inne Bööm«, antwortet Jorul knapp.

Isen schüttelte sich. War dies ein grausiger Dialekt des Seemanns. So sehr er sich auch anstrengte, Seile in den Bäumen konnte er keine entdecken. Den umgekippten Wagen nahm er wahr, die Feuerstelle erahnte er, aber Seile sah er keine. »Was heißt das?«, fragte er leise und mehr zu sich selbst.

Die Antwort kam gleichzeitig von Jorul und dem Kapitän. »Piraten!«

Xzar sah zum Kapitän und fragte, »Was haben sie vor und wie können wir uns schützen?«

»Die Falle ist eigentlich so aufgebaut, dass sie Schiffe abfangen, die den Fluss hochfahren. Mit der Sperre drängen sie die Schiffe auf die weite und längere Fahrtstrecke hinaus und greifen dann vom Land aus an. Flussaufwärts fährt man deutlich langsamer, also schwingen sie sich mit den Seilen an Bord und kämpfen dort die wenigen Bewaffneten nieder, die auf Flussschiffen als Wachmannschaften mitfahren. Ich denke, sie werden uns passieren lassen, denn sobald wir in die Schneise kommen, werden wir schnellere Fahrt machen.«

Und so geschah es dann auch. Kaum hatte Hasmund das Schiff die Baumstämme umfahren lassen, die, wie sie jetzt erkannten, mit Seilen zusammengebunden waren, wurden sie schneller und passierten die Falle. Von den Piraten fehlte allerdings jede Spur.

Xzar ging zu Shahira, die zusammen mit Lady Alinja am Heck des Schiffes stand. Beide beobachteten den Waldrand. Als Shahira Xzar kommen sah, schüttelte sie den Kopf. »Wir konnten keinen sehen. Seid ihr sicher, dass hier Piraten sind?«, rief sie dem Kapitän zu.

Dieser schüttelte nun ebenfalls den Kopf. »Sicher kann man sich nie sein, aber besser man ist vorsichtig.«

»Ja, das stimmt«, antwortete Shahira. »Ich habe noch eine Frage. Wir fahren jetzt mit dem Strom abwärts und haben sogar Wind im Rücken zum Segeln. Wie kommt man den Fluss denn wieder hinauf?«

»Wir treideln. Seht ihr die Pfade dort?«, er deutete auf einen breiten, ausgetretenen Weg am Ufer entlang, »Dort ziehen Pferde und Knechte das Schiff den Fluss aufwärts.«

»Das dauert doch ewig! Und ist man dann Piraten nicht noch viel mehr ausgeliefert?«, sagte Shahira entsetzt.

»Ja, zu Eurer ersten Frage, man braucht deutlich länger, als einem lieb ist, aber wir haben nicht viele andere Möglichkeiten. An manchen Stellen können wir segeln, da der Wind günstig weht. Mein Vater hat mir einst eine Geschichte erzählt, von einem Mann in Wasserau, den man wahrlich als verrückt bezeichnen konnte. Er hatte einen flachen Flusskahn gebaut und vorne ein Geschütz aufstellen lassen. Mit diesem schoss er große Speere ab, an dessen Spitzen ankerförmige Metallhaken befestigt waren. Am anderen Ende waren Seile angeknotet und diese waren mit einer Winde verbunden. Um den Kahn zu bewegen, schoss er einen der Pfeile ab, wartete, bis er Unterwasser Halt gefunden hatte und kurbelte dann das Seil auf, um so vorwärtszufahren. An der Stelle angekommen, schoss er einen zweiten Pfeil ab, zog den ersten an Bord und kurbelte sich wieder heran«, erklärte Hasmund lachend. »Könnt ihr euch so etwas vorstellen?«

Shahira lächelte ungläubig. »So etwas kann doch niemand bauen, oder?«

»Er hat es angeblich getan. Allerdings konnte auch mein Vater mir nicht sagen, was aus dem Verrückten und dem Kahn wurde. Ich glaube eher, dass dies ein Märchen ist«, grinste der Kapitän.

Xzar schüttelte auch ungläubig den Kopf. Lady Alinja lächelte nur, doch sie gab ihre Meinung nicht preis.

»Aber um auf Eure zweite Frage zurückzukommen, wenn wir treideln, haben wir an Land mehr Wachleute und die Gruppen der Piraten sind selten so groß, dass sie sich gut ausgebildeten Söldnern in den Weg stellen«, erklärte der Kapitän.

»Das versteh ich, aber warum machen das dann nicht alle Seefahrer?«, fragte Shahira nach.

»Weil diese Söldner wissen, welchen Preis sie wert sind und so manch ein Händler möchte sich den Silbertaler selbst einstecken, anstatt ihn für Wachen zu bezahlen.«

»Also ist die Schifffahrt auch nicht leichter, als ein Händler an Land zu sein?«

»Oh doch, hier haben wir das kühle Nass unter uns und den Wind um die Nase, was könnt es Schöneres geben?«, lachte Hasmund freudig los.

Shahira legte unwillkürlich eine Hand auf ihren Bauch, der vorhin noch von Übelkeit betroffen gewesen war, und ihr fielen viele Orte ein, die ihr lieber waren, als die schwankenden Planken. Dies behielt sie allerdings für sich und nickte dem Kapitän nur zu.


Am Abend legten sie an einer ruhigen Uferstelle an. Hier wollten sie die Nacht über rasten. Hasmund hatte ihnen erklärt, dass die nächsten Meilen immer wieder von Felsen durchzogen waren, sodass ein Weiterfahren bei Nacht nicht empfehlenswert war. Sie befestigten das Schiff an dicken Pflöcken, die hier im Boden steckten. Der kleine Flussarm schien des Öfteren als Nachtlager zu dienen.

Sie holten für die Nacht die Pferde aus den Laderäumen. Für die Tiere war die Fahrt nicht leicht, denn sie hatten ihnen die Hinterbeine zusammenbinden müssen, damit sie nicht in Panik austraten und die Holzwand des Schiffes beschädigten. Ihre Oberkörper waren ebenfalls mit Seilen gebunden, damit ein Steigen der Pferde verhindert wurde. Xzar hatte sich seinen Freund Jinnass` an seine Seite gewünscht. Der Elf hatte es verstanden, Tiere zu beruhigen. Ob es ein Zauber gewesen war, der dies bewirkt hatte, wusste Xzar nicht. In jedem Fall hatte es damals dafür gesorgt, dass sie die Angst vor dem Fremden verloren.

Jetzt spürte man ihnen die Erleichterung deutlich an, als sie wieder festen Boden unter den Füßen hatten, zumindest für eine Nacht. Xzars Pferd zeigte ihm jedoch deutlich, was es von der Fahrt bisher hielt. Immer wieder stieß es ihn mit seinem Kopf in die Seite, wenn er nicht aufpasste. Erst drei Äpfel stimmten das Pferd wieder milder. Da sollte mal einer meinen, dass es nur dumme Tiere wären, die taten, was der Reiter wollte.

Isen war von seinem Aussichtspunkt herunter geklettert und seine ersten Schritte an Land hatten sich für ihn wackelig angefühlt. Er war der Meinung gewesen, dass der Boden hier zu sehr nachgab. Daraufhin hatte der Kapitän nur gelacht und ihn erneut mit dem Wort *Landratte* bedacht. Shahira und Lady Alinja hatten sich während der Fahrt lange unterhalten und Xzar hatte das Gefühl, dass sie sich anfreundeten. Als er und Shahira nach dem Abendessen ein wenig zu zweit waren und im Wald spazieren gingen, fragte er sie, worüber die beiden Frauen sich so lange unterhalten hatten.

»Sie hat mir mehr über Tyraniea erzählt. Über den Thron der Elemente und den Ablauf ihrer Ausbildung«, erklärte sie Xzar.

»Und was hat es mit dem Thron auf sich?«, fragte Xzar, den dies durchaus auch interessierte.

»Der Thron ist der Sitz der Göttin. Den Ort, den sie erreichen muss, ist der Tempel darunter. Der Thron selbst ist wohl noch Hunderte Schritt höher im Schneegebirge auf dem Gipfel des höchsten Berges, den man Eiszahn nennt, und er besteht angeblich aus reinem Eis in einem See aus Feuer. So beschreibt sie es. Man munkelt, dass der Berg im Inneren aus lodernden Flammen besteht und sich oben auf einer Plattform das kälteste Eis befindet, das man in der Welt finden kann. Und da ist der Thronsaal der Herrin der Elemente. Von dort aus wacht sie über das Land, hält Hitze und Kälte im Einklang und wenn man in Vollmondnächten aufmerksam den Geräuschen der Nacht lauscht, kann man ab und an ihre Stimme in den Bergen vernehmen.«

»Du klingst, als würdest du die nächste Novizin der Tyraniea werden.« Xzar schmunzelte.

»Ich? Nein. Ich habe nur gut zugehört. Außerdem bin ich mir noch immer unsicher, wem der großen Vier ich mich am meisten zugeneigt fühle.«

»Das ist alles schwierig zu begreifen, finde ich.«

»Was meinst du?« Shahira sah ihn überrascht an.

»Diese ganzen Geschichten mit den großen Vier. Ich meine, ich war immer unsicher, dass es sie gibt, aber je mehr ich jetzt darüber erfahre, desto mehr frage ich mich, ob das nicht doch alles wahr ist. Noch in Wasserau zweifelte ich mehr, als das ich es glaubte, aber als Lady Alinja dir die Seekrankheit nahm, war keine Magie am Werk und sie sagte mir, es sei die Kraft, die sie von der Herrin der Elemente erhält. Für mich ist das trotz allem unerklärlich. Ich tue mich schwer damit, an Götter zu glauben, nur weil die Priester sagen, dass es sie gibt. Und jetzt wo ich eins dieser Wunder gesehen haben ...« Xzar brach den Satz ab.

»Ich verstehe, was du meinst, ja. Aber anderseits, was müsste geschehen, dass du daran glaubst? Ich sehe es so: Alinja nennt es Segnung und in der Bevölkerung nennt man es

Wunder. Die Begrifflichkeiten dafür weichen also sehr voneinander ab. Ich finde, wenn sie einen Eimer zufrieren lässt und mir die Übelkeit nimmt, ist das für mich ein Wunder. Sie sagte, es war für sie nur ein kleiner Aufwand, doch mir hat es sehr geholfen.«

Xzar nickte stumm, denn sie hatte recht. Was musste passieren, dass er es vollends glauben konnte? Oder tat er es nicht sogar bereits? Denn ein kleiner Funke in ihm erfreute sich an der Vorstellung, dass jemand über die Welt wachte. Als Shahira seinen Blick sah, lächelte sie etwas mehr und umarmte ihn. Sie gab ihm einen zärtlichen Kuss auf die Lippen und flüsterte dann in sein Ohr. »Es ist ja auch nicht schlimm, wenn du noch nicht daran glauben kannst. Alinja sagt, dass jeder Mensch seinen eigenen Weg finden muss, mit den großen Vier umzugehen. Sie, die Priester, sind ja auch dazu da, es uns zu erklären und was wir für uns daraus machen, liegt bei jedem selbst.«

»Das heißt, sie konnte dich überzeugen?«, fragte er leise.

»Ja, in gewisser Weise schon. Ich glaube, dass es die großen Vier gibt und dass sie unseren Weg leiten. Aber ich glaube auch, dass ich es bin, die diese Entscheidung am Ende trifft«, sagte sie und gab ihm erneut einen Kuss.

Gerade als Xzar drohte, sich in dem Kuss zu verlieren, wurden sie von einem Tumult im Lager aufgeschreckt. Sie hatten sich ein ganzes Stück entfernt, um für sich zu sein, doch als sie nun zurücksahen, brannten dort mehrere Fackeln im Wald. Ihr unstetes Flackern beleuchtete hektische Bewegungen. Das Licht des Mondes war durch die hohen Bäume deutlich abgeschwächt, sodass sie keine Einzelheiten erkannten. Xzar griff nach seinem Schwert und zog es aus der Scheide. Shahira tat es ihm nach. Sie ärgerte sich, denn ihren Schild hatte sie auf dem Schiff gelassen. Aber sie hatte ja auch nicht damit gerechnet, dass ihnen hier Ärger drohte.

Laute Rufe und wütende Drohungen drangen hörbar zu ihnen. Noch schien man nicht auf die beiden aufmerksam geworden zu sein. Xzar zog Shahira etwas zu sich herüber, damit sie im dunklen Schatten der Nacht verborgen waren. Als dann im Lager wieder etwas Ruhe einkehrte, die zusätzlichen Fackeln sich aber nicht fortbewegten, wagte Xzar einen erneuten Blick und sah nun, dass dort fremde Männer im Lager standen, alle mit gezogenen Waffen. Auf der Schiffsseite standen Hasmund und seine Männer. Daneben erkannte er dessen Frau, in deren Gesicht die blanke Angst stand. Lady Alinja befand sich dahinter. Isen war nicht zu sehen. In der Mitte des Lagers konnte er einen Körper am Boden erkennen und hoffte, dass dies keiner der ihren war. Und schon gar nicht Isen. Dann sah er, was die Frau des Kapitäns so sehr in Angst versetzte, denn die Männer, die der Besatzung gegenüber standen, hielten ihre Tochter Frena fest. Einer der Kerle hatte ihr den Arm um den Oberkörper geschlungen und befingerte sie unsittlich. Er flüsterte ihr leise Worte ins Ohr, die das Mädchen weinen ließen. Sie flehte wimmernd, er sollte sie loslassen, doch der Kerl dachte nicht daran. Shahira, die dies ebenfalls sah, wollte aufstehen, doch Xzar hielt sie zurück. »Zu gefährlich, wenn wir sie nun aufschrecken. Wir brauchen einen Plan.«

Dann trat einer der Männer vor und Xzar erkannte sogleich, dass er nicht zu den anderen gehörte, denn von seiner Haltung, bis hin zu der feinen Kleidung war sein gesamtes Auftreten sicherer.

»Ich grüße euch zu später Stunde. Wir werden euch nichts tun, wenn ihr uns gebt, was wir wollen«, sagte der Mann mit arrogantem Unterton in der Stimme.

Xzar ahnte es, noch bevor der Mann es aussprach, und sah dann auf die Klinge in seiner Hand.

»Wir suchen den Mann namens Xzar und wollen sein Schwert«, fuhr der Mann fort.

Die Seeleute sahen sich alle mit großen Augen an. Xzar verdrehte seine eigenen und seufzte leise, denn für den Fremden stellten diese Blicke klare Eingeständnisse dar, dass sie wussten, von wem er sprach.

»Ah, ich sehe, ihr versteht mich. Kapitän Hasmund, bitte sagt mir, wo er ist, da er sich offensichtlich nicht in eurem Lager befindet. Ist er noch an Bord?«, fragte der Mann weiter und Xzar sah, wie der Kapitän ängstlich den Kopf schüttelte.

Er und seine Mannschaft waren mit behelfsmäßigen Waffen ausgestattet; Knüppel, Dolche und Haken. Die Männer, die der Fremde anführte, schienen besagte Piraten zu sein, die sie auf dem Fluss vermisst hatten. Sie trugen abgewetzte Hemden und Hosen. Ihre Gesichter, soweit Xzar sie im Dunkeln sehen konnte, waren schmutzig und vernarbt. Rüstungen trugen sie keine und ihre Waffen waren auch nicht mehr in bestem Zustand.

Xzar runzelte die Stirn. Warum hatte der Kult der Gerechten Piraten angeheuert? Und wo war der ehrenhafte Kampfgedanke hin, denn so ein heimtückischer Angriff, und dazu noch mit Geisel, passte nicht zu dem, was bisher geschehen war. Er erinnerte sich an das, was der Priester ihm erzählt hatte. Vielleicht verloren sie diese Ideale wirklich und je nachdem, wer sie führte, griff nun auch auf andere Taktiken zurück.

Xzar sah im Lager sechs Piraten, dazu der Fremde, der einen Streitkolben in der Hand hielt. Hinter ihnen im Wald konnte er noch vier weitere Fackeln ausmachen, er sah jedoch keine Gesichter bei den Lichtern. Entweder waren es noch weitere Schergen, die sich versteckt hielten oder nur diese sieben. Ein Überraschungsangriff würde der Tochter des Kapitäns wahrscheinlich das Leben kosten. Er überlegte kurz und fasste dann einen Entschluss. »Schau, dass du sie umrundest. Wir müssen wissen, ob noch mehr im Wald sind. Ich stelle mich ihm und fordere ihn zum Duell. Wir brauchen Zeit.«

»Bist du dir sicher?«, fragte Shahira leise.

»Mir fällt keine andere Möglichkeit ein.«

»Wirst du ihm das Schwert geben?«, fragte Shahira besorgt.

»Wenn es das Leben von uns und besonders das von Hasmunds Tochter rettet, dann ziehe ich es in Betracht, ja«, sagte Xzar entschlossen und stand auf.

Als er auf das Lager zuging, meldete er sich früh genug, um zu verhindern, dass sich jemand überfallen fühlte. »Ich bin hier!«

Zwei der Piraten drehten sich überrascht um und ließen ihn in den Lichtschein treten. Xzar erkannte, dass es sich nicht um erfahrene Kämpfer handelte, denn sie ließen ihn selbst den Weg wählen und so gelangte er vor die Schiffsbesatzung und hatte zu jedem der Angreifer ausreichend Platz. Der Fremde grinste und wenn er etwas von Xzars Plan ahnte, dann ließ er es sich nicht anmerken. »Ah, ich grüße Euch Xzar. Es erfreut mich, dass ihr Euch stellt. Wenn Ihr mir Eure Waffe gebt, lassen wir euch alle ziehen«, sagte er höflich, doch Xzar erkannte die Falschheit im Blick des Mannes. Keiner würde hier lebend weggehen. Xzar blickte auf den leblosen Körper am Boden und auch wenn er erleichtert war, dass dies nicht Isen war, so fuhr ihm doch ein Stich ins Herz, als er erkannte, dass es Wilko, einer der Söhne des Kapitäns, war. Ein langer und tiefer Schnitt in der Brust hatte ihm das Leben genommen.

»So wie er?«, deutete Xzar auf den Jungen.

Der Fremde seufzte gespielt traurig. »Ein bedauerlicher Unfall. Einer meiner Männer war ... zu übermütig.«

Xzar starrte ihn einen Augenblick an und außer dem Knistern der Feuerstelle und den flüsternden Worten des Piraten in das Ohr des Mädchens war nichts zu hören. Xzar sah auf den Piraten, der gehässig grinste und dabei drei Zahnlücken preisgab. »Du! Lass sie los und zu ihren Eltern gehen!«, befahl Xzar.

Der Pirat grinste noch breiter. »Sonst was?«

»Sonst wirst du dieses Lager nicht lebend verlassen«, sagte Xzar ruhig.

Noch bevor der Pirat etwas erwidern konnte, mischte sich der Fremde ein. »Nun beruhigt Euch doch erst mal. Wir wollen keinem etwas tun, auch dem Mädchen nicht.«

Xzar nervte die schmeichlerische Stimme des Mannes allmählich. Anderseits griffen die Piraten noch nicht an, aber ihr Vorteil war, dass sie eine Geisel hatten. Wenn dort im Wald nur

Fackeln steckten und sich keine weiteren Männer verbargen, dann waren sie fünfzehn gegen sieben. Wobei die Schiffsmannschaft nur wenige erfahrene Kämpfer besaß und man die beiden Frauen rausnehmen musste. Und auch Isen, wo immer er auch war. Xzar musterte den Fremden jetzt genauer. Er hatte mittellanges schwarzes Haar, das mit Öl nach hinten gekämmt war. Dies schien etwas zu sein, was sich beim Kult der Gerechten einer übermäßigen Beliebtheit erfreute. Der Blick des Mannes war sicher und gefasst und er wirkte ob der Überzahl der Gegner nicht im Geringsten beunruhigt, so als wüsste er, dass er hier gewinnen würde. Der Kerl trug einen massiven Kettenpanzer aus dicken Ringen und darunter ein langes Gewand, das ihm bis über die Fußknöchel fiel.

Xzar wog das Drachenschwert in seiner Hand und überlegte, was er tun sollte. Von Isen fehlte jede Spur und das konnte bedeuten, dass dieser sich auch versteckt hielt. Isen war kein furchtsamer Mensch und das wiederum ließ Xzar hoffen, dass der Dieb sich für einen Überraschungsangriff bereit hielt. Shahira war irgendwo dort hinter den Piraten im Wald, auch unbemerkt bisher. Der Pirat, der das Mädchen festhielt, grinste breiter und Xzar sah, wie seine Hand nach unten glitt und sich langsam unter den Rock der Kapitänstochter schob. Das reichte ihm!

Xzar machte einen schnellen Ausfallschritt und schwang mit enormer Geschwindigkeit das Drachenschwert waagerecht durch die Luft. Es summte leise und mit einem Knacken drang es brutal in den Kopf des Piraten ein, um genau mittig innezuhalten. Frenas Gesicht wurde vom warmen Blut bespritzt. Sie stieß einen spitzen Schrei aus.

Dann trat völlige Stille ein. Die Hand des Piraten, die eben noch so Unsittliches vorhatte, ließ von seinem Ziel ab, um nun kraftlos herab zu baumeln. Die Augen des Piraten waren geweitet. Die Tochter des Kapitäns löste sich zitternd von dem Mann, drehte sich um und alle sahen das erschreckende Bild. Der Pirat stand noch aufrecht, nur von Xzars Klinge gehalten.

Und als dieser das Schwert nun mit einem Ruck wegzog, brach der tote Pirat zusammen. Das Mädchen wimmerte und stolperte rückwärts, um dann weinend zu ihren Eltern zu rennen, die sie, ebenfalls unter Tränen, in die Arme schlossen. Alle anderen starrten auf Xzar und selbst das siegessichere Grinsen des Fremden war nun nicht mehr ganz so überzeugt.

Jetzt geschah vieles auf einmal. Es knallte hinter den Bäumen zu Xzars Linken und einer der Piraten griff sich würgend an den Hals, um den sich Isens Lederpeitsche geschlungen hatte. Mit einem Ruck wurde er zurück und gleichzeitig von den Beinen gerissen.

Ein anderer Pirat hinter dem Fremden schrie auf, als eine Klinge durch seine Oberkörper drang. Das musste Shahira sein. Zu Xzars Rechten brüllte plötzlich einer der Piraten vor Schmerz auf, als seine Fackel sich in eine flammende Schlange verwandelte, die ihn mit wütendem Zischen in den Hals biss. Ungläubig sah Xzar zu Lady Alinja hinüber, die mit beschwörenden Gesten und zornigem Blick die Schlange zu lenken schien.

Vor Xzar löste sich der Fremde aus seiner Überraschung und grinste ihn an. »Dann wir beide!« Mit diesen Worten stürzte er sich an der Feuerstelle vorbei auf Xzar zu, den Streitkolben wütend schwingend. Dieser wich dem ersten Schlag elegant aus und riss das Drachenschwert hoch. Sein Gegner drehte sich von dem Angriff weg, sodass die beiden Kämpfer die Positionen getauscht hatten. In Xzars Rücken war der Wald und im Rücken des Fremden stand die Mannschaft. Rapier hielt die Männer zurück und stand schützend vor ihnen. Sein grimmiger Gesichtsausdruck ließ keinen Zweifel daran, dass er die Seeleute bis aufs Letzte verteidigen würde. Aber Xzar war sich auch sicher, dass der Mann keinen ungestümen Angriff auf den Fremden wagen würde.

Xzar senkte sein Schwert. Die Kampfgeräusche hinter ihm waren verstummt. Der Fremde war zwischen der Mannschaft, Lady Alinja und ihm, und somit, von allen Seiten eingekreist.

»Ihr habt verloren. Ihr könnt Euch ergeben oder hier Euer Ende finden. Wollt ihr mir Euren Namen nennen?«, sagte Xzar kühl.

Der Mann sah sich um. Er schätzte wohl seine Möglichkeiten ab. Als sein Blick wieder bei Xzar ankam, lächelte er erneut und Xzar hatte das Gefühl, dass der Fremde seine anfängliche Sicherheit zurückgewonnen hatte. »Xzar, ich kann mich nicht ergeben. Nicht solange Ihr zu Unrecht diese Klinge führt und doch werde ich Euch meinen Namen nennen, auch wenn es schon bald nicht mehr von Bedeutung ist. Man nennt mich Sinthelm von Grafenbach.«

Xzar hob das Drachenschwert leicht an und besah sich die Spiegelungen der Flammen auf der blanken Klinge. *Wadrian Helmmbrecht* ... der Name des Piraten, den er vor Kurzem getötet hatte, verblasste langsam. »Zu Unrecht? Wir nahmen sie einem Dieb ab, schützten sie vor einem Nekromanten und ich erhielt sie als Geschenk, von ihrem letzten rechtmäßigen Besitzer. Eure Leute überfielen uns und so schützte ich die Klinge auch vor den Euren und das werde ich hier und jetzt ebenfalls tun«, sagte er wütend.

»Wie dem auch sei, die Klinge gehört Euch nicht. Und es wird Zeit, dass Ihr sie zurückgebt!« Mit diesen letzten Worten stürzte er sich auf Xzar.

Mit einer Geschwindigkeit, die Xzar überraschte, riss er das Schwert hoch und der Fremde rannte in die Klinge hinein, sodass diese sich durch seinen Leib bohrte und mit einem reißenden Geräusch aus seinem Rücken wieder austrat. Der Mann stöhnte auf. Sein Gesicht war nah an Xzars Ohr. Er flüsterte, »Ihr werdet ... verlieren ... jetzt kämpft!« Dann flatterten die Lider des Fremden und er brach zusammen. Der Streitkolben fiel ins blutnasse Gras und zu spät erkannte Xzar, dass um ihn herum magische Ströme flossen.

»Aufs Schiff! Schnell!«, rief er dem Kapitän zu.

Dieser starrte ihn einen Augenblick an, ohne zu wissen, was Xzar meinte. Als dann der Boden zu beben begann, rief er nach seinen Leuten und jagte sie die Planke hoch auf das Schiff, wo sie sich hinter Reling und Fässern versteckten. In dem kleinen Lager trafen sich jetzt Shahira, Isen, Xzar und Lady Alinja.

»Was ist das?«, rief die Novizin, die Mühe hatte, sich gegen das Wackeln der Erde zu stemmen.

»Sein Tod hat etwas ausgelöst!«, antwortete Xzar, der zurücktaumelte, als unter ihm der Boden aufbrach. Ein großer Felsen reckte sich armgleich aus dem Riss und stampfte vor ihnen auf, dann folgte ein zweiter und in sich verdrehend tauchte eine weitere Felsmasse vor Ihnen auf. Durch das Beben der Erde und dem dumpfen Donner, den dieses mit sich brachte, hatten sie Mühe zu erkennen, was dort vor ihnen aus dem Boden stieg. Erst als das Beben nachließ, erkannte Xzar das Wesen, welches ihn nun aus dunkel glimmenden Augen anstarrte. »Verflucht, ein Steingolem!«

Die anderen wichen entsetzt zurück. Das vier Schritt große Wesen, dessen Arme und Beine so dick wie Bierfässer waren, stieß plötzlich einen kehligen Schrei aus, als es auch schon einen der massigen Arme hob und diesen in Xzars Richtung krachen ließ. So langsam das Wesen den Arm auch anhob, umso schneller fuhr dieser hinunter und riss an der Stelle, wo Xzar eben noch gestanden hatte, ein tiefes Loch in die Erde. Er fluchte. Ihm blieb keine Zeit der Freude über sein geglücktes Ausweichen, denn der zweite Arm sauste bereits auf ihn zu. Wieder sprang er einen Schritt beiseite. Dieses Mal donnerte der Felsarm deutlich knapper neben ihm zu Boden.

Isen hatte sich seitlich zu Xzar positioniert und schwang seine Peitsche um eines der dicken Beine des Golems, doch als er nun zog, rührte sich das Bein kein Stück vom Fleck. Im Gegenteil, denn der Golem machte einen ruckartigen Schritt vorwärts und Isen wäre fast mitgerissen worden. Fluchend rieb er sich die Hände, nachdem ihm das Leder aus der Hand gerissen wurde.

Shahira griff mit dem Schwert an, doch selbst ihre magische Klinge kratzte wirkungslos über den harten Fels.

»Was macht man dagegen?«, rief Alinja, die nach Shahiras mangelndem Erfolg mit dem Schwert, von einem Angriff absah.

»Ich überlege noch!«, rief Xzar, der erneut einem Doppelangriff des Golems ausweichen konnte. Die tiefen Löcher, die durch die Schläge des Steinwesens in den Boden gerissen wurden, raubten ihm Stück für Stück den Platz. Er hatte ebenfalls einen Hieb mit dem Schwert des Drachens versucht, doch das Ergebnis blieb dasselbe. Ihre Klingen richteten keinen Schaden an dem Wesen an. Xzar bezweifelte, dass der Golem den Treffer überhaupt gespürt hatte. Seine Gedanken rasten. Er hatte mal etwas über diese Wesen gelesen, aber das war lange her und er erinnerte sich nicht mehr. Was vielleicht auch daran lag, dass ihm im Augenblick die Ruhe fehlte, darüber nachzusinnen. Eins war ihm allerdings klar, das war also die Ausgeglichenheit des Kampfes vom Kult der Gerechten. Erst kamen sie in Unterzahl und dann ... ›Augenblick‹, dachte Xzar, als ihm etwas einfiel. Es musste ein Magier irgendwo sein und außerdem: Sinthelm hatte den Streitkolben fallengelassen. Die stumpfe Waffe konnte den Stein splittern lassen.

»Habe ... eine ... Idee!«, keuchte er, als er dem nächsten Schlag mit Mühe entging. Doch bevor er weitergehen oder sprechen konnte, verließ ihn das Glück. Denn der zweite Schlag des Golems kam nun nicht wie zuvor alle anderen von oben, sondern das Wesen schwang seinen Arm seitlich. Xzars Ausweichversuch scheiterte und die Wucht des Schlages traf ihn am linken Bein. Augenblicklich explodierte ein brutaler Schmerz in ihm und er wurde von der Wucht zur Seite geschleudert. Benommen und mit schwarzen Schatten vor den Augen blieb er liegen.

Shahira schrie auf und begann nun wie wild auf das Bein des Golems einzuhacken, doch ihre Klinge richtete so gut wie keinen Schaden an.

Isen sprang vorwärts und rollte sich ab, um an Xzars Seite zu kommen, auf den der Golem nun langsamen Schritts zu stapfte. Jeder Tritt ließ die Erde vibrieren und Isen fragte sich, was er tun konnte. Er sah auf Xzar, dessen Augen unstet flatterten und sein Bein stand bizarr verdreht von ihm ab.

»Verdammt, gebrochen!«, fluchte Isen. Aus einem Gefühl heraus griff er nach dem Drachenschwert und sogleich erkannte er die Absicht des Golems, denn der massige Kopf drehte sich nun zu ihm. »Er will das Schwert!«, rief Isen freudig über die Tatsache, dass der Golem Xzar nicht töten wollte. Die Freude über diese Erkenntnis verflog allerdings schnell wieder, denn jetzt folgte der Golem ihm. »Xzar? Wach auf, mein Freund! Welche Idee hattest du?«

Xzar hörte die weit entfernte Stimme Isens, doch sein Bein wurde von einem Schmerz erfüllt, der ihm alle Gedanken durcheinanderbrachte. Was war es, was er eben noch sagen wollte?

Isen fluchte und rollte sich von Xzar weg. Mit dem Rücken an einen Baum gepresst, wartete er auf den nächsten Hieb des Golems, der auch rasch folgte. Der Baum krachte über ihm und Isen spürte, wie das Holz splitterte, als er sich wegduckte.

Shahira versuchte hinter dem Golem vorbei zu rennen, was ihr ohne Weiteres gelang, da dieses Monster nur Augen für das Schwert zu haben schien. Hektisch stürzte sie sich neben Xzar ins Gras. Sie hatte noch einen Heiltrank, doch dieser befand sich in ihrem Gepäck an Bord des Schiffes und selbst wenn sie ihn erreichte, mussten sie den Golem loswerden. Sie blickte zurück. Lady Alinja stand am anderen Ende des Lagers, den Golem fest im Blick. Sie verfolgte gespannt, wie Isen den Schlägen des Wesens auswich. Und auch wenn Isen einer springenden Heuschrecke alle Ehre machte, so war es eine Frage der Zeit, bis der Golem auch ihn treffen würde.

Dann erhellte sich die Miene der jungen Novizin und sie suchte Shahiras Blick. »Isen, du musst ihn hinhalten! Shahira, hilf mir!«, rief sie und deutete dann auf den Fluss.

»Ach was!«, kam die kurze Antwort des Diebes.

Shahira blickte noch einmal zu Xzar hinab, der nun vollends das Bewusstsein verloren hatte und rannte dann zu Alinja.

»Ich werde eine Eisfläche auf dem Fluss erschaffen. Du lockst den Golem dorthin und versenkst ihn!«, erklärt Alinja ihr schnell.

»Gut, beeilen wir uns!«, rief Shahira.

Die junge Novizin nickte und eilte zum Fluss, wo sie einige Schritte in das Wasser hinein trat und sich dort in den Strom kniete. Ihr weißes Kleid legte sich wie ein Teppich auf die Oberfläche. »Herrin der Elemente, Tyraniea ich rufe deine Kraft und deinen Zorn wider dem Missbrauch der Magie. Hilf mir mit deinem eisigen Segen! Schenke mir deine kühle Ruhe, um mit meinem brennendem Zorn dieses Wesen zu vernichten ...«, begann sie das Gebet inbrünstig.

Shahira hörte die weiteren Worte nicht mehr, sie war zurück im Lager und sah dort, wie neben Isen gerade ein Fass durch den wuchtigen Schlag des Golems zersplitterte. Isen blutete aus mehreren Wunden, dort wo ihn Holzstücke oder andere Trümmer getroffen hatten. Er atmete heftig und Shahira erkannte, dass ihm die Kraft schwand. »Isen, wir locken ihn aufs Eis!«, rief sie.

Der Dieb schüttelte verwirrt den Kopf, was ihn beinahe einen schweren Treffer eingebrachte und ihn fluchen ließ. Im letzten Augenblick duckte er sich weg und der massige Felsarm sauste erneut an ihm vorbei. Shahira deutete hektisch auf Lady Alinja, aber Isen schien sie nicht zu verstehen. Und doch bewegte er sich in ihre Richtung. Als er bei ihr war, nahm Shahira ihm das Schwert aus der zitternden Hand. »Erhol dich, ich mache das!«

Isen hielt den Griff kurz fest, ließ ihn dann aber los und sprang nach hinten, als die Arme des Golems zwischen ihnen zu Boden sausten. Der Aufprall ließ Shahira wanken, doch sie stützte sich mit dem Schwert am Boden ab und blieb so auf den Beinen. Dann rannte sie zum Ufer. Alinja war noch immer in ihr Gebet vertieft, doch Shahira sah, dass sich bereits eine Eisschicht auf dem Wasser gebildet hatte, die gut fünf Schritt auf den Fluss hinausragte.

»Das wird nicht reichen, da ist das Wasser noch nicht tief genug!«, sagte sie, in der Hoffnung Alinja nahm sie wahr. Ihr blieb allerdings keine Zeit, auf eine Reaktion zu warten, denn ihr Gegner folgte ihr bereits mit stampfenden Schritten. Vorsichtig schritt sie auf die glänzende Oberfläche des Eises, das unheilverkündend knirschte. Sie hoffte, dass es dem Gewicht des Golems standhielt. Dieser war nun am Rand des Ufers und erschrocken sah Shahira, wie dicht dieser an der Novizin vorbei auf das Eis trat. Hinter ihr breitete sich die Eisschicht langsam weiter aus und sie tastete sich vorsichtig mit dem Fuß zurück. In Gedanken flehte sie Tyraniea an, dass ihr Eis sie aushielt.

Der Golem kam weiter auf sie zu. Er war noch etwa drei Schritt von ihr entfernt. Erschrocken stellte sie fest, dass sie bereits die dreifache Strecke zum Ufer zurückgelegt hatte. Alinjas Gebet wirkte immer noch, denn hinter ihr wuchs stetig die Eisfläche. Dann erkannte sie den Fehler in ihrem Plan, denn Shahira war in einer Falle. Vor ihr der Golem, hinter ihr der Fluss. Was immer hier geschah, es würde auch für sie gefährlich werden.

Plötzlich hörte Shahira ein Aufstöhnen am Ufer und sie befürchtete es mehr, als das sie es in der Dunkelheit sah, dass Alinjas Kräfte aufgebraucht waren. Das Ufer lag verborgen in der Nacht und nur noch das Schimmern des Lagerfeuers war für sie zu sehen. Vor ihr ragte der Umriss des Golems auf. Shahira schluckte. Einem inneren Instinkt folgend duckte sie sich. Über ihr flog etwas hinweg: Die Arme des Golems! Krachend schlugen sie auf das Eis und Shahira wurde durch die Erschütterung von den Füssen gerissen.

Jetzt war es um ihren Halt geschehen, denn sie schlitterte über das Eis. Das Monster tat einen weiteren Schritt und das Eis brach unter ihr ein. Scharfe Splitter der kalten Bruchstücke schnitten Shahira in die Haut. Augenblicklich tauchte sie unter.

Das kühle Nass des Flusses umfing sie. Eiseskälte raubte ihr den Atem. Das Gewicht ihrer Kleidung zog sie nach unten. Als sie tiefer sank, erfasste sie der warme Strom des Flusses. Irgendwo in ihrer Nähe vernahm sie ein dumpfes Klatschen, dem ein Rauschen folgte. Das musste der Golem sein! Dann erfasste sie ein heftiger Sog und zerrte sie tiefer. Scharfe Kanten des Steinwesens rissen ihre Haut auf, dort wo keine Rüstung sie schützte. Panik stieg in ihr auf. Sie versuchte nach oben zu strampeln. Doch sowohl das Gewicht des Schwertes, als auch das ihrer Kleidung hielt sie in der Dunkelheit gefangen. Alles woran sie dachte, war, dass sie die Klinge nicht loslassen würde. Wegen des Schwertes war sie überhaupt hier. Dann spürte sie ihre Lunge, die Luft forderte. Shahira hielt inne, versuchte noch einmal, nach oben zu gelangen, doch sie schien sich kein Stück zu bewegen. Warum nur? Wie tief unten war sie? Sie wusste es nicht.

Dann verließ sie die Kraft, denn sie brauchte Luft. Kaltes Wasser schoss ihr in den Mund, flutete ihren Hals, ihre Lungen. Sie musste husten, doch nur noch mehr Wasser drang in sie ein. Das war es also? Alles vorbei? Kein Heldentod in einer großen Schlacht?

Nein, das konnte es nicht sein, jedenfalls nicht so. Sie verstärkte den Griff um das Drachenschwert. Dann machte sie kräftige Züge mit den Armen, als sie plötzlich etwas an der Hand spürte. Ein Seil? Sie packte zu und schon zog sich eine Schlinge um ihrem Arm zu. Mit einem heftigen Ruck wurde sie aus dem Wasser gerissen. Hastig rang sie nach Luft, ein Zittern und Husten durchfuhr sie und ein dumpfer Schmerz explodierte in ihrem Körper, als sie hart gegen die Bordwand des Schiffes prallte. Sie stöhnte auf. Ein Wasserschwall wurde aus ihren Lungen gepresst. Erneut überkam sie ein Hustenanfall. Als sie erschöpft den Kopf hob, sah sie im Fackelschein Isen auf der Reling stehen, der zusammen mit der Besatzung das Seil hochhievte.

# Erwachen

Als Xzar erwachte, sah er in das erschöpfte Gesicht Shahiras, die ihn müde anlächelte. Er versuchte es zu erwidern, doch es gelang ihm nicht recht. Er spürte das leichte Schwanken des Schiffes. Sie fuhren wieder!

»Wie lange war ich weg?«, fragte er mit krächzender Stimme.

»Die restliche Nacht und den halben Tag«, antwortete Shahira.

»Wie geht es dir?«, fragte er besorgt.

Shahira lächelte. »Erst mal, wie fühlst du dich?«

»Als wäre ich in eine Lawine geraten.«

»Das könnte man auch so beschreiben. Der Schlag des Golems hat dich ordentlich weggeschleudert«, sagte sie und reichte ihm einen Becher mit klarem Wasser, den er hastig leerte. Erst jetzt spürte er den Schmerz und als er versuchte, sein Bein zu bewegen, bereute er dies sogleich. Als er den Kopf drehte, sah er Lady Alinja, die neben ihm auf einem Bett lag.

»Was ist mit ihr? Mit Isen und den ...«, begann er besorgt.

»Beruhige dich«, sagte Shahira, die ihn sanft zurück aufs Lager drückte, als er sich aufsetzen wollte. »Sie erholt sich. Und Isen geht es gut, wie immer halt. Er prahlt damit, dass du nun mal der Krieger des Drachen sein wirst und nur du solche Wesen besiegen kannst.«

»Er macht was?«

»Beruhige dich, du kennst ihn doch.«

»Dieser Verrückte!« Xzar seufzte. »Sag, wie geht es den Seeleuten?«

»Der Mannschaft geht es soweit gut. Der Kapitän und seine Familie trauern. Sie haben ihren jüngsten Sohn Wilko durch die Piraten verloren«, erklärte sie ihm.

»Oh nein! Das hätte nicht passieren dürfen.« Xzar schwieg einen Augenblick, dann schüttelte er den Kopf. »Ich glaube es nicht, sag es mir noch einmal, was erzählt Isen den Leuten? Nur ich ... könnte diese Wesen besiegen? Wenn ich mich recht erinnere, habe ich nichts dergleichen getan. Aber da stellt sich mir die Frage ... wie habt ihr den Golem besiegt?«

»Glück und die Gnade der Göttin«, antwortete Shahira verhalten.

»Tyraniea?«, fragte er ungläubig.

»Ja.«

»Also hat Lady Alinja ...?«, fragte er.

Shahira nickte.

»Dann werde ich mich bei ihr bedanken«, sagte Xzar.

»Lady Alinja oder Tyraniea?«, fragte Shahira leise.

Xzar zögerte einen Augenblick und sah dann zu der jungen Novizin hinüber. »Bei beiden.«

Dann trank er noch einen weiteren Becher leer und ließ sich von Shahira erzählen, was geschehen war.

»Bevor der Golem dich traf, sagtest du, du hättest eine Idee gehabt. Was war das für eine?«, fragte Shahira ihn.

Xzar überlegte einen Augenblick und rief sich den Kampf noch einmal in Erinnerung. Dann fiel es ihm wieder ein. »Es war der Streitkolben. Dieser verkehrte Ehrgedanke des Kults der Gerechten. Erinnerst du dich, dass sie einem immer eine Möglichkeit für einen ausgeglichenen Kampf lassen. Sie hatten nie vor zu kämpfen. Sie haben nur einem Magier Zeit verschafft, den Golem zu beschwören. Ob der Tod des Fremden nun dazu gehörte oder nicht, der Streitkolben war die Waffe, die den Golem verwunden konnte«, erklärte Xzar ihr.

»Dieser Kult ist ganz schön verdreht. Wie sie nur auf solche Ideen kommen? Aber du sagst, es muss dort auch ein Magier gewesen sein? Im Wald konnte ich keinen sehen. Als du ins Lager gingst, habe ich mich in den Wald geschlichen, wie wir es besprochen hatten, dort fand ich die herrenlosen Fackeln und Isen, der denselben Plan verfolgte wie wir. Wir sprachen uns ab, auf dein Zeichen zu warten, um dann anzugreifen.«

»Mein Zeichen?«

»Ja, dein Angriff.«

»Das war kein ...«, er unterbrach sich und fügte dann hinzu, »Und Isen hat erneut geholfen?«

»Ja. Ich muss sagen, was das angeht, ist er sehr zuverlässig. Er zögerte keinen Herzschlag zu lange. Als dann binnen weniger Augenblicke ihre Kameraden fielen, flohen die anderen drei Piraten in den Wald. Da war kein Magier, jedenfalls keinen den ich sehen konnte«, sagte Shahira.

»Was noch beunruhigender ist. Der Priester im Tempel Deranarts sagte mir, dass die Gruppierungen des Kultes immer von einem Magier angeführt werden, den sie als ihren Priester ansehen. Wenn er ohne Worte zaubert und kaum zu sehen ist, muss er sehr stark sein. Der Golem kann keine zwanzig Schritt von seiner Position entfernt entstanden sein. Für uns bedeutet das, wir müssen noch mehr aufpassen, wenn wir weiterreisen.

Ah, verflucht. Mein Bein schmerzt«, sagte Xzar, als er erneut versuchte, sich aufzusetzen.

Shahira legte ihm ihre Hand auf die Brust und drückte ihn sanft zurück auf sein Lager. »Ja, nicht verwunderlich, dein Knochen war mehrfach gebrochen. Der Kapitän konnte es richten und ich habe dir unseren letzten Heiltrank gegeben. Trotzdem wird es ein wenig dauern, bis es verheilt ist.«

Er wollte gerade protestieren, als der Holzschutz, der ihnen als Vorhang diente, zur Seite geschoben wurde und ein grinsender Isen zu ihm hinabsah. »Ah, Xzar, sehr gut. Dir geht es besser?«

»Ja, noch. Was erzählst du den Leuten?«, fragte Xzar mit erboster Miene.

Isen zuckte mit den Schultern und grinste weiterhin. »Nur die Wahrheit.«

»Ich habe den Golem aber nicht besiegt«, stellte Xzar fest.

»Nein, nicht eigenhändig. Aber du bist der, dessen Schwert der Fremde wollte. Dich hat der Golem angegriffen und du hast keinen Augenblick gezögert, dich ihm zu stellen. Du hast die Tochter des Kapitäns gerettet. Du kannst der erste Krieger des Drachen werden«, erklärte Isen heiter. »Und außerdem weiß man doch: auch wenn die Helden in den Geschichten immer alles im Alleingang erledigen, in Wirklichkeit sind es ihre treuen Gefährten, die ihnen helfend zur Seite stehen.«

Shahira konnte sich ein Kichern nicht verkneifen.

»Du auch?«, fragte er ungläubig.

Sie strich ihm sanft über die stoppelige Wange. »Ich glaube halt, dass irgendwas dran sein kann und Isen und Alinja ebenfalls, nur du nicht. Du weigerst dich so vehement daran zu glauben, dass du nicht einmal mehr mitbekommst, dass du dich genauso verhältst, wie man es vom ersten Krieger erwartet«, erklärte sie ihm lächelnd.

»Und wie verhält sich der erste Krieger?«, fragte Xzar mit hochgezogenen Augenbrauen.

»Na, so wie du halt!« Shahira lachte los und auch Isen stimmte mit ein.

Xzar öffnete den Mund, um ihn dann wieder zu schließen. Er sah von ihr zu Isen, der lächelnd nickte. Noch bevor er etwas sagen konnte, regte sich Alinja. Sie stöhnte leise auf, als sie sich bewegte. Isen war sogleich an ihrer Seite, als sie die Augen öffnete und reichte ihr einen Becher. Als er sah, dass dieser leer war, füllte er ihn mit etwas Wasser auf. Sie blinzelte kurz und nahm ihn dann dankbar nickend entgegen.

Als sie Xzar sah, lächelte sie. »Ich bin froh, Euch wach zu sehen, Xzar«, sagte sie zaghaft. »Und Isen, ich danke Euch.«

Der Dieb sah sie überrascht an. »Für den Becher Wasser?«

»Auch«, lächelte sie. »Aber vor allem dafür, dass Ihr mich und Shahira aus den Fluten gerettet habt«, fügte sie leise hinzu.

»Ach so, aber das war doch nichts. Das war das Mindeste, was ich tun konnte«, erklärte er verlegen.

›Aha‹, dachte Xzar. Selbst kam Isen dann auch nicht damit zurecht, wenn man ihn mal lobte und das schien auch Alinja zu bemerken, was ihr Lächeln noch verstärkte. »Schmälert dies nicht. Wir wären ohne Euer beherztes Eingreifen beide ertrunken.«

Isen kratzte sich verlegen am Hinterkopf und nickte. »Ja, gut. Gern geschehen. Ich ... muss zurück auf den Ausguck. Erholt Euch noch was.« Damit stand er auf und zog den Holzschutz wieder vor. Für einen Augenblick sahen sie Isens Umriss noch hinter dem dünnen Holz stehen, dann hörten sie, wie er sich mit schnellen Schritten entfernte.

»Es tut mir leid für ihn«, sagte Alinja leise. »Er ist von so tiefer Trauer beeinflusst. Mich wundert, wie er dennoch immer wieder gute Laune ausstrahlen kann.«

»Isen ist ein guter Mensch. In ihm steckt kein Argwohn oder Falschheit und dass er als Dieb gelebt hat, war wohl wirklich aus der Not geboren«, sagte Shahira.

»Ja, vielleicht. Seine Geschichte hat mich berührt und wenn sie wahr ist, dann werde ich alles dafür tun, dass er seine Frau wiederfindet«, sagte Xzar fest entschlossen.

Shahira sah ihn erstaunt an. »Wirklich? Du weißt, dass ...«

Xzar hob die Hand. »Ja, wirklich und ja ich weiß, eure Prophezeiung«, sagte er und schüttelte dabei den Kopf.

»Deine Prophezeiung«, sagte Shahira liebevoll und bevor er protestieren konnte, gab sie ihm einen Kuss, von dem er sich gerne aufs Lager fesseln ließ.

Ein wenig später hatte Shahira Xzar notdürftig eine Krücke gebaut. Er stand an Deck und genoss die warmen Sonnenstrahlen auf seiner Haut. Shahira war in der Küche und half beim Kochen. Die Tochter des Kapitäns war noch nicht wieder in der Lage dazu, zu tief saßen der Schock der vergangenen Nacht und der Verlust ihres Bruders. Elsa sah ebenfalls schlecht aus, doch sie trauerte auf ihre Weise und suchte anscheinend Ablenkung durch die Arbeit.

Xzar war zu Lady Alinja gehumpelt, die im Bug des Schiffes saß und sich dort zeigen ließ, wie man Taue knüpfte. Als sie Xzar sah, lächelte sie und entschuldigte sich für einen Augenblick bei dem Seemann, dem sie half. Sie lehnten sich an die Reling.

»Ich ... möchte Euch und Eurer Göttin danken, für das, was Ihr für uns getan habt«, sagte Xzar zögerlich.

»Ich nehme Euren Dank gerne an, doch der Herrin der Elemente müsst Ihr selbst danken«, nickte Alinja.

»Und ... wie mache ich das? Danke Tyraniea für die Hilfe?«, fragte Xzar unbeholfen.

Lady Alinja lächelte. »Für den Anfang ist dies sicher nicht falsch. Vielleicht schafft Ihr es beim nächsten Mal an das Eis oder das Feuer zu denken. Und irgendwann vielleicht sogar noch darüber nachzudenken, was es für Euch bedeutet. Das Eis, welches Euch kühlen kann an warmen Sommertagen oder das Feuer, welches Euch wärmt in den kalten Winternächten. Vielleicht lasst ihr auch mal eine Münze in einem der Tempel zurück, als Dank oder Spende, oder beides zusammen.«

Xzar nickte nachdenklich und fragte dann gerade heraus, »Was passiert mit den Münzen, die man dort lässt?«

Lady Alinja drehte sich um und legte ihre Arme auf die Reling, um ihren Blick über den breiten Fluss schweifen zu lassen, dann sah sie Xzar erneut an. »Diese Frage habe ich schon oft gehört.«

»Ich wollte nicht respektlos sein, verzeiht«, sagte Xzar schnell, doch die Novizin schüttelte den Kopf.

»Nein, das seid Ihr nicht. Schon gar nicht, wenn Ihr fragt, was Euch beschäftigt. Ihr habt mit dem, was ihr vermutet, durchaus recht.«

Xzar sah sie fragend an und als sie seinen Blick bemerkte, lächelte sie. »Ihr habt doch sicher daran gedacht, dass wir etwas von dem Geld für uns nehmen und damit habt ihr recht. Wir Priester leben auch davon, indem wir kaufen, was wir benötigen. Doch mehr nicht; kein Schmuck, kein Prunk und kein

Tand. Ein Großteil der Spenden geht an die Bevölkerung zurück, nur nicht als Münzen. Es ist zum Beispiel so, dass jeder, der im Winter friert, bei uns Zuflucht suchen kann, um sich aufzuwärmen. Manchmal nächtigt auch jemand eine Nacht im Tempel oder er erhält ein warmes Mahl. Andere bekommen Brennholz von uns oder dicke Kleidung und Decken.«

Xzar nickte. »Das ist gut, das würde nicht jeder tun. Ich habe noch eine Frage, wenn Ihr mir erlaubt?«

Sie lächelte. »Ja, natürlich. Ihr dürft fragen, was Euch beschäftigt und dafür benötigt Ihr nicht meine Erlaubnis. Im Gegenteil, ich bin sogar froh, dass Ihr auf mich zukommt.«

»Warum?«

»War das Eure Frage?« Sie lachte, als er verwirrt den Kopf schüttelte. »Verzeiht mir den Scherz. Was ich sagen wollte, ist eigentlich, dass es Euch für mich weniger ...« Sie zögerte und Xzar fragte nun vorsichtig, »Weniger was?«

Lady Alinja presste kurz die Lippen aufeinander und sagte dann schüchtern, »... Unnahbar macht.«

Jetzt sah Xzar erschrocken auf. »Bin ich das für Euch? Unnahbar?«

Sie zuckte mit den Schultern. »Ich weiß es nicht so genau. Ihr habt bisher kaum mit mir gesprochen. Und immer, wenn Ihr mich angesehen habt, habt Ihr böse geschaut, sodass ich dachte, ich wäre Euer unliebsames Anhängsel. Isen sagte mir immer wieder, dass Ihr nicht so wärt und Shahira bestätigte dieses, indem sie mir erklärte, dass Euch momentan zu viel beschäftigen würde und Ihr deshalb nicht bei bester Laune seid.«

Xzar sah sie lange an. War er wirklich so in den letzten Tagen gewesen? Und warum hatte Shahira ihm das nicht gesagt? Ja, es stimmte: Viele Gedanken beschäftigten ihn momentan. Die ständigen Angriffe des Kults der Gerechten und vor allem die Frage, woher sie immer wussten, wo sie zu finden waren und wann. Dann das Schwert des Drachen: Hatte er es zu recht oder unrecht und insgeheim auch die Frage, was an der Prophezeiung dran war. Dazu kam Isens Geschichte und die Suche nach dessen Frau. Er würde ihm wirklich gerne helfen, auch wenn er noch nicht wusste, wie. Er hoffte nur, den Freund nicht eines Tages enttäuschen zu müssen oder schlimmer noch, dass sie seine Frau nicht rechtzeitig fanden. Oft dachte er auch zurück an ihre letzte Reise; die Freunde, die sie verloren hatten. Das alles lastete ebenfalls noch auf ihm. Und zuletzt noch die junge Novizin und ihre Prüfung.

Er sah sie immer noch an. Ihre Augen, die ihn jetzt erwartungsvoll musterten, verliehen ihr solch ein liebliches und unschuldiges Aussehen. Und doch hatte sie eine innere Stärke, die Xzar noch nicht bei vielen Menschen erlebt hatte. Sie war unbeirrbar in ihrem Glauben. Er hatte sie beobachtet. Jeden Morgen und jeden Abend betete sie im Stillen zu ihrer Göttin. Wie alt sie wohl war, vielleicht in Shahiras Jahren? Das bedeutete, dass sie noch keine zwanzig Jahreszyklen auf dieser Welt wandelte, gleichwohl ihre Augen strahlten, als hätten sie bereits die ganze Welt erkundet.

Sie lächelte ihn an und für einen Augenblick befürchtete er, sie würde seine Gedanken lesen. Er riss sich zusammen. Was war das nur mit den Frauen: Je unschuldiger sie waren, desto anziehender konnten sie wirken.

»Das, was Ihr da eben gesagt habt, Lady Alinja, ich glaube, Ihr habt recht. Ich wollte nicht zulassen, dass ich mich noch um jemand Weiteres sorgen musste«, sagte Xzar und lehnte sich mit den Armen auch auf die Reling, um über das Wasser zu blicken. Der Fahrtwind griff nach seinen langen, schwarzen Haaren und ließ sie tanzen. »Auf unserer letzten Reise verloren wir Freunde. Eine davon war Kyra Lotring und sie glaubte fest an Eure Göttin. Sie war eine Kampfmagierin aus den Türmen der Magie zu Barodon.« Er machte eine kurze Pause.

Alinja nickte. »Ja, Shahira erzählte mir von ihr.«

»Sie starb auf der Reise und mich grämt es noch heute, dass ich sie nicht retten konnte. Vielleicht habt Ihr mich oder besser Euer Glaube an die Herrin der Elemente, immer wieder daran erinnert, dass Kyra durch diesen Glauben nicht gerettet werden konnte. Wenn dem so ist, dann verzeiht mir bitte. Ich wollte Euch nicht das Gefühl geben ...«

Er brach mitten im Satz ab, als ihm bewusst wurde, dass ihm Tränen über die Wangen liefen. Er hoffte nur, dass seine Haare diese verbargen.

Lady Alinja lächelte und sah geradeaus und wenn sie es bemerkte, so ließ sie es sich nicht anmerken. Nach einem stillen Augenblick sagte sie dann, »Nein, ich habe es Euch nicht übel genommen. Ich bin dankbar, dass ich Euch begleiten darf. Ich war verzweifelt in Wasserau und mit der Situation, in der ich mich befand, überfordert. Wenn Isen«, sie grinste nun breiter. »Selenna nicht gekommen wäre, wer weiß, was mir passiert wäre. Vielleicht hätte ich am Ende sogar das schmierige Angebot des Kerls angenommen. Das Isen sich so für mich eingesetzt hat, berührt mich«, sie machte eine kurze Pause. »Das mit Eurer Freundin Kyra tut mir sehr leid. Der Glaube an Tyraniea bestärkt uns im Leben, gibt uns Rat und Weisung. Aber er kann uns nicht vor allen Gefahren schützen«, fügte sie hinzu.

»Ja, das weiß ich im Inneren auch, doch vielleicht war es noch zu frisch. Auch wenn es schon einige Wochen her ist, so habe ich nie darüber gesprochen. Ich war bemüht, Shahira davon abzulenken, denn die beiden standen sich viel näher. Ich bin froh, dass Ihr bei uns seid, Lady Alinja und wir werden die Reise bis Kan'bja gemeinsam beschreiten und wer weiß, vielleicht auch bis zu Eurem Tempel«, sagte Xzar.

Sie sah ihn überrascht an. »Danke, das wäre mehr, als ich mir zu hoffen erträumt habe.« Doch dann zögerte sie kurz. »Darf ich Euch noch um etwas bitten?«

Xzar sah sie fragend an.

»Könntet Ihr auf das *Lady* verzichten? Ich fühle mich damit unter Gefährten und Freunden nicht wohl«, sagte sie mit einem zaghaften Lächeln.

›Wie ein kleines Mädchen, das um ein Stück Kuchen bittet‹, dachte Xzar und musste dann unwillkürlich lachen. »Ja, natürlich. Und wenn ihr Euch wohl damit fühlt, könnt Ihr auch auf das *Euch* verzichten. Meine Gefährten und ich legen alle nicht viel Wert darauf.«

Sie nickte erfreut und machte einen kleinen Knicks. Danach setzte sie sich zu dem Seemann zurück und nahm sich ihr Tau, um es, mit mehr Eifer als zuvor, weiter zu knüpfen.

Xzar sah nach oben und blickte in Isens frech grinsendes Gesicht, der sie allem Anschein nach belauscht hatte.

## Flussbestattung

Sie fuhren weiter den Fluss hinab und gegen Nachmittag kamen sie an eine Stelle, an der sich der Fluss verjüngte. Kaum dass sie dies bemerkt hatten, sahen sie auch schon die erste der großen Brücken, ganz so, wie der Kapitän es ihnen angekündigt hatte. Und er hatte nicht untertrieben, als er von baulichen Meisterwerken gesprochen hatte.

Es handelte sich nicht um eine einfache gerade Brücke über den Fluss, sondern um eine große, bogenförmige Erweiterung der Straße. An den beiden Uferseiten war mit massiven Steinklötzen das Erdreich erhöht worden, sodass die Straße anstieg. In der Mitte des Flusses stand ein breiter Stützpfeiler im Wasser. Dieser ragte etwa dreißig Schritt nach oben, um in den Scheitelpunkt der Brücke überzugehen. Unten brach sich der Strom und sorgte für schäumende Gischt. An den Ufern sah man eine Anlegestelle. Und auch wenn dies alles schon zu bewundern war, war es das noch nicht alleine. Denn die Figuren riefen eine besondere Faszination hervor, so wie sie in den Stein des Brückenbogens eingemeißelt waren. Mit Speeren oder wehenden Fahnen aus Stein begrüßten die Recken eines vergangenen Zeitalters vorbeifahrende Schiffe.

Und auch mit der Verteidigung hatte Hasmund nicht untertrieben, denn sowohl an den Ufern, als auch an der Mauer der Brücke waren insgesamt fünf Wehrtürme gebaut. Kapitän Hasmund hatte Xzar zu sich gebeten und als dieser sich auf eine flache Kiste gesetzt hatte, um das Bein auszustrecken, sagte er, »Ich wollte Euch noch danken, Herr Xzar. Dafür, dass Ihr meine Tochter gerettet habt.«

Xzar seufzte schwer. »Das war das Mindeste. Doch anderseits habe ich Euch auch einen Sohn gekostet und das tut mir sehr leid. Wenn ich nur wüsste, wie ...« Er brach den Satz ab, da seine Worte nicht recht zu passen schienen.

»Das ist schrecklich für uns und es erfüllt unsere Herzen mit einer tiefen Trauer, ja. Doch es war nicht Eure Schuld. Er war hitzköpfig und wollte seiner Schwester beistehen. Das hat ihm den Tod gebracht«, sagte der Kapitän mit zitternder Stimme.

Xzar wusste nicht, was er sagen sollte. Einerseits wollte er sich dafür entschuldigen, aber anderseits wusste er auch, dass seine Worte nichts verändern würden.

Es war der Kapitän, der weitersprach, »Wir werden an der Brücke anlegen und dort rasten. Es gibt hier einen kleinen Tempel des Herrn Sordorran. Ich möchte dort um eine Flussbestattung bitten, denn das ist es, was mein Sohn verdient.«

»Sordorran, der Herr des Wassers?«

Der Kapitän nickte.

Xzar sah auf den Fluss hinaus und ließ seinen Blick über das Wasser gleiten, als erwartete er, dass der Herr des Wassers auftauchte und sich zur Bestätigung zeigte. Nichts dergleichen geschah. Ihm fiel auf, dass er zwar auch immer von den großen Vier sprach, aber Sordorran bisher wenig Beachtung geschenkt hatte. Vor einiger Zeit hatte er in seinem Namen etwas Blut geopfert, ansonsten war ihm der Name nur selten auf seinem Weg begegnet. Jetzt, wo er darüber nachdachte, kamen Bruchstücke seiner Erinnerung an den Herrn des Wassers zurück. Es hieß, dass Sordorran ein gewaltiger Wasserdrache sei, der tief im Tarysee lebte und von dort aus die Flüsse, Seen und das Meer kontrollierte. Man sagte auch, er würde ein heiliges Artefakt tragen, dass es ihm ermöglichte, die Gedanken anderer Wesen zu lesen und zu lenken.

»Was bedeutet es, ein Flussbegräbnis zu erhalten?«, fragte Xzar und hoffte, dass er nicht zu forsch klang, in Anbetracht der Situation.

»Das ist ein Begräbnisritus, um den Leib des Verstorbenen dem Wasser zu übergeben. Zuvor wird ein Priester den Leib meines Sohnes segnen. Würdet Ihr ihm zu Ehren mitkommen?«, fragte der Kapitän ruhig, während er neben sich griff und eine braune Flasche hervorholte. Er hob sie zum Gruß an jemand, der nicht da war und trank dann einen tiefen Schluck, bevor er die Flasche weiterreichte.

Xzar konnte sich denken, dass dies sicher kein Wasser war und er entschloss sich dazu, den guten Mann nicht weiter mit Fragen zu quälen. Er erhob sich, nahm die Flasche und sagte, »Es wäre mir eine Ehre, wenn ich der Bestattung beiwohnen dürfte.«

Der Kapitän nickte. »Ja, uns auch.«

Dann trank Xzar einen Schluck und sogleich musste er ein Husten unterdrücken, was jedoch nicht verhinderte, dass es ihm Tränen in die Augen trieb. Es war ein starker Gewürzschnaps und er brannte noch lange in seiner Kehle nach.

Xzar ging über das Deck und suchte Shahira, bis ihm einfiel, dass diese in der Küche half. Er lehnte sich an ein Wasserfass und versuchte, sein verletztes Bein zu strecken. Es schmerzte immer noch leicht, doch die Bewegung schien ihm gut zu tun und so beugte und streckte er das Knie ein paar Mal, bis sich plötzlich jemand neben ihn setzte. Es war Isen und dieser reichte ihm einen Becher. Als Xzar einen Blick hinein warf, sagte Isen, »Verdünnter Wein. Besser als Wasser, aber steigt nicht so in den Kopf.«

»Danke«, sagte Xzar und trank einen Schluck.

Für einen Augenblick saßen sie schweigend nebeneinander, bis Isen die Stille brach. »Wie geht es dir? Deinem Bein?«

»Dem Bein, besser. Mir? Mir gehen viele Gedanken durch den Kopf.« Xzar lachte auf. »Wenn man bedenkt, dass ich nur zu meinem Lehrmeister reisen wollte. Und dann passiert so viel, in so kurzer Zeit.«

Isen nickte. »Ja, das Gefühl kenne ich. Und bereust du irgendwas bis jetzt?«

Xzar sah ihn schelmisch an. »Vielleicht.«

Isen sah erst überrascht und dann ebenfalls amüsiert zu ihm. »Na gut, lassen wir mich mal aus dem Spiel.«

»Nein, dann nicht«, sagte Xzar, um dann wieder zu Isen zu blicken. »Sicher warst du nicht meine erste Wahl, wenn es um meine Gefährten geht. Zumindest nicht, als wir uns trafen, doch mittlerweile glaube ich, dass es genau so kommen sollte. Und ich bin froh, dass du bei uns bist.«

»Du meinst, damit mich jemand im Auge behält?«, grinste Isen.

Die beiden lachten los.

Als sie dann die mürrischen Blicke einiger Seeleute auf sich spürten, rissen sie sich wieder zusammen. Vielleicht war zu viel Heiterkeit derzeit nicht angebracht. Isen wollte sich gerade wieder aufmachen und den Ausguck erklimmen, da hielt Xzar ihn zurück. »Nein, Isen, ganz im Ernst. Wir kennen uns noch nicht so lange, aber du bist mir ein guter Freund geworden.«

Isen lächelte unsicher und kletterte dann das Seil hinauf auf seine Plattform. Xzar musste neidlos feststellen, dass Isen seine Klettertechnik verfeinert hatte, mittlerweile brauchte er nur noch wenige Herzschläge dafür.

Ein dürrer Bursche stand am Steg und fing das Seil auf, welches Xzar ihm zuwarf. Er legte es straff um einen dicken Holzpflock, bevor die Mannschaft das Schiff an den Steg zog, um es in kurzem Abstand zu vertauen. Dann legten sie eine massive Planke aus, über die sie das Schiff verließen. Vier Männer trugen den in Tücher gewickelten Leib des toten Wilko. Xzar hielt die Luft an, als er die Familie sah, die dem Leichnam ihres Sohnes und Bruders folgte. Die beiden Frauen schluchzten bitterlich. Es war ihnen nicht zu verübeln, der Überfall lag ja noch nicht einmal einen Tag und eine Nacht zurück. Shahira trat neben Xzar. »Sie wollen ihn hier in den Tempel des Sordorran bringen. Alinja und ich haben uns entschlossen, mitzugehen und ihnen unsere Ehre zu erweisen.«

»Ja, ich werde der Beisetzung auch beiwohnen. Irgendwie schulde ich ihm das. Der Kapitän gibt mir keine Schuld, aber ich sehe das anders«, sagte Xzar.

»Und was hättest du daran ändern sollen?«, fragte Shahira besorgt.

»Ja, vielleicht nichts an seinem Tod. Aber ich hätte dem Kapitän sagen können, dass man uns verfolgt«, sagte Xzar und schlug leicht mit der geballten Faust auf das Holz der Reling.

»Ach Liebster, das konnten wir doch nicht ahnen, dass sie uns auch auf dem Fluss finden. Übrigens ist das eine Frage, die wir uns stellen sollten«, sagte sie ernst.

»Ja, das habe ich auch schon getan. Wie können sie uns immer und immer wieder finden? Woher wissen sie so genau, wann wir an einem Ort sind?«, stellte Xzar die Frage laut. In diesem Augenblick kamen Alinja und Isen zu ihnen.

»Wer? Unsere Verfolger?«, fragte Isen.

Xzar nickte.

»Vielleicht überwachen sie uns. Ich habe schon nach Spähvögeln Ausschau gehalten, die uns vielleicht als Wächter begleiten, aber nichts gesehen«, sagte Isen schulterzuckend.

Xzar sah überrascht zu Isen. »Augenblick, was hast du gerade gesagt?«

Isen schaute ihn jetzt seinerseits überrascht an. »Spähvögel, die uns als Wächter ...«, begann er seinen Satz zu wiederholen.

»Wächter!! Oh, ich bin so ein Idiot!«, unterbrach ihn Xzar und schlug sich eine Hand vor den Kopf.

»Nun das bestreite ich ...«, begann Isen schelmisch grinsend, aber Shahira unterbrach ihn. »Was meinst du?!«

»Das zeige ich euch. Würde bitte jemand meinen Magierstab holen?«, sagte er kopfschüttelnd.

Isen nickte und eilte zu ihrem Lager. Kurz darauf kam er mit dem Stab zurück und reichte ihn Xzar.

»Danke«, sagte dieser und wies sie alle an, näher zusammen zu rücken. Dann schloss er die Augen und murmelte einige Worte in einer fremden Sprache. Das Rubinauge an seinem Stab erstrahlte in einem violetten Licht. »Magie in seiner Natur, ich folge deiner Spur! Offenbare was geheim soll bleiben, all das sollst du mir zeigen!«

Zuerst geschah nichts, doch dann sogen sie alle scharf die Luft ein. Xzar nickte triumphierend. »Das meine ich, ein Wächter!«

Über ihnen kreiste ein dunkler Schemen aus Schatten, der wie eine Schlange zischte und mit gelben Augen auf sie hinabsah.

Xzar riss seinen Stab empor. Das Auge traf den Dämon und sowohl er, wie auch das Leuchten des Rubins vergingen augenblicklich.

»Was war das?«, fragte Alinja ängstlich.

»Das war ein Dämon. Er sollte uns bewachen und verfolgen!«, erklärte Xzar.

»Dann bist du also ein Magier?«, fragte die Novizin und Xzar nickte.

»Das erklärt dann auch den Stab, den du bei dir hast«, sagte sie mehr zu sich selbst.

»Wird er uns jetzt nicht mehr verfolgen?«, fragte Shahira.

»Dieser erst einmal nicht. Sie können einen neuen beschwören, aber ich werde einen Zauber auf meinen Stab legen, der uns warnt, sollte ein weiterer Wächter auftauchen«, beruhigte Xzar sie.

»Was hat er alles von uns sehen können?«, fragte Shahira immer noch beunruhigt.

»Alles, was wir getan haben«, sagte Xzar verärgert.

Die anderen schwiegen. Xzar, der die Unsicherheit in ihren Augen sah, versuchte sie zu beruhigen. »Er wird nicht den Auftrag dazu bekommen haben. Er sollte unseren Aufenthaltsort verfolgen, doch mehr nicht. Diese Dämonen können nicht allzu viel.«

Isen sah ihn unsicher an. »Ich weiß nicht, was mich mehr überrascht: Dass so einer uns verfolgte, oder das du dich so gut damit auskennst.«

Xzar zuckte entschuldigend die Schultern und ihn überkam ein schlechtes Gewissen, denn es war noch gar nicht so lange her, dass er selbst solch einen Dämon gerufen hatte, um Isen zu überwachen.

Am Abend trafen sie sich am Ufer des Flusses. Die Sonne war am fernen Horizont nur noch schwach zu sehen und ihre letzten Strahlen tauchten das Land in eine rotviolette Silhouette, die von einzelnen dunklen Wolken bedroht wurde.

In der Zwischenzeit hatten sie etwas gegessen und sich ein wenig ausgeruht. Nun standen sie alle vor einem kreisrunden Gebäude, das halb versunken in einem kleinen See stand. Es hatte einen ungefähren Durchmesser von zwölf Schritt. Der Kapitän und seine Familie warteten ebenfalls dort und auch einige der Seeleute. Xzar stellte jedoch fest, dass nicht alle der Begräbniszeremonie beiwohnten. Er entschloss sich dazu, nicht nachzufragen, denn diese Augenblicke sollten der Familie zum Abschied und zur Trauer dienen.

Aus der Menge trat plötzlich eine Frau heraus, die Xzar zuvor nicht wahrgenommen hatte. Sie trug ein dünnes, graugrünes Gewand, durch das ihre zierliche Körperform zu erkennen war. In ihren grauen, strähnigen Haaren klebten Wasserpflanzen und auch das Gewand wies Spuren des Bewuchses auf, sowie Reste von Muscheln und Sand.

Sie ging zu Hasmund und seiner Familie und legte jedem ihre Hand auf den Kopf, was dazu führte, dass ihnen ein sanftes Wasserrinnsal über die gebeugten Häupter lief. Dann deutete die Frau, die eindeutig die Priesterin Sordorrans war, auf den Leichnam und wies auf den Tempel. Der andere Sohn des Kapitäns, so wie dieser selbst, nahmen die Trage mit dem Leichnam und betraten das Gebäude. Xzar schlug sogleich der Geruch nach Brackwasser und Fisch in die Nase und er musste sich kurz beherrschen, um nicht angewidert das Gesicht zu verziehen. Ein Blick auf seine Gefährten bestätigte ihm, dass es ihnen nicht anders erging. Als Nächstes bemerkte er, dass seine

Stiefel bis zu den Knöcheln im Wasser standen, doch die Nässe schien nicht durch das Leder zu dringen, was entweder ein gutes Zeichen dafür war, dass seine Schuhe noch nicht zu sehr gelitten hatten oder der Tempel des Sordorran ihn davor schützte.

Der Innenraum des Tempels glich einer feuchten Grotte, denn die Wände glitzerten vor Nässe und die kleinen Kerzen, die ihnen hier drinnen Licht boten, flackerten im rastlosen Wind, der durch das leicht löchrige Mauerwerk drang. Die Priesterin gab den Trägern des Toten ein Zeichen. Vorsichtig legten sie ihn ab. Xzar erwartete, dass der Leichnam im Wasser absank, doch dies geschah nicht. Er blieb auf der Oberfläche liegen. Dann streifte die Frau die Tücher vom Leib des Toten ab und als die Familie den blassen Körper sah, brachen sie erneut in Tränen aus. Die Mutter und die Tochter zitterten dabei noch am meisten, doch Xzar konnte sie verstehen. Auch ihm kamen Tränen, selbst wohl er den Jungen kaum gekannt hatte. Die Priesterin zog jetzt aus dem Wasser ein anderes Tuch hervor. Xzar sah überrascht auf, denn er hatte zuvor in dem Wasser nichts schwimmen gesehen. Sie legte das viereckige Tuch auf die Wunde und verdeckte so den schrecklichen Anblick. Die Priesterin sah zu der Familie und streckte einen Arm nach Frena aus. Diese zögerte erst, griff dann aber die Hand der Frau. Die Priesterin führte das Mädchen neben sich und vor den Leichnam Wilkos. Beide standen bis zur Hüfte im Wasser. Die Priesterin zog ein weiteres Tuch aus dem Nass neben sich und reichte es dem Mädchen. Dieses nahm das Tuch und bedeckte vorsichtig einen anderen Teil des Körpers. Als Nächstes wies der Arm der Priesterin auf Elsa, die denselben Vorgang nun wiederholte. So ging es immer weiter, bis der dünne Arm der Priesterin auf Xzar deutete. Ihre grauen Augen schienen ihn zu fixieren und einen kurzen Augenblick zögerte auch er. Dann atmete er tief ein, bevor er sich zu ihnen ins tiefere Wasser begab. Er stellte sich zu den anderen in den Kreis und wartete, bis die Priesterin ihm eines der grünen Tücher reichte. Xzar nahm es und hielt es einen Augenblick fest. Es fühlte sich klebrig an, was nicht zu erwarten gewesen war, wenn man bedachte, wo die Priesterin es hergeholt hatte. Was ihm jetzt auffiel, war vielmehr der feine Geruch nach See und Salz, der von dem Tuch ausging. Das war ungewöhnlich, war das Wasser des Flusses doch Süßwasser. Xzar blickte zu den anderen, die hier bei ihm standen. Er sah die hoffnungsvollen Blicke in ihren Augen. Zwar immer noch voller Trauer, aber auch mit einer Spur Hoffnung. Vielleicht die Hoffnung, dass ihr verstorbener Sohn, Kamerad und Freund ein Leben in den Hallen der Götter leben würde?

Xzar legte das Tuch über eine freie Stelle des blassen Körpers. Er bemerkte das schwache Nicken der Priesterin, die nun der Reihe nach seine Gefährten zu sich bat und als alle ihre Tücher platziert hatten, griff sie nach der Hand der Tochter zu ihrer Linken und der Mutter zu ihrer Rechten. Reihum fassten sie sich an den Händen. Die Priesterin hob ihr Haupt und blickte hinauf zu der Kuppel des Tempels. Xzar folgte ihrem Blick und dort oben sah er das gemauerte Bild einer großen Eidechse. Nein, mehr noch, ein Wasserdrache wie er ihn sich besser nicht vorstellen konnte. Ein Gott, wie er ihnen beschrieben wurde. Der Drache saß neben einem See auf einem großen Felsen, einen langen, geschwungenen Speer in den Händen. Feine Schwimmhäute glänzten zwischen seinen Fingern und auf der Stirn ruhte ein einzelner silberner Stein. Die grauen Augen des Drachen sahen auf die Anwesenden herab und es war nun die Stimme der Priesterin, die kalt und leise, wie das Scharren eines alten Türscharniers durch den Raum drang. »Sordorran, Herr des Wassers und Bringer der Flut. Höre mich an! Empfange diesen Körper, auf dass seine Seele zu dir findet! Übernehme ihn in dein Reich. Erhöre mich Sordorran, Herr der Tiefe! Erhöre mich!« Immer wieder wiederholte sie die Sätze, bis alle Anwesenden in das Gebet mit einstimmten.

Xzar hörte sich die Worte sagen, als ihm plötzlich Wasser um die Hüfte spülte, es ihm an Bauch und Hals kalt wurde, er sah, wie der Leib des Jungen sich hob und senkte. Die Wellen im Inneren des Tempels stiegen und fielen, klatschten ihm an Brust und Rücken, wogten von links nach rechts, umspülten die Anwesenden und den Leichnam, um dann mit einem plötzlichen Brandungsrauschen durch eine der Öffnungen des Tempels zu entweichen. Den toten Körper riss das Wasser mit sich und ehe er aus ihrem Blick entschwunden war, versank er in dieser unerwarteten Flut, die sich jetzt mit dem sanften Strom des Flusses mischte. Die Zurückgebliebenen blickten noch einige Herzschläge hinterher und als sie sich gegenseitig ansahen, war das Wasser wieder knöchelhoch und die Priesterin war nicht mehr zu sehen. Ihre eigene Kleidung war trocken, als hätte es das Wasser hier drinnen nie gegeben. Langsam löste sich die Gruppe auf und verließ den Tempel.

Als Xzar ihnen folgte, hielt er am Eingang inne und sah auf die kleine Muschel hinunter, die wie eine geöffnete Schale in einem feinen Sandbett lag. Einige Kupfer- und Silbermünzen lagen bereits in ihr. Er dachte an den Jungen, den die Flut aufgenommen hatte und dankte im Stillen Sordorran dafür. Er zog eine Silbermünze aus seiner Tasche und ließ diese in die Muschel fallen.

# Durch den Sturm

Am nächsten Morgen fuhren sie weiter. Über Nacht waren weitere dunkle Wolken am Horizont aufgezogen und Kapitän Hasmund befürchtete, dass das schlechte Wetter sie noch im Laufe des Tages erreichen würde. Spätestens dann mussten sie das Segel einholen und mit den langen Stangen das Schiff vor den Felsen schützen, die unter der Wasseroberfläche lauerten. Er beteuerte zwar, dass er die Strecke gut kannte, doch mit einem Unwetter zusammen konnte der Fluss, selbst für ihn, noch unbekannte Gefahren bergen. Xzar bezweifelte dies nicht und er sah selbst besorgt zu den dunklen Wolken hinauf. Er hatte vorgeschlagen, dass sie das Gewitter vielleicht besser am Ufer abwarten sollten, doch Kapitän Hasmund hatte ihm erklärt, dass es nicht abzusehen war, wie lange so ein Unwetter anhielt. Im schlimmsten Fall saßen sie so einige Tage fest.

Shahira war unter Deck und half Elsa, Kartoffeln zu schälen, die sie für den Eintopf am Mittag brauchten. Frena war auch wieder zugegen, doch die Stimmung in der kleinen Küche war sehr bedrückend. Frena seufzte immer wieder schwer und ab und an rann ihr eine Träne über die Wange. Shahira hatte überlegt, was sie sagen konnte, um sie aufzumuntern, doch sie wusste, was der Verlust eines geliebten Menschen ausmachen konnte. Auch ihr hatten nach Kyras Tod Worte keinen Trost spenden können. Das Ganze war erst einige Wochen her, doch es fühlte sich manches Mal so an, als läge es Jahre zurück, dann wiederum, an so Tagen wie heute, kam es ihr noch sehr nahe vor.

Shahira nahm sich eine Kartoffel und schnitt sie in kleine Streifen, um sie dann noch einmal quer durchzuschneiden. Dann schob sie die Würfel mit dem Messer in einen großen Topf, wo sie sich mit den Möhren, dem Lauch und anderen Zutaten mischten. Shahira sah ihnen einen Augenblick dabei zu, wie sie untergingen und wieder auftauchten. Dann nahm sie sich eine neue Kartoffel, wusch sie kurz in einem Eimer Wasser und begann, dann die Schale zu entfernen.

Ihre Gedanken schweiften zu ihren Eltern. Sie hatte sich entschieden, diese noch nicht zu besuchen, auch wenn ihr Gewissen sie dafür strafte. Wenn sie sah, wie die Kapitänsfamilie trauerte, ahnte sie, wie ihre Eltern sich fühlen mussten. Aber wahrscheinlich war es noch schlimmer, denn diese wussten nicht einmal, wohin sie verschwunden war. Ob sie überhaupt noch lebte und wenn nicht, was ihr womöglich geschehen war. Als sie im Schatten der Nacht von zu Hause fortgelaufen war, um große Abenteuer zu erleben, war dies ihr größter Traum gewesen. Mittlerweile dachte sie anders, denn ihr erstes großes Abenteuer hatte sie gelehrt, dass ohne Aufopferung oder sogar Verlust, die wenigsten Erfolge zu erreichen waren. Es war nicht so, dass sie ihre Reise bereute, denn so hatte sie auch Xzar kennengelernt und ohne ihn wäre sie niemals bis hierher gelangt. Immer wenn es ihr schlecht ging, war er da und hatte aufmunternde Worte für sie. Wenn es Dinge gab, die sie nicht verstand, hatte er die Geduld, sie ihr zu erklären. Xzar war einige Jahre älter als sie. Sie selbst würde im nächsten Jahreszyklus zwanzig Sommer zählen, er hatte sechs Jahre mehr. Eines seiner Geheimnisse war allerdings ein anderes. Sein Lehrmeister hatte ihm auf magische Weise, Shahira verstand das genaue Prozedere nicht richtig, das Leben verlängert oder ihm mehr Lehrzeit verschafft. Xzar hatte ihr erklärt, dass er vom Wissen her dreißig Jahre älter sei, körperlich aber jung geblieben war. Als er ihr das erzählt hatte, hatte sie es erst nicht recht glauben können, doch sein vielzähliges Wissen hatte sie davon überzeugt, dass etwas dran sein musste.

Sie lächelte, als sie an die gemeinsame Zeit zurückdachte, die sie in Bergvalls Stadtgarten verbracht hatten. Die vielen ruhigen und manchmal aber auch wilderen Stunden, die sie beieinander gewesen waren. In den letzten Tagen jedoch war so vieles geschehen, dass sie kaum Zeit füreinander gehabt hatten.

Sie hoffte, dass sich dies ein wenig legen würde, wenn sie von dem Schiff runter waren. Ihre Gedanken schweiften zu der jungen Novizin. Shahira war froh über Alinjas Begleitung. Ihr Segen hatte ihr die Übelkeit genommen und mittlerweile war es so, dass sie nur noch ein leichtes Unwohlsein spürte, wenn das Schiff stärker schwankte.

Sie schob die nächsten Kartoffelstücke über den Rand des Holzbrettes und mit leisem Ploppen fielen sie auf das restliche Gemüse im Topf, welches nun schon die gesamte Oberfläche bedeckte.

Sie erinnerte sich an den Jungen, der auf der Wasseroberfläche im Tempel Sordorrans hinaus in den Fluss getragen worden war. Die Zeremonie der Bestattung war ihr bis dahin völlig fremd gewesen und doch hatte es sie beruhigt. Sie hatte innerlich gespürt, dass der Verstorbene jetzt in Sicherheit war und dass Sordorran sich seiner Seele angenommen hatte. Und auch für ihre eigene Trauer hatte es etwas bewirkt, denn sie wusste nun, dass auch ihre verstorbene Freundin Kyra bei der Göttin sein musste. Diese hatte fest an die Existenz der Herrin der Elemente geglaubt und damals war es Jinnass der Elf gewesen, der Shahira nach dem Verlust aufmunternd zugesprochen hatte. Er hatte ihr damals gesagt, dass Kyra in die Hallen der Herrin eingegangen war. Zu jenem Zeitpunkt hatte Shahira nichts davon wissen wollen, jetzt aber glaubte sie es auch und nicht zuletzt durch Lady Alinja, die ihr viel von der Herrin der Elemente und dem Glauben erzählt hatte.

Shahira setzte gerade das Messer erneut an eine Kartoffelschale an, als das gesamte Schiff einen scharfen Ruck machte und sie mit der Klinge abglitt und diese über ihren linken Daumen fuhr. Sie zischte durch die Zähne, als sie das Messer spürte, doch der Schreck war umsonst gewesen, denn ein dünner, weißer Strich zeigte ihr, dass sie nur die Haut angekratzt hatte. Im nächsten Augenblick hörte sie Rufe von oben. Sie deutete Elsa und ihrer Tochter an, dass sie nachsehen wollte, was geschehen war und stand auf.

An Deck herrschte hektisches Treiben und sie suchte Xzar, der am Heck stand und sich mit dem Kapitän in einem hitzigen Gespräch befand. Ein kalter Wind blies ihr entgegen, als sie sich umdrehte und die drohenden schwarzen Wolken sah, die gefährlich nahe herangezogen waren. Das schien jedoch nicht der Grund für die Hektik, also blickte sie sich um. Als sie auf dem Schiff nichts Ungewöhnliches sah, bemerkte sie, dass einige der Seeleute immer wieder auf den Fluss starrten und mit dem Finger in eine Richtung deuteten. Als sie ihnen folgte, sah sie es. In der Mitte des Flusses hatte es ein Schiffsunglück gegeben. Ein flacher Kahn, der ein wenig länger war als ihr Schiff, war in der Mitte des Flusses auf Felsen aufgelaufen, welche das Holz am Bug völlig aufgerissen hatten. Mit Entsetzen sah sie, dass sich an den losen Brettern, die von den Fluten immer weiter ineinandergeschoben wurden, verzweifelte Seeleute festklammerten. Am Ufer auf der anderen Seite waren Pferde zu erkennen und weitere Männer, die den Schiffbrüchigen Worte entgegen riefen. Was sie sagten, verstand Shahira nicht, denn der Wind verschluckte sie. Sie eilte zu Xzar und dem Kapitän.

»...laufen wir Gefahr, selbst so zu enden«, sagte der Kapitän gerade.

»Aber ertrinken lassen können wir sie auch nicht«, entgegnete Xzar energisch.

»Darf ich fragen, worum es geht?«, fragte Shahira, die Mühe hatte, sich ihre peitschenden Haare aus dem Gesicht zu halten.

Die beiden Männer sahen sie an. »Euer Freund möchte, dass wir näher heranfahren und den Seeleuten dort helfen«, sagte der Kapitän und nickte zu den Schiffbrüchigen.

»Und warum tun wir das nicht?«, fragte Shahira mit einem unsicheren Blick zu Xzar.

»Weil wir dann selbst in Gefahr sind. Die Felsen in diesem Gebiet sind knapp unter der Wasseroberfläche und der Sturm peitscht das Wasser auf, sodass wir nicht sehen wo genau«, beantwortete Xzar ihr die Frage.

Shahira blickte wieder auf den Fluss hinaus und jetzt sah sie die langen und scharfen Kanten der Steine, die in der Mitte des Flusses das andere Schiff zum Kentern gebracht hatten.

»Können wir ihnen nicht Seile zuwerfen, um sie heranzuziehen?«, fragte Shahira hoffnungsvoll.

»Dafür muss ich näher ranfahren, sonst reichen unsere Seile nicht. Ein weiteres Problem ist unsere Geschwindigkeit, ich kann die Fahrt nur verlangsamen, nicht ganz einstellen. Und dann, seht selbst, der Sturm hat uns bald erreicht. Wenn wir mitten in einer waghalsigen Rettungsaktion von dem Gewitter überrascht werden, flehen wir bald neben den armen Kerlen dort um Hilfe!«, rief der Kapitän gegen den Wind an und wie, um seine Worte zu untermauern, erleuchtete ein gleißender Blitz den Horizont. Wenige Herzschläge später folgte ein ohrenbetäubender Donnerschlag. Sie zuckten alle kurz zusammen und der Kapitän fluchte, als er das schwere Ruder nach links schob, was dazu führte, dass das Schiff ein wenig weiter zum Ufer ausscherte. Vorne am Bug waren Männer damit beschäftigt, mit den langen Holzstangen das Gewässer abzutasten und ab und an mit großer Kraftanstrengung zu drücken, sodass sich die Stangen zum Teil bedrohlich bogen.

»Also können wir nichts tun.« Shahira atmete schwer aus.

Xzar schüttelte enttäuscht den Kopf. Der Kapitän blickte grimmig auf das Wasser vor seinem Schiff, er mied ihre Blicke.

Shahira kam eine Idee. Sie suchte nach Alinja und als sie die Novizin in der Nähe des Mastes sah, rannte sie zu ihr. Schon als sie näher kam, sah sie Alinjas bedauernden Blick.

»Ich weiß, was du fragen willst«, rief sie Shahira entgegen. »Doch hier kann ich nichts machen. Meine Kräfte sind noch nicht vollständig wieder da. Für eine Eisfläche müsste ich beten und das Wasser berühren, doch es ist zu aufgewühlt. Dann kommt noch dazu, dass meine Herrin mir hier nicht ausreichend helfen kann, da dies Sordorrans Herrschaftsgebiet ist.« Alinjas Stimme hatte Schwierigkeiten, über das Tosen des Sturms hinwegzukommen, doch Shahira verstand, was die Novizin meinte.

Sie blickte zu den Männern, die hilferufend ihre Arme in ihre Richtung reckten. Ihr kam es so vor, als ruhte jedes der flehenden Augenpaare auf ihr. Über ihnen knatterte das Segel im Sturm und als sie hochsah, erkannte sie Isen, der mit Mühe die Stoffbahn hochzog, um diese am Rah zu befestigen. Als ihm dies nicht gelang, löste er die Seile und das Segeltuch fiel hinunter. Die schweren Stoffbahnen begruben die beiden Frauen unter sich und Isen fluchte.

Shahira und Alinja befreiten sich von dem Segel und Shahira erhaschte noch einen letzten Blick auf die Schiffbrüchigen, bevor ihr Schiff an ihnen vorbei war. Sie hoffte, dass Sordorran auch ihren Seelen gnädig sein würde und sie in sein Reich geleiten würden.

Isen kletterte wackelig das Seil herab und als er die Holzplanken erreichte, setzte auch schon ein heftiger Regenguss ein. Ein weiterer Blitz und ein Donnerschlag kündigten an, dass das Unwetter sie nun erreicht hatte.

Kapitän Hasmund brüllte Anweisungen und unverzüglich griffen sich weitere Männer die langen Stangen, um nun auf die rechte Seite des Schiffs zu eilen. Hier achteten sie darauf, dass sie nicht zu nahe ans Ufer kamen. Xzar war ebenfalls nach unten geeilt, hatte sich eine Stange geschnappt und stand nun bereit, um das Schiff wegzustoßen. Die Schmerzen in seinem Bein waren fast gänzlich fort, nur wenn er es besonders anstrengte, spürte er noch ein leichtes Ziehen. Er bemühte sich, das andere Bein zu belasten, wenn er sich gegen den Druck der Holzstange stemmte. Der Regen hatte sie bereits völlig durchnässt und der Sturm zerrte wütend an ihrer Kleidung. Isen stand neben Xzar und grinste ihn an.

»Was belustigt dich so?«, rief Xzar ihm zu.

»Ich habe mich gerade gefragt, welchen der Götter du nun wieder erzürnt hast, dass er uns den Sommer so herrlich abkühlt?«

»Wieso ich? Du bist es doch der ... Verflucht!«, brüllte Xzar, als es an der rechten Bugseite bedrohlich rumpelte und ein Zittern das Schiff durchlief.

Sogleich wurden die Rufe der Seeleute hektischer und einige kamen von links zu ihnen herüber. Stäbe tauchten ins Wasser. Einer splitterte, als er zwischen Fels und Schiff geriet. Die Männer drückten mit aller Kraft und schoben den Rumpf langsam von dem scharfen Stein weg, der unter ihnen zu erkennen war. Schon riefen die Seeleute auf der anderen Seite und sie rannten hinüber, um dort die Stangen einzutauchen und Halt zu suchen, um das Schiff von den Kanten der Steine fernzuhalten. Isen war der Spaß vergangen und er hatte seine grinsende Miene gegen ein angestrengtes Schnauben getauscht, als er sich mit seinem ganzen Gewicht ebenfalls gegen eine Stange stemmte.

Noch ganze drei Mal mussten sie die Seiten wechseln und noch ein weiteres Mal schrammte der Rumpf gefährlich knackend an einem Felsen vorbei, bis sie diese passiert hatten. Xzar wusste nicht, wie lange es gedauert hatte, doch er spürte seine schmerzenden Muskeln. Es war ganz so, als hätte er einen ganzen Tag lang schwere körperliche Arbeit hinter sich.

Ihm blieb jedoch keine Zeit zum Ausruhen. Gegen das laute Tosen des Sturms hörte er die Stimme des Mannes namens Rapier. »Wir haben ein Leck! Die Bordwand ist durchbrochen. Reihe bilden, Eimer und schippen! Vendor und Kirsa, ihr haltet mit den Stangen Ausschau. Alle anderen vorwärts!«

Die zwei Männer, die er namentlich genannt hatte, griffen sich jeweils eine Stange und postierten sich zur rechten und linken Seite am Bug. Alle anderen schnappten sich Eimer und rannten nach unten. Als Xzar ankam, stand ihm das Wasser im Unterdeck bereits bis über seine Knöchel. Im vorderen Bereich, unmittelbar hinter den Pferden, die panisch wieherten und sich versuchten aus ihren Seilen zu befreien, sprudelte ein dicker Wasserstrahl unerbittlich ins Innere. Die Männer bildeten eine Reihe und begannen das Wasser zu schöpfen, um es dann über die Treppe nach oben und von dort über die Reling zu kippen. Xzar sah auch Shahira und Alinja in der Reihe. So sehr sie sich auch beeilten, die Wassermassen wurden nicht weniger. Er sah Rapier, wie dieser nach oben rannte und kurz danach wieder kam.

»Männer hoch an die Reling, wir müssen an Land!«, rief er gehetzt.

»Vielleicht kann ich helfen!«, rief ihm Xzar entgegen.

»Wie das?«, fragte Rapier skeptisch.

»Mit Magie. Vielleicht kann ich mit einer magischen Wand helfen?«

Rapier schüttelte den Kopf. »Das nutzt nicht viel. Wir müssen an Land, das Wasser muss raus und wir müssen aus dem Sturm.«

Xzar nickte. Auch wenn er sich sicher war, dass er zumindest das hereinströmende Wasser hätte aufhalten können, aber ohne die Erlaubnis des Seemanns wollte er nichts riskieren.

Die Seeleute um ihn herum hatten die Eimer fallen gelassen und hasteten nach oben. Xzar wurde beinahe über den Haufen gerannt. Diese Situation war für ihn unüberschaubar. Während die Seeleute wussten, was zu tun war, machte er jeden Handgriff zu langsam. Als Xzar und die beiden Frauen dann auch oben ankamen, sahen sie, dass sie schon fast am Ufer waren. Mit letzter Kraft verringerten die Seeleute ihre Fahrt mithilfe der Stangen, um dann immer noch unsanft auf eine flache Sandbank aufzulaufen. Es knirschte und knackte, als das Holz über die kleinen Steine geschoben wurde. Es war deutlich zu spüren, wie die Strömung des Flusses das Schiff an Land drückte. Kaum kam der dicke Rumpf zur Ruhe, sprangen die Seeleute von Bord, ließen sich Seile zuwerfen und gemeinsam zogen sie das Schiff ein Stück aus dem Wasser. Als es dann zum

Liegen kam, senkte es sich zur rechten Seite und Xzar fürchtete schon, dass es umkippen würde. Bevor aber die Reling den Boden erreichte, verharrte es in seiner Bewegung und nur die losen Taue peitschten noch im Wind. Sie spannten die Seile um die dicken Bäume und kauerten sich dann alle zusammen unter den hohen Heckaufbau, der schräg aufs Ufer und über sie hinaus ragte. Zuvor war Xzar zurück an Bord geklettert und hatte nach den Pferden geschaut. Eines der Tiere hatte einen leichten Schnitt am Hals, verursacht durch eines der Seile. Zu ihrem Glück war er nicht tief und somit auch nicht gefährlich. Am besten hatte es Isens Esel überstanden. Das Tier bedachte Xzar mit einem vorwurfsvollen Blick, dann kaute es weiter auf einer Möhre herum, die aus der Küche zu ihm herüber gespült worden war.

Der Regen glich einem dichten Vorhang und nahm ihnen die Sicht auf das umliegende Land. Der Sturm peitschte die kalten Wassertropfen in ihre Gesichter. Immer wieder donnerte es über ihnen, nachdem ein gleißender Blitz vom Himmel herabgefahren war. Der Wind zerrte an den Bäumen und riss Äste und Blätter ab, um mit diesen den Boden zu bedecken. Unter ihnen war kein Fingerbreit feste Erde mehr, denn alles hatte sich in einen großen, matschigen See verwandelt; Kälte war allgegenwärtig. Shahira fror erbärmlich, ihre Kleidung war bis auf die Haut durchnässt. Sie versuchte, sich näher an Xzar zu drücken, doch es half nicht viel, denn auch seine Kleidung war von kalter Nässe durchzogen. Xzar bemerkte ihr Zittern und sah dann zum Rest der Seeleute. Sie alle froren. Er fluchte innerlich, dann sah er zu dem Heck auf, welches ihnen einen spärlichen Schutz vor dem Regen bot und ihm kam eine Idee. »Isen, wo bist ... Ah, da steckst du. Komm mit!« Xzar stand auf und eilte zum Schiff.

Der Dieb sah ihn fragend an. Als Xzar nichts weiter sagte, nickte er müde. »Alles ist besser, als hier zu kauern, und zu frieren«, murrte er leise. Als er mit Xzar auf das schrägliegende Schiff kletterte, fragte er, »Was hast du vor?«

»Uns ein wenig Schutz vor dem Wind schaffen«, rief er und deutete auf das Segel. Isen sah ihn fragend an, da er nicht verstand, was Xzar meinte.

»Wir binden es oben an das Heck und spannen es dann am Ufer ab. Das sollte helfen, uns vor dem Regen und dem Sturm zu schützen«, erklärte er und packte das dicke Segeltuch.

Vorsichtig kletterten sie an der Reling empor und zogen sich auf das hintere Deck. Inzwischen hatte das Schiff eine ordentliche Schräglage. So einfach, wie Xzar es sich vorgestellt hatte, war es nicht, denn der Wind brachte sie immer wieder aus dem Gleichgewicht und dazu kam, dass die Holzplanken rutschig waren.

Nach einer anstrengenden Kletterpartie schafften sie es aber dann, das Tuch am Heckaufbau zu befestigen. Kapitän Hasmund, der begriffen hatte, was Xzar vorhatte, nahm das Tuch entgegen und begann, mit zweien seiner Männer, dieses unten abzuspannen. Da das Segel groß genug war, konnten sie es noch ein gutes Stück hinter das Schiff ziehen, sodass sie sich ein notdürftiges Zelt bauten, was nur noch eine Öffnung nach vorne hatte. Vielleicht nicht die beste Konstruktion, aber es schirmte zumindest den Wind weitestgehend ab. Der Stoff des Segels war allerdings schon so durchnässt, dass immer wieder Wassertropfen hindurchdrangen. Und dennoch waren die dicken runden Tropfen allesamt besser als der strömende Regen.

Xzar wollte noch ein Feuer entzünden, aber alle ihre Vorräte waren nass, da sie am Boden des Unterdecks gelagert worden waren. So hockten sie nun unter der Plane, aßen nasses Trockenfleisch und warteten, dass der Sturm nachließ. Noch war davon nichts zu merken und noch immer erhellten Blitze die Finsternis um sie herum und laute Donnerschläge ließen die Erde und ihre Herzen erzittern.

Alinja hatte sich zu Isen gesellt. »Sag Isen, magst du mir etwas über deine Frau erzählen?«

»Melindra? Warum?«

»Weil es mich interessiert. Ich weiß noch nicht viel von ihr und doch habe ich das Gefühl, sie muss eine großartige Frau sein«, sagte Alinja schüchtern.

»Ja, das ist sie. Also, was möchtest du wissen?«, fragte Isen traurig.

»Erzähl mir von ihr, wie habt ihr euch kennengelernt?«

Isen starrte einen Augenblick lang in die Dunkelheit. »Das ist etwa neun Jahreszyklen her. Sie zog alleine durch das Land und in einer stürmischen Nacht«, er lachte auf, »gar nicht so anders als heute, stieß sie zu uns. Ich reiste bereits mit dem Zirkus durch das Land, doch damals nur als Meister der Kostüme. Sie war durchnässt und fiel zitternd in unser Lager, ihr Körper ausgezehrt vor Hunger und in den ersten Stunden befürchteten wir, sie würde zu den großen Vier gehen. Doch nachdem wir sie in dicke Decken eingewickelt und mit Hühnersuppe versorgt hatten, kam sie zu sich. Sie sagte, ihr Name sei Melindra und sie suche Zuflucht. Der Meister des Zirkus`, der große Giuseppe Gilitus de Bravos, nahm sie auf, denn er war vom fahrenden Volk und jene lehnen niemanden ab, der Zuflucht sucht. Also reiste sie fortan mit uns.«

Alinja sah Isen interessiert an. »Und wie kamt ihr ...«

Sie musste die Frage nicht aussprechen, Isen wusste, was sie wissen wollte. »Es war über die Arbeit. Ich kann gar nicht sagen, was es genau war. Schon recht bald fanden wir zusammen, es war wie eine Vorbestimmung, als hätte jemand diese Begegnung geplant. Unsere Liebe war so ... wahrhaftig. Bis ...«, er unterbrach sich und sah von Alinja weg.

Die Novizin legte Isen eine Hand auf seinen Arm. »Sie ist nicht tot, Isen.«

Ohne den Kopf zu heben, sagte er müde, »Wer weiß das schon.«

»Na du!«, sagte Alinja bestimmt und jetzt suchten Isens Augen ihren Blick, um sie fragend anzusehen.

»Und ich auch!«, fügte sie lächelnd hinzu.

»Woher ... ich meine, weshalb?«

»Du strahlst es aus: Der Glanz in deinen Augen und diese tiefe innige Liebe, du würdest spüren, wenn sie nicht mehr lebt. Und ich fühle es durch dich, deine Hoffnung und deine unerbittliche Suche. Ich glaube auch, deine gute Laune, die allen von uns hilft, ist ein Teil von ihr«, sagte Alinja begeistert.

»Ich ... versuche nur, weiter nach vorne zu gehen. Wenn ich wanke, finde ich sie nie«, versuchte Isen zu erklären.

»Es bedarf keiner Erklärung, Isen. Wir alle verstehen, was dich antreibt und wir alle werden dir helfen«, sagte Alinja aufmunternd.

»Ich hoffe, du hast recht. Danke, Alinja«, sagte er leise.

Zwei Reihen hinter ihnen saß Xzar und hatte ihr Gespräch gehört. Er atmete schwer ein. Tief in seinem Inneren hatte er nichts anderes vor, als Isen zu helfen, aber auch der jungen Novizin und nur die großen Vier schienen zu wissen, welchem gemeinsamen Schicksal sie entgegenschritten.

# Das Arbeitslager

Es dauerte noch bis weit in die späten Abendstunden hinein, als das Gewitter endlich fortgezogen war und lediglich ein feiner Nieselregen zurückblieb. Auch war der Wind abgeflaut und die Seeleute begaben sich augenblicklich daran, das Schiff wieder aufzurichten. Auch wenn es bereits dunkel war, wollten sie prüfen, welche Schäden das Schiff genommen hatte. Kapitän Hasmund begutachtete die Bordwand und fluchte leise, als er das Loch sah, welches die Felsen gerissen hatten. Es war etwa kopfgroß und die Planken waren seitlich weggebrochen.

»Ist es sehr schlimm?«, fragte Xzar.

»Wir müssen die zersplitterten Bretter austauschen. Sonst sitzen wir hier fest.«

»Was glaubt Ihr, wie lange dies braucht?«

»Wenig mehr als ein halber Tag.«

»Können wir helfen? Geht es dann schneller?«

Der Kapitän überlegte, bevor er langsam nickte.

Die Frauen begaben sich in der Zeit ins Innere des Schiffes, wo sie damit begannen, die umgestürzten Sachen aufzuräumen. Vor allem die Essensvorräte hatte der Sturm beschädigt. Die Brote waren aufgeweicht und viele der anderen Lebensmittel waren nass und zum Teil nicht mehr zu verzehren.

Isen war mit der Hoffnung in den Wald gegangen, trockenes Holz zu finden, doch diese zerschlug sich schnell, als er feststellte, dass neben ihrer Notanlegestelle ein großes Moor angrenzte. Selbst wenn es hier mal Holz gegeben hatte, war dies schon lange faulig. Enttäuscht brachte er Xzar die schlechte Nachricht. Dieser nahm es zur Kenntnis und fluchte leise. Sie mussten die Nacht hier verbringen und ohne Feuer konnte es sehr kalt werden. Zwar war der Boden immer noch durch die langen Sonnentage aufgewärmt, aber solange es weiterregnete, würde ihnen dies nichts nutzen. Also suchte er die Holzscheite zusammen, die sie mitgenommen hatten, und versuchte sie mithilfe von Feuerstein und Zunder zu entzünden. Schon der erste Versuch scheiterte. Also entschloss er sich dazu, seine Magie zur Hilfe zu nehmen. Es gelang ihm, die Holzscheite anzuzünden. Was er jedoch übersehen hatte, war, dass sie durch die Feuchtigkeit einen beißenden, grauen Qualm absonderten, der ihnen Tränen in die Augen trieb. Es dauerte eine ganze Weile, bis das Holz soweit angetrocknet war, dass der Rauch weniger wurde. Jetzt hatten sie ein schwaches Feuer, um das sie sich sammelten. Als die Flammen nach etwa zwei Stunden wieder erstickten, erhob sich Alinja. »Bitte stapelt das Holz zusammen und betet mit mir.«

Sie sahen alle gebannt auf die junge Frau, die es nicht zu stören schien, dass sich ihre Körperformen deutlich unter dem weißen Kleid abzeichneten. Unter den teils erregten, teils schüchternen Blicken der Seefahrer half Alinja, das Holz auf einen Stapel zu schichten, dann hob sie ihre Hände bittend zum Himmel. »Herrin der Elemente, Herrin des Eises und des Feuers, ich bitte dich, erhöre mein Flehen! Schenke uns deine Wärme und die Flamme deiner Hoffnung ...«

Es war Shahira, die zuerst in ihre Worte mit einstimmte und dann schleichend, doch immer lauter werdend, die einzelnen Seefahrer, bis am Ende alle im Chor sagten, »Herrin der Elemente erhöre uns!«

»Herrin Tyraniea, die du mit Gnade und Barmherzigkeit die Kälte verdrängst, schenke mir deinen heiligen Funken, auf das wir diese Nacht deine Wärme spüren!« Kaum, dass sie geendet hatte, entsprang ihrer Handfläche ein kleiner Funke, der sanft auf den Holzstapel hinab schwebte, um dort einen Augenblick zu verharren, bevor das Holz aufloderte. Es brannte warm und hell und ohne auch nur eine einzige Rauchfahne. Und es war nicht nur Xzar, der die Novizin mit ungläubigem Blick ansah.

Vereinzelt hörte er die Männer flüstern, »Danke, Herrin der Elemente!«, oder, »Lady Alinja, mögen die großen Vier Euch segnen!«

Am nächsten Morgen waren sie in guter Stimmung, denn das Feuer hatte sie die Nacht durch gewärmt. Irgendwann hatte der Regen aufgehört, die Wolkendecke war aufgerissen und hatte ihnen den hellen Mond und die Sterne preisgegeben. Nun strahlte bereits die Morgensonne über die Baumwipfel.

Nach einem kurzen Frühstück, das hauptsächlich aus Karotten bestand, begannen sie, das Schiff zu reparieren. Xzar bewunderte die Arbeiten der Mannschaft. Ein Handgriff ging in den anderen über und jeder wusste, was zu tun war. Nach einer Weile zog Xzar sich von den Arbeiten zurück, da er, wie auch tags zuvor schon, das Gefühl hatte, zu stören. Er griff oft das falsche Werkzeug oder verstand nicht, wie er die Planken richtig halten sollte. Die Seeleute hatten sich zwar nicht beschwert, aber ihre amüsierten Blicke ab und an und das resignierende Kopfschütteln hatte ihm deutlich gezeigt, dass sie ihn belächelten. Das hatte ihn allerdings nicht gestört, denn sie hatten ja recht. Bei diesen Arbeiten war er ungeschickt. Also hatte er sich entschlossen, mit Isen zusammen das Segel wieder an der Rah zu befestigen. Auch hier benötigten sie mehr als zwei Versuche, aber am Ende gelang es ihnen.

Die Einschätzung des Kapitäns bezüglich der Dauer der Reparatur bewahrheitete sich und so nahmen sie erst am frühen Nachmittag wieder Fahrt auf. Und jetzt schien Sordorran ihnen gewogen, denn weder Sturm, noch Fels, noch Piraten hielten sie auf. An der nächsten Anlegestelle auf ihrer Fahrt kauften sie neue Vorräte und fuhren dann weiter.

Die nächsten Tage war Xzar damit beschäftigt, sich von Kapitän Hasmund das eine oder andere über die Seefahrt erklären zu lassen. Als sie dann nach vier Tagen Fahrt in der Ferne den Steg des Arbeitslagers entdeckten, erfreute es Xzar, denn von hier aus waren es nur noch ein paar Tage, bis sie seine Heimat erreichten.

Als das Schiff an dem breiten Holzsteg anlegte, verabschiedeten sie sich von Kapitän Hasmund, seiner Familie und der Mannschaft. Sie dankten ihnen für die Fahrt und wünschten ihnen alles Gute, denn Hasmund war ein anständiger und aufrechter Mann, der sie trotz seines Schicksalsschlags nicht minder gut behandelt hatte. Xzar drückte ihm noch einen kleinen Beutel mit Münzen in die Hand, eine Beigabe für die Unannehmlichkeiten. Erst verweigerte der Mann die Gabe, doch Xzar bestand darauf, zumindest so viel zu geben, dass es die Reparatur des Schiffes abdeckte. Dies nahm Hasmund dann an, wenn auch mit einem grimmigen Murren.

Sie winkten der Wellenspringer nach, bis diese hinter einer Flussbiegung verschwand. Dann folgten sie der Straße, die in die Richtung des Arbeitslagers führte, welches in der Nähe der Stadt Iskent lag, die für ihren Schmuck bekannt war. Dieser wurde aus hochwertigem Gold und Silber hergestellt, welches in den Kodollbergen abgebaut wurde. Es gab einen Ausspruch im Land, oder besser gesagt, es war ein Wortspiel der Stadt: *Wer Iskent nicht kennt, der is` nicht*. Auch wenn der Satz nicht der Schönste war, so war an seiner Aussage etwas Wahres dran, denn besonders die Adligen des Landes schmückten sich gerne mit den teuren Geschmeiden der Bergstadt. Die Mine lag somit auch noch einige Meilen landeinwärts in den Kodollbergen, die sie von hier aus bereits sehen konnten. Das Gebirge war ein kleineres Bergmassiv und nicht so hoch. Anders als in den großen Gebirgen im Osten und Westen, waren die Gipfel hier im Sommer nicht mit Schnee bedeckt.

Sie hatten entschieden, nicht in die Stadt einzukehren, da dies ein Umweg von mindestens einem Tag bedeutete und Isen war die Anspannung in den letzten Stunden anzumerken gewesen. Er wollte jetzt endlich wissen, was der Gefangene ihnen sagen konnte. Allerdings stellte sich ihnen noch eine Frage; wie sollten sie an ihn herankommen und wie konnten sie ihn überzeugen, das zu sagen, was er wusste? Als Isen Xzar damit konfrontiert hatte, erbat dieser sich ein wenig Zeit, um darüber nachzudenken. Jetzt rasteten sie an einem kleinen Bach und berieten über ihre Möglichkeiten.

»Isen, was weißt du über den Mann?«, fragte Xzar.

»Ich konnte einiges herausfinden. Und wenn es stimmt, dann ist sein Name Ilfold Wankenmark. Er stammt wohl aus den östlichen Bergregionen. Seine bevorzugte Waffe: Schwert und Schild. Die Leute erinnerten sich an ihn, da er in den Tavernen oft für Ärger gesorgt hatte, eine dicke Narbe soll seine Wange zieren.«

»Gut, das dürfte reichen, der Name und eine grobe Beschreibung«, sagte Xzar. »Jetzt müssen wir nur noch überlegen, wie wir an ihn ran kommen.«

»Wir könnten die Wachen fragen, wer es ist und ob wir zu ihm können. Einige Münzen sollten das im schlimmsten Falle sicher regeln«, brachte Isen an. »Doch warum sollte er mir helfen wollen?«

»Wahrscheinlich wird er das nicht und auch klimpernde Münzen werden ihn nicht davon überzeugen. Wozu braucht er diese auch im Lager«, stellte Xzar fest.

»Ich kann mir schon vorstellen, dass ihm die eine oder andere Münze gewisse Annehmlichkeiten bescheren kann«, warf Isen ein.

»Vielleicht, doch glaube ich, dass die Wachen ihm diese abknöpfen würden, wenn er plötzlich Silber im Beutel hätte.«

»Ja, wahrscheinlich«, sagte Isen nachdenklich. »Ich hatte bereits überlegt, mich als Häftling einsperren zu lassen, doch ich fürchte, dass er einem Neuling nicht trauen wird, schon gar nicht, wenn dieser ihn ausfragt.«

»Ja, und abgesehen von der Schikane und der Demütigung eines neuen Gefangenen, wärst du danach eingesperrt«, warf Shahira ein.

»Hm, wohl wahr.« Er machte eine Pause. »Wir könnten ihn befreien. Ihm sagen, dass wir zu seinen Leuten gehören, die ihn rausholen wollen?«, schlug Isen vor.

Xzar lachte ungläubig. »Ein Arbeitslager an einer Silbermine angreifen? Mit welcher Armee? Nicht nur, dass wir uns durch mindestens ein Banner königlicher Soldaten kämpfen müssten, nein, man würde uns auch später im ganzen Land als Geächtete jagen.«

Isen schluckte sichtlich bei dem Gedanken, was dies bedeutete und dann nickte er. »Gut, du hast recht. Aber mir fällt nichts ein, was wir sonst tun sollten«, sagte er resigniert und warf einen kleinen Stein in den Bach.

»Wieso«, erklang Alinjas Stimme, »versuchen wir es nicht mit der Wahrheit?«

Alle sahen sie an und sie hob entschuldigend die Schultern. »Na ja, der Mann ist in einem Arbeitslager und wahrscheinlich wird ihm das nicht gefallen. Seine Leute haben ihn nicht befreit, sie schätzen ihn also nicht sonderlich. Vielleicht hat er ja bereits bereut, was er getan hat. Wenn er erfährt, dass seine Seele nicht verloren ist und er mit den Antworten, die er uns gibt, ein wenig Buße tun kann, vielleicht gibt er sie uns dann ja freiwillig.«

Xzar blickte einen Augenblick lang stumm zu ihr. Er schallt sich selbst einen Narren, wieso war er nicht auf die einfachste Lösung gekommen? Dann lächelte er sie an. »Ja, warum nicht. Von unseren Ideen ist das wohl die beste.«

»Und die Richtige«, sagte Alinja, sein Lächeln erwidernd.

»Wenn es nicht klappt, können wir ja immer noch das Lager im Sturm erobern«, lachte Isen, dessen Laune sich bei Alinjas Vorschlag wieder gebessert hatte.

Als sie sich dem Lager näherten, sahen sie schon von Weitem dunkle Rauchsäulen, die sich in den Himmel erstreckten. Zuerst dachten sie, jemand hätte ihren waghalsigen Plan umgesetzt und das Arbeitslager angegriffen. Als sie dann von einer kleinen Hügelkuppe die Mine und das angrenzende Arbeitslager sahen, stellten sie fest, dass dort lediglich mehrere Feuer brannten. Längliche, von Tüchern abgedeckte, Erhöhungen ließen auf nichts Gutes hoffen.

Sie ritten den Weg hinunter auf das Haupttor des Lagers zu. Von der Kuppe aus hatten sie bereits einen guten Überblick gehabt. Im hinteren Bereich, unmittelbar an den Ausläufern des Gebirges, waren große runde Löcher im Berg zu erkennen. Dies mussten die Mineneingänge sein. Davor war ein flacher Bereich zu sehen, auf dem selbst aus der Ferne die großen Öfen zu erkennen waren, in denen die Erze und das Silber voneinander getrennt wurden. Rechts daneben schlossen sich mehrere hölzerne Baracken an, die alle schon bessere Zeiten erlebt hatten. Der gesamte Bereich war von einer zwei Schritt hohen Palisade umrahmt, vor der ein hölzerner Wehrgang zu erkennen war und auf diesem befand sich etwa alle zehn Schritt ein Soldat. Bei der Länge des Wehrgangs waren das zwölf Mann. Im vorderen Bereich gab es weitere Behausungen, die deutlich stabiler gebaut und wahrscheinlich die Wohnquartiere der Wachleute waren. Das ganze Areal wurde dann noch einmal von einer größeren Palisade umgeben, die ab und an von hohen Wachtürmen unterbrochen wurde. Auf deren Plattformen waren ebenfalls Soldaten stationiert. Die gesamte Anlage glich einer kleinen Festung und wahrscheinlich war sie das auch.

Xzar schätzte die Wachtruppen des Lagers auf mindestens sechzig Mann. Da die Soldaten auch Schlaf brauchten, vermutete er noch weitere in den Baracken, die derzeit dienstfrei hatten. Da die kleinste sinnvolle Einheit in der Armee ein Banner war und dieses fünfzig Mann umfasste, ging er sogar davon aus, dass genau diese Anzahl hier stationiert war. Damit war ein Befreiungsversuch kein Thema mehr für ihn. Zugegeben, zuvor hatte er dies auch nicht ernsthaft in Erwägung gezogen. Je mehr er jetzt darüber nachdachte, umso besser gefiel ihm Alinjas Vorschlag, es ohne Lug und Trug zu erreichen. Ebenso mochte er es, dass sie sich mehr und mehr an ihren Gesprächen beteiligte und auch ihre Vorschläge zum Vorgehen der Gruppe äußerte.

»Woran denkst du?«, fragte ihn Shahira, die sein Lächeln bemerkt hatte.

Seine Augen suchten die ihren. »Ich habe daran gedacht, dass wir vier uns gut zusammen gefunden haben, wenn man bedenkt, dass wir keine zwei Wochen gemeinsam reisen. Und dafür kommen wir gut miteinander aus, oder?«

Sie sah ihn überrascht an, nickte dann aber. »Das aus deinem Mund zu hören ... ich hatte zu Beginn eher das Gefühl, dich würde unsere Gruppe stören und dass du alle so schnell es ginge wieder loswerden wolltest«, sagte sie leise, sodass Alinja und Isen sie nicht hören konnte.

Xzar lachte leise auf. »Ja, so war es auch. Alle, bis auf dich natürlich. In den ersten Tagen war ich mir sicher, dass es uns nur Ärger bringt. Ich muss zugeben, ich habe mich geirrt.«

»Dann bin ich beruhigt. Ich mag die beiden irgendwie«, flüsterte sie.

»Ich auch.«

Sie ritten langsam weiter. Eine kleine Senke, in der die Feuer brannten, lag auf ihrem Weg und schon bald wehte ihnen mit dem dunklen Rauch ein bitterer Gestank entgegen. Xzars Vorahnung bestätigte sich damit, denn dort wurden Leichen verbrannt.

Als sie noch näher heran waren, kamen zwei Soldaten auf sie zu. Sie hatten bis eben noch gelangweilt vor einem Karren gestanden, auf dem die in Tücher eingewickelten Leichen lagen. Zwei weitere Soldaten blieben dort und beaufsichtigten einige Männer. Anscheinend waren es Gefangene, die Leichen abluden und in die Senke warfen.

»Im Namen des Königs bleibt stehen!«, befahl einer der Soldaten.

Die vier taten, wie ihnen geheißen und warteten, bis die beiden Männer an sie herangekommen waren. Xzar war von seinem Pferd abgestiegen, um nicht von oben auf sie herabzuschauen.

»Wer seid ihr und was führt euch hier her?«, fragte derselbe Soldat.

»Ich grüße Euch. Mein Name ist Xzar und wir sind hier, da wir einen Mann suchen. Es heißt, er sei hier und habe Hinweise zu einer Entführung«, erklärte Xzar freundlich.

Der Soldat schob seinen Helm ein wenig zurück und kratzte sich am Kopf. »Seid ihr im Auftrag von jemandem hier?«, fragte er dann.

Xzar schüttelte den Kopf. »Nein, nur in unserem Eigenen. Ein Opfer der Entführer ist die Gefährtin meines Freundes hier«, erklärte Xzar und deutete auf Isen, der den Soldaten daraufhin freundlich zunickte.

»Wir hatten eine Krankheit im Lager. Viele Opfer«, sagte der Soldat und wies auf die Senke, wo die Feuer hell loderten. »Kann sein, dass euer Mann tot ist.«

»Ja, ich hatte so etwas befürchtet, als ich die Feuer brennen sah. Wir suchen einen Ilfold Wankenmark, ist er unter den Toten?«

»Wir dürfen *eigentlich* niemanden ins Lager lassen«, sagte jetzt der andere Soldat und das sagte Xzar zumindest so viel, dass der Mann wohl noch lebte. Auch hatte Xzar das Wort *eigentlich* nicht überhört und wusste, dass auch Alinjas Ehrlichkeit einen Preis hatte. »Oh, ich verstehe. Wenn er noch lebt und wenn wir zwei so tapfere Recken des Königs, wie ihr es seid, für die Unannehmlichkeiten entlohnen würden, glaubt ihr, dass wir dann einen Blick in das Lager werfen könnten, um mit dem Mann zu sprechen?«, fragte Xzar doppeldeutig.

»Da lässt sich sicher was einrichten. Aber so eine Entlohnung ...«, begann der Soldat erwartungsvoll, um den Satz zu beenden, als Xzar seinen Beutel herausholte, »... sollte natürlich vorher gegeben werden.«

»Sicher«, sagte Xzar gespielt freundlich und reichte jedem der beiden eine Silbermünze. Das schien auszureichen.

Als sie an der Palisade und dem großen Holztor ankamen, wies der Soldat die Gruppe an zu warten und verschwand dann im Inneren.

»Überleg dir lieber schon mal, was du fragen willst, wir werden nicht länger als nötig bleiben«, sagte Xzar zu Isen, bevor der Soldat zurückkam und sich das Tor langsam aufschob.

»Glaube mir, die Fragen habe ich mir seit vielen Wochen zurechtgelegt.«

Als sie den äußeren Kreis des Lagers betraten, sahen sie, dass auch hier noch einige der verdreckten Tücher lagen, unter denen sich Körper abzeichneten. Neben dem Tor waren Gatter, an denen sie nun ihre Reittiere festbanden. Der Soldat führte sie zum inneren Palisadenkreis und öffnete dort das Tor. Xzar sah sich um. Die Soldaten auf den Wehrgängen trugen Armbrüste und lange Spieße. Sie blickten grimmig zu der Gruppe hinunter, anscheinend war ihnen bewusst, wie diese vier den Zutritt erhalten hatten. Ob sie dies missbilligten oder nur neidisch waren, dass die Münzen nicht an sie entrichtet worden waren, ließ sich nicht sagen. Womöglich beides.

Sie schritten weiter in das Arbeitslager, oder besser gesagt, das Krankenlager, denn überall saßen Arbeiter auf dem Boden herum. Teilweise zitterten sie oder krümmten sich auf der Erde. Der Soldat, der sie führte, sah ihre besorgten und erschrockenen Gesichter. »Wir wissen nicht, was sie haben. Es begann vor einigen Tagen. Alle die in der zweiten Mine gearbeitet haben, wurden krank. Seitdem verschlechtert sich der Zustand der Männer. Unser Feldscher hier vor Ort hat alles versucht, was er konnte«, erklärte er und Xzar konnte sich vorstellen, dass dies nicht viel gewesen war.

»Ist es ansteckend?«, fragte Shahira, die stehen geblieben war, als sie die siechenden Männer gesehen hatte.

»Nein, bisher nicht. Nur jene, die zur gleichen Zeit in der Mine waren, sind betroffen«, sagte der Mann.

»Und warum sind sie hier draußen und nicht in ihren Betten? Ihr müsst doch sehen, dass sie am ganzen Leib zittern«, sagte Alinja leicht empört.

»Die gesunden Männer haben sich geweigert, mit ihnen in den Unterkünften zu schlafen. Also bleiben sie hier draußen, zumal warme Decken ihnen auch nicht helfen«, erklärte der Soldat emotionskalt.

»Das ist unmenschlich!«, beschwerte sich die Novizin bitter.

Der Soldat drehte sich um und sah sie grimmig an. »Hör zu, Prinzesschen, wir sollen hier die Mine am Laufen halten. Nicht die Kranken pflegen. Lassen wir sie in den Unterkünften schlafen, werden sie in der Nacht erschlagen. Unser Feldscher kann ihnen nicht helfen und Iskent kümmert es nicht, was hier passiert. Bis ein Bote in Barodon war und mit Hilfe zurückkommt, werden alle Männer tot sein.«

»Das heißt, ihr habt nichts unternommen?«, fragte Shahira ungläubig.

»Doch, wir haben den Schacht, in dem die Männer gearbeitet haben, versperrt und lassen keinen mehr hinein«, sagte er finster. »Dort ist euer Mann. Beeilt euch, ich warte am Tor«, fügte er hinzu und deutete auf einen Kerl, der zitternd auf einem dicken Felsen saß und mit dem Oberkörper vor und zurück wiegte.

Der Mann sah schrecklich aus. Sein Körper war abgemagert und ausgezehrt. Verklebte, dreckigblonde Haare hingen ihm dünn im eingefallenen Gesicht. Sein Blick war leer und dennoch war die Narbe auf seiner Wange deutlich zu erkennen, genauso wie Isen sie beschrieben hatte.

Xzar sah zu Isen, doch der Dieb starrte nur stumm auf den Mann hinab. Ekel, Abscheu und Zorn lagen in seinem Blick. Xzar seufzte und trat an den Mann heran. »Seid Ihr Ilfold Wankenmark?«

Der Mann reagierte nicht, also kniete Xzar sich nieder und sah ihm nun in die Augen. »Seid Ihr Ilfold Wankenmark? Hört Ihr mich?«

Für einen Augenblick dachte Xzar, dass wieder keine Antwort kommen würde, dann drehte der Kranke jedoch leicht den Kopf. Die Leere in seinem Blick verschwand, als seine Augen das Schwert an Xzars Seite sahen. Plötzlich füllte ein entsetztes Erkennen seine Miene und Tränen liefen ihm über die Wangen, dann suchte er Xzars Blick. »Ihr ...? Ihr seid ... seid ......?«, stotterte er zitternd.

Xzar stand auf und löste seinen Umhang, den er dem frierenden Mann über die Schultern legte. Ungläubig griff dieser danach und zog ihn fester um sich, doch das Zittern ließ nicht nach.

»Ilfold Wankenmark?«, fragte Xzar ruhiger.

Der Mann nickte heftig und mit lautem Zähneklappern sagte er, »Ja ... Ja ... der ... bin ... ich.«

»Was ist nur mit Euch geschehen?«, fragte plötzlich Alinja, die sich neben Xzar kniete.

Der Mann sah zu ihr und für einen kurzen Augenblick ließ das Zittern des Mannes nach, als er das Gesicht der Novizin ansah, die ihm ein warmes Lächeln schenkte. Dann setzte es wieder ein, als er mit seiner Hand zu den Mineneingängen deutete. »Schatten ... in ... der ... Mine.«

Xzar dachte kurz nach und stand dann auf. Er ließ seinen Blick über die Kranken schweifen, wie sie zitterten und husteten. Einige von ihnen hatten dicke Blutflecken auf ihrer schmutzigen Kleidung. Dann traf ihn die Erkenntnis. »Ich muss mit dem Heiler reden. Ich ahne, was diese Männer haben.«

»Ich komme mit dir«, sagte Isen, dessen Blick immer noch auf dem zitternden Mann lag. Er hatte kein Wort mit dem Kranken gewechselt. Isen hatte wochenlang nach ihm gesucht, seine ganze Hoffnung in diesen Kerl gelegt und jetzt, wo er hier vor ihm stand, fehlten ihm die Worte.

Shahira wollte sich gerade den beiden Männern anschließen, als Alinja sie aufhielt. »Würdest du bei mir bleiben? Ich möchte versuchen, die Herrin um ein wärmendes Feuer zu bitten, damit wir die Kälte aus ihren Knochen vertreiben können. Diese Kälte ist nicht natürlich, ich spüre es.«

»Wenn ich dir helfen kann, werde ich das versuchen«, sagte sie, bevor sie einen Blick zu Xzar warf, der ihr aufmunternd zunickte.

Xzar und Isen gingen zurück zum Tor, wo der Soldat wartete, der sie vorhin begleitet hatte. »Und ... habt Ihr eure Hinweise?«, fragte er grimmig.

»Nein, noch nicht. Ich habe ein paar Fragen an euren Feldscher. Dürfte ich ihn sehen?«, fragte Xzar.

»Was wollt Ihr denn noch? Er kann Euch nichts sagen. Die Kerle werden sterben und ich sage Euch, einige von ihnen verdienen es auch nicht anders«, antwortete der Soldat.

»Ja, das mag sein. Aber ich glaube zu wissen, was ihnen fehlt. Ich sage euch, wenn sie alle tot sind, werdet ihr die Nächsten sein.« Xzar lächelte grimmig.

Isen sah zu ihm auf und dann zu dem Soldaten, dessen eben noch so unbekümmertes Gesicht nun einen deutlichen Zweifel zeigte. »Was soll das heißen? Was meint Ihr damit? Droht Ihr uns etwa?«

Xzar schüttelte den Kopf. »Nein, das muss ich nicht. Verzichtet auf unsere Hilfe und wir gehen. In ein paar Tagen dann, wenn Ihr hier sitzt, und zittert ...«, begann Xzar, doch der Soldat winkte ab. »Schon gut. Ich bringe Euch zu ihm.«

Der Mann führte sie zu einer der Holzbaracken und klopfte vorsichtig an die Tür. Als ein leises »Herein!«, zu hören war, betraten sie den Raum. »Herr? Bitte verzeiht die Störung. Hier sind Reisende, die Euch wegen der Kranken zu sprechen wünschen«, sagte der Soldat und salutierte vor einem älteren Mann, der an einem großen, rustikalen Schreibtisch stand und auf einige Karten hinabsah.

Als dieser stumm nickte, entfernte sich der Soldat rasch wieder und schloss die Tür. Der Mann am Schreibtisch starrte weiter auf die Papiere vor sich. Anders als Xzar erwartet hatte, war der Mann vor ihnen ebenfalls ein Soldat, denn er trug einen glänzenden Plattenpanzer auf der Brust. Das goldene, stilisierte Wappen des Königshauses Mandum'n, eine eiserne Faust, die eine Rose umklammerte, war zu erkennen. Der Soldat hatte ein markantes und scharf geschnittenes Gesicht, das Haar war kurz und es waren bereits graue Ansätze zu erkennen.

Die Stube in der sie sich befanden, schien sein Arbeitszimmer zu sein. An den Wänden standen Regale, auf denen sich Akten häuften und einige Bücher in einer Reihe standen. Hinter dem Schreibtisch befand sich ein großer Stuhl, der mit Leder bezogen war. Hinter dem Stuhl an der Wand hing ein Banner, ebenfalls mit dem königlichen Wappen. Eine Abweichung hatte es allerdings. Unter dem Wappen war ein Adler aufgestickt, der wiederum eine Rose im Schnabel trug und auf deren Blütenkopf die Zahl 21 stand. Xzar hatte sich nie mit den einzelnen Einheiten der Armee vertraut gemacht, daher wusste er auch nicht, welche hier stationiert war.

Xzar warf Isen einen fragenden Blick zu, als der Soldat nach ein paar Augenblicken noch immer nicht zu ihnen aufsah. Er trat einen Schritt vor und räusperte sich vernehmlich. »Werter Herr?«

Der Mann schob ein Buch beiseite und sah nun langsam auf. Er musterte Xzar mit stechenden, grauen Augen. »Ihr wollt etwas zu den Kranken wissen? So fragt, ich habe wenig Zeit.«

Xzar stutzte, als ihm die Feindseligkeit des Mannes entgegenschlug. »Zu wenig Zeit, um den Leuten dort draußen zu helfen?«

»Ja, auch dafür zu wenig Zeit.«

Xzar sah sich in der kleinen Amtsstube um und sagte dann mit ironischem Unterton, »Stimmt, ich habe vergessen, dass Euch hier so viele Aufgaben binden. Da können so ein paar Gefangene ruhig sterben. Verzeiht, dass wir Eure Zeit in

Anspruch nahmen.« Damit drehte er sich um und deutete Isen an, ihm zu folgen. Als er die Tür öffnete, sagte er noch, »Wenn Ihr wollt, nehme ich Euch etwas Arbeit ab, indem ich berichte, warum Euer ganzes Lager und Eure Männer einer nach dem anderen den Tod fanden.«

Er wollte gerade hinaus gehen, als der Soldat, der allem Anschein nach der Hauptmann war, ihn aufhielt, »Wartet! Was meint Ihr damit?«

Xzar blieb in der Tür stehen und sah zu ihm zurück. »Ich meine den Fluch, den Eure Arbeiter in der Mine entfesselten.«

Der Hauptmann zögerte und als Xzar die Schultern hob und den Raum endgültig verlassen wollte, sagte er, »Gut, kommt herein. Erklärt Euch.«

Xzar sah grinsend zu Isen, der bereits vor der Tür stand und sie gingen beide wieder hinein.

»Die Krankheit, die Eure Gefangenen heimsucht, kommt von einem Drak'Alp. Einem Schattenwesen, das sich von den Lebenden nährt. Eure Männer müssen es aus irgendwas befreit haben«, erklärte Xzar.

»Ein ... Drak'Alp?«, fragte der Hauptmann ungläubig. »Und wie kommt Ihr darauf?«

»Der Krankheitsverlauf sieht folgendermaßen aus und unterbrecht mich, falls ich mich irgendwo irre: Die Männer kamen aus der Mine, hustend und würgend. Sie sagten Euch, eine Dunkelheit hätte sie eingehüllt. Ein paar Stunden später waren einige nicht mehr ansprechbar, sie starrten nur noch ins Leere. Bis hierhin richtig?«, fragte Xzar und sah, wie der Hauptmann langsam nickte. »Dann wachten einige schreiend in der Nacht auf und riefen um Hilfe. Sie verloren ihren Appetit, magerten ab. Erst ein wenig und dann immer mehr setzte ein Zittern ein. Dann folgte der Husten, das Blutspucken und jetzt verfaulen sie bei lebendigem Leib, bis der Tod sie einholt. Und die Krankheit dauert nur zwei oder drei Tage«, schloss Xzar seine Erklärung.

Er beobachtete den Mann vor sich, dessen Lächeln nun in seinem Gesicht gefror. Seine Miene nahm einen harten und nachdenklichen Ausdruck an. »Ja, das stimmt. Aber bisher ...«

Xzar hob die Hand und beendete den Satz. »... wurde niemand angesteckt. Der Alp hat noch Nahrung dort draußen, es sind noch nicht alle tot. Sobald dies aber der Fall ist, wird er sich andere holen. Vielleicht die anderen Arbeiter, vielleicht Eure Soldaten, vielleicht aber auch Euch. Es ist nicht bekannt, wie diese Wesen vorgehen. Eins kann ich Euch aber mit Gewissheit sagen, es wird hier alle töten und wenn hier keine Lebenden mehr sind, wird es sich woanders neue Opfer suchen. Ich hörte, Iskent sei nicht so weit weg?«, fragte er fast beiläufig.

Das Gesicht des Hauptmanns hatte mittlerweile die Farbe verloren und er trommelte unruhig mit den Fingern auf seinem Schreibtisch. »Gut oder besser nicht gut. Was soll ich tun?«, fragte er.

Xzar lächelte in sich hinein. Er bezweifelte zwar, dass der Hauptmann wirklich wusste, was ein Drak'Alp war, aber die Gefahr, dass die Bürger von Iskent zu Schaden kommen konnten, hatte ihn überzeugt. »Lasst mich das Wesen bannen. Mein Freund und ich gehen in die Mine und binden es wieder.«

Isens Kopf ruckte zu Xzar. »Tun wir das?«, fragte er ungläubig, nachdem er mit ängstlicher Miene Xzars Ausführungen gefolgt war. Als er jetzt Xzars entschlossenen Blick sah, sagte er schnell, »Ja, gut, wir tun es.«

»Könnt Ihr es nicht töten?«, fragte der Hauptmann ihn dann.

Xzar schüttelte den Kopf. »Nein, dazu reichen meine Fähigkeiten nicht. Ihr müsst einen Brief an die Türme der Magie zu Barodon schreiben. Sie müssen einen Geistbändiger und einen Antimagier herschicken. Sagt ihnen, dass ein Drak'Alp hier sein Unwesen treibt. Glaubt mir, sie werden jemanden entsenden.«

Der Hauptmann sah ihn missmutig an, dann nickte er. »Braucht Ihr sonst noch etwas?«

Xzar überlegte kurz. »Ja, habt Ihr Kerzen und etwas Kreide oder Kohle zum Zeichnen? Und ein verschließbares Gefäß.«

Der Hauptmann deutete auf einen Kerzenhalter, in dem acht, teils heruntergebrannte, Kerzen steckten und Xzar nickte Isen zu, der sie einsammelte. Aus einer Schublade seines Schreibtisches holte der Mann einen dünnen Kohlestift hervor. Dann nahm er einen Tonkrug von seinem Kamin, hob den Deckel an und schüttete den Inhalt auf dem Schreibtisch aus. Mehrere Silbermünzen klirrten auf das Holz und Isen sah interessiert auf.

»Wenn Ihr dieses Wesen loswerdet, sollen sie Euch gehören«, sagte der Hauptmann steif und reichte Xzar das Gefäß.

»Ich danke Euch.« Damit drehte Xzar sich um und die beiden verließen die Stube. Auf dem Weg zurück zu ihren Freunden, fragte Isen, »Wir gehen da rein? Und bekämpfen es?«

Xzar nickte. »Ja, fast. Wir gehen da rein und du bekämpfst es, während ich es binde.«

»Ah, gut, ich ... Was?! Augenblick, ich kämpfe gegen das Wesen?« Isen riss erschrocken die Augen weit auf und blieb stehen.

Xzar sah zu ihm zurück und lächelte. »Ja, so der Plan. Ich meine, ich kann es auch bekämpfen, während du es bindest. Aber der Unterschied liegt darin, dass ich es mit Magie binde und du ... du müsstest das Schattenwesen mit Seilen binden ...«

»Ein Schattenwesen mit Seilen binden?«, fragte Isen jetzt ungläubig.

»Siehst du, ich wusste, dass du es verstehst«, sagte Xzar schelmisch.

Isen seufzte resignierend, »Na gut. Sag mir nur, wie gefährlich wird es?«

»Das ist schwer zu sagen, ich weiß nicht wie alt es ist. Aber sicher nicht schwerer als der Golem.« Damit ging Xzar weiter.

Isen sah ihm kopfschüttelnd nach und rief dann, »Nur, dass der dich ziemlich schnell außer Gefecht gesetzt hat!«

Xzar, der nun schon einige Schritte von ihm weg war, machte eine wegwerfende Handbewegung. »Wir schaffen das schon.«

»Du hast gut reden ...«, sagte Isen leise zu sich selbst. »Ich soll ja gegen das Biest kämpfen.«

Als sie das Tor der inneren Palisade durchschritten, brannte in der Mitte des großen Platzes ein helles Feuer, dessen Flammen nicht gelbrot, sondern weißblau flackerten und eine wohlige Wärme ausstrahlten. Die beiden Frauen waren dabei, die zitternden Gefangenen an das Feuer zu geleiten. Der eine oder andere hatte bereits offene Wunden, die faulig schwarze Ränder aufwiesen. Isen erinnerte sich an Xzars Worte, was den Verlauf des Fluches anging und er ahnte, dass jene, die diese Wunden hatten, das Ganze nicht überleben würden.

Als ihm das gewahr wurde, trat er an Xzar heran. »Gut, sag mir nur, warum wir uns damit auseinandersetzen müssen?«

»Weil du von deinem Mann dort«, er deutete auf Ilfold, »keine Antworten bekommen wirst, solange er krank ist. Außerdem, wenn wir ihn erlösen, wird er uns sicher eine ganze Menge erzählen.«

»Ich ... verstehe.« Isen wollte sich gerade wieder abwenden, als Xzar ihn an der Schulter packte. »Warte! Du brauchst dich nicht zu sorgen. Glaubst du denn wirklich, ich würde dich ohne Schutzzauber und nicht zumindest mit meinem Schwert gegen das Wesen antreten lassen?«, sagte er lächelnd zu ihm.

Isen sah ihn überrascht an. »Um ehrlich zu sein, dachte ich das wirklich.«

Xzar lachte und gab ihm einen leichten Fausthieb auf die Schulter, »Nein, so schnell wollte ich dich dann doch nicht loswerden.«

Isen sah ihm einen Augenblick lang hinterher, als er zu seinem Pferd zurückging, um ein paar Sachen zu holen. Er ärgerte sich über sich selbst. Jetzt, wo er darüber nachdachte, hätte es ihm bewusst sein müssen, dass Xzar ihn nicht unnötig in Gefahr bringen würde. Er wollte ihm nur helfen, ihm! An den Gefangenen hatte er selbst gar nicht mehr gedacht, doch jetzt erschloss sich ihm Xzars Plan. Denn, wie er schon sagte, würden sie den Gefangenen von dem Fluch befreien, würde er wahrscheinlich auch mit der Wahrheit rausrücken. Isen sah Xzar nach und erneut musste er an die Prophezeiung denken.

Als Xzar zu ihm zurückkam, hatte er seinen Rucksack und seinen Magierstab in der Hand. Er grinste Isen immer noch amüsiert an. Als sie bei den beiden Frauen ankamen, erklärte er ihnen, was hier vor sich ging und was sie vorhatten. Shahira bestand darauf, die beiden zu begleiten, aber Xzar wies sie unmissverständlich zurück. »Diesmal nicht ... und nein, es ist nicht, weil ich es dir nicht zutraue. Aber denk an die Sache im Tempel damals, du bist anfällig für geistübergreifende Wesen und glaub mir, so einen Alp willst du nicht in deinem Kopf haben.«

Sie protestierte dennoch. »Damals im Tempel lag es doch an meiner Verbindung zu dem Magier, oder?«

»Ja, mag sein. Aber hier gehe ich kein Wagnis ein. Isen ist bei mir und er wird mich schützen, während ich den Zauber webe, um den Alp zu bannen und zu binden. Und du bleibst bei Alinja und passt auf sie auf. Schließlich gibt es hier auch irgendwo noch gesunde Arbeiter: Diebe, Räuber, Schlimmeres.«

Das schien Shahira zu überzeugen. »Gut, aber du musst mir versprechen, dass ...«

»... ich auf mich aufpasse. Ja, das werde ich.«

Alinja schenkte ihm ein Lächeln und nickte den beiden zu, als sie sich zum Eingang der Mine aufmachten. Bereits auf dem Weg schnallte Xzar sich den Gürtel mit dem Drachenschwert ab und reichte ihn Isen.

»Also, wir betreten die Mine, dann lege ich einen magischen Schutz über dich, der dich vor Geistern und Dämonen schützt. Ich habe mir eben noch von unserem freundlichen Soldaten beschreiben lassen, wo wir hinmüssen. Es wird nicht zu verfehlen sein, denn der Gang wurde mit Holzbrettern verbarrikadiert. Völlig nutzlos gegen den Alp, aber gut. Er wird sich uns nicht zeigen, solange ich ihn nicht binde. Dann wird er auftauchen und du musst dich innerlich wappnen, denn sein Anblick wird grauenhaft sein. Er wird sich aus deinen finstersten Albträumen nähren und dir genau das zeigen, doch du musst dich dem widersetzen. Mein Zauber wird dir dabei helfen. Du musst den Alp von mir fernhalten. Das Drachenschwert ist magisch, also treffe den Schatten damit.«

Isen nickte, soweit hatte er verstanden. »Wie lange wirst du brauchen?«

»Im besten Falle nicht so lange, aber genau kann ich es dir nicht sagen. Diese Wesen sind mächtiger, je älter sie sind. Oder besser gesagt, an wie vielen Seelen sie sich schon genährt haben. Ich habe hier den Tonkrug«, Xzar holte das schlichte Gefäß aus seinem Rucksack. »Dieser wird mir als Behältnis zur Bindung dienen. Es ist nicht wichtig, was es ist. Theoretisch könnte es auch ein Stein oder ein Ring oder was auch immer sein, doch der Krug ist verschließbar und die Symbolik hat etwas von Wegsperren, so etwas erleichtert die Bannmagie.«

»Xzar, woher weißt du das alles?«, fragte Isen unsicher.

»Ich bin ein Magier, schon vergessen?«, sagte Xzar lächelnd.

»Ja, ich weiß, aber das sind doch keine normalen Zauber. Flüche, Geister, Dämonen, das sind alles ... ich weiß nicht, wie ich es sagen soll?«, versuchte Isen, es zu beschreiben.

Xzar lächelte und blieb stehen. »Das sind alles Kenntnisse der schwarzen Magie. Und das liegt daran, dass ich ein sogenannter Schwarzmagier bin«, sagte er kurz.

»Du bist was?!«, fragte Isen erschrocken.

»Ein Schwarzmagier. Mein Lehrmeister hat mich als genau das ausgebildet.«

Isen wich einen Schritt zurück. »Du weißt schon, dass in Sillisyl ...«

Xzar machte mit der Hand eine Geste, als würde er den Einwand wegwischen. »Ja, ich weiß. Die Magier in Sillisyl sollen alle Schwarzmagier sein. Aber deine Gedanken sind falsch. Schwarze Magie bedeutet nicht, dass man böse ist und nur unheilige Dinge tut. Die schwarze Magie unterteilt sich in viele Bereiche. Totenbeschwörung, Dämonologie, Beherrschung, Zerstörung, Blutmagie und noch einige andere. Meine Richtung ist die Zerstörung, also reine Schadensmagie. Sie unterscheidet sich nicht sehr von der Kampfmagie aus den Türmen der Magie zu Barodon, nur, dass wir auch einige Sprüche anwenden, die sehr kompromisslos sind. Doch mein Lehrmeister hielt es für sinnvoll, dass ich auch andere Arten der Magie lernte, so wie das Bannen von Dämonen und das Binden von Geistern.«

Isen sah ihn immer noch misstrauisch an und Xzar seufzte, als er den Blick sah. »Isen, du kennst mich seit ein paar Wochen. Es ist noch gar nicht so lange her, dass du mich überall als den ersten Krieger des Drachen gepriesen hast und wie ich dir sagte, bin ich das nicht. Jetzt weißt du etwas mehr über mich und zauderst? Sag mir, was ich in den letzten Tagen getan habe, das mich zu einem bösen, herrschsüchtigen Schwarzmagier aus Sillisyl gemacht hat?«

Isen hielt inne und überlegte angestrengt. Ihm wollte nichts einfallen und Xzar hatte recht. Er selbst glaubte daran, dass Xzar der erste Krieger Deranarts werden würde. »Du hast recht«, sagte er entschuldigend. »Es war nur der erste Gedanke, der mich so überrascht hat. Und ...«, mit einem freundschaftlichen Lächeln fügte er hinzu, »ich glaube immer noch, dass du dieser erste Krieger bist!«

»Du bist unverbesserlich! Komm, lass uns gehen und das Wesen aufhalten«, sagte Xzar und legte seinem Freund eine Hand auf die Schulter, bevor sie weitergingen.

# Drak'Alp

Xzar und Isen betraten die Mine und erst als Xzar seinen Magierstab zum Leuchten brachte, erkannten sie den Weg, der in den Berg führte. Einen letzten Blick zurück auf den Platz werfend, wo Alinja und Shahira noch immer mit den Kranken beschäftigt waren, passierten sie den Eingang. Schnell schluckte die Dunkelheit der Mine das Tageslicht von draußen und die Gänge spiegelten das violette Licht von Xzars Stab wieder. Der erste Gang war breit und man sah, dass er aus dem Felsen geschlagen worden war, vereinzelt noch hauchdünne silberne Linien preisgebend: Silberadern, bei denen das Schürfen wohl nicht mehr gewinnbringend gewesen war.

In der Tiefe hörten sie die klingenden Geräusche von Spitzhacken, die auf den Stein schlugen. Xzar wurde klar, warum sie draußen keine gesunden Arbeiter gesehen hatten. Es war noch Tag und das hieß, die anderen Gefangenen arbeiteten. Das erleichterte ihn, denn das bedeutete, dass kaum jemand die beiden Frauen draußen belästigen würde, auch wenn er sich sicher war, dass die Wachen dies nicht dulden würden. Er schmunzelte. Spätestens wenn Shahiras Schwert Donnerauge den ersten zu aufdringlichen Kerl entmannt hätte, würden die Soldaten eingreifen. Sie hatte ihm angeboten, dass sie das Schwert mitnehmen könnten, da es ja magische Wesen verletzen konnte, aber Xzar hatte abgelehnt. Vermutlich hatte sie recht damit, aber sollten er und Isen scheitern, wären all ihre magischen Waffen in der Mine verloren gewesen und so hatte er wenigstens die Gewissheit, dass Shahira ein Schwert besaß, mit dem sie sich zur Wehr setzen konnte, auch gegen einen auf Rache sinnenden Drak'Alp.

Sie folgten dem Gang, bis sie an eine dreifache Gabelung des Tunnels kamen. Zwei Wege führten hier weiter in den Berg hinein und der dritte, rechts von ihnen, war mit Brettern versperrt. Xzar verzog verärgert das Gesicht, denn die Lücken waren so groß, dass hier sogar ein schmaler Mann hindurchpasste. Nicht, dass es den Schatten überhaupt aufhielt. Der Drak'Alp, eine Kreatur aus der Geisterwelt, konnte feste Wände einfach durchschreiten. Das Wort *Drak* bedeutete so viel wie *unsterblich*. Diese Wesen waren in dunklen Zeitaltern entstanden, als die Magie, mehr noch als heute, unkontrolliert und wild war.

Xzar zog an einem der Bretter. Wenigstens fest vernagelt waren sie. Er sah sich um und griff nach einer Spitzhacke, die an einem Fass lehnte. Er setzte sie zwischen zwei der Bretter an und hebelte sie auseinander. Es knackte und dann brachen die Stellen, an denen die dicken Felsnägel hineingetrieben waren.

Isen und er schlüpften durch die Lücke. Was sie gleich bemerkten, war, dass die Luft hier anders roch, irgendwie faulig und nach kalter Asche. Isens Finger schlossen sich fester um das Heft des Drachenschwerts und er suchte angestrengt in der Dunkelheit nach etwas, das sich bewegte, doch das diffuse Licht von Xzars Stab ließ überall die Schatten tanzen. Dann kamen sie an eine Stelle, an der Xzar innehielt »Hier ist es.«

Er deutete mit dem Stab auf eine Stelle im Felsen, wo eine große Felslücke war. Der Stein, der hier zu Boden gefallen war, war rechteckig und eindeutig kein natürlicher Fels. Jemand hatte ihn durch Bearbeitung in diese Form gebracht. Als sie sich jetzt daneben knieten, sahen sie, dass man Runen auf ihn gemeißelt hatte. Xzar erkannte, dass es sehr alte Schriftzeichen waren, die üblicherweise zur Bannung und zum Schutz eingesetzt wurden. Auf der Oberseite des Steins klaffte ein breiter Riss.

»Das scheint der Bannstein zu sein. Sicher hat einer der Bergarbeiter den Riss hineingeschlagen, um an das Silber zu kommen, schau!« Xzar deutete auf die dicken Silberadern, die sich um das Loch herum zeigten. »Wenn es ein Wesen der Schatten ist, wurde es hier gebannt. Das Silber verstärkt solche

Bannungen. Aber was ich nicht verstehe, wie es hier her gekommen ist. Das war doch zuvor alles fester Felsen«, sagte Xzar nachdenklich.

»Und was tun wir nun?«, fragte Isen, dem die Überlegungen des Freundes wenig sagten.

»Zuerst bekommst du deinen Schutzzauber. Dann bereite ich das Ritual zur erneuten Bindung vor«, erklärte Xzar und stand auf. Er lehnte den Stab an die Wand und legte dann seine Hände auf Isens Schultern. »Ildris vas, Idris sith, kellis san doriel, elbris Idris vas!«, sprach er leise und aus seinen Fingern entsprangen dünne und glitzernde Fäden, die sich erst langsam, dann immer schneller um Isens Körper legten. Der Dieb hielt für einen Augenblick die Luft an, als fürchtete er, das Gespinst würde ihm das Atmen einschränken, doch so schnell wie es erschienen war, verschwand es auch wieder. Xzar nahm die Hände zurück und nickte zufrieden.

»Hat es geklappt? Ich sehe gar nichts?«, fragte Isen unsicher.

»Ja, der Schutz ist da. Es ist ein Zauber der Elfen, man sieht ihn, wenn er gewirkt wird und wenn er beansprucht wird. Du wirst es im Kampf sehen«, erklärte Xzar, der sich nun niederkniete und dann seinen Rucksack öffnete. Er holte die Kerzen heraus und stellte sie in einem kleinen Kreis auf. In der Mitte platzierte er den Tonkrug. Den Deckel nahm er ab und legte ihn daneben. Dann nahm er jeden Docht zwischen die Finger und eine kleine Flamme, die wie aus dem Nichts aus Xzars Finger schoss, entzündete diese.

Isen war froh über jenes andere Licht, das sich mit Xzars magischem aus dem Stab mischte. Zwar überwog das violette Leuchten noch an der Decke und den Wänden, doch die Kerzen gaben dem Tunnel ein wenig Wirklichkeit zurück. Dann zeichnete Xzar mit dem Kohlestift Runen auf den Boden. Jedenfalls hielt Isen sie dafür, andernfalls konnten es auch magische Symbole sein. Vielleicht zum Schutz?

»Gut, das wäre es. Bist du bereit?«, fragte Xzar.

»Bist du sicher, dass ich ...« Isen schluckte den Rest herunter.

Xzar lächelte. »Isen, man weiß es doch, auch wenn die Helden in den Geschichten immer alles im Alleingang erledigen, in Wirklichkeit sind es ihre treuen Gefährten, die ihnen helfend zur Seite stehen. Du schaffst das, ich vertraue dir.«

Von seinen eigenen Worten geschlagen, nickte Isen. Wieso hatte Xzar sich ausgerechnet diese Worte gemerkt? Gab es nicht wichtigere Dinge, die er behalten musste? Isen murmelte einen leisen Fluch.

Xzar richtete kniend seinen Oberkörper auf und schloss die Augen, den Kopf in den Nacken gelegt. Monoton stimmte er einen Singsang an. Isen lief ein eisiges Frösteln über den Rücken. Düster hallten die fremden Worte durch den Gang.

Ein Schwarzmagier ... Isen konnte es noch immer nicht glauben. Er packte das Drachenschwert fester und fluchte innerlich. Wann passierte denn endlich etwas? Wo war der Schatten, der Drak`Alp, der solch schrecklichen Fluch auf die Arbeiter gelegt hatte, dass sie langsam dahinsiechten? Isen wollte gerade die Klinge sinken lassen, als die Kerzen plötzlich flackerten und ein leichter Windstoß Staub und Dreck aufwirbelte. Isen musste ein Husten unterdrücken. Er drehte sich um. War dort etwas gewesen? Eine Bewegung? Oder ließen lediglich die flackernden Kerzen die Schatten tanzen?

Isen sah sich genauer um, da war nichts. Nur erdrückende Schwärze, dann wieder flackernde Schatten und über allem hallte Xzars Stimme. Plötzlich hörte er ein fürchterliches Kreischen, einen Schrei voller Qual und Hass. Isen fuhr herum, stolperte fast über Xzar, der immer noch vor sich hin murmelte. Die Augen des Magiers waren weit geöffnet und nur noch das Weiß war zu sehen. Dieses Mal war da eine rasche Bewegung. Im Dunkeln vor ihm entstand eine schemenhafte Gestalt in der Luft. Menschengroß, als hingen ihm zerfetzte Kleider vom Leib, ein Gesicht, augenlos, ohne Nase und nur ein grässliches rundes Maul, gespickt mit unzähligen Zähnen, welches erneut ein wütendes Kreischen ausstieß. Isen stockte der Atem, sein Herz schien stehen zu bleiben.

Dann schoss das Wesen auf ihn zu. Isen schwang das Schwert. Der Schatten glitt darunter hinweg und er erwartete den Aufprall des Alps auf seinem Oberkörper. Doch als das Wesen ihn traf, blitzte das silberweiße Geflecht des Schutzzaubers vor ihm auf und mit einem pulsierenden Wabern zerstob der Schatten, um geteilt, rechts und links, an ihm vorbei zu preschen. Ein Windstoß erfasste ihn, aber zu seiner Überraschung geschah nichts weiter. Xzars Haare dagegen wirbelten wild umher, seine Robe flatterte heftig. Isen brauchte einen Augenblick, dann drehte er sich um.

Der Drak'Alp baute sich hinter ihm auf und diesmal traf das Drachenschwert. Doch als hätte er auf einen Holzstamm geschlagen, federte die Klinge zurück und der Schatten schrie grell auf. Der Drak'Alp stieß vor. Einmal, zweimal, dreimal flackerte der Schild um Isen auf. Die feinen, weißen Linien des magischen Geflechts erstrahlten blendend hell, es zischte und an einer Stelle tat sich ein feiner Riss auf. Sogleich verband sich die Magie wieder miteinander, auch wenn die Helligkeit ein wenig abnahm und die Linien dünner wurden. Als der magische Schild wieder verblasste, war lediglich ein kurzes Knistern zu hören und es klang, als zerriss die Luft.

Das Wesen hielt inne und Isen schlug zu. Das Drachenschwert summte und diesmal traf er den Drak'Alp wirklich. Dieser kreischte und riss sein Maul weit auf. Ein markerschütternder Schrei in dem Hass, Entsetzen, Mordlust und der Schmerz eines ganzen Zeitalters lagen. Isens Bewegungen erstarrten. Mit vor Schrecken geweiteten Augen starrte er auf den Drak'Alp, der an ihn heranglitt. Dann wandelte sich seine Erscheinung. Vor Isen schwebte jetzt eine junge Frau, mit langen, schwarzen Haaren, die ihr bis zur Hüfte herabfielen: seine Frau Melindra. Sie lächelte ihn traurig an, streckte die Hand nach Isen aus. Berührte ihn jedoch nicht. Isen wollte etwas sagen, doch die Worte blieben ihm im Hals stecken. Eine eisige Kälte schlich sich in sein Herz. Melindra vor ihm lächelte gequält. Dann weiteten sich ihre Augen vor Angst und auch Isen spürte eine aufkommende Panik, die wie eine erstickende Wolke im Gang hing. Ein feiner Schnitt, wie von einer sehr scharfen Klinge zog sich über Melindras Wange. Ein dunkelroter Tropfen löste sich aus ihm, der rasch ihr Gesicht herunterlief. Dann sah Isen einen zweiten Schnitt und noch weitere, bis sich Melindras Gesicht zu einer blutroten, zerschnittenen Maske gewandelt hatte. Sie schrie ihm ihren Schmerz entgegen. Und er? Er konnte sich nicht rühren. Isen sah voller Entsetzen, wie Melindras weißes Kleid zerriss. Ein tiefer Schnitt über der weißen Brust, dann ein weiterer auf ihren Armen, dem flachen Bauch, entlang ihres Halses. Isen wollte schreien und seine Arme ausstrecken, doch er war stumm und gelähmt. Dann riss ihr an anderer Stelle etwas die Haut weg, ein Schlag wie von einer Klaue. Das Gleiche an der Schulter, den Füßen. Melindra schrie erneut. Etwas riss an ihren Haaren, riss sie heraus. Dicke Tränen mischten sich mit dem Blut auf ihrem Gesicht, trieben schimmernde Flüsse in das Rot des Blutes. Isen wurde von Panik übermannt. Er wollte einen Schritt vorwärtsgehen, sie halten, sie retten! Er konnte nicht. Wenn er nach ihr griff, flackerte es weiß vor ihm auf! Was sollte das? Verflucht, Xzars Schild! Diese unsichtbare Barriere musste weg! Er musste sie retten!

Kratzer und Schnitte überzogen jetzt Melindras gesamten Körper, dann folgte erneut ihr flehender, schmerzerfüllter Schrei, so unwirklich und unendlich und getrieben von der Qual des Todes. Isen stach ein heftiger Schmerz ins Herz, der ihn entsetzt aufschreien ließ. Er spürte, wie seine Hoffnung unter dem Anblick zerbarst. Wie alles, wofür er die letzten Monate gelebt hatte, in ihm erstarb. Er hatte versagt! Isen ließ das Schwert sinken, ließ es fallen. Das Klirren des Stahls auf dem kalten Boden nahm er nur gedämpft wahr. Er wollte nach vorne eilen. Wieder flackerte etwas vor ihm auf, verhinderte eine Berührung. Verzweifelt sah er Melindras Körper zu Boden stürzen. Sie sah ihn an. Ein Vorwurf in den dunklen Augen, der Isens Herz bluten ließ.

»Ich bin doch hier!« Isen zitterte. »Ich kann nicht zu dir, ich...« Isen sackte auf die Knie, starrte in die Augen seiner sterbenden Löwin. Tränen rannen ihm das Gesicht herunter. Er spürte den Matsch unter sich, spürte den kalten Regen auf seinem Körper. Seine Löwin starb. Treue und verzweifelte Augen sahen ihn flehend an. Die Löwin war tot. Tot.

Isen stockte. Die Löwin? Seine Löwin war tot? Etwas regte sich in ihm; von ... früher. Das konnte nicht sein. Was war hier falsch? Dann erinnerte er sich an einen Tag, über ein Jahr war es schon her. Er kannte das, was hier geschah; den Matsch, den sterbenden Löwen. Doch es war anders. Er starrte nach unten, dann kam ihm ein Gedanke, wie es richtig war: Isen war der Löwe, Melindra war sein Schwan. Destros, sein Löwe war gestorben, aber nicht Melindra!

Isen tastete in der schummrigen Dunkelheit neben sich, sein Blick auf die starren Augen Melindras gerichtet. Da war kein Matsch, da war ... Seine Finger umschlossen das Heft eines Schwertes: das Drachenschwert. Ein weiterer Gedanke machte sich Platz. Eine Erinnerung nur: *Deinen finstersten Albträumen nähren*, hörte er eine bekannte Stimme. Seine Liebste, seine Frau lag tot vor ihm auf dem Boden. Sie war nicht der Löwe. Er kannte diese Stimme in seinen Gedanken: *Doch du musst dich dem widersetzen.* Er kannte den Mann, der da sprach ... das war ... Xzar!

Isen riss die Augen auf. Er packte die Klinge und sprang auf die Beine. Eine lodernde Glut vertrieb die Kälte aus seinen Knochen. Er war der Löwe!

»Verdammtes Biest«, brüllte Isen voller Hass, holte aus und schlug zu. Das Bild seiner Frau zerplatzte in einem dunklen Gespinst aus Schatten. Dann sammelte sich dieser wieder und mit einem wütenden Kreischen schoss der Drak'Alp auf ihn zu. Isen hob abwehrend das Drachenschwert. Doch dann überraschte das Wesen ihn, denn es flog an ihm vorbei. Sein Ziel war Xzar! Im letzten Augenblick schlug Isen zu und traf den Drak'Alp. Er kreischte erneut. Isens Ohren dröhnten. Dann sah er die Klinge in seiner Hand, von einem sanften Leuchten umgeben, dass jetzt aufflackerte, heller wurde, bis es gleißend hell strahlte. Isen spürte, wie eine innere Kraft ihn erfüllte. Seine Muskulatur spannte sich. Neuer Mut durchflutete seinen Geist. Das Schwert summte drohend, als es von unten in den Schattenleib fuhr. Mit einem reißenden Geräusch schnitt die Klinge durch den Körper des Drak'Alps. Etwas explodierte in Isens Kopf und er wurde von Eindrücken überflutet: Gesichter voller Qual, Mienen des Grauens, Schreie so zahlreich wie es Steine gab. Isen schwindelte. Sein Blick verschwamm und so sah er nicht, wie der Schatten zerfaserte und sich erneut zusammenfügte. Isen schüttelte sich, konzentrierte sich und suchte den Drak'Alp. Zu seinem Entsetzen sah er, wie dieser wieder auf Xzar zu flog.

Der Dieb schrie wuterfüllt auf und umklammerte das Heft des Schwertes fester. Diese neue innere Kraft pulsierte in ihm, sein Blick wurde klarer. Schnell sprang er an Xzar vorbei. Der Drak'Alp durfte den Freund nicht erreichen, also schlug er zu und traf. Der Schatten wirbelte herum. Isen nutzte diesen Augenblick, um sich zwischen das Wesen und den Magier zu schieben. Das Aufflackern seines Schutzschildes verriet ihm, dass der Drak'Alp nach ihm geschlagen hatte. Mutig stellte er sich vor Xzar, das Schwert nach vorne gereckt. Der näherkommende Schatten berührte die Klinge, ein erneuter Schrei, dann traf er wieder auf Isens Körper. Das helle Gespinst des Schutzzaubers flimmerte auf. Aber diesmal hielt er dem Ansturm des Schatten nicht stand und Isen spürte, wie ein stechender Schmerz in seiner Schulter explodierte. Als hätte ihm das Wesen einen spitzen Eisstachel in den Körper gerammt, zuckten und zitterten seine Glieder. Er schrie auf. Das Wesen kreischte und es klang entfernt erfreut. Isen ahnte, dass es sich an seinem Schmerz nährte. Dann spürte er etwas nach seinem Herzen greifen. Die eisige Kälte zerrte an seinem Geist.

Er taumelte. Was war das? Ein Schwindel überkam ihn und der Alp wandelte seine Erscheinung. Erneut schwebte jenes erste Wesen vor ihm, gesichtslos mit scharfen Zähnen. Isen schüttelte den Kopf, um seine Gedanken zu klären. Zitternd und mit verschwommener Sicht schwang er das Drachenschwert. Die Klinge zerschnitt die Luft. »Was ...?«, zischte Isen. Wo war das Biest?! Umrisse bewegten sich vor ihm, er schlug noch einmal zu; wieder vorbei! Dann traf ihn etwas und ein weiterer Schmerz durchzuckte ihn. Isen stöhnte auf, seine Kraft schwand. Eine Klaue legte sich um seinen Arm, brannte die Kälte in ihn ein. Verzweifelt riss er die Klinge empor und traf den Schatten. Mit einem Schrei ließ die Hand von ihm ab. Isen sackte nach vorne, seine Knie gaben nach. Die Klinge des Drachenschwerts klirrte, als sie auf dem Boden aufschlug. Isen stützte sich schwer atmend ab, ließ das Heft aber nicht los. Das Wesen schwebte jetzt unmittelbar vor ihm und er hob das Schwert wieder. Eine bleierne Schwere erfüllte seinen Arm und die Klinge sank hinab. Vor ihm war der Schatten, der nun einen Arm ausformte und eine krallenbewehrte Hand nach ihm ausstreckte.

»Nein!«, brüllte Isen und schlug mit seiner freien Hand und mit letzter Kraft nach der Klaue, nur um entsetzt aufzuschreien, als der kalte Schmerz seine Hand durchfuhr. Er gestand sich ein, dass er verloren hatte. Die Gestalt beugte sich nun über ihn. Isen blickte in das weit aufgerissene Maul. Scharfe, blutgeifernde Zahnreihen öffneten sich und verwesender Atem schlug ihm entgegen. Die Krallenhand schloss sich um seinen Hals. Er spürte, wie ihm die Sinne schwanden.

Dann kreischte der Schatten ohrenbetäubend auf. Isen ließ die Klinge los und presste sich seine Hände auf die Ohren. Ein dumpfer Schlag traf seinen Kopf von innen. Isen spürte Blut aus seinen Ohren laufen. Dann sah er zu dem Schatten. Ein unsichtbarer Sog begann an dem Wesen zu zerren. Erst leicht wie ein spielender Sommerwind, dann immer stärker bis er einem Orkan glich, riss schattenhafte Fäden aus dem Drak'Alp. Isen sah, wie sie auf den kleinen Tonkrug zuflogen, um in dem Gefäß zu verschwinden. Zuletzt schlug Xzar die Augen auf und hastig knallte er den Deckel auf den Krug, bevor er zeitgleich mit Isen zu Boden sank. Beide lagen schwer atmend im Gang.

Es war still, keiner von ihnen sprach, nur ihre hektischen Atemgeräusche waren zu vernehmen. Es war Xzar, der nach einigen Augenblicken vor Isen wieder bei Atem war. »Das war wirklich ... knapp. Verflucht ... Isen? Wie geht ... es dir?«

Der Dieb versuchte sich aufzurichten, aber die Schmerzen in seinem Arm und seiner Schulter hielten ihn zurück. »Ich fühle mich ... als ... wäre ich in der Mine ... verschüttet worden«, sagte er gepresst.

»Mhm ... Bist du verletzt?«, fragte Xzar, der sich nun langsam erhob.

Isens Kopf dröhnte. Er tastete seine Ohren ab, doch die Blutung hatte aufgehört. Dennoch spürte er die Schmerzen, da wo der Alp ihn berührt hatte. »Ich glaube ja. Es hat mich ein paar Mal erwischt«, sagte Isen gepresst, der sich nun von Xzar aufhelfen ließ. »Dein Alp hat den Schutz durchdrungen.«

Xzar nickte. »Das glaube ich. Es war auch kein einfacher Drak'Alp. Es war ein Drak'Ur-Alp. Mindestens tausend Jahre alt.«

Isen sah ihn überrascht an. »Hat er dir das erzählt oder woher weißt du das?«

Xzar musste lachen und als Isen mitlachen wollte, bereute er diesen Scherz sogleich, als sich erneut Schmerzen in seinem Körper bemerkbar machten.

»Nein, er hat meinen Geist auf seine Ebene gezogen. Im Hintergrund waren die Zinnen einer Burg zu sehen und ich erinnerte mich, dass es sich um Burg Herzenstod handelte. Eine legendäre Festung, wo vor über tausend Jahren ein erbitterter Kampf zwischen den Elfenstämmen tobte. Die Burg wurde zerstört und auf ihr wurde Burg Donnerfels errichtet. Der Alp kannte nur die alten Mauern«, erklärte Xzar, der nun prüfte, ob Isen Wunden hatte. Er achtete vor allem darauf, dass er keinen Geisterschnitt hatte. »Du bist unverletzt, äußerlich. Ich werde dennoch einen Zauber über dich sprechen, sobald wir raus sind. Ich will kein Risiko eingehen, die mentalen Wunden solcher Wesen können erst viele Tage später aufbrechen und ich möchte dich noch ein wenig behalten.« Er lächelte schelmisch. »Du hast den Kampf überlebt und das Wesen von mir ferngehalten, ich ... bin ehrlich beeindruckt«, fügte Xzar anerkennend hinzu.

»Glaub mir, das war gar nicht so einfach, aber ich hatte das Gefühl ...« Isen zögerte und sah auf das Drachenschwert, das am Boden lag und das nun nicht mehr leuchtete. Hatte er sich das nur eingebildet? Er wusste es nicht mehr. »... das Schwert hätte mir Mut und Kraft geliehen.«

»Das kann gut sein. Es besitzt die Fähigkeit dazu«, bestätigte Xzar. Dann hob er die Klinge auf und reichte sie Isen, doch dieser hob die Hände. »Es ist dein Schwert.«

»Ja, ich weiß, doch du hast den Kampf für uns gewonnen und ich finde, du verdienst es, das Schwert und mich aus der Mine hinauszuführen«, sagte Xzar und ermutigte Isen, die Klinge erneut zu greifen. Xzar wusste, was dies für Isen bedeutete und er meinte jedes Wort, wie er es sagte.

»Danke«, sagte Isen knapp und griff nach dem Drachenschwert.

## Zum Dank neue Hoffnung

Als sie aus der Mine ans Tageslicht traten, erschien ihnen die Sonne unnatürlich grell und sie mussten sich mit den Händen vor den Strahlen schützen. Erst als die wohlige Wärme ihre Haut liebkoste, atmeten beide erleichtert auf. Sie gingen zur Mitte des Platzes, wo Shahira Xzar stürmisch umarmte, sodass dieser Mühe hatte, den Tonkrug unversehrt in der Hand zu halten. »Vorsicht Liebste. Wir wollen den Alp doch nicht gleich wieder befreien«, grinste er.

Shahira gab ihm noch einen Kuss und sagte, »Entschuldige. Ich war nur so besorgt. Wir hörten fürchterliche Schreie aus der Mine.«

»Was immer ihr getan habt. Es hat geholfen«, sagte Alinja, die nun neben sie getreten war.

Xzar sah sich um und tatsächlich, die Kranken waren aus ihren Erstarrungen erwacht. Zwar waren sie noch nicht gänzlich geheilt, aber einige standen zumindest wieder aufrecht, zitterten weniger und blickten sich verständnislos im Lager um. Einzelne von ihnen stießen Dankesrufe an die großen Vier aus, andere weinten.

»Isen hat uns gerettet. Er hat den Alp bekämpft und ihn auf Abstand gehalten«, sagte Xzar bescheiden und sie sahen, wie Isens Wangen rot wurden. Alinja trat neben ihn und gab ihm einen zarten Kuss auf die Wange, als sie ihm ein leises »Danke« ins Ohr hauchte. Spätestens in diesem Augenblick brannten seine Wangen feuerrot. Nachdem dann auch noch Shahira ihn fest umarmte, kam Isen zu Xzar gestapft und drückte ihm das Schwert in die Hand. »Du weißt, dass du den Alp gebannt hast, nicht ich?«, sagte er leise.

»Ja, aber du hast einen Drak'Ur-Alp besiegt, Isen. Das war wie fünf Steingolems! Du hast dir die Ehre verdient. Und außerdem scheinst du mehr Held zu sein als ich: Mich haben sie noch nie so geküsst und umarmt«, grinste Xzar schelmisch.

»Du weißt, was ich jetzt am liebsten tun würde, wenn meine Arme nicht so schmerzen würden?«, antwortete Isen gespielt empört und Xzar lachte leise, bevor er nickte und sich über die Rüstung am Bauch rieb, als müsste er einen unsichtbaren Schmerz weg reiben. Danach sprach er einen Heilzauber über Isen.

Kurze Zeit später kamen der Hauptmann und einige Soldaten zu ihnen. »Konntet Ihr das Wesen besiegen?«, fragte er skeptisch.

»Ich konnte es bannen, ja.« Xzar überreichte ihm den Tonkrug. »Achtet gut darauf. Öffnet ihn unter keinen Umständen! Übergebt ihn so an die Magier aus Barodon.«

»Ich werde es befolgen ... wie war Euer Name?«

»Xzar, Herr.« Das letzte Wort betonte er stärker.

Der Hauptmann musterte ihn kurz, dann nickte er. »Ich danke Euch, Xzar. Euch und Euren Gefährten.« Er überreichte ihm einen Beutel mit fünfzehn Silbermünzen.

»Ich nehme den Lohn gerne an, aber Ihr sollt wissen, ich tat es nicht wegen der Münzen, sondern um Euch, Eure Männer und Eure Gefangenen zu schützen.«

Der Hauptmann nickte erneut und drehte sich dann auf dem Absatz um. Gefolgt von seinen Wachen verließ er den Hof.

Als der Hauptmann außer Sicht war, reichte Xzar den Beutel an Isen. »Deiner.«

»Meiner?«

Xzar schmunzelte. »Ja. Dein erster ehrlich verdienter Lohn, mein Freund!«

»Was! Du ...« Isen tat spielerisch einen Faustschlag auf Xzars Rüstung, sodass Xzar sich wieder den Bauch rieb. Isen schüttelte seine Hand aus, nachdem er die harten Schuppen getroffen hatte. Den Beutel ließ er dennoch in seine Hosentasche gleiten.

Dann gingen sie zu Ilfold, der vor ihnen niederkniete und einen Wortschwall an Dankesworten an sie richtete.

Isen kniete sich zu ihm. »Schon gut. Du kannst deinen Dank an uns zurückgeben. Schau mich an und sag, kennst du mich?«

Der Mann sah zu ihm auf und schüttelte erst den Kopf, als sein Blick sich plötzlich aufhellte und sie alle sahen, wie die Augen des Mannes feucht wurden. Dann nickte er, den Blick von Isen abwendend. »Ja, Herr ... ich ... erinnere mich.«

»Gut. Dann kannst du dir sicher denken, was ich von dir will?«

»Ja, meinen Tod, um ... Rache ...«, seine Worte brachen ab und sie sahen, wie nun Tränen seine Wangen herabliefen.

»Ja, du hast recht«, sagte Isen hart. »Das hatte ich lange vor. Tausend Tode habe ich euch allen gewünscht, doch jetzt wo ich dich hier vor mir sehe, glaube ich, dass du genug gestraft bist. Ich will wissen, wo meine Frau ist und warum ihr das getan habt?«

»Herr? Ihr wollt ... mich nicht ... töten?«, presste der Mann zwischen zitternden Lippen hervor.

Isen schüttelte den Kopf und reichte Ilfold die Hand, um ihm aufzuhelfen. Zögerlich griff er sie und die beiden Männer standen auf. »Du bist hier in diesem Lager und das ist deine Strafe. Dass dich der Fluch traf und wir dich erlösten, muss mehr bedeuten. Also bitte sag mir, was ich wissen will.«

»Herr, es war ein Auftrag. Der Orden der Gerechten hat uns dafür bezahlt, Eure Frau oder Euch lebend zu fangen. Alle anderen sollten sterben, auch die Tiere«, schluchzte er.

»Mich *oder* meine Frau?«, fragte Isen überrascht.

»Ja, Herr.«

»Warum?«

»Es ist ... wegen ... Es ist wegen ihm!«, der Mann deutete auf Xzar.

Jetzt sahen sie alle zu Xzar, der mit offenem Mund auf den Mann starrte.

»Wie meint Ihr das?«, fragte nun Shahira, da Xzar schwieg.

»Er ist der Träger des Schwertes. Eine Prophezeiung besagt, dass er Euch, Herr, und Eure Frau wieder vereint«, erklärte der Mann.

»Das heißt, sie lebt noch?«, fragte Isen und legte dem Mann die Hand auf die Schulter.

»Ja, Herr.«

Isen drehte sich um und fiel Shahira um den Hals. Tränen schossen ihm in die Augen.

»Wo ist sie jetzt?«, fragte Alinja sanft, doch der Mann schüttelte den Kopf. »Das weiß ich nicht, Herrin. Wir haben sie in Iskent an den Orden der Gerechten übergeben. Die anderen Gefangenen nahmen wir mit. Wir wollten gutes Geld für sie in den Feuerlanden erwerben, doch wir wurden von einer königlichen Grenzstreife aufgegriffen und fast alle meine Gefährten fielen. Ich wurde dann verurteilt und hierher gebracht«, sagte er müde.

»Wartet!«, unterbrach nun Xzar die beiden. »Ihr sagt, sie haben Isens Frau wegen einer Prophezeiung entführt, in der ich vorkomme?«

Der Mann nickte.

»Woher wussten sie, dass es sich um Isen und seine Frau handelt, die ich vereinen werde?«, fragte Xzar.

»Sie sagten uns, dass beide jeweils ein Muttermal haben. Eins hat die Form eines Löwen und das andere die eines Schwanes«, erklärte er.

Jetzt sahen sie alle Isen an, der ungläubig zu Ilfold sah. Als er die Blicke der anderen wahrnahm, nickte er nur und zog sein Hosenbein hoch. Auf seiner Wade befand sich ein braunes Mal, das, wenn man den Kopf leicht drehte, durchaus die Form einer Katze mit dichter Kopfmähne besaß.

»Meine Frau hat eins an der Schulter und wir haben es einst aus Spaß als Schwan bezeichnet. Aber davon wussten nur unsere Freunde. Es war mehr wegen meiner Arbeit und dem Abrichten der Löwen und meine Frau hatte daher die Idee, als Schwan auf dem Seil zu tanzen«, sagte Isen.

»Ja, und einer eurer Ausrufer hat in einer Stadt damit geworben, dass ihr den größten Löwenbändiger und die schönste Seiltänzerin hättet. Löwe und Schwan, die so sehr für ihr Dasein lebten, dass die großen Vier euch mit dem Zeichen dieser Tiere gesegnet haben«, sagte er leise.

»Ihr wisst, dass diese Gerechten uns angreifen? Sie wollen das Schwert«, sagt Xzar hart.

»Ja, ich weiß davon. Sie wollen das Schwert, um es dann einem ihrer Kämpfer zu geben, der dann die Prophezeiung erfüllen soll. Damit wollen sie ihren Anspruch, der wahre Glaube an Deranart zu sein, bekräftigen«, erklärte Ilfold.

»Wisst Ihr noch etwas? Wo wir die Gerechten finden können oder was sie planen?«, fragte Xzar.

»Nein, leider kann ich Euch nicht mehr sagen. Verzeiht, Herr.«

»Bist du dir sicher, dass du nicht noch irgendwas vergessen hast?«, fragte Isen fordernd.

»Herr, es tut mir aufrichtig leid«, sagte Ilfold und erneut wurden seine Augen feucht.

Isen zögerte, dann seufzte er. »Ja, mir auch. Sag, wie lange sollst du hierbleiben?«

»Fünfundzwanzig Jahreszyklen.« Ilfold senkte den Kopf.

Isen legte ihm eine Hand auf die Schulter. »Vertrau auf die großen Vier und wenn du wieder frei bist, lebe ein anständiges Leben.«

Ilfold nickte stumm und sie alle wussten, dass wahrscheinlich niemand so lange hier überleben würde. Nach diesen letzten Worten verabschiedeten sie sich von dem Mann und mit neuer Hoffnung, aber auch mit neuen Fragen, verließen sie das Arbeitslager.

## Das wilde Land

Sie folgten dem östlichen Weg, der sie in das wilde Land führte. Der Name dieser Region rührte von der Tatsache, dass es hier über Hunderte Meilen in alle Himmelsrichtungen keine Siedlungen gab. Im Südosten grenzte dann das Land Eliares an, das einzige große Elfenreich in Nagrias. Dort gab es vier Elfenvölker, die zurückgezogen lebten. Jene, die sich noch am ehesten auf den Kontakt mit anderen Völkern einließen, waren die Elfen des Lichts in ihrer Hauptstadt Burg Donnerfels, in dem ihr Herrscher Prinz Fildriarias Tarosis lebte.

Gleich im Osten des wilden Landes grenzte dann das Reich der Zwerge an, mit Kan'bja als Hauptstadt. Es gab keine Grenzen, die ihr Territorium markierten, da die großen Hallen der Stadt sich über viele Meilen unter dem Schneegebirge erstreckten. Ein weiterer Grund dafür, dass viele Menschen glaubten, es gäbe die Zwerge schon lange nicht mehr. Allerdings lebte Xzars Ziehfamilie in einem Haus etwa dreißig Meilen südlich von Kan'bja.

Der Wald Illamines bildete die Grenze zwischen Elfen- und Zwergenreich und dort wiederum lebte Xzars Lehrmeister. Er war auch ihr nächstes Reiseziel, bevor sie dann weiter bis Kan'bja wollten.

Sie ritten über einige kleinere Hügel, als sich vor ihnen ein weites grünes Land erstreckte, und sie blickten auf weitläufige Wiesen mit einzelnen Baumgruppen. In der Ferne sahen sie das Glitzern eines Flusses und weit am Horizont verlief ein dunkler Streifen. Xzar sagte ihnen, dass dies die Bäume des Waldes Illamines waren, seiner Heimat.

Sie ritten auf die Ebene hinaus und es kam ihnen friedlich und unberührt vor, sodass die schweren Gedanken, die sie bisher immer wieder eingeholt hatten, eine Zeit lang fern blieben.

Isen war bester Laune, denn die Hoffnung, dass seine Frau lebte, brannte nun mehr denn je in ihm und dass Xzar der Träger des Schwertes war, sowieso.

Das offene Land hatte einen großen Vorteil. Wenn sich ihnen jemand nähern sollte, sahen sie diesen schon über viele Meilen kommen. Ein Nachteil schloss sich dem allerdings unmittelbar an, denn ihr Feuer war des Nachts ebenfalls sehr weit zu sehen. Zwar suchten sie sich Lagerplätze in der Nähe von Bäumen oder kleineren Senken, doch die Gefahr einer Entdeckung war immer noch vorhanden. Aber es störte sie keiner, denn das wilde Land hielt, was es versprach und niemand verirrte sich zu ihnen.

Als sie am vierten Tag der Reise gegen Mittag rasteten, gingen Alinja und Shahira gemeinsam Wasser aus dem nahe gelegenen Bach holen. Als die beiden Frauen diesen erreichten, zog Alinja sich ihre weißen Lederstiefel aus und ließ ihre Füße im kühlen Wasserlauf baumeln. Shahira füllte die Wasserschläuche auf und tat es ihr dann gleich. »Es ist wärmer, als ich gedacht habe«, sagte sie zufrieden.

»Ja, das stimmt. Aber was hast du erwartet, wir haben Hochsommer«, gab ihr Alinja leise zurück.

»Wenn man so hier sitzt, könnte man vergessen, was in den letzten Wochen alles passiert ist.«

»Nicht alles«, sagte Alinja und warf einen Blick in die Ferne, wo sich die hohen Berge des Schneegebirges erhoben. Selbst von hier war zu erkennen, dass die Gipfel schneebedeckt waren. Als Shahira ihrem Blick folgte, fragte sie vorsichtig, »Machst du dir Gedanken darüber?«

»Ja. Ich frage mich die ganze Zeit, was dort ist, was mich erwartet und ob ich meine Aufgabe im Willen der Göttin erledigt habe«, sagte Alinja und seufzte kaum hörbar.

»Warum solltest du nicht? Du hast dich immer an ihre Weisungen gehalten, oder?«

»Ja, das schon. Doch ich habe auch versagt. Meine Freunde, die ich verlor ... ich sehe jede Nacht ihre Körper vor mir. Oft wache ich auf und sehe mich um, ob die Räuber wieder da sind. Ich will, dass diese Erinnerungen weggehen«, sagte Alinja traurig.

»Sie gehen nicht weg. Sie werden dich begleiten und du kannst es nur verbessern, wenn du dich an die schönen Zeiten erinnerst. Ich denke auch noch oft an Kyra und auch an Adran. An die vielen Augenblicke, wo wir gemeinsam gelacht haben. Da gab es einen Abend in einem Wirtshaus ... eine Erinnerung, die ich nie missen möchte. Und so halte ich sie in Ehren.«

»Aber wie machst du es, dass du ihren Tod nicht ständig vor Augen hast?«, fragte Alinja nun erwartungsvoll.

»Natürlich denke ich auch daran und wenn diese Bilder in meinem Kopf auftauchen, erinnere ich mich zurück, woher wir kommen und was wir erlebt haben. Ich glaube, das bin ich ihr schuldig. Ohne sie wären wir heute nicht hier. Und Kyra würde sicher zu mir sagen: Lass den Kopf nicht hängen. Wir haben alle gewusst, auf welche Reise wir gingen und das Ziel war es allemal wert.

Dann würde sie mich umarmen und lachen und dem Ganzen hinzufügen: ›aber pass bei diesem Xzar auf. Der führt was im Schilde.‹« Shahira lachte kurz auf. »So war sie.« Eine Mischung aus Freude und Trauer überkam sie. »Es wird nie ganz weggehen. Doch es wird besser werden. Kyra wird immer in meinem Herzen sein.«

»Ich verstehe«, seufzte Alinja. »Ich wünschte mir, es wäre schon besser.«

Shahira stand auf und balancierte mit ihren nackten Füssen über die glitschigen Steine des Baches, um sich auf der anderen Seite neben Alinja zu setzen. Freundschaftlich legte sie ihr den Arm um die Schultern. »Ich weiß, was du meinst. Doch du bist ja auch nicht alleine. Wir sind ja auch noch bei dir.«

»Ja, zumindest bis zur Stadt der Zwerge«, antwortete Alinja.

»Glaubst du das wirklich?«, fragte Shahira lächelnd.

»Was?«

»Na das, was du sagtest. Glaubst du, Xzar oder ich und allen voran Isen werden dich alleine ins Gebirge gehen lassen?«

Alinja sah überrascht auf. »Ist das dein Ernst? Ich meine, Xzar hat so etwas angedeutet, aber daran geglaubt hatte ich noch nicht.«

»Natürlich«, nickte Shahira. »Wir sind doch Gefährten und Freunde.«

»Siehst du das so?«, fragte Alinja unsicher.

»Ja, glaubst du mir nicht?«, lachte Shahira.

»Doch!«, sagte Alinja schnell und fiel Shahira um den Hals. Als sie wieder losließ, fügte sie hinzu, »Nur, so etwas hat mir noch nie jemand gesagt. Also jedenfalls nicht so. Ich meine jemand, den ich nicht aus der Kindheit ...«

»Schon gut. Ich weiß, was du sagen willst«, lächelte Shahira, die jetzt die Hand in den Bach tauchte und das Wasser auf die Novizin spritzte. »Kühl dich ab!«

»Na warte!«, rief jetzt Alinja ihrerseits, die mit beiden Händen Wasser zurück spritzte.

Isen sah zu den beiden Frauen hinüber. »Wie der Klang heller Glocken, wenn sie so lachen, findest du nicht?«

»Ein wenig, ja. Ich bin froh, dass die Schwermut der letzten Tage der Freude Platz gemacht hat«, antwortete Xzar, der gerade seine Schwerter pflegte.

Isen sah zu ihm. »Brauchst du die beiden Klingen auf deinem Rücken noch, jetzt wo du das Schwert des Drachen trägst? Das muss doch alles ziemlich viel wiegen?«, fragte Isen.

»Ich weiß, so sieht es aus. Aber ich spüre sie kaum. Ich trage sie schon so viele Jahre, dass ich das Gefühl habe, sie sind ein Teil von mir. Außerdem waren sie ein Geschenk von meinem ... Bruder«, zögerte Xzar.

»Der, von dem du glaubst, er sei tot?«

»Ja.«

»Wie hieß er noch, Anbrolost?«, fragte Isen.

»Angrolosch«, verbesserte Xzar.

»Es ist schon eigenartig, wie unterschiedlich man denken kann«, sagte Isen nachdenklich.

»Wie meinst du das?«, fragte Xzar und sah von seinen Schwertern auf.

»Nun ja, du klammerst dich fest daran, dass dein Bruder tot ist, nur um nicht enttäuscht zu werden, falls du dir unnötige Hoffnung machst. Und ich halte mich seit jeher an dem Gedanken fest, dass meine Frau noch lebt, weil die Hoffnung mich weitermachen lässt«, erklärte Isen seine Gedanken.

Xzar sah ihn nachdenklich an und stellte fest, dass Isen recht hatte. Er selbst wollte nicht hoffen, nur um dann festzustellen, dass alle Hoffnung umsonst gewesen war. Er legte die Schwerter beiseite und nahm sich das Drachenschwert. Langsam zog er es aus der Scheide. Ein unverkennbares Summen erklang, wie jedes Mal, wenn die Klinge aus der Dunkelheit ihrer Scheide herausgezogen wurde. Er betrachtete den hellen Stahl und fuhr langsam mit den Fingern die Schneide herab, bis er den Drachenkopf an der Parierstange erreichte. Isen beobachtete ihn fasziniert.

Xzar hielt die Klinge ins Licht. »Ich glaube, ich verstehe jetzt, wann das Schwert seine Kraft freisetzt. Du hast in der Mine gespürt, wie dein Mut zurückkam und du Kraft und Schnelligkeit erlangt hast. Ich denke, dass Schwert spürt, wann der Kampf unausgewogen ist, und gleicht dies wieder aus.«

»Mhm ...«

»Seit wir in diesem Arbeitslager waren, denke ich über das Schwert und die Prophezeiung nach. Der Kult der Gerechten: Was sind das nur für Leute? Sie entführen deine Frau, von der sie glauben, dass sie in einer Weissagung über dieses Schwert vorkommt. Und dann hoffen sie, dass sich unsere Wege kreuzen, um an die Klinge zu kommen. Wie verworren ist denn nur dieses Denken und vor allem für was? Was wollen sie erreichen? Glauben sie denn, ich bringe ihnen das Schwert und übergebe es ihnen dann freiwillig?«, sagte Xzar aufgebracht.

»Xzar, es geht ihnen nicht um dich, sie wollen nur das Schwert und wofür ist ganz einfach: Macht! Nichts weiter«, sagte Isen.

»Aber was steckt dahinter? Die Prophezeiung sagt, dass ich das Land befriede und die Welt vom Krieg befreie. Das kann sich ja nur auf den Waffenstillstand mit Sillisyl beziehen. Wenn sie nach der Prophezeiung gehen, wäre das dann die Aufgabe der Gerechten. Ich verstehe ihre Absichten nicht«, sagte Xzar.

»Hörst du, was du sagst?« Isen lächelte.

»Was?«

»Du hast gesagt ›*dass ich das Land befriede*‹. Du redest von dir in Bezug auf die Weissagung«, erklärte Isen ruhig und beobachtete, wie Xzar ihn aufmerksam musterte.

Für einen Augenblick sagte keiner der beiden etwas und bevor Xzar antworten konnte, kamen Shahira und Alinja zu ihnen zurück.

»Worüber redet ihr zwei?«, fragte Shahira fröhlich.

Xzar sah von Isen zu ihr und setzte ein Lächeln auf. »Nichts Liebste. Wie war es am Bach?«, fragte er und warf Isen noch einen letzten Blick zu. Dieser sah ihn lächelnd an und nickte langsam.

»Es war erfrischend, ihr solltet es auch mal versuchen«, sagte sie.

Xzar sah erst jetzt, dass die beiden Frauen ziemlich nass waren. Kurz blieb sein Blick auf Alinja haften, durch deren weißes Kleid ihre Körperrundungen deutlich zu sehen waren. Dann sah er beschämt weg und suchte Shahiras Augen, doch sie hatte von dem Blick nichts bemerkt.

Sie packten zusammen und ritten weiter. Es dauerte nicht lange, bis Shahira ihr Pferd neben Xzars lenkte, »Was war eben los, es schien, als wärt ihr in ein ernstes Gespräch vertieft gewesen?«, fragte sie ihn.

»Nein, es war nichts Ernstes«, sagte er und hoffte, dass sein Blick ihr nicht verriet, dass er log. »Es ging nur noch einmal über die Ereignisse im Arbeitslager.«

»Na dann ist es ja gut«, sagte sie und sog tief die Luft ein. »Es ist herrlich hier. So könnte es jeden Tag sein, findest du nicht?«

»Ja, wenn das Wetter so bleibt, dann ja. Es kann hier aber auch die Erde ersäufen, wenn es mal regnet. Ich frage mich, warum dieses Land noch nicht besiedelt wurde. Es sieht fruchtbar aus«, sagte Xzar nachdenklich.

»Wem gehört es denn? Also zu welchem Land?«, fragte Shahira.

»Das ist wahrscheinlich das Problem. Ich denke sowohl Elfen als auch Zwerge würden es beanspruchen. Und das Fürstentum Daris liegt auch nicht so weit entfernt.«

»Was denkst du, wie lange wir noch bis zu deinem Zuhause benötigen?«, fragte Shahira mit einem Blick auf den Waldrand, dem sie sich schon deutlich genähert hatten.

»Ich denke, wir werden etwa morgen Mittag dort ankommen«, sagte Xzar.

»Wird dein Lehrmeister sich freuen, wenn er dich sieht?«, fragte Shahira neugierig.

»Ja, aber er wird es nicht zeigen. Er wird irgendwas sagen, wie: ›wolltest du nicht nur mal eben nach Barodon?‹ oder so etwas in der Art.«

»Aber hat er dich nicht dorthin entsandt?«

»Ja, aber das wird er nicht mehr wissen wollen«, lachte Xzar.

»Was wirst du ihm von unserer Reise erzählen?«, fragte sie.

»Alles, wofür wir Zeit finden, denke ich. Meinst du etwas Bestimmtes?«, grinste Xzar.

Sie zögerte und als sie sein schelmisches Grinsen sah, sagte sie, »Du bist fies! Du weißt, was ich meine.«

»Befürchtest du, er wird dich nicht gutheißen?«, fragte Xzar und hob dabei eine Augenbraue.

»Ich weiß nicht. Was denkst du?«

»Glaube mir, er wird dich noch mehr annehmen als mich!«, lachte Xzar. »Mach dir keine Sorgen. Diljares ist ein Elf, er wird sich unnahbar geben und im Inneren wird er sich freuen«, beruhigte er sie und beugte sich zu ihr rüber. Sie zögerte und kam ihm dann für einen zärtlichen Kuss entgegen.

Am Abend erreichten sie den Waldrand und schlugen das Lager auf. Das Erste was ihnen auffiel, war, dass die Bäume hier in einem gleichmäßigen Abstand zueinanderstanden. Ein Schritt, wenn man es genau nahm und zwischen jedem Baumpaar wuchs ein grüner Busch. Dazu kam, dass hier alles gleich hoch gewachsen war, also die Bäume zueinander sowie die Büsche untereinander.

»Wie kann denn der Wald so wachsen?«, fragte Shahira, die gerade die Büsche mit Schritten maß.

»Indem man ihm dabei hilft«, sagte Xzar schmunzelnd.

»Ihm hilft?«, kam die Frage von Isen.

»Ja, hopp, hopp Wald, wachse!«, lachte Xzar auf.

Isen murrte und Xzar lachte lauter.

»Es ist mit Magie geschehen, oder?«, fragte Alinja nun, die an Isen herantrat und ihm ihre Hand auf den Arm legte.

Xzar nickte. »Die Elfen sind für diesen Wald verantwortlich. Er wurde, so wie er heute hier steht, erst nach den Kriegen der Elfen angelegt.«

»Warum taten sie dies?«, fragte Shahira.

»So konnte kein Heer und schon gar kein schweres Kriegsgerät die Bäume passieren. Mein Lehrmeister Diljares ist der Hüter dieses Waldes. Er bewacht die Grenze und ist gleichwohl Botschafter bei den Zwergen für das Volk der Elfen«, erklärte Xzar. Dass sich mittlerweile eine enge Freundschaft zwischen Diljares und den Zwergen entwickelt hatte, verschwieg er.

»Er überwacht den ganzen Wald, alleine?« Isen hatte das Schmollen aufgegeben.

»Ja. Es gibt nichts in diesem Wald, was Diljares nicht mitbekommt und er kennt jeden noch so kleinen Winkel.«

»Jeden Baum, also«, sagte Isen, doch Xzar schüttelte den Kopf. »Nein, nicht nur. Irgendwann einmal nahm er mich mit, als er die magischen Orte des Waldes aufgesucht hat. Keine Bäume, oder jedenfalls nicht nur, sondern auch Quellen und Gesteinsformationen. Diljares hat mir erklärt, dass dies Übergänge in eine andere Welt sind, die Ebene der Feen und Kobolde.«

»Die Ebene, der was?«, fragte Isen.

»Der Feen und Kobolde. Wenn man daran glauben mag.«

Sie alle sahen ihn erstaunt an.

Xzar schüttelte im Stil eines Lehrers den Kopf. »Es verhält sich ähnlich wie mit dem Totenreich, in dem die Geister und Dämonen leben. Nur dass die Welt der Kobolde, das Gegenteil des Totenreichs darstellt. Dort soll die Welt ebenfalls verdreht und völlig anders sein, als unsere, allerdings soll sie nicht von Entstellung und Boshaftigkeit gezeichnet sein, sondern eher ins Schöne gekehrt, friedvoll und bunt wie in einem Traum.« Xzar hatte immer gehofft, einen Kobold oder eine Fee zu sehen, wenn sie an diese Orte gekommen waren, bisher war ihm dies aber verwehrt geblieben. Anders als bei Dämonen, die man beschwören konnte, musste man hier auf die Launen dieser Wesen hoffen, ob sie Lust hatten, sich zu zeigen. Diljares hatte ihm versichert, dass wenn man sie dann mal sah, es möglich wäre, sie um ein Geschenk zu bitten, oder um einen kleinen Gefallen und wenn dieser nicht zu unverschämt war, dann erfüllten sie ihn. Er musste sich allerdings eingestehen, dass er mittlerweile daran zweifelte, ob es diese Wesen wirklich gab.

Xzar übernahm die erste Nachtwache. Er wartete, bis seine Gefährten eingeschlafen waren und ging dann einige Schritte in den Wald, um seine Hand auf einen der großen Bäume zu legen. Er schloss die Augen und konzentrierte sich, um dann die Energie zu spüren. Die urtümliche Kraft, die durch das

Holz dieser Bäume floss, ließ ihn unwillkürlich lächeln. Er war zu Hause. Dieser Wald war Teil seiner Geschichte. Er strich zart über die dicke und wulstige Rinde, hörte das Gras und die alten Blätter unter seinen Füßen rascheln. Irgendwo im Unterholz huschten Kleintiere und eine Eule begrüßte ihn in der Dunkelheit. Der Wald Illamines war von Frieden und Ruhe erfüllt und er wusste, dass sie hier heute Nacht niemand behelligen würde. Selbst der Kult der Gerechten würde hier nicht herkommen, ohne das Xzar es spürte. Als er hinter sich ein Geräusch hörte, fragte er, »Kannst du nicht schlafen?«

»Nein«, sagte Shahira leise, als sie ihre Arme von hinten um ihn schlang. »Ich habe dich beobachtet. Wie fühlst du dich?«

»Glücklich, denn ich freue mich darüber, hier zu sein. Und ich freue mich, dass du mit mir hier bist«, sagte Xzar und drehte sich in ihrer Umarmung um. Dann legte er seine Arme um Shahira und sah ihr in die meeresblauen Augen. »Was ist mit dir?«

»Ich weiß nicht. Bist du sicher, dass du mit mir hier sein willst?«, fragte sie unsicher.

Er stutzte. »Wie kommst du auf die Frage?«

»Es ist Alinja. Ich habe gesehen, wie du sie manchmal betrachtest ...«, sagte sie.

Xzar sah sie an und er schien einen Augenblick zu lange zu zögern, sodass sie versuchte, sich aus seinen Armen zu befreien. »Also habe ich recht? Du empfindest was für sie!«

Xzar hielt sie, ließ sie nicht aus seinen Armen entkommen. Dann zog er sie fester an sich. »Nein! Oder doch, ja!« Als sie erneut versuchte, sich zu befreien, fügte er schnell hinzu, »Aber nicht dasselbe, was ich für dich empfinde! Dich Shahira, liebe ich!«

»Und sie?«

»Ich ... mag sie, ja. Sie ist eine ansehnliche Frau und ja, ich habe sie angesehen und selbst du musst zugeben, dass sie ihre Reize zu zeigen weiß. Aber wie kommst du darauf, dass ich sie gegen dich tauschen wollte?«

Shahira lächelte unsicher und bevor sie etwas erwidern konnte, küsste Xzar sie. Er küsste sie lange und leidenschaftlich, bis sie den Kuss erwiderte. Er dreht sie beide und drückte Shahira mit dem Rücken an den Baum. Sie stöhnte auf, als er mit seiner Hand unter ihr Hemd fuhr und ihre Weiblichkeit berührte. Noch bevor Shahira sich das Hemd abstreifen konnte, lagen sie ineinander verschlungen auf dem Waldboden und liebten sich.

# Der Lehrmeister

Am nächsten Morgen deutete Isens anhaltendes Grinsen darauf hin, dass er mitbekommen hatte, was die letzte Nacht passiert war, aber es störte Xzar nicht. Er hatte sich in den vergangenen Tagen viel zu wenig Zeit für Shahira genommen, sodass ihnen beiden die letzte Nacht mehr als willkommen gewesen war. Dass sie sich fürchtete, er könnte Alinja ihr vorziehen, hatte ihn zum Nachdenken gebracht. Die Novizin war eine wunderschöne Frau, das konnte selbst Shahira nicht bestreiten und doch fühlte er nicht so für sie wie für Shahira. Fürchtete sie sich wirklich davor, den Platz an seiner Seite zu verlieren? Wie kam sie nur darauf? Auch wenn sie noch gar nicht so lange zusammen waren, es hatte nie etwas gegeben, was sie zweifeln lassen konnte. War es vielleicht die Veränderung, die das Drachenschwert mit sich brachte, die Legende vom ersten Krieger?

Er hatte vor einigen Tagen ein Gespräch mit Isen geführt. Darin war es um etwas Ähnliches gegangen. Es war noch auf dem Schiff gewesen. Gemeinsam hatten sie an der Reling gestanden und erwartungsvoll nach der Anlegestelle Ausschau gehalten. Xzar rief sich das Gespräch noch einmal in Erinnerung.

»Und, was kommt jetzt?«, fragte Isen.

»Wie meinst du das? Du weißt, was jetzt kommt. Wir gehen ins Arbeitslager.« Xzar stützte sich auf die Reling.

»Ja, das weiß ich.« Isen schwieg eine Weile. Am Ufer stieg gerade eine Gruppe Wildgänse in den Himmel auf. Sie verfolgten die Vögel mit ihren Blicken. »Irgendwie fürchte ich mich vor solchen Orten«, flüsterte der Dieb dann.

»Dem Arbeitslager?«

»Ja.«

»Hm. Du warst allerdings auf dem besten Weg dorthin, bevor wir uns trafen.« Xzars Tonfall klang amüsiert.

»Für meine Melindra würde ich bis ins Totenreich gehen.«

Diesmal schwieg Xzar, da er nicht wusste, was er darauf antworten sollte.

Isen war es, der weitersprach, »Dort ist man so nackt. Frei von seinen Masken. Angreifbar.«

»Masken?«

»Ja, jeder hat seine Maske. Jeder spielt seine eigene Rolle im Leben.«

»Hast du zu lange in der Sonne gestanden?«

»Nein, Xzar. Ich meine es so, wie ich es sagte. Jeder trägt eine Maske, ob bewusst oder unbewusst, lasse ich mal dahingestellt. Aber es ist so und das ist die nackte Wahrheit.«

»Gut, Isen, ich höre. Erkläre es mir.«

»Also sieh dir mal unsere Gruppe an. Du hast die Anführerrolle übernommen ...«

»Du nicht auch noch ...«

»Anscheinend unbewusst.« Isen grinste. »Aber es ist so und hinter dir steht Shahira, wie ein Fels in deiner Brandung. Sie ist deine Gefährtin und wahrscheinlich jene, die dich mehr als alle anderen unterstützt.«

Xzar nickte unweigerlich. Isens Worte trafen es ziemlich genau, zumindest was Shahira anging. Dann sah er zu Isen. »Und wer bist du in diesem Schauspiel?«

Isen hob die Augenbrauen. »Ich? Ist das nicht ersichtlich? Ich bin das kleine Gewicht auf der Waage, das entweder fehlt, um alles auszugleichen. Oder jenes, das die Waagschale ein Stück in die richtige Richtung drückt.«

»Aha«, erwiderte Xzar nur und blickte den Dieb lange an. Dieser hatte lediglich ein Grinsen für ihn übrig.

»Und ...«

»Alinja?«, fragte Isen schnell. »Sie ist die, die Schutz braucht. Und einen starken Anführer, der sie führt.«

»Das ist ziemlicher Unsinn.«

»Ist es das?«

Xzar überlegte einen Augenblick, dann schüttelte er langsam den Kopf. »Nein, irgendwie nicht.«

Isens Grinsen wurde breiter. Xzar musste zugeben, dass der Dieb nicht ganz unrecht hatte. Alinja war erneut in die Rolle geraten, mit der sie einst aufgebrochen war, den Thron der Elemente zu suchen. Damals hatte sie zwei Begleiter, zur Führung und zum Schutz und jetzt hatte sie diese wieder, wenn auch in anderer Anzahl.

Xzar deutete auf das Ufer, an der nächsten Flussbiegung. »Da ist sie! Ich sehe den Steg!«

»Henkersbruch, endlich«, seufzte Isen erleichtert und schlug freudig mit der Hand auf die Reling.

Seit diesem Gespräch hatte Xzar oft darüber nachgedacht und er gab dem Dieb mittlerweile recht, dass jeder ein Schauspieler war, ob er es wusste oder nicht. Wie lange würde er noch seine Maske aufrechterhalten, bevor er sein Schicksal annehmen würde? Vielleicht nicht der erste Krieger Deranarts zu sein, aber zumindest der Anführer ihrer Reisegruppe.

Für die Weiterreise entschieden sie, zu Fuß zu gehen, die Pferde an den Zügeln mit sich führend. Als sie den Wald betraten, erfüllte sie ein Gefühl der Unwirklichkeit. Die Sonnenstrahlen, die hier trotz des dichten Blattwerks bis zum Boden drangen, erleuchteten Äste, Büsche und Blätter in einem goldenen Glanz. Shahira beobachtete die Natur, die hier so anders wirkte. Als sich eines der Blätter aus einer der hohen Baumkronen löste, schwebte es nach unten, um sich Ewigkeiten nach dem Beginn seiner Reise mit dem bunten Teppich des Pflanzenwerks am Boden zu vereinen. Shahira besah sich dieses Schauspiel und als wüsste das Blatt, dass es dem Ende seiner Existenz entgegen glitt, drehte es sich mal wiegend, mal rollend, mal um sich selbst, sodass jede Seite noch einmal von den goldenen Strahlen der Sonne berührt werden konnte. Shahira empfand es, als wäre sie in einem Traum eingekehrt, der sie mit einem inneren Gefühl der Glückseligkeit erfüllte.

Immer wieder hielt Xzar kurz an, um auf ein Tier zu deuten. Mal war es ein Reh mit seinem Kitz, mal ein Dachs, mal ein bunter Vogel. Vielleicht waren all diese Tiere nicht ungewöhnlich für einen Wald, aber sie ließen sich von den vier Reisenden und ihren Pferden nicht beirren. Selbst der Dachs schaute nur kurz in ihre Richtung, bevor er sich wieder dem Loch widmete, das er gerade aushob.

Nach etwa drei Stunden erreichten sie eine weite Lichtung, in deren Mitte sich ein großer Baum erhob. Er maß mindestens sechzig Schritt in die Höhe und etwa ab der Hälfte waren dicke Äste zur Seite gewachsen, auf denen sich ein Holzhaus befand. Es war in einem Halbrund um den Stamm herum gebaut und jetzt, wo sie es genauer sahen, erkannten sie, dass es mehrere kleine Hütten besaß, die sich ebenfalls um den Stamm nach oben wanden. Das Ganze einen Holzturm im Baum zu nennen, war zu viel und doch wirkte es wie eben solch ein Bauwerk. Den Stamm nach unten führte eine Wendeltreppe, die über dem dicken Wurzelwerk endete. Zwischen diesen Wurzeln war eine große, rotbraune Holztür eingebaut. Auf der Lichtung standen zwei massive Holzbänke an einem nicht weniger stabilen Tisch. Auf diesem sahen sie einen Krug, fünf Tassen, fünf Teller und eine große Schüssel, mit dampfenden Speisen.

»Wir sind da und werden erwartet«, sagte Xzar erfreut und eilte auf die Lichtung.

Die anderen sahen sich ungläubig um und bewunderten den Baum, mit seinem Anbau und auch das Mahl, was man für sie vorbereitet hatte. Xzar war bereits an der Tür, die sich öffnete, bevor er klopfen konnte. Heraus trat eine Gestalt und die drei anderen hielten inne. Es war, wie Xzar ihnen erzählt hatte, ein großgewachsener Elf, noch mindestens einen Kopf größer als Xzar. Langes, weißes Haar fiel ihm offen seinen Rücken hinab. Er hatte ein schmales Gesicht, das in einem spitzen Kinn endete und er trug eine schmucklose, rote Robe.

Als sie näher kamen, wanderten seine bernsteinfarbenen Augen über die Reisenden und fixierte sie jeweils kurz mit prüfendem Blick. Shahira kam es so vor, als verweilte der Blick des Elfen etwas länger bei ihr und sie spürte, wie ihre Wangen sich erwärmten. Ahnte er, wer sie für Xzar war? Xzar sagte etwas zu ihm und fiel ihm dann um den Hals.

Der Elf sah ihn streng an. »Willst du deine Freunde nicht an den Tisch bitten, Junge? Das Essen wird kalt. Und überhaupt, wo warst du so lange?«, fragte er mit harter Stimme.

Die Worte klangen ungewohnt in Shahiras Ohren, da sie einen eigentümlichen Nachklang hatten. Es schien ihr fast so, als folgte seinen Worten ein kleines Echo. Sie musste unwillkürlich Lächeln bei der Frage des Elfen, da sie sich erinnerte, welche Reaktion Xzar von seinem Lehrmeister vorausgesagt hatte. Xzar wirkte allerdings nicht beunruhigt von dem, für fremde Augen, kühlen Empfang. Er winkte ihnen zu und als sie an dem Tisch ankamen, stellte Xzar die Drei feierlich vor. »Vater, das sind meine Begleiter. Dies hier ist Shahira und sie ist meine Gefährtin. Die Dame daneben ist Lady Alinja vom Eisfeuer, sie ist eine Novizin Tyranieas und das dort ist Isen. Und für euch: Das ist Diljares Marlozar de Jes mandumn de va Floris, mein Lehrmeister und Vater.«

Der Elf nickte ihnen allen zu und lächelte vielsagend. »Verzeiht meinem Jungen, er übertreibt gerne. Bitte setzt euch und speist mit mir.« Damit deutete der Elf auf den Tisch und die Bänke.

Dankend nahmen sie Platz. Doch sie zögerten. Keiner schien der Erste sein zu wollen, der sich an den Speisen bediente. Xzar lächelte und es war Diljares, der sagte, »Bitte ziert euch nicht, nehmt und esst!«

Daraufhin griff Isen zu. Shahira und Alinja sahen ihn fragend an. Der Dieb zuckte jedoch nur mit den Schultern und deutete auf Diljares, dessen Miene keine Regung zeigte. Dann bedienten sich auch die beiden Frauen an dem köstlichen Braten, den knackigen Rüben, dem duftenden, warmen Brot, den fruchtigen Beeren und nicht zuletzt dem himmlischsüßen Honigwein aus dem Krug. Diljares wartete, bis sie alle ein paar Bissen gegessen hatten, und wandte sich dann an Xzar. »So, du hast es also einrichten können, noch mal bei mir vorbeizuschauen?«

Shahira sah zu den beiden hinüber. Xzar grinste, während Diljares eine ernste Miene aufsetzte und sie fragte sich, ob der ironische Unterton in seiner Stimme gespielt oder ernst gewesen war.

»Ja, Vater. Es lag auf unserem Weg. Wir haben viel erlebt in den letzten Monaten. Glaub mir, du wirst staunen, wenn wir dir alles erzählen.«

»Ja, das glaube ich dir«, antwortete Diljares. Dann fiel sein Blick auf Xzars Drachenschuppenrüstung und auch auf die von Shahira. »Erstaunlich, du hast die Rüstungen?«

»Ja, Vater. Wir haben sie einem Händler abgejagt ...« Xzars Blick trübte sich und sein erfreutes Lächeln schwand. »Doch ...«, er schluckte. »Sag, was ist mit Hestados und Angrolosch geschehen?«

Diljares legte den Kopf leicht schräg. »Was meinst du?«

»Wie wurden sie ... getötet? Wie ...« Ihm versagte die Stimme.

»Du dummer Bengel! Sie sind nicht tot! Sie erfreuen sich bester Gesundheit und sie kommen heute zum Abendessen.«

Xzars Mund klappte auf und er sah seinen Vater verwirrt an.

»Mach den Mund zu, es sei denn, du willst dir was von dem Braten hineinschieben«, sagte Diljares kopfschüttelnd.

»Sprich Vater, das ist nicht lustig! Die Rüstungen, sie hätten sie doch niemals ...«, sagte Xzar empört.

»Was soll ich dir sagen? Sie wurden ausgeraubt, als sie beide bei mir waren. Deine Mutter war mit den Kindern in

Kan'bja und die Schmiede stand leer. Jemand kam und stahl die Rüstungen. Es muss ein Magier gewesen sein, denn er hat meinen Schutzzauber und Hestados Runen überwunden«, sagte Diljares ruhig.

»Ja, es waren Diener eines Totenbeschwörers.«

Diljares Blick verfinsterte sich bei dem Wort unmerklich. Xzar schien das nicht zu bemerken. »Sag mir noch einmal, sie leben?«, flehte Xzar nun schon fast.

»Was ist los mit dir, Junge? Hat der Reisewind deine Ohren betäubt? Ja, sie leben und sie kommen heute Abend zum Essen. Aber glaub nicht, dass Angrolosch dich freundlich empfängt. Du hast dich Monde lang nicht sehen lassen, nicht mal eine Nachricht geschickt!«

»Ich weiß, Vater. Das tut mir leid. Wäre ich in Barodon nicht mitgegangen, wären wir jetzt nicht in dieser Gruppe hier.«

»Woher willst du das wissen?«

»Was?«, fragte Xzar nun verwirrt.

»Das ihr nicht trotzdem zueinandergefunden hättet«, antwortete Diljares geheimnisvoll.

Xzar dachte einen Augenblick nach. »Wie denn? Ich wäre ja hierhergekommen und nicht mit Shahira und den anderen losgezogen.«

Isen, Alinja und Shahira hörten dem Gespräch gebannt zu. Xzar kam sich vor, wie ein Schüler, der von seinem Lehrer unterrichtet wurde. Nun gut, eigentlich war er das ja auch.

Der Elf seufzte und schüttelte den Kopf. »Du bist dumm, Junge. Was hättest du getan, wärst du zurückgekommen und hättest gehört, dass jemand die Rüstungen gestohlen hat?«

Xzar stutzte. »Ich ...«

»Genau. Du hättest deinen Bruder gepackt und ihr hättet die Diebe gejagt. Und so wäre es durchaus möglich gewesen, dass du diese Leute doch getroffen hättest.«

»Das wäre Zufall gewesen.«

»Nein, Junge. Das wäre Schicksal gewesen!« Diljares sah Xzar jetzt ernst an und Xzar blickte erst trotzig, dann resignierend.

Die anderen hatten das Schauspiel mit angesehen und es war Isen, der jetzt auflachte und sich einen weiteren Löffel Kartoffelbrei auf den Teller schaufelte. Sie sahen ihn fragend an.

»Iff habe eff ihm geffagt«, grinste er mit vollem Mund, als er ihre Blicke wahrnahm.

»So? Gut, dann erzähle mir von deiner Reise, Junge«, sagte Diljares und lächelte Shahira zu, die ihn neugierig beobachtet hatte. Plötzlich schien von seinem Ärger nichts mehr vorhanden und sie war sich nun sicher, dass die ganze Aufregung nur zu einem Spiel gehörte, das Vater und Sohn miteinander spielten.

Also erzählte ihm Xzar von ihrer Reise: Dem Aufbruch aus Barodon, dem Überfall des Totenbeschwörers, dem Händler, bei dem sie die Rüstungen und das Drachenschwert fanden, dann dem Tempel des Drachen, ihrem Kampf gegen die Chimäre. Danach ihre Reise bis Wasserau, wie sie Isen und Lady Alinja trafen. Dem Kult der Gerechten, der Prophezeiung und wie ihre Reise sie wieder hierher geführt hatte. Diljares hatte dem Ganzen mit großem Interesse gelauscht, ab und an genickt und nur kleinere Zwischenfragen gestellt. Als Xzar erwähnt hatte, das Tasamin ein Dunkelelf gewesen war, hatte er wie eine Schlange gezischt und ungläubig mit dem Kopf geschüttelt.

Als Xzar geendet hatte, holte Diljares einen neuen Krug Honigwein und nachdem er sich gesetzt hatte, fragte er, »Und du hast nun dieses Schwert des Drachen, über das die Prophezeiung berichtet?«

»Ja, Vater. Ich glaube aber nicht, dass ich der Träger aus der Weissagung bin«, sagte Xzar entschlossen.

»Ich schon«, warf Isen ein und auch Shahira und Alinja nickten.

»Warum glaubst du das, Junge?«, fragte Diljares ihn leise.

»Weil die Prophezeiung nicht stimmt. Ich bin nicht Herrscher dreier Kräfte. Und auch bin ich nicht dazu geboren, durch das Land zu ziehen und mich überall als heiliger Krieger anzubieten, wenn jemand Hilfe braucht«, sagte er scharf.

»Du bist das Kind dreier Völker, das steht fest. Der Herrscher dreier Kräfte ... ja, das ist wahrlich noch nicht gegeben.« Diljares kniff ein Auge leicht zu und schien einem tieferen Gedanken zu folgen, dann hob er belehrend einen Zeigefinger. »Aber ist es nicht so«, Diljares sah nun zu Alinja, »bitte verbessert mich, wenn ich falsch liege, Lady Alinja vom Eisfeuer«, er deutete auf das Schwert, »ist es nicht so, dass, wenn er die Weissagung annimmt, er die Kraft des Drachen anwendet?«

Alinja überlegte einen Augenblick. »Ja, das ist dann der Fall. Aber er verwendet die Kraft ja jetzt schon, und zwar immer dann, wenn das Schwert sie ihm gibt. Es ist wie ein stummes Gebet.«

»Und Zack! Zog sich die Schlinge zu!«, jubilierte Isen, der durch den Honigwein schon einen deutlichen Glanz in den Augen hatte.

Xzar stand auf. »Habt ihr euch jetzt alle gegen mich verschworen? Mir reicht es«, sagte er wütend und rannte durch die Tür, nur um kurze Zeit später auf der Treppe nach oben zu erscheinen, die er schnellen Schrittes hoch eilte.

Shahira wollte ihm folgen, doch Diljares hielt sie vorsichtig zurück. »Lass ihn, junge Dame. Er braucht einen Augenblick.«

Sie seufzte. »Ich verstehe nicht, warum er es nicht annehmen kann. Was wäre denn so schlimm, wenn er dieser Krieger wird? Es wäre doch eine besondere Ehre, von denen viele andere nur träumen.«

»Oh, er hat es schon angenommen. Xzar war schon immer so ... bescheiden. Er rühmt sich nicht gerne mit seinen Taten. Ich erinnere mich an einen Tag vor vielen Jahren«, sagte Diljares und goss Shahira Honigwein nach. Erst jetzt fiel ihr auf, wie geschmeidig und fein die Finger des Elfen waren, seine Haut war sehr hell und die Fingernägel glitzerten. Sie musste sich zusammenreißen, um ihre Aufmerksamkeit wieder auf die Stimme des Elfen zu lenken.

»Eindringlinge waren in unserem Wald und wir zogen aus, sie zu stellen. Als wir ihr Lager fanden, entbrannte ein Kampf und es endete in einem infernalischen Ausbruch der Magie. Wir töteten alle Angreifer. Xzar war schon damals eine außergewöhnliche Person. Mich selbst überraschte er jeden Tag aufs Neue. Für mich war es erstaunlich, was der Eifer der Jugend aus der Magie machen konnte. Diese Räuber hinterließen eine Truhe voller Gold, die jedem anderen die Gier in die Augen und in das Herz getrieben hätte, und wisst ihr, was Xzar nach dem Kampf als Erstes machte?«, er sah sie alle an und wartete, bis ein jeder den Kopf geschüttelt hatte. »Er ist über den Kampfplatz geschritten und hat ein Eichhörnchen auf der anderen Seite geheilt. Ein Eichhörnchen!«

Sie sahen ihn ungläubig an, doch er nickte nur. »Das ist Xzar. Er prahlte nicht damit, wie gut seine Magie war. Was für ein Inferno er kurz vorher noch heraufbeschworen hatte, nein, er heilte ein Tier, das durch seinen Zauber verwundet worden war. Und das passiert jetzt wieder. Er soll in den Mittelpunkt gerückt werden und eine Weissagung erfüllen: Also die Goldtruhe bekommen. Ich bin mir aber sicher, er will lieber erst euch helfen: den Eichhörnchen!« Diljares lachte. »Ist es nicht so? Hat nicht jeder von euch etwas, was er vielleicht zuerst erledigen muss?«

Die drei sahen sich an und es war Alinja, die zuerst nickte. »Ja, Herr. Ich muss zu meiner Priesterweihe am Thron der Elemente.«

»Die Schuche nach meina Frauhu«, sagte Isen beschwipst.

Dann sahen sie Shahira erwartungsvoll an, »Ich ... weiß es nicht. Was ich zu erledigen hätte, haben wir verschoben. Aber er wollte mich hierherbringen, damit ich seine Heimat sehe«, sagte sie unsicher und nach einem Grund suchend.

»Na gut. Vielleicht hat er auch nicht bei jedem von euch einen Grund«, sagte Diljares erheitert.

»Können wir irgendwas tun, um ihm bei dieser Wahl zu helfen?«, fragte Shahira, nach einer kurzen Pause, in der sie alle ihren eigenen Gedanken nachgegangen waren.

»Ich glaube, dass er den Versuch wagen wird, der Krieger des Drachen zu werden. Ich kenne ihn gut genug. Doch gebt ihm Zeit. Nun lasst mich das Geschirr abräumen. Fühlt euch hier wohl und seid meine Gäste. Wir haben genug Betten für alle da«, sagte Diljares und stand auf.

Shahira bot sich an, ihm zu helfen, und er nickte dankbar. Alinja und Isen blieben am Tisch. Isen hatte einen Lederbecher aus seinem Rucksack geholt und einige Würfel. Interessiert schaute Alinja ihm zu, als er ihr eines der vielen Würfelspiele erklärte, um gemeinsam ein paar Becher zu rollen.

Diljares und Shahira nahmen Teller und Schalen mit. Den Weinkrug verteidigte Isen grinsend. Sie umrundeten den Baum und kamen an eine Wasserstelle, die von einem kleinen Bachlauf gespeist wurde. Nachdem Diljares etwas Wasser in einen Bottich geschöpft hatte, tauchte er die Holzteller hinein und setzte sich auf den knorrigen Teil einer Wurzel.

»So, dann kommen wir nun zu dir. Lass mich raten, so ein Gespräch hast du befürchtet?«, fragte der Elf lächelnd. Er machte eine Geste und das Geschirr begann sich von alleine zu reinigen. Shahira sah sich das Ganze mit offenem Mund an, bevor sie nickte.

»Gut, dann lass uns nicht *so* ein Gespräch daraus machen. Ich werde dich nicht ausfragen. Vielmehr würde mich interessieren, was dich bewegt?«, fragte er freundlich.

»Was mich bewegt? Ihr meint, warum ich mit Eurem Sohn reise?«, fragte sie unsicher.

»Vielleicht auch das. Aber ich spüre etwas in dir und ich glaube, dass es dich beschäftigt.«

»Ja«, sagte sie zögerlich. »Da ist etwas. Es hat mit unserer Reise zu tun. Damals, im Tempel des Drachen, beeinflusste mich ein Geist und dies löste etwas in mir aus, eine Art magisches Erbe. Seither bewege ich Dinge mit meinen Gedanken. Xzar hat, auf mein Flehen hin, versucht, mir Magie zu lehren, doch das ist gründlich schief gegangen«, seufzte sie.

»Das glaube ich. Was hat er versucht? Elementarmagie?«, fragte Diljares und es schien Shahira, als lese der Elf in ihren Gedanken. Sie nickte.

»Dummer Bengel!«, fluchte er. »Hat er denn bei mir gar nichts gelernt?«

»Bitte, Herr! Ich verstehe nicht?«, sagte sie, erschrocken über den wütenden Ausbruch des Elfen.

Der Elf sah überrascht auf und lächelte beruhigend, als er ihren ängstlichen Gesichtsausdruck sah. »Keine Sorge. Du hast nichts Falsches getan. Xzar müsste es aber wissen! Man kann nicht jedem magischen Talent jeden Zauber beibringen. Schon gar nicht, wenn es sich um jemandem wie dich, mit geringer magischer Ausprägung, handelt.«

»Das klingt nicht sehr erbauend«, sagte sie unsicher.

»Nein, mag sein. Ich meine es so: Du hast Magie erhalten, die nicht deine eigene ist. Doch du kannst sie nutzen, aber nur diese. Alle anderen Arten der Magie werden zu viel deiner Kraft zehren und schlimmer noch, unkontrollierte Ausbrüche hervorrufen. Du sagtest, du könntest Dinge bewegen. Das ist eine Form der Filegranonie. Sie gehört zur Schule der Umgebungszauberei. Dazu kommen noch die Formung und die Skriptik. Das war es aber auch schon. Du bist auch kein Kind mehr, das heißt, es wird schwer sein, dir die Magie nahe zu bringen«, erklärte er.

»Hm, könnt Ihr mir erklären, was diese Magiearten bedeuten?«

Er nickte. »Filegranonie kennst du; Gegenstände mit der Kraft deiner Gedanken bewegen. Die Formung ermöglicht es, einen Stuhl in einen Tisch zu verwandeln, ohne dass sich dessen Eigenschaften ändern. Der entstandene Tisch wird immer noch das Gewicht des Stuhls besitzen. Und Skriptik bedeutet, du könntest mithilfe der Magie andere Sprachen verstehen, Schriften lesen und über weite Entfernungen Nachrichten übermitteln.«

»Oh, das ist interessant«, sagte sie.

»Ja, doch die Ausbildung wäre schwer für dich und würde lange dauern«, sagte Diljares.

»Könntet Ihr mich ausbilden?«, fragte sie vorsichtig.

Diljares sah sie einen langen Augenblick an und nickte dann zögernd. »Ja, theoretisch schon. Aber es würde Jahre dauern, bis du es beherrschst.«

»Oh. Das ist nicht so gut. Jedenfalls momentan nicht«, sagte sie enttäuscht.

»Ja, das dachte ich mir. Doch selbst wenn du dich erst in einem Jahr entschließt, darauf wird es nicht ankommen. Also lass dir Zeit bei deiner Entscheidung«, sagte er.

Sie schmunzelte. »Das hat Xzar also von Euch?«

»Was meinst du?«

»Dieses unbeschreibliche Talent, einen nicht zu hetzen mit seiner Entscheidung und die eigene Geduld, sich nicht so schnell aus der Ruhe bringen zu lassen.«

Jetzt war es Diljares, der eine Augenbraue hob. »So? Ist er so?«

Sie nickte und er lächelte wissend.

## Zwergenfreundschaft

Als Shahira und Diljares wieder zurück zu Alinja und Isen kamen, war auch Xzar zurückgekehrt. Er sah die beiden entschuldigend an. »Verzeiht, ich wollte nicht …«, begann er, als Shahira ihm einen Finger auf den Mund legte und ihm einen raschen Kuss gab. Dann nahm sie seine Hand und setzte sich mit ihm auf die Bank. Xzar sah sie verwirrt an und bemerkte dann den strengen Blick seines Lehrmeisters. Xzar kannte ihn gut genug, um das feine Lächeln in seinen Augen zu lesen, auch wenn die Miene des Elfen jeden anderen gestraft hätte. Er lächelte offen zurück.

Isen stützte den Kopf auf seinen Arm und machte ein missmutiges Gesicht. Vor ihm auf dem Tisch lagen drei Kupfermünzen, während sich auf Alinjas Seite siebzehn Münzen stapelten.

»Sie schummelt«, sagte er grimmig.

»Oh, das stimmt nicht!«, sagte Alinja gespielt empört. »Er lässt mich gewinnen!«

»Wenn es wenigstens so wäre!«, beschwerte sich Isen.

»Wollen wir mitmachen?«, fragte Shahira und sah fragend zu Xzar, der ihr antwortete, »Du schon, ich nicht. Ich bin nicht gut in so was.«

»Ach, besser als ich zu sein, scheint nicht schwer«, moserte Isen.

»Das meinte ich auch nicht. Ich wollte, dass du mir Kupfermünzen gibst«, lachte Shahira Xzar an.

»Ach so ist das!«, lachte jetzt auch Xzar und kramte zehn Kupfermünzen aus seinem Beutel. Ihm fiel auf, das Isens Stimme jetzt wieder völlig normal wirkte. War er nicht eben noch beschwipst gewesen? Dieser Scharlatan war tatsächlich ein guter Schauspieler. Den anderen schien das Ganze entgangen zu sein und so entschloss Xzar sich dazu, es nicht anzusprechen. Was immer Isen damit bezweckte, er ließ ihm seinen Spaß. Wobei im Augenblick sah er alles andere als glücklich aus, denn die Würfel spielten ihm nicht gut mit.

»Was spielen wir denn?«, fragte Shahira.

»Isen ausbluten«, sagte der Dieb trocken.

Alinja und Shahira lachten. Die Novizin griff über den Tisch und tätschelte ihm freundschaftlich die Wange. »Es ist doch nur ein Spiel. Vielleicht holt Xzar uns noch einen Krug Wein?«

Dieser lächelte und nickte.

»Gut, wie geht das Spiel?«, fragte Shahira und als Isen schmollend den Mund verzog und nichts sagte, erklärte Alinja, »Es ist einfach. Wir werfen beim ersten Wurf drei Würfel. Den Höchsten nehmen wir raus und entscheiden, an welche Stelle einer dreistelligen Zahl wir ihn legen.« Sie schwenkte den Becher und warf die Würfel verdeckt. Als sie ihn umdrehte, deckte sie die drei Würfel auf. »Ich werfe: 4, 3 und 1. Jetzt wähle ich einen Würfel und lege die 4 in die Mitte. Dann werfe ich die zwei verbleibenden Würfeln.« Sie rollte die Würfel im Becher erneut und deckte auf. »Ich nehme wieder den höchsten Wurf, in diesem Fall eine 6 und wohin dürfte klar sein: an die erste Stelle. Dasselbe mit dem letzten Wurf: wieder eine 6. Das heißt, ich habe 646.«

Shahira nickte und fasste es noch einmal zusammen. »Drei Würfe, jeweils einen Würfel nehmen und an eine Stelle legen. Die Gesamtzahl zählt. Das heißt, die kleinste Zahl, die möglich ist, wäre 111 und die höchste 666. Verstehe, klingt einfach. Ich steige mit ein. Einsatz ein Kupfer?«

»Ja, so ist es«, bestätigte Alinja und sie legte eine Kupfermünze in die Mitte.

Isen der sich nicht rührte, setzte zu einer Beschwerde an, als Alinja über den Tisch griff und eine seiner Münzen zu ihren zog. Bevor er etwas sagen konnte, rollte sie schon den Becher: 6,5,2. Lächelnd legte sie die 6 an die erste Stelle. Ihr zweiter Wurf: 6,1. Damit lag nun die 66 vor ihr. Isen stöhnte auf und

Shahira musste grinsen. Alinja hatte wirklich Glück. Der letzte Wurf war eine 1. Somit hatte die Novizin 661 geworfen. Shahira nahm den Becher und rollte dreimal. Zu ihrer aller Erstaunen, warf sie die 665. Isen sah sie ungläubig an und fragte, »Wirklich?«

Doch Shahira zuckte nur unschuldig mit den Schultern.

Isen nahm den Becher missmutig und rollte. Schon bei seinen ersten drei Würfeln war keine 6 dabei und er musste zusehen, wie die drei Münzen aus der Mitte zu Shahira wanderten.

Als Xzar wieder aus dem Haus kam, einen neuen Krug Wein in der Hand, stand Isen auf und deutete auf seine letzte Kupfermünze. »Du passt mir gut darauf auf, ich muss austreten.«

Xzar lachte und sah Isen hinterher, der sich zum Waldrand bewegte, dabei leicht hin und her schwankend. Dann setzte er sich. »Na, dann lasst mal sehen die Damen«, sagte er und nahm sich den Becher.

Isen ging ein paar Schritte in den Wald hinein und öffnete die Hose. Gerade als er sich erleichtern wollte, sah er nach unten in zwei wütende braune Augen, die ihn grimmig anfunkelten. Es erklang eine grollende Stimme, als polterten Steine aufeinander. »Du willst mich doch nicht anpissen, Bursche?«

Isen schrie entsetzt auf. Die Hose wieder hochziehend, vergaß er, warum er hier war, und rannte zurück zum Haus. »Hilfe!«, rief er. »Da ist ein Monster im Wald!«

Die anderen drei blickten ihm entgegen und dann an ihm vorbei. Xzars Miene hellte sich auf, als er aufsprang, um an Isen vorbeizueilen. Das letzte Stück rutschte er auf Knien, um erst die eine, dann die andere gedrungene Gestalt zu umarmen, die zwischen den Bäumen auftauchte. Die erste Gestalt, die Xzar umarmte, war etwa fünf Fuß groß und bestimmt drei Fuß breit. Es war ein Zwerg mit buschigem, braunen Bart. Das ebenso braune Haupthaar stand ihm in einem Wildwuchs nach allen Seiten ab. Das Einzige, was sehr gepflegt war, war sein Bart.

Denn hier baumelten vier geflochtene Zöpfe von den Wangen herunter, die dann mit tiefer hängenden Haaren seines Bartes verflochten waren. Die gesamte Haarpracht reichte ihm bis auf die Brust herunter. Der Zwerg hatte dunkelbraune Augen, die Xzar freudig anstrahlten. In der Hand hielt er einen mächtigen, zweihändigen Hammer, der an seine Körpergröße längenmäßig angepasst war. Der Hammerkopf selbst hatte die Form eines Amboss`. Die zweite Gestalt, eindeutig auch ein Zwerg, hatte steingraue Haare und die Zöpfe waren deutlich länger, aber gleich geflochten. Seine schwarzen Augen ruhten zufrieden auf Xzar, der nun unzählige Tränen vergoss. Dieser andere Zwerg, einen halben Fuß größer als der erste, war nicht ganz so kräftig. Er trug eine kleine Handaxt und einen Schild auf dem Rücken.

Als Xzar sich etwas beruhigt hatte, führte er die beiden Zwerge zu ihrem Tisch, gerade als auch Diljares wieder herauskam. Er ging zu Shahira. Seine Augen waren gerötet und doch strahlten sie heller und mit einer Erleichterung und Freude, die sie noch nie zuvor bei ihm gesehen hatte. »Shahira, darf ich dir meinen zweiten, nicht weniger geliebten Vater vorstellen.« Er deutete auf den grauhaarigen Zwerg. »Das ist Hestados, Sohn des Torgalos, Bruder des Königs und dies ist Angrolosch, Sohn des Hestados, Sohn des Torgalos und mein Bruder.«

Der alte Zwerg verbeugte sich kurz, während der jüngere mit seiner grollenden Stimme sagte, »Beim gezwirbelten Schnurrbart meiner Großmutter! Das sind meine Rüstungen!« Dabei stellte er seine Waffe mit einem lauten ›plump‹ auf den schweren Hammerkopf. Sie alle sahen ihn überrascht an und es war der alte Zwerg, der schmunzelnd mit tiefer, aber nicht ganz so grollender Stimme sagte, »Wo sind denn deine Manieren, Sohn. Deine Großmutter hatte keine Haare zum Zwirbeln, sie war im Clan der Kahlschädel, schon vergessen?« Damit schob er seinen Sohn beiseite und stellte sich vor Shahira. »Ich grüße Euch und Eure Ahnen und es freut mich, zu sehen, dass mein Sohn es geschafft hat, zu uns zurückzukehren, und ich bin mir sicher meine Dame, es ist nicht zuletzt Euer Verdienst.« Damit griff er Shahiras Hand und drückte sie leicht. Die Hände des Zwerges waren fast so groß wie ihre, allerdings doppelt so dick. Sie sah ihn lächelnd an und verbeugte sich leicht. »Vielen Dank, ehrwürdiger Meister Zwerg für Eure netten Worte. Ich bin Shahira und ich habe mein Bestes getan, dass Xzar gesund zu Euch zurückkehrt, um bei Euch und Euren Ahnen an den hellen Feuern des Berges zu sitzen, mit Euch zu feiern und um Euch die Geschichte seiner Reise zu erzählen.«

Die Augen des Zwergs leuchteten anerkennend, als er die förmliche Anrede sowie die ehrenvolle Begrüßungsformel der jungen Frau hörte. Xzar hatte ihr zuvor erklärt, wie so ein erstes Treffen bei Zwergen aussah und wie man die höchste Ehrerbietung ausdrückte und er hatte nicht untertrieben, denn der Zwerg nickte zufrieden und flüsterte dann zu Xzar, sodass es durchaus alle hören konnten, »Eine sehr gute Frau hast du da, Sohn. Sie weiß, was sich gehört«, um dann etwas lauter an ihnen vorbei zu rufen, »Diljares mein alter Freund, du bist noch genauso spitzohrig wie immer! Ich hoffe, du hast kaltes Bier da!«

Jetzt trat Angrolosch vor, die Augen immer wieder von Shahiras Gesicht weghuschend, rieb er sich die Hände und sagte entschuldigend, »Verzeiht, werte Dame, ich wollte nicht unhöflich sein. Ich ... war nur so überrascht. Wisst ihr, die Rüstungen ...«, stammelte er und Xzar musste grinsen.

Shahira nahm die Worte auf und verbeugte sich nun tief. »Werter Herr Angrolosch, ich weiß um die Qualität der Rüstungen und sie haben sich bereits im Kampf bewährt. Nur ein wahrer Künstler unter den Schmieden kann in der Lage gewesen sein, diese Panzer so vortrefflich zu fertigen. Ich bin dankbar, dass ich sie tragen durfte«, sagte sie höflich, was dazu führte, dass Angroloschs braunes Gesicht nun fast als schwarz zu bezeichnen war. ›So sieht es also aus, wenn Zwerge erröten‹, dachte sie.

Xzar entspannte die Situation. »Komm Bruder! Lass uns ein Bier trinken und ich stelle dir meine restlichen Freunde vor.«

Und so geschah es dann auch. Doch so, wie er es von seinem Bruder erwartet hatte, hatte der junge Zwerg den Anblick Alinjas nicht gut verkraftet. Er hatte vor ihr gestanden und sie mit offenem Mund angestarrt, nur um dann zu stammeln, »Ihr seid so ... ehm ... weiblich!« Und dabei deutete er mit den Händen jede erdenkliche weibliche Form an, die ihm in den Sinn kam.

Xzar hatte lachend die Hände vors Gesicht geschlagen und den starrenden Zwerg von der jungen Frau weggezogen. Alinja hatte mit errötenden Wangen und mit Mühe ein Lachen unterdrückt und Isen hatte sich das Ganze staunend angesehen.

Später fragte er Xzar, »Ist er immer so ... gerade heraus?«

»Noch mehr, glaube mir. Heute hat er sich angestrengt, weil unser Vater dabei war ... Wobei nein, eigentlich ist er immer so!«

Sie saßen zusammen. Diljares hatte noch weitere Stühle geholt, oder besser gesagt, er hatte sie mit einer eleganten Handbewegung heran schweben lassen, gefolgt von Tellern und Speisen. Shahira wunderte sich, denn sie hatte nicht bemerkt, dass jemand das Essen zubereitet hatte. War dies alles mit Magie geschehen? Hestados, Angrolosch und Xzar hatten jeweils einen großen Humpen Bier in den Händen, während Isen vergeblich versuchte, den Weinkrug zu verteidigen, den sich die Frauen sowie Diljares nacheinander griffen. Erst als der Elf ihm versichert hatte, dass genug da wäre, ließ Isen den Krug weiterziehen. Während Angrolosch lauthals seine Freude über Xzars Wiederkehr feierte, hielt sein Vater sich zurück. Hestados machte auf Shahira den Eindruck eines Zwerges, der viel gesehen und erlebt hatte und sich nun mit Freude die Jugend ansah, die seiner eigenen wahrscheinlich gar nicht so ungleich war.

Xzar hatte ihr zuvor ein wenig von seiner zwergischen Familie erzählt. Somit wusste sie, dass er noch eine weitere Ziehschwester und zwei jüngere Ziehbrüder hatte. An ihrem

Haus am Falkenberg, nicht ganz zehn Meilen östlich von hier, war er aufgewachsen. Wenn sie ihren Weg fortsetzten, würden sie dort eine Rast einlegen, denn Angrolosch hatte Xzar eindringlich dazu geraten. Ihre Schwester Serasia würde ihm sonst nachreisen und die Standpauke, die ihm dann blühte, wäre mit nichts in der Welt zu vergleichen. Xzar hatte ihr damals versprochen, nicht zu lange weg zu sein, doch mittlerweile waren mehr als fünf Monde ins Land gezogen.

»Jetzt erzähl es mir Bruder, wo hast du gesteckt?«, fragte Angrolosch, nachdem er die ersten drei Bratenstücke verputzt hatte.

»Ich habe mich einer Expedition angeschlossen und wir haben einen verschollenen Tempel gesucht.«

»Aha! Und wo war deine Nachricht an mich?«

»Welche Nachricht?«, fragte Xzar irritiert.

»Na, die, die mir sagt, wo ich hinkommen soll, um dich zu begleiten?«, sagte Angrolosch nun leicht erzürnt.

»Ach die ... ja, die habe ich wohl vergessen«, entschuldigte sich Xzar.

»Vergessen?! Du hast mich vergessen?« Angrolosch donnerte mit der Faust auf den Tisch und die anderen zuckten zusammen. Alle bis auf Diljares und Hestados.

»Nein, Bruder, dich doch nicht ... aber die Nachricht an dich!«, erklärte Xzar.

Der Zwerg zog die buschigen Augenbrauen zusammen und schien zu überlegen. Jeder wartete gespannt auf seine Antwort. Dann schob sich seine Hand langsam zu seinem Bierhumpen und er grummelte, »Dann ist ja gut. Trinken wir!«

Xzar lachte los und nach und nach stimmten die anderen mit ein.

Etwas später trat Shahira an Angrolosch heran, der sie fragend ansah, als sie ihm ein Fellbündel reichte. »Bitte, Herr Zwerg, Eure Rüstung.«

Der Zwerg griff unsicher nach dem Fellbündel und schlug es an einer Seite auf, wo sich die Schuppen des Drachenpanzers zeigten, dann fragte er mit Entsetzen in der Stimme, »Was? Ist sie nicht gut genug für dich?«

Shahira sah ihn fragend an, da sie nicht verstand, was der Zwerg meinte.

»Na ja, wenn du sie mir wiedergibst, muss ja irgendwas nicht damit stimmen?«, sagte Angrolosch grollend.

»Doch sie ist gut! Ich meine, besser noch, sie ist nicht zu übertreffen. Aber sie gehört nun mal Euch«, erklärte Shahira.

»Hahaha! Der war gut!«, lachte Angrolosch und auch Xzar grinste.

Nur Shahira sah verwirrt zwischen dem Zwerg und ihrem Gefährten hin und her. Dann drückte Angrolosch ihr die Rüstung wieder in die Hände und die beiden Männer, die ihr eine Erklärung schuldig blieben, widmeten sich wieder ihrem Bier. Shahira verstand noch immer nicht, was das bedeutete und sie ärgerte sich über Xzar, der es auch nicht für nötig zu halten schien, sie über die Reaktion seines Bruders aufzuklären.

Es war Hestados, der sich räuspernd neben sie stellte, dicht gefolgt von Diljares. »Verzeiht, vielleicht kann ich es Euch erklären«, sagte er höflich und seine grauen Augen sahen sie freundlich an.

Shahira nickte und lächelte dankbar. Der Zwerg erwiderte das Lächeln und Diljares, der neben sie getreten war, sagte schnell, »Ich werde ... noch einen Krug Bier für dich holen. Magst du noch einen Wein, Liebes?« Shahira nickte erneut dankend.

Dann setzten sich die beiden auf einen dicken Ausläufer des Wurzelwerks und Hestados atmete tief ein. »Herrlich die Luft hier, nicht? So frei von Eisen und Feuer. Das mochte ich schon immer an Diljares. Ihr müsst wissen, wir kennen uns nun bald sechshundert Jahre. Und uns verbindet seit mehr als dreihundert davon, viel mehr als nur ein gemeinsamer Sohn, der ja auch nur die letzten zwanzig Jahreszyklen bei uns war«, begann Hestados zu erzählen.

Shahira sah ihn erstaunt an. »Ihr seid über sechshundert Jahre auf dieser Welt? Und bitte, ich bin Shahira, mehr nicht. Ihr müsst mich nicht so förmlich ansprechen, Meister Zwerg.«

Er hob eine Augenbraue. »Gut, wie du wünschst. Aber ich bin auch nur Hestados für dich. Immerhin sind wir ja hier unter Freunden. Und ja, ich befinde mich derzeit in meinem siebenhundertsten Jahreszyklus. Weißt du, warum mein Sohn die Drachenschuppenrüstung nicht zurückhaben will?«

»Nein, ich verstehe es nicht. Es ist doch seine«, sagte sie.

»Er hat sie gefertigt, um sie zu tragen, ja. Doch er hat sie verloren, auch wenn sie gestohlen wurde. Xzar hat sie beide zurückerobert und die eine trägt er, die andere du. Somit hat Xzar dich als Träger auserkoren. Du sagtest zu meinem Sohn, dass sie sich für dich im Kampf bewährt hat?«

Shahira nickte nachdenklich.

»Bei uns gilt das Gesetz: Trägt jemand eine Rüstung im Kampf, so ist sie seine. Überlebt er den Kampf, dann muss die Rüstung für ihn gefertigt worden sein. Gibt er diese Rüstung weg, war sie entweder nicht gut oder der Träger sie nicht würdig.

So ist es auch mit der Krone unserer Könige. Gibt ein gewählter König die Krone ab, war seine Herrschaft nicht gut und er der Krone nicht würdig«, erklärte Hestados.

»Oh«, sagte Shahira und sah auf die Rüstung hinab. »Ich ... wollte deinen Sohn sicher nicht beleidigen.«

»Ach, keine Sorge, er hat sie ja nicht zurückgenommen. Als wir bemerkten, dass wir ausgeraubt wurden, hat Angrolosch getobt und sich diesen Kriegshammer dort geschmiedet. Der Kopf des Hammers ist der Amboss, auf dem er die Drachenschuppenrüstung gefertigt hat. Falls er den Dieb gefunden hätte, hätte er ihm die Zeit, die er mit dem Amboss verbracht hat, in dessen Schädel gehämmert«, sagte Hestados vergnügt.

Als er Shahiras entsetzten Blick sah, fügte er hinzu, »So sind wir Zwerge. Hitzköpfig und stur.«

»Und gütig«, fügte sie leise hinzu.

»Wie meinst du das?«, fragte Hestados.

Shahira zuckte die Schultern. »Du hast Xzar aufgenommen, ein Menschenkind.«

»Ja, ein zähes und stures Menschenkind. Und, das war keine Entscheidung, denn das war die einzige Möglichkeit und ich habe sie ergriffen und nie bereut. Xzar ist mir ein Sohn, mein Kind, so wie jedes meiner anderen Kinder auch«, sagte Hestados mit Stolz in seiner Stimme.

»Und es hat dich nie gestört, dass er anders ist?«

»Anders?« Hestados lachte leise auf. »Jedes meiner Kinder ist anders. Angrolosch ist ein impulsiver Sturkopf, mit einem Herzen aus Gold. Er ist loyal und unerschütterlich und für ein gutes Bier immer zu haben.

Meine Tochter Serasia ist die belesenste Zwergin, die ich je sah. Sie studiert jeden Tag Bücher über Bücher. Sie weiß auf fast jede Frage eine Antwort und nachdem sie mir erzählt hatte, warum sie Bier nicht mag: Weil das und das und das darin enthalten ist; forderte sie mich auf, immer eine gute Flasche Beerenwein aus Santlin im Haus zu haben. Denn dort würden die Beeren die höchste Güte in der Reifung erzielen. Oder so was in der Art. Ich sage es dir, sieben Goldmünzen eine Flasche!« Er lachte. »Mein mittlerer Sohn Tidalox ist ein Künstler. Er zeichnet und malt gern. Vor allem die Berge und die Natur; Tiere, Seen und Flüsse. Ich habe ihn nun in die Lehre nach Kan'bja geschickt zu einem der größten Maler unseres Zeitalters. Und mein jüngster Sohn ist ein Taktiker. Ich habe ihm einst kleine Figuren, also Soldaten und Geschütze, anfertigen lassen und er verbrachte viel Zeit damit, Schlachtfelder in meinem Gemüsebeet nachzustellen, den Hühnerstall zu belagern und in Angroloschs Schmiede Stellungen auszuheben. Ich denke, ich tat gut daran, ihn in einem unserer Regimenter ausbilden zu lassen. Wenn er so weitermacht, wird er irgendwann eine Schlachtlegion anführen und den Rang eines Kriegsherren bekleiden.

Und Xzar? Er ist ein Mensch und ein Magier und er ist ein wahrer Anführer und jemand, der für seine Freunde und seine Familie bis in die dunkelsten Gräben der großen Schlucht wandern würde. Xzar hat vom ersten Tag an, an dem er zu mir kam, nie Furcht gezeigt. Er hat sein Schicksal erkannt, es angenommen und alles rausgeholt, was nur ging. Und doch ist er weder hochmütig noch ungerecht. Du siehst, meine Kinder sind alle anders.«

Shahira hob fragend die Augenbrauen. Hatte er gerade gesagt, Xzar sei ein Anführer? Sie beließ es erst einmal bei dieser Aussage und fragte stattdessen, »Was ist das? Also die dunkelsten Gräben ...«

»Ah, das ist der Weg in die Hallen der Helden, wo wir Zwerge nach unserem Tod hingehen. Es ist wie bei euch das Totenreich. Mit der Ausnahme, dass es diesen Weg wirklich gibt. Er liegt tief im Gebirge, umgeben von schwarzen Felsen und Knochen. Geister gehen dort um. Wenn ein Lebender sich dorthin verirrt ...« Hestados schien zu spüren, dass es Shahira unbehaglich wurde, und unterbrach seine Geschichte.

Shahira schwieg einen Augenblick. So einen Ort wollte sie sich nicht vorstellen, schon gar nicht nach ihrer eigenen Erfahrung mit Geistern. Sie war froh, dass der Zwerg nicht weitersprach. Stattdessen sagte sie, »Ich muss gestehen, so habe ich mir Zwerge nicht vorgestellt.«

»Ich hoffe, ich enttäusche dich nicht«, sagte Hestados schmunzelnd.

»Nein, im Gegenteil. Dass ihr so freundlich und offen seid, all das erfreut mich. Ich habe nie zuvor Zwerge gesehen. Ich gestehe, nicht mal gewusst, dass es euch noch gibt und die Geschichten aus meiner Kindheit über Zwerge, sie waren ... nun ja ... anders«, sagte sie.

Jetzt lachte er freundlich auf. »Lass mich raten: Kleine, gedrungene Wesen, die nach Reichtümern schürfen, immer grummelig sind, keinen Fremden an sich ranlassen, ungepflegt und streitlustig sind ...«, zählte Hestados mit den Fingern auf, dabei noch zwei Finger mehr in die Höhe streckend, um ihr anzudeuten, dass es sicher noch mehr Gründe gab.

Shahira überlegte einen Augenblick. »Und nur Bier trinken«, fügte sie vergnügt hinzu.

Der Zwerg lachte wieder. »Ja, das nicht zu vergessen. Weißt du, es gibt diese Zwerge bei uns, ja. Zumindest von jedem der Punkte etwas. Vielleicht sogar den einen oder anderen, der genauso ist. Aber ich bin mir sicher, dass es auch Menschen gibt, die so sind.« Er seufzte und machte eine Pause. »Xzar ist ein guter Junge. Wenn ich heute sehe, was für ein Mann er geworden ist, erfüllt er mich mit Stolz. Er hat sein frühes Schicksal überwunden und sich dem angepasst, was vor ihm lag.« Hestados lachte auf. »Dann zieht er aus, auf seine erste Reise alleine und kommt hierher zurück, mit Freunden, die ihm folgen und einer hübschen und starken Frau an seiner Seite und er ist gerüstet und gewappnet wie einer der Krieger aus den alten Tagen.« Jetzt seufzte er erneut und wurde ein wenig ernster. »Aber auch wenn Xzar noch immer der Sohn ist, der bescheiden und dankbar auszog, so hat er sich doch verändert. Ich sehe in ihm, dass er in der Lage ist, seine Taten zu berechnen, zu planen was er tun will und seinen Weg voranschreiten wird. Er wird euch zu euren Zielen führen, da bin ich mir sicher.«

»Ja, das ist er. Er ist ein geborener Anführer, wie du es beschreibst, doch sag ihm das nicht, das will er nicht hören«, sagte Shahira schmunzelnd und sie war überrascht, wie gut Hestados Xzar kannte.

»Er will so etwas nie hören, doch er wird sich dem auch nie entziehen können«, sagte der Zwerg.

»Hier dein Bier und der Wein!«, unterbrach Diljares sie, der hinter ihnen stand und ihnen Krug und Glas reichte.

Shahira fragte sich, wie lange der Elf schon dort gestanden hatte. Seinem feinen und freundlichen Lächeln nach, bereits eine ganze Weile. Sie nahm dankend das Glas Wein an und nippte daran. »Das ist kein Honigwein? Er schmeckt eher fruchtig süß.« Sie nippte erneut und ließ die dunkelrote Flüssigkeit einen Augenblick in ihrem Mund. Sie schluckte den Wein langsam runter und seufzte entzückt. »Was für ein Genuss! Den müssen die Götter gekeltert haben.«

Hestados lachte und Diljares nickte. »Ja, fast richtig. Das ist Beerenwein aus Santlin. Eine Empfehlung ...«, begann Diljares zu erklären, als Hestados ihn unterbrach, »... meiner Tochter.«

Und er lachte weiter, als Shahira mit einstimmte und Diljares erhabener Gesichtsausdruck der Verwunderung wich.

Xzar stieß gerade mit Angrolosch die Humpen aneinander, als Isen erneut um seine letzte Kupfermünze würfelte. Zwischenzeitlich hatte Isen seine zehn Münzen bereits wieder aufgefüllt. Alinja hatte mittlerweile einen beträchtlichen Haufen an Münzen vor sich liegen, als Isen in seinem ersten Wurf wieder nur die 3 als höchste Zahl vor sich sah. Er stöhnte auf und wollte sie gerade in die Mitte seines Endergebnisses platzieren, als Angrolosch ihn aufhielt. »Warum machst du das?«

»Weil ich eh nicht mehr viel besser werde, schau!«, er deutete auf Alinjas Münzberg, doch Angrolosch schüttelte den Kopf. »Du würfelst ja auch falsch, so wie ein Wei...« Er warf einen schnellen Blick auf Alinja, die warnend eine Augenbraue hob, »Ehm, wie ein ... Wühlschrat, wollte ich sagen.«

»Was soll das denn sein?«, fragte Isen missmutig.

»Na ja, jemand so völlig ohne ... ehm ... Geschick und so halt«, sagte Angrolosch, der versuchte sich herauszureden, da Alinja ihn noch immer fragend ansah.

»Ist das so, Herr Zwerg?«, fragte Alinja ironisch, aber lächelnd.

»Ja, also er macht es falsch, das ist doch die Hauptsache, werte Dame«, schmeichelte Angrolosch ihr.

»So, wie macht man es denn?«, fragte sie nun interessiert.

Xzar bemerkte wie ihr Lächeln, das über alle Maße verführerisch war, seinen Bruder immer nervöser machte. Xzar musste schmunzeln. Schon früher war dieser der Schönheit der Frauen verfallen gewesen. Wann immer eine junge und hübsche Dame ihnen begegnet war, und dabei war es völlig egal ob Zwergin, Mensch oder Elfe, Angrolosch war ihr sogleich verfallen.

»Nun ... ehm ... also«, sagte er und Xzar befürchtete fast, dass er nun zu stottern beginnen würde. Doch er fing sich wieder, als er weiter erklärte, »Er schwingt den Becher nicht richtig, schaut!« Angrolosch griff nach dem Becher. Bevor er ihn wie Isen einfach ausschüttete, schwenkte er ihn drei Mal, drehte ihn nur halb um und gab ihm dann einen kleinen Schwung, sodass die Würfel einige Handbreit über den Tisch rollten, bevor eine 6 und eine 5 vor ihnen liegen blieben.

Isen sah mit offenem Mund auf die Würfel. Auch Alinja hob beeindruckt die Augenbrauen. Dann nahm sie die 6 und legte sie an Isens erste Stelle und sagte verführerisch, »Schafft Ihr das noch einmal, Herr Zwerg?«

Angrolosch zuckte die Schultern und schnippte den letzten Würfel in den Becher zurück. Er drehte den Becher, sodass der Würfel in ihm rollte, doch bevor er ihn warf, sagte er zu Alinja, »Wenn es eine 6 wird, glaubt Ihr, es wäre Euch einen Kuss«, er deutete mit dem Bierhumpen auf seine Wange, »für mich wert?«

»Was?«, rief Isen.

»Oh nein, nicht so was!«, fluchte Xzar gespielt erbost und schlug sich die Hände vor das Gesicht. Das war er, sein beherzter Bruder Angrolosch, ebenso forsch wie schüchtern.

Alinja sah den Zwerg überrascht an. »Ihr zögert auch nicht, wenn sich die Gelegenheit bietet, oder? Aber wisst Ihr, es wird ja höchsten eine 636. Sagen wir es mal so, wenn ich mit meinem Wurf, dem Euren unterliege, dann überlege ich es mir.«

Jetzt sahen alle drei Männer verdutzt auf die Novizin, die sie fragend ansah. »Nun, was ist meine Herren?«

Angrolosch nickte mehrere Male heftig hintereinander und rollte den Würfelbecher: 6!

»Also gilt es für mich die 636 zu schlagen?«, fragte sie.

»Sieht wohl so aus«, sagte Xzar, der sie interessiert musterte. Es lag kein falsches Spiel in ihrem Blick. Sie meinte, was sie sagte ehrlich und das war die andere, die neue Alinja. Xzar lächelte, als er erkannte, dass sie sich verändert hatte und nicht zu ihrem Nachteil. Sie war eine Novizin der Tyraniea, aber als Priesterin ihrer Göttin würde sie zu einer wahren Persönlichkeit werden, da war er sich sicher.

Jetzt nahm Alinja sich die drei Würfel und ließ einen nach dem anderen in den Becher fallen. Dabei lächelte sie Angrolosch zuckersüß an. Der Zwerg starrte wie gebannt in ihre himmelblauen Augen. Sie hob den Becher an und befolgte Angroloschs Anleitung, dann ließ sie die Würfel rollen: 6,6,1. »Oh, es ist wirklich besser«, sagte sie und legte eine der Sechsen an ihre erste Stelle. Dann nahm sie die beiden anderen Würfel und spielte erneut. Sie rollte: 6,1. Alinja nahm die 6 und Angrolosch schluckte, denn das war seine Niederlage. Doch anders als erwartet, legte sie den Würfel an die letzte Stelle. Als er sie völlig verdutzt ansah, sagte sie bezaubernd, »Wir wollen es doch spannend machen.« Sie nahm den Becher und hielt in ihrer Bewegung inne. »Bevor ich den letzten Würfel rolle, noch eine Sache. Ihr habt Euren Lohn verhandelt, doch was bekomme ich von Euch, wenn ich nun höher liege als Ihr?«

Angrolosch sah zu Xzar, der nur mit den Schultern zuckte und wie der Zwerg nun mal war, wagte er den Vorstoß. »Einen Kuss von mir auf Eure lieblichen Lippen natürlich!«

Isen prustete den Wein aus, den er gerade trinken wollte und Xzar lachte los. Wenn es Alinja überraschte, ließ sie es sich nicht anmerken und lächelte. »Nun, so gerne ich Gleiches mit Gleichem vergelten würde, muss ich ablehnen. Schlagt mir etwas anderes vor!«

Angrolosch überlegte einen Augenblick, dann hellten sich seine Augen auf und Xzar musste neidlos anerkennen, dass sein Bruder auch eine andere Art hatte. Eine, die jeden Poet und Ritter in den Schatten stellte, denn jetzt räusperte er sich, setzte den Bierhumpen ab, stand auf und verbeugte sich leicht. »Meine werte Priesterin der Göttin der Elemente. Ich war ein Narr, Euch mit solch einem geringen Preis beglücken zu wollen. Gewinnt Ihr, so werde ich Euch ein Schwert schenken, das von meiner Hand geschmiedet wurde und der Hand einer Priesterin wert ist. Ich hoffe, dies ist Euch Lohn genug, denn mein tiefster Respekt ist Euch jetzt bereits sicher.«

In Isens Gesicht wechselten die Gefühle hin und her. Von Unverständnis über Verwunderung zu völliger Überraschung. Für den Dieb war dieser Zwerg ein ganz eigenes Mysterium und doch fühlte er innerlich, das er ihn mochte. Dann presste er das Wort »Possenreißer« zwischen den Zähnen hervor. Angrolosch funkelte ihn empört an und gab ihm einen leichten Stoß vor die Schulter, was den Dieb dazu brachte, von der Bank zu kippen. »Autsch!«

»Weichei!«, kam von Angrolosch, der sich sogleich wieder zu Alinja drehte, während Isen loslachte. »Und Lady Alinja, was sagt Ihr zu dem Angebot?«

Alinja sah überrascht zu Isen und dann zurück zu Angrolosch. Sie lächelte und nickte zustimmend. Daraufhin rollte sie den verbleibenden Würfel im Becher, um diesen dann mit einer schnellen Bewegung umzudrehen und den Würfel unter dem umgestülpten Becher zu verdecken. Alle starrten wie gebannt auf den Becher, doch sie hob ihn nicht hoch. Alinja richtete sich von ihrem Platz auf und beugte sich leicht über den Tisch. Ihre verführerische Weiblichkeit raubte jetzt allen drei Männern den Atem. Dann krümmte sie ihren Zeigefinger und forderte Angrolosch auf, näher zu kommen. Als der Zwerg ihrer Aufforderung folgte, hauchte sie ihm einen zärtlichen Kuss auf die Wange, der die Hautfarbe des Zwerges deutlich dunkler werden ließ. Und noch während die Männer sie sprachlos anstarrten, stand die Novizin auf, um sich zu Shahira, dem Elfen und Hestados zu gesellen. Diljares flüsterte Alinja lächelnd etwas ins Ohr und Shahira lachte.

Die drei, Xzar, Angrolosch und Isen starrten noch immer auf den Becher und als Isen seinen Finger auf das dünne Leder setzte, um ihn umzuwerfen, entfuhr ihnen allen ein »Oh!«, als sich auf dem letzten Würfel die 6 zeigte.

# Ergreife die Möglichkeit

Sie feierten diesen Abend lange bis in die Nacht hinein und als der Mond noch nicht allzu hoch am Himmel stand, entschlossen sich Xzar und Angrolosch zusammen auszutreten. Sie schwankten, als sie sich zwischen den Bäumen erleichterten.

Danach gingen sie noch ein paar Schritte in die Nacht hinaus und setzten sich auf eine alte Baumwurzel, die schon in ihrer Kindheit dort gelegen hatte.

»Es ist wie früher. Ich habe das so vermisst«, sagte Xzar nach einer Weile.

»Ja, so muss das sein. Bier, Bier, Bier, Würfel und Weiber«, sagte Angrolosch triumphierend.

»Jaha«, sagte Xzar. »Nur, dass wir damals nie Frauen dabei hatten.«

»Haha, ja das stimmt. Die waren immer nur lästig.«

»Wobei, erinnerst du dich an Ilse Bilderbuckel, die Tochter des Wirts aus Kan'bja?«, fragte Xzar.

»Oh ja, an die erinnere ich mich. Sie war die Erste, die ich je geküsst habe!«, sagte Angrolosch stolz. »Schon damals wusste ich, dass ich ein echt hübscher Kerl bin!«

Xzar prustete laut los.

»Was ist?«

»Ich musste sie mit einem Kuss von mir dafür bezahlen, damit sie dich küsst. Sie wollte sich rühmen, dem hübschen Menschenjungen gezeigt zu haben, wie echte Zwerginnen küssen!«, lachte er weiter.

»Du hast was?«, fragte Angrolosch entsetzt.

Xzar nickte, während ihm Lachtränen in die Augen schossen.

»Ich hätte dir damals schon den Kopf abschlagen sollen, du verlauster Schafskopf von einem Grottenmolch!«, entfuhr es dem Zwerg grummelig, bevor er nach einem Augenblick hinzufügte, »Und war es bei dir auch so ... haarig?«

Xzar nickte. »Ja! Sie hatte immer schon einen ganz ordentlichen Bartflaum! Wie geht es ihr eigentlich?«

»Oh gut. Sie hat einen der Juwelenknabberer geheiratet und sie haben sieben Kinder. Alles Mädchen und alle mit ... Bart!«

Sie lachten beide laut los.

Dann saßen sie für einen Augenblick schweigend da. Ab und an entfuhr ihnen ein leises Glucksen.

»Vermisst du es, hier zu sein?«, fragte Angrolosch dann irgendwann.

»Wie meinst du das? Ich war keinen halben Jahreszyklus weg. Aber ja, ich habe euch vermisst, besonders, weil ich dachte, ihr seid ... tot«, sagte Xzar dann leise.

»Ich verstehe. Das muss schrecklich für dich gewesen sein«, stimmte Angrolosch zu.

»Ja, war es. Ich bin froh, dass ich Shahira getroffen habe. Sie hat mir Kraft gegeben.«

»Mhm ... ist es was Ernstes zwischen euch?«, frage der Zwerg vorsichtig.

»Von meiner Seite aus, ja. Du kennst mich. Ich habe vorher kaum Kontakt zu anderen Menschen gehabt, und bei ihr habe ich das Gefühl, jemanden gefunden zu haben, der mich versteht. Sie ist so liebevoll und im Inneren stark.«

»Und sie hat große ...«, unterbrach Angrolosch ihn und deutete auf seine eigene Brust.

»He! Beherrsch dich!«, fuhr Xzar ihn an, musste dann aber lachen. Er fuhr fort, ohne weiter auf die Bemerkung des Zwerges einzugehen. »Was ich meine ist, sie ist eine wahre Kriegerin und ich bewundere ihre Art, durch die Welt zu schreiten. Manchmal hat sie etwas Majestätisches an sich. So eine

Erhabenheit, wie die alten Elfen sie haben und dann wiederum ist sie verspielt und erfreut sich an den einfachsten Dingen«, sagte Xzar verträumt.

»Oh weh, Bruder, dich hat es ganz schön erwischt, was?«, sagte Angrolosch grinsend.

»Na komm«, grinste Xzar zurück, »So, wie du Lady Alinja anhimmelst, könnte man das auch von dir sagen.«

»Was? Nein ... ich meine ... du musst, ach Mist. Sie ist halt eine Schönheit! So eine Frau habe ich noch nie getroffen. Und ja, sie ist sehr anziehend. Doch ich weiß auch, dass sie ein Mensch ist und ich bin ein tumber, grummeliger und ungehobelter Zwerg«, sagte Angrolosch missmutig.

»Ach, mein Bruder, du redest dich immer so herab. Du bist einer der besten Schmiede deines Volkes. Ein Krieger der Zwerge, der unerschütterlicher nicht sein könnte. Und du bist ehrlich. Ja, ein wenig ... forsch ... aber ehrlich. Warum wertest du dich so ab?«, fragte Xzar ihn aufmunternd.

Angrolosch sah ihn an und mit jedem von Xzars Worten legte sich mehr Freude auf sein Gesicht, dann nickte er. »Du hast recht. Doch vielleicht habe ich das von meinem Bruder, der sich selbst auch immer geringer sieht, als er ist.«

»Wie meinst du das?«

»Glaubst du nicht, ich hätte das mit dem Schwert und der Prophezeiung noch nicht gehört?«

»Ach das. Verdammt, Isen ....«

»Ja, Isen. Aber warum willst du dieses Schicksal nicht annehmen, Bruder? Ist es nicht genau das, was wir beide immer wollten? Erinnere dich: Als wir Kinder waren und Drachen nachjagten, die nie da waren. Als wir den Troll bekämpften, der eine alte knorrige Eiche war. Als wir die Jungfrauen retteten, auch wenn es am Ende nur die Töchter des Wirtes waren. Du hast die Möglichkeit, einer jener Helden zu werden, über den man Lieder singt! Wie sagt Vater immer: Ergreife die Möglichkeit, wenn sie sich dir bietet!« Er stand nun vor Xzar und schüttelte ihn sanft an den Schultern. »Xzar! Du hast die Möglichkeit! Ergreife sie! Werde dieser Krieger und ich werde dir folgen!«

»Was? Das Bier spricht aus dir!«, gab Xzar überrascht zurück.

»Ja, vielleicht, aber egal, ich werde dir folgen! Gut, zugegeben, ich hatte das sowieso morgen vor. Aber wenn du das machst, werde ich dir nie wieder von der Seite weichen!«, erklärte Angrolosch.

»Warte, warte. Du willst uns begleiten?«, fragte Xzar verwirrt und er spürte das Bier in seinem Kopf und das Gesicht seines Bruders drehte sich leicht für ihn.

»Ja, was dachtest du denn? Dass du Abenteuer erleben darfst und ich sitze hier rum und warte, dass du irgendwann mal wieder vorbeikommst, um mir dann mit deinen Weibern und Geschichten die Nase lang zu machen? Du spinnst rum! Natürlich komme ich mit. Vater weiß Bescheid und ... Augenblick, willst du das etwa gar nicht?«, fragte er jetzt skeptisch.

»Doch Bruder! Natürlich. Es gäbe nichts Größeres für mich, als wenn du uns begleitest«, sagte Xzar erfreut. »Aber bitte, diese Sache mit dem Drachenschwert und dem Krieger des Drachen, gib mir noch etwas Zeit nachzudenken.« Nach einem Zögern fragte er, »Und Lady Alinja ...?«

Angrolosch lächelte, »Ja, auf sie werde ich auch aufpassen, nicht nur auf dich!«

Sie lachten und Xzar verspürte eine innere Freude, die er schon lange nicht mehr gefühlt hatte.

Als sie zurück an den Tisch kamen, sahen sie, dass Isens Münzhaufen nun schon mehr als neun Münzen zählte und er lachte ihnen entgegen. »Es glückt! Ihr hattet recht, Herr Zwerg! Meine Technik war nicht gut.«

Sie sahen nickend zu ihm hinüber und dann zu Alinja, die wissend lächelte.

›So fügt sich eins zum anderen‹, dachte Xzar. Angrolosch setzte sich zu den beiden an den Tisch und holte einen dicken Lederbeutel heraus, während Xzar zu Shahira und seinen Vätern weiterging. Er stellte sich neben sie, um ihr einen Arm um die Schulter zu legen. »Und was hältst du von meiner Familie?«, fragte er leise.

»Sie sind großartig«, sagte sie und gab ihm einen Kuss auf die Wange, als er sich näher zu ihr herab beugte.

»Ja, das sind sie. Haben sie dich ausgefragt?«

»Nein, kaum. Sie haben mir eher Geschichten über dich erzählt. Fast so, als wollten sie mich gut darauf vorbereiten, was ich mir mit dir eingefangen habe«, lachte sie.

»Oh je, ob mir das so gefallen sollte?«

»Ja, sie sind beide sehr stolz auf dich.«

»Das freut mich zu hören.«

»Sag mal, kann es sein, dass dein Bruder versucht, unserer Alinja den Hof zu machen?«, fragte sie lächelnd.

Xzar nickte. »Ich befürchte, ja. Und er will uns begleiten.«

»Ja, das hörte ich von Hestados bereits. Wird es gut gehen?«

»Ja, er ist zwar ein Aufschneider, aber innerlich eine herzensgute Seele. Und er wird uns eine enorme Hilfe sein«, sagte Xzar.

»Wie meinst du das?«

»Seine Kampfkraft. Er ist bestimmt vier königliche Soldaten wert. Glaub mir, die Zwerge sind wahre Meister des Waffengangs. Angrolosch gehört zum Clan der Bartzwirbler und sie waren früher unsere ... ich meine ... die Kriegerkaste der Zwerge«, erklärte Xzar ihr.

»Verstehe. Ich glaube, wir müssen uns ein wenig um Isen kümmern. Jetzt, wo er die Hoffnung in dir sieht, wird er manchmal übereifrig und dann melancholisch. Redest du mit ihm?«, fragte Shahira.

»Und was soll ich ihm sagen?«, fragte Xzar.

»Na ja, rede ihm gut zu. Mach ihm Mut, dass wir seine Frau befreien. Das wir mit ihm sind und dass er ein Freund ist. Er braucht das und viel wichtiger: Er glaubt an dich!«, sagte sie energisch. Als sie sah, dass Xzar die Augen verdrehte, legte sie ihm die Hand auf den Mund und fügte hinzu, »Ja, ich weiß, du willst davon nichts hören, doch das ist egal! Er muss aus deinem Mund hören, dass wir seine Frau finden und sie befreien. Du *bist* unser Anführer und das kannst du nicht leugnen. Wir folgen dir, Xzar! *Ich* folge dir! Du musst das irgendwann akzeptieren.«

Ihr Blick war eindringlich. Xzar sah lange in ihre dunkelblauen Augen und bevor er drohte, sich darin zu verlieren, sagte er, »Ja, du hast recht, was das mit dem Anführer betrifft. Ich werde das irgendwann annehmen, aber jetzt noch nicht. Wir müssen zuerst Isens Frau finden und Alinja zum Thron der Elemente geleiten.«

Shahira nickte zufrieden. »Sprich mit Isen, am besten gleich morgen früh.«

Am nächsten Morgen, oder besser, wenige Stunden nachdem sie sich zu Bett begeben hatten, saßen sie schon wieder beim Frühstück. Dem einen oder anderen stand die lange Nacht noch deutlich ins Gesicht geschrieben, doch sie waren alle frohen Mutes. Sie aßen gemeinsam ein einfaches Mahl, bestehend aus Brot, Wurst und Käse, etwas Obst und frischer Milch. Shahira hatte noch immer nicht herausgefunden, woher Diljares die ganzen Speisen holte, doch sie traute sich auch nicht, zu fragen. Vielleicht war es besser, wenn sie nicht alles wusste.

Nach dem Essen ging Xzar zu Isen. »Wie geht es dir, mein Freund?«

Er stöhnte leidend. »Oh, es ist alles ein wenig verdreht, aber ja doch, ich komme zurecht. Was werden wir heute tun?«

»Ich muss noch einige Dinge mit Diljares besprechen und heute Mittag brechen wir zu meiner Mutter und meinen Geschwistern auf.«

»Es klingt in meinen Ohren immer noch merkwürdig, wenn du von Zwergen redest, die deine Familie sind«, lächelte Isen.

»Ja, das kann ich mir vorstellen. Doch sag, wie geht es dir sonst, abgesehen davon, dass du zu viel des guten Honigweins hattest?«

Isen seufzte erleichtert auf. »Ich bin froh, bei euch zu sein, um meine Frau zu suchen.«

Xzar nickte und ließ seinen Blick über die Lichtung schweifen, hinauf zu den Wipfeln der Bäume, die sich über ihnen erhoben. »Isen, wir werden sie finden. Das zumindest kann ich dir versprechen.«

Xzar glaubte eine schwindende Anspannung zu sehen, die von Isens Gesicht wich und der Dieb sah ihn freudestrahlend an. »Ich wusste, dass du mir helfen würdest. Ich hatte von Beginn an das Gefühl, dass es das Richtige sein würde, mit euch zu reisen.«

»Ja, ich weiß. Doch Isen, auch wenn ich dir wünsche, dass alles gut wird, wenn der Kult der Gerechten sie hat, wird es nicht leicht werden. Es wird sicher nicht ohne einen Kampf gehen. Der einzige Tausch, der sie dir zurückgeben könnte, wäre das Schwert gegen sie«, sagte Xzar vorsichtig.

»Das hast du doch nicht vor, oder?«, fragte Isen besorgt.

»Wenn es deine Frau rettet ... wir werden sehen. Erst einmal müssen wir sie finden und zuvor werden wir Alinja zu ihrer Weihe begleiten.«

# Vor dem Aufbruch

Xzar stand in seinem Studierzimmer und blätterte durch die Notizen auf dem Schreibtisch, die dort noch unverändert lagen. Abhandlungen über Geister, Definitionen von Zaubersprüchen, Skizzen der Drachenschuppen und eine mit Kerzenwachs verklebte Seite, die noch schwach die Zeichnung einer Pflanze erkennen ließ, mit Beschreibungen und Anwendungsgebieten. Kräuter und Alchemie war nie was für ihn gewesen. Er nahm sich ein Buch von einem kleinen Stapel und blies vorsichtig die Staubschicht weg, die sich das letzte halbe Jahr hier abgelegt hatte. »*Anteras Abhandlungen der Zerstörungsmagie*«, las er den Titel leise.

»Das war eins deiner liebsten Werke. Hast du sie jemals zur Gänze studiert?«, fragte Diljares hinter ihm.

Xzar drehte den Kopf zu ihm und lächelte. »Nein, ich bin nur bis zur Hälfte gekommen. Der Zauber dort war der Feuerball und ich habe bis heute nicht alle der komplexen Thesisstränge nachvollziehen können. Leider baut alles, was danach kommt, genau darauf auf. Aber die Illustrationen der folgenden Zauber kenne ich alle auswendig.«

»Ja, du hast dich schon immer zu sehr auf die Thesen versteift. Anstatt es einfach zu wirken«, sagte Diljares.

»Du vergisst, dass ich kein Elf bin?«, lachte Xzar jetzt.

»Nein, das vergesse ich nicht und dennoch, auch ein Mensch kann den Fluss der Magie verändern. Doch ich wollte nicht noch einmal mit dir reden, um über Magietheorie zu streiten, sondern über das, was du mir erzählt hast: deine Reise und euren Gegner, den Totenbeschwörer Tasamin. Du sagtest, er war ein Dunkelelf?«

»Ja, das ist richtig.«

»Das beunruhigt mich. Selbst bei den Elfen gelten die Dunkelelfen als vernichtet. Sie wurden vor Hunderten von

Jahren gejagt und alle getötet. Ihr Hang zur Todesmagie und ihre Feindseligkeit allen anderen Rassen gegenüber, machte sie zu einer unkontrollierbaren Bedrohung. Alles worum es ihnen ging, war Krieg«, erklärte Diljares.

»Ja, ich kenne die Geschichte. Doch Tasamin war sehr alt, er musste über 500 Jahre alt sein, vielleicht konnte er entkommen?«, suchte Xzar nach einer Erklärung.

»Das ist kein Alter für einen Elf, selbst wenn er ein Dunkelelf war. Elfen können Tausende von Jahren auf dieser Welt wandeln. Die Dunkelelfen lebten kürzer, soweit bekannt ist, aber sicherlich auch zweitausend Jahre. Hoffen wir, dass er der Einzige war. Wenn nicht, müssen wir die Elfen darüber benachrichtigen. Es müssen dann Entscheidungen getroffen werden. Doch sag, was planst du nun zu tun?«

»Wir werden nach Kan'bja gehen und von dort aus ins Schneegebirge, um Alinja zum Thron der Elemente zu bringen«, erklärte Xzar.

»Oh, du hast es noch nicht gehört?«, fragte Diljares überrascht.

»Nein, was?«

»Die Zwerge haben Kan'bja abgeriegelt. Sie lassen derzeit nur ihr eigenes Volk hinein.«

»Warum das?«

»Sie wählen einen neuen König und in dieser Zeit dürfen keine Außenstehenden die Stadt betreten.«

»Oh je. Was ist mit König Tindraloxsch, dankt er ab?«, fragte Xzar.

»Er muss. Das Alter und eine Krankheit haben ihn schwer getroffen. Er kann den Hammer des Königs nicht mehr über den Kopf heben und wie du weißt, ist das bei den Zwergen das Zeichen, dass ein neuer König gewählt werden muss. Augenblicklich führen sie die Vorwahlen durch, um die Kandidaten zu bestimmen. Hestados erhofft sich einen aus seinem Clan, doch die Konkurrenz ist stark. Drei Clans stellen derzeit Anwärter. Die Bartzwirbler, die Schneefüchse und die Knochenbrecher«, zählte Diljares drei der neun Zwergenclans auf.

Die Zwerge waren stolz auf ihre Clans, denn es galt als besondere Ehre, in einem dieser alten Häusern zu dienen, einige gab es schon seit Jahrtausenden. Nicht jeder Zwerg war Clanmitglied, es gab auch eine ganze Menge freier Zwerge. Und am Ende lag es an ihren Stimmen bei der Wahl. Die Anwärter wurden von den Ältesten der Clans bestimmt und sie hatten danach die Aufgabe, möglichst viele Stimmen für sich zu gewinnen. Dabei durften keine Münzen fließen, jedenfalls nicht, um Stimmen zu kaufen. Aber es war durchaus gerne gesehen, wenn die eine oder andere Runde Bier in der Taverne von einem der Anwärter übernommen wurde.

Die drei Clans, die dieses Mal Bewerber stellten, gehörten zu den größten Clans. So waren die Bartzwirbler, zu denen auch Xzars Familie zählte, die einflussreichsten unter den Zwergen. Der momentan noch amtierende König gehörte ebenfalls zu ihnen und auch sein Vorgänger. Die Bartzwirbler stellten vor allem die Schmiede der Zwerge und hatten die größten Anteile an den Edelerzminen, wie Gold, Silber, Mithril, Staridium und Estatium. Die letzten beiden waren magische Metalle und die Zwerge verwoben sie mithilfe ihrer Runenmagie zu mächtigen Waffen und Rüstungen. Der Handel mit diesen Metallen brachte beachtliche Summen hervor.

Der Clan der Schneefüchse vertrat die Regierung in Kan'bja. Verwaltung, Handelsbeziehungen, Grenzkontrollen und die Einhaltung der Gesetze und Traditionen waren ihre Hauptaufgaben.

Was allerdings beunruhigend war, dass es zu dieser Wahl auch einen Anwärter der Knochenbrecher gab. Bisher hatte sich dieser Clan aus den Führungsaufgaben herausgehalten. Sie galten als unbändigbar und eigenbrötlerisch, was bedeutete, dass sie alle Veränderungen verweigerten. Im Rat stimmten sie grundsätzlich gegen neue Gesetze, was bisher nur wenig Erfolg hatte, da es mehr Zwerge gab, die für die Änderungen waren. Würden sie aber einen König stellen, wäre die letzte Entscheidung in ihrer Hand. Der Name Knochenbrecher rührte vor allem durch ihren schonungslosen Einsatz im Kampf. In den Tunneln unter den Bergen gab es manch seltsame Kreatur und die Zwerge kämpften dort zum Schutz ihres Territoriums.

»Das ist nicht gut«, sagte Xzar, der sich nun an seinen Schreibtisch lehnte. »Ich wollte dort Ausrüstung für den Aufstieg ins Schneegebirge erwerben.«

»Ich habe noch einige Sachen im Vorratslager. Ich denke, Hestados wird auch noch etwas haben. Eure Pferde könnt ihr hierlassen, bis zu eurer Rückkehr. Die Gebirgspässe sind nichts für die Tiere«, sagte Diljares.

»Weißt du etwas über den Pfad zum Thron der Elemente?«, fragte Xzar ihn nach einem Augenblick.

»Gerüchte, mein Junge, Gerüchte. Angeblich gibt es einen Weg, der hinaufführt. Ab und an kommen Novizen, wie eure Lady Alinja und begehen ihn. Doch nicht jeder kommt wieder hinunter. Und jene, die es schaffen, sind hinterher verändert. Allerdings erzählen sie nichts von dem, was ihnen dort oben widerfuhr. Die Zwerge nutzen diesen Weg nicht. Sie sagen, es gäbe dort Prüfungen, an denen sie nicht vorbeikommen«, erklärte Diljares ihm.

»Gut, hoffen wir, dass Alinja weiß, wie mit diesen zu verfahren ist«, sagte Xzar. »Dann werden wir mal packen und aufbrechen. Ich denke, Mutter wird uns heute nicht mehr weiterziehen lassen, sodass wir frühestens morgen unsere Reise zum Schneegebirge antreten können.«

»Ich wünsche euch viel Glück. Es wird sicher einige Tage dauern, bis ihr zurück seid«, stellte Diljares fest.

»Ja, zu Fuß werden wir bestimmt vier Tage hin benötigen, dann den Pass hoch und wieder zurück. Vielleicht zwei Wochen. Aber da fällt mir noch was ein. Auf unserer Reise griffen uns ein paar Männer an, einer war ein Magier und er ist mit dem arkanen Sprung aus dem Kampf geflohen. Ich kenne inzwischen diesen Zauber von einer Schriftrolle. Ich lasse dir die These da. Doch zu meiner Frage: Kennst du weitere Möglichkeiten, größere Entfernungen mit einer Gruppe zu überwinden? Es würde uns Reisezeit ersparen.« Xzar konnte seine Neugier nicht verstecken.

»Das ist weiterführende und teils sehr komplexe Magie, Xzar. Es gibt Möglichkeiten: Du kennst den Fokuskristall? Diese sind entweder kostspielig oder erfordern ein großes Maß an magischem Wissen. Lass mich nachlesen, bis ihr wieder hier seid, vielleicht finde ich noch etwas in den Büchern.«

»Ich danke dir. Wirst du ohne mich zurechtkommen?«

Diljares hob ungläubig die Augenbrauen. »Du kleines, eingebildetes Menschlein«, grinste der Elf. »Da lebe ich so lange ohne dich und dann kommst du und maßt dir so eine Frage an?«

Xzar musste sich ein Lachen verkneifen. »Und kommst du?«

Diljares lachte und nickte dann. »Ich werde es schon aushalten. Pass auf dich auf und auch auf deine Freunde.«

»Ja, Vater, das werde ich.« Xzar umarmte den Elfen und verabschiedete sich von ihm.

Kurz danach trafen sich die Freunde und suchten in Diljares Vorratslager zusammen, was sie für eine Bergreise brauchten. Angrolosch war ihnen hier eine große Hilfe, denn mit den Bergpässen kannte er sich aus. Was sie bei Diljares nicht fanden, waren zusätzliche Decken oder Felle, denn je höher sie den Berg erklimmen würden, desto kälter würde es werden. Aber der Zwerg war sich sicher, dass sie bei seiner Mutter Entsprechendes finden würden.

Hestados blieb bei Diljares und als die beiden den fünf ungleichen Reisegefährten nachsahen, sagte der Zwerg, »So schließt sich der Kreis also.«

»So ist es mein alter Freund. Aber wir wussten immer, dass Xzar eines Tages diese Aufgabe vor sich haben würde«, sagte der Elf.

»Ja, das stimmt. Aber meinetwegen hätte er sich noch ein paar Jahre Zeit lassen können.« Hestados zog eine Pfeife aus der Tasche, die er nun sorgfältig zu stopfen begann.

»Hast du es ihm jemals gesagt?«, fragte Diljares, der seinem Freund bewundernd zusah, wie dieser, trotz seiner dicken Finger den Tabak auseinanderzupfte.

»Was meinst du?«, fragte der Zwerg abwesend, während seine Konzentration eindeutig auf dem Tabak lag.

»Wer seine Eltern sind.«

»Ich bin sein Vater und Endiria seine Mutter und du ... bist auch sein Vater«, sagte der Zwerg entschieden.

»Du weißt, was ich meine«, blieb der Elf hart.

Hestados seufzte und schob den Tabak, den er bereits gezupft hatte, zur Seite, dann sah er zu Diljares. »Nein, habe ich nicht. Ich konnte es nicht. Ich habe es außerdem geschworen.«

»Du weißt, dass er es herausfinden wird?«, sagte Diljares traurig.

»Ja, ich weiß«, sagte der Zwerg kopfschüttelnd. »Ich habe alles getan, um ihn davor zu schützen. Und was macht dieser dumme Bengel? Er stolpert in seine eigene Geschichte hinein, als wäre alles vorherbestimmt.«

»Ist es das nicht auch?«, fragte Diljares nachdenklich. Nach einem Augenblick, in dem der alte Zwerg traurig den Kopf hängen ließ, nahm Diljares den Tabak und stopfte ihn in die Pfeife. Dann reichte er sie seinem Freund. »Lass den Kopf nicht hängen. Wir wussten, dass dieser Tag kommt. Xzar stolpert nicht in das Ganze hinein, er folgt dem Schicksal und dem Willen der Alten. Xzar wird das Richtige tun und wir werden stolz auf ihn sein.«

»Das bin ich schon«, sagte Hestados und paffte an seiner Pfeife, während Diljares ihm eine kleine Flamme an den Tabak hielt.

# Von Kuchen und Stahl

Sie waren etwa eine Stunde unterwegs, als Angrolosch plötzlich seltsame Laute ausstieß. Er rief sie mit kehliger, dunkler Tonlage und es klang so, als rumpelten endlos viele Steine im Gebirge den Hang hinunter. »Kruk, kroh, hor voh ton dadamm, roor Varch hor voh krack dadamm hor...«

»Ist alles in Ordnung mit dir?«, fragte Shahira besorgt.

Der Zwerg unterbrach die Geräusche. »Ehm ... ja. Warum sollte es das nicht sein?«, fragte er verwirrt.

»Ich dachte nur, weil du so komische Laute ausgestoßen hast?«

»Was heißt denn hier komisch?«, fragte Angrolosch empört. »Ich habe gesungen! Das war ein zwergisches Wanderlied.«

»Oh ...«, sagte Shahira nur.

»Xzar kennt meinen Gesang und er mag ihn!«, sagte Angrolosch beleidigt.

»Ja, ich kenne ihn und nein, ich mag ihn nicht. Habe ich auch noch nie, und das weißt du«, sagte Xzar lachend.

»Ach, ist das so?« Angrolosch stampfte wütend mit dem Fuß auf. »Keinen Sinn für die Kunst, Menschen!«

»Nun ja«, mischte sich Alinja lächelnd ein. »Es gibt deutlich Schlimmeres.«

»Ja, das Geräusch, das du in deinen Ohren hörst, wenn du Sand zwischen den Zähnen hast«, sagte Isen belustigt.

Shahira musste grinsen, während Xzar loslachte. Angrolosch brummte etwas Unverständliches in seinen Bart und stapfte missmutig weiter.

Alinja schloss zu Angrolosch auf. »Ach kommt, er meinte es sicher nur gut. Ich kann ihn ja unterstützen.«

Noch bevor die anderen fragen konnten, was sie meinte, begann sie mit glockenheller Stimme zu singen:

> Wenn der Möwenruf tönt,
> der Wind streicht die Segel,
> Dann fahr`n wir hinaus,
> aufs Meer.
>
> Unter uns liegt es schwarz,
> Oben glühen die Sterne,
> Wir kehren nach Haus,
> nimmer mehr.

Die anderen hielten in ihren Bewegungen inne und sahen die Novizin bewundernd an, während ihre Herzen sich mit Melancholie füllten. Als Alinjas Stimme verklungen war, sah sie die anderen schüchtern lächelnd an. »War es so schlimm?«

Es waren Isen, Xzar und Angrolosch, die gleichzeitig *Nein* riefen.

Shahira sah schmunzelnd zu den drei Männern hinüber und es war Isen, der noch anfügte, »Im Gegenteil, es war sehr schön. Wovon handelt es?«

»Es ist eine meiner liebsten Weisen. Es ist das Lied von Seefahrern, die einst unser Land verließen, um auf große Entdeckungsfahrt zu gehen. Sie erhofften sich irgendwo hinter dem Meer neues Land zu finden und dort anzusiedeln«, erklärte Alinja.

»Und haben sie das Land gefunden?«, fragte Angrolosch, der sie verträumt ansah.

»Ich weiß es nicht. Vielleicht? Es ist nur eine Geschichte, die mir meine Mutter immer erzählt hat, als ich noch ein Kind war. Aber anderseits, wer weiß schon, was dort draußen auf dem Meer alles wartet«, sagte sie geheimnisvoll, nur um dann mit einem Lächeln auf den Lippen weiterzugehen.

Xzar gab Angrolosch einen kleinen Schubs und als der ihn missgelaunt ansah, deutete Xzar ihm an, weiterzugehen. Nach ein paar Schritten sah der Zwerg zu Xzar hoch. »Früher hast du meinen Gesang gemocht«, sagte er immer noch beleidigt.

»Nein, das stimmt nicht. Ich hatte nur genug Wachs für meine Ohren und abends am Lagerfeuer hat es immerhin dafür gesorgt, dass uns keiner belästigt hat«, lachte Xzar und als Angrolosch bedrohlich brummte, fügte er hinzu, »Aber es ist auch nicht schlimm. Jeder von uns hat halt andere Fähigkeiten, die er gut kann. Ich würde mir zum Beispiel nie anmaßen, ein so vortrefflicher Schmied zu sein, wie du es bist.«

»Ja, da hast du recht, wahrscheinlich.« Und damit stapfte der Zwerg voran, um sich zwischen Isen und Alinja zu drängen.

Shahira und Xzar lächelten sich an und sie sagte leise, »Er ist schon drollig, nicht?«

»Ja, aber lass ihn das bloß niemals hören. Sonst singt er uns noch ein Klagelied«, sagte Xzar und sah zu, wie Shahira sich die Hand auf den Mund legte, um ein Lachen zu verstecken.

Sie folgten einem kleinen Pfad, der sich durch die Bäume schlängelte. Shahira sah sich verwirrt um. »Wie kann denn solch ein Weg entstehen? Man hätte doch geradeaus gehen können.«

Xzar lachte auf und Angrolosch gluckste erheitert.

»Was ist?«, fragte Shahira.

»Wir tragen eine Mitschuld an diesem Pfad«, sagte Xzar und klang dabei reumütig.

»Wie das?« Isen ging jetzt neben ihnen.

»Als Kinder haben wir hier Wagenrennen abgehalten.«

»Wagenrennen? Mit Pferden?« Isen klang skeptisch.

Xzar lachte auf. »Nein! Die Pferde waren Angrolosch und ich und unsere jüngeren Geschwister die Lenker, oben auf hölzernen Schubkarren.«

»Ja!«, bestätigte Angrolosch, dessen Laune sich schlagartig besserte. »Und dann ging es in Schlangenlinien um die Bäume. Ich muss euch ja nicht erklären, dass ich recht oft der Sieger war!«

Xzar lachte. »War das so?«

»Ja. Deine langen Beine haben deinen Kopf nun mal recht hoch oben hin und her wackeln lassen und wahrscheinlich bist du an den Ästen der Bäume hängen geblieben!«

»Pah! Du Aufschneider! Es lag wohl eher an den lockeren Splinten in meinen Radachsen!«

Angrolosch sah ihn überrascht an. Ein leichtes Zucken seiner Mundwinkel verriet ihn allerdings. »Was? So was kann doch auch nur einem Menschlein passieren! Würde ja passen!«

»Wozu passen?«, fragte Xzar verwirrt.

»Zu deinem Unvermögen gut aufzupassen. Denn anderseits würdest du wohl auch guten zwergischen Gesang erkennen!«

Xzar sah ihm sprachlos nach, als der Zwerg grinsend und pfeifend voraus stapfte. Shahira nahm Xzars Arm. »Ja. Ihr zwei seid wirklich drollig.« Damit drückte sie ihm einen Kuss auf den Mund und folgte Angrolosch heiter.

Xzar stand einen Augenblick mit offenem Mund da und als er Isen anblickte, hob dieser nur abwehrend die Hände und schüttelte grinsend den Kopf.

Als sich vor ihnen die Bäume teilten, erreichten sie erneut eine Lichtung. Dieses Mal stand kein Baum in der Mitte, sondern eine solide Steinhütte mit spitzem Dach. Es war ein recht großes Gebäude, wenn man bedachte, dass sie sich im Wald befanden. Einige Schritte links von dem großen Gebäude gab es einen langen flachen Anbau und abgegrenzt daneben ein weiteres Haus, das vorne nur zwei kleine Fenster besaß, dafür aber einen dicken, runden Kamin, der hoch nach oben ragte. Rechts neben dem Haupthaus war ein Gemüsebeet angelegt, daneben wiederum ein Gatter mit einigen Ziegen und Hühnern. Im Hintergrund ragte ein kleiner Berg auf, der aber noch einige Meilen entfernt schien.

Angrolosch frohlockte, als er den Geruch von frischem Brot wahrnahm, der zu ihnen hinüberwehte. Eiligen Schritts bewegte er sich auf das Haus zu. »Wir sind zurück!«, rief er freudig und es dauerte keine zwei Augenblicke, bis sich die kleine Holztür öffnete und eine stämmige Zwergenfrau vor ihm stand.

»Halt! Schuhe aus! Es ist frisch geputzt«, begrüßte die Frau den Zwerg, nur um dann an ihm vorbeizueilen und Xzar in die Arme zu schließen. »Mein Junge ist wieder da! Was eine Freude, dich wiederzusehen«, rief sie laut.

Ihre Umarmung schien nicht ohne Kraft zu sein, denn Xzar hatte so seine Mühe auf den Beinen zu bleiben. »Mutter! Du ... erdrückst mich ja!«, presste er hervor.

Sie ließ von ihm ab. »Dann musst du dich einfach öfters sehen lassen! Wo hast du gesteckt?«

Bevor er antworten konnte, erklang eine helle Mädchenstimme, »Xzar!!« Als dann eine junge Zwergin an der Mutter vorbeihastete und sich Xzar mit Wucht an den Hals warf, blieb er nicht mehr stehen und landete samt Zwergin auf seinem Hosenboden. Shahira musterte die beiden. Das Mädchen war augenscheinlich die Tochter der älteren Zwergin und vermutlich Xzars Schwester. Mutter und Tochter hatten beide lockige, schwarze Haare, die zu schmalen Zöpfen geflochten waren. Ihre Augen strahlten goldbraun. Abgesehen von dem für Zwerge typischen Körperbau deutete nichts darauf hin, dass sie einer anderen Rasse angehörten. Die legendären Bärte der Zwerginnen schienen also nur ein Gerücht zu sein.

Nachdem seine Schwester von ihm herunter geklettert war, erhob er sich. Das Mädchen griff seine Hand und es wirkte so, als hätte sie nicht mehr vor, ihn jemals wieder loszulassen. Xzar stellte seine Freunde der Reihe nach vor und schloss dann mit, »Das ist meine Schwester Serasia und meine Mutter Endiria, die bei Weitem das beste Brot der Welt backt. Und wenn wir nicht bald hineingehen, wird Angrolosch noch seine Füße essen.« Dabei deutete er auf den Zwerg, der vor der Tür stand und mit den Füßen wippte.

Sie lachten und Endiria wedelte mit der Hand, um sie alle zur Tür zu scheuchen. Als sie das Haus betraten, bestaunte Shahira es durchaus, denn nichts wies daraufhin, dass hier Zwerge lebten. Irgendwie hatte sie erwartet, dass alles kleiner war. Doch darin hatte sie sich geirrt. Im vorderen Bereich gab es eine gemütliche Sitzecke, auf der sie sich nun verteilten. Im hinteren Teil des Hauses war eine Küche mit Wasserbecken und Ofen. Eine weitere Tür führte nach hinten, wo wahrscheinlich Schlafräume waren.

»Ich dachte mir schon, dass ihr heute vorbeikommen würdet, darum habe ich«, Endiria bückte sich und holte ein Blech aus dem steinernen Ofen, »etwas gebacken. Frisches Graubrot und die kleinen, süßen Törtchen, die ihr beide früher so gerne gegessen habt. Angrolosch, geh zurück und steh nicht im Weg!«, schimpfte sie mit ihrem Sohn, der versucht hatte, an das Brot zu kommen. »Hol lieber zu trinken für unsere Gäste. Im Keller ist noch genug und bring Krüge mit«, befahl sie ihm, der brummend ihren Anweisungen folgte. Dann stellte sie das Blech auf den Tisch. »Vorsicht, es ist heiß. Serasia lass deinen Bruder los, er kann sich ja gar nicht bewegen.«

»Das ist schon in Ordnung so«, sagte Xzar und drückte seiner Schwester einen Kuss auf ihr krauses Haar. »Sag Mutter, wo sind die beiden Jungs, Tidalox und Farandolosch? Ich hatte gehofft, sie wiederzusehen.«

Sie seufzte. »Dein Vater hat sie zur Ausbildung nach Kan'bja geschickt, kurz nachdem du weg warst. Sie leben jetzt bei ihrem Onkel. Dieser alte Grummelbart hat sie dazu noch überredet, den Wahlen beizuwohnen. Er sagt, jeder Zwerg müsste das mitmachen ... Du kennst ihn ja, er ist sehr traditionsbewusst.«

Xzar erinnerte sich nur zu gut an ihn. Er gehörte zum Clan der Feuerhammer und sie duldeten nur Zwerge. Alle anderen Rassen waren für sie minderwertig. Für seinen Onkel war Xzar Abschaum gewesen und das hatte er ihn auch immer spüren lassen. Wenn seine beiden Brüder nun bei ihm waren, bedeutete das nichts Gutes. Doch er hoffte auf die aufgeschlossene Erziehung Hestados` und seines Clans, denn die Bartzwirbler waren für ihre Weltoffenheit bekannt. Sie förderten den Handel, wenn auch nur sehr wenige Händler Kan'bja anfuhren, denn die Waren der Zwerge hatten ihren Preis. Doch ging es um Edelsteine und Erze gab es nichts Besseres im Land. Rüstungen und Waffen aus zwergischen Schmieden waren in jedem Fall Maßanfertigungen und Auftragsarbeiten. Eine gute Rüstung konnte dabei schon mal mehrere Hunderte bis Tausende Goldmünzen wert sein und auch wenn diese Rüstungen im Kampf unbezahlbar waren, wurden sie meist nur als Zierwerk auf Turnieren oder Festen getragen und den wenigsten war bekannt, dass sie den Schmieden der Zwerge entstammten. Was wohl auch das Gerücht nährte, dass es keine Zwerge mehr gab.

»Ich hoffe, er setzt ihnen nicht zu viele Flausen in den Kopf, er wird mit dem Alter immer mürrischer«, riss Xzars Mutter ihn aus seinen Gedanken. »Sie reden von einer neuen Ordnung, in der die Zwerge eine größere Rolle in der Welt spielen sollen. Manche werfen ihnen vor, dass sie damit Kriegstreiberei bewirken und andere verwerfen diese Ideen als Spinnereien. Trotzdem sind dein Vater und die Ältesten beunruhigt. Umso mehr verwundert es alle, dass die Feuerhammer keinen Anwärter stellen«, erklärte Endiria, während sie durch die Krüge wischte, die Angrolosch ihr hinstellte.

»Das klingt wahrlich nicht beruhigend«, sagte Shahira.

»Nein ... Sag Mutter, die Knochenbrecher haben einen Anwärter, wer ist es?«, fragte Xzar besorgt.

»Oh, du kennst ihn, es ist Tindaril Stahlbrecher«, sagte sie missmutig.

»Was? Dieser Schlächter?«, rief Xzar empört aus.

»Ja, genau der. Er rühmt sich damit, 247 Gurle erschlagen zu haben«, erklärte sie weiter und Xzar, der die fragenden Blicke der anderen sah, sagte, »Das sind Anführer der Wesen, die unter den Bergen hausen.«

Ein leises Räuspern war zu hören, denn Xzars Ziehschwester Serasia beließ es nicht bei der Erklärung. »Eigentlich sind es nur die Rudelanführer der Gnarle. Gurle sind intelligenter und stärker, aber die wahren Anführer sind die Kutrale, sie dominieren die Rudel und die Gurle. Davon hätte er einen erschlagen sollen, doch das kann er nicht, sie sind zu listig. Bisher hat noch nie jemand einen dieser Oberanführer lange gesehen und wenn man ihr Verhalten studiert, kommt man zu dem Schluss, dass es sogar noch eine höhere Ebene bei ihnen geben muss, die den Schwarm anführt.«

Alle sahen sie fragend an und Xzar strich ihr anerkennend über den Kopf. »Du liest immer noch so viel? Das ist gut, das macht mich stolz. Danke für deine Erklärung.«

»Wie sehen sie aus, diese Wesen?«, fragte Isen jetzt neugierig.

»Sie sind groß und dürr, ihre Haut ist grau, sie laufen auf Händen und Füßen und sie stinken«, sagte Angrolosch, bevor er sich eins der Törtchen in den Mund schob und dann etwas Bier hinterher schüttete, welches ihm in dünnen Rinnsalen den Bart herabrann.

»Auch das ist nicht richtig«, sagte Serasia und Xzar schmunzelte. »Gnarle sehen so aus, ja, aber sie laufen auf zwei Beinen, während sie sich mit den Händen an den Wänden der Tunnel abstützen, die sie graben. Dadurch entsteht der Eindruck, sie würden auf Händen und Füßen laufen. Ihre Haut ist grau, weil sie sich durch den Felsen graben und dieser nun mal Staub zurücklässt. Unter der Staubschicht ist ihre Haut fast schwarz und ihre Augen leuchten gelblich. Das mit dem Stinken ist auch eine andere Sache. Sie sondern ein Sekret ab, welches den Felsen weich werden lässt, dadurch fällt ihnen das Graben leichter. Also eigentlich stinken nicht sie, sondern die Veränderung des Felsens. Und das alles trifft nur auf die Gnarle zu.

Gurle hingegen beschäftigen sich nicht mit diesen niederen Arbeiten, sie sind Kriegstreiber, wenn man so möchte. Sie haben vier Beine und zwei Arme und ihre Haut ist auch schwarz«, erklärte sie, als Angrolosch einwarf, »Aber die Gurle stinken.«

Serasia schüttelte den Kopf. »Nein, sie reiben sich mit dem ein, was der geschabte und geschmolzene Fels der Gnarle zurücklässt. Auf ihrer Haut trocknet das Gemisch und verleiht ihnen eine Art Rüstung.«

Angrolosch hob den Finger und seine Schwester seufzte. »Ja, das Zeug stinkt dann.« Sie warf ihrem Bruder einen mahnenden Blick zu und fuhr dann fort, »Und dann gibt es noch die Kutrale. Sie sind die Köpfe des Rudels. Sie haben ebenfalls sechs Glieder, wobei nicht bekannt ist, wie viele davon Arme oder Beine sind. Sie sind auch nicht so zahlreich wie Gurle oder Gnarle. Von ihnen ist nur wenig niedergeschrieben und ja Angrolosch, sie könnten auch stinken«, beendete sie genervt ihre Erklärung.

Angrolosch schlug mit der Faust auf den Tisch, »Aha!«

»Woher haben sie diese Namen?«, fragte Shahira, die der jungen Zwergin interessiert zugehört hatte. »Sie klingen so befremdlich.«

Serasia sah lächelnd zu ihr hinüber. Sie mochte es, wenn sich jemand für ihr Wissen interessierte. »Es sind Worte aus dem Alt-zwergischen, dem Tintralet: also der Runensprache. Gnarl kommt von dem Wort Gnar'kul und das bedeutet *Wimmelnde*. Wahrscheinlich, weil es so viele sind.

Dann Gurl abgeleitet von Gur'tal, übersetzt *die Lenker*. Und zuletzt Kutrale von Kutr'aisen, was bedeut ...«

»*Unbesiegbare*«, schloss Angrolosch den Satz, der ihr nun auch aufmerksam gelauscht hatte.

»Richtig, Bruder. Der Unbesiegbare, denn noch nie ist es gelungen, einen der Kutrale zu töten«, schloss sie ihre Erläuterung.

»Ich muss zugeben, ich bin beeindruckt, wie viel du weißt, Serasia«, sagte Shahira anerkennend.

»Ja, sie liest ja auch von morgens bis abends und von abends bis morgens«, wischte Angrolosch Shahiras Worte mit einer Handbewegung weg, nur um im nächsten Augenblick von seiner Mutter einen leichten Schlag auf den Hinterkopf zu bekommen. »Du kannst dir gerne mal ein Beispiel daran nehmen. Denn das ist allemal besser, als den ganzen Tag und die halbe Nacht in der Schmiede zu stehen und dir die Finger zu wärmen.«

»Autsch! Mutter! Ich meinte doch nur ...«, begann Angrolosch sich zu beschweren, doch als er Alinjas amüsiertes Kichern hörte, räusperte er sich und sagte, »Ich ... eh' ... meinte ja auch nur, dass es auch noch andere tolle Sachen gibt ... Will noch jemand eine Scheibe Brot?«

Xzar erzählte seiner Mutter und Schwester von seiner Reise, wie sich die Gruppe kennengelernt, sie die Rüstungen zurückerobert und den Tempel gefunden hatten, bis hin zu dem Augenblick, da sie bei Diljares vor der Tür standen. Serasia unterbrach Xzar regelmäßig, um einige Punkte bis aufs Äußerste zu hinterfragen und Xzar nahm sich die Zeit, es ihr zu erklären. Shahira schmunzelte mehr als einmal, als die junge Zwergin ihm erklärte, dass seine Annahmen falsch waren. Doch dies ließ er über sich ergehen. Angrolosch hatte, nachdem er sich drei Törtchen und vier Scheiben Brot genommen hatte, schnell die Geduld verloren und war hinaus in seine Schmiede gegangen. Ab und an hörten sie von dort ein lautes Scheppern, vereinzelte Hammerschläge und das laute, unverständliche Brummen, als der Zwerg bei seiner Arbeit ein Lied anstimmte.

Einige Zeit später gingen Shahira und Alinja nach draußen, um zu sehen, was Angrolosch in seiner Schmiede machte. Xzar sprach in der Zeit mit seiner Mutter über die Ereignisse, die in seiner Abwesenheit geschehen waren. Isen war bei Serasia geblieben. Als die junge Zwergin mitbekommen hatte, dass Isen ein Tierbändiger aus einem Zirkus war, wollte sie alles erzählt bekommen, was er über Tiere wusste.

Die beiden Frauen fanden Angrolosch wie erwartet in seiner Schmiede; das Haus mit dem hohen Kamin. Hier war es sehr dunkel und nur eine rotgoldene Glut glimmte in einem großen Schmiedebecken. Dahinter hing eine seltsame Konstruktion, dessen Hauptbestandteil ein Blasebalg war. Die Fenster waren leicht geöffnet, sodass sie zumindest den Zwerg sahen, der gerade einige Rüstungsteile von einem Haufen am Boden in einen Schrank räumte. Dabei achtete er nicht sonderlich darauf, ob sie geordnet waren, sondern nur, dass sie alle in die Fächer passten.

»Warum ist es so finster hier drinnen?«, fragte Alinja und Angrolosch fuhr erschrocken zu ihr herum. Dabei ließ er von seiner Arbeit ab. Das hatte zur Folge, dass erst eins, dann ein zweites Rüstungsteil, gefolgt von einer Lawine der restlichen zu Boden schepperte. Es knallte so laut, dass die Frauen sich die Ohren zuhielten und irgendwo hinter dem Haus die Hühner aufgeregt gackerten. Angrolosch biss die Zähne aufeinander und kniff die Augen zusammen. Er versuchte, möglichst unschuldig zu schauen. Das letzte Teil schlug mit einem lauten *Klong* oben auf dem Haufen auf. Dort verharrte es kurz, sodass alle glaubten jetzt würde Ruhe einkehren, bevor es dann doch nach links kippte, um den Stahlberg schleifend nach unten zu rutschen. Der Zwerg schob eine Armschiene mit seinem Fuß nach hinten unter den Schrank, so als würde dies, die neu entstandene Unordnung beseitigen.

Als sich alle von dem Schreck erholt hatten, trat der Zwerg einen Schritt vor. »Ups«, sagte er und räusperte sich. »Ehm, es muss hier dunkel sein. Nur so sieht man die Farbe des Stahls.«

»Die Farbe des Stahls?«, fragte Alinja weiter, die Angroloschs Verlegenheit überging.

Der Zwerg nickte. »An der Farbe erkennt man, wie heiß er ist und nur so kann ein Schmiedewerk Vollkommenheit erreichen.« Er trat noch einen Schritt nach vorne und nahm ein längliches Lederbündel von seinem Amboss, das er nun Alinja wortlos reichte.

»Was ist das?«, fragte sie lächelnd.

»Seht nach«, bat der Zwerg sie.

Vorsichtig schob sie das Leder zurück, um dann ein Schwert herauszuziehen. Es war ein Langschwert, dessen Klinge von der Parierstange aufwärts immer heller wurde. Aus einem dunklen Rotbraun über dem Heft wurde es gelbweiß, um dann in der Spitze in einem fast schon blendenden Weiß zu enden. Auf dem unteren Bereich waren feine Runen eingraviert und der Griff war mit braunem Leder umwickelt.

Alinja und Shahira bestaunten dieses Meisterwerk der Schmiedekunst. Dann legte Alinja es vorsichtig, als befürchtete sie, sie könnte es beschädigen, mit dem Ledertuch auf den Amboss. »Das kann ich nicht annehmen, Angrolosch. Das ist zu kostbar«, sagte sie ehrfürchtig.

»Euch bleibt keine Wahl. Das ist der Preis meiner Wettschuld«, sagte er stur.

»Es war ein Würfelspiel unter Freunden. Aber das sollte niemals solch einen Preis fordern«, sagte sie.

»Ach was, so gut ist die Klinge doch gar nicht. Sie ist viel zu leicht für einen Krieger. Und die Schneide ist zu schmal. Ist ja fast schon ein Rapier. Und schaut diese Verfärbungen, wer will denn so was schon. Nehmt es, ich bin froh, wenn ich es los bin«, log Angrolosch, doch das tat er ziemlich schlecht.

Alinja besah sich noch einmal gebannt die Klinge und nahm dann erneut das Schwert. »Es liegt gut in der Hand und so leicht. Welches Metall ist das?«

Der Zwerg antwortete nicht auf ihre Frage, sondern sah sie nur abwartend an. Alinja schien auch keine Antwort erwartet zu haben, denn sie fuhr leise und ehrfürchtig fort, »Es fühlt sich so vertraut an, welch wahrhaftige Meisterarbeit.« Dann nahm sie Angroloschs Blick wahr und machte eine teilnahmslose Miene, auch wenn ihre Augen hell leuchteten, was selbst in der Dunkelheit der Schmiede wahrzunehmen war. Sie deutete einen Knicks an und antwortete dann, »Nun, wenn Ihr des Schwertes überdrüssig seid, dann ... will ich Euch davon befreien.«

Angrolosch lächelte und nickte zufrieden, als sie ihr eigenes Schwert gegen das Neue tauschte.

»Was bedeuten die Runen?«, fragte Shahira neugierig.

»Öhm ... die? Och ... das ist nichts«, wischte er die Frage mit einer Handbewegung weg, um dann in seinen Bart zu murmeln, »Sie schützen vor Magie.«

»Sie schützen vor Magie?«, fragte Shahira überrascht, die den Zwerg sehr wohl verstanden hatte.

Er grummelte leise. »Ja, sie durchdringen magische Rüstungen und schützen vor Blitzmagie«, erklärte Angrolosch.

»Das ist ja wirklich erstaunlich«, sagte Alinja und hob die Klinge an. Angrolosch befürchtete, dass sie ihm das Schwert nun wieder zurückgeben wollte, doch dieses Mal sah sie nur freudig zu ihm und sagte, »Vielen Dank, Angrolosch. Für dieses ... wirklich ... sehr *mittelmäßige* Schwert.«

Angrolosch gluckste und begann wieder seine Rüstungsteile einzuräumen. Diesmal half ihm Shahira, indem sie die Teile festhielt, sodass der Zwerg am Ende nur noch die Türen zudrücken musste, um sie mit einer Eisenstange hinter den Griffen zu verkeilen.

»Gut so,«, sagte er zufrieden und klopfte sich den Staub seiner Hände an der Hose ab. »Sagt Xzar, dass ich packe, damit wir morgen gleich aufbrechen können.«

Shahira nickte und ging dann zurück ins Haus. Alinja blieb bei dem Zwerg, der sie nun unsicher ansah. Sie stand noch immer vor ihm und musterte die Klinge mit wachem Interesse.

»Gefällt sie Euch wirklich?«, fragte er dann zögerlich.

»Ja, Angrolosch. Ich glaube, dass ich noch nie solch ein Geschenk bekommen habe.«

»Öhm ... eine Wettschuld ...«, murmelte er in seinen Bart.

»Auch das noch nie.« Sie strich mit den Fingern über das Schwert. Der untere Bereich fühlte sich warm an und wurde nach oben hin immer kälter. »Angrolosch?«

»Ja?«

»Wenn ich es nicht besser wüsste, würde ich glauben, dieses Schwert sei für einen Priester meines Ordens geschmiedet. Es fühlt sich an, als sei es ... für mich ...«

Der Zwerg sah sie nun erstaunt an, »Wie meint Ihr das, Lady Alinja?«

»Es ist schwer zu beschreiben. Es kommt mir vor, als hätte mich diese Klinge hier erwartet.«

»Habt Ihr von dem guten Honigbier meiner Mutter getrunken?«, fragte der Zwerg nun argwöhnisch.

»Nein ... ich meine, ja, ein wenig. Aber das ist es nicht. Ach, vergesst es, ich danke Euch noch einmal.« Damit drehte sie sich um und wollte gerade wieder ins Haus zurückgehen, als Angrolosch sie aufhielt, »Wartet, Lady Alinja, vielleicht habt Ihr recht!«

Sie blieb stehen, drehte sich langsam zurück und sah ihn fragend an.

»Es war eine Auftragsarbeit, doch der Mann ist nie mehr hier aufgetaucht.«

»Was für ein Mann?«, fragt Alinja neugierig.

»So ein alter Kerl, dürr, groß, graue Haare, grüne Robe. Er ließ mir 200 Goldstücke hier, und zwar reines Gold; ein so klares Metall war mir selten untergekommen. Er sagte mir, ich solle ein Schwert schmieden mit der reinsten Flamme, die ich zustande bringen könnte. Also mit Runenmagie, das wusste ich gleich. Es sollte die kühle Entschlossenheit des Kriegers und die Hitze der Schlacht widerspiegeln. Als ich ihn fragte, wann er es holen kommt, sagte er wirres Zeug.«

»Was für wirres Zeug?«, fragte Alinja jetzt, die ihm aufmerksam gelauscht hatte.

»Ich gehöre zu den Wissenden und würde es daher wissen. Wenn ihr mich fragt, hatte er sie nicht mehr alle ...« Angrolosch lachte auf, um dann wieder ernst zu werden. »Aber als ich Euch sah, dachte ich mir, es passt zu Euch. Dann schmiede ich dem Alten eben eine neue Klinge.«

Alinja sah ihn einen Augenblick lang an und Angrolosch entging, dass ihr eine Träne über die Wange rollte. Sie lächelte ihn an, »Danke, Angrolosch. Ich danke Euch aus tiefstem Herzen.«

Am Abend speisten sie gemeinsam und nun war es Alinja, die Serasia Geschichten über die großen Vier erzählte. Der Wissensdurst der jungen Zwergin war wirklich unerschöpflich. Im Gegenzug bat Alinja sie, ihr etwas über Kan'bja zu erzählen und die Zwergin war ganz in ihrem Element. Angrolosch, der es sich nicht nehmen ließ, die Geschichten der gewonnenen Zwergenschlachten seit König Kronx XI. auszuschmücken, erzürnte seine Schwester bald so sehr, dass sie ihm einen ganzen Humpen Bier über den Kopf schüttete, was wiederum dazu führte, dass Angrolosch den restlichen Abend nicht mehr mit ihr sprach.

Xzar fühlte sich wohl, denn es war wie immer. Die Streitereien zwischen Serasia und Angrolosch, der Tadel seiner Mutter Endiria, sich zu benehmen und das köstliche, frischgebackene Brot. Es erfreute ihn, zu sehen, dass es Shahira auch gut zu gehen schien. Selbst Isen und Alinja waren von den Zwergen freundlich aufgenommen worden, was Xzar, wenn er ehrlich zu sich selbst war, auch nie bezweifelt hatte.

Am nächsten Morgen frühstückten sie gemeinsam und Endiria packte ihnen allen einen Brotbeutel für die Weiterreise. Angrolosch war gleich nach draußen verschwunden, um sich zu rüsten. Es dauerte fast drei Stunden, bis er aus seinem Verschlag gestapft kam. Auf dem Rücken hatte er einen großen Rucksack. Doch das, was die anderen mit offenen Mündern auf den Zwerg starren ließ, war seine Rüstung. Der Zwerg war von Kopf bis Fuß gepanzert. Sein gesamter Oberkörper steckte in einem dicken Stahlharnisch, der vorne das Wappen der Bartzwirbler eingraviert hatte: Die untere Hälfte eines Zwergenkopfes, dessen Kopfhaare, mit denen des Bartes, in aufwendigen Flechtarbeiten zusammengebunden waren. Es war erstaunlich, wie präzise die Gravur war und es kam ihnen so vor, als wäre jedes Haar einzeln erkennbar. An den Armen des Harnischs schlossen sich dicke Panzerarme an, die in mächtigen Stahlstulpen endeten. Über den Beinröhren, die sogar an den Knien bewegliche Schutzplatten aufwiesen, hing ein Lederschurz, auf den Kettenteile genietet waren. Die Lederstiefel wurden von Plattenüberschuhen bedeckt. Der mit Flammenmustern verzierte Ringkragen umschloss Hals und oberen Brustbereich. Auf dem Brustpanzer lagen Schulterteile auf, die zusätzlich zwei bedrohliche Schwertbrecher angeschmiedet hatten. Angroloschs Kopf steckte in einem einteiligen Vollplattenhelm und nur ein schmaler Augenschlitz ließ erkennen, dass sich ein Zwerg in dieser stählernen Festung befand und, selbstredend der Bart, der unter dem Helm heraus schaute.

»Angrolosch? Wir ziehen nicht in den Krieg«, sagte Xzar verwirrt.

»Ich weiß«, schallte es aus dem Helm heraus. »Darum habe ich ja auch nur die leichte Rüstung angezogen.«

»Die ... Leichte?«, fragte Shahira ungläubig.

»Ja, die Schwere macht einen zu unbeweglich«, erklärte ihr Angrolosch.

Xzar schüttelte den Kopf, als er sah, dass Shahira noch eine weitere Frage stellen wollte und sie unterließ es. Angrolosch hob zufrieden seinen mächtigen Kriegshammer auf die Schulter.

# Die Tore von Kan'bja

Zuerst hatte Shahira befürchtet, der Zwerg würde kaum einen Schritt vorwärtskommen und wenn doch, dann alles und jeden über ihr Kommen vorwarnen. Nach gut einer Meile ihres Weges war sie dann aber überrascht, wie leise die Rüstungsteile bei den Bewegungen des Zwerges waren. Nur ab und an hörte man mal ein Geräusch, wenn die Plattenteile sich hoben und senkten, aber es war nicht viel lauter, als die anderen mit ihren Unterhaltungen. Auch schien es nicht das erste Mal zu sein, dass Angrolosch diese Rüstung trug, denn er war kaum außer Atem. Als sie ihn darauf ansprach, erklärte er ihr, dass es die Pflicht eines jeden Zwergenkämpfers war, mindestens fünf Jahre in der Armee zu dienen und sich dort ausbilden zu lassen. Und dazu gehörte nicht nur das Wachestehen auf der Mauer, und zwar stundenlang in schwerer Kriegsmontur, sondern auch in dieser leichten Rüstung Kontrollgänge über die Bergpässe zu laufen und in den unterirdischen Tunneln am Gefecht teilzunehmen. Dort sammelten die Rekruten der Zwerge auch ihre Kampferfahrungen gegen die Tiefbergwesen, wie man die Gnarle und Gurle und all die anderen unheimlichen Kreaturen der Dunkelheit auch nannte.

Shahira dachte eine Weile über das nach, was der Zwerg ihr erzählt hatte. »Sag mal Angrolosch, werden wir auf unserem Weg in das Schneegebirge auch auf diese Wesen treffen?«

»Das ist durchaus möglich, aber wenn, dann wagen sie sich nur nachts aus ihren Höhlen, denn das Tageslicht bekommt ihnen nicht so gut.«

»Also sollten wir auf alle Fälle Wachen aufstellen«, sagte Shahira.

»Ich glaube, das machen wir sowieso jedes Mal, wenn wir in der Wildnis übernachten«, fügte Xzar dem hinzu.

»Stimmt«, gab ihm Shahira recht.

»Ja, das ist auch anzuraten, denn es sind nicht nur die Wesen der Nacht, die uns dort auflauern können. Es gibt auch noch andere Kreaturen oder Raubtiere, die sich dort herumtreiben. Besonders jetzt in den Sommermonaten sind sie vorwitzig«, erklärte Angrolosch ihnen.

»Was denn noch?«, fragte Shahira neugierig.

»Nun«, hallte es in Angroloschs Helm. »Da wären noch die Schauerweiber, Bergkatzen und Steinknacker, aber wenn man es genau nimmt, stellen diese keine Gefahr dar, sie sind nicht kampfeslustig«, erklärte der Zwerg im Plauderton.

»Was sind denn das? Und was sind Schauerweiber?«, fragte Isen.

»Steinknacker sind riesige Steinwesen mit kurzen Armen und Beinen. Sie haben keine Gesichter, nur große, breite Münder, wo sie unerlässlich kleinere Steine hineinschaufeln und diese zerkauen. Ab und an rollen sie mal rumpelnd einen Hang hinab, um woanders Steine zu kauen«, sagte er.

»Und was ist der Sinn dahinter?«, fragte nun wieder Shahira.

»Das wissen wir nicht so genau. Wir gehen davon aus, dass der große Berggeist sie erschaffen hat, vielleicht, um die Gebirge zu bevölkern. Unsere Forscher haben unterschiedliche Theorien. Die Gewagteste dabei ist, dass wir Zwerge aus diesen Wesen entstanden sind. Aber das ist Unsinn«, erklärte Angrolosch.

»Der große Berggeist?«, frage Alinja, nachdem sie dem Gespräch bisher nur zugehört hatte.

»Ja, er ist unser Urschöpfer. Er hat uns Zwerge erschaffen«, sagte er.

»Nein, das kann nicht sein. Das waren die großen Vier«, sagte die Novizin. »Sie haben die Welt erschaffen und alles, was auf ihr lebt.«

»Ja, mag sein, alles was *auf* der Welt lebt, doch wir Zwerge leben ja darunter«, erklärte Angrolosch überzeugt.

Sie stutzte und brauchte sichtlich einen Augenblick, um zu verstehen, was der Zwerg gerade gesagt hatte, doch dann wagte sie mutig den nächsten Vorstoß. »Nun, mag sein, doch ich denke die großen Vier haben euren großen Berggeist ebenfalls erschaffen. Und er dann euch Zwerge.«

»Pah!«, rief Angrolosch laut in seinem Helm. »Nichts für ungut, ich glaube kaum, dass eure großen Vier so viel Ahnung von den Bergen und ihren Höhlen haben, dass sie in der Lage gewesen sind, jemanden wie den großen Berggeist zu erschaffen. Ich denke«, sagte der Zwerg nun in einem besserwisserischen Ton und den gepanzerten Zeigefinger mahnend erhoben. »Der große Berggeist hat diese Welt so erschaffen, dass sie voller Berge war und dann haben eure großen Vier von ihm etwas Land bekommen, um sich dazwischen ihre Welt zu erschaffen. Ihr sagt es doch selbst, dass man eure großen Vier lange Zeit vergessen hatte. Den großen Berggeist haben wir nie vergessen. Er war uns immer allgegenwärtig.«

Alinja schnaubte leicht verächtlich. »Ja, so allgegenwärtig, dass nur ihr ihn kennt. Wenn er so schöpferisch ist, wie ihr das behauptet, dann hätte er sich doch auch uns Menschen offenbart, damit man ihm huldigt.«

Angrolosch blieb abrupt stehen, ließ den schweren Kriegshammer von seiner Schulter gleiten und den Hammerkopf hart auf den Boden aufprallen. Dann stemmte er seine eisengepanzerte Hand auf den Griff und die andere in die Hüfte, um dann mit grollender Stimme und blitzenden Augen im Sehschlitz seines Helmes zu sagen, »Jetzt ist es genug! Er muss sich nicht zeigen, er braucht keine Opfergaben! Er liebt uns alle und er erweist uns seine Gnade jeden Tag! Ihr Menschen versteht das nicht. Ihr seid so sehr damit beschäftigt, eure eigenen kleinen Legenden aufzubauen, dass ihr das, was schon da ist, nicht seht.«

Alinja schreckte bei seiner donnernden Stimme kurz zusammen, doch dann verhärtete sich ihr Gesicht und sie setzte eine trotzige Miene auf. »Ist das so, dass wir Menschen so sind?

Und ihr Zwerge verschanzt euch in einem Reich unter den Bergen, wo nur ja keiner von wissen soll, damit man euch nicht eure Schätze ...«, begann sie zu schimpfen, doch Isen tat einen großen Schritt und stand zwischen ihnen. »Seid ihr beide sicher, dass ihr über dieses Thema streiten solltet?«

Zeitgleich antworteten die beiden. Angrolosch mit »Ja!«, und Alinja mit »Nein!«

Isen sah sie verdutzt an und es war Alinja, die zuerst weitersprach. »Wir müssen es nicht, weil ich im Recht bin.«

»Eben darum müssen wir streiten!«, fauchte Angrolosch jetzt. »Weil sie das behauptet!«

»Nein! Müsst ihr nicht!«, sagte Isen hart, klopfte Angrolosch fordernd auf den Helm und hob dann gebieterisch die Hand, um Alinjas Worte aufzuhalten, bevor diese ihre Lippen verlassen konnten. »Ihr könnt jetzt beide erst einmal nachdenken; wenn es dem großen Berggeist und den großen Vier nicht passen würde, dass an ihrer Seite, über ihnen, oder unter ihnen noch jemand anderes existiert, glaubt ihr nicht, sie würden euch das irgendwie mitteilen? Euch Weisung geben? Aber nein, das hat keiner von euch beiden erwähnt, da keiner von euch in seinem Glauben, bis gerade eben, jemals über diese Frage nachgedacht hat.

Also bei uns ist es doch genauso. Wir reden von den großen Vier, aber in Wirklichkeit sind es Deranart, Tyraniea, Sordorran und Bornar. Es sind vier einzelne Götter und jeder hat eigene Anhänger. Sicher, es gibt auch jene, die allen Vier huldigen, doch das ist nicht unbedingt üblich. Also wenn wir es schaffen ... wir einfachen Menschen es schaffen zu akzeptieren, dass es neben jenem Gott, den wir anbeten, noch andere gibt, warum könnt ihr es nicht?«

Stille trat ein.

»Ich ... weiß es nicht«, sagte Alinja einige Zeit später und blickte niedergeschlagen drein. Sie zögerte. »Ich weiß nicht, was mich da überkam.«

Angrolosch grummelte dagegen etwas in seinen Helm, packte seinen Hammer wieder auf die Schulter und stapfte davon.

Isen sah ihm verwundert nach und als Alinja ihm schweigend folgte, blickte er zu Xzar und Shahira. Die beiden zuckten mit den Schultern. »Nette Ansprache«, sagte Xzar grinsend.

»Aber warum ...?«, fragte Isen verwirrt.

»Warum sie jetzt einfach weitergehen?«, fragte Shahira.

»Ja?«

»Ich habe keine Ahnung«, sagte Shahira und legte ihm eine Hand auf die Schulter, um dann an ihm vorbei dem Zwerg und der Novizin zu folgen.

»Wirklich nette Ansprache«, sagte Xzar und ging grinsend weiter.

Isen stand noch einen Augenblick sprachlos da, bevor er den anderen vier kopfschüttelnd nachschaute und dann flüsterte, »Und was sind nun Schauerweiber?« Als er, alleine auf der Lichtung stehend, keine Antwort bekam, schlenderte er den anderen hinterher.

Der Zwerg und die Novizin sprachen in den nächsten Stunden kein Wort mehr und Shahira machte sich ernsthaft Sorgen wegen des Streits. Xzar versicherte ihr aber, dass Angrolosch nicht die Ausdauer besaß, lange beleidigt zu sein.

Sie stiegen gerade eine kleine Anhöhe hinauf, als Xzar stehen blieb und nach oben deutete. »Seht! Dort sind die Augen der Ewigkeit.«

Sie folgten Xzars ausgestrecktem Arm und sahen dann zwei hohe Felsen, die sich in einiger Entfernung aus den Baumwipfeln emporhoben. Sie standen rechts und links entlang ihres Weges und eine gewaltige Brücke spannte sich von einem Felsen zum anderen. Auf den Felsen stand jeweils ein hoher Wachturm aus gemauertem, dunkelgrauem Stein, der, wenn sie es richtig schätzten, vom Boden aus mindestens zweihundert

Schritt hoch war. Wenn man bedachte, dass der Felsen alleine sicher schon siebzig Schritt aufragte, stellten die Türme beachtliche Bauwerke dar.

»Ja, das sind sie tatsächlich; Augen der Ewigkeit, Wachtürme gebaut von meinem Volk«, sagte Angrolosch stolz, keinen Unterton von Gram mehr in seiner Stimme.

»Was bedeuten sie?«, fragte Isen.

»Es sind Wachtürme, die seit dem Krieg der Elfen bestehen. Erbaut vor über tausend Jahren. Wenn man ganz oben steht, sieht man bei klarem Wetter Hunderte Meilen weit, bis hin zu den Tarakwäldern, wo einst die Kriegselfen lebten«, erklärte der Zwergenkrieger.

»Oh,«, sagte Shahira beeindruckt und sie musste unwillkürlich an Jinnass denken, der zu jenem Volk gehörte. »Und der Name?«

»Augen sollte klar sein, da sie in weite Ferne blicken. Und Ewigkeit, weil sie nicht einzunehmen oder zu zerstören sind. Kriegsgerät erreicht sie vielleicht, aber sie sind nicht einfach zu treffen. Truppen können nicht hinauf, da der Zugang unterirdisch ist und man nur über Kan'bja eindringen kann«, erklärte Angrolosch.

»Hm, aber was für einen Sinn haben die Türme dann? Wenn man sie nicht angreifen kann, wird sie keiner passieren wollen«, sagte Shahira nachdenklich.

»Genau das ist es! Dieser Weg ist der kürzeste Weg zu Burg Donnerfels. Im Krieg kamen die Elfen nur schwer zu uns, weil dieser Weg für sie blockiert war. Unsere Turmgeschütze waren tödliche Verteidigungen. Somit mussten die Elfen diesen Weg meiden und die Wege, die ihnen übrig blieben, waren schwer passierbar. Im Krieg gegen die Magier konnten wir im Gegenzug das Reich der Elfen schützen, sodass die Heere des Feindes uns und die Elfen nicht angehen konnten. Das wiederum führte dazu, dass wir gemeinsam den Magierheeren in ihre Flanke fallen konnten. Und ... ich will mich ja nicht unnötig rühmen, aber ich behaupte jetzt mal, dass wir damit den Krieg entscheidend beeinflussen konnten.«

»Hier gebe ich dir recht«, bestätigte Xzar. »Ihr habt den Vormarsch so lange aufgehalten, bis das Heer aus Barodon den Tar überquert hatte. Eingekesselt und zurückgedrängt war der Krieg für den Feind hier schnell vorbei.«

»Ihr Zwerge habt die Elfen beschützt? Ich dachte, ihr seid verfeindet?«, fragte Shahira und an Xzars erschrockenem Gesichtsausdruck erkannte sie, dass dies wohl die falsche Frage gewesen war.

»Pah! Diese spitzohrigen Baumknabberer, irgendwer muss sie ja beschützen und verfeindet trifft es nicht ganz. Sie haben uns aufs Blut beleidigt!«, schimpfte der Zwerg.

»So? Was haben sie denn getan?«, fragte Isen jetzt neugierig.

»Das geht euch nichts an! Ihr würdet das eh nicht verstehen.«

Shahira sah fragend zu Xzar und als Angrolosch an ihnen vorbeigestapft war, flüsterte er, »Es geht um ein Bierfass und um das Pinkeln in einen heiligen Elfengarten. Frag nicht weiter nach ... es ist müßig.«

Shahira nickte und Isen grinste. Irgendwann würde er Xzar sicher noch einmal fragen, denn das Ganze klang nach einer guten Geschichte für die Bühne.

Als sie weitergingen, waren erst vereinzelt und dann immer mehr Pflastersteine in der Erde, um am Ende zu einem gut ausgebauten Weg zu werden, der auf ein großes Gebirgsmassiv zulief. Die ersten Ausläufer des Schneegebirges, die mit ihren weißen Gipfeln drohend vor ihnen lagen. Ein leichter Wind, der die Berghänge herab wehte, kühlte die Sommerhitze erfrischend herunter.

Sie folgten dem Pfad einige Stunden, bis dieser vor einer hohen Felswand endete. Zuerst sah der Berg merkwürdig glatt aus, bis Angrolosch sie auf die halbrunden Türme im Felsen hinwies. Jetzt erkannten sie alle, dass die steile Felswand die Frontseite einer gewaltigen Festung war. Eine Festung, eingelassen im Stein des Gebirges. Hohe Mauern mit dicken Zinnen reichten mehrere Hundert Schritt weit. Dann sahen sie die schwarzen Wimpel und Fahnen im Wind wehen, auf denen trutzig ein aufrechter roter Hammer mit brennendem Hammerkopf prangte, das Wappen von Kan'bja. Xzar atmete auf, als er mit einer tiefen und frohen Erinnerung sah, was ihm mitunter für lange Zeit Heimat gewesen war.

An der Stelle, wo der Weg vor dem Berg endete, sahen sie ein gewaltiges Steintor, das mindestens dreißig Schritt hoch und zwanzig breit war. Über die gesamte Steinwand waren Schießscharten verteilt und an beiden Enden der Wand ragten riesige Türme in den Himmel, die im ersten Augenblick wie Bergspitzen aussahen. Bei längerer Betrachtung nahmen sie dann die Konturen zweier rechteckiger Gefechtstürme an. Shahira staunte nicht schlecht und ohne ihren Blick von Kan'bja abzuwenden, fragte sie, »Wurde die Stadt schon mal angegriffen oder sogar eingenommen?«

»Ja, einmal«, antwortete Angrolosch knapp.

»Und von wem?«, fragte sie weiter.

»Von den Dunkelelfen«, sagte der Zwerg, dessen Stimme nun grollte und Shahira aus den Gedanken riss.

»Die Dunkelelfen?«

»Ja. Hinterhältiger Angriff durch die Tunnel. Aber mehr erzähl ich nicht«, sagte er missgelaunt.

»Oh, tut mir leid«, sagte Shahira erschrocken, doch Xzar legte ihr eine Hand auf den Arm, um sie zu beruhigen. »Ich erzähle es dir irgendwann mal. Sie sprechen nicht darüber. Es war ein fürchterliches Gemetzel.«

Sie nickte.

Alinja machte einige Schritte näher auf die Stadt zu. Noch bevor Angrolosch sie aufhalten konnte, erklang ein tiefer und durchdringender Hornstoß. Er hallte warnend durch die Schlucht, was dazu führte, dass Alinja erschrocken stehen blieb.

»Sie warnen uns, das sie uns gesehen haben«, sagte Angrolosch und hob einen gepanzerten Arm zum Gruß. Als er nun drei Schritte vortrat, hallten zwei kurze Hornstöße zu ihnen herüber und Angrolosch drehte sich zu seinen Gefährten um. »So ist es schon besser«, sagte er zufrieden.

»Was bedeutet das?«, fragte Shahira verwundert.

»Sie warnen Fremde vor dem Näherkommen, sodass jeder, der Böses plant, besser umdreht. Aber sie wissen jetzt, dass ein Zwerg bei euch ist und geben Entwarnung und ein Willkommen für mich. Für euch derzeit nicht, wegen der ...«

»... Wahlen«, beendete Alinja den Satz.

»Genau«, bestätigte der Zwerg, der mittlerweile nicht mehr wütend auf Alinja zu sein schien.

»Das heißt, wir reisen weiter?«, fragte Shahira.

»Ja, wir müssen. Wir kommen nicht hinein. Besser gesagt ihr ... ich würde ja auf ein Bier vorbeischauen, wenn ihr ... sagen wir ein, zwei Stunden ... warten wollt?«, fragte Angrolosch unschuldig.

Xzar lachte auf. »Ein, zwei Tage mindestens, meinst du. Ich kenne das Spiel mit dem einen Bier! Wir reisen weiter.« Dann schmunzelte Xzar und hob abwehrend die Arme. »Es sei denn ... du willst nachkommen. So schwer kann der Aufstieg ins Gebirge nicht sein, das schaffen wir sicher auch ohne dich.«

»Pah! Von wegen! Ihr Langbeinigen stolpert sicher schon über den ersten Stein!«, zeterte der Zwerg los.

»Mir wäre es auch lieber, wenn ein Ortskundiger und erfahrener Krieger dabei wäre«, fügte Alinja zögerlich hinzu, was dazu führte, dass Angrolosch spätestens jetzt ihren Streit gänzlich vergessen hatte. »Nun gut, werte Dame, dann lasst mich Euch begleiten. Geht voran«, forderte er sie freundlich auf.

## Der Weg ins Gebirge

Sie bogen rechts ab und folgten dem Weg, der gleichlaufend an der Felswand vorbeiführte. Das brachte sie nah an die Stadtmauer heran, die jedoch von einer tiefen Schlucht abgegrenzt wurde. Eine breite Kluft von etwa zwanzig Schritt und einer nicht abzuschätzenden Tiefe. Ein Blick hinab offenbarte spitze Felsen und einen kleinen Gebirgsbach, der tief unter ihnen aus dem Berg sprudelte. Es zischte und dampfte und Angrolosch erklärte, dass es Abwasser aus den Schmieden war, welches hier abfloss. Von der hohen Mauer spähten stahlbewehrte Köpfe auf sie herab und sie waren sich sicher, dass man sie ohne Angrolosch bereits aufgehalten hätte.

»Normalerweise hängen große Banner an der Wand, welche die Wappen der Clans und das Wappen des Königs zeigen«, erklärte der Zwerg. »Doch in der Zeit der Neuwahlen wird dies gemieden. Es dient mit als Trauerbekundung. Zwar lebt der derzeitige König noch, doch man macht dies auch aus Respekt.«

»Was passiert mit dem alten König, wenn ein neuer gewählt wurde?«, fragte Isen.

»Er bekommt einen Ehrensitz im Rat, welcher ihm bis zu seinem Tod bleibt. Wenn solch ein Fall eintritt, also dass der alte König noch lebt, wird dieser nicht selten Berater des Neuen, denn man muss bedenken, dass unsere Könige Erfahrung aus Hunderten von Jahren aufweisen«, erklärte der Zwerg.

»Wie viele Clans habt ihr?«, fragte Alinja jetzt nach.

»Neun. Aber es gibt auch viele freie Zwerge, deren Familien niemals in den Clans waren. Aber das alles zu erzählen braucht das eine oder andere abendliche Lagerfeuer«, sagte Angrolosch erfreut.

»Das würde mich sehr interessieren«, sagte Isen jetzt und auch Shahira und Alinja nickten.

Sie folgten dem Weg, der, nach dem Ende der Mauer, um einen Felsvorsprung führte und dann von dort aus weiter nach Osten verlief. Ein Ziel war nicht zu erkennen, da er sich anscheinend durch das dortige Gebirge schlängelte. Shahira sah nachdenklich in diese Richtung. »Wohin führt der Weg?«

Xzar stellte sich neben sie und sah dann fragend Angrolosch an.

Der Zwerg deutete auf die Berge. »Dort hinten liegt ein anderes Land. Es heißt Grandiana. Aber ich weiß nicht viel davon. Wir haben ein paar wenige Händler, die dort hinfahren. Es ist ein gefährliches Land.«

»Ich wusste bis vor Kurzem gar nicht, dass es noch andere Länder gibt und jetzt stehen wir hier an einer solchen Grenze«, gestand Shahira.

»Ich wusste auch nur, dass es Inseln gibt, die im Südmeer liegen. Obwohl ich hier aufwuchs, habe ich nie darüber nachgedacht, was dort hinten liegt«, sagte Xzar nachdenklich.

»Ich kenne ein paar Geschichten, denn wir hatten einst Tiere aus anderen Ländern. Aber ob diese wahr sind, weiß ich nicht«, sagte Isen.

»Das wäre mir auch das ein oder andere abendliche Lagerfeuer wert«, sagte Angrolosch und die anderen sahen ihn überrascht an.

»Was denn? Was glaubt ihr, was das für ein Genuss wäre, wenn ich Serasia solche Geschichten erzählen könnte?«

Das brachte sie alle zum Lachen und als sie sich beruhigt hatten, sagte Alinja, »Ich habe auch nie darüber nachgedacht, aber jetzt, wo ihr es angesprochen habt, bin ich mir sicher, dass es noch was geben muss. Es kann doch nicht sein, dass im Norden nach dem Nebel und im Süden hinter den Weißpforten nichts mehr kommt. Und für den Fall, dass dort wirklich nichts ist, wie sieht es dann da aus?«

»Da habe ich auch noch nie drüber nachgedacht, muss ich zugeben«, sagte Xzar nun.

»Ja, und wir werden es wohl auch nie erfahren. Wir haben schon genug in unserem Land zu tun«, lächelte Shahira.

Sie nickten und warfen noch einen letzten Blick den Weg entlang, bevor sie diesen verließen und jetzt einen leicht ansteigenden Pfad nahmen, der sie weiter ins Schneegebirge führte.

Nach einiger Zeit erreichten sie ein kleines Felsplateau, das von der Abendsonne noch angenehm gewärmt wurde. Sie entschieden sich dazu, hier das Nachtlager zu errichten. Angrolosch sagte ihnen, dass es ratsam wäre, in den Nächten im unteren Gebirge eine warme Decke zu nutzen, da es hier auch im Sommer kalt wurde. Wenn sie höher kämen, würden sie Schlafsäcke und Decken brauchen. Endiria hatte für jeden eine zur Verfügung gestellt. Normalerweise verkleideten sie mit diesen im Winter die Stallungen, um die Tiere vor der Kälte zu schützen. Bis dahin würde es aber noch einige Monde dauern und so hatte sie diese entbehren können.

Angrolosch entzündete ein Lagerfeuer und sie teilten Wachen ein. Shahira übernahm die Erste und als die anderen sich hingelegt hatten, zog sie ein Buch aus ihrem Rucksack, welches Diljares ihr mitgegeben hatte. Eine kleine Abhandlung über Magietheorie sowie Wissenswertes über filegranonische Zauber. Er hatte ihr eröffnet, dass sie niemals eine Magierin mit hohem Kraftpotenzial werden könnte, doch kleinere Zauber könne auch sie lernen. Diese Ausbildung würde dauern und wahrscheinlich gab es bessere Lehrer an den Akademien in Barodon. Er würde für sie einige alte Freunde fragen, ob sie ihr helfen konnten, was auch immer dies für sie bedeutete. Das Buch umfasste vieles von dem, was Xzar ihr bereits erklärt hatte, auch wenn es hier oder da noch einige interessante Anmerkungen aufführte, die ihr Wissen über die Magie erweiterten. Die Kapitel über die Filegranonie, die sie vorhatte zuerst zu lesen, waren dagegen schon um einiges komplexer und somit entschloss sie sich, doch von vorne anzufangen.

Während sie sich dem Text widmete, sah sie immer wieder in die Dunkelheit. Angroloschs Geschichten hatten eine leichte Angst bei ihr hinterlassen. Beim Abendessen hatte sie die Frage nach den Schauerweibern wiederholt und der Zwerg hatte ihnen erklärt, dass es sich bei diesen Mischwesen um seltsame Kreaturen der Berge handelte. Sie waren halb Frau, halb Vogel. Ihre menschlichen Oberkörper endeten in scharfen Vogelklauen. Ihr Rücken war überzogen von Fell und anstelle von Haaren hatten sie buschige Federn auf dem Kopf. Hinter ihren Schultern entsprangen zwei ledrige Flügel. Ihr menschliches Gesicht wurde von einem krummen schwarzen Schnabel entstellt. Selten griffen sie Reisende an, meist flogen sie über jenen Hin und Her und krächzten schrille Beleidigungen herunter. Der Zwerg war sich sicher, dass, wenn sie überhaupt nachts angriffen, man unverhofferweise ihren Nestern zu nahe gekommen war. In dieser Nacht blieb es ruhig, kein Krächzen und kein Flügelschlag war zu hören.

Nach einigen Stunden weckte Shahira Xzar, der sich müde erhob und ihr einen Kuss gab, bevor sie sich unter seine vorgewärmte Decke rollte und schnell einschlief. Nach einer Weile hörte Xzar, wie Angrolosch sich bewegte. Der Zwerg hatte darauf bestanden, einen Großteil seiner Rüstung anzulassen, doch als alle anderen sich beschwert hatten, dass er im Schlaf zu laut war, hatte er sich aus den Metallteilen helfen lassen. Jetzt erhob er sich langsam und trottete auf Xzar zu, um sich neben ihn auf einen Stein zu setzen. Einen langen Augenblick starrte er in die Dunkelheit, um dann zu seufzen. »Ich vermisse das Gebirge manchmal.«

Xzar sah ihn verdutzt an. »Wie kommst du jetzt darauf?«

»Es ist diese unvergleichbare Stille. Wenn man was hört, dann mal das Knacken von Steinen, sonst lässt einen alles andere in Ruhe. Im Wald raschelt und knistert immer etwas im Unterholz, Eulen schreien, Wölfe heulen. Du weißt schon, was ich meine.«

»Ja, ich weiß. Aber ich weiß noch nicht, worauf du hinaus willst.« Xzar wunderte sich, sein Bruder war doch sonst nicht so verlegen um Worte.

Angrolosch seufzte erneut. »Ich meine, wir sind doch so. So still für uns, ohne viel Radau, außer in der Taverne. Verstehst du?«

»Nein. Nicht so richtig. Angrolosch, was ist los?«, fragte Xzar nun energischer, der immer noch nicht wusste, was sein Ziehbruder meinte.

»Na ja, wir können doch nicht aus unserer Haut. Wir wollten immer nur für uns sein und unsere Traditionen ehren.«

Xzar überlegte einen Augenblick und dann dämmerte es ihm langsam. »Meinst du, deinen Streit mit Lady Alinja heute?«

Angrolosch murmelte etwas in seinen Bart und sagte dann, »Ja.«

»Machst du dir Sorgen, dass sie sauer auf dich ist?«

»Ja.«

»Und du willst mir sagen, dass du es nicht so meintest?«

»Hrmpf ... ja«, grummelte Angrolosch. »Weil wir Zwerge nun mal so sind.«

»Dickköpfig und stur?«, fragte Xzar ironisch.

»Nein! Traditionsbewusst ... und manchmal, ein wenig stur.«

Xzar nickte. »Und dickköpfig.«, fügte er hinzu.

Der Zwerg grummelte erneut. »Na gut. Aber wir glauben nun mal an den großen Berggeist und er ist uns heilig.«

»Ja, ich weiß. Das dürft ihr doch auch. Angrolosch, denk daran, sie ist eine Novizin auf dem Weg zur Weihe und sie ist noch jung.«

»Das bin ich auch!«, beschwerte der Zwerg sich.

»Für Zwerge ja! Du bist seit fast achtzig Jahreszyklen auf dieser Welt. Das ist sicher vier Mal so viel, wie Lady Alinja erlebt hat«, sagte Xzar gespielt empört.

»Ja, mag sein. Aber sie sagt, es gibt unseren Berggeist nicht.«

»Nun, sie sagte es etwas anders, oder? Sie sagte, dass es ihn gibt…«, versuchte Xzar, das Ganze gerade zu rücken.

»… eben! Er wäre nur ein Geschöpf der großen und tollen Vier. So erschaffen wie ihr Menschen. Und wenn man dann das Ganze herunterbricht, soll er uns Zwerge erschaffen haben. Verstehst du nicht?«

Xzar hob fragend die Augenbrauen, denn er verstand den Zwerg tatsächlich nicht ganz.

»Dadurch, dass die großen Vier euch Menschen und den Berggeist erschaffen haben sollen, stellt sie euch und unseren Gott auf eine Stufe. Und dann hat der große Berggeist uns Zwerge erschaffen, niedriger also, als ihr Menschen. Das ist beleidigend«, schimpfte Angrolosch los.

»Beruhig dich! Du weckst die anderen auf. Hast du es wirklich so empfunden? Dass ihr Zwerge dadurch weniger wert seid als wir Menschen?«, fragte Xzar vorsichtig nach.

»Ja, so hat sie es doch ausgedrückt!«, sagte er immer noch aufgeregt.

»Ich glaube nicht, dass sie eine Wertigkeit hineingelegt hat. Für sie gibt es die großen Vier und sie haben alles erschaffen. Wir erzeugen ja auch Sachen auf gewisse Weise und das, was wir hervorbringen, ist manchmal viel mehr wert, als ein einzelner Mensch«, erklärte Xzar.

»Das versteh ich nicht, wie meinst du das?«, fragte Angrolosch nun nachdenklich.

Xzar überlegte einen Augenblick. »Ich versuche es, dir zu erklären, aber ich muss dir gleich sagen, ich bin nicht gut in solchen Vergleichen.«

»Ja, stimmt. Die Tochter des Händlers Gom mit der Tochter des Blechbiegers Hadrodosch zu vergleichen war völlig danebengegriffen«, warf der Zwerg ein.

Xzar verdrehte die Augen. »Das war ein anderer Vergleich.«

»Ja, und zwar ein Schlechter.«

Xzar atmete geduldig ein. »Ich wollte dir damit etwas klar machen. Die Tochter von Gom ... du erinnerst dich? Sie war ein Menschenmädchen und für mich so hübsch wie für dich die Tochter von Hadrodosch: eine Zwergin. Ich finde der Vergleich, war gar ...«

»Ja, ja, ja, mach weiter mit dem anderen Thema, du hast immer schon ein eigenartiges Schönheitsgefühl für Frauen gehabt«, sagte Angrolosch abwinkend, bevor er einen hektischen Blick zu Shahira warf, die am Feuer schlief und er sich schnell verbesserte, »Aber du besserst dich, deutlich!«

Xzar schmunzelte. »Gut gerettet, Bruder.«

Angrolosch zwinkerte unschuldig mit seinen Augen, was angesichts der zotteligen Augenbrauen eigenartig aussah. Xzar hatte Mühe, ein Lachen zu verkneifen. Seinem Bruder schien es jedoch nicht aufzufallen.

»Also zu unserem Thema zurück: Ich bin ein Mensch und jetzt stell dir vor, ich lebe hier im Osten in der Nähe des Gebirges ...«, begann Xzar, bevor Angrolosch ihn unterbrach. »Das muss ich mir nicht vorstellen, denn das bist du und das tust du auch so.«

Xzar seufzte. »Sturkopf! Also stell es dir so vor: Ein Mensch lebt hier am Gebirge, wo es im Winter sehr kalt wird. Jetzt baut dieser Mensch sich hier ein Haus. Ich finde, dass dieses gebaute Haus, das der Mensch geschaffen hat, mehr wert ist, als er selbst, denn das Haus rettet ihn im Winter vor dem Erfrieren.«

Xzar gab seinem Ziehbruder einen Augenblick, die Worte zu verstehen, als er ihn jedoch nur fragend ansah, seufzte Xzar erneut und fuhr fort, »So ist es mit euch Zwergen. Der große Berggeist erschuf euch Zwerge. Damit wird er in meinem Vergleich zu dem Menschen, der sein Haus baut. Und ihr Zwerge gebt nun auch dem großen Berggeist ein Zuhause, in eurem Glauben, denn dort hat er auf ewig einen Platz gefunden, wo er bleiben kann.«

Einen Augenblick dachte der Zwerg nach und öffnete dann den Mund, um etwas zu sagen. Er schloss ihn wieder, als er ein weiteres Mal über die Worte nachdachte, um dann langsam zu nicken.

Sie schwiegen einen Augenblick.

»Also sind wir Zwerge mehr wert als Menschen«, sagte Angrolosch triumphierend, allerdings mit einem Grinsen auf den Lippen.

Xzar legte lachend seinen Arm auf die massive Schulter des Ziehbruders. »Du bist unverbesserlich!«

Einen Augenblick gluckste auch der Zwerg, um dann aufzustehen, »Ich denke, ich werde mich bei Alinja entschuldigen. Vielleicht war ich etwas zu ... traditionsbewusst. Außerdem mag ich sie zu sehr, als dass ich mich mit ihr streiten möchte«, sagte er. Die letzten Worte untermauerte er mit einem Augenzwinkern.

Als Angrolosch sich ans Feuer setzte, warf er einen Blick zu der Novizin, die ihn mit offenen Augen ansah und freundlich lächelte. Angrolosch nickte ihr zu, lächelte kurz zurück und legte sich dann wieder hin, um noch etwas Schlaf zu finden.

# Im Schatten der Berge

Nachdem sie am nächsten Morgen aufgebrochen waren, hatte Angrolosch kurz mit Alinja gesprochen und sie hatte ihm versichert, dass sie ihm nicht böse war. Auch sie hatte sich entschuldigt, dass gleichermaßen ihre Worte nicht ganz richtig gewesen waren, denn auch sie hatte übereifrig reagiert. Sie verstand jetzt, dass der Glaube anderer respektiert werden musste. Isens Worte hatten ihr dies deutlich gemacht. Am Ende lachten sie beide über etwas, dass Angrolosch sagte und er half ihr danach, ihre Ausrüstung zusammenzupacken. Xzar beobachtete das Ganze noch eine Weile, bis sein Ziehbruder zu ihm sah und fröhlich nickte. Dann half er dem Zwerg wieder in seine Rüstung, was zu zweit deutlich schneller ging.

Sie folgten dem Gebirgsweg, der allmählich steiler wurde, und hin und wieder taten sich ihnen tiefe Felsspalten auf, die sie entweder vorsichtig übersteigen oder sogar weit umrunden mussten. Die Berge hatten sie mittlerweile ringsherum eingeschlossen und ein kalter Wind pfiff ihnen um die Ohren. Jedes Mal, wenn sich die Sonne hinter eine der hohen Bergspitzen schob, wurde es schlagartig kälter. Die kahlen Hänge der Berge lagen drohend über ihnen und immer dann, wenn irgendwo Steine nach unten polterten, huschten ihre Blicke nervös die Kämme entlang, ob sich dort etwas bewegte.

Als sie an einen Überhang kamen, der den Weg überschattete, wies Angrolosch, der hier im Gebirge die Führung übernommen hatte, die Gruppe an zu warten. Langsam ging er auf die Stelle zu. Er sah schon früh, dass es hier einen Felssturz gegeben und die dicken Gesteinsbrocken ein Opfer gefordert hatten. Denn dort unter einem der größeren Steine ragten die blutverschmierten Reste eines Unterleibes heraus. Von der Hüfte an waren die Beine grotesk abgewinkelt. Angrolosch trat einen Schritt zurück und spähte nach oben, dann stutzte er. Die Bruchkanten über ihm deuteten darauf hin, dass die Steine abgebrochen waren, ganz so, als hätte sie etwas von oben heruntergedrückt. Er winkte seinen Gefährten zu und als diese das Ganze betrachteten, war es Isen, der die Situation zuerst begriff. »Das Opfer muss auf dem Überhang gewesen sein und dann ist er eingebrochen und wurde hier begraben.«

»Das passt nicht. Dann würde er nicht unter den Steinen liegen, sondern eher auf ihnen drauf«, überlegte Angrolosch, bevor er eine kleine Ledertasche unter dem Felsen hervorzerrte und dann ein schmales schwarzes Pergament aus dieser herauszog.

Als Xzar dies sah, fluchte er. Der Zwerg reichte es weiter. Gegen das Licht gehalten, sahen sie das Zeichen des Kults der Gerechten. »Der Tote war ein Späher. Sie sind hier im Gebirge. Ich frage mich, wie sie uns jetzt schon wieder finden konnten?«

»Sind das die, die das Schwert wollen?«, fragte Angrolosch.

Xzar nickte.

»Wir müssen also vorsichtiger sein«, sagte Shahira besorgt. »Doch warum konnte er einbrechen? So viel Gewicht kann er doch gar nicht haben, um den Fels zu lösen, oder?«

Angrolosch dachte einen Augenblick nach und fuhr sich nachdenklich durch den Bart, der unter dem Helm hervorlugte. »Stimmt, wartet kurz.«

Er schritt noch einmal zu dem Einsturz und betastete dann die Felsen. Nach einem Augenblick schien er etwas zu entdecken und ging an dem Vorsprung vorbei, um den Berghang hochzublicken. Dort spähte er einen Augenblick angestrengt ins Gebirge, um dann wissend zu nicken. Er machte eine Handbewegung und wies seine Gefährten an, dass sie langsam zu ihm kommen sollten.

Der Zwerg deutete den Hang hinauf. »Seht dort, wo der Fels eine dunkelgraue Farbe hat. Daneben sitzt einer.«

Die anderen sahen angestrengt in die Richtung, doch so sehr sie sich bemühten, eine Färbung des Berges erkannten sie nicht. Dafür etwas anderes und es war Alinja, die es zuerst bemerkte. »Ich sehe es! Ist das ... ein Steinknacker?«

»Ja!«, sagte Angrolosch. »Es sind sogar drei. Zwei Rumpler und ein Kiesel.«

Jetzt, nachdem auch Alinja ihnen die Richtung wies, erkannten sie die seltsamen Wesen. Es waren große, runde Felsen, die sehr zackige Konturen hatten. Und so wie Angrolosch sie ihnen beschrieben hatte, besaßen sie stumpfartige Steinarme und große Mäuler. Einer der Felsen war kleiner und fast wirkten sie wie Eltern mit einem Kind. Angrolosch erklärte ihnen aber, dass diese Wesen keine Geschlechter oder Alter besäßen. Jedenfalls nicht, dass es ihnen bekannt war.

»Wie bist du darauf gekommen, dass sie für den Einsturz verantwortlich sind?«, fragte Alinja neugierig.

»Es war einer der Felsen in dem Geröll. Er ist von einer anderen Gesteinsart. Ich denke, sie fühlten sich von dem Späher bedroht und haben einen der Steine geworfen. Der hat dann wortwörtlich alles ins Rollen gebracht«, erklärte der Zwerg.

»Können wir denn ungefährdet weitergehen?«, fragte Shahira jetzt.

»Ja, nur zügig, damit sie sich nicht *belästigt* fühlen«, bestätigte er.

Sie stimmten zu und gingen geschwind an den Wesen vorbei. Shahira beobachtete sie noch ein wenig und wunderte sich noch immer über diese Steinknacker. Sie sahen so friedlich aus, wie sie dort oben saßen, sich mit ihren klumpigen Händen Steine in ihre breiten Münder schoben und kräftig zubissen. Das wiederum erzeugte ein Geräusch, als würden große Steine den Hang hinunter poltern. Das kleine Wesen nannte Angrolosch *Kiesel* und es hob sich von den anderen nicht nur durch die Größe ab, sondern auch, weil es selbst keine Steine fraß. Stattdessen schleppte es weitere für die beiden Großen an. Shahira fragte sich, was wohl der Sinn hinter ihrem Verhalten war und warum es sie in den Bergen gab? Es musste doch eine Bedeutung haben, dass sie taten, was sie gerade taten. Diese Frage konnte ihr selbst Angrolosch nicht beantworten.

Sie folgten weiter dem Gebirgspfad und rasteten später auf einem kleinen Plateau, um einige der Sonnenstrahlen zu genießen, die über die Wipfel auf sie hinabfielen. Xzar saß am Rand und warf kleine Steine hinunter, um sie mit dem Blick zu verfolgen, wie sie sich ihren Weg in die Felsspalten suchten. Isen saß neben ihm, und versuchte, Xzars Steinen seine eigenen folgen zu lassen. Nach einer Weile trat Shahira neben sie und fragte, »Oh weh, was schaut ihr beide denn so nachdenklich drein?«

Xzar sah zu ihr auf und rang sich ein Lächeln ab. »Es ist der Späher. Wir haben überlegt, woher sie wussten, dass wir hier lang kommen.«

»Ja, das habe ich mit Alinja auch eben überlegt und vielleicht ist es nicht die Tatsache, dass sie uns beobachtet haben, sondern vielmehr der Weg zum Thron der Elemente. Sie wussten, dass wir Alinja begleiten. Sie haben uns ausgespäht, also werden sie auch das erfahren haben. Sie haben sicher nicht nur einen Späher. Es reicht, wenn sie unseren Weg ab Kan'bja verfolgen, denn sie konnten sich denken, welchen Weg wir nehmen werden und so wie Alinja sagt, folgen sie der Prophezeiung«, erklärte Shahira.

»Ja, vielleicht den ersten Teil. Aber die Prophezeiung sagt ja nichts über den Thron der Elemente und unsere Reise dahin«, antwortete ihr Xzar.

Von Shahira kam keine Antwort, sie sah nur nachdenklich zu Alinja, die ihren Blick mied.

Isen seufzte. »Ja, wer weiß. Wir werden es erfahren, wenn wir auf sie treffen. Vielleicht.«

»Und bis dahin meiden wir Stellen auf dem Weg, wo sie uns einen Hinterhalt legen könnten«, sagte Angrolosch laut.

»Wenn sie ihrem Ehrenkodex noch irgendwie folgen, werden sie uns offen angreifen«, sagte Xzar.

»Das hat sie noch nicht gestört bisher. Getarnte, streitende Händler. Angriffe in dunkler Nacht. Einen Dämon als Verfolger. Das Einzige, worauf wir hoffen können, ist, dass sie uns wieder die gleiche Anzahl entgegenstellen. Aber das haben sie bei dem Golem auch außer Acht gelassen«, sagte Shahira.

»Die gleiche Anzahl?«, fragte Angrolosch nachdenklich. »Also höchstens fünfzehn Feinde ...«

»Wie kommst du auf fünfzehn?«, fragte Alinja, die zu ihnen herüber gekommen war.

Der Zwerg zog eine buschige Augenbraue hoch und zählte dann auf, »Einer für Xzar, einer für Isen, einer für Shahira und einer für Euch Lady und zehn für mich.«

»Das sind vierzehn«, sagte Xzar grinsend.

»Oh ja, das weiß ich. Aber vierzehn ist eine Unglückszahl bei uns Zwergen, also werden sie einen mehr mitbringen«, sagte der Zwerg selbstsicher.

Dieses Mal waren es nicht nur die beiden Frauen, die amüsiert die Augen verdrehten, doch dann mussten sie alle lachen.

Der weiterführende Weg war schwer zu begehen. Sie mussten sich stellenweise anseilen und Steighilfen nutzen. Angrolosch erklärte ihnen, dass der Anfang des Pfades zum Thron der Elemente ein ganzes Stück höher gelegen war und sie diesen Weg besser erst mal nicht nutzten, denn hier hätte ihr Feind an vielen Orten die Möglichkeit, sie in einen Hinterhalt zu locken. Somit entschlossen sie sich für den schwierigeren Weg und kletterten die Hänge hinauf. Xzar und Isen blieben nah bei den beiden Frauen, um sie notfalls stützen oder halten zu können. Nicht selten war es dann aber Shahira, die Isen festhielt. Denn er hatte es versäumt, sich feste Stiefel anzuziehen, und nun kletterte er in dünnen Lederschuhen durchs Gebirge. Bei ihrer letzten Rast hatte Angrolosch ihm geholfen, indem er dicke Lederstücke in die Schuhe des Diebes genäht hatte. Dabei hatte er Isen gehörig zurechtgestutzt, wie er nur auf die Idee gekommen war, solche Schuhe zu tragen. Und welches Glück er denn hatte, dass ein echter und schlauer Zwerg bei ihnen wäre, der nie ohne entsprechendes Werkzeug loszog. Isen hatte die Worte über sich ergehen lassen. Zugegeben, mehr aus Furcht, der zornige Zwerg könnte ihm die Lederplatten samt Schuh an seinen Fuß nähen.

Gegen Abend fanden sie eine kleine, leere Höhle und sie entschlossen sich dazu, hier zu nächtigen. Ihnen kam dies gelegen, denn die Kletterpartie hatte sie viel Kraft gekostet. Vor etwa einer Stunde hatten sie die ersten größeren Schneeansammlungen entdeckt und inzwischen wehte ein eisiger Wind die Hänge hinab. In der Ferne erkannten sie bereits den Gebirgspass, der sie zum Thron der Elemente führte. Die dunklen Wolken über dem Gipfel bereiteten ihnen allerdings einige Sorgen. So wie es aussah, schneite es dort heftig.

Doch jetzt saßen sie erst mal an einem wärmenden Feuer und unterhielten sich über ihr Reiseziel.

»Eigentlich ist der Thron der Elemente nicht unser Ziel«, erklärte Alinja. »Sondern der Eistempel darunter. Der Thron liegt noch viel höher. Es gibt zwar Gerüchte, dass die Herrin der Elemente selbst in diesem Tempel wartet, um die Weihe der Priester durchzuführen, doch das kann ich mir nicht vorstellen. Die Weihe wird von der höchsten Priesterin unseres Ordens vollzogen.«

»Und wie sieht diese Weihe aus? Musst du etwas dafür machen?«, fragte Shahira neugierig.

»Ich muss gestehen, dass ich das nicht weiß«, erklärte die Novizin. »Darüber wurde nie gesprochen. Es hieß nur, ich soll den Weg nehmen und zum Thron reisen. Dort würde ich die Weihe erlangen, die mich in die Reihen der Priester aufnimmt.«

»Und du bist einfach losgezogen? Ist das nicht ein wenig ... naiv?«, fragte Isen nun entsetzt.

»Wieso das? Ich vertraue dem Urteil meiner Lehrmeisterin und der Göttin. Sie schickten mich los, also folgte ich ihrer Weisung«, sagte Alinja ungehalten.

»Ja, das verstehe ich, doch sie musste doch wissen, was vor dir liegt. Immerhin hat sie diesen Weg auch beschritten, oder?«, fuhr Isen fort.

»Ja, das stimmt. Doch keiner unserer Priester redet darüber. Jeder macht seine eigenen Erfahrungen und die behält er für sich. Und wenn du dich erinnerst, ich bin nicht alleine aufgebrochen. Ich hatte Begleiter, darunter eine Tempelwache«, sagte sie traurig.

»Ja, ich ... entschuldige, ich wollte dich nicht daran erinnern«, sagte Isen nun leise.

»Nein, die Erinnerung ist nicht schlimm. Sie zeigt mir, dass die beiden noch immer in meinem Herzen sind und das ist gut. Mich grämt es eher, dass ich damals weggerannt bin, anstatt auf die Göttin zu vertrauen und mich dem Kampf oder was immer auch kam, zu stellen.«

»Das war das Beste, was du tun konntest. Ich glaube nicht, dass du sie hättest aufhalten können. Und sie hätten dir Schlimmes angetan, bevor sie dich ebenfalls getötet hätten. Außerdem glaubst du nicht auch, dass der Entschluss wegzurennen von der Göttin gewollt war?«, verteidigte Shahira die Entscheidung der Novizin.

»Vermutlich, ja.«

»Na ja, jetzt seid Ihr sicher. Auf mich könnt Ihr zählen!«, platzte es aus Angrolosch heraus.

Xzar hieb ihm kräftig auf die gepanzerte Schulter, was er sogleich bereute. Er rieb sich die Hand und versuchte den Schmerz zu unterdrücken. »Sei nicht so ungehobelt, Bruder.«

»Was denn?! So mein ich es aber«, sagte Angrolosch empört.

Alinja rang sich ein Lächeln ab. »Ich weiß das zu schätzen. Ehrlich. Danke dir. Danke euch allen, dass ihr mit mir kommt. Ohne euch wäre ich vermutlich nie hier angekommen.« Eine einsame Träne verließ ihr Auge und rann ihre Wange hinab. Shahira setzte sich neben sie und legte ihr einen Arm um die Schulter. »Es war doch auch für uns etwas Besonderes. Wer kann sich schon auf das Schild schreiben, die Ehrengarde einer der Priesterinnen der Tyraniea zu sein. So viele dürften das wohl nicht sein.«

Alinja lachte und wischte sich eine weitere Träne weg. »Nein, wahrlich nicht.«

Angrolosch bot an, als Erster die Nachtwache zu halten, doch diesmal bestand er darauf, seine Rüstung anzubehalten. Er wollte nicht von ihren Verfolgern überrascht werden und nackt vor ihnen stehen. Wenn man bedachte, dass dieses *nackt sein*, immer noch ein schweres Kettenhemd und eisenbeschlagene Lederstücke an den Beinen bedeutet hätte, konnte man nur den Kopf schütteln. Zumindest überzeugten sie ihn davon, dass er keine alten Zwergenweisen singen musste, um sich wach zu halten. Ein kleiner Trinkschlauch mit Dunkelbier, den Xzar eingepackt hatte und ein deftiges Stück Schinken halfen dabei. In dieser Nacht hatten die Gefährten ihre Schlafsäcke heraus geholt, denn die Kälte der Berge hatte sich schnell unerbittlich gezeigt. Sogar ihr Feuer musste ordentlich mit Holz versorgt werden, damit es weiter hell brannte. Zum Glück boten die Hänge der Berge nicht selten alte und trockene Wurzeln sowie verdorrte Äste größerer Sträucher. Immer wieder hatten sie damit ihren Vorrat aufgestockt, auch wenn die zusätzliche Last ihren Aufstieg erschwert hatte. Jetzt zahlte sie sich mehr als aus.

Angrolosch spazierte durch das Lager und achtete darauf, möglichst kleine Schritte zu machen, um seine Gefährten nicht mit den Geräuschen seiner Rüstung zu wecken. Trotz seiner Versuche hob sich ab und an mal ein Kopf, um sich kurze Zeit später tiefer in den Schlafsack zu vergraben.

Seine Wache war fast zu Ende, als er aus dem Inneren der Höhle ein Geräusch wahrnahm. Zuerst dachte er, dass er sich verhört hatte und es nur die Bewegungen seiner Freunde gewesen waren. Als er es dann noch ein weiteres Mal vernahm, blieb er stehen. Sie hatten die Höhle, die nicht tief war, gut abgesucht, dort aber nichts gefunden. Dennoch war er sich sicher, gerade noch ein drittes Mal zu hören, wie es dort drinnen schabte. Ein unheimliches Gefühl überkam ihn und er überlegte, ob er zumindest Xzar wecken sollte, dessen Wache eh bald begann. Nach kurzem Nachsinnen entschied er sich dazu, genau das zu tun.

Als Xzar ihn schlaftrunken ansah, erklärte der Zwerg ihm, was er gehört hatte und da er seinen Bruder kannte, war er sogleich hellwach. Wenn Angrolosch auch gerne angab und manchmal übertrieb, so wusste Xzar, dass man auf ein ungutes Gefühl des Zwerges hören sollte. Er warf sich seinen warmen Umhang über die Rüstung und zog sein Drachenschwert. Dann entzündete er eine Pechfackel, mit der er begann, die Höhle auszuleuchten. Zuerst sah er nur Schatten, die im Fackelschein tanzten. Er spähte angestrengt in die Dunkelheit und es kam ihm so vor, als würden die Schatten sich unnatürlich bewegen. Und schon im nächsten Augenblick entfuhr ihm ein Alarmschrei, denn zwei leuchtende, gelbe Augen blitzten im Dunkeln auf.

Kurz darauf und noch während seine Gefährten hochschreckten, sprang ihn auch schon ein unheimliches Wesen an. Im Licht der Fackel erkannte er dunkle Haut und einen platt gedrückten Kopf. Die Hände, die nach ihm greifen wollten, hatten messerlange Klauen. Der Leib war von wulstigen Muskelpartien durchwachsen und ein flatternder Lendenschurz hing der Kreatur um die Hüfte. Es roch widerlich und es ließ sich am ehesten mit verfaulten Essensresten vergleichen.

»Gnarle!«, entfuhr es Angrolosch wütend. »Ich sehe Vier!«

Xzar schlug das Drachenschwert dem Gnarl entgegen und dieser zischte böse, als die scharfe Klinge ihm eine klaffende Wunde über den Rippen riss. Allerdings trafen auch die Klauen Xzar am Arm und ein brennender Schmerz durchfuhr ihn.

Shahira war noch am schnellsten auf den Beinen. Allerdings blieb ihr keine Zeit ihre Rüstung anzuziehen, also griff sie Schild und Schwert.

Neben ihr kam nun auch Isen in einer fließenden Bewegung auf die Beine, dabei die Lederpeitsche entrollend. Shahira bewunderte wiederholt das Geschick des Diebes, der sie jetzt angrinste, als wüsste er genau, was sie gerade dachte.

Alinja saß mit vor Schrecken geweiteten Augen vor dem Feuer. Sie schien nicht recht zu wissen, was sie tun sollte. Der Anblick der grotesken Gestalten, die dort im Halblicht der Fackel angriffen, jagte ihr anscheinend eine tiefe Furcht ein. Shahira sah dies und rief ihr etwas zu. Noch bevor die Abenteurerin zu der Novizin rennen konnte, fing diese sich und rappelte sich auf.

»Sorg für Licht!«, rief ihr Shahira noch einmal zu. »Wir müssen sie besser sehen!« Sie wartete nicht auf eine Antwort, hoffte, Alinja würde wissen, was zu tun war und stürzte sich selbst in die Schlacht. Der Zorn des Kampfes, der das Blut zum Wallen brachte, vertrieb die Kälte aus den Gliedern und mit einem wütenden Schrei auf den Lippen führte Shahira einen wuchtigen Hieb auf einen der Gnarle aus. Ihre Klinge traf das Wesen an der Schulter. Zähnefletschend wirbelte es zu ihr herum und griff sie an. Es schlug mit beiden Händen zu, während Shahira ihren Schild hob. Die Klauen kratzten über das Holz und sie schwang ihr Schwert unter ihrem Schild hindurch. Der Stahl traf den Gnarl am Bauch. Ein stinkendes Sekret quoll aus der Wunde und die beiden Klauenhände kamen wieder auf sie herab gepresscht. Shahira, die mittlerweile besser gelernt hatte, ihren Schild im Kampf einzusetzen, machte gleichzeitig einen Schritt vor. Sie legte ihr ganzes Gewicht auf ihr Standbein, um dann den schweren Schild wuchtig nach vorne zu stoßen. Es knackte in den Armen ihres Angreifers, als die Wucht des Holzes mit dem Schlag des Angriffes zusammentraf und das Wesen schmerzerfüllt aufheulte. Shahira packte ihr Schwert fester und stieß es an ihrem Schild vorbei. Brutal und ohne Widerstand drang es in den Schädel des Feindes ein, dessen gelbe Augen augenblicklich ermatteten. »Ha!«, brüllte sie triumphierend und sah zu Isen, der neben ihr stand und sie mit neuem Respekt betrachtete. Sie grinste ihn an, um sich dann auf den nächsten Feind zu stürzen.

Isen lächelte zurück und zog dann seine Peitsche nach hinten. Er schwang sie vorwärts und das schwere Lederende, an dem kleine Klingen befestigt waren, traf einen der Feinde am Bein. Die Messer schnitten zwar tief, schienen den Gnarl jedoch nicht zu stören. Erst als er die Peitsche wuchtig nach hinten riss, schrie das Wesen auf und verlor das Gleichgewicht. Dies wiederum wusste Angrolosch zu nutzen und sein schwerer Kriegshammer donnerte auf das andere Bein herab. Der Knochen brach und der Gnarl sank jaulend zu Boden. Angrolosch ließ den Hammer über seinem Kopf kreisen, um dem halb knienden Gegner nun das Leben wortwörtlich aus dem Leib zu schlagen. Ein weiteres Augenpaar erlosch vor ihnen.

»Zuledar!!«, brüllte der Zwerg und schlug sich mit der gepanzerten Faust auf die Brust, um dann auf Isen zu deuten, der dem Zwerg anerkennend zunickte. Es blieb ihnen allerdings keine Zeit der Freude, denn schon war der nächste Gegner an den Zwerg herangesprungen.

Alinja hatte inzwischen fünf weitere Fackeln entzündet und warf diese nun an den Rand der Höhle zwischen die Kämpfer, wo sie den Innenraum fast gänzlich erleuchteten. Das Bild, welches sich ihnen offenbarte, war erschreckend. Xzar erkannte es als Erster. »Ein Kampfverband! Acht Gnarle, zwei Gurle!«

Als Alinja die Wesen sah, stellte sie erschrocken fest, dass Xzar die beiden Getöteten nicht mit dazu zählte. Die Gurle hatten, genau wie Serasia sie beschrieben hatte, vier stämmige Beine und zwei muskulöse Arme, mit denen sie jeweils eine gewaltige Axt hielten. Von der Schmiedearbeit her mussten es zwergische Waffen sein, wahrscheinlich Kriegsbeute. Auf den kurzen Hälsen saßen längliche Köpfe. Anders als bei den Gnarlen leuchteten ihre Augen nicht hell, sondern huschten mit einer bedrohlichen Intelligenz über das Schlachtfeld. Sie stießen glucksende Laute aus.

Xzar lenkte einen Angriff zur Seite weg und noch während sein Drachenschwert sich in den Leib des Feindes bohrte, spürte er, wie die Klinge ihre Kraft freisetzte. Es begann mit einem Kribbeln in den Fingern, das dann wie ein Lauffeuer seinen Körper durchfloss. Muskeln und Sehnen stählten und spannten sich, seine Bewegungen wurden schneller, präziser und die Hiebe kraftvoller. Als er das Schwert zurückriss, dabei Fleisch zerfetzend und Sekret verspritzend, leuchtete die Klinge in einem strahlenden Weiß. Er parierte einen heftigen Hieb seines Gegners. Diesen schien eine Art Kampfwut befallen zu haben, denn der schwarze Körper begann in einem unheimlichen Rot zu pulsieren, sodass die Knochen im Inneren des Leibes als dunkle Umrisse sichtbar wurden. Noch bevor Xzar reagieren konnte, traf ihn ein zweiter Hieb. Dieses Mal kratzten die Klauen über die Drachenschuppenrüstung und hinterließen breite Risse. In diesem Augenblick war er froh, seine Rüstung angelassen zu haben. Auch wenn dies bedeutet hatte, nicht auf dem Rücken zu schlafen. Der Dornenkamm auf der Rüstung verhinderte dies. Anderseits war es ein Grund mehr gewesen, Shahira in seinen Arm zu nehmen. Und dies wollte er auch morgen Nacht noch tun, also hieß es jetzt: Weiterkämpfen!

Xzar drehte sich seitlich weg und machte einen Schritt zurück. Neben sich nahm er die Bewegungen Shahiras wahr. Er spürte, wie sie ihren Schild anhob, um ihren Gegner zu parieren. Das wiederum versuchte der Gnarl zu nutzen, um unter dem Schild hindurch zu schlagen. Xzars gesteigerte Sinne erkannten den Angriff und das Drachenschwert zuckte vor, traf Shahiras Gegner unter dem Kinn und noch bevor dieser zusammenbrach, schwang Xzar das Schwert wieder gegen seinen vorherigen Gegner. Die leuchtende Klinge schnitt durch die Brust wie durch Butter. Blut und Eingeweide quollen hervor. Xzar nahm dies nicht mehr wahr. Er machte bereits einen Schritt nach vorne, stieg dabei über den sterbenden Feind hinweg und stellte sich den nächsten Angreifern.

Shahira, die zunächst überrascht von Xzars Schwertstreich war, folgte ihm, um ihm die Seite zu decken. Das stellte sich allerdings als schwierig heraus, denn sie erkannte, dass Xzars schnellere Bewegungen auch für sie gefährlich waren. Nicht selten kreuzten ihre Hiebe sein Schwert, auch wenn sich, wie durch ein Wunder, ihre eigenen Schwerter nie trafen. Dennoch bewegte sie sich ein Stück zurück. Sie fluchte, als sie dabei über einen toten Körper stolperte. Einer der Gnarle nutzte die Gelegenheit und seine Klauenhand traf Shahira knapp über dem Knie. Vier blutige Kratzer färbten ihre Hose rot, und sie schrie kurz auf, biss aber die Zähne zusammen. Bevor der Gnarl nachsetzen konnte, rammte sie ihren Schild vor seinen Kopf. Er jaulte auf und zuckte zurück. Shahira setzte mit ihrem Schwert nach, doch diesmal parierten die Klauen das Schwert.

Angrolosch war ganz im Sinne eines jungen Zwergenkriegers zwischen die Gnarle vorgeprescht. Um ihn herum befanden sich nun vier Angreifer. Sein schwerer Hammer kreiste und traf schmetternd hier und da, während unzählige Klauen auf die dicken Stahlplatten der Zwergenrüstung hagelten. Ohne sichtbaren Erfolg. Angroloschs Ziel war klar erkennbar: Er schlug sich zu den Gurlen durch oder besser, er versuchte es, denn derzeit kam er nicht vorwärts. Seine vier Gegner boten ihm keine Lücke. Angrolosch stieß seinen Kriegshammer nach vorne. Er traf einen der Gnarle am Knie. Es knackte bedrohlich und der Feind heulte auf, nur um dann eine wilde Folge von Hieben auf den Brustpanzer des Zwerges auszuteilen, die diesen einige Schritte zurücktrieb.

Auch wenn Isen sich sicher war, dass der Zwerg dies nie hören wollte, er brauchte Hilfe. Isens Peitsche knallte laut, als er einen der vier Angreifer des Zwerges am Rücken traf. Mit einem wütenden Fauchen drehte er sich um, und fletschte die schiefen Zähne. Und dieser Augenblick kostete dem Biest das

Leben, denn Angrolosch, der sich inzwischen auf die Peitschenhiebe eingestellt hatte, nutzte die Gelegenheit, um seinen Hammer gegen den Schädel des Gnarls zu schmettern.

Womit der Zwerg allerdings nicht gerechnet hatte, war, dass einer der anderen Gnarle den Hammerkopf packte, bevor dieser die Waffe zurückziehen konnte. Angrolosch fluchte, denn die Kraft seines Gegners war unnatürlich. Der Gnarl riss kräftig an dem Hammer und der Zwerg zog dagegen an. Da kam Angrolosch eine Idee. Er wartete darauf, dass sein Gegner erneut an dem Hammer zerrte, um dann die Bewegung mitzugehen. Nein, ihm entgegen zu springen, traf es eher, um dann mit diesem Schwung den Hammer samt Hand des Gnarls nach hinten weg zu drücken. Es knirschte, als sich das Gelenk des Gnarls drehte und über den weitesten Punkt der gesunden Bewegung hinaus verbog. Augenblicklich ließ der Gnarl los und stieß einen Schmerzenslaut aus. Dieses Mal war aber auch der Zwerg nicht unverletzt aus dem Manöver hervorgegangen. Denn während er seine Arme vorschob, traf ihn die Klaue eines anderen Angreifers unter der Achsel und bohrte sich dort tief in sein Fleisch. Als Angrolosch zurückzuckte, brach die Klaue ab und blieb stecken. Ein undeutlicher Fluch schallte aus dem Helm und ein zorniger Hieb mit dem Hammer trieb den Gegner ein wenig zurück. Der Zwerg spürte, wie warmes Blut aus der Wunde hervortrat und ihm die Seite herablief. Ein unglücklicher Treffer und eine Verletzung, die den Kampf entscheiden konnte. Angrolosch war gezwungen seine Hiebe seitlich zu führen, denn immer wenn er den Arm hob, strömte ein neuer Schwall Blut aus der Wunde.

Isen hatte den Treffer mehr durch Zufall wahrgenommen und auch er erkannte, dass der Zwerg seinen Kampfstil anpasste. Er fluchte, denn mit dem Treffer war auch die Wirksamkeit der Hammerschläge verloren gegangen. Angroloschs Hiebe trafen nur noch selten und wenn, dann ohne große Wucht. Der Dieb fluchte erneut, denn wenn der Zwerg fallen würde, dauerte es nicht lange, bis ihre Feinde sie überrannten.

Also beobachtete er das Geschehen einen Augenblick nachdenklich, bevor er dem Zwerg zurief, »Pendel deine Schläge ein!«

Der Zwerg reagierte nicht. Isen musste noch zwei weitere Male laut brüllen, bevor er erkannte, dass der Zwerg ihn verstand oder ihn überhaupt über den Kampflärm hinweg gehört hatte. Vielleicht lag es auch am Helm, der die Geräusche schluckte. Aber jetzt hatte er ihn gehört und anscheinend auch verstanden, was Isen von ihm wollte. Denn er führte den Hammer seitwärts, von rechts nach links und wieder von links nach rechts. Die Schläge hielten die Feinde auf Abstand, allerdings brachten sie auch den Zwerg zum Taumeln. Genau das, worauf Isen gewartet hatte. Er schwang die Peitsche scharf zwischen dem Zwerg und einem der Gnarle hindurch, zog einmal kurz und heftig an ihr und sah, wie sich das dicke Leder zwei, drei Mal um den Bauch des Zwerges schlang. Dieser zuckte, als die Klingen am Ende auf den dicken Plattenpanzer klirrten, ohne etwas anzurichten. Gerade wollte Angrolosch in seinen Schlägen innehalten, da stand Isen schon nah an ihm. »Pendel weiter, jetzt!«, brüllte er.

Der Zwerg tat wie ihm geheißen und als der nächste Hieb kam, stellte Isen seinen Fuß auf die Rüstung des Zwerges, stieß sich von ihm weg und zog, während er selbst rückwärts sprang, kraftvoll an der Peitsche.

Erst befürchtete Isen, dass Angrolosch zu schwer war, dann aber begann sich der in stahlgehüllte Zwerg, wie ein Spielkreisel für Kinder, um die eigene Achse zu drehen, der Hammer wirbelte gefährlich mit. Isen selbst entging dem Hieb nur knapp, denn todbringend drehte der Zwerg sich zwei, drei, vier, fünf Mal im Kreis. Der Hammerkopf traf krachend und knochenbrechend auf die Gnarle um ihn herum. Schmerzensschreie und Todesqualen hallten durch die kleine Höhle und als sich das Durcheinander beruhigt hatte, saß Angrolosch inmitten toter Feinde auf dem Boden. Sein Oberkörper schwankte und kippte dann nach hinten, ein erschöpftes »Uff!«, ausstoßend.

Shahira stand in der Nähe und hatte das Schauspiel mit offenem Mund verfolgt, denn ihr Gegner war ebenfalls unter den Opfern, die in Angroloschs Hammerwindmühle geraten waren.

Xzar hatte es aus den Augenwinkeln gesehen und sein Schwert schnitt sich gerade durch den Leib des letzten Gnarls, bevor er vor den beiden Gurlen stand. Das Drachenschwert gleißte in hellem Weiß und es schien fast, als bewegten sich Flammen über den Stahl. Die Gurle musterten den Mann vor sich mit abschätzenden Blicken, dann führte der Linke ein Zeichen aus und der Rechte griff Xzar an. Die beiden riesigen Äxte sausten herab. Die Erste lenkte Xzar mit dem Drachenschwert zur Seite weg und trat einen schnellen Schritt nach vorne, sodass die zweite Axt an ihm vorbei in den Steinboden jagte. Das Drachenschwert beschrieb einen Kreisbogen und durchtrennte einen Waffenarm des Gurls zur Hälfte. Das Wesen kreischte und ließ die schwere Axt fallen. Im nächsten Augenblick sauste die zweite Axt wieder auf Xzar zu. Diesmal genau auf Höhe seines Halses. Seltsamerweise war es in Xzars Wahrnehmung so, als käme der Hieb schwerfällig auf ihn zu. Es war ein Gefühl, als liefe die Zeit langsamer, was für seine eigenen Bewegungen unterdessen nicht zutraf. Xzar bog seinen Oberkörper nach hinten, sodass die Axt knapp über ihn hinweg glitt. Er richtete sich auf und schwang sein Schwert der Axt hinterher, um im selben Bogen wie zuvor jetzt auch den zweiten Arm zu treffen. Sein Gegner erkannte die Absicht dieses Mal rechtzeitig und zog den Axtstiel mit einem Ruck nach hinten, was das schwere Klingenblatt gegen das Drachenschwert treffen ließ. Der Gurl ließ ein schrilles Geräusch ertönen. Xzar war durch diese unverhoffte Parade aus seinem Tritt gekommen und stand nun seitlich zu dem Gegner, der den Vorteil nutzen wollte und von oben auf Xzar hinunter hieb.

Shahira sah das Unheil kommen, denn ihr Gefährte, der sich zwar übermenschlich schnell bewegte, würde diesem Hieb nicht mehr entkommen. Gerade als sie aufschreien wollte, geschah etwas Überraschendes. Aus dem Nichts tanzten plötzlich drei Schneeflocken und drei brennende, rote Kugeln um Xzars Körper, die sich in Spiralen drehten. Und als der Axthieb knapp über Xzars Kopf war, schossen jeweils eine weiße und eine rote Kugel in die Axtflugbahn, nur um die Waffe mit einer kleinen Funkenexplosion zur Seite zu lenken. Danach rieselten weiße Schneeflocken und rote Feuerfunken zu Boden. Shahira sah zu Alinja, die drohend ihr Schwert in Xzars Richtung streckte und Gebete an ihre Herrin sprach.

Jetzt griff der zweite Gurl ein. Nachdem er bemerkt hatte, das Alinja betete, stürmte er auf die junge Frau zu. Und bis auf Isen war sein Weg frei, denn der Zwerg lag am Boden und rührte sich nicht mehr. Der Gurl stapfte unbeirrt über ihn hinweg.

Isen schwang verzweifelt seine Peitsche. Das Leder traf den Gurl. Doch es hielt ihn nicht auf. Zu mehr kam der Dieb dann auch nicht mehr, denn ein seitlich geführter Axthieb preschte auf ihn zu. Isen duckte sich und machte eine Rolle vorwärts unter dem Schlag hindurch, der ihn knapp verfehlte und lediglich sein Hemd aufschlitzte. Er spürte das kalte Metall, wie es an seiner Haut vorbeisauste. Und zu allem Übel machte er mit seinem Ausweichmanöver den Weg zu Alinja frei, die mit schreckensweiten Augen das Ungetüm auf sich zukommen sah.

Shahira sah, dass auch sie zu weit wegstand, um die junge Frau noch zu beschützen. Hinter ihr erklang der Todesschrei des anderen Gurls, doch sie nahm ihn nur am Rande wahr. Sie starrte auf die mächtigen Äxte, die sich hoben, und auf Alinja, die in panischer Angst versuchte ihr Schwert schützend zu heben. Shahira wusste, dass die Novizin diese Hiebe nicht parieren konnte. Doch der Gurl sollte Alinja niemals treffen.

Eine donnernde Stimme ertönte aus der Höhle und es klang, als würde der Zorn des Berges mit tiefer Wut die Worte herausschmettern, »Halt ein! Ich befehle dir, halt ein!«

Augenblicklich hielt der Gurl in seiner Bewegung inne, um sich langsam umzudrehen. Auch Alinja, Shahira und Isen suchten den Sprecher. Selbst Angrolosch hob den Kopf.

In der Tiefe der Höhle stand eine Gestalt. Und erst auf den zweiten Blick erkannten sie, dass es Xzar war oder auch nicht. Doch er war es! Aber ein flimmernder Schemen umhüllte ihn und drohend streckte er das brennende Drachenschwert in die Richtung des Gurls. Die Flammen loderten jetzt deutlich sichtbar für alle auf dem Stahl. Der Schemen um Xzars Körper schimmerte golden und bildete jetzt, da sie genauer hinsahen, zwei große Schwingen, wie von einem ... Drachen. Schon im nächsten Augenblick sprach Xzar weiter, seine Stimme dunkel, drohend, gebieterisch, »Geh zurück in deine Höhle! Berichte deinem Herrn, dass wir nicht eure Feinde sind. Dann sollst du leben. Oder kämpfe gegen mich! Du hast die Wahl!«

Xzars Stimme ließ keinen Widerspruch zu. Und nicht nur Shahiras Armhaare richteten sich fröstelnd auf.

Der Gurl zögerte und machte einen Schritt auf Xzar zu, dann einen weiteren. Noch bevor er die Axt anhob, um anzugreifen, neigte er sein Haupt. Er gurgelte ein seltsames Geräusch und ging dann langsam an Xzar vorbei und zurück in die Höhle.

Die anderen starrten Xzar an, dessen glänzende Silhouette langsam schwand. Er seufzte erschöpft, als er das Schwert sinken ließ. Der Kampf war überstanden. Für einen Augenblick trat vollkommene Stille ein. Dann kniete Alinja neben Angrolosch nieder und half ihm sich aufzurichten.

Isen ging auf Xzar zu, ebenso Shahira. »Was ist da gerade passiert?«

Xzar schüttelte den Kopf. »Das kann ich nicht genau sagen. Als ich den Gurl zu Alinja rennen sah, flüsterte eine Stimme in mir, dass dies nicht rechtens sei, der Kampf nicht ausgeglichen. Also befahl die Stimme mir ... nein, sie befahl meinem Gegner, innezuhalten. Ich spürte, wie sich in mir eine neue Kraft regte, so als ob ... etwas mich überschattete, aber es war nicht fremd, nein, es fühlte sich an, wie ein Teil von mir.

Und dann war da in meinen Gedanken dieser riesige Drache, der mich streng musterte, mich vorantrieb, meinen Schwertarm führte. Ich frage mich ob ...«

»...das Deranart war? Ganz sicher war er das, so wie du da standst: Leuchtend, mit gleißenden Drachenflügeln und einer Stimme, die mir die Arme an den Haaren aufstellte«, beendete Isen den Satz euphorisch.

»Wie geht es dir?«, fragte Shahira, die Xzars ungläubigen Blick sah.

»Ich ... ich fühle mich ganz in Ordnung. Der Kampf war nicht so schwer, wie ich befürchtet hatte. Und wie geht es euch?«, antwortete Xzar.

»Nicht so schwer? Der Kampf war hart, du aber ... so verändert. Du warst schneller als jemals zuvor und deine Hiebe zerschnitten alles, wo unser Stahl nur leichte Wunden verursachte. Aber warte«, sie drehte sich um. »Angrolosch? Wie steht es um ihn?«, fragte sie besorgt.

Alinja hob den Kopf und nickte. »Er wird überleben. Die Wunde unter seinem Arm heilt bereits, ich habe ihn gesegnet. Und er kann mir schon wieder schmeichlerische Worte zu brummeln, also ja, er wird wieder.«

Der Zwerg hob unterdessen seinen gepanzerten Arm und versuchte, die Bemerkung der Novizin wegzuwischen.

»Halt still!«, kam die scharfe Anweisung Alinjas und der Arm plumpste wieder zurück zu Boden.

Xzar kümmerte sich um Shahiras Wunden, während Isen die seltsamen Körper der toten Gegner genauer betrachtete. Jetzt wo sie tot waren, ähnelten sie schlaffen und halb leeren Kartoffelsäcken, die Färbung ihrer Haut war vom Blut noch dunkler. Wobei man sah, dass ihr Blut ein schwarzes, klebriges Sekret war, das mehr an Schlick aus irgendeinem Moor erinnerte. Isen rümpfte die Nase und blieb dann vor einer der schweren Zweihandäxte stehen, die Xzars Gegner bei seinem Tod hatte fallenlassen. Sie maß aufrecht stehend fast eineinhalb Schritt vom Knauf bis zum oberen Axtblatt und wies feine Runen im Stahl des Blattes auf; eindeutig zwergische Arbeit. Ein wenig bedauerte Isen es, dass dies keine Waffe für ihn war, sie war ihm zu unhandlich und zu schwer. Er war sich sicher, dass ein Kämpfer, der solch eine Waffe führte, Furcht und Schrecken bei seinen Feinden verbreiten würde. Wie ein Zwerg damit kämpfte, der nicht viel größer war als die Axt, vermochte er sich gar nicht vorzustellen.

Sie verlegten ihr Lager von den Leichen weg. Zwar waren sie außerhalb der Höhle nicht so gut vor dem Wind geschützt, dafür lag der widerliche Geruch des Todes nicht so nahe bei ihnen. An Schlaf war für die Gruppe nicht mehr zu denken und so sammelten sie sich um das Feuer, welches sie nun mit mehr Holz fütterten, um die Kälte zu vertreiben.

»Isen, wie bist du auf diese Idee mit Angrolosch gekommen? Er hat mit seinem Wirbelwind fast alle Gnarle erschlagen. Bevor ich das gesehen habe, hätte ich nicht mal geglaubt, dass so was möglich ist«, sagte Shahira erstaunt.

»Das würde ich auch gerne wissen!«, fügte Angrolosch begeistert hinzu.

Isen lächelte und zuckte mit den Schultern. »Es war ein Versuch, ein Trick, den ich kenne. So etwas in der Art haben wir damals im Zirkus aufgeführt.

In der Mitte der Arena lag eine glatte Lederhaut, die mit Seife und Wasser rutschig gemacht wurde. Darauf stand einer unserer Artisten. Er war als Schankmagd verkleidet und links und rechts saßen zwei andere, die sich ein wildes Wetttrinken lieferten. Die vermeintliche Schankmagd, in der Mitte mit dem Krug Wein, wurde von den beiden Herren immer wieder an ihrer Rockschleife hin und her gezogen, sodass sie sich wirbelnd im Kreise drehte. Das Tablett in ihrer Hand blieb dabei immer gerade und der Krug verschüttete nichts. Dabei rissen die beiden Herren eine wilde Posse über zwei Fürsten und ihre Vorliebe zum Trinken, sowie ihren Streit um die Tochter eines dritten. In diesem Fall die Schankmagd.

Na ja, jedenfalls, als ich Angrolosch dort stehen sah und unter ihm das rutschige Sekret der Feinde, kam mir die Idee. Er musste selbst nur genügend Schwung bekommen, um sich zu drehen. Verzeih mein Freund, aber die Schankmagd wog deutlich weniger als du. Den Schwung erreichte er dann mit dem Hammer und ich nutzte die Peitsche, anstelle des Rockbandes, um das Drehen zu verstärken, und mit meinem Tritt kam er dann so richtig in Schwung. Beinahe hätte mich der Hammer selbst erwischt«, erklärte Isen ausführlich.

»Und du warst dir sicher, dass es klappt?«, fragte Alinja nun ungläubig.

»Ja, und nein. Ich meine, ich hatte es selbst nie versucht und auch die Ausführung war ein wenig anders. Aber es erschien mir in diesem Augenblick eine gute Idee. Und es ist ja auch gut gegangen«, sagte Isen.

»Du hattest keine Ahnung, ob es klappt?«, fragte Angrolosch nun sichtlich erschrocken.

»Ich hatte eine Vermutung und sie hat sich als richtig herausgestellt.«

Angrolosch riss die Augen weit auf, nur um dann laut loszulachen, »Hahaha! Sehr gut. Ich mag so was!«

Jetzt war es Xzar, der ihn verwirrt anschaute und der Zwerg klopfte dem Dieb auf die Schulter, was ihn nach vorne warf. »So Leute wie Isen, die Mut haben, mal was zu riskieren. Wenn ich es nicht besser wüsste, würde ich sagen, an ihm ist ein guter Zwerg verloren gegangen.«

Sie stimmten einer nach dem anderen in Angroloschs Lachen mit ein und als sie sich wieder beruhigt hatten, stellte Xzar die Frage, die sie alle interessierte. »Was ist mit mir passiert? Ihr sagt, ich habe geleuchtet?«

»Ja«, sagte Shahira. »Es war wie eine Silhouette, die dich umgarnte. Drachenflügel, die dich schützten, und deine Stimme klang düster und drohend und in keinem Augenblick zweifelte ich daran, dass du nicht jedes Wort so meintest, wie du es gesagt hast. Selbst der letzte Gegner war sich dessen bewusst. Er floh vor dir, als wüsste er, dass er verlieren würde.«

»Aber warum jetzt?«, fragte Xzar nach. »Den Gurl hätten wir sicher auch so besiegt.«

»Ja, aber vorher wäre er bei Alinja angekommen und ob sie die schweren Äxte abgewehrt hätte, bleibt fraglich«, sagte Isen bedeutend.

»Ich hätte nicht ... ich war starr vor Angst. Dabei verstehe ich das nicht. Ja, es war ein entsetzlicher Gegner, aber ich fürchte mich nicht so schnell, jedenfalls nicht mehr. Früher vielleicht, aber seit wir gemeinsam reisen, fühle ich mich zunehmend sicherer«, erklärt Alinja.

»Sie haben die Fähigkeit, ihre Feinde in eine Art Schock zu versetzen«, klärte Angrolosch die anderen auf. »Das kann sogar erfahrene Kämpfer treffen. Ich meine, keinen Zwerg natürlich.« Er räusperte sich. »Aber euch Menschen schon eher.«

»Natürlich«, lächelte Alinja.

»Er griff dich an, wegen der Nähe zum Thron der Elemente. Sie verachten den Tempel in den Bergen. Aber sie wissen auch, dass sie ihn nicht fort bekommen. Deshalb greifen sie die Pilger an, die den Weg zum Tempel suchen. Davon habe ich Berichte gelesen, die wir in den Archiven von Kan'bja aufbewahren. Normalerweise kommen Novizen, die zum Thron der Elemente ziehen, in unserer Stadt vorbei und wenn das der Fall ist, verstärkt der König die Wachmannschaften an den Tunnelausgängen. Nur selten kam es bisher zu Angriffen.

Doch jetzt, wo wir in der Stadt die Neuwahlen abhalten, wird sich keiner um die Tunnelausgänge sorgen. Nur deshalb hatten sie so freien Zugang zu uns«, stellte Angrolosch enttäuscht fest. »Zu schade nur, dass es so wenige waren«, seufzte er.

»So wenige?«, fragte Shahira entsetzt. »Bedenkst du, dass du nach deinen Vieren zu Boden gegangen bist? Wir hatten genug Mühe gegen den Rest.«

»Soweit ich das sehen konnte, hast du dich wahrhaftig gut verkauft auf dem Schlachtfeld und Xzar, er ist wie einer der berühmten Berserker in den Kampf gestürzt. Ich finde ein, zwei mehr hätten es ruhig sein dürfen«, sagte der Zwerg trotzig.

»Ja, vielleicht bin ich das, Bruder. Aber nur die Macht meines Schwertes half mir und ohne Alinjas Segen«, er blickte zu der Novizin, »hätte mich die Axt des Gurls zerteilt.«

»Xzar!«, rief Angrolosch störrig. »Das ist doch die Essenz der Kämpfe. Es sind genau diese kleinen Augenblicke des glücklichen Zusammenspieles des Schicksals, die Sieg oder Niederlage ausmachen.«

»Das war es früher, Bruder. Damals, als wir Höhlenspinnen in den Wäldern jagten, die mehr Angst vor uns, als wir vor ihnen hatten. Nur heute sind unsere Feinde anders. Es hängt so viel mehr an den Kämpfen, als hinterher ein Bier darauf zu trinken. Wir waren früher sorglos, vielleicht sogar zu sorglos. Doch heute bedeutet es nicht nur unsere Niederlage, sondern auch die unserer Freunde. Wir haben eine andere Verantwortung«, sagte Xzar.

»Ja, unsere Feinde sind anders, da hast du recht. Aber du bist auch anders. Früher bist du nicht vor der Verantwortung weggelaufen. Früher hast du dich dem gestellt und hast nie gezögert«, sagt Angrolosch trotzig.

»Was meinst du damit? Ich laufe nicht vor ...«, fragte Xzar überrascht.

»Doch, genau das machst du!«, sagte Angrolosch zornig. »Du ziehst in die Welt hinaus, erlebst ohne mich Abenteuer. Dann kommst du wieder und hast solch eine mächtige Waffe und anstatt dich dieser Aufgabe zu stellen, suchst du Ausreden, nicht jener Krieger zu werden, der du sein kannst! Du bist zu einem Feigling geworden und man muss sich als Zwerg schämen, dass man mit dir verwandt ist!«

Xzar stutzte. Das war nicht sein Bruder, der da sprach. Auch die anderen sahen den Zwerg fassungslos an, der aufgestanden war und seine Fäuste wütend geballt hatte, sodass die Fingerknochen weiß hervorstanden.

Xzar trat einen Schritt zurück. »Angrolosch, was ist los mit dir?«

»Was mit mir los ist? Du bist es doch, der die ganze Zeit provoziert!«, brüllte der Zwerg jetzt. »Nicht mal im Kampf konntest du mich schützen! Alinja hast du gerettet und mich? Mich hast du im Stich gelassen!« Angrolosch deutete auf seine Verletzung.

Da dämmerte Xzar, was los war. Angrolosch war von den Feinden verwundet worden und jetzt wirkte ein heimtückischer Gegner seine Macht aus: das Gift der Gnarlkrallen. Die Zwerge nannten es *die schwarze Wut* und nur sie waren davon betroffen. Xzar erhob sich und machte wieder einen Schritt auf Angrolosch zu, der wütend knurrte und sich zum Angriff anspannte. Isen war nun auch auf den Beinen und auch die beiden Frauen rappelten sich hoch, doch bevor jemand angreifen konnte, hatte Xzar seine Hand auf Angroloschs Kopf gelegt, so schnell, dass nicht mal der Zwerg reagieren konnte. Xzar flüsterte seltsame Worte, die den Blick seines Bruders flackern ließ. Kurze Zeit später trat Xzar zurück und der Zwerg blinzelte verwirrt. Für einen Augenblick sah er sich um, als schien er nicht zu begreifen, wo und warum er überhaupt hier war. Dann stotterte er, »Wa-wa-was ist passiert?«

»Schwarze Wut, die Gnarlkralle«, antwortete Xzar knapp.

»Oh weh! Oh weh«, sagte Angrolosch erschrocken und ließ sich erschöpft auf einen Stein sinken.

»Schwarze Wut?«, fragte Alinja neugierig nach.

»Ja, ein Gift. Es lässt unsere tapferen Bergbewohner ihre Beherrschung verlieren und in einen Jähzorn verfallen, der bis hin zu einem Kampfrausch gehen kann«, erklärte Xzar.

»Das hat man gemerkt«, sagte Isen missmutig.

»Oh«, merkte Angrolosch besorgt auf. »Was habe ich ...?«

»Nichts Schlimmes«, beruhigte ihn Xzar. »Jedenfalls nichts, worüber sich nachzudenken lohnt.«

»Wenn doch ... es tut mir leid«, sagte der Zwerg betroffen. Doch keiner seiner Gefährten verriet ihm etwas.

# Die Prüfungen der Elemente

Am nächsten Morgen gingen sie weiter. Xzar hatte Angrolosch noch zwei weitere Male versichert, dass er nichts Schlimmes gesagt hatte und auch nichts, was er ihm übel nahm. Schließlich kannte er die Auswirkung des Giftes. Angrolosch hatte sich dann beruhigt, nachdem Shahira Xzar zugestimmt hatte und doch war er an diesem Morgen mehr als zuvorkommend seinen Gefährten gegenüber.

Sie gingen dem Pass entgegen, der sie zum Thron der Elemente führen sollte. Kaum hatten sie die ersten schneebedeckten Steine erreicht, wehte ihnen ein eigenartiger Wechselwind von Wärme und Kälte entgegen. In einem Augenblick raubte ihnen die eisige Luft den Atem, nur um im nächsten mit wohliger Wärme ihre Haut zu streicheln. Alle, bis auf Alinja, schienen von diesem Phänomen betroffen. Sie war es, die den anderen riet, sich gut und warm einzupacken, denn die warme Luft war bei Weitem nicht so schlimm wie die kalte. Der Weg wies hier vereinzelte Steinstufen auf, die in unregelmäßigen Abständen den Weg kennzeichneten, den sie nehmen mussten.

Da es fortan immer steiler nach oben ging, waren Schneeflächen jetzt keine Seltenheit mehr und ab und an mussten sie vorsichtig über kleinere Schneeverwehungen hinwegsteigen. Die Felsen des Gebirges wirkten dicht zusammengerückt. Sie lösten ein beklemmendes Gefühl aus und die Gruppe warf immer wieder besorgte Blicke nach oben. Wenn hier Felsen herabstürzten, würden sie ihnen im besten Falle den Weg versperren und im schlechtesten .... Keiner von ihnen wollte sich darüber Gedanken machen.

Und es war still. Bis auf den scharfen Wind, der wie ein klagendes Heulen klang, hörten sie nichts. Auch ihre Verfolger, vom Kult der Gerechten, wenn sie überhaupt in ihrer Nähe waren, hielten sich außer Sicht. Nachdem sie mehrere enge Biegungen passiert hatten, wurden die Stufen regelmäßiger, bis sich eine Treppe aus dem glatten Stein formte. Im Fels zu ihren Seiten hingen Eiszapfen, die durch den warmen Wind immer wieder angetaut wurden und dadurch seltsame Formen bildeten.

Nach unzähligen Stufen erreichten sie ein Tor zwischen den Hängen, das mit einem Gitter verschlossen war. In der Mitte dieses Eisengitters war ein großes Schloss eingearbeitet. Sie blickten sich um, ob irgendwo ein Schlüssel verborgen war. Sie sahen nichts. Einige Schritt neben dem Tor war jedoch etwas anderes, denn dort lag auf einem kleinen Podest ein bläulich schimmernder Eiskristall, in dessen Inneren eine feine Kontur zu erkennen war. Wenn man den Kristall drehte, nahm der Schemen die Form eines Schlüssels an.

Angrolosch musterte ihn nachdenklich. »Sollen wir ihn zu Boden schmettern? Wird doch sicher zersplittern, oder?«

»Ich bin mir nicht sicher«, sagte Xzar.

»Oder ein Feuer? Wir können ihn herausschmelzen.«

»Wird eine recht lange Angelegenheit. Und dafür unser restliches Feuerholz opfern?« Xzar sah die anderen fragend an.

Isen und Shahira schüttelten den Kopf.

Alinja trat einen Schritt auf den Eisbrocken zu. »Ich glaube weder, dass es so einfach ist, noch dass wir so zum Ziel kommen. Und wenn es ein Rätsel meiner Herrin ist, dann wird das Feuer hier nicht das Eis vernichten.« Alinja nahm den Eiskristall und legte den Kopf leicht schief. Dann reichte sie ihn an Angrolosch.

Dieser zog sogleich die Hand zurück, als er sich dem Kristall näherte. »Wie kannst du das berühren? Das schmerzt ja schon, wenn man es greifen will?«, fragte er entsetzt.

»Ist das so?«, fragte Alinja überrascht. »Für mich fühlt er sich nur kühl an.«

Xzar streckte vorsichtig seine Hand aus und nickte dann bestätigend Angrolosch zu. »Er ist mehr als eiskalt. Vielleicht schützt dich deine Herrin?«

»Das mag sein, aber das kann auch nicht ohne Grund so sein, findet ihr nicht?«, fragte Alinja nun nachdenklich.

»Vielleicht um ihn vor Dieben zu schützen?«, fragte Isen.

»Oder um das Schloss zu vereisen und es dann zu brechen«, schlussfolgerte Angrolosch lachend.

Die anderen sahen ihn verblüfft an und es war Alinja, die zuerst grinste. »Ja, genau das kann es sein!«

»Was meinst du Angrolosch, können wir den Kristall an das Tor halten, sodass das Schloss kalt wird, damit es bricht?«, fragte Xzar.

Der Zwerg strahlte, als er merkte, dass seine Gefährten den Vorschlag ernst nahmen. »Ja, ich denke, das geht. Metall wird bei sehr kalten Temperaturen irgendwann brüchig. Versuchen wir es!«

Alinja nickte und schritt an das Tor, um den Kristall vor das Schloss zu halten. Allerdings war ein Zerbrechen nicht nötig, denn nachdem sich das Schloss mit weißem Reif überzogen hatte, begann das Gitter rumpelnd nach oben zu gleiten. Der Kristall hob sich von Alinjas Hand und flog zurück auf sein Podest.

»Oh, das war ja einfach«, sagte Angrolosch grinsend.

»Nur, wenn man den Kristall hochheben kann«, ergänzte Xzar.

»Ja gut, wenn man das kann, dann ist es einfach. Sagt, Lady Alinja, war das eine der Prüfungen?«

»Wie oft muss ich dich noch bitten, mich nicht mit Lady anzureden?«, fragte die Novizin seufzend den Zwerg. Noch bevor er ihr antworten konnte, fuhr sie dann aber fort, »Ja, ich glaube, das war eine.«

»Also macht es bei den Prüfungen keinen Unterschied, wer sie löst?«, fragte Xzar nach.

»Wie meinst du das?«, fragte Alinja.

»Na ja, die Lösung kam von ihm.« Er deutete auf den Zwerg. »Das bedeutet ja, dass jeder das Rätsel lösen könnte.«

»Ja, natürlich«, sagte die Novizin. »Der Thron ist nicht uns Priestern vorbehalten, sondern jedem, der ihn besuchen mag und sich den Prüfungen als würdig erweist.« Als sie Xzar das Gesicht verziehen sah, fragte sie, »Warum besorgt dich das?«

»Ach, es ist nur, weil ... der Kult der Gerechten uns somit noch weiter folgen kann.«

Sie gingen durch das Tor und folgten dem sich dahinter anschließenden Weg höher ins Gebirge. Hier war jedoch etwas anders, denn fortan säumten Feuerschalen ihren Weg, die zur Hälfte in den grauen Felsen des Gebirges gemauert waren. Oberhalb der Schalen sahen sie schmale Öffnungen im Gestein. Der Fels darunter war schwarz verfärbt. In der Mitte der Feuerschale selbst stand eine seltsame Konstruktion, die man durch die Flammen nicht gut erkennen konnte. Es sah aus wie ein rechteckiger Behälter mit einer Feder in der Mitte, auf der eine kleine Kugel lag. Zuerst konnten sie nichts damit anfangen, bis es aus Angrolosch herausplatzte. »Beim aufgerollten Zehnagel meines Großvaters! Das ist eine zwergische Feuermechanik!«

»Beim aufgerolltem ... was? Feuermechanik?«, fragte Isen und sah, dass die anderen in etwa die gleiche Frage auf den Lippen hatten.

»Ja, das ist uralte zwergische Baukunst. Also das Ganze hier!« Angrolosch gestikulierte wild herum, die Feuerschalen, das Gebirge und den kleinen Apparat mit seiner Hand einschließend.

»Jetzt mal langsam Angrolosch, wir kommen nicht mit. Was meinst du genau?«, fragte Shahira verwirrt.

»Also es ist diese ganze Apparatur. Die Feuerschale. Dann die Öffnung im Felsen, und der Entzündemechanismus. Durch die Rohre fließt das Öl in die Schalen.«

»Durch diese Öffnung meinst du? Dort kommt Öl heraus?«, fragte Xzar nun neugierig.

»Ja. Hinter ihnen liegen Kanäle. Wir verwenden sie in Kan'bja, um Wasser und Öl in den Schmieden zu verteilen. Es ist ein uraltes Geheimnis, wie man diese Kanäle anlegt. Nur noch wenige Meister der Bergbauzunft kennen es. In den Archiven ist es in den geheimen Kammern verborgen, also das Geheimnis«, erklärte der Zwerg.

»Und warum ist es so geheim? Ich erkenne keine Gefahr dahinter«, sagte Shahira nachdenklich.

»Nun, den genauen Grund kenne ich auch nicht, vielleicht hatte man Sorge, dass zu viele sich ihre eigene Wasserleitung in ihre Behausung legen würden und somit den Berg instabil machen«, überlegte der Zwerg.

»Oder, dass sich jemand geschmolzenes Gold aus den Minen abzweigen würde«, lachte Isen.

Die anderen grinsten, doch Angrolosch sah ihn nachdenklich an, sagte jedoch nichts dazu.

Shahira betrachtete weiterhin die Feuerschale. »Gut. Und was ist das für eine kleine Konstruktion dort in der Mitte?«

»Das ist der Feuermechanismus. Er ist aus einem besonderen Metall gefertigt. Eines, das man in den tiefen Minen findet. Wir nennen es Staridium und es hat Eigenschaften, die anderen Metallen entgegenwirken. Also, wird es kalt, dehnt es sich aus. Wird es warm, zieht es sich zusammen. Diese Kugel in der Mitte hat einseitig eine Schärfe und im oberen Bereich ist ein Stein eingearbeitet, der einem Feuerstein nicht unähnlich ist«, erklärte Angrolosch stolz. »Mein Urgroßvater hat einst an der Entwicklung seinen Teil beigetragen.«

»Und wie funktioniert das Ganze?«, fragte Shahira nach.

»Das ist einfach. Man wird wissen, wie lange so eine Schale brennt, dann lässt man entsprechend Öl durch die Kanäle nachfließen. Es wird durch den Felsen kalt sein und da das Öl dann den Mechanismus in der Schale umspült, wird die Feder sich ausdehnen. Sobald sie sich über die kleine Sperre da unten hinweg schiebt, schnellt sie hoch und drückt die Kugel nach oben. Wenn das Metall auf den Feuerstein trifft, schlägt es einen Funken und wuuuusch!«, Angrolosch breitete die Arme aus, »Füllt sich die ganze Schale mit Feuer. Und umgekehrt dann genauso. Wenn die Schale brennt, wird es hier sehr heiß und dann zieht sich die Feder wieder zusammen, rastet ein und ist bereit für das nächste Entzünden.«

Die anderen starrten gebannt zu ihm, da er seine Erzählungen mit ausführlichen Gesten begleitet hatte. Als er geendet hatte, grinste er stolz und stemmte die Hände in seine Hüften. So ganz verstanden sie es nicht, doch sie glaubten ihm, dass dies ein Meisterwerk zwergischer Baukunst darstellte.

Alle vierzig Stufen stand eine Feuerschale, sodass bis zur nächsten Plattform zwölf weitere den Weg beleuchteten. Hier oben, so hoch in den Bergen, pfiff ein eisiger Wind und sie mussten sich wärmer in ihre Umhänge wickeln. Shahira hatte sich sogar ihre Decke übergeworfen, an deren Enden nun der Wind wild zerrte. Nur Alinja schien völlig unbeeindruckt von der Temperatur, denn sie schritt leicht bekleidet allen voran.

Shahira bewunderte das Verhalten der Novizin. Sie ging diesen Weg, ohne zu wissen, was sie am Ende erwartete. Die Priesterweihe, ja. Soweit war es bekannt, aber welche Prüfungen würden noch auf sie warten und welche Rolle spielte der Kult der Gerechten im weiteren Verlauf ihrer gemeinsamen Reise? In einem war sie sich sicher: Noch vor ihrem Reiseziel würden sie von der Gruppierung hören, denn sie wollten Xzars Schwert. Mittlerweile befürchtete sie, dass der Kult alles dafür tun würde, dieses zu bekommen.

Sie hatte mit Xzar noch einmal darüber gesprochen und er hatte ihr gesagt, dass er das Schwert weggeben würde, wenn er dafür das Leben seiner Freunde retten könnte. Shahira hatte versucht, ihm zu erklären, dass dies nicht allein seine Entscheidung war, doch Xzar hatte sich nicht von diesem Gedanken abbringen lassen.

Sie standen vor einer weiteren Plattform und einem neuen Tor, das wieder verschlossen war. Diesmal gab es jedoch keinen Eiskristall, der sie weiterbringen konnte. Sie betrachteten das Tor genauer und erkannten, dass es durch einen kleinen Riegel verschlossen war, der am oberen Ende des Tores durch eine schmale Öse fiel. Zuerst war sich Angrolosch sicher gewesen, dass sie einfach stark genug gegen das Tor drücken mussten, damit der Riegel nachgab, als er dann aber einen Versuch gewagt hatte, fluchte der Zwerg. Erst jetzt erkannte er, dass es kein Eisen war, sondern ein härteres Metall, eines das die Zwerge verhütteten: Etrium. Und er war sich sicher, dass Kraft ihnen nicht half. Also besah er sich die Konstruktion neben dem Tor. Hier stand eine Schale, ähnlich der Feuerschalen, die mit einem Gestell verbunden war. Darüber hing eine weitere, flachere Schale. Über dieser Zweiten ragte eine schmale Röhre aus Kristall zum oberen Türgitter auf, welche fest mit der Verankerung der Tür verbunden war. Im oberen Bereich des Kristallrohres gab es eine breitere Ausformung, in der ein kleines blattförmiges Metallstück über der Öffnung der Röhre lag. Von diesem wiederum ging ein stabiler Draht zu dem Metallsplint, der die Tür sicherte.

»Was soll das nun wieder für eine Prüfung sein?«, grübelte Angrolosch mürrisch.

»Vielleicht versuchen wir mal, etwas Langes in die Kristallröhre zu schieben, um das Blatt dort hochzudrücken«, sagte Isen frohen Mutes.

»Wird schwer, durch die Öffnung passt nicht mal meine Hand«, sagte Angrolosch.

»Was unter Umständen daran liegen könnte, dass deine Hand so dick ist wie ein Schmiedehammer«, grinste Xzar.

»He!«, beschwerte sich der Zwerg. »Ich habe halt dicke Knochen, das ist bei Zwergen so! Versuch du doch mal deine Hand?«

»Nein, nein, schon gut. Ich sehe es von hier, meine passt auch nicht hinein.«

»Es muss eine andere Lösung geben«, sagte Alinja nun, die an die Konstruktion herangetreten war und sanft mit den Fingern über die Schale und den Kristall strich.

»Sag, Angrolosch: Das Metallblatt dort oben, ist es aus einem schweren Metall?«

Der Zwerg kniff die Augen zusammen und musterte es genauer. Er überlegte kurz, »Hm, es sieht aus wie Gold, aber es ist keins. Gold wäre zu weich. Ich denke, es ist ein Gemisch aus mehreren Metallen. Aber nein, schwer ist es nicht. Worauf wollt Ihr hinaus?«

»Ich frage mich, wie man es bewegen kann, ohne heranzukommen. Diese zwei Schalen und die Kristallröhre sind sicher nicht ohne Grund hier. Die obere Schale verschließt mit ihrem Rand fast die Röhre«, sagte sie.

»Ich glaube, ich habe eine Idee. In Barodon gibt es ein Fest: Man nennt es *Lichterfahrt*«, erklärte Shahira. »Dort lassen die Kinder einmal im Jahr kleine Ballons aufsteigen, und zwar mit der Hilfe von Kerzen. Sie nähen Stoffe zu runden Ballons mit einer Öffnung unten. Dann stellen sie Kerzen auf ein kleines Holzbrett darunter. Beides ist mit Schnüren verbunden und durch die Wärme der Kerzen steigen diese Konstrukte dann in den Nachthimmel auf.«

»Ich kenne den Brauch«, bestätigte Isen. »Die Leute gedenken so Tyraniea, indem sie Flammen in die dunkle Nacht aufsteigen lassen und um Bornar, den Fürst der Schatten daran zu erinnern, dass das Licht des Feuers auch seine Dunkelheit zu erleuchten vermag.«

»Ja, ihr habt beide recht«, lachte Alinja. »Die Lichterfahrt ist einer der ersten Bräuche, die nach der Rückkehr eingeführt wurden. Also brauchen wir die Wärme des Feuers, um das Metallblatt anzuheben. Kann das die Lösung sein, Angrolosch?« Sie machte einen Schritt auf den Zwergen zu und nahm seine Hände in die ihren, um ihn freudestrahlend anzusehen.

Der Zwerg schien völlig überrascht von der plötzlichen Annäherung, sodass er kurz zusammenzuckte und dann stammelte, »Öhm ... ja ... ich meine ... ja, vielleicht ... aber anderseits ... ich meine, das wird nicht reichen«, seufzte er. Und als er Alinjas Lächeln schwinden sah, fügte er schnell hinzu, »Ich meine, es reicht nicht, wenn wir ein Feuer darunter machen. Bis die Wärme des Feuers das Metallblatt erreicht hat, wird sich die Luft abgekühlt haben.«

»Oh«, sagte die Novizin enttäuscht.

»Aber, einen Augenblick!«, rief der Zwerg überrascht. »Das ist es! Die zweite Schale!« Erfreut sprang er von einem Bein aufs andere, die Hände Alinjas fest umschlossen, was die junge Frau leicht wanken ließ.

»Was meinst du?«, fragte Xzar sichtlich interessiert.

»Unten Feuer, oben Wasser!«, trällerte Angrolosch.

Xzar sah ihn einen Augenblick fragend an, um sich dann mit der Handfläche leicht vor die Stirn zu schlagen. »Stimmt! Du hast recht!«

»Ja hab ich: Wieder mal!«, freute sich der Zwerg, der nun die Hände losgelassen hatte und zu einem kleinen Schneeberg stapfte.

»Was meint ihr?«, fragte Isen und auch die anderen beiden sahen Xzar und den Zwerg fragend an.

»Wir entzünden ein Feuer in der unteren Schale und nutzen Wasser in der oberen«, erklärte Xzar.

»Ja und dann?«, fragte Shahira nun weiter, mit leicht ungeduldigem Tonfall.

»Dann wird das Feuer das Wasser verdampfen und der Dampf wird durch die Kristallröhre aufsteigen und das Metallblatt hochdrücken«, erklärte Angrolosch, der auf den Zehenspitzen stehend, den Schnee in die obere Schale warf.

»Und wie sollen wir das Feuer zum Brennen bekommen?«, fragte Shahira.

Xzar sah sie überrascht an, dann einzeln die anderen. Es war Angrolosch, dem eine Idee kam. »Wir holen etwas von dem Öl aus den Feuerschalen!«

»Während sie brennen?«

»Nein, natürlich nicht!«, empörte sich der Zwerg über Isens Frage. Angroloschs folgendes Schweigen und das verlegene Anstarren seiner Füße deutete allerdings daraufhin, dass er für dieses Problem auch keine Lösung kannte.

Xzar klopfte dem Zwerg auf die Schulter. »Das war eine gute Idee, Bruder. Wir machen es genau so: Wir nehmen das Öl, während es brennt.«

Sie sahen ihn alle fragend an und er lächelte. »Kommt mit, ich brauche sowieso eine helfende Hand.«

Sie gingen zu der Feuerschale am oberen Weg zurück. Die roten Flammen zuckten heiß und Xzar sah in den Blicken seiner Gefährten, dass sie sich alle fragten, was er vorhatte. »Wir brauchen eine Essensschale. Angrolosch?«

»Ja, habe eine.« Er begann in seinem Rucksack nach einer kleinen Blechschale zu kramen, die er dann triumphierend in die Höhe reckte.

»Sehr gut. Ich werde jetzt einen kurzen und starken Windstoß in die Schale zaubern, der die Flammen von dem Öl wegtreibt. Er wird das Feuer nicht löschen, aber wir werden einen oder zwei Wimpernschläge haben, etwas Öl abzuschöpfen«, erklärte er ruhig.

Die anderen sahen sich besorgt an und Isen fragte, »Ein oder zwei? Das ist nicht lang.«

Xzar wiegte unschlüssig den Kopf hin und her. »Entweder brauchen wir flinke Finger«, er sah Isen an, »oder welche, denen Hitze nicht allzu schnell etwas ausmacht«, sein Blick wanderte zu Angrolosch.

Der Dieb und der Zwerg warfen sich fragende Blicke zu, anscheinend wollte jeder dem anderen den Vortritt lassen. Xzar konnte beide verstehen. Der Plan war nicht ungefährlich, denn sollte in der Hektik etwas schief gehen, so konnte verspritztes, brennendes Öl zu starken Verbrennungen führen.

»Oder es macht jemand, dessen Prüfung es auch wirklich ist«, erklang die Stimme Alinjas. Sie nahm Angrolosch die Schale aus der Hand.

Der Zwerg sah sie beschämt an und auch Isen wollte etwas sagen, doch der Blick der Novizin unterband jegliche Worte. Xzar nickte und sah Alinja ernst an. Er erkannte die Entschlossenheit in ihrem Blick. »Gut, Alinja, bereit?«

Sie atmete tief ein und tat einen Schritt auf die Feuerschale zu.

Später, wieder vor dem Tor, entzündete Xzar das Öl in der unteren Schale und dann traten sie ein Stück zurück, um abzuwarten. Es dauerte fast die Hälfte einer Stunde, bis das Eis geschmolzen war und sich eine Wasserlache bildete und dann auch die andere Hälfte der Stunde, in der Xzar mehrfach Öl nachgoss, bis das Wasser zu verdampfen begann. Sie sahen erstaunt zu, wie sich die weiße Dampfsäule durch das Kristallrohr bewegte, um dann von unten gegen das Metallblatt zu drücken. Zuerst zögerlich, doch dann immer kräftiger drückte der Dampf gegen die Konstruktion, bis dann mit einem kurzen Ruck das Metallblatt nach oben glitt, den Stift anhob und das Tor mit leisem Klicken ein Stück aufsprang. Zufrieden nickend ging Angrolosch vor und durch das Tor. Die anderen folgten ihm.

»Müssen wir es wieder verschließen?«, fragte Isen nachdenklich, als er zurückblickte.

Sie sahen sich fragend an. So recht schien keiner von ihnen zu wissen, was sie tun sollten. Noch bevor einer etwas sagte, erlosch das Feuer auf der anderen Seite. Das Eisentor schloss sich wie von Geisterhand geführt und mit einem leisen, schabenden Geräusch glitt der Splint wieder in seine Öse.

»So viel dazu«, sagte Isen beeindruckt.

»Ich will ja nicht die Stimmung trüben, aber hat sich schon mal jemand von euch gefragt, wie wir wieder herunter kommen?«, fragte Shahira leicht besorgt.

»Hm, nein, noch nicht, muss ich zugeben. Aber ich bin mir sicher, es wird einen Weg geben«, sagte Xzar.

»Ja, ganz bestimmt«, lächelte Alinja erfreut.

Shahira zuckte mit den Schultern und verzog zweifelnd den Mund, doch sie sagte nichts mehr dazu. Erst mal mussten sie das Ziel erreichen, dann konnten sie noch einmal darüber nachdenken.

Angrolosch trat an Alinja heran. »Ehm ... ich muss mich entschuldigen. Ich hätte die Schale in das Becken ...«

Alinja unterbrach ihn. »Nicht, Angrolosch. Es war gut so.« Sie kniete sich zu ihm hinunter und nahm seinen Helm zwischen ihre Hände, dann drückte sie ihm auf die linke Stahlplatte des Wangenstücks einen Kuss, bevor sie den anderen folgte.

Der Zwerg stand noch einen Augenblick verlegen da, doch dann ging auch er ihnen nach. Xzar hatte die Szene beobachtet und er wusste, was sein Bruder fühlte. Doch es bestand kein Grund dafür. Alinja hatte das Abschöpfen des Öls ohne Schwierigkeiten hinbekommen. Für sie war es eine Prüfung des Glaubens gewesen und ihre Herrin Tyraniea war mit ihr gewesen. Kaum war Xzars Windstoß in das Becken gefahren, hatten sich die Flammen geteilt. Die Novizin hatte dann die Schale in die feuerfreie Stelle getaucht und obwohl die Flammen bereits zurückschlugen, war weder ihr etwas geschehen, noch war das Öl in der Schale entflammt.

›Vielleicht war dies sogar die wahre Prüfung für das Tor gewesen‹, dachte Xzar. Sicher, seine Magie hatte geholfen, aber Xzar zweifelte, ob es sie wirklich gebraucht hatte.

Als sie den Stufen nach oben folgten, betrachtete Shahira sorgenvoll die hohen Felskanten, sowie die dichten grauen Wolken, die sich über ihnen zusammenzogen. Noch schneite es nicht, doch sie hatte das Gefühl, es würde nicht mehr lange dauern. Angrolosch hatte ihnen erklärt, dass das selbst für diese Berge ungewohnt war, vor allem zu dieser Jahreszeit. Es sollte nicht so kalt sein und schon gar nicht zu schneien anfangen. Er war besorgt über den Wetterumschwung und auch Alinja machte eine ängstliche Miene.

Xzar versuchte sie zu beruhigen, immerhin näherten sie sich dem Thron der Elemente und wer wusste schon, was das Wetter hier im Reich der Göttin für Besonderheiten bereithielt. Aber es gab auch etwas Gutes an dieser engen Passage, denn einen Angriff mussten sie nicht fürchten, dafür war zu wenig Platz. Die Stufen waren hier so eng von den Felsen eingefasst, dass sie nicht mal mehr zu zweit nebeneinander gehen konnten.

Angrolosch führte ihre kleine Gruppe an, er schien ein Gespür dafür zu haben, wo sie die Stufen betreten konnten. Denn nicht selten versteckte sich eine kleine Eisfläche unter einem Schneehaufen, den er geschickt umging. Somit folgten sie seinem Tritt und es dauerte nur etwa die Hälfte einer Stunde, bis sie die nächste Plattform erreichten. Inzwischen fielen erste Schneeflocken vom Himmel und bis zum Ende der Treppe war daraus ein reges Schneetreiben geworden.

Als sie oben ankamen, erstreckte sich vor ihnen ein großer Eissee, umringt von hohen Felsen. Und anders, als es die Kälte hier erwarten ließ, war der See nicht zugefroren, sondern es trieben teils kleinere und teils größere Eisschollen auf ihm. Etwa fünfzig Schritt entfernt war das andere Ufer, an dem sich wieder dunkelgraue Stufen anschlossen.

»Na, das nenne ich mal ein Hindernis«, sagte Angrolosch missmutig. »Wie sollen wir da nur hinüberkommen?«

»Verflucht, mit so etwas habe ich nicht gerechnet!« Xzar stellte sein Gepäck erschöpft ab, um näher ans Ufer zu treten. Vorsichtig trat er mit einem Fuß auf eine der Eisschollen, doch als sie sich knirschend absenkte und von ihm forttrieb, zog er seinen Fuß rasch zurück.

»Vielleicht können wir schnell rennen und von einer Scholle zur nächsten springen«, schlug Isen vor. Als er seinen Blick über die Gefährten schweifen ließ, blieben seine Augen auf Angrolosch hängen. »Einige von uns zumindest.«

»Selbst wenn zwei von uns den Weg schaffen, so wie du vorschlägst, was sollen die anderen machen?«, fragte Xzar geistesabwesend.

»Jedenfalls nicht schwimmen«, sagte Shahira, die eine Hand in das Seewasser gehalten hatte und diese schüttelnd in ihre Tasche steckte, um sie wieder aufzuwärmen.

»Das kann beides nicht die Lösung sein«, rätselte Alinja. »Es ist der Weg zu meiner Herrin. Es wird mit ihr zu tun haben.«

»Und was glaubst du, ist die Lösung?«, fragte Xzar sie nun fordernd.

Sie sah ihn einen Augenblick lang nachdenklich an. »Was ich *glaube*? Ich glaube, genau das ist die Lösung«, sagte sie mysteriös.

Xzar runzelte die Stirn und sah zu, wie Alinja ans Ufer trat. Dann drehte sie ihren Kopf zu Xzar. »Ich glaube an die Herrin Tyraniea.« Und sie tat einen Schritt, um auf die erste Eisscholle zu gelangen. Wie durch ein Wunder bewegte sich das Eis nicht. Es lag fest wie eine Holzplanke auf dem Wasser. Dann machte Alinja den nächsten Schritt. »Und ich glaube, dass sie meinen Weg leitet.« Sie stand nun auf der nächsten Eisscholle, während die erste, wieder ans Ufer glitt. Alinja machte einen dritten Schritt. »Und ich glaube, dass sie uns schützt.« Auf der dritten Eisscholle stehend, gut zehn Schritt vom Ufer entfernt hielt sie inne und schaute zu den Gefährten zurück. »Ihr könnt diesen Weg beschreiten, vertraut auf die Göttin. Sie wird euch schützen, euch leiten und euren Weg bestimmen.«

Xzar und Angrolosch sahen sich fragend an, während Isen zögerte. Unterdessen trat Shahira ans Ufer und sagte leise, »Ich glaube auch an die Herrin der Elemente.« Sie machte einen Schritt und stand auf der ersten Eisscholle. Zwar lag das Eis nicht so ruhig im Wasser wie bei Alinja, aber immer noch so, dass Shahira darauf stehen konnte.

Alinja streckte ihre Hand aus und sagte, »Geh weiter, gedenke der Herrin und du wirst geschützt sein.«

Shahira tat, wie die Novizin es ihr sagte und es dauerte nicht lange, bis die beiden Frauen gemeinsam auf einer Eisscholle standen. Dann blickten sie erwartungsvoll zu den anderen zurück.

»Ich bin dann wohl am Ende unseres gemeinsamen Weges angekommen«, sagte Angrolosch leise.

»Wieso denkst du das?«, fragte Xzar ihn.

»Ich glaube an den großen Berggeist und nicht an eure großen Vier«, erklärte der Zwerg bedrückt.

»Na, so ist das nicht ganz richtig. Du glaubst zwar an den großen Berggeist, aber du zweifelst ja auch nicht an der Existenz der großen Vier, oder?«

»Nein, nicht mehr. Aber ich würde eher hundertmal durch diesen See schwimmen, als mich völlig auf den Schutz dieser fremden Göttin zu verlassen«, erklärte Angrolosch.

Plötzlich blickte er auf Alinja neben sich. Die Priesterin war zu ihm zurückgekommen. Lächelnd reichte sie ihm die Hand.

»Verzeiht, Lady Alinja, ich kann es nicht. Es ist mir zu fremd«, entschuldigte er sich, mit Bedauern in den Augen.

»Ich weiß um deine Sorge, mein guter Angrolosch. Aber es besteht kein Grund zu zweifeln. Ich habe erkannt, dass die Herrin in ihrer Güte auch akzeptiert, dass du an etwas anderes glaubst«, erklärte sie mit glockenheller Stimme und es erschien Xzar so, als schwänge ein fremder Klang in ihren Worten mit.

Da Isen und Angrolosch es nicht zu bemerken schienen, tat Xzar es als Einbildung ab.

»Wie meint Ihr das?«, fragte der Zwerg.

»Dieser ganze Weg hier hin, die beiden Tore, die Mechanismen, die Feuerschalen; sie alle sind von zwergischer Baukunst. Dein Volk hat den Pfad zum Thron der Elemente und zu meiner Herrin geebnet.«

Angrolosch überlegte einen Augenblick und dann hellte sich seine Miene auf. »Ja, Ihr habt recht! Das muss etwas bedeuten, oder?«

Sie nickte. »Ja, das denke ich auch.« Zögerlich streckte sie ihre Hand ein weiteres Mal aus und wartete bis der Zwerg sie, trotz seiner dicken Finger, sanft in die seine nahm. Gemeinsam betrat das ungleiche Paar das Eis.

Xzar, der indessen kein Wort herausgebracht hatte, sah den Gefährten nach. Fast wirkte es, als würde Alinja ein Kind über das Eis führen. Nun ja, ein bärtiges Kind in einem Kleid aus dicken Stahlplatten und doch bewegte sich keine der Eisschollen unter ihnen. Mit festem Schritt überquerten sie den See. Jetzt standen noch Isen und Xzar vor dem See.

»Wer zuerst?«, fragte Xzar skeptisch.

Isen zögerte. »Ich bin mir nicht sicher. Ich meine, ich glaube zwar an die großen Vier, doch Tyraniea, war nie meine erste Wahl. In den Zeiten meiner Verzweiflung, nachdem mir meine Frau geraubt wurde, betete ich heimlich zu Bornar, dass er mir den Weg aus dieser Finsternis zeigte. Und jetzt wo ich hier stehe, ist es Deranart, in den ich meine Hoffnung setze. Seltsam oder?«

»Ich finde nicht. Ich hatte immer Zweifel, dass es die großen Vier gibt. Und in den letzten Wochen, in denen ich so oft mit ihrer Existenz konfrontiert wurde und man mir die Aspekte ihres Glaubens näher brachte, da stehe ich heute vor diesem See und weiß nicht mal mehr, wer ich noch bin.«

Isen sah ihn überrascht an. »Du bist Xzar und noch derselbe, der du zu Beginn unserer gemeinsamen Reise warst.« Isen lachte laut auf. »Und wie wir uns kennenlernten. Erinnerst du dich? In der Scheune?«

Xzar musste unwillkürlich lachen. »Ja, du hast uns ganz schön genarrt. Du warst schnell und unheimlich geschickt.«

»Ja, das war eine aufregende Flucht, bis …«, begann er, doch Xzar beendete den Satz. »Bis dich ein junges Mädchen mit einer Schaufel von den Füßen geholt hat.«

Isen nickte. Sie schwiegen beide einen Augenblick, dann machte Xzar den ersten Schritt. Erst dachte er, das Eis würde nachgeben und weggleiten, doch dann lag die Eisscholle still.

»Woran hast du gedacht?«, fragte Isen ihn interessiert.

»Daran, dass es die kleinen Dinge sind, die das Große und Ganze ausmachen«, antworte Xzar und tat den nächsten Schritt.

Isen lachte ungläubig auf. »Du bist schon ein seltsamer Kauz manchmal. Aber du hast recht, mit dem, was du über mich gesagt hast: schnell und unheimlich geschickt! Möge Bornar mich schützen!« Und damit rannte Isen los, sprang auf die erste Eisscholle, die sich drohend neigte. Noch bevor sie kippen konnte, war Isen schon auf der Nächsten, von der er sich leicht taumelnd auf die dritte bewegte und so rannte er, mehr schwankend und schaukelnd, über den See.

Xzar folgte ihm sicheren Schrittes. Er erinnerte sich an all die Augenblicke ihrer gemeinsamen Reise und ihm wurde mehr denn je bewusst, dass ihm ein größeres Schicksal vorbestimmt war, als ein einfacher Abenteurer auf Wanderschaft zu sein. Und nicht nur ihm, denn auch von seinen Gefährten war Großes zu erwarten, da war er sich sicher. Er schwor sich aber selbst, bei diesem Gang über den See, dass er auch das einfache Dasein, nicht außer acht lassen würde, ganz gleich, wohin ihr Weg sie führte.

Auf der anderen Seite trafen sie alle wieder zusammen. Isen keuchte und strahlte dabei bis über beide Ohren. Angrolosch sah mit leuchtenden Augen zu Alinja auf, was durch seinen Vollplattenhelm nur schwer zu erkennen war. Shahira umarmte Xzar und gab ihm einen langen und sinnlichen Kuss.

»Sehr gut, dann lasst uns nun das letzte Stück unseres Weges angehen«, sagte Xzar bestimmt und die anderen nickten. Der Gang über den See hatte sie alle verändert, und den Grundstein für ein noch größeres, gemeinsames Abenteuer gelegt.

Sie betraten die schwarzen Stufen, als ein gleißender Blitz die dunklen Wolken teilte und ein tosender Donnerschlag die Stille zerriss.

# Die Prophezeiung

Als der Donner verhallte, sahen sich die Gefährten besorgt an und es war Xzar, der zuerst reagierte. »Los, das bedeutet Unheil!«

Sie sprinteten die Stufen hinauf, um schnell an den Ort des Blitzeinschlags zu gelangen. Nach etwa hundert Stufen verlangsamten sie ihren Schritt dann wieder, denn es schien noch ein ganzes Stück weiter hoch zu führen und dieses Mal in engeren Windungen, sodass sie nun deutlich an Höhe gewannen.

Als sie endlich die nächste Plattform erreichten, sahen sie, dass das vor ihnen liegende Tor in der Mitte gespalten war. Glühende, weißrote Metallstäbe standen grotesk nach allen Richtungen ab.

»Was ist hier passiert?«, fragte Shahira.

»Der Blitz! Jemand hat sich seinen Weg gewaltsam gebahnt«, sagte Xzar aufgeregt.

»Was ein Frevel«, sagte Alinja besorgt.

»Ja, doch das wird diese Kerle nicht stören. Sie wollen nur das Schwert. Dafür ist ihnen mittlerweile wohl jedes Mittel recht«, sagte Xzar wütend.

»Das ... passt nicht zusammen«, sagte Shahira nach einem Augenblick.

Die anderen sahen sie an. »Was passt nicht zusammen?«, fragte Xzar irritiert.

»Wenn es ihnen nur um das Schwert ginge, würden sie uns hier auflauern und nicht vor uns zum Thron der Elemente eilen.«

Xzars Blick fuhr zu dem zerstörten Tor und dann wieder zu Shahira. »Das stimmt ... Aber, wenn es nicht das Schwert ist ... was ist es dann?«

»Es ist die Prohezeihung«, sagte Alinja leise.

»Was?«, fragten nun Shahira und Xzar wie aus einem Mund. Auch Isen und der Zwerg sahen überrascht zu Alinja.

»Die Prophezeiung vom Sucher und dem Schwert des Drachen, von der Flamme der Reinheit und dem alten Feind«, sagte Alinja und trat einen Schritt auf ihre Gefährten zu. »Ich dachte, ihr kennt sie?«

Xzar schüttelte den Kopf. »Von der Flamme der Reinheit? Welcher alte Feind? Davon habe ich noch nie gehört.«

Sie sah entschuldigend erst Shahira und dann Xzar an. »Als wir uns kennenlernten in der Taverne, da sagte ich, dass es eine Prophezeiung gäbe und du hast nur gesagt, ich soll nicht auch noch damit anfangen. Also ging ich davon aus, wir reden von der gleichen Prophezeiung.«

Xzar überlegte und nickte dann langsam. »Ja, ich dachte, es ginge um das Schwert.«

»Das stimmt auch. Es geht unter anderem um das Schwert. Aber es ist eine lange Prophezeiung und sie stammt aus unterschiedlichen Tempeln und von den Priestern aller vier Götter«, erklärte Alinja. »Wer der Erste war, der sie jemals sprach, weiß keiner.«

»Und ... wie lautet die ganze Prophezeiung?«, fragte Shahira nun besorgt.

Alinja straffte ihre Schultern und atmete tief durch. »*Jener, dessen Wort von alter Zeit geprägt, wird finden den Suchenden und ihn bringen auf den Gedanken der Rettung. Und der Suchende wird sehen mit eiskaltbrennendem Blick den Weg, der vor der Welt liegt. Und der Suchende wird mit den Wissenden und dem Träger der Kraft ziehen und finden, was verloren ward ... Wenn Feuer und Eis den Suchenden erleuchten und sich einen Weg durch die Finsternis bahnen, wird die Flamme der Reinheit gemartert und sich ungeschützt vor die Wissenden legen, um ihren Weg zu erhellen, auf das der Schatten der Vergangenheit bleibt verborgen in den tiefen Höhlen ... Dann wird ein Träger der Kraft kommen, der da ist das Kind dreier Völker und Herrscher dreier Kräfte. Er wird den Stahl des Drachen führen und die Welt in Frieden einen. Sein Weg wird Schwan und*

*Löwen vereinen und gemeinsam werden sie das Zeitalter des Krieges beenden ... Und wenn der Sohn der Alten, errettet die Tochter der Nacht, wird der alte Feind sich zeigen und unschuldiges Blut wird das Feuer schüren, welches ein neues Zeitalter des Krieges einleitet ... Wenn der Suchende findet und der Träger der Kraft seine Stärke erkennt, werden die Völker sich vereinen und das brennende Blut des alten Feindes erlöschen und der Funke der Hoffnung wird uns eine Zukunft geben.«*

Sie schwiegen und ein jeder starrte mit großen Augen auf die Novizin, der nun eine einsame Träne über die Wange floss, sich an ihrem Kinn zu einem kleinen, zitternden Tropfen formte, sich löste und in die Tiefe fiel. Noch bevor sie den schwarzen Stein des Plateaus erreichte, war aus ihr eine Eisperle geworden und mit kaum hörbarem Splittern zerbrach sie, ehe der Wind ihre Reste verwehte.

Xzar war es, der sich als Erstes fing. »Was soll das bedeuten? Das klingt alles so verworren?«

»Das sind Prophezeiungen immer«, sagte Alinja.

»Gut, mal angenommen diese Prophezeiung meint mich mit dem Träger der Kraft. Wer sind die anderen?«, fragte Xzar ungläubig.

Lady Alinja seufzte. »Isen und seine Frau, der Löwe und der Schwan. Und ...« Sie zögerte und sah Xzar dann mit ihren leuchtenden, blauen Augen unvermittelt an. »Und ich. Die Flamme der Reinheit.«

Er öffnete erstaunt den Mund, doch als ihm auffiel, dass es ihm die Worte verschlagen hatte, schloss er ihn wieder und es war Shahira, die antwortete, »Du? Du bist die Flamme der Reinheit? Wie meinst du das?«

Alinja sah nun zu ihr hinüber. »Es ist so, wie ich es sagte. Ich bin die Flamme der Reinheit. Meine Lehrmeisterin ... erinnert ihr euch, dass ich euch erzählte, dass sie in mir Großes sah?« Die anderen nickten zögerlich. »Sie erkannte in mir die Flamme der Reinheit. Jemand, der unschuldig aus seinem Leben gerissen und doch in festem Glauben an die Göttin den

Weg der Prophezeiung beschreiten würde. Sie sagte mir voraus, dass ich auf meiner Pilgerreise alles verlieren würde und dann den Träger der Kraft und den Suchenden fände und sich mir damit die Worte der Weissagung offenbaren«, erklärte sie ruhig.

»Und sind dir die Worte klar?«, fragte nun Xzar, der seine Fassung erneut verlor, nachdem er dachte, sie wieder gefunden zu haben.

Alinja schüttelte den Kopf. »Nicht alles.«

»Die Flamme der Reinheit wird gemartert werden ... heißt das, du ...« Isen konnte die Worte nicht zu Ende sprechen.

Alinja senkte nur ihr Haupt.

»Nein, das heißt es nicht!«, polterte Angrolosch los. »Ich werde das nicht zulassen!«

Shahira überging die Worte des Zwerges. »Sag uns doch bitte, was du weißt, Alinja!«

»Ich würde es gerne ... wirklich ... doch ich kann es nicht, noch nicht«, sagte sie ängstlich.

Und für einen Augenblick sah Xzar wieder diese junge, unschuldige Frau, die er in Wasserau kennengelernt hatte und er machte einen Schritt auf sie zu. »Bitte, sag uns, was du weißt. Es könnte wichtig sein.«

Sie schüttelte den Kopf und weitere Tränen flossen ihre Wangen hinab. »Bitte Xzar, ... ich kann es noch nicht. Bitte, gebt mir Zeit«, flehte sie nun und ihre Schultern bebten.

Er zögerte einen Augenblick. Dann zog er sie sanft an sich heran und legte seine Arme um sie. Kurz verspannte sie sich, doch dann ließ sie ihren Gefühlen freien Lauf und weinte bitterliche Tränen in Xzars Umhang. Er verstand nicht, was gerade passiert war. Was war für sie so schlimm daran, es zu erzählen? Aber er fragte nicht weiter nach, er sah fragend zu Shahira, die nur mit den Schultern zuckte und sich abwandte. Isen sah nachdenklich auf das ganze Geschehen, doch auch er schüttelte nur den Kopf, als Xzar seinen Blick suchte.

Angrolosch, der mit der ganzen Situation überhaupt nichts anzufangen wusste, polterte los, »Ach, was soll`s, lasst uns weitergehen und diesen Raufbolden da oben gehörig einen auf die Mütze geben, bevor mir noch mein Ar... ehm ... mein Hammer in der Hand festfriert!«, verbesserte er sich schnell.

Bei diesen Worten löste sich Alinja von Xzar und sah ihn schüchtern an. »Verzeih mir, bitte. Ich weiß nicht, was da gerade passiert ist.«

»Nicht schlimm«, beruhigte Xzar sie, »Wir sind kurz vor dem Ziel, da ist die Anspannung bei uns allen groß. Angrolosch hat recht, lasst uns weitergehen.« Xzar verstand nicht, was die Prophezeiung wirklich zu bedeuten hatte, doch er wusste, dass er alles versuchen würde, damit seinen Freunden nichts geschah.

# Der Feind

Sie stiegen weiter aufwärts und dieses Mal dauerte es nicht lange, bis sie ein großes Plateau erreichten. Dieser eisbedeckte Platz wurde halb von einem gewaltigen, gefrorenen Überhang überdeckt. Die hinteren Wände waren mit Eisfiguren gesäumt, dreimal so groß wie ein Mensch und sie stellten allesamt Kämpfer dar. Einige hielten große Zweihandschwerter, andere lange Stäbe und wieder andere waren unbewaffnet und neben ihren Füßen standen kleinere Eisfiguren, die wie winzige, dicke Männchen aussahen. Insgesamt gab es neun große und drei kleine Skulpturen. In der Mitte des Platzes war etwas in den Boden eingelassen. Noch konnten sie nicht erkennen, was dort genau war. Ansonsten war niemand hier und auch von ihren Feinden war keiner zu sehen.

Und dennoch stellten sich Shahira die Nackenhaare auf und das Gefühl einer drohenden Gefahr steigerte ihre Aufmerksamkeit. Als sie in der Mitte ankamen, sahen sie eine kleine Senke, die mit blauen Eiskristallen umrandet war.

»Und was nun?«, fragte Xzar, der sich umsah, ob es hier nicht noch etwas anderes gab.

»Ich weiß es nicht. Aber ich glaube wir müssen in den Kreis treten«, sagte Alinja. Sie atmete tief ein und machte einen Schritt in die Senke. Kaum hatten ihre Füße den Boden dort berührt, verschwand sie vor den Augen der anderen.

»Was?! Alinja?«, rief Xzar, der wie die anderen zurückschreckte.

»Das war ... unerwartet«, sagte Isen. »Doch wie sagt man in Barodon: Wer den Drachen reiten will, muss bereit sein, zu fliegen.« Und damit machte Isen einen Sprung hinter Alinja her und verschwand genauso wie die Novizin zuvor, noch bevor Shahira ihm nachrufen konnte, »... es heißt: Wird das Fliegen lernen!«

»Ich glaube, das hat er nicht mehr gehört«, sagte Angrolosch, der misstrauisch den Kreis beäugte.

»Wohl nicht. Was machen wir?«, fragte Shahira an Xzar gewandt.

»Wir folgen ihnen, aber zusammen. Und nehmt eure Waffen zur Hand, mich beschleicht da so ein Gefühl.«

»Da schließe ich mich an«, stimmte Shahira zu. Sie nahm ihren Schild vom Rücken und zog ihr Schwert. Sie sahen sich noch einmal an, nickten und machten gemeinsam einen Schritt in die Grube.

Augenblicklich fühlte Shahira sich, als würde die Last der Berge auf ihren Körper eindringen, nur um ihr einen Lidschlag später die Freiheit zurückzugeben. Und dann wurden ihre Sinne von den Ereignissen überflutet.

Sie landete taumelnd auf den Beinen, als hätte sie jemand in den Raum geworfen. Sie sah leuchtendes Rot, gleißendes Weiß, bedrohendes Schwarz, ein Aufblitzen von Licht, Schreie lagen in der Luft. Sie drehte den Kopf, versuchte, die Lage zu erfassen. Sie befand sich in einer großen, halb offenen Höhle, hinter sich die Weiten des Schneegebirges. Also waren sie irgendwo hoch oben in den Bergen. An der hinteren Wand fiel ein brennender Fluss in dicken Strömen in die Tiefe, um dort in einer Felsspalte zu verschwinden. Große Eisstachel hingen von der Decke herab und säumten den Rand der Höhle. In der Mitte auf einem Hügel aus glitzerndem Eis stand ein brennender Thron und Shahira ahnte, wo sie jetzt waren.

Mehr noch als dieses Farbenschauspiel zog die Szene in der Mitte ihre Aufmerksamkeit auf sich. Denn dort befand sich ein großer Altar aus blauem Eis und über ihm sah sie Alinja, die wie von unsichtbarer Hand gehalten einen Schritt über diesem schwebte. Ihr Rücken nach hinten durchgebogen, den Kopf nach unten gepresst und ihre Arme und Beine zu den Seiten gestreckt, stieß sie einen stummen Schrei aus. Vor ihr stand eine dünne Gestalt, das Gesicht unter einer dunklen Kapuze verborgen. Shahira überkam eine erschreckende Erinnerung und sie fluchte, als sie die bleichen Hände der Gestalt sah, die seltsame Gesten in Alinjas Richtung ausführte. Dann sah sie Isen, der eine blutende Wunde am Kopf hatte. Er kniete, von zwei starken Kriegern niedergehalten, am Rand des Raumes. Einige Schritte von ihm entfernt hing eine schöne, junge Frau, mit langen dunklen Haaren und blasser Haut angekettet in einem Käfig und sie rief etwas zu Isen, der sie nicht wahrzunehmen schien. Die Wunde an dessen Kopf blutete stark und sein gesamtes Gesicht war inzwischen rot gefärbt. Eine weitere dünne Gestalt in dunkler Robe mit goldenen Ornamenten stand ebenfalls in der Mitte, neben ihr zwei weitere Kämpfer in schwarzen Plattenpanzern.

Xzar war einige Schritte vor ihr und stand den Männern gegenüber. Angrolosch taumelte links von ihr durch den Raum. Der Sprung hierher schien ihn mitgenommen zu haben.

Dann hörte sie Xzars Stimme und es klang, als wäre er weit weg von ihr. »Was soll das hier?«

Die Gestalt in der goldschwarzen Robe trat ihm einen Schritt entgegen und zog seine Kapuze vom Schädel. Das Gesicht, welches sich darunter entblößte, ließ Shahira entsetzt aufschreien und auch Xzar sog scharf die Luft ein. Dort stand ein Wesen mit blassem Gesicht, durch das sich feine weiße Adern zogen, die unheimlich pulsierten. Lange, weiße Haare fielen über seine Schultern herab. Ein Dunkelelf. Obwohl sie als ausgerottet galten, hatten Xzar und Shahira schon auf ihrer letzten Reise einem von ihnen am Ende gegenüber gestanden. Damals war es Tasamin gewesen, der das Drachenschwert haben wollte. Xzar ahnte, dass dieser hier das gleiche Ziel verfolgte.

Der Dunkelelf grinste Xzar selbstgefällig an und sagte dann mit einer Stimme, die wie Eis klirrte, »Ah, der Schwertträger beehrt uns. Wir zweifelten schon daran, dass Ihr es durch die Tore schafft und das, obwohl wir Euch freundlicherweise das letzte offengelassen haben. Mein Name ist Dasalior Erindistan, des siebten Stammes und des vierten Zeichens. Euren ratlosen Gesichtern nach zu urteilen, wisst Ihr nicht viel über uns. Aber es wäre auch der Zeit verschwendet, es Euch zu erklären. Also wenn ich bitten dürfte: das Schwert!«

Xzar sah ihn einen Augenblick lang sprachlos an und lachte dann laut auf. »Jedenfalls weiß ich, dass Ihr ein lustiges Völkchen seid. So viele Späße, wie ihr macht ... Was glaubt Ihr? Dass ich Euch mein Schwert gebe, so wie ich es bereits all Euren anderen Häschern gegeben habe?«, fragte Xzar höhnisch.

Der Dunkelelf verzog bei Xzars Spott keine Miene, doch Shahira hatte das Gefühl, dass sein Blick kälter wurde, wenn sein jetziger überhaupt noch zu steigern war.

»Ah ja, ich dachte mir schon, dass Ihr wenig Einsicht zeigen würdet. Und das, obwohl Eure Situation dieses Mal so viel schlechter ist. Schaut selbst«, er deutete auf Isen und auf die Frau im Käfig und dann »auf Alinja, die sich in Schmerzen wandte. »Euer Isen, wollte seine Frau retten, jetzt bedarf er der Rettung. Eure Novizin wird wohl die Weihe nicht mehr erhalten, wenn Dunkelschwert dort«, er deutete auf die zweite verhüllte Gestalt und Shahira ahnte, dass es sich um einen weiteren vom Finstervolk handelte, »ihren Willen gebrochen hat. Dann wird sie uns *dienen*, mit allem, was wir wollen. Ich hatte angenommen, dass Ihr Euer Schwert nur zu gerne gegen das Leben Eurer Freunde tauschen würdet.«

»Ihr befindet Euch hier im Heiligtum Tyranieas, dass Ihr es überhaupt wagt, so etwas zu tun. Warum das alles? Nur wegen eines Schwertes?«, fragte Xzar wütend.

»Ihr Heiligtum, ja? Wo ist sie denn? Sie hat sich nicht gezeigt, uns nicht aufgehalten. Und nein, nicht nur wegen eines Schwertes. Sondern wegen des Wiederaufstiegs meines Volkes. Ihr, Eure Freunde und diese lächerliche Prophezeiung, das alles ist der Grund. Wir beenden diese Albernheiten heute ein für alle Mal. Glaubt Ihr wirklich, ein ausgesetztes Kind zweier Magier wäre der Auserwählte?« Der Dunkelelf machte eine Pause und beobachtete gehässig, wie Xzar die Farbe aus dem

Gesicht wich. »Ha ha! Euer Gesicht ist herrlich. Man hat es Euch nie gesagt, oder? Wer Ihr wirklich seid? Zu schade, dass Ihr es nie erfahren werdet. Gebt mir das Schwert!«, befahl der Dunkelelf und untermauerte seine Worte damit, dass Alinja kurz und laut aufschrie, während ihr Körper sich weiter durchbog. Und auch Isen schrie, als starke Hände ihn nach oben rissen und eine harte Faust ihm in den Magen donnerte. Die Frau ihm Käfig flehte bitterlich und zerrte an den Ketten.

»Und wenn ich Euch das Schwert gebe?«

»Dann werde ich Eure Freunde verschonen«, sagte der Dunkelelf gutmütig.

Xzar verspürte ein neuerliches Gefühl in seiner Hand, dort wo er das Heft des Drachenschwertes hielt. Es kribbelte und er erkannte die Lüge des Dunkelelfen vor ihm.

»Ihr seid nicht die Einzigen, welche die Klinge begehren. Der Kult der Gerechten ...«

Der Dunkelelf lachte auf. »Diese Narren! Sie machen nur das, was wir von ihnen wollen. Sie waren gute Marionetten in diesem Spiel, aber sie sind nicht mehr von Bedeutung. Ihr habt ihre lächerlichen Jagdgruppen vernichtet, jetzt kümmern wir uns um euch. Also was sagt Ihr, das Leben Eurer Freunde gegen das Schwert?«

»Dann lasst sie gehen und Ihr bekommt das Schwert«, sagte Xzar kühl.

Der Elf lachte. »Und das soll ich Euch glauben?«

»Glaubt dem Schwert! Meint Ihr, ich würde lügen, solange ich diese Klinge habe?«, antwortete Xzar, um dann mit einem wuchtigen Stoß das Schwert vor sich in das Eis zu rammen. Als er einen Schritt zurücktrat, schrie Isen ein ersticktes *Nein*, bevor ihn ein weiterer Schlag zum Schweigen brachte.

Der Dunkelelf machte eine Geste und der Krieger lockerte seinen Griff um Isens Schulter. Dann schritt er auf das Schwert zu, dabei von seinen Wachen flankiert. Als er bei dem Drachenschwert ankam, lächelte er siegessicher. Er zog das Schwert aus dem Eis und wog es prüfend in der Hand, bevor seine Miene sich verfinsterte und er hasserfüllt rief, »Was soll das? Was ist das für ein Schwert?«

Xzar sah auf die Klinge in der Hand des Finsterelfen und es war kein Glanz mehr in ihr, der Drachenkopf schimmerte nicht und auch die Augen des Drachen schienen ermattet. Tief in sich spürte Xzar, dass nicht das Schwert den ersten Krieger des Drachen ausmachte und er verstand alles. »Das ist das Drachenschwert, das ihr wolltet«, sagte Xzar und Shahira spürte, dass sich etwas um sie herum veränderte.

Und dann geschah es, als eine donnernde Stimme den zwergischen Kriegsruf brüllte, »Zuledar!!«

Alle sahen zum hinteren Ende der Höhle, denn dort knallte gerade Angroloschs mächtiger Kriegshammer mit rotleuchtendem Hammerkopf gegen die Ketten, mit denen Isens Frau gefesselt war. So hart war der Aufprall, dass diese klirrend zersprangen. Der Dunkelelf vor Xzar zischte und dann waren es Xzars Worte, die nun durch den Raum hallten, begleitet von dem scharfen Schleifen, das seine Schwerter auslösten, die er vom Rücken zog. »Es ist das Drachenschwert! Aber wisst Ihr, was den Auserwählten ausmacht? Seine Einstellung! Für Deranart!«

Und mit diesen Worten schwang Xzar die Klingen vorwärts. Die Schneiden trafen den verdutzt dreinschauenden Elfen am Hals und fuhren beidseitig hindurch. Noch bevor er wusste, was ihm geschah, rutschte sein Kopf vom Hals.

Die beiden Wachen brüllten zornerfüllt auf, als sie erkannten, dass ihr Meister gefallen war, und griffen an. Ihre Schwerter sausten auf Xzar zu. Doch ihre Treffer blieben aus, denn unvermittelt war Shahira neben ihm. Ihren Schild erhoben, schützte sie ihn, sodass beide Angriffe abprallten. Dann lösten sich die Angreifer voneinander und teilten sich auf, sodass nun Xzar und auch Shahira jeweils einen Gegner vor sich hatten.

Xzar zögerte nicht. Er schwang seine beiden Schwerter gegen den Angreifer. Die rechte Klinge in einem Bogen von oben und die andere in einem Bogen von unten. Ein Angriff, den er lange geübt hatte und der ihm hoffentlich jetzt zu Gute kam, denn sein Gegner würde nur einen Schlag parieren können. Allerdings entschied sich dieser, beiden Schlägen auszuweichen, und sprang einen kleinen Satz zurück. Zu seinem Unglück zog er sein Standbein zu spät nach hinten und so traf eine von Xzars Klingen das Knie des Gegners. Der Stahl, zwar nicht so scharf wie das Drachenschwert aber dennoch solide Zwergenarbeit, riss und zerfetzte die Kettenteile, um dann in das Fleisch einzudringen.

Sein Gegner knurrte wütend und stieß sein großes Zweihandschwert vorwärts.

Xzar, der dies kommen sah, lenkte die Klinge mit beiden Schwertern zur Seite. Er hielt die Bindung des Stahls bei, indem er einen Schritt nach vorne machte und dabei seine Klingen an der Schneide des Gegners entlang gleiten ließ. Kaum, dass er die Reichweite des Zweihänders unterlaufen hatte, riss er seine Schwerter hoch und schmetterte diese gegen den Hals des Gegners.

Der Krieger reagierte allerdings schneller. Er verhinderte Xzars Unterlaufen, indem er einen Schritt zurücktrat und dann seine eigene Klinge zurückzog. Somit ging Xzars Schwung ins Leere. Das Schwert des Kriegers ruckte vor und schnitt scharf. Die Drachenschuppenrüstung hielt dem Stich nicht stand und es tat sich ein tiefer Spalt auf, aus dem kurze Zeit später ein dünnes Blutrinnsal lief.

Xzar fluchte und sprang zwei schnelle Schritte zur Seite, um aus der Reichweite seines Gegners zu kommen, der ihn nun böse angrinste. Die beiden begannen, umeinander zu kreisen, jeder erwartete den nächsten Angriff. Xzar wusste, dass er diesen Kampf schnell beenden musste, denn die schwere Klinge des Feindes hatte ihm eine tiefe Wunde geschlagen und bereits jetzt spürte er die Einschränkung in seinen Bewegungen.

Shahira parierte gerade den vierten heftigen Hieb ihres Gegners mit dem Schild, von dem dieses Mal einige Holzsplitter davon flogen. Noch immer hatte sie keinen eigenen Angriff unternommen. Ihr Gegner atmete schon angestrengt, denn die schwere Rüstung und das große Schwert verlangten seinen Bewegungen einiges an Kraft ab. Ihre Paraden hingegen nicht, denn sie hielt ihren Schild nur nach vorne, ließ die Wucht der Hiebe über ihren Arm auf ihren Körper fließen und sparte somit ihre eigene Kraft auf. Ihr Gegner dachte nicht daran, eine Pause einzulegen, um Luft zu holen. Immer wieder holte er weit Schwung und hieb auf sie ein.

Shahira machte einen Schritt zurück und die Spitze des Schwertes glitt auf dem Holz des Schildes nach unten. Sie trat noch einen weiteren Schritt zurück und sorgte so dafür, dass ihr Gegner ihr folgen musste, was er auch tat. Er hob das Schwert mit einem angestrengten Schnauben und schlug von oben auf sie herab. Dieses Mal fing der Schild den Schwung nicht ab und sein Schwert knallte dumpf auf den Boden. Shahira grinste, denn sie hatte auf genau solch einen Augenblick gewartet. Mit einem Kampfschrei auf den Lippen stieß sie vorwärts. Das Schwert gerade voraus und alle Kraft hineingelegt, die sie hatte, traf die Spitze der Klinge auf den Brustharnisch. Kurz hatte sie das Gefühl, die Klinge würde abgleiten, da riss der Stahl ein und das Donnerauge durchdrang Platte, Fleisch und Brustkorb des Gegners. Dieser ächzte schmerzerfüllt auf und versuchte sich wegzudrücken. Durch die unerwartete Bewegung glitt Shahira das Schwert aus der Hand und die beiden Kontrahenten taumelten voneinander weg.

Der Krieger brüllte triumphierend auf, als er sah, dass Shahira jetzt unbewaffnet war. Er wollte gerade einen erneuten Angriff ausführen, als er bemerkte, dass etwas nicht stimmte. Er sah an sich hinab und als er den Schwertgriff sah, der aus seiner Brust ragte, ließ er sein eigenes Schwert sinken. Ungläubig wanderte sein Blick von der Klinge zu Shahira, die ebenfalls mit offenem Mund vor ihm stand und ihn anstarrte. Dann kam ihr eine Idee. Blitzschnell und mit einem Wutschrei rammte sie ihren Schild vorwärts. Sie traf den Schwertknauf wie ein Hammer den Nagel. Ihr Schwert drang bis zur Parierstange in den Leib des Kriegers ein und warf den großen Kämpfer nach hinten. Sie selbst, von dem Schwung mitgerissen, stürzte über ihm zu Boden und rollte sich seitlich ab, nur um keuchend neben dem toten Mann liegen zu bleiben.

Aus den Augenwinkeln sah sie Xzar. Sie erkannte, dass er aus einer Wunde am seitlichen Rücken blutete und seinem Gegner ebenfalls Blut die Hose hinab rann. Shahira sah Xzars Blick und sie ahnte, dass er etwas plante. Dann kam der Angriff des Kriegers. Er schwang die Klinge und versuchte ihren Gefährten erneut in die Seite zu treffen. Dieser lehnte sich allerdings weit zurück, sodass die Klinge knapp an ihm vorbei sauste, er aber keinen Raum verlor. Dann machte er einen Schritt an seinen Gegner heran. Xzar schlug mit einer Klinge zu und traf die Schulter des Mannes, der nun versuchte sein Schwert zurückzuschwingen. Xzar schien auch damit gerechnet zu haben, denn er parierte den Schlag mit dem zweiten Schwert. Nur um gleich noch einmal zu zuschlagen und seinen Gegner nun am Helm zu treffen, sodass dieser taumelte.

Xzar setzte nach und bevor er seinen Todesstoß ansetzen konnte, gab es ein lautes, donnerndes Tosen in der Höhle. Ein gewaltiger Luftstoß riss Xzar und seinen Gegner zu Boden. Todesschreie erfüllten die Luft und Shahira, die bereits auf der kalten Erde lag, rollte sich zur Seite, um sich die Ohren zu zuhalten. Sie sah sich um und erkannte dann die dunkelhaarige Schönheit, Isens Frau. Sie hatte die Arme ausgebreitet und schwebte einen Schritt über dem Boden. Der Wind ließ ihre Haare wirbeln und das Weiß in ihren Augen war einem finsteren Schwarz gewichen. Sie sang Worte in einer fremden Sprache und Shahira folgte ihrem Blick zu den beiden Soldaten, die Isen zu Boden drückten. Oder besser, die ihn bis eben noch zu Boden gedrückt hatten. Von den beiden Männern erklangen die Schreie. Aus ihren Körpern brachen schwarze Fäden hervor, welche die zitternden Leiber von innen heraus zerrissen und es dauerte nur wenige Lidschläge bis Blut und Gedärme gemischt mit Rüstungsteilen von den zerberstenden Körpern wegflogen. Dann erfasste das Gleiche den Krieger neben Xzar.

Shahira sah das Ganze nun aus nächster Nähe und auch wenn sie am liebsten ihre Augen geschlossen hätte, beobachtete sie es mit entsetzter Faszination. Aus dem Rachen des Mannes drangen lange schwarze Fäden heraus, die sich wanden und wickelten. Dann brach der Brustharnisch auf und darunter zerrissen Kleidungsstücke. Mit einem markerschütternden Knacken brach der Brustkorb auseinander. Bevor sie weiter sehen konnte, was geschah, war Xzar bei ihr. Er riss sie mit sich mit und warf sich schützend über sie, als mit einem berstenden Knall der sterbende Mann neben ihnen auseinanderplatzte.

Irgendwas traf sie am Bein, doch sie sah nicht was, denn das Tosen des Windes schwoll zu einem Sturm an, als es plötzlich wie aus dem Nichts aufhörte. Alles hörte auf. Jegliche Bewegung endete.

Sie und Xzar blickten zur Mitte des Raumes, unfähig, ihre Köpfe wegzudrehen. Dort stand der letzte Gegner, immer noch eine dunkle Kapuze über dem Kopf. Jetzt allerdings keinen Zauber mehr webend, sondern still und unbeweglich. Neben ihm auf dem Boden pulsierte ein roter Kristall.

Alinja schwebte noch immer in der Luft, blutige Tränen waren von ihrem Gesicht herabgelaufen und sie starrte angsterfüllt auf die Gestalt vor ihr. Isens Frau verharrte still in der Luft, keine Worte kamen mehr über ihre Lippen.

Und als Shahira glaubte, dass auch die Gestalt sich nicht mehr rühren konnte, belehrte diese sie eines Besseren. Denn sie ließ nun mit einer eleganten Handbewegung ihre Kapuze heruntergleiten und überrascht sahen sie, dass es sich um eine Frau handelte, vom Volk der Dunkelelfen. Aber Letzteres war ihnen zuvor schon klar gewesen. Sie hatte, wie es bei diesem Volk so typisch war, leuchtende, pulsierende Adern, die ihr über das Gesicht liefen. Doch anders als sie es bisher kannten, hatte sie violettes Haar und ihre Augen leuchteten in einem unheimlichen Rot. Sie sah zu Xzar, dann zu Shahira und von den beiden zu Isen und seiner Frau. Dann suchte ihr Blick weiter, huschte hin und her, schien aber nicht zu finden, was sie suchte. Es rang ihr lediglich ein Schulterzucken ab. Dann sah sie erneut zu Xzar und mit einer schmeichelnden, fast schon verführerischen, dunklen Stimme begann sie zu sprechen, »So ist es das? Die Einstellung? Ich sehe, Ihr habt die Hexe befreit und meine Freunde überwältigt. Jetzt ist damit Schluss! Diese Spielchen langweilen mich.« Langsam schritt sie auf Xzar und Shahira zu, um sich neben ihnen leicht hinab zu beugen und das Drachenschwert aufzuheben. »Das ist also das Schwert des Drachen. So, so, so. Dann werden wir mal tun, was getan werden muss.« Damit drehte sie sich um und schritt langsam, ihre Hüften elegant schwingend, zurück zu Alinja.

Xzar versuchte Worte hervorzupressen, doch er brachte keinen Laut hinaus.

Die Dunkelelfe stellte sich neben die Novizin und lächelte die junge Frau an. Dann riss sie das Schwert hoch und brutal durchbohrte sie Alinja. Blutig brach die Klinge durch ihr helles Kleid und färbte es rot. Ein fürchterlicher Todesschrei hallte durch die Luft und allem Widerstand entgegen, brüllte Xzar, »Nein!«

Die Elfe lachte, als ein dunkler Schimmer die Klinge umhüllte. Sie wollte das Schwert gerade zurückziehen, als ein klirrendes Geräusch neben ihr erklang und sie sich umdrehte. Ungläubig sah sie auf die gedrungene Gestalt in dicker Plattenrüstung hinab, dessen schwerer Kriegshammer in dem zerschmetterten Rubin lag und sie alle spürten, wie die lähmende Kraft von ihnen abfiel.

Die Dunkelelfe lachte. »Ah, da ist er ja: mein gehasster Feind. Ich wusste doch, dass ich stinkendes Waffenöl gerochen habe. Mein Zauber wirkt nicht auf dich, Zwerg?« Das letzte Wort spie sie verächtlich aus.

»So ist es, du Erdwurm!«, knurrte Angrolosch wütend.

Mit einer Bewegung riss er sich den Helm vom Kopf, seinen Blick hasserfüllt auf die Dunkelelfe gerichtet.

»Du bist der sogenannte Bruder des Auserwählten? Dann ist es ja nur gerecht, wenn ich es bin, die dich tötet«, sagte die Elfe amüsiert. Aus dem nichts tauchte ein schwarzer Kristall in ihrer Hand auf.

»Was meinst du?«, knurrte der Zwerg.

»Dein *Bruder* Xzar, tötete meinen Bruder Tasamin. Oder hat dabei geholfen. Ich kann mir nicht vorstellen, dass so ein dahergelaufener Menschenwurm auch nur annähernd die Macht besitzt einen von meinem Volk zu töten, egal welche Waffe er führt«, lachte die Dunkelelfe böse.

»Oh, ist das so?«, fragte Angrolosch gespielt überrascht. »War er es nicht, der deinen Gefährten eben erschlagen hat? Du widerlich stinkender Dunkelfrosch solltest dich schnell wieder in deine Höhle verkriechen! Oder hast du nicht bemerkt, dass dein Zauber nicht mehr wirkt?«

Die Dunkelelfe funkelte ihn an und als sie seinem Fingerzeig folgte, erkannte sie Isen, der seine Frau stützte. Dabei musterte er die Dunkelelfe finster und ließ seine Peitsche drohend vor- und zurückschwingen.

Hinter sich sah sie Xzar, der seine Schwerter fest in der Hand hielt und Shahira, die gerade ihre Klinge aus dem toten Körper ihres letzten Gegners zog. Und obwohl sie umzingelt war, wich ihr Selbstvertrauen nicht. Stattdessen lachte sie zynisch auf. »Nun, wenn das so ist, dann wird es seit Jahrhunderten endlich wieder ein spannender Kampf.« Sie warf den schwarzen Kristall in die Luft und schnippte mit den Fingern.

Alinjas toter Leib stürzte auf den Altar, wo er dumpf aufschlug, ihre Arme und Beine im Tode grotesk verdreht. Dann rutschte ihr gemarterter Leib von dem eisigen Opfertisch der Göttin. Eine rote Blutspur, so fremd und feindselig in dieser weißen Halle, färbte den Altar und den Boden rot. Ihre ermatteten blauen Augen starrten Angrolosch vorwurfsvoll an, was dem Zwerg endgültig ausreichte, um anzugreifen.

Wuchtig hieb er mit dem Hammer nach der Dunkelelfe, die sich mühelos wegdrehte. Sie machte eine Geste und ein dunkler Energiestrahl schoss auf den Zwerg zu. Er zerplatzte auf der Rüstung und begann sogleich, den Stahl zu zersetzen. Angrolosch brüllte, als ätzende Dämpfe ihm ins Gesicht stoben. Er ließ sich jedoch nicht beirren und schlug erneut auf die Elfe ein, die wieder zur Seite trat und mit einer neuerlichen Handbewegung einen ebenso dunklen Schleier um sich herum erschuf. Er hüllte sie fast vollständig ein und ihr gehässiges Lachen verspottete ihn. Angrolosch hieb in den Nebel, doch er traf nichts. Gerade wollte er erneut zuschlagen, da hörte er ein schrilles Klirren hinter sich. Er drehte sich hastig um und sah, dass der Kristall, den die Dunkelelfe hochgeworfen hatte, jetzt am Boden zerschellt war. Schwarzer Rauch stieg aus dem Stein auf und formte sich zu einer grässlichen Kreatur. Wie eine große Raubkatze richtete sich das Wesen vor dem Zwerg auf und funkelte ihn aus roten, lodernden Augen an. Angrolosch fluchte und wandte sich von der Elfe ab, bereit sich diesem neuen Feind zu stellen.

Xzar und Shahira waren inzwischen an die Dunkelelfe heran, doch auch sie sahen ihre Gegnerin in dem umhüllenden Schleier nicht. Dann sprühten plötzlich gleißende Blitze aus dem schwarzen Dunst heraus und trafen erst Angrolosch am Rücken, um dann auf Xzar zu springen, der kurz krampfte, bevor die Blitze dann Shahira trafen. Angrolosch fluchte laut, denn der Treffer riss ihm den inzwischen porösen Brustharnisch vom Leib.

»Verteilen!«, rief Xzar und machte einen Schritt zur Seite.

Isens Peitsche knallte und fuhr seitlich durch den Schleier. Ein Zischen in der Dunkelheit war der Beweis seines Treffers. Dann entsprangen dem Schleier drei dunkle Kristallsplitter, die auf Isen zuschossen. Dieser sah sie spät. Er schubste seine geschwächte Frau zur Seite, wich einem der Splitter noch aus und erkannte dann, dass die anderen Beiden seiner Bewegung folgten. Hart schlugen sie in Isens Brust ein, wo sich sogleich dunkles Eis auf der Kleidung niederschlug und er augenblicklich nach Luft japste. Er sank auf die Knie, die Kristallsplitter raubten ihm jegliche Kraft. Röchelnd hielt er sich den Hals.

Dann erklang ein schriller Schrei und Isens Frau schritt vor ihn. Aus ihren Händen, die zu einem Trichter geformt waren, peitschte ein gewaltiger Windstoß hervor, der den dunklen Schleier erfasste und mit der Luft verwehte.

Jetzt sahen sie alle wieder die Dunkelelfe, die nun hasserfüllt Isens Frau Melindra anstarrte. »Sklavin! Weißt du nicht, wer deine Herren sind?!«

Dann schossen erneut Kristalle aus den Händen der Dunkelelfe, drei, vier, fünf und sechs, die auf Melindra zu rasten. Sie alle sahen, wie Isen sich aufrappelte und versuchte in die Flugbahn zu gelangen, doch seine Frau stieß ihn mit einer spielerischen Handbewegung zur Seite. Dann kamen die Kristalle bei ihr an und sie lachte böse. Mit einer weiteren Bewegung ihrer Hände lenkte sie die Geschosse um und schickte sie zu der Dunkelelfe zurück. Diese fluchte laut. Die sechs Kristalle schlugen in einem magischen Schild ein, der jetzt weiß leuchtend sichtbar wurde. Es schien, als bildeten sich Risse auf dem magischen Geflecht. Und dann zerfiel er ganz, als Shahiras Schwert den Ärmel der Dunkelelfe aufschlitzte. Ein dünnes Blutrinnsal zeigte sich auf der schneeweißen Haut. Die Elfe presste ein Geräusch zwischen den Zähnen hervor und es klang, wie das Knurren einer Wildkatze, die in die Enge getrieben wurde. Shahira lachte auf und schlug erneut zu. Bevor ihre Klinge die Elfe traf, reckte diese ihr die Hände entgegen und ein unsichtbarer Stoß warf Shahira zurück. Er riss sie von den Beinen. Laut fluchend ging sie zu Boden. Erneut begann sich ein dunkler Schleier um die Dunkelelfe zu bilden.

»Verdammte Bartlaus!«, brüllte Angrolosch der Katze entgegen. Dieses schwarze Biest reagierte nicht auf seine Hammerschläge. Er hatte Mühe damit, den Angriffen der unheimlichen Klauen auszuweichen. Die ersten Schläge hatte er noch pariert, dann aber war die Katze dazu übergegangen, zwei Mal schnell hintereinander zu zuschlagen, was Angrolosch jedes Mal mindesten einen Treffer eingebracht hatte. Zwar hatte der Stahl seiner Panzerung sich gänzlich zersetzt, aber die Ringe des Kettenhemdes, welches er darunter getragen hatte, hielten den Hieben stand, auch wenn schon das eine oder andere Glied im hohen Bogen davongeflogen war. Angrolosch warf sich wieder nach vorne. Dabei schwang er wild seinen Hammer. Doch die Katze wich erstaunlich geschickt nach links aus. Dabei traf ihre Klaue den Zwerg am Bein, sodass dieser, ohne es verhindern zu können, stürzte. Er verlor den Hammer aus den Händen. »Beim verbeulten Helm des Berggeistes!« Er drehte sich um und sah die Schattenkatze vor ihm lauern. Er strampelte sich mit den Füßen weg, doch die Katze folgte ihm, pirschend, zum Sprung bereit.

Shahira keuchte schwer, als der Schmerz in ihrer Brust nachließ. Der Zauberstoß der Elfe hatte ihr die Luft geraubt. Wie schaffte sie es nur, gegen so viele Gegner auf einmal zu bestehen? Shahira sah sich um. Melindra half gerade Isen auf, der am ganzen Leib zitterte. Alinjas lebloser Leib lag noch immer neben dem Altar. Inzwischen war ihr Blut durch das weiße Kleid gesickert und hatte es an vielen Stellen rot gefärbt. Shahira spürte, wie ihr erneut die Luft wegblieb, dieses Mal aus Angst, Trauer und Wut. Dann sah sie Xzar. Er stand alleine vor der Dunkelelfe. Dahinter war Angrolosch, der ohne Waffe vor einer Raubkatze aus schwarzem Schatten saß. Shahira überlegte nur einen kurzen Augenblick, rappelte sich auf und brüllte, »Angrolosch! Fang!«

Xzar sah den dunklen Schleier, der die Dunkelelfe einhüllte, während diese gehässig auf Shahira blickte. Das durfte er nicht zulassen! Er konzentrierte sich und sagte dann laut, »Salsirarin alas vientes, salasur quindadiris!«

Im nächsten Augenblick schlug der Dunkelelfe eine faustgroße Schneekugel ins Gesicht. Der schwarze Schleier zerfaserte. Xzars Zauber hatte ihre Konzentration gestört. Aber wie war er nur auf diese Idee gekommen?

Die Elfe schrie hasserfüllt auf und wandte sich ihm zu. »Ein Kinderzauber?«, fluchte sie und zog jetzt unter ihrem Gewand eine schwarze Klinge hervor. Ohne lange zu warten, schlug sie zu.

Isen sah den Kampf seines Freundes mit der Dunkelelfe. Die Klingen sausten auf und ab. Hiebe prasselten aufeinander. Er bemerkte, dass er Xzar stumm anfeuerte. Warum eigentlich stumm? »Zerhack das Miststück!«, rief er. Ob Xzar ihn hörte, wusste er nicht. Doch die Strafe für seinen Ruf kam sogleich. Ein neuerlicher Schmerz durchfuhr seinen Körper. Dann spürte er eine Hand auf der Schulter. Er sah in das Gesicht seiner Frau, Melindra. Er konnte es nicht aufhalten und Tränen schossen ihm in die Augen. Obgleich seine Freunde noch kämpften, obgleich des grausamen Schicksals von Alinja, er konnte die Gefühle nicht zurückhalten. Er schloss sie in seine Arme. »Hilf ihnen, Melindra, bitte!«, flehte er schluchzend.

Er spürte, wie ihre zarten Lippen ihm einen Kuss auf die Stirn drückten, dann ließ sie ihn sanft zu Boden, bevor sie sich umdrehte. Sie hob ihre Hände hoch in die Luft, zeichnete unsichtbare Muster. Isen hörte sie flüstern, verstand aber die Worte nicht. Dann sah er, wie es um den Leib des Zwerges aufblitzte.

Angrolosch hörte Shahiras Ruf. Irritiert sah er zu ihr. Im letzten Augenblick erkannte er etwas durch die Luft auf ihn zu wirbeln und fing es ungeschickt auf. Sogleich ließ er es allerdings wieder fallen, da er die Schneide des Schwertes zu fassen bekommen hatte. Doch er verschwendete keine Zeit. Hastig griff er das Heft. »Ein Schwert? Wirklich? Oh, verflucht! Warum keine Axt oder ...« Weiter kam er nicht, denn die Schattenkreatur sprang ihn an. Er riss das Schwert hoch, doch die Krallen trafen ihn hart an der Brust. Wuchtig wurde er zurückgeworfen. Ohne darauf zu achten, dass er umhergewirbelt wurde, legte er all seine Aufmerksamkeit in das Festhalten des Schwertes. Noch einmal würde er keine Waffe fallen lassen, selbst wenn es dieses, für ihn, so unhandliche Schwert war. Kaum dass er zum Liegen kam, rappelte er sich hastig auf. Die Katze war schon wieder heran. Erneut sprang sie ihn an. Mit einem wütenden Aufschrei schlug der Zwerg zu und traf. Ein grässliches Jaulen der Katze deutete daraufhin, dass Shahiras Schwert ihr nicht gefiel. »Ha!«, rief der Zwerg.

Das kostete ihn allerdings seine Parade und er entging dem nächsten Hieb nicht. Zu seinem Entsetzen löste der Treffer die Reste seines verbliebenen Kettenhemdes. Mit einem lauten Rasseln fiel es zu Boden. Ihm blieb keine Zeit zum Atemholen, denn sein Gegner war schon wieder da. Wild fauchend stand die Katze vor ihm. Plötzlich spürte Angrolosch, wie die Luft um ihn herum wärmer wurde. Dann sah er etwas Weißes, Knisterndes. Es umgab ihn. Er schrie entsetzt auf, »Was soll das?«

Er wollte zurückweichen, als die Katze nach ihm schlug. Kaum dass die Klaue das seltsame Geflecht berührte, zuckte ein kleiner, gleißender Blitz aus diesem hervor und traf die Katze. Sie fauchte wütend.

Angrolosch war von seiner neuen Waffe begeistert und brüllte, »Zuledar! Zuledar!!« Dann schlug er mit dem Schwert, einem schwingenden Hammer gleich, auf die Katze ein. Diese wich vor dem Zwerg zurück. Anscheinend wollte sie eine weitere Berührung mit dem Blitzschild vermeiden. So kam es, dass Angrolosch die Katze zwei Mal schnell hintereinander traf. Weitere Blitze zuckten. Dann traf das Schwert Donnerauge ein letztes Mal und der Schatten verging mit einem zerreißenden Geräusch.

Xzar parierte die Angriffe der Dunkelelfe geschickt, doch er spürte, wie ihm die Kraft schwand. Zu seiner Rechten hatte er Shahiras Ruf vernommen. Dann ihr vorbeifliegendes Schwert. Sie konnte ihm nicht mehr zur Hilfe kommen. Er kämpfte alleine gegen die Dunkelelfe. Knapp parierte er einen schnellen Seitwärtshieb der dunklen Klinge, als auch schon ein weiterer Schlag von der anderen Seite folgte. Er sprang zurück. Die Dunkelelfe setzte nach. Doch Xzar hatte aufgepasst. Er machte einen Schritt nach links und schwang sein Schwert aufwärts.

Die Elfe wich knapp aus, seine Klinge schlitzte ihr Gewand auf. Dann kam Xzars nächster Angriff und sie musste nach hinten ausweichen. Sein Atem ging schnell, seine Muskeln schmerzten. Lauernd erwartete er ihren Angriff, doch er erfolgte nicht.

Ein lautes Klirren hallte durch den Tempel und alle sahen sich nach dem Ursprung um. Alle, bis auf die Dunkelelfe.

Sie warfen einen Blick auf Alinjas Leib. Aus dem toten Körper der Novizin ragte noch immer die Klinge des Drachenschwerts. An seiner Spitze hatten sich Blutstropfen gesammelt. Sie waren nicht wie üblich, zum Heft geflossen. Und einer dieser Tropfen hatte sich gelöst, war gefroren, während er zu Boden fiel und neben ihrem Leib zerschellt. Ein weiterer Tropfen löste sich gerade. Wieder ein Klirren.

Böse funkelte die Dunkelelfe Xzar an und zischte dann, »Meine Aufgabe ist getan. Aber vielleicht werden wir uns wiedersehen.«

Und mit diesen Worten riss sie sich eine Kette vom Hals und verschwand mit einem leisen Knall vor ihren Augen.

# Die Weihe

Die Gefährten standen plötzlich verloren im Raum und es war der Zwerg, der sich zuerst besann und zu Alinja stürzte. Er bettete ihren Kopf in seinem Schoss und ihm liefen dicke, runde Tränen aus den Augen. Dann sah er Xzar an. »Hilf ihr! Bitte!«

Xzar schluckte. Er hatte schon einmal jemanden von der Schwelle des Todes geholt. Damals war es Shahira gewesen. Er sah zu dem Zwerg, der all seine Verzweiflung und Hoffnung flehend an seinen Bruder richtete. Doch Alinja war bereits länger tot und der blutüberströmte Leib ließ keinen Zweifel daran, dass ihr Lebensfunke erloschen war. Die Kraft, die er nun aufbringen musste, konnte im schlimmsten Fall die Novizin mit untotem Leben füllen. Xzar sah zu Shahira, dann zu Alinja. Langsam zog er das Drachenschwert aus ihrem Körper und seufzte. »Ich ... versuche es.«

»Ich helfe dir«, hörten sie eine ihnen unbekannte Stimme, die seidig weich klang und doch einen seltsamen Unterton hatte. Ganz so, als würde ein sanfter Wind die Blätter der Bäume zum Rauschen bringen. Sie sahen in die Richtung, aus der die Worte kamen und blickten in ein blasses Gesicht und erschraken. Denn das schmale, von langen, seidigschwarzen Haaren eingerahmte Gesicht war durchzogen von ganz dünnen und kaum sichtbaren pulsierenden Adern, ähnlich denen der Dunkelelfen. Allerdings stand diese Frau neben Isen, der ihre Hand fest umklammert hielt. Er sah die Blicke seiner Freunde und lächelte. »Das ist meine Frau, Melindra. Wir erklären euch den Rest später. Lasst sie helfen.«

Xzar zögerte, dann nickte er.

Sie knieten sich neben Alinja und Xzar begann einen Heilzauber zu sprechen und schnell spürte er, dass seine Magie hier nichts mehr ausrichten konnte. Zu lange war der Todesstoß für eine Rettung vergangen. Melindra legte ihre Hand auf die

Wunde. Der Blutfluss war bereits zum Erliegen gekommen. Dann begann sie in einer fremden Sprache zu sprechen, »Drisaka, eltris`zulukari`desalares.«

Dunkle Schatten erhoben sich um den Leichnam, wanden sich und legten sich über Alinjas Körper, drangen in die Wunde ein.

»Fris`drakis des Nor kha`lor`des fris.« Die Schatten verschwanden. Melindra schüttelte den Kopf und seufzte traurig. »Ich kann es nicht mehr aufhalten. Ihr Geist wandert bereits zur Ebene der Toten.«

Xzar stand auf und sah sich in der Höhle um, dann trat er vor den brennenden Thron auf dem Podest. »Ist das dein Wille, Tyraniea!? Oder Deranart? Oder wer von euch auch immer! Ihr lasst eine der Euren sterben, vom alten Feind geschlagen? Ich schwöre euch, ich werde nicht eher ruhen, bis dass alle diese Diener der Tiefe wieder in ihren Höhlen sind und selbst da werde ich sie jagen und erschlagen!«

Und dann geschah es. Mit seinen letzten Worten erstrahlte plötzlich der Thron der Elemente und dunkelrote Flammen loderten an seiner Lehne auf, während das weißblaue Eis an seinen Füßen bedrohlich knackte. Unweigerlich wich Xzar einen Schritt zurück.

Und aus einem weißen Schleier, der sich zu einem glitzernden Nebel wandelte, trat eine Elfe hervor. Ihre blasse Haut war von einem feinen Schimmer umgeben und sie trug ein eng anliegendes und durchscheinendes, weißes Kleid, das jede Körperform darunter offenbarte. Ihr fielen lange, goldblonde Haare über die Schultern und eisblaue Augen musterten Xzar mit hitziger Strenge. Erst als die Elfe an den Stufen des Throns ankam, erkannten sie die beiden großen silbernen Flügel, die aus ihrem Rücken entsprangen und sahen die beiden Ritter neben ihr. Diese Recken trugen lange silberne Klingen, von denen Eiskristalle herabfielen. Langsam schritt sie an Xzar vorbei auf Alinja zu.

Sie drehte ihre Hand. Ein goldener Strahl glitt auf die tote Novizin zu, der Angrolosch Raureif in den Bart zauberte. Der tote Leib bäumte sich auf, zitterte und ein ermatteter Seufzer trieb eine Dunstwolke warmen Atems aus Alinjas Lungen, bevor die junge Frau die Augen aufschlug. Erst weiteten sie sich entsetzt, um dann freundlich den jungen Zwerg anzulächeln. Leise, sodass nur der Zwerg sie hörte, sagte sie, »Ich habe von dir geträumt, wie du mir das Eis und das Feuer in meine Hand gabst.«

Dann wandte sie ihren Blick zu der weißen Frau und stand zitternd auf. Als wäre alles zuvor nicht geschehen, verbeugte sie sich. »Herrin, ich danke Euch für mein Leben. Ich bin hier, um zu empfangen, was Ziel meines Lebens ist. Euch zu dienen, Euer Wort zu verkünden, Eure Kälte zu ehren und Eure Flammen zu nähren. Darum und um nichts weiter bitte ich Euch«, sagte Alinja demütig.

Die anderen warteten gespannt, was nun geschah. Und noch bevor die weiße Frau reagierte, verspürte Xzar eine tiefe Demut und kniete nieder. Die anderen taten es ihm gleich, bis auf Angrolosch, der, wie ein kleines Kind, die Elfe mit offenem Mund anstarrte.

Die weiße Frau lächelte und streckte ihre Hand aus, darauf wartend, dass Alinja sie ergriff, um dann mit ihr gemeinsam zu dem brennenden Thron zu schreiten. Als die beiden davor ankamen, knieten sie sich gemeinsam nieder und verharrten in einer gebetsähnlichen Pose. Shahira lehnte sich zu Xzar und flüsterte. »Glaubst du, das ist ...?«

»Ja, ich glaube schon. Die beiden Ritter würden dazu passen. Weißt du, wer sie sind?«

Shahira schüttelte den Kopf.

»Erinnerst du dich, an deine Visionen von den Schattenmännern?«

Natürlich erinnerte sie sich. Diese Visionen hatten sie eine lange Zeit begleitet und selbst am Tage in Träume gerissen, in denen sie die obersten Diener des Gottes Bornar gesehen hatte. »Diese dort sind ihre Diener und nur der Herrin der Elemente treu. Sie führen die legendären Eisklingen.«

»Ja, stimmt und sieh die brennenden Schneeflocken!«, sagte Shahira plötzlich erstaunt, doch Xzar schüttelte den Kopf. »Was für Schneeflocken?«

»Dort um die beiden Frauen herum, überall! Eiskalt und brennend, sieh genau hin!«, rief sie und trat einen Schritt vor. Sie sah sie ganz deutlich, die kleinen, funkelnden Flammen, die in Eiseskälte um die beiden Frauen wehten und ihre Augen schärften sich und sie sah, wie diese Funken ihre Struktur von Feuer zu Eis wechselten und zurück.

Xzar schüttelte nur den Kopf, doch Shahiras Aufmerksamkeit war von ihm abgewandt. Er musterte sie besorgt.

Shahira starrte wie gebannt auf die Szene und dann verschwanden Alinja, die Elfe, Xzar und der eisige, brennende Thron. Vor ihr lag das gesamte Land Nagrias. Es war überzogen von Flammen, brennenden Städten und Feldern, die bereits wieder verblassten und eine weiße Landschaft zurückließen. Jedoch nicht bedeckt von kaltem Schnee, sondern von Asche, die flockengleich zu Boden sank. Das Grün der Bäume war kahlen Ästen gewichen. Unzählige Knochen ragten aus der Asche empor und das Land war tot. Und inmitten des toten Landes standen die Dunkelelfen, Schwerter im stillen Triumph erhoben.

Dann verblasste das Bild und sie sah in Xzars Augen, der ihr stumm eine Frage stellte. Sie sah ihn verwirrt an und schüttelte dann mit dem Kopf. Das musste sie erst einmal verarbeiten. Was hatte sie da nur gesehen?

Xzar stand vor dem Thron. Dieses Schauspiel der Elemente übte eine unbeschreibliche Faszination auf ihn aus, wie auf jeden, der dies sah. Er spürte, dass jemand neben ihn trat. Als er den Kopf wandte, sah er zuerst Angrolosch, dann Isen und Melindra. »Angrolosch, ist alles in Ordnung mit dir?«, fragte er zuerst den Zwerg.

»Ja, jetzt. Sie lebt.« Der Zwerg deutete auf Alinja und machte einen Sprung in die Luft. Dann fiel er seinem Bruder um die Hüfte. »Haha, sie lebt!«

Xzar lachte mit, denn auch er war froh um dieses Wunder. Dann sah er zu Isens Frau und zu Isen selbst. »Melindra, ich bin froh, dass Ihr lebt. Allerdings glaube ich, Isen hat uns nicht alles erzählt, was Euch angeht.«

Melindra lächelte zart, dann sah sie zu Isen. »So ist er manchmal. Er übersieht die Feinheiten. Bitte fragt später, was Ihr wissen wollt, denn dieser Augenblick gehört Eurer Gefährtin.« Sie nickte zu Alinja, die sich gemeinsam mit der Elfe erhoben hatte und diese nun ansah. Aus einem weißen Nebel formte sich ein Buch in den Händen der Elfe und Alinja schlug es zielsicher auf einer Seite auf, um mit dem Finger etwas hineinzuschreiben. Dann verschwand das Buch und die Elfe streckte ihre Hände aus, mit den Handinnenflächen nach oben. In der Linken entstand eine kleine Flamme und über der Rechten begann es sanft zu schneien. Alinja zögerte unmerklich und legte dann ihre Hände hinein. Kurz zuckte sie zusammen, doch dann lächelte sie. Als Nächstes drehte die Elfe sich zu den Gefährten um und musterte diese streng und sanft zugleich, bevor sie samt den beiden Rittern in einer Bö wilden Schnees verschwand.

Alinja stand noch einen Augenblick da, und ging dann zu den anderen zurück. Sie lächelte glücklich. »Es ist geschafft. Ich bin nun eine Priesterin meiner Herrin.«

Angrolosch rannte ihr entgegen. Vor Freude springend griff er ihre Hand und küsste die Finger. Dann fiel er der jungen Frau um die Hüfte. Alinja, sichtlich berührt, tätschelte dem Zwerg sanft den Kopf. »Ja, Angrolosch, ich lebe und du auch, mein tapferer, starker Krieger.«

Der Zwerg ließ von ihr ab und begann sogleich in seinem Rucksack zu kramen. Er zog den Bierschlauch heraus, den er von Xzar erhalten hatte, schüttelte ihn an seinem Ohr und strahlte jetzt noch breiter. »Das muss gefeiert werden!«, rief er und zog mit den Zähnen den Verschluss heraus. Triumphierend streckte er Alinja das Bier entgegen.

Sie lächelte mild. »Danke, mein guter Freund, aber trink du auf uns beide, ich muss mich erst noch ein wenig erholen.«

Der Zwerg nickte und trank den Rest des Biers in einem Zug.

»Du hast deine Weihe?«, fragte Shahira, die jetzt an Alinja herangetreten war.

Alinja nickte und ein freudiges Lächeln legte sich auf ihr Gesicht. Shahira umarmte sie. »Ich gratuliere dir!«

Angrolosch kratzte sich am Kinn. »Hm, ihr habt doch da vorne gar nicht gesprochen?«

Alinja sah zu dem Zwerg. »Nicht auf dieser Ebene der Welt. Ich wurde gefragt, ob ich diesen Weg beschreiten will. Ich sagte, ja. Dann fragte sie mich, ob ich das Feuer oder das Eis wähle und ich sagte, ich könne nicht wählen, da ich beides liebe. Und dann schrieb ich meinen Namen in die Chronik der Herrin nieder, wo all unsere Priester aufgeführt werden, und besiegelte damit den Eid zu dienen.«

»Und ... die anderen Sachen?«, fragte Shahira.

Alinja sah sie fragend an.

»Ich meine zum einen ihre Gunst, dich wiederzubeleben?«

Alinjas Blick brach kurz, bevor sie sich wieder fasste. »Es war der Frevel der Dunkelelfen. Sie konnte nicht zulassen, dass den Dienern der Göttin so etwas an ihrem Ort widerfährt.«

»Warum hat sie dann nicht vorher eingegriffen und uns geholfen?«

»Es ist ... wegen ... der Prophezeiung«, seufzte Alinja müde.

»Das verstehe ich nicht«, sagte Shahira, nun noch verwirrter als ohnehin schon.

»Es ist, weil ... Also sie handelt von ...« Alinja sah in die Runde und zögerte.

»Von was?«, fragte Angrolosch misstrauisch.

»Von ... uns«, antwortete Alinja leise und es trat eine fassungslose Stille ein.

Erst einige Augenblicke später wurde sie von Melindra gebrochen. »Ja, das ergibt Sinn.« Als sie die Blicke der anderen sah, lächelte sie. »Die Dunkelelfe, die ihr vertrieben habt. Sie verschwand, nachdem ihr sie verwundet habt und Alinjas Blut den Boden des Tempels berührte. Ich glaube, das ist auch der Grund, warum sie mich herbrachten.«

»Ich weiß nicht, was rätselhafter ist: Ihr oder die Prophezeiung«, sagte Xzar nun, bevor er zu Alinja trat und sie ebenfalls in den Arm nahm. Er hauchte ihr einen zarten Kuss auf die Stirn und sagte leise, »Ich bin froh, dass du lebst und dass du dein Ziel erreicht hast.«

»Wartet, und was hat es mit dem sterbenden Land auf sich?«, fragte Shahira nun.

Die anderen sahen sie irritiert an und es war Alinja, die fragte, »Was meinst du?«

Shahira sah unsicher in die Runde. »Ich habe etwas gesehen, als ihr vor dem Thron knietet. Es war unser Land, wie es starb, in Feuer und Asche untergehend, die Dunkelelfen triumphierend. Hat denn keiner von euch ...?« Sie unterbrach sich.

Die anderen schwiegen.

Melindra lächelte und irgendwie verlieh es ihrer Miene etwas Geheimnisvolles. »Ich glaube, ich kann helfen. Lady Alinja, würdet Ihr die Prophezeiung für mich in einzelnen Absätzen zitieren? Ich werde versuchen, sie zu enträtseln, so gut es mir möglich ist.«

Alinja nickte und holte tief Atem. »*Jener, dessen Wort von alter Zeit geprägt, wird finden den Suchenden und ihn bringen auf den Gedanken der Rettung. Und der Suchende wird sehen mit eiskaltbrennendem Blick den Weg, der vor der Welt liegt.*«

»Klingt das nicht nach dem, was Ihr, Shahira, uns eben erzählt habt, nach dem Weg, der vor der Welt liegt?«, fragte Melindra forsch.

»Aber das passt doch nicht auf mich. Der erste Teil stimmt doch nicht«, antwortete sie erregt.

»Hm«, machte Xzar nachdenklich.

»Was? Hm?«, fragte Shahira jetzt ungehalten.

»Du sahst die Welt sterben. Das, was passiert, wenn die Magie versiegt. Der Sieg der Totenbeschwörer«, erklärte er.

»Aber was hat das mit der Prophezeiung zu tun?«, fragte sie nach.

»Erinnerst du dich an den alten Mann damals am Feuer? Er erzählte dir die Geschichte des Funken von Taros. Dass, wenn man ihn nicht findet, die Welt zugrunde geht«, sagte Xzar nachdenklich.

»Ja, ich erinnere mich. Aber er war doch nur ein alter Wanderer.«

»Ja, nur ein alter Wanderer, der dir sagte, was getan werden müsse, um die Welt zu retten.«

»Den Funken finden und ihn zurückbringen«, schloss Shahira den Satz nachdenklich.

Jeder der Gefährten starrte sie an und als sie ihre Blicke sah, schüttelte sie den Kopf. »Das war sicher Zufall.«

»Vielleicht. Bitte Lady Alinja, fahrt mit der Prophezeiung fort«, lächelte Melindra.

Alinja nickte. »*Und der Suchende wird mit den Wissenden und dem Träger der Kraft ziehen und finden, was verloren ward*«, Alinja sah zu Shahira. »Hiernach findest du den Funken und Xzar wird bei dir sein.«

»Wie meinst du das?«, fragte nun Xzar überrascht.

»Der Träger der Kraft. Aber warte noch einen Augenblick, deine Stelle kommt noch«, lächelte die ehemalige Novizin und in ihren Augen spiegelte sich langsam das Verstehen über die Prophezeiung, je mehr sie davon zitierte. »Ich fahre fort: *Wenn Feuer und Eis den Suchenden erleuchten und sich einen Weg durch die Finsternis bahnen, wird die Flamme der Reinheit gemartert und sich ungeschützt vor die Wissenden legen, um ihren Weg zu erhellen, auf das der Schatten der Vergangenheit bleibt verborgen in den tiefen Höhlen.«* Jetzt sah sie zu Angrolosch und dann wieder zu den anderen. »Das gilt dann mir. Ich bin die *Flamme der Reinheit,* und ich wurde ausgesandt, um meine Weihe zu erhalten und euch zu begleiten. Shahira, dir, *der Suchenden* habe ich die Herrin Tyraniea näher gebracht. Und was die Marterung angeht ... na ja, ihr wart dabei.«

»Ja, das stimmt, aber was soll das mit dem Schutz und der Schatten der Vergangenheit?«, fragte Shahira.

»Nun ja, diese Weissagungen müssen ja nicht immer auf das Wort genau zutreffen, doch im Groben könnte es schon passen«, gestand Alinja. »Und jetzt kommt Xzar, denn: *Dann wird ein Träger der Kraft kommen, der da ist das Kind dreier Völker und Herrscher dreier Kräfte. Er wird den Stahl des Drachen führen und die Welt in Frieden einen. Sein Weg wird Schwan und Löwen vereinen und gemeinsam werden sie das Zeitalter des Krieges beenden.«*

»Das trifft auch nicht zu, ich bin nicht der, von dem da die Rede ist«, warf Xzar stur ein.

Alinja ließ sich jedoch nicht beirren und wollte ihm widersprechen, als Isen ernst sagte, »Oh doch, das bist du! Du trägst das Schwert des Drachen und vorhin im Kampf, hast du für ihn gekämpft. Ich habe deinen Ruf gehört. Du bist ein Mensch, aufgewachsen bei Zwergen und einem Elfen. Du bist Magier, Krieger und in der Höhle gegen den Gurl hast du mit Deranarts Kraft einen göttlichen Befehl gegeben. Wir alle haben das goldene Schimmern um dich gesehen, die Schwingen des Drachen! Du hast mich und meine Liebste vereint, den Schwan und den Löwen!« Isen hatte sich in die Worte hineingesteigert und er hätte noch weitergeredet, wenn seine Frau ihm nicht zärtlich die Hand auf die Schulter gelegt hätte, was ihn zum Schweigen brachte. Glücklich lächelnd nahm er sie in den Arm. Diesmal widersprach Xzar nicht mehr, denn als er zu den anderen sah, nickten diese nur.

Es war Melindra, die weitersprach, »*Und wenn der Sohn der Alten*«, sie deutete auf Angrolosch, »*errettet die Tochter der Nacht*«, jetzt wies sie auf sich selbst, »*wird der alte Feind*«, sie zögerte, doch alle ahnten, dass dies die Dunkelelfen beschrieb, »*sich zeigen und unschuldiges und schuldiges Blut wird das Feuer schüren, welches ein neues Zeitalter des Krieges einleitet*. Das unschuldige Blut war Lady Alinja, das Schuldige die Wunde der Finsterelfe. Das neue Zeitalter des Krieges ist mir noch ein Rätsel«, erklärte Melindra.

»Ich bin der Sohn der Alten und habe Euch gerettet?«, warf Angrolosch nun ein, der immer noch über diese Worte nachgrübelte.

»Ja, und dafür danke ich dir, tapferer Herr Zwerg. Du hast meine Ketten zertrümmert und meine Magie entfesselt«, erklärte die dunkelhaarige Frau.

»Ach, das! Ja, das war doch selbstverständlich«, lachte der Zwerg nun.

»Augenblick, was bedeutet das, Tochter der Nacht?«, fragte jetzt Xzar wieder.

»Wir erklären es gleich. Doch bitte, erst die Weissagung«, sagte Isen nun ruhiger.

»Gut, der letzte Teil lautet: *Wenn der Suchende findet und der Träger der Kraft seine Stärke erkennt, werden die Völker sich vereinen und das brennende Blut des alten Feindes erlöschen und der Funke der Hoffnung wird uns eine Zukunft geben*«, beendete Alinja die Prophezeiung.

»Dann fasse ich mal zusammen«, sagte Xzar nun seufzend. »Shahira wird den Funken von Taros finden, der Träger der ... nun gut ... *ich* werde mich zum ersten Krieger Deranarts erheben und wir werden irgendwelche Völker vereinen, Zwerge, Menschen und Elfen? Und dann werden wir gemeinsam die Dunkelelfen bekämpfen, die sich aufgrund der heutigen Vorfälle zu einem neuen Krieg erheben wollen. Soweit richtig?«, fragte er in ihre Runde.

»Vielleicht, jedenfalls so in der Art. Wie gesagt, Prophezeiungen sind immer mysteriös und niemals ganz eindeutig und nicht selten genug, treten sie gar nicht ein«, erklärte Alinja.

»Dann verstehe ich eins nicht. *Ich* werde daher kommen und Frieden bringen und gleichzeitig wird durch heute neuer Krieg entstehen. Das passt nicht«, sagte Xzar.

»Vielleicht ist es nicht derselbe Krieg?«, sagte Shahira nun nachdenklich.

»Das meinte ich, es ist nicht alles ganz eindeutig«, bestätigte Alinja.

# Die Tochter der Nacht

Nach diesem Gespräch mussten sie alle erst einmal durchschnaufen, bevor sie nun fragend zu Isen und Melindra sahen. Jetzt war es Isen, der seufzte. »Ihr vergesst auch nichts, oder?«

»Nicht, wenn es eine interessante Geschichte werden könnte?«, lächelte Shahira, die sichtliche Mühe hatte, den Schrecken über die Weissagung zu verdrängen.

»Nun gut«, begann Isen und lächelte seiner Frau zu, die zurücklächelte und mit den Schultern zuckte. »Dies ist Melindra, meine Frau. Sie ist eine Tochter der Nacht. Eine Hochmagierin der Finsterelfen. Sie ist ... eine Finsterelfe.« Isen machte eine Pause und es war nicht nur Xzar, der scharf die Luft einsog.

»Isen, das ist keine unserer Aufführungen im Zirkus. Erschrecke deine Freunde nicht so«, unterbrach Melindra ihn.

Isen hob entschuldigend die Arme. Xzar rollte mit den Augen.

»Ich bin eine Magierin, ja. Aber ich bin keine richtige Finsterelfe. Ich bin eine Daraschka«, erklärte sie freundlich.

»Was bedeutet das?«, fragte Xzar.

»Ich bin eine Sklavin der Dunkelelfen und dazu noch eine Hexe.«

»Die Hexen sind ein Stamm der Elfen, oder?«

Melindra nickte.

»Wie konnte es denn passieren, dass Ihr eine ... Sklavin wurdet?« Shahira sah sie fragend an.

»Ich wuchs bei meinem Stamm auf und eines Nachts wurden wir überfallen. Die Finsterelfen verschleppten mich.«

Xzar nickte nachdenklich, doch dann legte er die Stirn in Falten. »Aber wie kommt es, dass Ihr ... ich meine, Eure Magie, sie ist so mächtig.«

Melindra lächelte bitter. »Der Hochmut der Finsterelfen. Sie haben ihren Spaß daran, Magiekundige für ihre Zwecke zu missbrauchen. Was sie wohl nicht beabsichtigt hatten, war, dass ich durch ihre Rituale mächtiger wurde. Sie haben nie das Wirken von Hexenmagie verstanden. Wir werden nicht stärker, wenn wir Magie anwenden, sondern wenn wir uns in ihrer Nähe befinden. Bin ich alleine, habe ich nur meine Kraft, bin ich aber in der Nähe von anderen Zauberern, dann wird meine Magie den Anwesenden ebenbürtig.«

Xzar keuchte auf. »Das ist unglaublich, welche Macht! Und so konntet Ihr entkommen?«

»Ja. Ihr müsst wissen, die Finsterelfen sind überheblich und so gelang mir die Flucht. Ich versteckte mich und verschwand tief in den Süden. Dort traf ich die Schausteller und Isen. Sie nahmen mich auf, obwohl sie wussten wer ... nein, was ich bin.« Sie sah liebevoll zu dem Dieb. »Und er lehrte mich, wie ich mich verkleiden und verwandeln konnte, sodass andere nur sahen, was ich ihnen glauben machen wollte.« Melindra schob ihr schwarzes Haar zurück und sie alle bemerkten die spitzen Ohren, die so typisch für die Völker der Elfen waren. »Dann erwies Isen mir die größte Ehre, die mir bis dahin zuteilwurde. Er nahm mich zur Frau. Und dann fanden sie mich vor einem Jahr, entführten mich, töteten unsere Freunde ... zerstörten unser Lebenswerk. Und nun, sind wir hier. Wieder vereint, dank euch.« Sie sah die Gefährten freundlich an.

Isen legte seinen Arm um sie und zog sie näher an sich. Zärtlich bettete sie ihren Kopf an seine Schulter.

»Darf ich Euch etwas fragen, Melindra?«, fragte Shahira.

»Ja, sicher«, sagte die Elfe, ohne den Kopf zu heben.

»Woher kommen die pulsierenden Adern auf Eurer Haut? Die Dunkelelfen haben sie auch.«

»Das ist ihr Blut. Es leuchtet, wenn sie Magie weben. Sie sind bei mir schwächer. Die Dunkelelfen zaubern fast durchgängig. Sie weben Schutzzauber um sich herum, nutzen Magie, um besser zu sehen, sich geschickter zu bewegen und solche Dinge. Mittlerweile sind sie so von der Magie durchzogen, dass ihre Adern fast immer pulsieren.«

Sie schlugen am Rande des Tempelplatzes ein Lager auf und aßen etwas. Als würde der Geist dieses Tempels sie schützen, wärmten die Sonnenstrahlen, die über den Grat des Gebirges zu ihnen schienen, sie auf. Isen erzählte seiner Frau, wie er Xzar und Shahira kennengelernt hatte und wie sie Alinja und später Angrolosch getroffen hatten. Melindra hörte der Geschichte ihres Mannes zu, lachte, wenn er farbenfroh die Erlebnisse ausmalte, und sie hielten sich fest, als Melindra erzählte, was ihr widerfahren war. »Nach dem Überfall auf unser Lager brachten mich die Söldner fort. Sie hatten mich in jene Ketten geschlagen, die Angrolosch zertrümmerte. Meine Magie war somit unterbunden. Erst habe ich mich widersetzt und vier von ihnen in den Tod gerissen.« Sie schluckte und Xzar hatte das Gefühl, dass sie es genau so meinte, wie sie es sagte. Vor allem, nachdem er gesehen hatte, was ihre Magie bewirken konnte. Dann seufzte sie. »Doch Isen war verwundet und sie drohten mir, ihn zu töten. Ihre Armbrustschützen konnte ich nicht alle bezwingen, also ließ ich die Tortur über mich ergehen. Man brachte mich dann zu einer Höhle und dort warteten die Dunkelelfen auf mich. Sie verhöhnten mich, dass ihr Haustier nicht ewig vor ihnen wegrennen könnte und sie brachten mich wieder in die dunklen Höhlen und in Gefangenschaft. Dort ließ man mich. Nur ab und an kam jemand und brachte mir spärliches Essen. Als man mich dann irgendwann holte, sagte man mir, ich würde jetzt meinem Liebsten doch noch den Tod bringen, aber dass wir so wenigstens zusammen sterben würden.«

Sie endete und die anderen schwiegen betreten. Es war Isen, der die Stille brach. »Ich bin so froh, dass du lebst!« Er sah die anderen an, besonders Xzar und Shahira. »Danke euch. Danke euch allen! Alleine hätte ich das nie geschafft.«

Xzar nickte und klopfte ihm aufmunternd auf die Schulter, bevor er sich wieder an Melindra wandte. »Melindra, was ist mit dem Kult der Gerechten, die Dunkelelfe erwähnte ihn. Wisst Ihr etwas darüber?«

»Ja, die Dunkelelfen haben den Kult unterwandert. Sie haben sie walten lassen, wie sie wollten. Mehr noch: Sie haben ihnen ihre Magier zur Seite gestellt, diese als Priester verkauft. Doch in Wirklichkeit haben sie ihren Einfluss genutzt, um das Land auszuspähen.«

»Das bedeutet, wir werden weiterhin Ärger mit ihnen haben«, seufzte Xzar.

»Ich glaube nicht«, schüttelte Melindra den Kopf und als Xzar sie fragend ansah, sagte sie, »Sie werden keine Magier mehr für den Kult entbehren. Ich hörte, wie sie ihre Leute zurückbeorderten.«

»Gut, hoffen wir, dass es so ist«, schloss Xzar das Thema ab.

Xzar saß mit Shahira etwas abseits der anderen und hielt sie fest in seinen Armen.

»Ich bin froh, dass alles gut ausgegangen ist«, sagte Shahira.

»Ja, ich auch. Ich muss zugeben, dass dieser Kampf sehr knapp war.«

»Ja, das war er. Aber war er das im Tempel des Drachen nicht auch?«, fragte sie lächelnd und sah zu ihm auf.

Xzar überlegte einen Augenblick, dann nickte er.

»Alinja ist nun eine Priesterin der Tyraniea und Isen hat seine Frau wieder. Ich würde sagen, das war es allemal wert, oder?« Sie strich ihm sanft über die Wange.

Xzar nickte erneut, dann gab er ihr einen Kuss. Sie drehte sich in seiner Umarmung leicht und erwiderte diesen lange. »Ich könnte dich ewig festhalten«, sagte Xzar, nachdem sie sich voneinander lösten. Sie lächelte glücklich. »Ja, mir geht es ebenso. Vielleicht wird es Zeit, dass wir uns etwas ausruhen.«

»Das ist eine gute Idee. Lass uns zurück zu Diljares reisen, dort können wir entspannen und unsere gemeinsame Zeit genießen.«

Sie schmiegte ihren Kopf in seine Halsbeuge. »Was wird aus den anderen?«

»Ich glaube nicht, dass Diljares etwas dagegen hat, wenn sie auch etwas bleiben. Und wer weiß, was noch kommt«, sagte Xzar gedankenversunken.

Einen Augenblick schwieg Shahira und beobachtete Isen und Melindra. Die beiden saßen zusammen am Feuer und sprachen leise miteinander. Immer wieder gaben sie sich Küsse und lachten zusammen. Shahira wünschte sich, dass auch ihre Liebe zu Xzar so lange währen würde. Nach einer Weile fragte sie, »Was ist mit der Prophezeiung?«

»Was soll mit ihr sein?«

»Sollten wir dem nicht weiter nachgehen?«

»Es sind nur Worte, die irgendwer irgendwann einmal gesprochen hat. Und wenn davon irgendwas wahr ist, dann werden wir das noch früh genug erfahren. Und wenn nicht, dann war es auch nicht wert, darüber nachgesonnen zu haben.«

Sie nickte, doch sie hörte in seinen Worten, dass er ihr nicht all seine Gedanken offenbarte. Aber sie beließ es dabei und genoss es, bei ihm zu sitzen. Wer wusste schon, was diese Welt für sie noch alles bereit hielt. Das Wichtigste dabei war, dass sie es gemeinsam erlebten.

Printed by Amazon Italia Logistica S.r.l.
Torrazza Piemonte (TO), Italy

50092438R00319